W0322285

L'Affaire
Alaska Sanders

DU MÊME AUTEUR

Chez le même éditeur

Les Derniers Jours de nos pères, 2012
Prix des Écrivains genevois 2010
Mention spéciale du Prix Erwan Bergot 2012

La Vérité sur l'Affaire Harry Quebert, 2012
Prix de la Vocation Bleustein-Blanchet
Grand Prix du Roman de l'Académie française
Prix Goncourt des Lycéens 2012

Le Livre des Baltimore, 2015

La Disparition de Stephanie Mailer, 2018

L'Énigme de la chambre 622, 2020.

www.rosiewolfe.com

JOËL DICKER

L'Affaire Alaska Sanders

— ROMAN —

ROSIE & WOLFE

© Joël Dicker, 2022

Éditions Rosie&Wolfe
Case Postale, 1211 Genève 3

ISBN 978-2-88973-000-1

Pour Marie-Claire Ardouin,
sans qui rien n'aurait été possible

La veille du meurtre

Vendredi 2 avril 1999

La dernière personne à l'avoir vue en vie fut Lewis Jacob, le propriétaire d'une station-service située sur la route 21. Il était 19 heures 30 lorsque ce dernier s'apprêta à quitter le magasin attenant aux pompes à essence. Il emmenait sa femme dîner pour fêter son anniversaire.

— Tu es certaine que ça ne t'embête pas de fermer? demanda-t-il à son employée derrière la caisse.

— Aucun problème, monsieur Jacob.

— Merci, Alaska.

Lewis Jacob considéra un instant la jeune femme: une beauté. Un rayon de soleil. Et quelle gentillesse! Depuis six mois qu'elle travaillait ici, elle avait changé sa vie.

— Et toi? demanda-t-il. Des plans pour ce soir?

— J'ai un rendez-vous...

Elle sourit.

— À te voir, ça a l'air d'être plus qu'un *rendez-vous*.

— Un dîner romantique, confia-t-elle.

— Walter a de la chance, lui dit Lewis. Donc ça va mieux entre vous?

Pour toute réponse, Alaska haussa les épaules. Lewis ajusta sa cravate dans le reflet d'une vitre.

— De quoi j'ai l'air? demanda-t-il.

— Vous êtes parfait. Allez, filez, ne soyez pas en retard.

— Bon week-end, Alaska. À lundi.

— Bon week-end, monsieur Jacob.

Elle lui sourit encore. Ce sourire, il ne l'oublierait jamais.

Le lendemain matin, à 7 heures, Lewis Jacob était de retour à la station-service pour en assurer l'ouverture. À peine arrivé, il verrouilla derrière lui la porte du magasin, le temps de se préparer à recevoir les premiers clients. Soudain, des coups frénétiques contre la porte vitrée : il se retourna et vit une joggeuse, le visage terrifié, qui poussait des cris. Il se précipita pour ouvrir, la jeune femme se jeta sur lui en hurlant : « Appelez la police ! Appelez la police ! »

Ce matin-là, le destin d'une petite ville du New Hampshire allait être bouleversé.

PROLOGUE

À propos de ce qui se passa en 2010

Les années 2006 à 2010, malgré les triomphes et la gloire, sont inscrites dans ma mémoire comme des années difficiles. Elles furent certainement les montagnes russes de mon existence.

Ainsi, au moment de vous raconter l'histoire d'Alaska Sanders, retrouvée morte le 3 avril 1999 à Mount Pleasant, New Hampshire, et avant de vous expliquer comment je fus, au cours de l'été 2010, impliqué dans cette enquête criminelle vieille de onze ans, je dois d'abord revenir brièvement sur ma situation personnelle à ce moment-là, et notamment sur le cours de ma jeune carrière d'écrivain.

Celle-ci avait connu un démarrage foudroyant en 2006, avec un premier roman vendu à des millions d'exemplaires. À vingt-six ans à peine, j'entrais dans le club très fermé des auteurs riches et célèbres, et j'étais propulsé au zénith des lettres américaines.

Mais j'allais vite découvrir que la gloire n'était pas sans conséquence : ceux qui me suivent depuis mes débuts savent combien l'immense succès de mon premier roman allait me déstabiliser. Écrasé par la célébrité, je me retrouvais dans l'incapacité d'écrire. Panne de l'écrivain, panne d'inspiration, crise de la page blanche. La chute.

Puis était survenue l'affaire Harry Quebert, dont vous avez certainement entendu parler. Le 12 juin 2008, le corps de Nola Kellergan, disparue en 1975 à l'âge de quinze ans, fut exhumé du jardin de Harry Quebert, légende de la littérature américaine. Cette affaire m'affecta profondément: Harry Quebert était mon ancien professeur à l'université, mais surtout mon plus proche ami à l'époque. Je ne pouvais croire à sa culpabilité. Seul contre tous, je sillonnai le New Hampshire pour mener ma propre enquête. Et si je parvins, finalement, à innocenter Harry, les secrets que j'allais découvrir à son sujet briseraient notre amitié.

De cette enquête, je tirai un livre: *La Vérité sur l'Affaire Harry Quebert,* paru au milieu de l'automne 2009, dont l'immense succès m'installa comme écrivain d'importance nationale. Ce livre était la confirmation que mes lecteurs et la critique attendaient depuis mon premier roman pour m'adouber enfin. Je n'étais plus un prodige éphémère, une étoile filante avalée par la nuit, une traînée de poudre déjà consumée: j'étais désormais un écrivain reconnu par le public et légitime parmi ses pairs. J'en ressentis un immense soulagement. Comme si je m'étais retrouvé moi-même après trois ans d'égarements dans le désert du succès.

C'est ainsi qu'au cours des dernières semaines de l'année 2009, je fus envahi par un sentiment de sérénité. Le soir du 31 décembre, je célébrai l'arrivée du Nouvel an à Times Square, au milieu d'une foule joyeuse. Je n'avais plus sacrifié à cette tradition depuis 2006. Depuis la parution de mon premier livre. Cette nuit-là, anonyme parmi les anonymes, je me sentis bien. Mon regard croisa celui d'une femme qui me plut aussitôt. Elle buvait du champagne. Elle me tendit la bouteille en souriant.

Quand je repense à ce qui se passa au cours des mois qui suivirent, je me remémore cette scène qui m'avait donné l'illusion d'avoir enfin trouvé l'apaisement.

Les évènements de l'année 2010 allaient me donner tort.

Le jour du meurtre

3 avril 1999

Il était 7 heures du matin. Elle courait, seule, le long de la route 21, dans un paysage verdoyant. Sa musique dans les oreilles, elle avançait à un très bon rythme. Ses foulées étaient rapides, sa respiration maîtrisée : dans deux semaines, elle prendrait le départ du marathon de Boston. Elle était prête.

Elle eut le sentiment que c'était un jour parfait : le soleil levant irradiait les champs de fleurs sauvages, derrière lesquels se dressait l'immense forêt de White Mountain.

Elle arriva bientôt à la station-service de Lewis Jacob, à sept kilomètres exactement de chez elle. Elle n'avait initialement pas prévu d'aller plus loin, pourtant elle décida de pousser encore un peu l'effort. Elle dépassa la station-service et continua jusqu'à l'intersection de Grey Beach. Elle bifurqua alors sur la route en terre que les estivants prenaient d'assaut lors des journées trop chaudes. Elle menait à un parking d'où partait un sentier pédestre qui s'enfonçait dans la forêt de White Mountain jusqu'à une grande plage de galets au bord du lac Skotam. En traversant le parking de Grey Beach, elle vit, sans y prêter attention, une décapotable bleue aux plaques du Massachusetts. Elle s'engagea sur le chemin et se dirigea vers la plage.

Elle arrivait à la lisière des arbres, lorsqu'elle aperçut, sur la grève, une silhouette qui la fit s'arrêter net. Il lui fallut quelques secondes pour se rendre compte de ce qui était en train de se passer. Elle fut tétanisée par l'effroi. Il ne l'avait pas vue. Surtout, ne pas faire de bruit, ne pas révéler sa présence : s'il la voyait, il s'en prendrait forcément à elle aussi. Elle se cacha derrière un tronc.

L'adrénaline lui redonna la force de ramper discrètement sur le sentier, puis, lorsqu'elle s'estima hors de danger, elle prit ses jambes à son cou. Elle courut comme elle n'avait jamais couru. Elle était volontairement partie sans son téléphone portable. Comme elle s'en voulait à présent !

Elle rejoignit la route 21. Elle espérait qu'une voiture passerait : mais rien. Elle se sentait seule au monde. Elle piqua alors un sprint jusqu'à la station-service de Lewis Jacob. Elle y trouverait de l'aide. Quand elle y arriva enfin, hors d'haleine, elle trouva porte close. Mais voyant le pompiste à l'intérieur elle tambourina jusqu'à ce qu'il lui ouvre. Elle se jeta sur lui en s'écriant :

« Appelez la police ! Appelez la police ! »

Extrait du rapport de police
Audition de Peter Philipps

[Peter Philipps est agent de la police de Mount Pleasant depuis une quinzaine d'années. Il a été le premier policier à arriver sur les lieux. Son témoignage a été recueilli à Mount Pleasant le 3 avril 1999.]

Lorsque j'ai entendu l'appel de la centrale au sujet de ce qui se passait à Grey Beach, j'ai d'abord cru avoir mal compris. J'ai demandé à l'opérateur de répéter. Je me trouvais dans le secteur de Stove Farm, qui n'est pas très loin de Grey Beach.

Vous y êtes allé directement ?

Non, je me suis d'abord arrêté à la station-service de la route 21, d'où le témoin avait appelé les urgences. Au vu de la situation, je trouvais important de lui parler avant d'intervenir. Savoir à quoi m'attendre sur la plage. Le témoin en question était une jeune femme terrorisée. Elle m'a raconté ce qui venait de se passer. Depuis quinze ans que j'étais policier, je n'avais jamais fait face à une situation pareille.

Et ensuite ?

Je me suis immédiatement rendu sur place.

Vous y êtes allé seul ?

Je n'avais pas le choix. Il n'y avait pas une minute à perdre. Je devais le retrouver avant qu'il ne prenne la fuite.

Que s'est-il passé ensuite ?

J'ai conduit comme un dingue de la station-service jusqu'au parking de Grey Beach. En arrivant, j'ai remarqué une décapotable bleue, avec une plaque du Massachusetts. Ensuite, j'ai attrapé le fusil à pompe et j'ai pris le sentier du lac.

Et… ?

Quand j'ai déboulé sur la plage, il était toujours là, en train de s'acharner sur cette pauvre fille. J'ai hurlé pour qu'il arrête, il a levé la tête et il m'a regardé fixement. Il a commencé à approcher lentement dans ma direction. J'ai compris aussitôt que c'était lui ou moi. Quinze ans de service, et je n'avais encore jamais tiré un coup de feu. Jusqu'à ce matin.

PREMIÈRE PARTIE

Des conséquences du succès

Une neige printanière tombait sur les immenses hangars situés au bord du Saint-Laurent, qui abritaient les studios de cinéma. C'était là que se tournait, depuis quelques mois, l'adaptation cinématographique de mon premier roman, *G comme Goldstein*.

Chapitre 1
Après l'Affaire Harry Quebert

Montréal, Québec.
5 avril 2010.

Le hasard du calendrier avait voulu que le début du tournage coïncide avec la parution de *La Vérité sur l'Affaire Harry Quebert*. Porté par mon triomphe en librairie, le film suscitait déjà l'enthousiasme général et les premières images avaient fait grand bruit à Hollywood.

Tandis que dehors un vent froid faisait virevolter les flocons, à l'intérieur des studios on se serait cru au cœur de l'été : dans le décor d'une rue passante dont le réalisme était saisissant, les acteurs et les figurants, éclairés par de puissants spots, semblaient être piqués par un soleil brûlant. C'était l'une de mes scènes préférées du livre : à la terrasse d'un café, au milieu d'une foule de passants, les deux protagonistes, Mark et Alicia, se retrouvent enfin après s'être perdus de vue pendant des années. Ils n'ont pas besoin de parler, leurs regards suffisent à rattraper le temps qu'ils ont perdu l'un sans l'autre.

Assis derrière les écrans de contrôle, je suivais la prise.

« Coupez ! s'écria soudain le réalisateur, rompant cet instant de grâce. C'est la bonne. » À ses côtés, le premier assistant répercuta l'injonction à la radio : « C'est la bonne. Fin de journée. »

Aussitôt, le plateau se transforma en fourmilière : les techniciens remballèrent leur matériel, tandis que les acteurs regagnaient les loges sous les regards déçus des figurants qui auraient aimé un échange, une photo ou un autographe.

Pour ma part, je déambulai à travers le décor. La rue, les trottoirs, les lampadaires, les vitrines : tout semblait si réel. Je pénétrai dans le café, plein d'admiration pour le soin donné aux détails. J'avais le sentiment de me promener dans mon roman. Je me glissai derrière le comptoir débordant de sandwichs et de pâtisseries : tout ce qui pouvait se voir à l'écran devait paraître vrai.

Ma contemplation fut de courte durée. Une voix m'arracha à mes pensées :

— Vous faites le service, Goldman ?

C'était Roy Barnaski, le fantasque PDG de Schmid & Hanson, la maison d'édition qui me publiait. Il avait débarqué de New York le matin même, sans crier gare.

— Un café, Roy ? proposai-je en attrapant une tasse vide.

— Donnez-moi plutôt l'un de ces sandwichs, je meurs de faim.

J'ignorais si les produits étaient comestibles mais, sans m'en inquiéter, je tendis à Roy une composition de dinde et de fromage.

— Vous savez, Goldman, me dit-il après avoir mordu goulûment dans les épaisses tranches, ce film va faire un tabac ! On a d'ailleurs prévu une édition spéciale de *G comme Goldstein*, ça va être sensationnel !

Ceux d'entre vous qui ont lu *La Vérité sur l'Affaire Harry Quebert* n'ignorent rien de mes rapports ambivalents avec Roy Barnaski. Pour les autres, il suffit de savoir que ses affinités avec ses auteurs variaient en fonction de l'argent qu'il en tirait. Dans mon cas, alors que deux ans plus tôt il me vouait aux gémonies pour n'avoir pas livré mon roman à temps, les ventes record de *La Vérité sur l'Affaire Harry Quebert* me conféraient désormais une place de choix dans son panthéon des poules aux œufs d'or.

— Vous devez être sur un petit nuage, Goldman, poursuivit Barnaski qui n'avait pas l'air de se rendre compte qu'il m'importunait. Le succès du livre, et maintenant ce film. Vous vous souvenez, il y a deux ans, quand j'ai fait des pieds et des mains pour que ce soit Cassandra Pollock qui joue le rôle d'Alicia et que vous m'avez accablé de mille reproches. Regardez comme ça en valait la peine ! Tout le monde s'accorde à dire qu'elle est sensationnelle !

— Ça, je ne suis pas près de l'oublier, Roy. Vous avez fait croire à tout le monde que nous avions une liaison.

— Et voyez le résultat! J'ai toujours de bonnes intuitions, Goldman! C'est pour ça que je suis le grand patron! D'ailleurs, si je suis venu ici, c'est pour vous parler d'un sujet très important.

À l'instant où je l'avais vu débarquer à l'improviste sur le tournage, j'avais su qu'il n'était pas venu à Montréal sans une bonne raison.

— De quoi s'agit-il? demandai-je.

— C'est une nouvelle qui va vous faire plaisir, Goldman. Je voulais vous l'annoncer de vive voix.

Barnaski prenait des gants: ce n'était pas bon signe.

— Allez droit au but, Roy.

Il se lança:

— On est sur le point de décrocher un contrat d'adaptation pour *La Vérité sur l'Affaire Harry Quebert* avec la MGM! Ça va être énorme! Tellement énorme qu'ils voudraient signer un accord de principe très rapidement.

— Je ne crois pas vouloir en faire un film, répondis-je très sèchement.

— Attendez de voir le contrat, Goldman. Rien qu'à la signature, c'est deux millions de dollars pour vous! Vous gribouillez votre nom en bas d'une page, et paf! deux millions de dollars tombent sur votre compte en banque. Et ça, c'est sans parler de l'intéressement sur les bénéfices du film et tout le reste!

Je n'avais aucune envie d'argumenter.

— Parlez-en à mon agent ou à mon avocat, suggérai-je pour couper court, ce qui agaça prodigieusement Barnaski.

— Si l'avis de votre agent merdique m'intéressait, Goldman, je ne serais pas venu jusqu'ici!

— Ça ne pouvait pas attendre mon retour à New York?

— Votre retour à New York? Vous êtes pire que le vent, Goldman: vous ne tenez pas en place!

— Harry ne voudrait pas d'un film, dis-je en faisant la moue.

— Harry? s'étrangla Barnaski. Harry Quebert?

— Oui, Harry Quebert. La discussion est close: je ne veux pas d'un film car je ne veux plus me replonger là-dedans. Je veux oublier cette affaire. Je veux tourner la page.

— Mais écoutez-moi ce bébé qui pleurniche! s'emporta

Barnaski qui ne supportait pas la contradiction. On lui tend une louche de caviar mais Bébé Goldman fait des caprices et ne veut pas ouvrir la bouche !

J'en avais assez entendu. Barnaski regretta de m'avoir brusqué et essaya de se rattraper en prenant une voix de miel :

— Laissez-moi vous expliquer le projet, mon petit Marcus. Vous verrez, vous allez changer d'avis.

— Je vais commencer par changer d'air.

— Dînons ensemble ce soir ! J'ai réservé dans un restaurant du vieux Montréal. Disons 20 heures ?

— J'ai un rendez-vous ce soir, Roy. On se parle à New York.

Je le plantai là, avec son ersatz de sandwich dans la main, et je quittai le décor pour rejoindre l'entrée principale du studio. Juste avant les grandes portes battantes se trouvait un stand de restauration. Tous les jours après le tournage, je m'y arrêtais pour prendre un café. C'était toujours la même serveuse : elle me tendit un gobelet en carton rempli de café avant même que je prononce le moindre mot. Je souris pour la remercier. Elle me sourit en retour. Les gens me sourient souvent. Mais je ne sais plus s'ils me sourient à moi, le frère humain qu'ils ont vu, ou à l'écrivain qu'ils ont lu. Justement, la jeune femme brandit de sous son comptoir un exemplaire de *La Vérité sur l'Affaire Harry Quebert*.

— Je l'ai terminé hier soir, me dit-elle. Ah ce bouquin, on ne peut pas le lâcher ! Est-ce que vous accepteriez de me le signer ?

— Avec plaisir. Votre prénom ?

— Deborah.

Deborah, bien sûr. Elle me l'avait déjà précisé dix fois.

Je sortis un stylo de ma poche et j'écrivis, sur la page de garde, la phrase rituelle que j'utilisais pour mes dédicaces :

> *Pour Deborah,*
> *qui connaît désormais toute la vérité sur l'Affaire Harry Quebert.*
> *Marcus Goldman*

— Bonne journée, Deborah, la saluai-je en lui rendant son exemplaire.

— Bonne journée, Marcus. À demain !

— Je rentre à New York demain. Je serai là dans dix jours.

— À bientôt alors.

Au moment de m'éloigner, elle me retint :

— Est-ce que vous l'avez revu ? me demanda-t-elle.

— Qui ça ?

— Harry Quebert.

— Non, je n'ai plus jamais eu de ses nouvelles.

Je passai la porte des studios et m'engouffrai dans la voiture qui m'attendait. *Avez-vous revu Harry Quebert ?* Depuis la sortie du livre, on n'avait cessé de m'interroger à ce sujet. Et chaque fois, je m'efforçais d'y répondre comme si la question ne m'ébranlait pas. Comme si je n'y pensais pas tous les jours. Où était Harry ? Et qu'était-il devenu ?

Après avoir longé le Saint-Laurent, la voiture remonta en direction du centre-ville de Montréal, dont je pus bientôt voir les gratte-ciel se détacher devant moi. J'aimais cette ville. Je m'y sentais bien. Peut-être parce que quelqu'un m'y attendait. Depuis quelques mois, il y avait enfin une femme dans ma vie.

À Montréal, je logeais au *Ritz-Carlton*, toujours dans la même suite du dernier étage. Je venais de franchir les portes de l'hôtel, lorsque le réceptionniste m'arrêta pour m'informer que j'étais attendu au bar. Je souris : elle était arrivée.

Je la trouvai, installée à une table discrète, à côté de la cheminée, sirotant un Moscow Mule, encore vêtue de son uniforme de pilote. Quand elle m'aperçut, son visage s'illumina. Elle m'embrassa, je l'enlaçai. Plus je la voyais, plus elle me plaisait.

Raegan était âgée de trente ans, comme moi. Elle était pilote de ligne pour Air Canada. Nous nous fréquentions depuis plus de trois mois. À ses côtés, ma vie me semblait plus pleine, plus accomplie. C'était un sentiment d'autant plus fort que j'avais eu toutes les peines du monde à rencontrer quelqu'un qui me plût vraiment.

Ma dernière relation sérieuse datait de cinq ans – une fille prénommée Emma Matthews – et n'avait duré que quelques mois. Ainsi, en achevant d'écrire *La Vérité sur l'Affaire Harry Quebert*, je m'étais promis de me consacrer à ma vie amoureuse. J'avais donc multiplié les aventures, mais sans grand succès. Peut-être m'étais-je mis trop de pression. Chacune de mes rencontres avait vite pris des allures d'entretien d'embauche : observant celle qui me parlait depuis quelques minutes à peine, je me demandais si elle ferait une bonne partenaire et une bonne mère pour mes enfants. Et l'instant suivant, ma mère, jaillissant de mon esprit, débarquait telle une intruse. Elle attrapait une chaise vide, s'asseyait à côté de la malheureuse et se mettait à lui trouver une foule de défauts. Et ma mère – ou plutôt son spectre – devenait l'arbitre du rendez-vous. Elle me glissait, reprenant à son compte une expression éculée qu'elle affectionnait particulièrement : *Markie, est-ce que tu penses que c'est la bonne ?* Comme s'il fallait nous engager pour la vie, alors qu'au fond nous ne savions même pas si nous survivrions jusqu'au soir. Et comme ma mère me prêtait un grand destin, elle ajoutait : « Dis donc, Markie, tu t'imagines à la Maison-Blanche à la cérémonie de remise de la Médaille de la Liberté avec cette fille à ton bras ? » Cette dernière phrase était en général prononcée avec dédain, comme pour me faire renoncer. Et je renonçais. C'est ainsi que ma pauvre mère, à son insu, ne fit que prolonger mon célibat. Jusqu'à ce que, grâce à elle également, je rencontre Raegan.

*

Trois mois plus tôt.
31 décembre 2009.

Comme toutes les veilles de Nouvel an, j'étais allé à Montclair, dans le New Jersey, pour rendre visite à mes parents. Alors que nous prenions le café dans le salon, ma mère eut alors cette phrase idiote, qu'elle prononçait parfois et qui m'agaçait prodigieusement :

— Que peut-on te souhaiter pour la nouvelle année, mon chéri, toi qui as déjà tout ?

— Retrouver un ami perdu, répondis-je piqué au vif.

— Un de tes amis est mort ? s'inquiéta ma mère qui n'avait pas compris l'allusion.

— Je parle de Harry Quebert, précisai-je. Je voudrais le revoir. Savoir ce qu'il est devenu.

— Au diable ce Harry Quebert ! Il ne t'a apporté que des ennuis ! Les véritables amis n'apportent pas d'ennuis.

— Il m'a permis de devenir un écrivain. Je lui dois tout.

— Tu ne dois rien à personne, à part à ta mère à qui tu dois la vie ! Markie, tu n'as pas besoin d'amis, tu as besoin d'une petite amie ! Pourquoi n'as-tu pas une petite amie ? Tu ne veux pas me donner des petits-enfants ?

— Difficile de rencontrer quelqu'un, maman.

Ma mère s'efforça d'adopter un ton adouci :

— Markie chéri, je crois que tu ne fais pas assez d'efforts pour trouver quelqu'un. Tu ne sors pas assez. Je sais que parfois tu passes des heures à regarder un album de photos de toi et de ce Harry Quebert.

— Comment le sais-tu ? demandai-je, surpris.

— Ta femme de ménage me l'a dit.

— Depuis quand tu parles avec ma femme de ménage ?

— Depuis que tu ne me racontes plus rien !

À cet instant, mon regard se posa sur une photo encadrée : on y voyait mon oncle Saul, ma tante Anita, et mes cousins Hillel et Woody, en Floride.

— Tu sais, si ton oncle Saul... murmura ma mère.

— Ne parlons pas de ça, maman, s'il te plaît !

— Je voudrais juste que tu sois heureux, Markie. Tu n'as aucune raison de ne pas l'être.

J'avais envie de m'en aller. Je me levai et attrapai ma veste.

— Que fais-tu ce soir, Markie ? demanda ma mère.

— Je sors avec des amis, mentis-je pour la rassurer.

Je l'embrassai, j'embrassai mon père, puis je partis.

Ma mère avait raison : je conservais chez moi un album dans lequel je me plongeais chaque fois que je me sentais nostalgique. De retour à New York, c'est d'ailleurs ce que je fis. Je me servis un verre de scotch et je feuilletai l'album. La dernière fois que j'avais vu Harry, c'était exactement une année plus tôt, un soir de décembre 2008, lorsqu'il avait débarqué chez moi pour un dernier face-à-face. Depuis, plus le moindre signe de vie. En voulant l'innocenter du meurtre dont on l'accusait et laver son honneur, je l'avais perdu. Il me manquait terriblement.

J'avais évidemment essayé de retrouver sa trace, en vain. J'étais régulièrement retourné à Aurora, dans le New Hampshire, où il avait vécu les trente dernières années. J'avais arpenté pendant des heures cette petite ville. Des heures à errer devant sa maison de Goose Cove. En tout temps, à toute heure. Le retrouver. Pouvoir tout réparer. Mais Harry ne réapparaissait jamais.

Alors que j'étais plongé dans mon album, ressassant les souvenirs de ce que lui et moi avions été, mon téléphone fixe se mit à sonner. Pendant un instant, je crus que c'était lui. Je me précipitai pour répondre. C'était ma mère.

— Pourquoi est-ce que tu réponds, Markie? me réprimanda-t-elle.

— Parce que tu me téléphones, maman.

— Markie, c'est le soir du Nouvel an! Tu m'as dit que tu étais chez des amis! Ne me dis pas que tu es seul chez toi à regarder encore ces satanées photos! Je vais demander à ta femme de ménage de les brûler.

— Je vais la renvoyer, maman. À cause de toi, une femme dévouée vient de perdre son emploi. Tu es contente?

— Sors de chez toi, Markie! Je me souviens quand tu étais encore au lycée, et que tu allais à Times Square pour le passage à la nouvelle année. Appelle des amis et sors! C'est un ordre! On ne désobéit pas à sa mère.

C'est ainsi que je rejoignis Times Square, seul, car en vérité je n'avais pas d'amis à appeler à New York. En arrivant aux abords de la place, envahie par des centaines de milliers de personnes, je me sentis bien. Apaisé. Je me laissai porter par la marée humaine. C'est à ce moment-là que je tombai sur une fille qui buvait une bouteille de champagne. Elle me sourit. Elle me plut aussitôt.

Lorsque minuit sonna, je l'embrassai.

C'est ainsi que Raegan entra dans ma vie.

*

Après notre rencontre, Raegan m'avait rendu visite à New York à plusieurs reprises, et nous nous retrouvions à Montréal lorsque je venais sur le tournage. Au fond, après trois mois de relation, nous nous connaissions encore à peine. Nous programmions nos retrouvailles entre deux vols, ou deux journées de tournage. Mais en ce soir d'avril, au bar du *Ritz* de Montréal, je ressentis pour elle quelque chose de fort. Et alors que nous parlions de je-ne-sais-plus-très-bien-quoi, elle passa haut la main le test maternel: je l'imaginais dans différentes situations de vie, et pour chacune d'elles, je la voyais parfaitement à mes côtés.

Raegan assurait le vol du lendemain matin à 7 heures pour New York-JFK. Lorsque je lui proposai de sortir dîner, elle suggéra de rester plutôt à l'hôtel.

— Le restaurant de l'hôtel est très bien, dis-je.

— Ta chambre est encore mieux, sourit-elle.

Nous nous enfermâmes dans ma suite pour la soirée. Nous nous prélassâmes longuement dans l'immense baignoire, admirant, par la baie vitrée, et à l'abri de notre bain moussant et brûlant, la neige qui continuait de tomber sur Montréal. Puis nous commandâmes du service en chambre. Tout semblait facile, il régnait une osmose entre nous. Mon seul regret était de ne pouvoir passer davantage de temps avec Raegan. En cause : la distance géographique (j'habitais New York et elle, une petite ville à une heure au sud de Montréal où je n'étais même pas encore allé) mais surtout, ses horaires contraignants de pilote qui l'accaparaient. Nos retrouvailles ce soir-là n'échappèrent d'ailleurs pas à la règle et, une fois encore, la nuit fut courte : à 5 heures du matin, alors que l'hôtel dormait encore, Raegan et moi terminions de nous préparer. Par la porte de la salle de bains, je la contemplai. Vêtue de son pantalon d'uniforme mais ne portant qu'un soutien-gorge, elle était en train de se maquiller tout en buvant une tasse de café. Nous partions tous les deux pour New York, mais séparément. Elle par les airs, moi par la route car j'étais venu jusqu'à Montréal en voiture. Je la conduisis jusqu'à l'aéroport Trudeau. Au moment où je m'arrêtais devant le terminal, Raegan me demanda :

— Pourquoi n'être pas venu en avion, Marcus ?

J'eus un instant d'hésitation : je ne pouvais décemment pas lui avouer ce qui justifiait mon choix.

— J'aime la route entre New York et Montréal, mentis-je.

Elle ne se contenta qu'à moitié de cette explication :

— Rassure-moi, tu n'as pas peur de l'avion ?

— Bien sûr que non.

Elle m'embrassa et me gratifia d'un « je t'aime bien quand même ».

Je m'enquis :

— Quand est-ce que je te revois ?

— Quand est-ce que tu reviens à Montréal ?

— Le 12 avril.

Elle consulta son agenda :

— Je serai à Chicago pour la nuit et j'enchaîne avec une semaine de rotations sur Toronto.

Elle remarqua ma mine déçue :

— Ensuite, j'ai une semaine de congé. Je te promets qu'on aura du temps ensemble à ce moment-là. On va s'enfermer dans ta chambre d'hôtel et on n'en bougera pas.

— Et si on partait quelques jours ? suggérai-je. Ni New York, ni Montréal. Juste toi et moi quelque part.

Elle hocha la tête avec conviction, m'offrant son plus beau sourire.

— Ça me plairait beaucoup, murmura-t-elle, comme si c'était une confidence à moitié avouable.

Elle m'embrassa longuement, puis elle quitta l'habitacle, me laissant nourrir plein d'espoirs sur ce que nous pourrions devenir ensemble. Tandis que je la regardais disparaître dans le bâtiment de l'aéroport, je décidai de prendre les devants et d'organiser une escapade romantique dans un hôtel des Bahamas qu'on m'avait vanté : *Harbour Island*. Je pianotai aussitôt sur mon téléphone portable et consultai le site Internet de l'hôtel : l'endroit, niché sur une île privée, semblait paradisiaque. Voilà où nous allions passer sa semaine de congé : sur une plage de sable fin au bord d'une mer turquoise. Je fis immédiatement la réservation, puis je me mis en route pour New York.

Je traversai les Cantons-de-l'Est jusqu'à Magog – où je m'arrêtai pour acheter un café –, avant de descendre vers la petite ville de Stanstead, limitrophe des États-Unis, dont vous avez peut-être entendu parler parce qu'on y trouve la seule bibliothèque au monde à être à cheval entre deux pays.

Au moment de passer la frontière, le douanier américain qui contrôla mon passeport me demanda machinalement d'où je venais et où je me rendais. Comme je répondais que j'allais de Montréal à Manhattan, il m'indiqua : « C'est pas la route la plus directe pour rejoindre New York. » Croyant que je m'étais égaré, il me donna les instructions pour rejoindre l'autoroute 87. Je l'écoutai poliment sans avoir la moindre intention de suivre ses indications.

Je savais parfaitement où j'allais.

J'allais à Aurora, dans le New Hampshire. Là où mon ami Harry Quebert avait passé la majeure partie de sa vie, avant de disparaître sans laisser d'adresse.

Le jour du meurtre

3 avril 1999

Une Chevrolet Impala banalisée, gyrophare et sirène enclenchés, roulait à toute allure sur la route 21, qui relie la petite ville de Mount Pleasant au reste du New Hampshire. Le trait de bitume filait à travers un paysage de champs de fleurs sauvages et d'étangs couverts de nénuphars, au-delà desquels s'étendait l'immense forêt de White Mountain.

C'est le sergent Perry Gahalowood qui conduisait. À ses côtés, son coéquipier, le sergent Matt Vance, avait les yeux rivés sur une carte de la région.

— Ça va bientôt être sur ta droite, indiqua Vance alors qu'ils venaient de dépasser une station-service. Tu devrais voir un petit chemin qui bifurque dans la forêt.

— La police locale aura posté quelqu'un pour nous orienter.

Les deux policiers étaient loin d'imaginer le comité d'accueil qui les attendait : après un dernier virage, ils découvrirent soudain un embouteillage. Perry le contourna en roulant au pas sur la voie opposée, non pas tant en raison de la circulation en sens inverse, mais parce que des dizaines de badauds erraient sur le bord de la route.

— Qu'est-ce que c'est que ce bordel ? pesta Perry.

— La foire habituelle chaque fois qu'un drame survient dans une petite ville : tout le monde veut être aux premières loges.

Ils atteignirent finalement un barrage de police au niveau de la bifurcation vers le parking de Grey Beach. Perry, par sa vitre ouverte, brandit son badge à l'attention des plantons :

— Brigade criminelle de la police d'État.

— Suivez le chemin en terre, tout droit, lui indiqua l'un

des policiers en soulevant une bande de police qui bloquait l'accès.

Quelques centaines de mètres plus loin, la Chevrolet Impala arriva à la lisière de la forêt, marquée par un grand replat herbeux. Un agent de la police locale y faisait les cent pas.

— Brigade criminelle de la police d'État, annonça à nouveau Gahalowood par sa fenêtre ouverte.

L'agent avait l'air complètement dépassé par les évènements.

— Garez-vous ici, suggéra-t-il, je crois que c'est la pagaille là-bas.

Les deux inspecteurs descendirent de voiture pour terminer à pied.

— Pourquoi est-ce toujours pendant nos week-ends de permanence qu'il se passe quelque chose? interrogea Vance d'un ton fataliste, tandis qu'ils marchaient sur la piste en terre. Tu te souviens de l'affaire Greg Bonnet? C'était aussi un samedi.

— Avant de devenir ton coéquipier, mes week-ends étaient d'une tranquillité absolue, plaisanta Gahalowood. Je crois que tu portes la poisse, mon vieux. Helen ne va pas être très contente, je lui ai promis de l'aider à défaire les cartons ce soir. Mais si on a un meurtre sur les bras…

— Pour l'instant, on n'est même pas sûrs que ce soit un meurtre. Ce ne serait pas la première fois qu'on nous envoie sur un simple accident de randonnée.

Ils atteignirent bientôt le parking de Grey Beach, qui était encombré par divers véhicules d'urgence. L'agitation était à son comble. Ils furent accueillis par Francis Mitchell, le chef de la police de Mount Pleasant, qui les prévint d'emblée:

— Ce n'est pas beau à voir, messieurs.

— Que s'est-il passé exactement? demanda Gahalowood. On nous a parlé d'une femme morte.

— Je préfère que vous le découvriez de vos propres yeux.

Le chef Mitchell les entraîna sur le sentier qui menait au lac.

Tant Perry Gahalowood que Matt Vance avaient une certaine habitude des cadavres et des scènes de crime, mais en arrivant sur la plage de galets, ils restèrent interdits: ils n'avaient jamais rien vu de pareil. Le corps d'une femme gisait, la tête enfoncée dans le sol meuble, et, à côté d'elle, un ours mort.

— C'est une joggeuse qui nous a alertés, expliqua le chef Mitchell. Elle a surpris l'ours en train de dévorer la femme.

— Comment ça, *dévorer*?

— Il la bouffait, quoi!

À la façon dont la femme gisait sur la grève, on aurait presque pu croire qu'elle dormait. Le bruissement des eaux du lac et le chant printanier des oiseaux conféraient aux lieux une atmosphère paisible. Seul l'ours, étalé dans une mare de sang qui lustrait son poil noir, rappelait le drame qui venait de se jouer ici.

Matt Vance demanda alors au chef Mitchell:

— Je suis désolé pour cette malheureuse, mais je voudrais vraiment qu'on m'explique pourquoi vous avez alerté la brigade criminelle pour une attaque d'ours.

— Les ours noirs pullulent ici, répondit le chef Mitchell, on a une certaine expérience, croyez-moi. Il y a déjà eu nombre d'incidents avec eux, et quand ils attaquent un humain, c'est pour défendre leur territoire, pas pour le manger.

— Où voulez-vous en venir?

— Si cet ours a consommé la chair de cette femme, c'est qu'il est venu en charognard. Elle était déjà morte lorsqu'il l'a trouvée.

Gahalowood et Vance s'approchèrent avec précaution du cadavre de la femme. À cette distance, elle n'avait plus rien d'une dormeuse tranquille. Ses vêtements, en lambeaux, laissaient apparaître de profondes marques de morsures. Ses cheveux étaient poisseux de sang coagulé.

— Qu'est-ce que t'en penses, Perry? demanda Vance.

Gahalowood observa la victime: elle portait un pantalon en cuir et des bottines élégantes.

— Elle est habillée comme si elle sortait. Je pense qu'elle a été tuée cette nuit. Les blessures causées par l'ours semblent cependant récentes.

— Donc elle était déjà morte quand l'ours l'a trouvée, conclut Vance, probablement au lever du jour.

Gahalowood acquiesça:

— Ça sent pas bon, cette histoire. Il faut appeler la cavalerie.

Vance sortit son téléphone portable pour prévenir les renforts et les équipes médico-légales.

Gahalowood, lui, était toujours penché sur le cadavre de la

femme. Il remarqua alors un morceau de papier qui dépassait de la poche arrière de son pantalon. Il enfila des gants de latex et s'empara de ce qui s'avéra être une feuille pliée en quatre. Il la déplia et découvrit un message laconique tapé à l'ordinateur :

JE SAIS CE QUE TU AS FAIT.

Il était presque midi lorsque j'arrivai à Aurora.

La petite ville, comme le reste de la Nouvelle-Angleterre, était couverte d'une fine couche de neige qui fondait sous un soleil radieux. Tous les prétextes étaient bons pour venir ici et entretenir les souvenirs qui me liaient à Harry Quebert.

CHAPITRE 2
Souvenirs

New Hampshire.
6 avril 2010.

Pour être parfaitement honnête, j'avais d'abord cru que l'écriture, puis la publication de *La Vérité sur l'Affaire Harry Quebert*, me permettrait de tourner la page de mon amitié abruptement rompue. Mais l'engouement général que suscitait le livre ne faisait que me rappeler combien je restais marqué par cette affaire. Pas tant par l'enquête, désormais close, ni par ses conclusions, mais par cette question encore restée en suspens : où était passé Harry Quebert ? Que lui était-il arrivé ? Et pourquoi avait-il décidé de disparaître de ma vie ?

J'ai longuement raconté dans *La Vérité sur l'Affaire Harry Quebert* comment Harry et moi nous étions liés. Il est inutile d'y revenir ici, il est simplement nécessaire de préciser que Harry crut suffisamment en mon avenir d'écrivain pour m'inviter chez lui afin de travailler mes textes. La première fois que je me rendis à Aurora, c'était en janvier 2000. Je découvris à la fois son extraordinaire maison de Goose Cove, une maison d'écrivain, à l'écart du monde, posée au bord de l'océan, et sa solitude, que je n'avais jamais soupçonnée. Le célèbre Harry Quebert, personnage charismatique et adulé, était en réalité un homme étonnamment seul, sans femme, sans enfant, sans personne. Je me souviens bien de ce jour-là : son frigo était désespérément vide. Quand je le lui fis remarquer, il m'expliqua qu'il n'avait pas l'habitude de recevoir. Il m'avait alors emmené manger au *Clark's*, le *diner* de la rue principale. C'est ainsi que je découvris cet endroit qui faisait partie intégrante de la légende de Harry. J'y rencontrai Jenny Quinn, la patronne, qui en pinçait pour Harry depuis vingt-cinq ans. Celui-ci avait une table attitrée, la table 17, sur laquelle Jenny Quinn avait fait visser une plaque portant l'inscription:

> *C'est à cette table que durant l'été 1975 l'écrivain Harry Quebert a rédigé son célèbre roman* Les Origines du mal.

Les Origines du mal, paru en 1976, était le livre qui avait offert à Harry la célébrité et la gloire. À mes interrogations admiratives sur ce roman, Harry avait fait la moue:

— Je ne suis l'auteur que d'un succès. Je ne suis connu que pour ce seul roman.

— Mais quel roman! Un chef-d'œuvre!

Jenny était venue prendre notre commande. Harry lui avait dit à mon sujet: « Si ce jeune homme se met à écrire comme il boxe, Jenny, il deviendra un grand écrivain. »

Lorsqu'elle était partie, j'avais demandé à Harry d'expliciter sa pensée. Il m'avait alors répondu:

— On voudrait toujours qu'un grand écrivain ressemble à ceux qui l'ont précédé, sans penser que, s'il est un grand écrivain, c'est justement parce qu'il ne leur ressemble pas.

Comme je ne semblais pas convaincu, il avait ajouté:

— Vous savez, Marcus, je vous ai vu chez moi, pas plus tard que tout à l'heure, contempler avec passion les classiques dans ma bibliothèque. Vous regardez ces livres en vous demandant si dans cinquante ans on regardera les vôtres de la même façon. Commencez par écrire un bouquin, ce sera déjà pas mal. Et arrêtez de nous casser les pieds avec la postérité.

— Je voudrais être comme vous, Harry.

— Vous ne savez pas de quoi vous parler. Je ferai tout pour que vous ne me ressembliez pas. C'est justement pour ça que vous êtes là.

Je n'avais pas compris le sens de sa phrase. Je n'étais qu'un jeune homme qui découvrait son mentor. Comment pouvais-je imaginer, à ce moment-là, aveuglé par ma naïveté, l'affaire qui allait éclater à l'été 2008 dans cette petite ville paisible, et qui verrait *Les Origines du mal*, ce roman considéré comme un ouvrage majeur de la littérature américaine, être retiré du jour au lendemain des rayonnages des librairies et des bibliothèques ?

En ce jour d'avril 2010, dix ans après y être venu pour la première fois, je me garai devant le *Clark's*. Marcus, jadis étudiant rêveur, était de retour, auréolé de gloire, mais sans Harry.

Suite aux évènements de l'été 2008, l'établissement avait été vendu. À l'intérieur, je ne connaissais personne, ce qui m'arrangeait car la plupart des habitants de la ville me battaient froid depuis que j'avais réveillé les tréfonds d'Aurora pendant mon enquête sur « l'Affaire ». À part le changement de propriétaire, rien n'avait bougé. Ni le décor, ni le menu. La table de Harry était libre, je m'y installai. Pour les habitués, c'était désormais celle des pestiférés. Seuls les gens de passage s'y asseyaient. Depuis l'été 2008, la plaque avait été enlevée. Il ne restait que les trous des vis, tels des impacts de balles, vestiges d'une exécution. Je commandai un cheeseburger frites, que je mangeai en regardant par la fenêtre.

Alors que je terminais mon repas, je fus rejoint par Ernie Pinkas, le bibliothécaire municipal. Ernie était mon dernier soutien à Aurora. C'était un homme au grand cœur, un amoureux des livres, son unique compagnie depuis son veuvage. Ernie gérait *La Maison Harry Quebert pour les écrivains*, un programme que j'avais mis sur pied en lien avec l'université de Burrows, qui avait permis de transformer la maison de Harry Quebert à Goose Cove en résidence d'écriture pour de jeunes plumes prometteuses. Le scandale de l'été 2008 avait terni la réputation de Harry mais son aura restait intacte : les candidats se pressaient au portillon pour avoir l'opportunité d'un séjour en ce lieu prestigieux et confortable. Ernie Pinkas s'occupait de faire la sélection, conjointement avec la faculté de lettres de Burrows qui, elle, finançait l'entretien des lieux. La maison pouvait accueillir jusqu'à six écrivains qui y vivaient en communauté pendant trois mois. Du fait de ses nouvelles fonctions,

Ernie disposait à Burrows d'un petit bureau, ce qui l'emplissait de fierté.

Ernie s'assit face à moi :

— Marcus, qu'est-ce que tu fais encore là ?

Son étonnement tenait au fait qu'il m'avait déjà vu ici une semaine plus tôt, alors que j'étais en route vers Montréal. Nous avions pris un café à Goose Cove et j'en avais profité pour saluer les nouveaux résidents qui resteraient jusqu'à l'été.

— Je passais par là, répondis-je, et je me suis arrêté pour déjeuner.

— Depuis Montréal ?

Son intonation me faisait bien comprendre qu'il n'était pas dupe. Que j'étais ici à la poursuite de Harry, ou de mes propres fantômes.

— Tes trajets sont devenus des errances, Marcus, me dit-il.

Ernie avait mis le doigt là où ça faisait mal. Il poursuivit :

— Tu sais qui faisait ça ?

— Faire quoi ?

— Traîner au *Clark's*. Harry. Je me suis toujours demandé ce qu'il fabriquait, à passer des heures ici même, à cette table, les yeux dans le vide, comme tu le fais. Je pensais qu'il cherchait l'inspiration. Mais en fait, il attendait Nola.

Je lâchai un long soupir.

— Je voudrais juste un signe, Ernie.

— Harry ne viendra plus à Aurora.

— Comment peux-tu en être aussi certain ?

— Il a tourné la page, lui. Tu devrais en faire autant.

— Que veux-tu dire ?

— Il a tourné la page grâce à toi, Marcus. Il sait ce qui est arrivé à Nola désormais. Il n'a plus besoin de l'attendre ici. Il a pu enfin s'en aller. Aurora était sa prison et tu l'en as libéré.

— Non, Ernie, Aurora était…

— Tu sais que j'ai raison, Marcus, m'interrompit Ernie. Tu sais que Harry ne viendra plus jamais ici. On ne peut pas attendre ses amis comme on attend le bus. Pourquoi t'obstines-tu à revenir ici ? Profite de la vie. Arrête de te torturer l'esprit. Tu es un chouette gars, Marcus. Il est temps de passer à autre chose.

Ernie avait raison. Mais mon déjeuner terminé, je ne pus m'empêcher de faire un pèlerinage à Goose Cove. Je fis quelques pas sur la plage en contrebas de la maison de Harry, avant de m'asseoir sur un grand rocher et d'admirer les lieux. Je regardais l'impressionnante demeure, riche de tant de souvenirs. Sur le sable, des mouettes sautillaient. Peu à peu, le ciel se voila de nuages gris et une bruine légère se mit à tomber. C'est alors que je vis apparaître, d'entre le rideau de brume, un homme que je considérais comme un ami cher : Perry Gahalowood, sergent au sein de la brigade criminelle de la police d'État du New Hampshire. Il marcha vers moi en arborant un sourire amusé, un gobelet de café dans chaque main.

Ceux qui me connaissent et me lisent savent tout des liens qui m'unissent à Perry Gahalowood. Pour les autres, permettez-moi de le rappeler brièvement ici : j'avais fait la connaissance de Perry deux ans plus tôt, au cours de la fameuse affaire Harry Quebert, dont il avait eu la charge. Nous avions, ensemble, fait toute la lumière sur la mort de Nola Kellergan. Certains diront que l'élucidation du meurtre de Nola m'avait permis d'écrire mon second roman. Elle m'avait en réalité permis de faire germer les graines de l'amitié que j'allais nouer avec ce policier hors du commun qui ressemblait aux fruits du désert : épineux, protégé par une écorce épaisse, mais renfermant une pulpe sucrée et un cœur tendre. Tel était Perry Gahalowood : rugueux, brut, irascible, mais fidèle, droit et juste. Il paraît que la qualité d'un homme se juge à sa famille, et sa famille – que je connaissais bien – respirait le bonheur.

— Sergent (depuis le jour de notre rencontre, je l'appelais *sergent* et il m'appelait *l'écrivain*, et nous avions perpétué cette tradition), qu'est-ce que vous faites ici ?

Il me tendit l'un des deux gobelets de café.

— Je devrais vous retourner la question, l'écrivain. Vous savez que, chaque fois que vous vous pointez ici, il y a au moins une personne qui appelle la police ? C'est dire la bonne impression que vous avez laissée dans cette ville.

— Vous êtes pire que ma mère, sergent.

Il éclata de rire.

— Quelle mauvaise raison vous amène à Aurora, l'écrivain ?

— J'étais sur le chemin du retour depuis Montréal, et je me suis arrêté en route.

— C'est un détour de deux heures, me fit remarquer Gahalowood.

Je désignai du menton la maison battue par les éléments.

— J'ai aimé cette maison, dis-je, j'ai aimé cette ville. Quand on aime c'est malgré nous, c'est pour toujours.

— Si vous pensez aimer cette ville, vous vous trompez, l'écrivain. Vous aimez les souvenirs que vous avez ici, ça s'appelle la *nostalgie*. La nostalgie est notre capacité à nous convaincre que notre passé a été pour l'essentiel heureux, et que par conséquent nos choix ont été les bons. Chaque fois qu'on évoque un souvenir et qu'on se dit « c'était bien », c'est en fait notre cerveau malade qui distille de la nostalgie pour nous persuader que ce que nous avons vécu n'a pas été vain, que nous n'avons pas perdu notre temps. Parce que perdre son temps, c'est perdre sa vie.

En l'entendant, je crus que Gahalowood, toujours prompt à lancer un pavé dans la mare, s'exprimait de façon générale, sans me douter qu'il parlait de lui. Comme je me sentais visé, je lui dis :

— C'était bien quand même à Goose Cove.

— Bien pour vous ? Je n'en suis pas si sûr. Vous êtes l'écrivain de la décennie et vous errez dans un bled du New Hampshire. La dernière fois que je vous ai vu ici, c'était en octobre, vous vous en souvenez ?

— Oui.

— Je pensais que vous étiez venu faire vos adieux à cette maison. Nous avons bu une bière, plus ou moins au même endroit, et vous m'avez sorti tout un baratin selon lequel vous partiez à la quête de l'amour. Un flop apparemment ! Vous êtes toujours avec votre pilote ?

Perry Gahalowood était la personne la mieux informée de l'évolution de ma vie sentimentale : je l'avais appelé après chaque nouvelle rencontre. Lorsque j'avais fait la connaissance de Raegan, il était la première personne à qui je m'étais confié.

— Je crois que Raegan et moi, c'est plutôt sérieux.

— Eh bien, enfin une bonne nouvelle, l'écrivain. Évitez de l'emmener passer des vacances ici, si vous voulez que ça dure.

— Figurez-vous que je l'emmène aux Bahamas.

— Pfft ! vous m'énervez, l'écrivain.

— Sur une île privée, un endroit extraordinaire. Vous voulez voir des photos ?

— J'ai envie de dire non, mais je sens que vous allez me les infliger quand même.

Assis tous les deux sur notre rocher, indifférents au crachin qui nous tombait dessus, nous eûmes une conversation sans grand intérêt, un échange banal entre deux amis, et si je la mentionne ici, c'est que son intérêt réside justement dans le fait que je ne pris pas de nouvelles de Gahalowood. Je m'enquis de sa femme Helen, de ses filles, Malia et Lisa, mais je ne lui demandai pas comment il allait, lui. Je ne lui offris pas l'opportunité de se confier, et notre échange s'acheva sans que je me doute une seconde de ce qui se tramait dans sa vie.

Notre café terminé, Gahalowood se leva.

— L'heure de retourner à vos affaires criminelles ? lui demandai-je.

— Non, je dois aller retrouver Helen. C'est l'anniversaire de Lisa, nous avons quelques courses à faire. Elle a onze ans aujourd'hui.

— Onze ans déjà ! Qu'est-ce que ça vous fait, sergent papa ? Petit coup de vieux ?

Pour toute réponse, Gahalowood eut un air triste. Je m'en inquiétai :

— Tout va bien, sergent ? Vous n'avez pas l'air enchanté.

— Malheureusement c'est une date qui me rappelle un souvenir douloureux. Il y a exactement onze ans, le 6 avril 1999, ma vie a basculé.

— Que s'est-il passé ?

Comme il savait si bien le faire lorsqu'il s'agissait de parler de lui, Gahalowood changea de sujet :

— Peu importe, l'écrivain. Ce soir, nous faisons un dîner à la maison pour Lisa, avec toute la famille. Joignez-vous à nous. C'est à 18 heures.

— Avec plaisir. Je peux même venir plus tôt si vous voulez.

— Surtout pas ! Interdiction formelle de vous pointer avant 18 heures !

— À vos ordres, sergent !

Il s'éloigna de quelques pas avant de se retourner vers moi et de me dire de son habituel ton provocateur :

— N'allez pas croire que je vous considère comme un membre de la famille, l'écrivain. Mais Helen me tuerait si je ne vous invitais pas.

— Je ne crois rien du tout, répondis-je en souriant.

Il s'en alla pour de bon. Je restai un moment encore sur la plage, à me demander ce qui avait bien pu se produire dans la vie de Perry onze ans plus tôt. J'étais loin d'imaginer le drame qui le hantait depuis des années, jusqu'aux évènements que je m'apprête à vous raconter ici.

LE JOUR DU MEURTRE

3 avril 1999

La petite ville de Mount Pleasant connaissait une agitation inédite. Tout le monde questionnait tout le monde, à la recherche d'informations. D'un commerce à l'autre, la conversation était la même. Que ce soit au *Season*, le café réputé pour ses petits-déjeuners, dans la librairie de Cinzia Lockart, ou dans le magasin de chasse et pêche de la famille Carrey, les clients s'interrogeaient mutuellement : « Vous savez quelque chose ? » « Non. Et vous ? Vous êtes allé voir ce qui se passe à Grey Beach ? » « Ma femme y est allée, mais tout est bloqué par la police. »

Tout ce qu'on savait à Mount Pleasant, c'était qu'une femme avait été retrouvée morte à Grey Beach. C'était Lauren Donovan, la fille de Janet et Mark Donovan, les propriétaires du magasin d'alimentation générale, qui avait découvert le corps en faisant son jogging. À mesure que cette nouvelle circulait, tout le monde convergeait chez *Donovan Alimentation générale*, soi-disant pour faire ses courses, mais surtout pour se renseigner. Le magasin ne désemplissait pas, c'en devenait presque la cohue. Les clients arrêtaient Mark ou Janet Donovan pour leur demander sans détour :

— Est-ce que Lauren est là ?

— Non.

— Vous avez des infos sur ce qui s'est passé à Grey Beach ?

— Je n'en sais pas plus. Lauren est toujours avec la police. Pardon, mais il y a beaucoup de clients à servir.

— Si vous apprenez quelque chose, surtout, dites-le nous !

Tandis qu'à Mount Pleasant les curieux devaient rester avec leurs interrogations, au même moment, à Grey Beach, les enquêteurs esquissaient des réponses. La forêt alentour et les rives du lac étaient passées au peigne fin par une cinquantaine d'agents issus des polices locales et de la police d'État. Sur la plage, les équipes médico-légales s'activaient autour du corps qui gisait toujours face contre terre. Et sur le parking, les experts de la police scientifique inspectaient la décapotable bleue. D'après la plaque, la voiture appartenait à une jeune femme de vingt-deux ans: Alaska Sanders. Sur le siège passager, il y avait un sac à main contenant notamment son permis de conduire.

L'évocation de ce nom avait suscité l'émoi parmi les policiers locaux: Alaska était une jeune femme de Mount Pleasant.

— Faudrait voir son visage pour vous confirmer que c'est bien elle, expliqua le chef Mitchell à Gahalowood et Vance pendant que le médecin légiste manipulait le corps inerte.

— Que pouvez-vous nous dire à son sujet? demanda Vance.

— Une fille sans histoire. Elle s'est installée ici il y a quelques mois avec son copain. Elle travaillait dans une station-service proche.

— Comment la connaissez-vous?

— À Mount Pleasant, tout le monde connaît tout le monde.

Ses premiers relevés terminés, le médecin légiste fit basculer le cadavre et le retourna, révélant le visage de la victime. En la voyant, le chef Mitchell lâcha un juron. Plusieurs policiers locaux rappliquèrent et une rumeur s'éleva.

— C'est elle? demanda Gahalowood à Mitchell.

— Oui.

Gahalowood et Vance s'approchèrent du corps.

— Alors, doc? demanda Vance au médecin légiste.

— Vous me connaissez, sergent, je n'aime pas me prononcer avant l'autopsie. Mais ce que je peux vous dire à ce stade, c'est que la mort remonterait au milieu de la nuit. 1 ou 2 heures du matin. Elle est vraisemblablement due à un coup porté à l'arrière du crâne. La victime présente une plaie importante au niveau de l'occiput. L'ours n'y est pour rien.

— Donc c'est bien un meurtre.

— Ça, c'est sûr et certain. Elle a reçu un coup avec un objet contondant. La suite, je vous la livrerai une fois que j'aurai fait l'autopsie.

— Et quand est-ce que ce sera?

— Le plus rapidement possible.

— Ce n'est pas une réponse, fit remarquer Vance.

— Pour moi, si, s'amusa le légiste.

Gahalowood et Vance restèrent un moment silencieux, à contempler le cadavre. Une voix les interpella soudain :

— J'ai horreur des meurtres dans les petites villes. Ce sont toujours des histoires sordides.

C'était le capitaine Morris Lansdane, le responsable de la brigade criminelle de la police d'État.

— Qu'est-ce que vous faites là, capitaine ? demanda Vance. Je croyais que vous étiez en congé.

— Jamais quand c'est le bordel, répondit Lansdane. Le « grand chef » (l'expression désignait le chef de la police d'État du New Hampshire, poste que finirait d'ailleurs par occuper Lansdane quelques années plus tard) veut savoir ce qui se passe et m'a demandé un point de situation. Qu'est-ce que vous avez ?

Gahalowood commença son rapport :

— La victime est une jeune femme de vingt-deux ans qui s'appelait Alaska Sanders. Elle était originaire de Salem, Massachusetts. Morte cette nuit d'un coup porté à l'arrière du crâne.

Vance poursuivit :

— On a retrouvé sa voiture sur le parking de la plage. Elle n'était pas verrouillée. Il y a un sac de voyage contenant quelques vêtements sur la banquette arrière et, sur le siège passager, son sac à main.

— Crime crapuleux ? demanda Lansdane.

— J'en doute, répondit Gahalowood. On a retrouvé un message de menaces sur la victime. Une phrase tapée à l'ordinateur : *JE SAIS CE QUE TU AS FAIT*.

— Hum. Une vengeance ?

— Peut-être. En tout cas, le sac de voyage laisse penser qu'elle partait quelque part. Ou qu'elle fuyait quelque chose.

— Je vais obtenir les coordonnés de ses parents, indiqua alors Vance. Je voudrais les prévenir rapidement. C'est une petite ville, les flics locaux sont sûrement bavards. Je ne voudrais pas que sa famille l'apprenne par les infos.

— Vous avez raison, acquiesça Lansdane. Je vous laisse bosser. Ah, attendez… qu'est-ce que c'est que cette histoire d'ours ? Tout le monde m'en parle depuis tout à l'heure.

— Le corps a été découvert par une joggeuse qui a surpris un ours en train de dépecer le cadavre, expliqua Gahalowood.

Lansdane eut une moue dégoûtée.

— Vous avez parlé à la joggeuse ? demanda-t-il.

— Pas encore. Elle nous attend à la station-service voisine. On va aller lui parler.

À cet instant, un policier vint les chercher. « On vous réclame dans la forêt, annonça-t-il. *Ils* ont trouvé quelque chose. Venez, suivez-moi ! »

Gahalowood, Vance et Lansdane emboîtèrent le pas au policier. Ils s'engagèrent sur un sentier forestier. Les bois étaient baignés de lumière. Ils serpentèrent entre les fougères et les troncs centenaires, jusqu'à arriver à une caravane abandonnée, dévorée par les ronces et les broussailles, devant laquelle patientait une troupe de policiers.

— On n'est pas entrés, expliqua l'un d'eux, on a juste jeté un œil par la porte entrouverte.

— Et… ? demanda Gahalowood.

— Regardez vous-même, lui suggéra le policier en lui tendant une lampe torche.

Les fenêtres de la caravane étaient obstruées et lorsque Gahalowood passa la tête dans l'habitacle il n'y vit d'abord que l'obscurité. Puis, dans le faisceau de sa lampe, il découvrit un capharnaüm : matelas éventré, déchets, mégots de cigarettes. Mais surtout, sur le sol, un pull-over maculé de traces pourpres. Gahalowood s'autorisa à faire un pas à l'intérieur de la caravane pour s'approcher davantage : le vêtement était taché de sang.

— Il faut faire venir immédiatement la police scientifique et passer cet endroit au peigne fin, décréta Gahalowood.

Vance et lui explorèrent ensuite les environs. À une dizaine de mètres de là, ils découvrirent une piste assez large pour laisser passer un véhicule, empruntée par les gardes forestiers. Vance aperçut au sol les débris d'un phare arrière d'un véhicule et remarqua un tronc qui portait les traces d'un choc récent.

— On dirait de la peinture noire, dit-il en observant de près la traînée sombre sur l'écorce.

*

Il était midi lorsque Robbie et Donna Sanders reçurent l'appel du sergent Matt Vance. La conversation terminée, les deux parents restèrent accrochés au combiné, hébétés. Détruits. Leur monde s'effondrait.

À deux cents kilomètres de là, sur le pré fleuri qui séparait la forêt de Grey Beach de la route 21, Vance referma le clapet de son téléphone portable et retourna auprès de Gahalowood, qui l'attendait adossé à leur véhicule banalisé.

— Toutes ces fleurs de merde par une journée pareille, pesta Vance en piétinant volontairement une grappe d'érythrones d'Amérique. Les parents d'Alaska nous rejoindront au quartier général en fin de journée.

— Merci de t'en être occupé, lui dit Gahalowood en lui donnant une tape fraternelle sur l'épaule.

— C'est bien normal, Perry, t'as une môme sur le point d'arriver. Tu ne devrais même pas être là, à voir cette horreur.

— C'est le boulot. À ce propos, le chef Mitchell m'a donné l'adresse d'Alaska, à Mount Pleasant. Un appartement sur la rue principale dans lequel elle vivait avec son petit copain. Le copain en question travaille apparemment dans un magasin de chasse et pêche qui se trouve juste en dessous. D'ailleurs il y est en ce moment.

— Commençons par la station-service, nous irons à Mount Pleasant, ensuite suggéra Vance.

La Chevrolet Impala remonta la piste de terre jusqu'à la route 21, où Gahalowood dut enclencher sa sirène pour se frayer un chemin parmi les policiers, les badauds et les journalistes. Il bifurqua à gauche, en direction de Mount Pleasant. Un kilomètre plus loin, ils arrivèrent à la station-service où tout avait commencé ce matin-là. Une voiture de la police locale était garée devant.

À l'intérieur du magasin, ils trouvèrent Lauren Donovan, la joggeuse, et Lewis Jacob, le pompiste, en pleurs, qui se réconfortaient mutuellement, sous le regard impuissant de l'agent Peter Philipps. En voyant les policiers, Lewis Jacob s'écria :

— Est-ce que c'est vrai ? C'est Alaska ? C'est Alaska qui est morte ?

Gahalowood et Vance échangèrent un regard : l'information était déjà en train de circuler.

— C'est malheureusement exact, indiqua Gahalowood.

— Morte comment ? Est-ce qu'elle a été bouffée par un ours ? C'est ce que Peter m'a dit. Mais les ours, ça bouffe personne. Surtout pas les ours noirs qu'on a par ici. L'automne dernier, j'en avais deux qui venaient sans cesse fouiner dans les poubelles. Je peux vous assurer qu'une bonne gueulante suffisait à les faire déguerpir.

— Elle n'a pas été tuée par un ours, dit Vance.

— Mais alors, comment est-elle morte ?

Vance éluda la question.

— Quand avez-vous vu Alaska pour la dernière fois ? demanda-t-il.

— Hier soir. Je suis parti d'ici à 19 heures 30, elle devait fermer le magasin à 20 heures.

— Et elle l'a fait ?

— Oui, quand je suis arrivé ce matin l'alarme était mise, tout paraissait normal.

— Comment vous a-t-elle semblé hier ?

— Pareille à elle-même. Rien de spécial. Vous savez, elle était toujours aimable, toujours un mot gentil, toujours d'humeur égale. C'était une merveille, cette fille.

— Avait-elle des projets pour la soirée ? A-t-elle évoqué quelque chose ?

— Elle a dit qu'elle avait un *dîner romantique*. Ce sont ses mots.

— Avec son copain ?

— Je lui ai posé la question, elle n'a pas répondu. Je sais qu'ils traversaient des hauts et des bas en ce moment. Vous avez parlé avec Walter ?

— Walter est le petit copain, c'est ça ?

— Oui, Walter Carrey.

— Nous y allons ensuite.

Gahalowood leva les yeux au plafond et avisa une caméra de surveillance.

— Est-ce qu'on peut jeter un œil aux enregistrements vidéo ?

— C'est ce que j'expliquais tout à l'heure : je sais pas manipuler ce truc pour revenir en arrière, avoua Lewis Jacob. Jamais eu besoin. Mais je sais qu'on peut le faire. C'est mon neveu qui m'a installé ce machin. Je l'ai appelé pour qu'il vienne, il est en week-end dans le Vermont.

— On va embarquer le disque dur, si vous le permettez.

— Embarquez tout ce que vous voulez, sergent.

*

Jusqu'au meurtre d'Alaska Sanders, Mount Pleasant n'était que douceur de vivre et sérénité. C'était une charmante bourgade, à la frontière avec le Maine et à deux heures de route du Canada, entourée de la forêt nationale de White Mountain.

La rue principale était bordée de grands érables qui se couvraient de neige l'hiver et offraient une ombre généreuse l'été. De part et d'autre de ses larges trottoirs, des commerces réputés dans toute la région : *Donovan Alimentation générale*, dont les denrées, sélectionnées avec soin, n'avaient rien à voir avec celles des supermarchés ; la fameuse *Librairie Lockart*, tenue par Cinzia Lockart, qui attirait de nombreux écrivains de la côte Est pour des séances de dédicaces ; *Carrey Chasse & Pêche*, tenue par la famille Carrey, appréciée pour la qualité de son matériel et de ses conseils experts ; ou encore le bar sportif *National Anthem*, qui retransmettait les matchs des ligues nationales de football, baseball et de hockey, dont le patron était un grand amateur.

Ce jour-là, sur cette même artère, les promeneurs cancanaient : la rumeur assurait que c'était Alaska Sanders qui avait été retrouvée morte. Plusieurs femmes de policiers tenaient l'information de leurs maris. Soudain, tout le monde se tut, et les regards suivirent la Chevrolet Impala banalisée – reconnaissable à son gyrophare aimanté sur le toit – qui remontait la rue. Le véhicule s'immobilisa devant le magasin d'alimentation générale *Donovan*. Le sergent Gahalowood en sortit pour ouvrir la portière à Lauren Donovan.

— Merci, sergent, lui dit-elle.

— Courage, Lauren. Si vous avez une question, vous avez ma carte.

Elle acquiesça et s'engouffra dans le magasin en évitant les regards des badauds qui la scrutaient. À l'intérieur, elle se précipita derrière le comptoir pour retrouver sa mère qui la serra contre elle.

— Ma chérie…

— Oh maman, c'était affreux !

Aussitôt les clients présents pressèrent Lauren : « Est-ce que c'est Alaska qui est morte ? Qu'est-ce que tu as vu ? Il se passe quoi à Grey Beach ? »

Janet Donovan entraîna sa fille dans la réserve, à l'abri de la cohue. Mark Donovan, le père, dut sévir pour que les clients restent à leur place et chassa ceux qui n'étaient pas venus faire leurs courses.

Dans l'arrière-boutique, Janet Donovan servit un café à sa fille et l'aida à s'asseoir sur une chaise. Eric, le frère aîné de Lauren, qui travaillait au magasin avec ses parents, les rejoignit.

— C'est bien Alaska qui est morte, lui dit alors Lauren, d'une voix tremblante.

— Quoi ? balbutia Eric, sous le choc. Je n'arrive pas à le croire.

— Cette scène sur la plage, Eric, c'était terrible. Je ne l'ai pas reconnue sur le moment, je n'ai d'ailleurs pas vu grand-chose heureusement.

— Alaska est morte… répéta Eric, incrédule. Il faut que j'aille voir Walter.

— Les flics se rendent chez lui maintenant.

À quelques dizaines de mètres de là, la Chevrolet Impala banalisée s'était garée devant *Carrey Chasse & Pêche*. Lorsque, derrière le comptoir, Walter Carrey vit les deux hommes entrer, leurs insignes à la ceinture, il s'effondra. La rumeur disait vrai. Alaska était morte.

Walter s'était réfugié dans l'arrière-boutique pour échapper au regard des curieux agglutinés devant le magasin. C'était un homme d'une trentaine d'années, au physique robuste. On aurait pu croire que le vieux fauteuil dans lequel il était recroquevillé allait s'effondrer sous son poids. Il répétait, hagard : « Assassinée ? Assassinée ? Mais qui a pu faire une chose pareille ? Et pourquoi ? » Il lui fallut un bon moment pour être capable de répondre aux questions des enquêteurs.

— Vous habitiez ensemble, non ? demanda alors Vance.

— Oui, un petit appartement juste au-dessus de la boutique.

— Vous ne vous êtes pas étonné de son absence ? interrogea Gahalowood.

— Elle était partie pour le week-end.

— Partie où ça ?

— Chez ses parents, je crois. Vous leur avez parlé ?

— Oui, répondit Vance, et ils n'avaient pas l'air au courant de sa venue.

Walter Carrey se passa les mains dans les cheveux en répétant : « C'est pas possible, c'est pas possible ! »

— Walter, interrogea Vance, quand avez-vous vu Alaska pour la dernière fois ?

— Hier… hier en fin d'après-midi.

— Et… ? s'enquit Vance. Avez-vous remarqué quelque chose d'inhabituel ?

— Ça, oui ! Je peux même dire qu'elle n'était pas dans son état normal. Je suis remonté brièvement à l'appartement, vers 17 heures. J'avais froid et je voulais chercher un pull. En entrant, je suis tombé sur elle. J'étais étonné car elle travaillait à la station-service jusqu'à 20 heures en principe. Je pensais qu'elle m'avait fait une surprise. Tu parles d'une surprise…

*

La veille.
17 heures 15.

Walter ouvrit la porte de l'appartement et tomba sur Alaska. Elle portait un pantalon moulant noir, une chemise en dentelle qui laissait deviner son soutien-gorge, et ces bottines noires qui la rendaient tellement désirable. Elle se contemplait dans le grand miroir de l'entrée.

— Alaska, sourit Walter pensant qu'elle s'était apprêtée ainsi pour lui.

— Oh, tu es là ? dit-elle.

À son ton, il comprit qu'elle ne s'attendait pas à le voir.

— Qu'est-ce que tu fais là ? demanda Walter qui déchanta. Et pourquoi es-tu habillée comme ça ?

— Pour rien. Je faisais un essai.

Elle se déshabilla aussitôt et revêtit son jean et le polo de la station-service. Puis elle fourra ses vêtements et ses bottines dans un large sac en cuir.

— Qu'est-ce que tu fabriques ? demanda Walter.

Elle le regarda avec dépit.

— Walter… je t'en prie… ne fais pas comme si tu ne comprenais pas.

— Qu'est-ce que je ne comprends pas ?

— Je m'en vais. Je te quitte.

— Quoi ? Comment ça, *tu me quittes* ?

— Ça ne va plus entre nous, Walter. Et puis, j'aspire à autre chose qu'à vivre au-dessus du magasin de tes parents... On va où, ensemble ?

— Tu ne peux pas t'en aller ainsi, Alaska ! Pas sans m'avoir donné une chance !

— Désolée.

— Et tu vas où ?

— Je vais retourner chez mes parents, le temps de faire le point.

*

— Ça s'est terminé comme ça, expliqua Walter. Elle a pris son sac, et elle est partie. Je l'ai suivie jusqu'à la rue, pour essayer de la dissuader. Elle ne voulait rien entendre. Elle est montée dans sa voiture et elle s'est tirée.

— Et qu'avez-vous fait ? demanda Gahalowood.

— Un client est arrivé devant la porte du magasin. Je devais y retourner.

— Vous étiez seul au magasin ?

— Oui, en ce moment il n'y a que moi. Mes parents sont en vacances, ils rentrent demain.

— Donc, vous ne vous attendiez pas à ce qu'Alaska vous quitte.

— Non ! On avait des hauts et des bas, comme tous les couples. Mais de là à s'en aller sans crier gare...

— Est-ce qu'elle avait quelqu'un d'autre ? demanda Vance.

— Non ! répondit Walter d'abord blessé par la question. Enfin... je n'en sais rien... je ne sais plus rien... tout cela est si irréel...

— Et qu'avez-vous fait ?

— J'étais coincé au magasin jusqu'à la fermeture. Je ne voulais pas fermer en avance, mes parents appellent de temps à autre, soi-disant pour prendre des nouvelles, mais c'est pour contrôler que je suis bien là. Ils me testent, pour voir si je suis sérieux et prêt à prendre la relève. Ils disent que leur retraite dépendra de moi, vous voyez le genre de pression. Bref, j'ai espéré qu'elle reviendrait, mais elle n'est pas revenue. J'ai fermé le magasin, je suis monté chez moi. Je broyais du noir. Finalement, je suis sorti. J'ai rejoint mon copain Eric Donovan pour manger un hamburger et regarder le match de hockey au *National Anthem*. Je suis rentré assez tard.

— À quelle heure ?

— Je ne sais plus. J'avais trop bu. Je me suis mis au lit, j'ai dormi jusqu'à midi.

— Êtes-vous allé à la station-service pour essayer de raisonner Alaska ?

— Non.

— Pourquoi ? demanda Gahalowood. Si ma copine me quittait, j'aurais envie d'aller la trouver pour lui demander des explications.

— À quoi bon ? maugréa Walter. Alaska, quand elle était décidée, elle était décidée. Et puis, je ne voulais pas me ridiculiser en la suppliant. Je me voyais pas me traîner à ses pieds devant tous les clients de la station-service.

— Vous vouliez jouer les durs, ironisa Vance.

Walter haussa des épaules :

— J'ai essayé de l'appeler au moins vingt fois. Je l'ai bombardée de messages.

— Sur son téléphone portable, vous voulez dire ? demanda Gahalowood.

— Oui, bien sûr, sur son portable. Pourquoi ?

— Parce qu'on n'a pas retrouvé son téléphone. Ni sur elle, ni dans sa voiture. On a retrouvé toutes ses affaires, sauf son portable. Walter, est-ce qu'on pourrait aller visiter votre appartement ?

— Évidemment.

Le jeune homme les fit sortir du magasin par une porte de service. À côté de celle-ci, un escalier extérieur donnait accès à l'étage. Les trois hommes pénétrèrent dans l'appartement, où Gahalowood et Vance entreprirent une fouille sommaire.

— Qu'est-ce que vous cherchez ? demanda Walter.

— Rien en particulier. C'est la procédure dans ce genre de situation.

— Vous voulez dire un meurtre ?

— Oui. Où sont les affaires d'Alaska ?

— Dans la chambre à coucher.

Walter Carrey conduisit les deux policiers dans la pièce. Gahalowood avisa une caméra en piteux état sur une étagère :

— À qui appartient cette caméra ?

— À Alaska.

Gahalowood ouvrit le compartiment à cassette et constata qu'il était vide. Il demanda :

— Qu'est-ce qui s'est passé avec cette caméra ?

— J'en sais rien, répondit Walter. Alaska m'a dit qu'elle l'avait fait tomber. Elle ne l'utilisait jamais, de toute façon. C'était pour ses castings. Elle rêvait de devenir actrice. Elle avait même une agente à New York et tout ça. Mais elle avait mis son projet de côté depuis son installation ici.

— Si elle ne l'utilisait jamais, comment est-ce qu'elle l'a pareillement abîmée ? demanda Vance.

— J'en ai vraiment aucune idée, avoua Walter.

Gahalowood ouvrit les armoires et inspecta les vêtements :

— Est-ce qu'il manque des affaires ?

— Difficile à dire. Comme je vous l'ai indiqué, elle est partie avec un sac, il y avait quelques fringues dedans.

Gahalowood souleva une pile de pantalons et s'arrêta soudain. Il venait de trouver deux autres messages, similaires à celui découvert dans la poche d'Alaska :

JE SAIS CE QUE TU AS FAIT.

— Est-ce qu'Alaska était menacée ? demanda Gahalowood.

— Non, pourquoi ?

— Parce qu'elle recevait des menaces, répondit Gahalowood en montrant les messages.

— Qu'est-ce que c'est que ça ? demanda Walter.

Il avait l'impression de perdre pied.

— Alaska ne vous en a jamais parlé ?

— Non, jamais ! J'ai l'impression de vivre un cauchemar.

*

À la fin de l'après-midi, à Grey Beach, l'agitation était retombée. Le corps d'Alaska avait été emporté, les balises autour de la plage enlevées. Les véhicules de police s'en allaient les uns après les autres. Les rangs des journalistes et des badauds étaient clairsemés. Il n'y avait plus rien à voir.

Gahalowood et Vance, eux, étaient retournés à Concord, au quartier général de la police d'État du New Hampshire. Ils y sacrifièrent au rituel immuable qui marquait le début de chaque nouvelle affaire : ils tirèrent un grand tableau aimanté derrière leurs deux bureaux et commencèrent à y déposer les premiers éléments de l'enquête.

Gahalowood inscrivit au feutre rouge : *Affaire Alaska Sanders*, et juste en dessous, Vance y apposa les photos prises par la police scientifique qu'on venait de leur apporter. On y voyait le corps d'Alaska sur la plage, l'ours mort à ses côtés, ainsi que des gros plans à peine soutenables du visage de la jeune femme. Il y avait des photos de la note *JE SAIS CE QUE TU AS FAIT* et de la décapotable bleue, du sac en cuir retrouvé dans le coffre avec, à l'intérieur, des vêtements et un nécessaire de toilette. Il y avait également quelques vues générales de la forêt. La caravane abandonnée. Le pull-over taché de sang sur le sol, un pull-over de couleur grise sur lequel on pouvait lire *M U*. La piste dans la forêt. L'arbre marqué de peinture noire. Les débris du phare arrière.

Un coup de téléphone du comptoir d'accueil les interrompit : les parents d'Alaska Sanders étaient arrivés.

— Je m'en charge, proposa Vance à Gahalowood. Tu devrais rentrer chez toi.

Gahalowood consulta sa montre.

— Je ne vais pas jouer les fonctionnaires alors qu'on a un meurtre sur le dos.

— Tu sais comme moi qu'il ne se passera rien avant demain, et encore... Le légiste ne fera l'autopsie que lundi. Je vais emmener les parents d'Alaska à la morgue, pour qu'ils puissent identifier leur fille. Toi, rentre t'occuper d'Helen et de ton déménagement. Surtout, ne la laisse pas porter des cartons. Je passe tout à l'heure si tu as besoin d'un coup de main.

Gahalowood rentra chez lui. En se garant devant sa nouvelle maison, il se sentit immédiatement apaisé. Comme lavé des émotions de la journée. Le moteur éteint, il resta quelques minutes à admirer sa nouvelle demeure, petite mais coquette. Helen et lui avaient eu le coup de foudre trois mois plus tôt. Depuis le début de sa grossesse, ils cherchaient à quitter leur appartement trop étroit et à acheter une maison : ils allaient bientôt être quatre, ils avaient besoin de place. Lui voulait un bout de jardin. Ils avaient multiplié les visites, en vain. Rien ne leur plaisait. Jusqu'à cette maison. C'était un jour de pluie, mais, malgré le mauvais temps, la maison, de l'extérieur, leur plut aussitôt. Au moment où ils y avaient pénétré, c'était devenu une évidence : ils imaginaient ces lieux débordants de vie. Pour couronner le tout, le prix était imbattable car il fallait faire des travaux de réfection. Dix jours plus tard, ils signaient l'acte d'achat. Un mois après, les rénovations débutaient, mais comme toujours, les travaux avaient pris du retard et ce n'était finalement qu'une semaine plus tôt, à quelques jours de l'accouchement, qu'ils avaient pu emménager.

Gahalowood franchit la porte d'entrée : un joyeux désordre de cartons régnait à l'intérieur. Mais il s'en fichait. Il était heureux. Helen s'était assoupie sur le canapé. Il la réveilla tendrement, elle l'attira contre son ventre rond.

— On est tellement bien dans cette maison, dit-elle.

— Je sais. Où est Malia ?

— Elle est chez ma mère. Elle dort là-bas ce soir.

— Désolé, je n'ai pas eu le temps de t'appeler de la journée.

— Ne t'en fais pas, j'ai bien imaginé que tu étais débordé.

— On a un meurtre sur les bras. Une fille de vingt-deux ans, retrouvée dans une forêt.

Gahalowood s'efforça de chasser les images d'Alaska de son esprit.

— Et ta journée à toi ? demanda-t-il à sa femme pour changer de sujet.

— Je suis allée dans cette boutique de décoration sur Isaac Street. Regarde ce que j'ai trouvé.

Elle se leva et sortit d'un sac en papier une applique en fer forgé qui formait trois mots reliés :

JOIE DE VIVRE

— C'est pour mettre dehors, à côté de la porte d'entrée, expliqua Helen.

— Et qu'est-ce que c'est censé signifier ?

— Nous ! Nous, dans cette maison.

Gahalowood sourit. Après le dîner, il fixa cette décoration murale sous le porche de sa maison. Il venait de terminer lorsqu'un véhicule se gara dans son allée : c'était Vance.

— Alors ? demanda Gahalowood à son coéquipier quand celui-ci l'eut rejoint sous le porche.

— Les parents sont anéantis. On pouvait s'en douter. Ils ont formellement identifié leur fille.

Gahalowood alla chercher deux bières. Ils s'assirent à même les marches pour boire. Vance alluma une cigarette.

— Jolie baraque, dit-il.

— Merci.

— Mais quelle idée de déménager à quelques jours d'un accouchement !

Vance observa sur le mur la décoration en fer forgé qui accueillerait désormais les visiteurs.

— *Joie de Vivre*, lut-il.

— C'est une idée d'Helen, expliqua Gahalowood.

— J'aime ça, approuva Vance. C'est une invitation à ne pas ramener ici toutes les horreurs auxquelles tu seras confronté.

Les deux hommes restèrent silencieux. Vance termina sa cigarette et en ralluma aussitôt une autre. Il était nerveux. Après quelques bouffées, il considéra qu'il était temps de partager sa décision avec son coéquipier. Il y avait longtemps qu'il y songeait, mais ce matin-là, en découvrant le corps d'Alaska, il avait su que le moment était venu.

— J'ai commencé ma carrière comme flic à Bangor, dans le Maine. L'une de mes premières affaires était une môme de dix-sept ans qui s'était fait assassiner en rentrant à pied d'une soirée chez une copine. Gaby Robinson, c'était son nom. Je ne l'oublierai jamais. On n'a jamais retrouvé celui qui avait fait ça. Ce matin, quand j'ai vu ce corps sur la plage, ça a fait remonter plein de mauvais souvenirs. L'affaire Alaska Sanders sera ma dernière enquête, Perry. On va mettre la main sur celui qui a fait ça. On va se le faire. Je t'en fais la promesse. Je veux pouvoir regarder les parents d'Alaska et leur dire que justice a été rendue. Et ensuite, j'arrête.

Je me présentai avec beaucoup d'avance sur le seuil de la maison des Gahalowood, avec des fleurs, du vin et un cadeau pour Lisa. Comme à chacune de mes visites, au moment de sonner, mon regard s'arrêtait sur l'enseigne en fer forgé qui accueillait les visiteurs : *JOIE DE VIVRE.*

CHAPITRE 3
Joie de Vivre

New Hampshire.
6 avril 2010.

Depuis un peu plus de deux ans, cette maison avait été le théâtre de notre amitié. Je m'étais rendu chez eux les premières fois durant l'été 2008, en pleine affaire Harry Quebert. J'y avais ainsi fait la connaissance d'Helen, la délicieuse femme de Gahalowood, ainsi que de leurs adorables filles Malia et Lisa. Le véritable tournant dans ma relation avec eux était survenu durant la période de Noël 2008.

*

Décembre 2008

Quelques mois venaient de s'écouler depuis la conclusion de l'affaire Harry Quebert, et nous n'avions gardé que des contacts très sporadiques. Mais, comme toujours lorsqu'il s'agit de sentiments profonds, la rareté de nos échanges n'avait en rien entamé les fondements de l'amitié que nous nous portions. Je m'en rendis compte lorsqu'un matin, pendant cette parenthèse des fêtes où le temps semble suspendu, je reçus par la poste un petit colis envoyé par Helen Gahalowood, contenant quelques spécialités culinaires du New Hampshire et une carte de vœux.

Elle représentait leur famille en un portrait criant de vérité : Perry, portant l'une de ses affreuses cravates, fixait l'objectif avec un air de bison boudeur, tandis qu'Helen, radieuse, enlaçait leurs deux filles. À l'intérieur quelques lignes manuscrites d'Helen :

Bonne année à toi, très cher Marcus, la meilleure chose qui nous soit arrivée en 2008.
Helen, Perry & les filles

Et juste en dessous, l'écriture de Perry :

Je ne souscris pas ! Mais bonne année quand même, l'écrivain !
Perry

Ces marques d'affection me bouleversèrent. Elles me firent prendre conscience de mes sentiments pour la famille Gahalowood. Comme j'éprouvais un besoin immédiat de réciprocité, je me mis à cuisiner un gâteau pour eux. Je leur confectionnai le seul dessert que je savais faire, un gâteau aux bananes que ma tante Anita préparait toujours à cette période de l'année, et dont la réussite de la recette dépendait de bananes bien mûres. Une heure plus tard, lorsque le gâteau fut cuit, je sautai dans ma voiture et je roulai pendant quatre heures pour rejoindre Concord, New Hampshire. C'était le milieu de l'après-midi lorsque je sonnai à la porte des Gahalowood, avec mon dessert dans les mains et quelques babioles glanées dans un centre commercial du bord de l'autoroute. Je n'avais aucune intention de m'incruster chez eux : toute cette route pour déposer mon misérable gâteau n'était rien d'autre que ma réponse à leur déclaration : « Vous aussi, vous êtes la meilleure chose qui me soit arrivée en 2008. » On ne rencontre pas un ami, il se révèle à vous. C'est ce qui s'était produit avec eux. Ils étaient de vrais amis, comme je n'en avais pas, ou plutôt comme je n'en avais plus depuis « la gloire ». En dehors de Harry Quebert.

Je me souviens du sourire d'Helen lorsqu'elle ouvrit la porte et me vit avec mon drôle de cadeau. Après un instant de stupéfaction, elle me sauta au cou.

— Marcus ! Marcus, mais qu'est-ce que tu fais là ? (Se tournant vers l'intérieur.) Perry, viens, c'est Marcus ! (Puis se tournant à nouveau vers moi.) Il fait glacial, entre.

— Je ne veux pas vous déranger, dis-je. Je ne faisais que passer.

— Allons, entre au moins un instant.

J'obéis et fis quelques pas dans la maison. Il y régnait une agitation joyeuse, les Gahalowood jouaient à un jeu de société. Perry arriva à son tour et broya ma main dans la sienne en guise de salutation.

— L'écrivain, ça pour une surprise ! Qu'est-ce qui vous amène dans la région ?

— Rien de spécial, je suis juste passé vous apporter un gâteau que j'ai fait pour vous. Après je file. Merci pour votre colis. Et surtout pour la carte. J'ai été très touché. Tenez, sergent, ça c'est pour vous.

Je lui tendis l'un des quatre petits paquets que je leur destinais. Perry le déballa et regarda, d'un air dégoûté, la cravate que je venais de lui acheter.

— Elle est drôlement moche, me fit-il remarquer.

— Comme vous les aimez, sergent.

Il me remercia, et soudain fronça les sourcils : en fin limier qu'il était, il venait de lever le lièvre que j'avais lâché quelques instants plus tôt.

— Minute, l'écrivain ! Quand vous dites que vous *filez,* vous voulez dire que vous retournez à New York ?

— Oui, répondis-je comme s'il n'y avait rien d'anormal dans mon histoire.

— Nom d'un chien, Goldman ! vous êtes en train de me raconter que vous venez de rouler quatre heures pour nous déposer un gâteau qui a l'air trop cuit et que vous vous retapez quatre heures de route au retour ?

J'acquiesçai d'un hochement de tête et tout ce que je trouvai à répondre fut :

— Il peut paraître trop cuit, mais c'est son apparence habituelle. Il est moelleux en son cœur, vous verrez.

Perry leva les yeux au ciel :

— Je crois que vous êtes complètement fou, l'écrivain. Allez, donnez-moi votre veste et surtout enlevez vos chaussures, vous allez me mettre de la neige partout! Vous aimez le lait-de-poule? Je viens d'en faire un du tonnerre.

Je souris :

— Je ne dis jamais non à un lait-de-poule.

Je restai chez les Gahalowood jusqu'au soir, à jouer avec eux au Trivial Pursuit, au Monopoly et au Scrabble, et à siroter le lait-de-poule de Perry, qui rajoutait dans nos tasses de longues rasades de son tord-boyaux. Je restai encore pour dîner. Et, quand il fut temps de rentrer, Helen et Perry s'inquiétèrent de me voir retourner à New York à une heure pareille.

— Je vais aller dans un motel, les rassurai-je, j'en ai vu un à proximité de l'autoroute.

— Le motel, c'est dans mon sous-sol, décréta alors Perry.

Il m'y conduisit et déplia le canapé-lit qui encombrait une pièce étroite. Il ouvrit un placard et me montra où se trouvaient les draps.

— Si Helen vous le demande : je vous ai préparé le lit. Sinon, elle va encore rouspéter et dire que je ne sais pas recevoir les amis. Bonne nuit, l'écrivain.

— Bonne nuit, sergent. Et merci. Merci pour tout.

En guise de réponse, il souffla comme un bison, ce qui, dans sa langue de bourru, devait signifier *de rien*. Des amis très chers étaient entrés dans ma vie.

*

En ce jour d'avril 2010, en me présentant devant la maison des Gahalowood, c'est à ce souvenir heureux que je repensais. L'accueil de Perry ne fut pas très chaleureux. En me trouvant derrière la porte, il pesta :

— Nom de Dieu, l'écrivain, qu'est-ce que vous foutez là? Je vous ai dit 18 heures!

— Je suis venu aider.

— Personne n'a besoin de votre aide!

Helen apparut derrière son mari, toujours parée de ce sourire solaire.

— Marcus, quelle joie de te voir!

Elle écarta son mari pour me prendre dans ses bras.

— Je suis en avance, mais je viens donner un coup de main, expliquai-je en lui tendant les fleurs.

— Tu es adorable, Marcus.

Elle huma le bouquet et m'invita à la suivre jusqu'à la cuisine. Perry fermait la marche.

— Votre femme dit que je suis adorable, le narguai-je en me tournant vers lui.

— Oh fermez-la, l'écrivain !

— Sergent, expliquez-moi comment cette femme si extraordinaire a pu épouser un type comme vous ?

— À vous de me le dire.

— La pitié sans doute.

— Ben voyons.

— Tenez, sergent, le vin c'est pour vous. Je crois que vous l'aimez bien celui-là.

— Merci, l'écrivain.

Helen et Perry avaient prévu une soirée fajitas, dont Lisa raffolait. Ils attendaient une vingtaine de personnes et, dans leur cuisine, je m'appliquai à couper le poulet, les poivrons, les tranches de fromage, et à écraser des avocats bien mûrs pour réaliser un guacamole. Nous confectionnâmes deux pièces montées, que Perry et moi décorâmes avec plus ou moins de talent.

Helen en profita pour m'interroger sur ma vie amoureuse :

— Alors, Marcus, toujours célibataire ?

— Il a une petite copine, annonça Perry.

— Ah bon ? s'étonna Helen, feignant de s'offusquer que je ne l'aie pas prévenue. Raconte, Marcus.

— C'est tout nouveau, ne nous emballons pas.

— Donc ton casting a fini par porter ses fruits ? me taquina Helen. Est-ce que l'esprit de ta mère a validé ton choix ?

— Sergent, m'écriai-je, je ne peux pas croire que vous lui ayez raconté ça !

— C'est ma femme, je lui dis tout ! Et puis le coup de votre mère qui vous apparaît et vous donne son avis, c'est quand même dingue.

— Elle s'appelle Raegan, dis-je à Helen.

— Ta mère ?

— Non, ma petite copine ! Elle est pilote de ligne. Elle habite près de Montréal.

— Ça fait longtemps ?

— Trois mois déjà qu'ils sont ensemble ! cafta encore Perry.

— Trois mois ? C'est du sérieux, considéra Helen.

— J'en sais rien, dis-je. On n'a pas eu l'occasion de passer beaucoup de temps ensemble.

— C'est très sérieux, intervint Perry. Il l'emmène en vacances aux Bahamas !

— Sergent, par pitié, n'en faisons pas tout un plat !

— La pauvre fille, me charria Perry, si elle savait ce qui l'attend.

Nous éclatâmes de rire.

Malia et Lisa arrivèrent l'une après l'autre à la maison. Elles me sautèrent au cou, heureuses et surprises de me trouver dans leur cuisine. Toutes deux avaient encore poussé depuis la dernière fois que je les avais vues. Lisa célébrait ses onze ans et finissait son école primaire. Malia avait dix-neuf ans, elle avait terminé son lycée l'année précédente et suivait à présent un cours préparatoire à l'université. J'avais noué avec elles une relation très complice : elles m'appelaient affectueusement « Oncle Marcus », ce qui me touchait beaucoup.

Vers 18 heures, les grands-parents, oncles, tantes et cousins se joignirent à la fête. Je garde des images fortes de cette soirée : les conversations animées et les éclats de rire. Lisa qui soufflait ses bougies. La compétition entre Perry et moi pour savoir qui avait concocté le plus beau gâteau. Helen plus belle que jamais, installée au piano pour nous chanter des standards de jazz.

Il était plus de 23 heures lorsque je m'en allai. Comment pouvais-je imaginer que, lorsque je reviendrais dans cette maison, ce serait déchiré par le chagrin ?

Le sergent Gahalowood sortit avec moi pour faire quelques pas dehors :

— Vous êtes certain de ne pas vouloir dormir ici, l'écrivain ?

— Non, merci, sergent, je vais rentrer à New York.

— Vous y arriverez au milieu de la nuit, me fit-il remarquer.

— La nuit ne me fait pas peur.

Nous échangeâmes une accolade fraternelle.

— J'aimerais être comme vous, sergent.

— L'herbe est toujours plus verte ailleurs, l'écrivain.

— Je sais… mais j'envie votre couple avec Helen. Vous semblez si bien ensemble.

— Un couple c'est beaucoup de boulot, l'écrivain. Vous avez

tout le temps devant vous. Contentez-vous de papillonner, c'est pas mal non plus.

Il me dévisagea longuement, comme s'il voulait souligner le sérieux de son propos.

— Quel est votre drame, sergent ? lui demandai-je alors. Cet après-midi, sur la plage, vous avez évoqué un drame qui a eu lieu il y a exactement onze ans, le jour de la naissance de Lisa.

Il éluda en me retournant la question :

— Quel est le vôtre, l'écrivain ?

— Ce qui est arrivé à mes cousins Woody et Hillel.

— Vous ne m'en avez jamais parlé.

— Je viens de le faire. À vous de répondre maintenant : que s'est-il passé le 6 avril 1999, sergent ?

— Vous savez, l'écrivain, les vraies blessures sont secrètes. Il faut les taire : elles ne cicatrisent que si on les garde pour soi.

— Je n'en suis pas si sûr.

Il y eut un long silence. Puis Gahalowood eut cette mystérieuse réflexion :

— La forêt de White Mountain, ça vous dit quelque chose, l'écrivain ?

— Non, pourquoi ?

— C'est ça mon drame. Allez, ne gâchons pas cette belle soirée avec des vieux souvenirs. Conduisez prudemment et envoyez-moi un message depuis New York pour me dire que vous êtes bien arrivé.

— Oui, maman.

Il sourit et s'en retourna chez lui. Une fois dans ma voiture, j'interrogeai Internet, grâce à mon téléphone. Je tapai *Forêt de White Mountain*, ainsi que la date du 6 avril 1999. Mais rien n'apparut. À quoi le sergent Gahalowood avait-il fait allusion ?

Ma recherche fut interrompue par un message de Raegan. Je lui avais envoyé, durant l'après-midi, un courriel avec son billet d'avion et un lien vers le site Internet *Harbour Island*. Elle me disait que j'étais fou. Je l'appelai aussitôt.

— On va aux Bahamas ? s'écria-t-elle à la fois incrédule et enjouée.

J'avais tout organisé de sorte que nous puissions voyager ensemble depuis Montréal : je viendrais passer quelques jours sur le tournage du film, puis nous nous envolerions vers notre petit paradis.

— Les dates te conviennent? demandai-je. Je peux encore modifier les réservations et décaler si besoin.

— Les dates sont parfaites. Tout est parfait. Tu es le mec parfait, Marcus Goldman. J'ai beaucoup de chance d'être tombée sur toi.

Je souris. Je me sentais heureux.

— Départ dans dix jours, dis-je. Ça me semble loin.

— Moi aussi, Marcus. Tu me manques.

— Tu me manques aussi. Tu vas te coucher?

— Oui, je suis au fond de mon lit. Tu es arrivé à New York?

— Non, je me suis arrêté dans le New Hampshire. J'ai dîné chez des amis chers. Je crois que je t'ai parlé d'eux.

— Les Gahalowood?

— Exact. Je voudrais beaucoup que tu puisses les rencontrer.

— Avec plaisir.

— Dors bien, lui dis-je. On se parle demain.

Nous raccrochâmes.

Raegan n'était pas dans son lit. Raegan mentait. Elle était dehors, errant dans une rue déserte de son quartier, sous le prétexte de promener son chien. Notre conversation terminée, elle éteignit son téléphone, ou plutôt le téléphone à prépaiement avec lequel elle m'appelait et qu'elle n'utilisait que pour ses échanges avec moi, le cacha au fond de sa poche, et rentra chez elle. Son mari regardait la télévision dans le salon, elle alla s'installer à côté de lui. Il lui trouva un air étrange:

— Tout va bien, ma chérie?

— Tout va bien.

Elle resta un moment à fixer la télé sans la regarder, puis elle monta à l'étage border ses deux enfants.

EXTRAIT DU RAPPORT DE POLICE
AUDITION DE ROBERT ET DONNA SANDERS

[Robert, dit Robbie, et Donna sont les parents d'Alaska Sanders, leur fille unique. L'entretien a été enregistré dans les locaux de la brigade criminelle de la police d'État du New Hampshire, le dimanche 4 avril 1999.]

Pouvez-vous vous présenter brièvement ?

ROBBIE SANDERS : J'ai 53 ans. Je possède une entreprise d'électricité.

DONNA SANDERS : J'ai 48 ans. Je suis secrétaire médicale.

ROBBIE SANDERS : Nous habitons à Salem, Massachusetts. Alaska y est née et y a grandi. Nous sommes une famille de la classe moyenne. Alaska était à l'école publique. Rien de spécial.

Comment décririez-vous votre fille ?

ROBBIE SANDERS : Alaska était une jeune fille charmante. Toujours enthousiaste. Heureuse.

DONNA SANDERS : Elle faisait l'unanimité. Les gens l'admiraient beaucoup. Elle rêvait de devenir une actrice célèbre. On lui prédisait une grande carrière.

A-t-elle tourné dans des films ?

DONNA SANDERS : Non, mais elle avait participé à de nombreux castings. Elle était sur la bonne voie. Elle avait même une agente. C'était sérieux.

Quel a été le parcours d'Alaska ?

ROBBIE SANDERS : Elle a fait sa scolarité à Salem. Pendant le lycée, elle s'est mise à participer à des concours de jeunes Miss. Elle a vite remporté un grand succès. Elle était très belle et elle avait beaucoup de personnalité. Elle a poursuivi dans cette voie, ça marchait plutôt pas mal. Elle a été sollicitée pour figurer dans des publicités pour des enseignes locales.

Donc elle était mannequin ?

ROBBIE SANDERS : Si on veut.

DONNA SANDERS : Elle n'aimait pas qu'on dise ça. Elle considérait les concours de beauté et les pubs comme un tremplin pour sa carrière d'actrice. Elle avait raison : c'est comme ça qu'elle a trouvé son agente à New York.

Vous parlez beaucoup de New York. Comment s'est-elle retrouvée à Mount Pleasant plutôt que là-bas ?

DONNA SANDERS : Mount Pleasant, c'était provisoire. L'été dernier elle s'est amourachée d'un garçon, Walter Carrey, qui vient de là-bas. Ils se sont rencontrés dans un bar à Salem. Walter est un ancien militaire, un type rustique avec un côté un peu baroudeur. J'imagine que ça a séduit Alaska qui a décidé de le rejoindre sur un coup de tête. Je crois qu'elle était sous pression à cause de sa carrière.

Ça fonctionnait moins bien ?

DONNA SANDERS : Au contraire, ça marchait du feu de Dieu ! Elle venait de remporter son premier concours de beauté professionnel, elle avait été élue Miss Nouvelle-Angleterre. Je crois que tout ça la stressait. On s'est rendu compte avec mon mari qu'elle s'était mise à fumer de la marijuana. Pour se détendre, j'imagine. Je pense que partir à Mount Pleasant c'était l'occasion de s'éloigner un peu de Salem, de sortir de son tourbillon. De se recentrer. Mais c'était momentané. D'ailleurs je l'ai eue au téléphone la semaine dernière. Elle disait vouloir déménager à New York dans un futur proche.

C'était une conversation normale?

Donna Sanders : Oui, enfin... si on veut.

Elle n'a pas évoqué des soucis, des menaces?

Donna Sanders : Non, rien de ce genre.

Robbie Sanders : Sergent, il faut préciser que depuis son départ, nos relations avec Alaska n'étaient pas au beau-fixe. J'avais découvert de la marijuana dans ses affaires et nous avons eu une dispute. Elle a saisi l'occasion pour prendre un peu le large, couper le cordon. Elle en avait besoin.

Donna Sanders : On était proches, malgré tout. Je dirais même que la distance nous a fait du bien à tous.

Quand l'avez-vous vue pour la dernière fois?

Donna Sanders : En février, nous étions passés lui rendre visite à Mount Pleasant.

Et quelles étaient vos relations avec Walter Carrey?

Robbie Sanders : Cordiales.

Donna Sanders : On lui en a d'abord voulu. Quand Alaska s'est installée à Mount Pleasant pour travailler dans une station-service, on a pensé qu'il exerçait une forme d'emprise sur elle. Plus âgé, plus mûr, plus expérimenté. Mais on s'est rendu compte qu'elle était heureuse là-bas.

Apparemment, l'idylle entre Alaska et Walter était terminée. Elle l'aurait quitté la veille de sa mort. Elle ne vous en avait pas parlé?

Donna Sanders et Robbie Sanders : Non.

Est-ce que vous auriez une photo récente d'Alaska?

Donna Sanders : Oui, bien sûr. J'en ai pris une avec moi, comme vous me l'aviez demandé.

Robbie Sanders : Pourquoi?

Nous voudrions la transmettre à la presse pour diffusion. Nous espérons trouver des témoins qui puissent nous aider à y voir plus clair.

Robbie Sanders : Est-ce que vous avez une piste ?

Pour l'instant, aucune.

LE LENDEMAIN MATIN DU MEURTRE

Dimanche 4 avril 1999

L'audition des parents d'Alaska Sanders terminée, Gahalowood et Vance les raccompagnèrent jusqu'à l'entrée du quartier général de la police d'État.

— On a pris un hôtel pas loin, indiqua Robbie Sanders. On n'a pas trop le cœur à être chez nous en ce moment.

— N'hésitez pas à nous appeler pour quoi que ce soit, leur dit Vance.

— Vous avez nos portables, on est à votre disposition, insista Gahalowood.

— On a besoin de réponses, murmura Donna Sanders en retenant un sanglot. On a besoin de savoir ce qui s'est passé… Qui a pu faire ça à notre fille ?

— Les équipes fonctionnent au ralenti pendant les week-ends, mais le médecin légiste m'a assuré qu'on aurait son rapport d'ici demain midi. On vous tient au courant dès qu'on a du nouveau, promis.

— Mieux vaut être assassiné un jour de semaine, ironisa amèrement Donna Sanders.

Les parents s'en allèrent, Gahalowood et Vance les regardèrent s'éloigner : leur démarche laissait transparaître leur tristesse. Gahalowood tenait en main la photo d'Alaska que venait de lui laisser Donna Sanders, ainsi qu'un article de journal qu'elle lui avait confié, datant du mois de septembre. On y voyait Alaska, en robe mousseline, entourée de ses parents. Et le titre au-dessus : *ALASKA SANDERS ÉLUE MISS NOUVELLE-ANGLETERRE*

— Quel gâchis, dit-il en fixant le sourire d'Alaska. Je vais la transmettre à la presse sans attendre.

Ils remontèrent au premier étage qui abritait les locaux de la brigade criminelle, et regagnèrent leur bureau, où s'était installé depuis le matin un troisième équipier, Nicholas Kazinsky, détaché par Lansdane pour les aider. Un troisième enquêteur ne serait pas de trop, et en particulier un profil comme Kazinsky qui maîtrisait bien l'informatique et les technologies.

— Vous avez reçu un appel d'un certain Lewis Jacob, annonça Kazinsky en voyant ses collègues entrer dans la pièce. Il voudrait que vous passiez le voir.

— À quel sujet? demanda Vance.

— Il souhaite vous montrer quelque chose, il ne m'a rien précisé. Il a juste dit qu'il était toute la journée à la station-service.

— On va aller le voir. À propos de station-service, tu as réussi à accéder aux fichiers des caméras vidéo?

Kazinsky eut un sourire triomphant:

— Un jeu d'enfant. Venez voir.

Sur son écran d'ordinateur, Kazinsky avait disposé côte à côte deux fenêtres correspondant aux deux caméras dont la station-service était équipée: l'une à l'extérieur qui filmait les pompes, l'autre à l'intérieur du magasin qui filmait les clients à la caisse. Kazinsky fit défiler en accéléré la journée du vendredi 2 avril.

Les policiers purent constater le passage, sur le parking, d'une famille de ratons-laveurs à 6 heures du matin. Puis, à 7 heures, Lewis Jacob arrive à la station-service et ouvre le magasin. On le voit s'activer à l'intérieur, préparer du café. Pendant l'heure suivante, il sert quelques clients. À 8 heures, la décapotable bleue d'Alaska Sanders fait son apparition sur le parking. C'est bien la jeune femme qui sort du véhicule. Elle rejoint le magasin à son tour. Elle salue Lewis Jacob, ils papotent quelques instants. Elle disparaît dans l'arrière-boutique, sans doute pour se changer, et revient vêtue d'un polo aux couleurs de la station. Elle s'installe derrière le comptoir. Commence alors une journée de travail d'apparence monotone et sans rien de particulier. Alaska enchaîne entre l'encaissement de l'essence et le service de café derrière un petit bar installé au fond de la boutique. Les clients défilent: les échanges sont rapides.

À deux reprises, Alaska prend une pause de dix minutes sur le parking en buvant un café. Elle en profite pour pianoter sur son téléphone portable. Vers midi, elle disparaît dans l'arrière-boutique, pendant trente minutes, probablement pour déjeuner. Puis elle reprend son poste. La routine encore. Soudain, à 16 heures 45, après un échange avec Lewis Jacob, Alaska quitte la station-service et part dans sa décapotable. Elle est de retour un peu avant 17 heures 30. Elle sort de sa voiture avec un sac de voyage en cuir brun, qu'elle emporte avec elle dans le magasin. Elle le laisse dans l'arrière-boutique et reprend son service.

— Cela correspond exactement à ce que Walter Carrey nous a dit, constata Gahalowood en reprenant ses notes. Il est tombé sur elle à l'appartement vers 17 heures 15, elle est repartie avec un sac en cuir brun dans les minutes qui ont suivi.

La suite de l'enregistrement montre une fin de journée similaire à tout ce qui a précédé. Alaska derrière la caisse, Alaska derrière le bar, Alaska qui dispose les paquets de chips sur un stand. À 19 heures 20, Lewis Jacob disparaît dans l'arrière-boutique. À 19 heures 30, il en ressort cravaté. Il discute quelques instants avec Alaska, il arrange sa cravate dans le reflet d'une vitre, puis s'en va. La caméra extérieure le filme partant au volant de sa voiture. La nuit est sur le point de tomber. Il fait sombre et on ne voit plus grand-chose, à l'exception des pompes qui sont éclairées. À 20 heures précises, Alaska disparaît dans l'arrière-boutique, puis en revient métamorphosée : elle porte un pantalon en cuir, un haut élégant et des bottines aux pieds. Elle est habillée pour sortir.

— Stop ! dit Vance à Kazinsky pour figer l'image. Elle est habillée telle qu'on l'a retrouvée.

Un coup d'œil au tableau aimanté qui exposait le cadavre de la jeune femme confirma ce constat.

— Elle est habillée pour ce *dîner romantique* dont nous a parlé Lewis Jacob, dit Gahalowood. Elle y partait.

— Qui rejoignait-elle ? interrogea Kazinsky.

— Ça, c'est la question à un million de dollars, répondit Gahalowood.

Le film reprend : dans le magasin, Alaska appuie sur l'interrupteur général et tout s'éteint. Seules les lumières des frigos éclairent désormais les lieux. Elle sort, ferme la porte à clé. Elle a son grand sac en cuir avec elle. Elle glisse les clés du magasin dans la boîte aux lettres, monte à bord de sa voiture et s'en va.

— Pourquoi est-ce qu'elle met les clés dans la boîte aux lettres ? demanda Kazinsky.

— Peut-être le protocole de fermeture, considéra Gahalowood. On vérifiera avec le pompiste tout à l'heure.

— Donc elle part de la station-service et elle va où ? interrogea Vance.

— Mystère, dit Gahalowood, le champ de la caméra ne permet pas de voir quelle direction elle prend. Nicholas, tu as pu joindre quelqu'un à la compagnie de téléphone ?

— Oui, répondit Kazinsky, mais malheureusement Alaska possédait un numéro à prépaiement. Impossible de le tracer ou d'obtenir un relevé des communications, tout est dans la mémoire du téléphone.

— Merde, pesta Vance, ça aurait été trop facile ! Donc, impossible de savoir à qui elle a parlé le jour de sa mort. Mais puisque son téléphone a disparu, on peut supposer qu'elle connaissait son meurtrier et qu'ils ont certainement échangé par téléphone. Il a récupéré son portable après l'avoir tuée pour éviter qu'on remonte à lui.

— Et c'est le meurtrier qui envoie des lettres de menaces à Alaska ? demanda Kazinsky.

— Probablement, répondit Gahalowood. Il y aurait une forme de logique à ce que ce soit le cas.

— *JE SAIS CE QUE TU AS FAIT*, dit Vance en relisant le texte des messages de menaces affiché au tableau aimanté. Qu'est-ce qu'Alaska aurait fait ?

L'expérience des policiers les incitait à ne pas se perdre en conjectures. Il fallait commencer par les hypothèses les plus probables et les plus évidentes, et l'une d'elles vint aussitôt à l'esprit de Gahalowood : le suspect le plus probable à ce stade était le petit copain.

— Walter Carrey soupçonne Alaska de le tromper. Il lui envoie ces messages pour la faire paniquer. Quand elle le quitte, il ne peut pas l'accepter. Il lui donne rendez-vous à Grey Beach et il la tue. Il a prévu le coup, il s'est garé sur le chemin forestier pour ne pas être vu. Son crime accompli, il se débarrasse de son pull couvert de sang, remonte en voiture pour s'enfuir, mais dans la précipitation il emboutit un arbre.

— Pour que ta théorie tienne la route, fit remarquer Vance, il faudrait que Walter Carrey conduise une voiture noire.

— On va interroger tout de suite la base de données de la police, décréta Kazinsky. Voyons voir si Walter Carrey a une voiture enregistrée sous son nom.

Kazinsky pianota sur son clavier d'ordinateur. Après quelques manipulations, il annonça : « Walter Carrey possède une Ford Taurus noire. »

— Bingo ! s'exclama Vance. On devrait tout de suite aller à Mount Pleasant pour vérifier s'il ne manque pas un phare arrière à la voiture de Walter Carrey.

*

— Intacts, constata Kazinsky.

Les trois policiers observaient la Ford Taurus noire garée devant le magasin de chasse et pêche. Les deux phares arrière étaient entiers et la carrosserie ne présentait aucune trace de choc.

— C'est bien la sienne ? demanda Gahalowood.

— Oui, c'est sa plaque d'immatriculation, assura Kazinsky.

— Ma théorie tombe à l'eau, regretta Gahalowood.

À cet instant, Walter Carrey, qui venait d'apercevoir les policiers depuis son appartement, les interpella par la fenêtre.

— Bonjour, messieurs. Des nouvelles ?

— Est-ce qu'on peut monter ? demanda Gahalowood.

— Bien entendu.

Quelques minutes plus tard, les enquêteurs étaient installés dans le salon de Walter Carrey. Ses parents étaient présents également, ils étaient rentrés précipitamment de leurs vacances dans le Maine pour entourer leur fils. Sur la table basse du salon, des photos d'Alaska étaient éparpillées. La mère de Walter, Sally Carrey, les empila et les déposa sur un meuble.

— Ça ne sert à rien de ressasser, dit-elle à son fils.

Ce dernier avait la mine défaite.

— Je me sens tellement vide, confia-t-il aux policiers. Tout ça est irréel…

— J'imagine, lui dit Gahalowood.

— Vous avez une piste ?

— Pas encore. Mais on s'interrogeait sur les motifs de votre rupture. Vous nous avez dit hier que votre couple battait de l'aile. Son employeur, le pompiste Lewis Jacob, semblait l'avoir remarqué également.

— Alaska, elle avait de grands rêves. Elle se voyait actrice, tourner dans des films, une vie de star quoi ! Moi, je suis bien ici. Donc, évidemment, ça créait des tensions. Et puis, c'était pas toujours simple de trouver du temps ensemble : le samedi, j'étais souvent occupé au magasin, et le dimanche elle partait prendre l'air. Elle disait qu'elle avait besoin de temps pour elle.

— Elle partait où ?

— J'en sais rien, mais ces deux derniers mois elle aidait Lewis Jacob à la station-service car la deuxième employée s'était barrée du jour au lendemain.

— On a parlé avec les parents d'Alaska. Ils semblaient perplexes quant à son choix de s'installer à Mount Pleasant.

— J'imagine qu'ils vous ont parlé de New York...

— Effectivement.

— Alaska avait besoin de mettre un peu distance entre elle et eux. C'est pour ça qu'elle avait quitté Salem.

— Elle aurait mis davantage de distance en allant à New York, fit remarquer Vance.

— Pas forcément : à New York, ses parents seraient venus lui casser les pieds. Ils étaient tout le temps sur son dos. Ici, elle était avec moi, elle savait que ses parents ne s'imposeraient pas.

— Est-ce que vous pensez qu'elle voyait quelqu'un d'autre ? demanda Gahalowood.

— Si elle me trompait ? Non ! Enfin... j'en sais rien. Vous pensez qu'elle est partie à cause d'un autre mec ?

— Je m'en doutais, intervint Sally Carrey. Je pense qu'elle avait une histoire avec Eric Donovan. C'est d'ailleurs la première chose que j'ai dite à Walter quand il m'a téléphoné hier pour m'annoncer qu'Alaska venait de le quitter.

— Arrête, Ma', tu racontes n'importe quoi ! Il n'y a jamais rien eu entre Eric et Alaska.

— Puisque je te dis que je les ai vus.

— Tu n'as rien vu.

— Qu'est-ce que vous avez vu, madame Carrey ? demanda Gahalowood.

— C'était il y a deux semaines, Walty était absent. Il était parti quelques jours à une convention de matériel de pêche au

Québec. Bref, moi j'étais au magasin et j'ai vu Eric et Alaska, sur le trottoir. Ils étaient en train de se disputer.

— Quel genre de dispute ?

— Une dispute de couple, affirma Sally Carrey. Alaska a dit à Eric quelque chose du genre : « Après ce qu'on a vécu... » et, lui, a répondu : « Tu veux qu'on en parle à Walter ? » Je les ai de nouveau surpris le lendemain, à se disputer encore. C'est pas anodin...

— Arrête, Ma' ! insista Walter.

Vance reprit le fil de la discussion :

— Walter, je sais que nous en avons déjà parlé hier, mais pouvez-vous nous raconter à nouveau votre soirée de vendredi ?

— J'ai fermé le magasin à 19 heures. Le temps de ranger, de contrôler la caisse, je suis remonté chez moi vers 19 heures 30. Je me sentais complètement perdu. Désemparé. Mes parents m'ont appelé. Je leur ai raconté qu'Alaska m'avait quitté.

— Walty était dans un état ! intervint à nouveau sa mère qui avait visiblement besoin de s'exprimer. Je ne voulais pas qu'il reste seul. Je lui ai dit d'appeler un copain et de sortir.

— Et vous l'avez fait, dit Gahalowood à Walter, puisque vous êtes allé voir le match de hockey au bar *National Anthem*, si je me souviens bien de notre conversation d'hier.

— Exactement.

— Qui était ce copain ?

— Eric Donovan.

— Celui dont votre mère pense qu'il avait une liaison avec Alaska ?

— Il n'y a jamais rien eu entre eux ! s'agaça Walter. Eric est mon meilleur ami, je le connais depuis toujours. Ses parents possèdent le magasin d'alimentation d'à côté. Hier après-midi, entre deux clients, je suis allé le trouver pour lui raconter ce qui venait de se passer. Il m'a dit de venir regarder le match le soir au *National Anthem*, que ça me changerait les idées. C'est donc ce que j'ai fait. Je suis allé au bar.

— Comment vous y êtes-vous rendu ?

— À pied. C'est à cinq minutes.

— Quelle heure était-il ?

— Je suis parti d'ici autour de 20 heures. 20 heures 15 peut-être. Je ne sais plus très bien. Le match avait déjà commencé.

— Il y avait quelqu'un d'autre avec vous ?

— La sœur d'Eric, Lauren. Elle étudie à Durham, mais elle était rentrée à Mount Pleasant pour le week-end.

Gahalowood et Vance échangèrent un regard : Lauren Donovan était la joggeuse qui avait découvert le corps.

— Jusqu'à quelle heure êtes-vous resté dans ce bar ?

— Jusqu'à la fermeture, après 2 heures du matin. Je n'avais rien de mieux à faire.

— Et ensuite ?

— Je suis rentré à la maison et je me suis couché aussitôt. J'étais dans un drôle d'état. Hier matin, dès l'ouverture du magasin, tous les clients parlaient d'une femme retrouvée morte à Grey Beach.

— Vous avez pensé à Alaska ?

— Pas une seconde. Je pensais qu'elle était dans le Massachusetts, chez ses parents.

Walter ne put retenir ses larmes plus longtemps. Gahalowood posa une main sur son épaule.

— Pardonnez-moi d'ajouter des tracas à votre peine, Walter, mais est-ce que vous pourriez venir déposer au quartier général de la police d'État demain ? Nous avons besoin d'enregistrer votre témoignage officiellement.

— D'accord. Je serai là à la première heure, si ça vous va.

Les enquêteurs se demandaient pourquoi Lauren Donovan ne leur avait pas indiqué qu'elle avait passé la soirée avec le petit copain de la victime. En sortant de chez Walter Carrey, ils décidèrent d'aller lui poser la question.

Le magasin d'alimentation étant fermé le dimanche, les policiers se rendirent au domicile de Janet et Mark Donovan, les parents d'Eric et Lauren. Ils habitaient une jolie maison en planches dans le quartier résidentiel de Mount Pleasant. Toute la famille était réunie autour d'un déjeuner que les policiers interrompirent. Ils furent néanmoins chaleureusement accueillis et durent batailler ferme avec Janet Donovan pour refuser l'assiette de chili con carne qu'elle voulait leur servir.

— Nous ne vous dérangerons pas longtemps, promit Vance. Nous avons quelques questions au sujet d'Alaska Sanders et de la soirée de vendredi. (Il se tourna vers Eric.) Walter Carrey dit que vous étiez ensemble au *National Anthem* pour regarder le match de hockey.

— C'est exact, répondit Eric, ma sœur était là aussi.

Vance s'adressa alors à Lauren :

— Lorsque nous vous avons interrogée, hier, à la station-service, pourquoi ne pas avoir mentionné que vous aviez passé la soirée avec le petit copain de la victime ?

— J'étais sous le choc de la nouvelle, j'imagine. Je ne pensais qu'à la vision atroce de cet ours sur ce corps. Tout au long de la matinée, c'était Peter Philipps, le policier qui avait abattu l'ours, qui nous tenait informés de la situation. Il appelait ses collègues, il nous répétait tout et n'importe quoi. Il était paniqué, il se demandait s'il aurait des ennuis pour avoir abattu un ours. Puis, un autre coup de fil et cette fois il nous apprend que c'est Alaska Sanders qui a été retrouvée morte. Lewis Jacob, le pompiste, s'est effondré. Moi, je ne pouvais pas y croire. Comme je vous le disais, j'étais sous le choc.

— Vous connaissiez bien la victime ?

— Bien, non. Mount Pleasant est une petite ville et tout le monde se connaît un peu. Je ne suis pas souvent ici, j'étudie la biologie à l'université du New Hampshire à Durham.

— À quelle fréquence revenez-vous à Mount Pleasant ?

— C'est irrégulier. En ce moment un peu plus car Eric et moi nous nous entraînons ensemble pour le marathon de Boston qui a lieu dans trois semaines. En général, j'arrive le vendredi et je repars le lundi dans la matinée. Je n'ai pas cours le lundi matin.

— Revenons sur votre soirée d'avant-hier, vendredi.

— Je suis arrivée tard ici. Le trajet depuis Durham avait été interminable. Je suis allée directement au *National Anthem*.

— Quelle heure était-il lorsque vous êtes arrivée au bar ?

— 20 heures 30.

Lauren avait répondu avec assurance.

— Vous semblez bien précise, lui dit Vance. Est-ce que vous êtes certaine de l'heure ?

— Oui, parce que je suis systématiquement en retard. J'avais dit à Eric que je serais là à 18 heures 30. En entrant dans le bar, j'ai vu la grande horloge murale en forme de bouteille de bière et je me suis fait la remarque que j'avais deux heures de retard.

— Walter était là ?

— Non.

*

2 jours plus tôt.
Soir du vendredi 2 avril 1999.

Il était 20 heures 30. Le *National Anthem*, sur la rue principale, était bondé. Sur des écrans géants était diffusé le match de hockey opposant les Devils du New Jersey à Tampay Bay. Installé au comptoir, Eric Donovan luttait pour garder libres les deux tabourets à côté du sien. Finalement, sa sœur arriva, se frayant un chemin parmi la foule.

— Désolée du retard, dit-elle en déposant un rapide baiser sur la joue d'Eric, la circulation était infernale.

Elle s'installa sur l'un des tabourets et héla le barman pour commander une bière.

— Pour qui est ce tabouret ? demanda Lauren en voyant Eric protéger jalousement le troisième siège de la convoitise d'autres clients.

— Walter. Je ne sais pas ce qu'il fabrique d'ailleurs. Sa copine vient de le larguer, je lui ai dit de venir se changer les idées avec nous.

— Alaska et lui, c'est fini ?

— Apparemment. Ça ne pouvait pas marcher de toute façon. Elle rêve de devenir une grande actrice, et lui vend des cannes à pêche dans une ville de campagne.

Une clameur monta parmi les clients : les Devils venaient de marquer. Walter les rejoignit à ce moment-là. Il avait mauvaise mine. Il raconta brièvement le départ soudain d'Alaska, mais lorsque Lauren voulut lui poser une question, il répondit : « Pas envie de parler de ça. »

Ils dînèrent de hamburgers, et burent pas mal de bières, surtout Eric et Walter. Lauren faisait attention : elle et son frère avaient prévu un entraînement de course à pied le lendemain matin, elle voulait être en forme.

Le match terminé, après une dernière bière, Eric et Lauren quittèrent le bar. Il était 23 heures. Ils rentrèrent chez leurs parents.

À 6 heures 15 le lendemain, Lauren s'inquiéta de ne pas voir Eric dans la cuisine. Elle le trouva encore au lit, malade d'avoir trop bu la veille. Elle décida d'aller s'entraîner malgré tout. Elle laça ses chaussures et partit.

*

— La suite, vous la connaissez, déclara Lauren aux policiers.

— Donc vendredi soir, vous avez quitté le bar à 23 heures.

— Oui, 23 heures 15 maximum, précisa Eric. On était de retour ici avant 23 heures 30.

— Et Walter Carrey est parti avec vous ?

— Non, il est resté là-bas. Il a dit qu'il n'avait aucune envie de se retrouver seul chez lui.

Gahalowood considéra Eric, un beau jeune homme, dans la trentaine comme Walter Carrey, solidement bâti, à la chevelure d'un roux léger. Il lui demanda :

— Vous habitez ici, chez vos parents ?

— Oui, répondit Eric, mais c'est provisoire.

— Du provisoire qui dure, le taquina Lauren.

Eric ressentit le besoin de se justifier :

— J'ai fait mon université dans le Massachusetts, puis j'ai trouvé un emploi à Salem. Je travaillais au développement d'une petite chaîne de supermarchés. Je ne m'entendais plus avec mon chef, qui m'a finalement licencié l'automne dernier. J'ai saisi l'opportunité de revenir à Mount Pleasant et développer le magasin de mes parents. Je voudrais créer une chaîne régionale très qualitative. Il y a un marché pour ça. Et puis, mon père n'est pas au meilleur de sa forme, je suis content de lui donner un coup de main et de le soulager un peu.

Le père d'Eric, Mark Donovan, intervint alors :

— J'ai eu un petit pépin de santé mais maintenant tout va bien. Effectivement, la présence d'Eric à l'automne nous a bien aidés. Ça aurait été compliqué sans lui.

Gahalowood se tourna vers Eric :

— Vous avez donc vécu à Salem ?

— Oui, pendant presque cinq ans.

— Comme Alaska…

— Absolument. Je l'ai rencontrée là-bas, au printemps dernier. On se croisait dans les mêmes bars. Elle était majeure depuis peu et elle sortait régulièrement avec un même groupe de copines. Walter venait me voir de temps en temps à Salem, un soir ils se sont rencontrés et ils se sont plu.

— Donc c'est vous qui avez présenté Walter à Alaska ?

— Ils se sont présentés tout seuls, mais ils se sont rencontrés par mon intermédiaire, oui.

— Est-ce qu'il y a eu quelque chose entre vous et Alaska ?

Eric eut l'air très étonné de la question.

— Si vous sous-entendez que nous avons eu une liaison, non, ce n'est pas le cas. Il n'y avait absolument rien entre nous. C'était juste une fille qui sortait du lot et je l'appréciais beaucoup. Pourquoi pensez-vous qu'il y aurait eu quelque chose entre Alaska et moi ?

— Sally Carrey avait cette impression, dit Gahalowood.

— Sally ? Pourquoi vous aurait-elle dit une chose pareille ?

— C'est ce que lui aurait évoqué votre comportement. Elle dit qu'Alaska et vous vous seriez disputés à deux reprises il y a environ deux semaines.

Eric s'amusa de cette remarque :

— Je n'ai pas le souvenir d'une dispute. Alaska, elle a son caractère, vous savez. Elle dit ce qu'elle pense… enfin, elle disait…

— Vous avez une copine ? demanda Gahalowood.

— Non, j'avais quelqu'un à Salem. Ça s'est terminé à l'automne dernier. Entre ma rupture et mon licenciement, il était temps de partir.

Le lendemain après-midi du meurtre

Dimanche 4 avril 1999

La visite chez les Donovan apportait un éclairage nouveau à la soirée du vendredi 2 avril : Walter Carrey affirmait être resté dans le bar jusqu'à la fermeture, mais les Donovan, partis avant, ne pouvaient le confirmer.

Gahalowood, Vance et Kazinsky se rendirent alors au *National Anthem*. L'établissement était en plein service de midi et Steve Ryan, le patron des lieux, était accaparé par les préparatifs du soir qui marquait le début de la saison de baseball : en match d'ouverture, les Padres de San Diego recevaient les Rockies du Colorado.

— On ne vous embêtera pas longtemps, le rassura Vance, on cherche juste à vérifier qu'un client était bien ici vendredi soir.

— Si vous saviez le monde qu'il y avait vendredi soir… Mais dites toujours.

— Walter Carrey. Vous connaissez ?

— Walter, bien sûr que je le connais. Eh oui, il était là vendredi soir. Ça, je m'en souviens. Il était pas bien, Alaska venait de le larguer. Il voulait parler mais j'avais vraiment pas le temps. Qui aurait imaginé qu'on allait la retrouver morte le lendemain… Attendez, vous n'êtes pas en train d'accuser Walter de l'avoir tuée ?

— On n'accuse personne à ce stade. On ne fait que mener notre enquête.

— Walter ne ferait pas de mal à une mouche. Enfin, une mouche si : il adore la pêche. Mais c'est un gentil. Et pas le genre de gars qui va buter sa petite copine. Et puis, il l'aimait cette fille.

— Walter affirme qu'il était ici jusqu'à la fermeture.

— C'est possible, j'en sais rien. Il y avait encore tellement de monde, mes videurs ont dû faire appel à la police pour évacuer tous les clients.

— Est-ce que vous pourriez demander aux employés vendredi soir s'ils ont vu Walter Carrey dans le bar à la fermeture ?

— Comptez sur moi.

Depuis le *National Anthem*, les policiers remontèrent la rue principale à pied jusqu'à la boutique de chasse et pêche des Carrey. À cet instant, une voiture de police s'arrêta à leur hauteur. Au volant, le chef Mitchell.

— Ah, c'est vous, dit-il en sortant de son véhicule. On a reçu un appel pour nous signaler trois types qui déambulaient sur la rue principale. Depuis hier, les gens sont paranos. Remarquez, on le serait à moins. Vous avez du nouveau ?

— Pas grand-chose encore, avoua Vance. On revient du *National Anthem*, le patron affirme qu'il a dû appeler la police en renfort vendredi soir pour vider le bar au moment de la fermeture.

— C'est vrai. C'était le bordel. Enfin, un gentil bordel. Steve Ryan nous a surtout sollicités afin d'éviter qu'on lui colle une amende pour dépassement des horaires légaux. C'est un malin : il appelle les flics, et ça lui accorde quelques minutes de rab pour prendre les dernières commandes qu'il encaisse aussitôt. Qu'est-ce que vous lui vouliez, à Steve Ryan ?

— On essaie de savoir si Walter Carrey était dans son bar au moment de la fermeture.

— Vous le soupçonnez du meurtre d'Alaska ?

— On essaie de démêler les fils de cette affaire.

— Vous voulez mon avis ? reprit le chef Mitchell. Votre intuition est bonne. Walter est un type charmant mais qui peut être agressif et violent quand il a un coup dans le nez. Allez parler à son ancienne petite copine, Deborah Miles. Elle habite toujours ici. Il y a quelques années, j'ai dû intervenir chez elle… enfin, chez ses parents, où elle vivait à l'époque.

— Quel lien avec Walter Carrey ? demanda Gahalowood.

— Elle l'avait quitté et il ne l'a pas supporté : il l'a quasiment agressée. Pas anodin comme épisode, surtout quand on sait qu'Alaska a rompu avec Walter le jour même de sa mort.

Gahalowood nota le nom et les coordonnées de Deborah Miles. Il dit ensuite au chef Mitchell :

— On va diffuser demain un appel à témoins dans tous les journaux de la région. Ça réveillera peut-être des souvenirs. Tenez-nous au courant si on vous signale quelque chose.

— Sans faute. Vous savez les gens parlent beaucoup, mais c'est surtout pour se rendre intéressants. Jusque-là, le seul signalement valable a été donné par Cinzia Lockart, la libraire. Je comptais vous en parler.

— Qu'a-t-elle vu ?

— Dans la nuit de vendredi à samedi, autour de 1 heure 45, elle a aperçu une voiture bleue, avec une plaque du Massachusetts, qui démarrait en trombe à la hauteur du magasin des Carrey.

— Une voiture bleue comme la voiture d'Alaska ?

— Oui.

La librairie était ouverte le dimanche et les policiers n'eurent qu'à traverser la rue pour trouver Cinzia Lockart. La boutique était petite mais fort bien achalandée. Derrière la caisse, un mur de photos témoignait des célébrités littéraires qui étaient passées par là pour des séances de dédicaces.

Cinzia Lockart expliqua aux enquêteurs qu'elle habitait avec sa famille dans un bâtiment jouxtant la librairie. C'était un ancien atelier, avec du cachet. L'entrée se faisait par une rue parallèle, mais le salon donnait sur la rue principale.

— La nuit de vendredi à samedi, je n'arrivais pas à dormir. Comme souvent. C'est pour ça que je lis autant. Dès que j'ai une insomnie, je m'installe dans le canapé du salon, je me fais une tisane et je bouquine. Cette nuit-là, vers 1 heure 40, j'ai entendu comme un bris de verre depuis la rue. Ça a évidemment attiré mon attention. Le temps d'aller à la fenêtre, j'ai aperçu une voiture qui démarrait en trombe. J'étais trop loin pour pouvoir lire la plaque, mais j'ai regardé aussi attentivement que possible et j'ai reconnu une plaque du Massachusetts. La voiture était de couleur bleue, je l'ai vu à la lumière des lampadaires.

— Et vous dites qu'il était 1 heure 40.

— Il était 1 heure 39 exactement. Je le sais parce que je suis aussitôt allée voir l'heure à l'horloge de la cuisine. Au cas où.

— *Au cas où* quoi ?

— C'était une scène légèrement suspecte à mes yeux. Enfin, quand j'ai raconté ça à mon mari, il m'a dit que je me faisais du cinéma.

— Sauriez-vous donner une indication sur le modèle de la voiture ? demanda Gahalowood.

— Malheureusement pas, regretta Cinzia Lockart.

— Était-ce une décapotable ?

— Impossible à dire.

Lorsqu'ils sortirent de la librairie, Kazinsky suggéra :

— Une voiture bleue avec une plaque du Massachusetts : Alaska serait revenue chez elle pour récupérer des affaires ?

— Ce serait assez logique, reconnut Vance. D'après Walter, il l'aurait surprise ce jour-là, vers 17 heures, en train de réunir des affaires. Elle aura été interrompue et elle sera revenue ensuite pour récupérer ce qui lui manquait.

— À 1 heure 45 du matin ? interrogea Gahalowood.

— Elle pense qu'en pleine nuit Walter sera en train de dormir. En réalité, il est au *National Anthem*, du moins c'est ce qu'il affirme. Est-ce qu'elle monte finalement dans l'appartement ? Ou est-ce qu'elle est dérangée et doit y renoncer ? En tout cas, elle part en trombe. Peu après, elle sera tuée à Grey Beach. Que fabrique-t-elle au bord de ce lac à 2 heures du matin ?

— Ce qu'on sait désormais, ajouta Gahalowood, c'est qu'Alaska n'a pas quitté la région ce soir-là. Était-elle à ce fameux *dîner romantique* ? Et qui est son amant, puisqu'on sait qu'il ne s'agissait pas de Walter Carrey ? Il faudrait essayer d'aller faire le tour des restaurants de la région, et montrer la photo d'Alaska. Quelqu'un a peut-être vu quelque chose.

— Il doit y avoir des centaines de restaurants, fit remarquer Kazinsky.

— Pas si on se limite aux restaurants chics, les endroits huppés pour un dîner romantique. Il faut se renseigner via les offices du tourisme. À commencer par celui de Mount Pleasant.

Vance, Gahalowood et Kazinsky étaient venus à Mount Pleasant à bord de deux véhicules afin de pouvoir se séparer si nécessaire. C'est justement ce qu'ils firent : Kazinsky allait se charger de la tournée des restaurants. Gahalowood et Vance rendraient visite à Lewis Jacob, le propriétaire de la station-service, qui avait demandé à les voir, ainsi qu'à Deborah Miles, l'ancienne copine de Walter, dont le chef Mitchell leur avait parlé.

Lorsque Lewis Jacob vit Gahalowood et Vance entrer dans le magasin de la station-service, il sembla soulagé.

— Enfin, dit-il, enfin. J'ai cru que vous ne viendriez jamais.

La raison pour laquelle Lewis Jacob avait demandé à Gahalowood et Vance de venir se trouvait dans son arrière-boutique. « J'ai touché à rien », les prévint-il en les entraînant avec lui. Il les conduisit à son bureau, une petite pièce étroite, au fond de laquelle se dressait un grand coffre-fort posé à même le sol.

— Regardez ce que j'ai trouvé ce matin, dit-il en tirant la porte blindée.

Il désigna aux enquêteurs un vêtement, un mot manuscrit et de l'argent. Gahalowood et Vance enfilèrent des gants en plastique. Le premier s'empara du vêtement : c'était un polo aux couleurs de la station-service. Un badge en métal épinglé au niveau de la poitrine portait l'inscription *ALASKA*.

— C'est la tenue qu'elle portait vendredi, dit Gahalowood en se remémorant les images vidéo.

Lewis Jacob acquiesça.

— Elle a dû laisser ça vendredi soir, au moment de fermer la station-service. Je ne l'ai pas vu hier car avec tous les évènements je suis resté fermé et je n'ai pas touché au coffre. Je n'avais même pas encore ouvert lorsque Lauren, la petite joggeuse, a déboulé au magasin.

Vance donna alors lecture de la note manuscrite :

Cher Monsieur Jacob,

Je n'ai pas eu le courage de vous annoncer mon départ de vive voix. Je ne reviendrai plus. Merci pour tout ce que vous avez fait pour moi. Je vous écrirai, c'est promis. J'ai laissé ma clé du magasin dans la boîte aux lettres.

Affectueusement,
Alaska

PS : Ne dites rien à Walter, s'il vous plaît.
PS 2 : Pardon pour les soucis que je vous ai causés.

— Sur les bandes-vidéo, on la voit déposer quelque chose dans la boîte aux lettres, se souvint Gahalowood.

— C'était bien sa clé, confirma Lewis Jacob.

— Elle avait donc prévu de partir, dit Vance. À quels « soucis » fait-elle référence ?

Lewis Jacob haussa les épaules :

— Rien dont je me souvienne. Vous savez, c'était une perfectionniste. Les perfectionnistes font drame de tout. Alaska a toujours été là pour m'aider. Quand Samantha, mon employée du dimanche, a démissionné il y a deux mois, Alaska n'a pas compté ses heures pour me soulager. De temps en temps, c'est vrai, il y avait un petit couac, avec une commande, ou la caisse, alors elle me téléphonait et ça l'embêtait de me déranger : « Je suis censée vous aider et je ne fais que des bêtises. » Vous voyez le genre de merveille que c'était.

Gahalowood ramassa les billets et les compta.

— Cet argent, c'est Alaska qui l'a mis ici ?

— Oui, répondit Lewis Jacob. Je ne laisse jamais de l'argent traîner comme ça, je mets tout dans la petite caisse en fer. Il y a combien exactement ?

— 400 dollars.

Le vieux pompiste sourit :

— Quand elle a fait toutes ces heures supplémentaires, après la démission de Samantha, elle a refusé d'être payée. J'ai insisté mais elle me disait que c'était normal de donner un coup de main. J'ai fini par lui glisser 400 dollars dans son sac. Les voilà.

L'évocation d'Alaska lui arracha des larmes. Il en fut gêné.

— Pardon, messieurs, pardon de pleurer comme un enfant, mais c'est trop dur d'imaginer qu'elle est morte.

— Ne vous excusez pas, monsieur Lewis, le réconforta Vance. Est-ce que vous vous doutiez de ce départ ?

— Pas le moins du monde. Bien sûr, parfois elle évoquait New York et ses rêves d'actrice. Je me doutais qu'elle ne resterait pas à Mount Pleasant toute sa vie. Alaska était une fille qui avait besoin des lumières de la ville. Mais pourquoi partir du jour au lendemain ? On dirait presque une fuite…

— Sur les enregistrements vidéo de la journée de vendredi, Alaska s'absente de son travail pendant une demi-heure environ et revient avec un sac de voyage.

— Elle m'a dit qu'elle avait oublié de récupérer des affaires et qu'elle avait besoin de faire un aller-retour chez elle. J'ai donné mon accord, évidemment.

— Était-il habituel qu'elle s'absente ainsi ?

— Non, c'était la première fois. Je n'avais justement pas de raison de le lui refuser. C'était une employée modèle, motivée, disponible, travailleuse, souriante, jamais malade, jamais à se plaindre. Rien. Du pur bonheur.

— Et quand vous l'avez vue revenir avec ce sac, vous ne vous êtes pas posé de questions ?

— À vrai dire, je n'y ai pas vraiment prêté attention. Je n'épie pas mes employés, vous savez. Elle avait oublié des affaires, elle est revenue avec un sac, tout ceci était logique.

— Hier, reprit Gahalowood, vous nous avez confié que le couple formé par Alaska et Walter Carrey connaissait des hauts et des bas.

— Oui, c'est vrai. Pour être honnête, je crois qu'elle ne l'a jamais aimé. Je me suis toujours demandé ce qu'elle faisait avec lui.

— Saviez-vous que pendant sa courte absence de la station-service, vendredi, elle avait annoncé à Walter son intention de le quitter ?

— Je l'ai appris hier. Tout le monde en parle en ville.

Vance reprit :

— Vous avez mentionné un *dîner romantique*. Alaska avait rendez-vous avec quelqu'un et nous savons à présent que ce n'était pas Walter. Savez-vous de qui il s'agissait ?

— Aucune idée. Vous pensez bien que je l'aurais déjà mentionné sinon.

— Alaska ne vous avait donc jamais parlé d'un amant ?

— Jamais.

— Dans le mot qu'elle vous a laissé, Alaska écrit de ne rien dire à Walter. Pourquoi, à votre avis ?

— Parce qu'elle ne voulait pas lui faire de peine, j'imagine…

Lewis Jacob s'était interrompu dans sa réponse. Il parut soudain pensif.

— Qu'y a-t-il, monsieur Jacob ? demanda Gahalowood.

— Est-ce que vous avez entendu parler de Deborah Miles ?

— Drôle de coïncidence que vous la mentionniez : le chef

Mitchell nous l'a évoquée tout à l'heure, il nous a conseillé d'aller lui rendre visite.

— Il a raison.

Deborah Miles n'était pas chez elle. Ce dimanche-là, elle travaillait au supermarché de Wolfeboro, ouvert sept jours sur sept de 7 heures à 23 heures. Gahalowood et Vance allèrent la trouver là-bas. Elle prit une pause et proposa aux enquêteurs d'aller discuter sur le parking, pour être tranquilles. C'était une jeune femme d'environ trente ans, aux traits tirés et à la mine fatiguée.

— Qui vous a parlé de Walter et moi ? demanda-t-elle.

— Le chef Mitchell de la police de Mount Pleasant, répondit Gahalowood. Il semble que ça se soit mal terminé avec Walter.

— On est sortis ensemble, c'était il y a environ cinq ans. Il venait de se réinstaller à Mount Pleasant.

— Où était-il avant ?

— À l'armée.

— Il était militaire ?

— Oui, après le lycée il a rejoint le corps des Marines. Il a fait la guerre du Golfe et la Somalie. Après ça, il a décidé de retourner à la vie civile, je crois qu'il avait envie de reprendre le magasin de ses parents. Et puis, la chasse et la pêche, c'était son truc. Walter et moi on se connaissait depuis le lycée. Ça m'a fait plaisir de le retrouver. Le courant a passé, on s'est mis ensemble. C'était sympa au début.

— Quand était-ce ?

— À l'automne 1994. Ça n'a pas duré longtemps.

— Que s'est-il passé entre vous ?

— J'aimais bien Walter. Fondamentalement, c'est un bon type. Mais j'ai rapidement compris que notre relation ne nous mènerait pas très loin. J'étais encore jeune, mais j'avais envie de me marier, d'avoir des enfants. Et j'étais consciente que je ne ferais pas ma vie avec Walter.

— Pourquoi ?

— J'avais envie de quitter Mount Pleasant, de voir autre chose. Je ne sais pas comment, ni pourquoi, cinq ans plus tard, j'y vis toujours, mariée à un type du coin avec deux enfants qui y passeront sûrement leur vie comme moi.

— C'est une jolie petite ville, fit remarquer Vance.

— Les jolies petites villes sont souvent peuplées d'esprits étroits, répondit Deborah Miles. À un moment donné, il faut savoir partir.

— Donc vous aviez l'intention de quitter Mount Pleasant. C'est ce qui a provoqué votre rupture avec Walter ?

— Non, comme je viens de vous le dire, je ne me voyais pas finir mes jours avec lui. Après quelques mois, je me suis résignée à le quitter. C'était peu avant Noël. Il l'a très mal pris. C'était bizarre, parce que, sur le moment, il n'a pas vraiment réagi. On était allés prendre un café au *Season*. Je lui ai annoncé que je voulais qu'on se sépare, et il m'a juste répondu *OK*. Il avait l'air de s'en ficher complètement. Je suis rentrée chez moi très soulagée que ça se termine si bien. Ce soir-là, mes parents n'étaient pas à la maison. Je regardais la télé dans le salon, lorsque soudain, j'entends des coups contre la porte.

*

Mount Pleasant.
Décembre 1994.

Deborah Miles se demanda d'abord qui tapait ainsi au lieu d'utiliser la sonnette. Elle n'éprouva cependant aucune inquiétude. Mount Pleasant était une ville paisible. Elle ouvrit la porte et découvrit Walter. Il avait l'air frigorifié. La maison des Miles se trouvait sur un terrain isolé. En ce soir d'hiver, l'obscurité régnait sur la propriété couverte de neige.

— Walter, qu'est-ce que tu fais là ?

Il semblait furieux. Son regard était mauvais.

— T'as quelqu'un d'autre, c'est ça ? dit-il à Deborah d'un air dégoûté. Tu t'en tapes un autre, tu m'as fait cocu.

— Hein ? Qu'est-ce que tu racontes, Walter ? Je ne t'ai pas trompé.

— Ne me mens pas, salope !

— Arrête, Walter, tu commences à me faire peur. Qu'est-ce qui te prend, enfin ?

Mais Walter y tenait mordicus :

— C'est lui que tu attends ?

— Je n'attends personne.

— C'est pour lui que tu t'es faite belle ?

Deborah n'avait jamais vu Walter dans un état pareil. Elle voulait à tout prix apaiser la situation et le convaincre de s'en aller.

— Walter, je regarde la télé, c'est tout. Je te le jure. Tu devrais rentrer chez toi.

— T'es une salope, Deborah !

Elle sentait la peur la gagner. Elle devait se débarrasser de lui. Elle aurait voulu lui claquer la porte au nez, mais il s'était positionné de façon à l'en empêcher. Elle décida alors de jouer son va-tout :

— Walter, tu devrais rentrer chez toi. Mes parents sont là et tu connais mon père : il ne va pas trop apprécier ce genre de scène.

Il ricana :

— Tes parents ne sont pas là. Ça fait bien une demi-heure qu'ils sont partis.

Deborah se décomposa :

— Tu m'espionnes ?

— J'attendais de voir si ton prince charmant allait se pointer, mais il fait vraiment trop froid. Allez, laisse-moi entrer, il faut qu'on cause.

Dans un geste désespéré, Deborah repoussa brusquement Walter. Celui-ci, surpris, tomba dans la neige. Deborah eut le temps de refermer la porte et la verrouiller avant qu'il ne se relève. Il se jeta contre la cloison et tapa de toutes ses forces. « Ouvre ! hurla-t-il. Ouvre, salope ! » Deborah était déjà dans l'escalier et se réfugia dans la chambre de ses parents. Elle entendit soudain une fenêtre se briser avec fracas. Elle attrapa le téléphone et composa le numéro d'urgence de la police.

*

— Walter a été arrêté tandis qu'il quittait notre propriété, raconta Deborah Miles aux policiers. Il avait beaucoup bu.

— Vous avez porté plainte ?

— Non, il a payé la réparation de la vitre et il a écrit une lettre d'excuses à mes parents et à moi. Mon père, qui a fait le Vietnam, a toujours eu de la compassion pour les vétérans. Et puis, la vraie punition de Walter a été qu'après cet épisode, plus aucune fille de la région ne voulait de lui. Il était grillé.

C'est pour ça qu'il allait souvent à Salem, chez son copain Eric Donovan. Il espérait rencontrer une fille qui ne connaisse pas son passé. Quand il a ramené cette jolie blonde, Alaska, on s'est tous demandé ce que cette pauvre fille venait faire dans ce trou perdu. Au fond, je regrette de ne pas avoir porté plainte contre lui à l'époque. J'aurais dû le faire, pas pour moi mais pour les autres. J'aurais peut-être pu éviter ça.

— Éviter quoi ?

— Qu'il tue Alaska.

Mon séjour romantique à *Harbour Island*, l'île paradisiaque des Bahamas, ne se passa pas du tout comme je l'avais prévu. À commencer par le départ, puisque Raegan ne me rejoignit pas à l'aéroport de Montréal.

Chapitre 4
Paradis perdus

17 avril 2010

Je l'attendis longuement au guichet d'embarquement d'Air Canada. J'essayai de l'appeler mais son téléphone était coupé. Finalement, elle m'envoya un message :

Désolée.
Je ne viendrai pas.
Pardon.

J'essayai de l'appeler de nouveau, mais le téléphone était déjà fermé. Elle ne l'avait visiblement rallumé que pour m'envoyer ces quelques mots lapidaires. Notre dernier échange datait de la veille au soir, par textos. J'avais pris de ses nouvelles, elle me disait avoir atterri de son vol Chicago-Montréal avec beaucoup de retard et qu'elle était chez elle en train de faire sa valise. En réalité elle n'avait jamais eu l'intention de venir avec moi à *Harbour Island*.

J'obtiendrais, quelque temps plus tard, des explications dans une lettre manuscrite laissée à la réception du *Ritz-Carlton* et dont il est inutile que je fasse ici mystère : Raegan était mariée et mère de deux enfants / je n'étais qu'une aventure extraconjugale à la faveur d'une escapade new-yorkaise avec des copines / ses deux séjours chez moi effectués sous couvert d'une grand-mère souffrante dans la campagne ontarienne / elle n'avait jamais su comment me le dire / elle s'était laissé emporter par ses sentiments, avant de se rendre compte qu'elle ne se voyait pas tout plaquer sur un coup de tête.

Sur le moment, dans le hall de l'aéroport de Montréal, je restai, hébété, à regarder mon écran de téléphone, jusqu'à ce qu'une employée de la compagnie aérienne m'arrache à mon abattement.

— Monsieur, nous allons fermer l'enregistrement… Que voulez-vous faire ?

Je décidai de partir quand même. Sans doute une tentative de fuite. Je me retrouvai donc seul à bord d'un vol à destination de Nassau, pendant lequel, pour célébrer mes retrouvailles avec mon amie La Solitude, je descendis une bouteille de champagne suivie de plusieurs de ces mignonnettes de whisky auxquelles l'aviation commerciale nous a condamnés.

Une fois aux Bahamas, j'embarquai à bord d'un petit coucou. Après vingt minutes de vol, je rejoignis une petite île posée sur une eau turquoise. J'étais arrivé à *Harbour Island* : ce petit paradis serait mon nouvel enfer. Et pourtant, imaginez un hôtel de luxe niché au milieu d'une végétation tropicale. Le bâtiment principal était ceinturé d'un parc aux allures de jardin botanique dont les bassins couverts de nénuphars constituaient le royaume de poissons multicolores et de tortues d'eau. Les chambres, elles, consistaient en des bungalows, isolés les uns des autres, les pieds dans l'eau, offrant à leurs occupants une sensation d'intimité absolue.

La clientèle affectionnait le service haut de gamme mais surtout l'extrême discrétion de l'établissement. Car personne ne venait seul à *Harbour Island*. J'étais cerné par des couples : des amants discrets, des adultères brûlants, des vieux couples ronronnants et des couples naissants qui s'embrassaient à pleine bouche au restaurant, mettant à rude épreuve la patience de leur serveur qui attendait qu'ils veuillent bien se rendre chacun leur langue pour articuler leur commande. Je remarquai même un ménage à trois, complètement décomplexé. Et au milieu de ce petit monde, je mangeais tout seul. J'étais sans doute le premier crétin dans l'histoire de cet hôtel à être venu ici en célibataire.

J'aurais pu faire mes valises sur-le-champ et rentrer à New York, j'eus pourtant la faiblesse de croire que les palmiers et la mer me feraient le plus grand bien. Mais que vous affrontiez une déception sentimentale vautré sur votre canapé ou sur une chaise longue, le résultat est exactement le même: vous déprimez. Et le désœuvrement des vacances balnéaires n'arrangeait rien. Sur ma plage, je ne cessais de penser à Raegan. Tout se bousculait dans ma tête. J'avais besoin de compagnie et je me mis en recherche d'une oreille compatissante. Je me retrouvai au bar de l'hôtel, mais le barman n'avait pas le temps, tandis que sa collègue m'évitait, pensant que je voulais la draguer. Assis au comptoir en compagnie de ma bière, j'imaginais Harry Quebert, vêtu d'une chemise à fleurs, s'installant à côté de moi. Il m'aurait donné une tape sur l'épaule et m'aurait soufflé: « Marcus... Marcus... Marcus... », ce qui laissait augurer d'une petite leçon de vie dont il avait le secret et dont j'aurais eu grandement besoin en cet instant. Que m'aurait-il dit? Quelque chose du genre: « Marcus, qu'est-ce que vous fichez accoudé à ce bar, à vous morfondre? Ce n'est pas parce que vous êtes seul sur une île que vous ne pouvez pas être en compagnie de quelqu'un. Savez-vous que l'appareil qui se trouve dans votre poche et qu'on appelle téléphone permet de contacter des gens à distance? Des amis par exemple. Un ami, Marcus, c'est quelqu'un qui n'est ni votre psy, ni votre mère. Laissez donc ce pauvre barman tranquille, voulez-vous, et allez donc appeler un ami, ça vous fera du bien. »

Il n'y avait qu'une seule personne auprès de qui j'avais envie de m'épancher: le sergent Perry Gahalowood. Mais jusque-là, quelque chose m'avait retenu de lui téléphoner. Je crois que j'avais honte de m'être fait salement jeter. Encouragé par l'esprit de Harry, je décidai de lui passer un coup de fil.

— L'écrivain! me répondit-il d'une voix anormalement enjouée.

J'aurais dû comprendre que quelque chose n'allait pas: Gahalowood n'était jamais jovial, surtout avec moi. Ça faisait partie du personnage. S'il m'arrivait de l'appeler deux fois dans la même semaine, il me donnait du « j'espère que c'est une urgence pour me déranger aussi souvent ». J'aurais dû percevoir, ce jour-là, que sa façon inhabituelle de me saluer trahissait le besoin de se confier. Mais je ne percutai pas, trop obnubilé par ma minable histoire.

— Bonjour, sergent, comment allez-vous?

— C'est à vous qu'il faut poser la question, l'écrivain.

Comment ça se passe aux Bahamas? Faites-moi rêver, ici, il pleut des cordes et il fait glacial.

Je contemplai le cadre idyllique dans lequel je me trouvais et j'éprouvai soudain de la gêne à me plaindre. Je n'osais pas lui révéler ce qui s'était passé avec Raegan.

— Tout va pour le mieux, mentis-je. Chaleur tropicale, endroit de rêve. Que demander de mieux? Je suis au bar de l'hôtel, je sirote une bière. Je pensais à vous et j'ai eu envie de vous passer un coup de fil.

Pour toute réaction, il n'y eut qu'un long et étrange silence. Puis Gahalowood me dit, d'une voix hésitante:

— Vous savez, l'écrivain, quand vous êtes venu à la maison l'autre soir à l'anniversaire de ma fille...

Il s'interrompit. Je sentis qu'il avait envie de m'ouvrir son cœur. Mais il se ravisa:

— Ça m'a fait plaisir que vous soyez venu.

— Est-ce que tout va bien, sergent?

— Tout va bien.

Nous raccrochâmes. Cet appel avait été un rendez-vous manqué à quatre mille kilomètres de distance: chacun avait besoin de l'autre mais nous étions dans l'incapacité de l'exprimer.

Je l'ignorais encore à cet instant, mais Gahalowood m'avait répondu depuis sa voiture. Il était garé dans une rue du centre-ville de Concord et observait, à travers la baie vitrée d'un restaurant, sa femme qui dînait en tête à tête avec un homme. Elle lui avait menti, une fois encore sous prétexte de devoir rester tard au bureau. Gahalowood s'en doutait depuis quelques semaines, il en avait à présent la confirmation: Helen le trompait.

*

Les jours s'égrenèrent et mon séjour à *Harbour Island* arriva enfin à son terme. Je passai ma dernière soirée dans mon bungalow. En rassemblant mes quelques affaires, je trouvai, au fond de mon sac de voyage, un carnet de notes que j'avais oublié depuis longtemps. En le feuilletant, j'y découvris, coincée dans la reliure en cuir, une photo datant de vingt ans. On m'y voyait au milieu de ma famille de Baltimore: mon oncle Saul (le frère de mon père), Tante Anita et mes cousins Woody et Hillel.

Je souris à ces êtres figés sur papier glacé. Je les avais tous tant aimés. Je fixai longuement le cliché, ne pouvant m'empêcher de penser au drame qui les avait frappés. Je sortis sur la plage, dans la nuit. Sur le sable, je pouvais distinguer des crabes de cocotier qui couraient entre les arbres et l'océan. À l'horizon, une série de points lumineux : cela ne pouvait pas être la Floride qui, bien que toute proche, était trop loin. Je me plus néanmoins à imaginer que ce fût Miami, où je conservais tant de souvenirs familiaux. Mon oncle Saul y habitait toujours, dans sa petite maison de Coconut Grove, entourée de manguiers. J'allais régulièrement lui rendre visite, mais entre la parution de *La Vérité sur l'Affaire Harry Quebert* et le tournage, il y avait longtemps que je ne l'avais vu. J'eus envie de l'entendre, et je l'appelai aussitôt. Il avait une bonne voix.

— Oncle Saul, ça fait un bail, lui dis-je.

— Je sais, le temps passe si vite.

— Tu n'es pas venu sur le tournage du film…

— C'est mieux comme ça. Merci encore pour les billets d'avion, j'espère que tu ne m'en veux pas de t'avoir fait faux bond.

— Je comprends. Oncle Saul, je voudrais venir te rendre visite.

— Avec plaisir. Quand ça ?

— Demain ?

— Demain… si tu veux, me dit-il un peu surpris. En fait, ce serait merveilleux.

Mon oncle et sa famille avaient énormément compté pour moi. Nous les appelions les Goldman-de-Baltimore, ceux qui avaient tout réussi, par opposition à ce que nous étions, mes parents et moi : les Goldman-de-Montclair. Ce livre n'a pas vocation à raconter le destin des Goldman-de-Baltimore, mais je dois les mentionner ici car je me rends compte aujourd'hui que c'est probablement cette nuit-là, à *Harbour Island*, que s'instilla, dans mon cerveau d'écrivain, l'idée de leur consacrer un livre que j'écrirais finalement deux ans plus tard : *Le Livre des Baltimore*.

Extrait du rapport de police
Audition de Walter Carrey

[Témoignage enregistré dans les locaux de la brigade criminelle de la police d'État, le lundi 5 avril 1999.]

Walter, est-ce que le nom de Deborah Miles vous dit quelque chose ?

Oui, évidemment. On est sortis ensemble, il y a cinq ans. Mais vous devez le savoir, puisque vous me posez la question. J'imagine que vous êtes au courant de mon petit pétage de plombs.

Effectivement. Pouvez-vous nous parler de cette soirée de décembre où vous avez essayé de vous introduire chez elle ?

Je n'ai pas essayé de m'introduire chez elle : je voulais lui parler, elle m'a claqué la porte au nez, ça m'a énervé et j'ai balancé un caillou dans une fenêtre. C'était vraiment stupide de ma part, et je n'en suis pas fier. J'avais clairement trop bu, ce qui n'est pas une excuse non plus. Mais je n'avais pas l'intention de lui faire de mal ou de m'introduire de force dans la maison. Si elle m'avait demandé de partir, je l'aurais fait aussitôt. Dans cette histoire, je me suis couvert de ridicule. Heureusement, il y avait mon copain Eric, j'ai pu aller passer quelques week-ends chez lui, à Salem, et me changer les idées.

Vous semblez très proche d'Eric Donovan.

C'est mon ami d'enfance. Nous avons grandi ensemble.

Et c'est grâce à lui que vous avez rencontré Alaska, exact ?

Absolument. Alaska faisait partie d'un groupe de filles qu'on fréquentait à Salem. Eric est sorti avec l'une d'elles. Il était très accro, elle s'est comportée comme une garce et l'a largué par texto. Il a eu le cœur brisé, le pauvre. Cette rupture est d'ailleurs l'une des raisons de son retour à Mount Pleasant.

Il nous en a parlé, effectivement. Donc, si je ne me trompe, il est revenu à Mount Pleasant avant qu'Alaska ne vous y rejoigne.

Oui. Je n'ai plus les dates exactes en tête, mais Alaska est venue s'installer avec moi quelques semaines plus tard.

Qu'est-ce qui a poussé Alaska à quitter Salem ?

On en a déjà parlé dix fois... Elle voulait changer d'air.

Je me demandais si elle aurait pu vouloir rejoindre Eric ?

Arrêtez avec ça, il n'y avait rien entre Alaska et Eric. Je ne sais pas qui vous a mis cette idée en tête.

Votre mère.

Il ne faut pas trop écouter ma mère, je suis bien placé pour le savoir.

Racontez-nous votre rencontre avec Alaska.

La première fois que je l'ai vue, c'était au printemps 1998. C'était dans ce bar de Salem, *Le Lagon Bleu*. J'ai eu un coup de foudre. Je ne pouvais plus la quitter des yeux.

Vos sentiments étaient réciproques ?

Elle m'a laissé mariner un peu. Je voyais bien que je lui plaisais, mais il a fallu que je lui fasse un peu la cour. Ce qui n'était pas pour me déplaire d'ailleurs. Je me souviens du soir où elle m'a finalement embrassé. C'est elle qui s'est lancée :

on était dehors, elle m'a attrapé par le col de ma veste et elle a plaqué ses lèvres contre les miennes. Putain… je peux pas croire qu'elle soit morte…

[Sanglots.]

Vous voulez faire une pause ?

Non. Non, ça va… enfin, ça va pas, mais j'ai pas besoin de pause.

Alaska avait-elle une raison de se sentir menacée ?

Non.

Pourtant elle a reçu des menaces.

C'est vous qui me l'avez appris.

Elle ne vous en a jamais parlé ?

Jamais.

Est-ce que vous avez remarqué un changement récent dans le comportement d'Alaska ?

Je vous l'ai dit, notre couple a eu des hauts et des bas. Elle a pu être de mauvaise humeur, agacée par moi…

Je pensais plutôt à de la nervosité, de l'inquiétude. Des réactions totalement inhabituelles.

Non.

Walter, il semble que la nuit de sa mort, Alaska soit revenue à votre appartement. Probablement juste avant de se rendre à Grey Beach.

Qu'est-ce que vous racontez ?

Un témoin aurait vu sa voiture à 1 heure 40. Elle serait revenue prendre des affaires ?

J'en sais rien.

Où étiez-vous à 1 heure 40 du matin dans la nuit de vendredi à samedi ?

Au *National Anthem*, comme je vous l'ai déjà dit.

Le problème, c'est qu'on n'a pas de témoin qui vous identifie formellement là-bas au moment de la fermeture.

Pas étonnant, il y avait un monde fou. D'ailleurs, comment le saurais-je si je n'y étais pas ? Les gens ne voulaient pas partir, les flics sont intervenus.

Avec votre permission, nous aurions besoin d'effectuer sur vous un prélèvement ADN.

Bien sûr, je n'ai aucune raison de m'y opposer.

Deux jours après le meurtre

Lundi 5 avril 1999

Le prélèvement ADN eut lieu dans la salle d'audition. Ce ne fut l'affaire que de quelques instants, le temps, pour un technicien de la police scientifique, de frotter l'intérieur de la bouche de Walter Carrey à l'aide d'un coton-tige. L'opération terminée, Walter enfila sa veste et ramassa le journal qu'il traînait avec lui. Ce matin-là, Alaska s'affichait à la une de tous les quotidiens du New Hampshire. Avant de partir, Walter murmura aux policiers: « Elle qui rêvait de faire un jour la première page des journaux... »

Le visage souriant de la jeune femme était désormais entre toutes les mains, dans les cuisines, dans les cafés, dans les bus, dans les salles d'attente. Son nom était sur toutes les lèvres. Et cette injonction aux lecteurs, qui revenait en conclusion de tous les articles: *Si vous avez vu cette jeune femme le soir du vendredi 2 avril, ou si vous détenez des informations à son sujet, prenez contact avec la brigade criminelle [...].*

Les enquêteurs comptaient sur cet appel à témoins pour avancer. La veille, Kazinsky avait fait le tour des restaurants de la région, mais sans succès. Personne n'avait vu Alaska. Les policiers espéraient qu'une diffusion massive de sa photo éveillerait des souvenirs. Ce fut le cas: le gérant d'un supermarché de Conway, une ville à vingt minutes au nord de Mount Pleasant, affirma avoir vu Alaska se disputer avec un homme. Son témoignage semblait convaincant, et Vance et Gahalowood se rendirent à Conway.

Le supermarché faisait partie d'un complexe commercial au sein duquel différentes enseignes étaient réunies autour d'un parking commun. Le gérant expliqua aux policiers:

— Je ne me souviens plus de la date exacte, ça devait être il y a environ deux semaines. J'ai vu cette fille. J'espère que vous ne me prendrez pas pour un pervers, mais je ne vais pas vous mentir : je l'ai remarquée à cause de sa beauté saisissante. Je pensais à rien de mal, je suis père de famille, elle avait l'âge d'être ma gamine, mais elle avait quelque chose de stupéfiant. D'ailleurs j'avais le sentiment que tout le monde la regardait. Peu après son passage en caisse, j'ai été prévenu d'une dispute devant le magasin. Je suis allé voir ce qui se passait. La fille était en pleurs, face à un grand type qui lui disait : « Tu peux pas me faire une chose pareille. » J'ai demandé à la fille si tout allait bien, c'est le type qui a répondu et m'a dit de les laisser tranquilles. Du coup, je suis retourné à l'intérieur pour appeler la police. Quand je suis ressorti, ils étaient sur le parking. Elle lui criait dessus : « Je veux partir ! » Le gars est monté dans une voiture et elle s'est assise sur le siège passager. C'était une scène étrange, je me demandais si elle montait à bord de la voiture de son plein gré. Et puis la police est arrivée.

— Et… ?

— Simple contrôle. Le flic les a rapidement laissés repartir, il a dit que c'était rien. Mais moi j'ai bien vu que ce n'était pas rien.

Gahalowood leva les yeux et vit des caméras qui filmaient l'entrée du supermarché.

— Est-ce qu'on pourrait voir les enregistrements de ce jour-là ?

— Malheureusement, les bandes sont écrasées toutes les quarante-huit heures.

Était-ce bien Alaska sur ce parking de supermarché ? Et avec qui se disputait-elle ? Au poste de police de Conway, Gahalowood et Vance purent remonter, grâce à la main courante du centre d'appels, à l'incident survenu ce jour-là et qui datait du lundi 22 mars. L'agent qui était intervenu n'avait pas de souvenir très précis de cet évènement.

— Si je ne m'en souviens pas, dit-il aux enquêteurs, c'est que ça ne devait pas être grand-chose. Vous savez, des appels pour trois fois rien, c'est notre pain quotidien. Comme on passe notre temps à dire aux gens « mieux vaut appeler une fois de trop qu'une fois qu'il est trop tard », on reçoit des appels pour un oui ou pour un non.

Gahalowood montra à nouveau la photo d'Alaska au policier.

— Regardez encore, vous êtes certain de ne pas la reconnaître ? Elle se serait disputée avec un homme sur le parking du supermarché…

Pour toute réponse, l'agent s'installa derrière un ordinateur laissé libre. Il demanda, tout en pianotant sur le clavier :

— Est-ce que le centre d'appels vous a transmis le rapport ?

— Quel rapport ? dit Vance.

— Chaque appel au numéro d'urgence, expliqua l'agent, doit faire l'objet d'un rapport d'intervention. Même deux lignes, qu'on rentre directement sur l'ordinateur de bord de notre véhicule de patrouille.

— Et vous avez ce rapport ? réclama Gahalowood.

L'agent donna quelques clics de souris puis se dirigea jusqu'à l'imprimante pour attraper la feuille de papier qu'elle venait de recracher.

— Voilà, c'est ça, dit-il en parcourant la page des yeux. Une dispute sur la voie publique, maintenant ça me revient. Un jeune homme au volant, une fille sur le siège passager, elle avait les yeux rouges. Elle avait pleuré. Je les ai interrogés : la fille a affirmé qu'ils avaient eu des mots mais que tout allait bien. Maintenant, je me rappelle, elle m'a dit : « Vous ne vous disputez jamais avec votre femme, monsieur l'agent ? » Et puis elle a même eu ce trait d'humour : « Si on peut plus se disputer en public sans que la police débarque… » C'était clairement un appel pour rien. J'ai vérifié que le conducteur avait un permis en règle, et je vois sur le rapport que j'ai même poussé le zèle jusqu'à contrôler le véhicule dans le fichier des voitures pour m'assurer qu'il n'était pas volé et qu'il était bien assuré.

— Je peux voir le rapport ? demanda Gahalowood.

— Bien sûr.

Lundi 22 mars 1999 – 14 h 25.

Motif de l'appel : Dispute sur la voie publique.

Note : Couple dans une voiture, aucune trace de violence visible. Aucune intervention nécessaire.

Action : contrôle du permis de conduire du conducteur et contrôle du véhicule. Ford Taurus Noire immatriculée New Hampshire SDX8965. Assurance en règle, pas signalé volé. Fin intervention à 14 heures 33.

Les yeux rivés sur la feuille, Gahalowood demanda à Vance :
— Tu as encore le numéro de plaque de la voiture de Walter Carrey ?
Vance consulta son bloc-notes :
— New Hampshire SDX8965.
— Alaska était donc avec Walter Carrey.

*

— Walter Carrey et Alaska Sanders qui se disputent en faisant les courses, je crains que ce ne soit pas une piste très prometteuse, considéra Vance tandis qu'ils quittaient le poste de police.
— Ça nous montre en tout cas que la rupture du 2 avril n'était pas une surprise, contrairement à ce qu'il nous a dit. Il joue les amoureux naïfs, mais quand tu t'engueules avec ta copine au point que quelqu'un appelle les flics, c'est que t'es en bout de course, non ?
Vance acquiesça :
— Je suis d'accord. J'ai l'impression qu'il nous mène en bateau depuis le début.
À Conway, Gahalowood et Vance allaient également découvrir des informations importantes concernant la piste forestière où avaient été découverts les débris de phare et les traces de peinture. Car c'est à Conway que se trouvait l'antenne régionale du Service fédéral des forêts, dont dépendait celle de White Mountain, où avait été retrouvée Alaska. Il s'agissait d'une forêt nationale, c'est-à-dire relevant non pas des autorités locales mais du Service fédéral des forêts.
— Pour faire simple, cette forêt est gérée par Washington, leur expliqua au téléphone Kazinsky qui s'était débattu dans les méandres de l'administration fédérale.
— Pratique, ironisa Vance.
— En réalité oui, car ce sont les antennes locales du Service des forêts qui gèrent concrètement les portions qui leur sont attribuées. Le responsable de l'antenne de Conway vous attend, je viens de l'avoir en ligne. Il connaît bien cette piste forestière, il dit que ça fait des années qu'il s'en plaint. Il l'a appelée *l'autoroute des connards*.

Ce furent les mots exacts du responsable de l'antenne de Conway qui avait déployé une carte sur son bureau et montrait, à Gahalowood et Vance, la piste en question. Elle s'embranchait sur la route 21, à Mount Pleasant, et traversait ensuite la forêt sur dix kilomètres, pour ressortir sur la route 16.

— *L'autoroute des connards*, expliqua-t-il, a été créée suite au grand incendie de Yellowstone en 1988. Le service des Forêts a considéré qu'il fallait prévoir des accès rapides au cœur des forêts nationales pour que les secours puissent circonscrire rapidement un incendie. C'était l'occasion de permettre aux gardes forestiers de faire des coupes d'entretien importantes dans des taillis qui sont en général laissés à l'abandon, faute d'accès. Donc l'idée était bonne, mais cette piste, réservée aux pompiers et au Service des Forêts, a rapidement été utilisée par tout le monde. Ça n'arrête pas : voitures, quads, motos, et j'en passe. Il y a même des mecs qui acheminent leur bateau sur le lac Skotam par-là ! D'où cette caravane échouée là depuis des années et qui n'a jamais été enlevée. Mes gars m'en parlent sans cesse. Qu'est-ce que je suis censé faire, moi ? J'ai alerté la mairie de Mount Pleasant, qui me répond que ce n'est pas de son ressort, au motif qu'il s'agit d'une forêt nationale, donc fédérale. Mais vous imaginez bien que Washington se fout royalement d'une caravane qui pourrit au bord d'un lac du New Hampshire. J'ai voulu mettre une barrière à chaque accès de la piste, mais ça a été refusé pour éviter que, le jour où il y a un incendie, les pompiers soient bloqués faute de savoir qui a la clé. Le seul pouvoir qu'on ait, c'est de dénoncer les contrevenants. On relève un numéro de plaque, on dresse un procès-verbal, qu'on entre ensuite dans le système avec un rapport circonstancié. Après c'est Washington qui gère et qui envoie une contravention. Vous voyez le bordel ? Et puis, mes gars sont des forestiers, pas des contractuels !

— Donc vous avez un fichier qui regroupe ces procès-verbaux ?

— Oui.

Quelques instants plus tard, Gahalowood et Vance étaient assis derrière un écran d'ordinateur. Devant eux s'affichait la liste des procès-verbaux dressés au fil des dernières semaines par les gardes forestiers. Il y en avait effectivement très peu. Ce qui permit de remarquer rapidement un véhicule qui avait été verbalisé le samedi 20 mars. Une voiture qu'ils commençaient à bien connaître : une Ford Taurus noire, immatriculée New Hampshire SDX8965. La voiture de Walter Carrey. Une mention indiquait : *KM1, véhicule parqué sans occupant.*

— *KM1* ? demanda Gahalowood au responsable de l'antenne. Qu'est-ce que cela signifie ?

— Cela signifie que la voiture se trouvait sur le premier kilomètre de piste. Ça permet de se repérer, en cas de contestation. Oui, parce qu'une fois que Washington envoie une contravention, la personne concernée peut contester et ça nous retombe dessus. On doit apporter des « éclaircissements ». L'enfer ce truc, je vous dis.

— À quoi correspond le premier kilomètre ? demanda Vance.

Le responsable d'antenne retourna à sa carte et pointa du doigt la première portion kilométrique, marquée par un trait discret. Il indiqua aux enquêteurs :

— C'est sur cette même portion que se trouve la caravane abandonnée.

Le fichier révéla qu'un second véhicule avait été verbalisé ce même 20 mars et sur ce même tronçon : une Pontiac Sunrunner noire. Vance téléphona à Kazinsky pour que celui-ci entre la plaque d'immatriculation dans le fichier national des voitures.

— Ça alors ! lâcha Kazinsky en découvrant le nom du propriétaire sur son écran. C'est la voiture d'Eric Donovan.

Gahalowood et Vance se rendirent aussitôt à Mount Pleasant pour interroger Eric Donovan à propos de sa voiture. Celui-ci se trouvait au magasin d'alimentation. Il emmena les policiers dans l'arrière-boutique pour y parler tranquillement.

— Que se passe-t-il ? demanda-t-il, visiblement mal à l'aise.

— Vous conduisez une Pontiac Sunrunner. C'est bien ça ? interrogea Gahalowood.

— Effectivement, confirma Eric. Pourquoi ?

— Vous avez été verbalisé sur la piste forestière à proximité de Grey Beach, non ?

— Oui, c'est vrai, j'ai été dénoncé par ces idiots de gardes forestiers. Ça fait dix ans qu'on utilise cette piste pour aller pêcher, et du jour au lendemain ils veulent nous imposer des règlements. Quel est le problème ?

— Qu'est-ce que vous fabriquez sur cette piste ?

Eric sembla surpris par la question :

— Walter et moi on va au Paradis des truites. Un coin de pêche réputé. Quand on était gosses on y allait à vélo et à pied, aujourd'hui qu'ils ont éventré la forêt avec cette piste inutile, pourquoi est-ce qu'on n'en profiterait pas ? On peut se garer à deux pas, avec notre matériel. On ne va pas se priver de cette opportunité.

— Donc Walter et vous connaissez bien cette portion de forêt ?

— Tout le monde connaît bien les environs de Grey Beach. C'est un endroit très populaire.

— Eric, demanda Vance, avez-vous eu un accident avec votre voiture récemment ?

— Non, pourquoi... ? Attendez, c'est à propos des débris de phare retrouvés dans la forêt ?

— Comment avez-vous eu connaissance de cet élément ? demanda Gahalowood.

— Les flics de la ville parlent, vous croyez quoi ? répondit Eric. Et les gens n'ont que cette affaire sur les lèvres... Vous croyez tout de même pas que je suis pour quelque chose dans la mort d'Alaska ?

— Eric, pourrions-nous jeter un œil à votre voiture ?

Le jeune homme, bien que surpris par la demande, conduisit les policiers jusqu'à sa Pontiac Sunrunner noire, garée sur le parking du magasin. Elle était intacte.

Gahalowood et Vance venaient de quitter Eric Donovan, lorsqu'ils reçurent un appel de Kazinsky :

— On a reçu les premiers résultats du légiste et de la police scientifique, leur dit-il. Alaska n'est pas morte du coup qu'elle a reçu sur la tête.

*

Au quartier général de la police d'État, Gahalowood, Vance et Kazinsky écoutaient religieusement le médecin légiste qui leur présentait les conclusions de son rapport d'autopsie.

— Alaska Sanders est morte étranglée. Probablement à mains nues si on en juge par les hématomes autour de son cou.

— Étranglée ? répéta Vance, étonné. Mais je croyais qu'elle avait reçu un coup sur la tête.

— Elle a effectivement reçu un coup sur la tête, répondit le médecin légiste, mais ce n'est pas ce qui a entraîné la mort. (Il étaya son propos à l'aide de photographies.) Vous voyez, il y a clairement un traumatisme crânien au niveau de l'os occipital. Mais le coup ne lui a pas été fatal.

— Si je comprends bien, dit Gahalowood, elle a été frappée à la tête puis étranglée.

— Exactement.

— Avec quoi a-t-elle été frappée ?

— À en juger par la blessure, elle a reçu un coup très violent, porté avec beaucoup de force. Il y a eu une grande inertie, c'est-à-dire que le meurtrier l'a frappée avec un objet lourd qui a agi comme le prolongement de son bras. Avec une barre de fer, par exemple.

— Ou un gros bâton ? demanda Vance.

— Non, car je n'ai pas retrouvé de trace de bois dans la plaie. Je dirais plutôt une barre de fer, ou un objet similaire.

— Est-on certain qu'elle est morte sur cette plage ? demanda Gahalowood.

— Oui, le corps n'a pas été déplacé, expliqua le légiste. D'une part parce qu'on a relevé des traces de son sang sur place, ce qui montre qu'elle a été frappée sur la plage, mais surtout, nous avons retrouvé dans ses narines et ses oreilles des larves de mouches endémiques du lac Skotam. Et s'il y avait des asticots, c'est que les mouches avaient pondu dans la foulée du décès. Ce qui d'ailleurs me permet de vous confirmer que le meurtre a eu lieu entre 1 heure et 2 heures du matin, dans la nuit de vendredi à samedi. En outre, la toxicologie est normale. Elle n'était pas droguée, elle avait légèrement bu.

— A-t-elle été violée ? demanda Vance.

— Non, aucun signe de viol, ni de rapport sexuel.

Après le légiste, ce fut au tour de Keith Benton, le responsable de la police scientifique, de faire son rapport. Il commença par présenter une photo du pull-over gris portant la mention *M U* inscrit dessus.

— Le pull-over retrouvé dans la caravane est bien maculé du sang d'Alaska Sanders. Nous y avons trouvé les traces de deux autres ADN, en plus de celui de la victime.

— Vous voulez dire qu'il pourrait y avoir deux meurtriers ?

— C'est une possibilité.

— J'imagine que ces ADN n'ont aucune correspondance dans la base de données, dit Gahalowood.

— Vous imaginez bien, sergent. Ces ADN sont inconnus. Mais leur séquence contient des chromosomes X et Y, ce qui signifie que ce sont des hommes. Le pull semble d'ailleurs être un modèle masculin, de taille XL.

— Donc ce pull pourrait avoir été porté par le meurtrier, ou l'un des meurtriers ?

— C'est très probable, confirma Keith Benton. Le légiste dit que la victime a d'abord reçu un coup et a ensuite été étranglée. On pourrait parfaitement imaginer qu'au moment de la strangulation, le meurtrier ait été maculé par le sang de la victime.

— Une idée de ce que signifie *M U* ? demanda Vance.

— Aucune. Pour être franc, on s'est d'abord concentrés sur toutes les analyses que nous avions à faire.

— On a fait un prélèvement ADN ce matin sur un individu masculin nommé Walter Carrey, dit alors Gahalowood. Est-ce que vous pourriez faire une comparaison et voir si son ADN correspond à l'un des deux que vous avez relevés sur le pull ?

— Bien sûr. Je vais essayer de vous le faire pour la fin de journée. Au plus tard demain matin.

— Merci.

Keith Benton poursuivit avec une photo de la décapotable bleue d'Alaska retrouvée sur le parking de Grey Beach.

— Dans la voiture, pas d'autre ADN que celui de la victime. Comme vous le savez, on a retrouvé son sac à main ainsi qu'un sac de voyage contenant des effets personnels que nous avons listés ici : quelques vêtements, un nécessaire de toilette. De quoi tenir quelques jours. Malheureusement, pas grand-chose qui puisse vous aider. En revanche, les lettres de menaces, elles, ont donné quelque chose.

Keith Benton présenta alors un rapport d'analyse de la lettre retrouvée dans la poche d'Alaska et de celles découvertes à son domicile.

— Ces lettres sont toutes similaires. Le papier utilisé est chaque fois le même. Il s'agit d'un papier standard vendu en supermarché. Pas d'ADN relevé dessus, mais des empreintes digitales qui correspondent toutes à celles de la victime. Je peux affirmer que ces lettres ont toutes été imprimées sur une même imprimante. Elles présentent toutes le même léger défaut d'impression, quasiment invisible à l'œil nu. Cette anomalie revient systématiquement sur chacune des lettres : cela signifie que l'imprimante utilisée comporte une tête d'impression défectueuse.

— Si je comprends bien, intervint Gahalowood, on pourrait identifier l'imprimante utilisée pour ces messages ?

— Si j'avais la machine devant moi, je pourrais effectivement déterminer avec certitude si elle a servi ou non à les imprimer. Trouvez-moi un suspect, je peux le confondre grâce à son imprimante.

— Et les débris de phare ? demanda Vance.

Keith Benton eut un sourire amusé :

— Messieurs, j'ai fait bosser une partie de mes équipes pendant le week-end pour vous apporter d'ores et déjà tous ces résultats. Je sais que le temps presse pour vous, mais les analyses de débris de voiture peuvent prendre des mois. Vous imaginez le boulot pour parvenir à faire correspondre un éclat de phare avec un modèle de véhicule ?

— Et si, à l'inverse, on vous donne le modèle, et qu'il vous suffit de nous dire si les débris correspondent à ce type de voiture, est-ce que ce serait plus simple ?

— Beaucoup plus simple. Pour lutter contre les délits de fuite, les polices d'État de tout le pays ont une base de données commune dans laquelle elles répertorient des échantillons de peinture et des optiques de phares. Donc, si le modèle que vous avez en tête est une voiture courante sur le marché, cela peut être l'affaire de quelques heures de travail.

— Nous voudrions savoir s'il s'agit soit d'une Ford Taurus noire, soit d'une Pontiac Sunrunner noire, précisa Gahalowood.

Keith Benton nota les indications puis consulta sa montre :

— Donnez-moi jusqu'à demain matin et je vous reviens avec les résultats ADN de ce Walter Carrey et l'analyse du modèle de voiture.

Ce soir-là, à l'invitation d'Helen, Vance et Kazinsky vinrent dîner chez les Gahalowood. Ce fut un moment de connivence joyeuse. Le temps d'un repas, les trois policiers en oublièrent l'affaire Alaska Sanders. Helen avait fait mijoter une pièce de viande. Vance, se resservant pour la troisième fois, feignit de déplorer le mal qu'elle s'était donné :

— Helen, tu nous avais promis de commander des pizzas !

— J'ai menti pour que tu viennes ! s'amusa Helen. Je suis enceinte, Matt, pas invalide !

Tous éclatèrent de rire.

— Tu vas accoucher d'une minute à l'autre, insista Vance.

— Crois-moi, Matt, conseilla Gahalowood, n'argumente pas avec une femme enceinte.

— En tout cas, dit Kazinsky, j'aime bien votre panneau, à l'entrée : *JOIE DE VIVRE*. Cette maison illustre magnifiquement son nom. On se sent bien chez vous, les Gahalowood. Je devrais venir avec ma femme suivre un stage.

— Vous vous engueulez beaucoup ? lui demanda Vance.

— Tout le temps, répondit Kazinsky.

— Perry et moi aussi on s'engueule, fit remarquer Helen.

— Eh bien, on voit comment vous vous réconciliez, plaisanta Vance en désignant son ventre rond.

Ils rirent encore.

— Helen est une dure à cuire, ajouta Gahalowood.

— Peut-être, Perry, lui répondit Vance. Tu vois, je ne me suis jamais marié, je n'ai jamais eu de gosses et je n'éprouve aucun regret… enfin… sauf quand je vous vois, Helen et toi.

L'atmosphère resta détendue jusqu'au dessert. Gahalowood proposa des bières. Kazinsky accepta, Vance ne répondit rien. Il regardait dans le vague. Il avait l'air troublé.

— Matt, lui demanda Gahalowood, qu'est-ce qui t'arrive ?

— Je viens de penser à quelque chose à propos d'Alaska.

Les visages s'assombrirent : le temps de la détente était passé.

— Les flics resteront toujours des flics, soupira Helen. Je vous laisse ici. Je ne veux pas entendre parler de cette pauvre fille assassinée.

Elle embrassa ses invités et son mari, puis elle monta à l'étage.

— Qu'est-ce qui te tracasse ? demanda Gahalowood.

— Depuis tout à l'heure, répondit Vance, je pense à ce que nous a dit le légiste : Alaska a été frappée d'abord et étranglée après.

— Oui, et… ?

— Et je me demande pourquoi le meurtrier ne s'est pas acharné sur Alaska ?

— Comment ça? demanda Gahalowood qui ne comprenait pas où il voulait en venir.

— Le meurtrier assène un violent coup à Alaska. Tellement violent qu'il lui défonce l'arrière du crâne. Il avait l'intention de la tuer. Mais elle survit. Et le meurtrier s'en rend compte. Il doit l'achever, et il l'étrangle. Pourquoi l'étrangle-t-il au lieu de continuer à lui taper dessus avec sa barre de fer? Il vient de frapper Alaska une première fois, pourquoi ne pas taper encore jusqu'à la tuer? Pourquoi « se compliquer la tâche » en étranglant Alaska au lieu de lui asséner encore des coups jusqu'à en finir?

— En général, quand tu parles comme ça, c'est que tu as la réponse, fit remarquer Gahalowood.

Vance acquiesça.

*

Samedi 3 avril 1999,
entre 1 heure et 2 heures du matin
(selon l'hypothèse du sergent Matt Vance)

La plage de Grey Beach baignait dans un beau clair de lune qui scintillait à la surface du lac Skotam. Alaska, seule sur la grève, n'entendit pas son meurtrier. Sans doute les clapotis de l'eau, le coassement des grenouilles et les bruits de la nuit couvrirent-ils les pas sur les galets.

Lorsque la lourde masse s'abattit sur son crâne, on ne perçut que le craquement sourd de l'os. Elle ne cria même pas. Juste un son étouffé, puis le bruit de son corps qui s'effondrait sur la berge. Tout s'était passé très vite. Le meurtrier contempla le corps un instant, avant de jeter, de toutes ses forces, sa barre de fer en direction du lac. Il faisait trop sombre pour que le meurtrier la voie tomber mais il l'entendit fendre la surface du lac. Tout était terminé. Il était temps de s'enfuir. Mais alors qu'il s'éloignait du corps, il entendit soudain un râle. Il se retourna et vit avec effarement qu'Alaska bougeait péniblement. Un chant d'agonie s'échappait de sa bouche. Le meurtrier fut parcouru d'un frisson de dégoût et de panique: elle finirait certainement par succomber à sa blessure, mais comment en être certain? Et puis, elle l'avait vu maintenant: ses yeux ouverts le fixaient. Il devait terminer ce qu'il avait entrepris.

Il regretta aussitôt d'avoir jeté la masse. Il regarda autour de lui mais ne trouva aucune branche suffisamment lourde pour servir de gourdin. Il chercha une pierre avec laquelle il pourrait l'achever, mais les cailloux au sol n'étaient que de modestes galets. Il n'eut guère le choix que de l'étrangler. Il se plaça derrière Alaska et lui enroula les mains autour du cou. Il serra du plus fort qu'il put. Sa manœuvre était maladroite. Pour l'asphyxier, il fut contraint de se tenir contre elle. Son pull-over fut bientôt maculé de sang.

Lorsqu'elle mourut enfin, il s'enfuit à travers la forêt. En arrivant à proximité de la route forestière où il avait garé sa voiture, il avisa cette caravane abandonnée. Il ôta son pull-over et le jeta à l'intérieur. Puis il monta en voiture et démarra en trombe. Dans sa manœuvre précipitée, il ne remarqua pas l'arbre derrière lui et l'emboutit. Il lâcha un juron et mit aussitôt la marche avant. Il disparut dans la nuit.

*

— Selon toi, l'arme du crime serait dans le lac ? dit Gahalowood.

— C'est une possibilité, acquiesça Vance.

— Pourquoi le meurtrier se débarrasserait-il de son arme à proximité du lieu du crime ? demanda Kazinsky en décapsulant sa bière.

— Tu sais comme moi, répondit Vance, qu'une fois sur deux, lors d'un meurtre, l'arme du crime est retrouvée dans une poubelle des alentours. Pourquoi ? Parce que les meurtriers ne veulent pas risquer de se faire pincer lors d'un contrôle de routine. Pareil pour le pull. Dans notre cas, le meurtrier d'Alaska est couvert de sang : il ne l'avait pas prévu. Il se débarrasse donc de son vêtement, d'une part pour éviter d'attirer l'attention, mais surtout pour ne pas laisser de traces de sang dans sa voiture, au cas où il serait suspecté et son véhicule passé au peigne fin.

— C'est une hypothèse qui se tient, opina Gahalowood. Il faut sonder le lac Skotam pour tenter de retrouver cette fameuse barre de fer.

Le lendemain, dès leur arrivée au quartier général, les trois policiers prirent contact avec la division des plongeurs pour envoyer immédiatement une équipe à Grey Beach. Au même instant, Keith Benton, le responsable de la police scientifique, débarqua dans leur bureau.

— Je viens de recevoir votre résultat ADN, déclara-t-il en agitant le document d'analyse qu'il tenait en main.

— Et… ? demanda Gahalowood.

— L'ADN de Walter Carrey correspond bien à l'un des deux ADN trouvés sur le pull-over gris.

Sans perdre une seconde, les policiers se mirent en route et foncèrent jusqu'à Mount Pleasant. Ils remontèrent à vive allure la rue principale, avant d'être stoppés peu avant le magasin d'alimentation des Donovan. La route était barrée. En arrière-plan, plusieurs camions de pompiers. Gahalowood, Vance et Kazinsky sautèrent de leur voiture et terminèrent au pas de course. En arrivant devant le magasin de chasse et pêche, ils marquèrent soudain un arrêt, stupéfaits : l'étage, où se situait l'appartement de Walter Carrey, avait brûlé pendant la nuit.

Cinquante minutes de vol seulement séparent les Bahamas de la Floride. Je quittai *Harbour Island* dans la matinée pour atterrir avant midi à l'aéroport de Miami. Je louai une voiture pour rejoindre le quartier de Coconut Grove, où vivait mon oncle Saul.

CHAPITRE 5
Les Goldman-de-Baltimore

Miami, Floride.
24 avril 2010.

Sur la route, je reçus un appel de ma mère.

— Alors, mon chéri, comment étaient tes vacances ?

— Extra.

— Tu étais seul ?

— Oui.

— J'espère que tu mens à ta mère et que tu étais en compagnie d'une charmante jeune femme qui t'a mis de la crème solaire sur le dos et qui te donnera bientôt des enfants. Tu es à New York ? Tu veux venir dîner à la maison ce soir ?

— J'ai fait un arrêt par la Floride, maman. Je suis en route pour aller rendre visite à Oncle Saul.

Après un silence désapprobateur, ma mère me dit :

— Ces séjours en Floride ne sont pas bons pour toi, ils ne font que te replonger dans le passé et ce qui est arrivé à tes cousins.

J'eus envie de lui répondre que j'en avais peut-être besoin, mais je préférai couper court.

— Ne t'inquiète pas, maman. Je rentre dans quelques jours, je t'appellerai depuis New York.

À peine eus-je raccroché que mon téléphone sonna à nouveau. Comme je l'avais relié au système sans fil de la voiture, je décrochai sans voir le numéro entrant.

— Maman ? dis-je en pensant qu'elle avait oublié de mentionner quelque chose.

— Non, répondit la voix de mon éditeur Roy Barnaski, mais vous pouvez m'appeler *maman* si ça vous chante.

— Pardonnez-moi, Roy, je suis sur la route, j'ai répondu sans vérifier le numéro.

— C'est vous le numéro, Goldman ! Dites-moi que vous êtes à New York. On dîne ce soir chez *Pierre* ?

— Je suis en Floride.

— En Floride, se lamenta Roy. Goldman, votre bougeotte est insupportable.

— J'ai eu besoin de prendre un peu le large.

— Des soucis ?

— Peine de cœur.

— Ça tombe bien, j'ai un excellent remède : deux millions de dollars.

— Pour l'adaptation de *La Vérité sur l'Affaire Harry Quebert* ?

— Oui.

— C'est non. Je vous l'ai dit, je n'ai aucune envie d'en faire un film.

— Vous êtes insupportable, Goldman ! Qui dit *non* à deux millions de dollars ?

— Moi.

Comme je renvoyais Barnaski à l'adage selon lequel la richesse ne fait pas le bonheur, il me répondit : « La pauvreté non plus ! »

Je lui raccrochai au nez.

À Coconut Grove, Oncle Saul m'attendait sous le porche de sa petite maison. Nous échangeâmes une longue accolade. Je le trouvai amaigri. Sa barbe, qu'il avait laissée pousser depuis le Drame, s'était épaissie. Oncle Saul avait tout eu et tout perdu. Quand je le regardais, je voyais encore le grand avocat de Baltimore, entouré des signes de sa réussite : son luxueux manoir du quartier d'Oak Park, sa maison d'été dans les Hamptons, son appartement d'hiver dans une résidence haut de gamme de Miami. En réalité, il était aujourd'hui un homme seul, dont l'unique possession était ce pavillon en planches, acquis quatre ans plus tôt avec ce qui lui restait d'économies. Il vivait chichement en travaillant comme manutentionnaire dans un supermarché de Coral Gables où il rangeait les achats des clients dans des sacs en papier après leur passage en caisse.

La maison de Coconut Grove me plaisait beaucoup. J'aimais l'atmosphère paisible qui y régnait, en dépit de tout ce que mon oncle avait traversé.

Nous passâmes une bonne partie de l'après-midi sur sa terrasse, à l'ombre des manguiers et des avocatiers.

— Hier soir, j'ai retrouvé par hasard cette photo, dis-je à Oncle Saul en lui montrant le cliché.

L'image datait de l'apogée des Goldman-de-Baltimore. Oncle Saul observa attentivement la photo, puis il eut ces mots, dont je ne sus pas s'il les adressait à moi ou à lui-même :

— Le piège de l'argent, Marcus, c'est qu'il peut acheter toutes les sensations, mais jamais de véritable sentiment. Il peut donner l'illusion d'être heureux sans l'être vraiment, d'être aimé sans l'être réellement. L'argent peut acheter un toit, mais pas la sérénité d'un chez-soi.

Il fit glisser son doigt sur les visages de ceux qui avaient été les siens. Je me demandai quels souvenirs remontaient en lui à ce moment précis. Il arrêta le bout de son index sur celle qui avait été son épouse et qu'il avait aimée follement : ma tante Anita.

— Elle était tellement belle, murmurai-je.

— Elle était merveilleuse, ajouta-t-il.

— Au fond, dis-je, c'est ce que je recherche chez une femme.

— Qu'elle soit à l'image de Tante Anita ?

— Plutôt que nous formions elle et moi un couple tel que le vôtre.

Je m'arrêtai net, mal à l'aise. Oncle Saul se chargea de rectifier pour moi :

— Tu veux dire avant le final tragique ?

— Tu vois ce que je voulais dire, Oncle Saul. Désolé, je…

— Ne t'en fais pas.

Nous ne parlâmes plus d'elle. Mais cette nuit-là, dans la chambre d'amis où je m'étais installé, Tante Anita habitait mon esprit. Les yeux fixés sur cette photo je restai longtemps éveillé. Le sommeil me fuyait. Il faisait une chaleur de four et la climatisation marchait mal. J'étais assailli par tant de souvenirs. Au cœur de la nuit, je me retrouvai à la cuisine. Et ce moment ne fut pas sans me rappeler mes visites aux Goldman-de-Baltimore.

*

Baltimore, Maryland.
Septembre 1995.

Il était 5 heures du matin lorsque la petite montre-réveil que je portais au poignet se mit à sonner doucement. D'un geste réflexe, je coupai l'alarme pour ne pas réveiller mes cousins Hillel et Woody qui dormaient dans la même pièce que moi.

C'était le week-end de Labor Day, et comme pour tous les congés scolaires, j'étais venu chez les Goldman-de-Baltimore. Chaque fois, c'était le même émerveillement d'être parmi eux, le même bonheur de devenir, le temps d'un week-end, un membre de cette famille qui me semblait si parfaite.

Mon arrivée là-bas suivait toujours le même rituel : Tante Anita venait me chercher à la gare de Baltimore. Toute ma vie, je garderai le souvenir ému de sa silhouette qui m'attendait sur le quai : la beauté de son visage, la douceur de ses traits, sa façon de me serrer dans ses bras, l'odeur de son parfum.

Tante Anita me ramenait ensuite jusque chez eux, dans leur immense maison d'Oak Park, un quartier résidentiel huppé, où tout me semblait plus beau et plus impressionnant qu'ailleurs : les arbres, les trottoirs, les promeneurs, les portails. Là-bas, je retrouvais ceux que je considérais comme les frères que la vie n'avait jamais voulu me donner : Woody et Hillel. Et l'un des hommes qui, avec Harry Quebert, eut le plus d'influence sur moi : mon oncle Saul. Toujours beau, élégant, de bonne humeur et spirituel.

Mes séjours à Oak Park me semblaient à chaque fois trop courts. Pour ne pas gaspiller ce temps précieux, je me réveillais à l'aube. Je rejoignais la cuisine sans bruit. Je me comportais en familier des lieux : je pressais quelques oranges, j'allumais la machine à café filtre, puis j'allais chercher le journal, livré tous les jours au petit matin devant la porte. Je m'installais ensuite au comptoir de la cuisine, et, dépliant l'exemplaire du *Baltimore Sun* que je venais de ramasser, j'en parcourais les grandes lignes en mangeant des toasts au beurre de cacahuète. Et je m'imaginais vivre ici pour toujours.

Le bonheur de ces matins-là, c'était de partager un moment privilégié avec Tante Anita qui était une lève-tôt. Elle me rejoignait dans la cuisine, passait sa main dans mes cheveux et me gratifiait d'un tendre « bonjour, Marcus mon chéri ». Elle se servait une tasse de café et s'installait au comptoir, à côté de moi, piochant parmi les cahiers disponibles du journal. Parfois elle s'attribuait, pour mon plus grand bonheur, l'une de mes tartines.

Sa lecture terminée, Tante Anita se mettait à préparer des pancakes ou un gâteau pour le petit-déjeuner. Je n'ai jamais été un grand cuisinier et j'ai toujours admiré sa capacité à élaborer, sans recette, toutes sortes de pâtisseries. Il y en a une, très facile, qu'elle finit par m'apprendre : son célèbre gâteau à la banane, qui ne nécessite que de mélanger de la farine, des œufs, une pointe de sel et, surtout, des bananes bien mûres.

*

Le jour s'était levé sur Coconut Grove lorsque Oncle Saul débarqua dans sa petite cuisine, attiré par l'odeur du gâteau à la banane qui sortait du four.

— C'est la recette de ta tante ? me demanda-t-il, l'œil pétillant.

— Le seul gâteau que je sache faire, répondis-je.

Il éclata de rire et se servit une tasse de café.

— Debout depuis longtemps ?

— Non, mentis-je, j'ai dormi comme un loir.

Il s'assit à table avec une tranche de gâteau et sa tasse, puis il fit ce que je l'avais toujours vu faire à Oak Park : il trempa le coin de sa tranche de gâteau dans son café.

— Je me suis fait des amis grâce à ce gâteau, lui racontai-je alors.

— Qui ça ?

— Le flic avec qui j'ai enquêté sur l'affaire Harry Quebert, et sa famille. Des gens très sympathiques.

Coïncidence, hasard ou signe du destin, j'allais justement retrouver les Gahalowood ce jour-là. À l'heure du déjeuner, comme j'étais en train de me promener sur les réseaux sociaux, je tombai sur une photo que Malia Gahalowood venait de publier sur Facebook. On y voyait toute sa famille déjeunant à la terrasse du *Cheesecake Factory* du centre commercial d'Aventura, au nord de Miami.

Je téléphonai aussitôt à Perry. Quand il décrocha, il mâchait encore.

— Sergent, lui demandai-je d'emblée, comment est votre steak ? Et avez-vous essayé leurs beignets au fromage ? Ils sont à tomber.

— L'écrivain ?! me répondit-il d'un ton interloqué. Comment diable pouvez-vous savoir que…

— La magie des réseaux sociaux, sergent.

Il s'était mis à maugréer contre sa fille avant de revenir à moi avec le ton qu'il me réservait habituellement, c'est-à-dire une mauvaise humeur feinte :

— Avez-vous autre chose à m'annoncer que ce que je sais déjà, à savoir que je mange un steak ?

— Surtout ne bougez pas, sergent. J'arrive.

Je rejoignis les Gahalowood juste à temps pour le dessert. Ce fut un bonheur immense de les retrouver.

Les Gahalowood avaient saisi l'occasion des vacances de printemps pour passer quelques jours en Floride. « Votre séjour aux Bahamas nous a inspirés, l'écrivain, me confia Gahalowood. Nous avions envie de soleil. »

Le déjeuner terminé, les filles voulaient faire les boutiques. J'accompagnai toute la petite famille dans les allées du centre commercial, puis, lorsque Gahalowood en eut assez, nous bûmes un café tous les deux.

— Je suis inquiet pour vous, l'écrivain, me dit alors Gahalowood.

— Inquiet pour moi ?

— D'abord je vous retrouve à Aurora, chez Harry Quebert, puis en Floride, chez votre oncle.

— Et alors ?

— Et alors, vous n'êtes jamais chez vous. Vous n'y êtes pas bien ?

— Si, parfaitement.

— Quelqu'un qui se sent bien chez lui ne passe pas son temps à s'incruster chez les autres.

Il me jeta son regard de flic, ce regard qui signifiait « je sais tout, il est temps de passer aux aveux », ce regard qui invitait à soulager sa conscience et qui avait dû faire avouer des générations de criminels. Je me décidai donc à lui parler de Raegan et de mon séjour raté à *Harbour Island*. Il m'écouta comme il savait si bien le faire. Tel était Perry Gahalowood : le genre de type qui, au moment où j'aspirais à parler à quelqu'un, apparaissait comme par enchantement. Celui qui vous prête une oreille attentive, sans jamais juger. Celui à qui je pus dire que je me sentais désespérément seul. Des millions de gens s'endormaient avec moi, mais moi je me réveillais sans personne.

Il me témoigna son habituelle sollicitude. J'étais, pour ma part, à cent lieues de soupçonner qu'il aurait voulu me parler.

Je garde de cette journée avec les Gahalowood un souvenir ému. À leur départ, j'éprouvai un pincement au cœur. Comme une douleur. Comme si mon inconscient pressentait que je les avais vus au complet pour la dernière fois.

Je rentrai à New York. Un mois environ s'écoula sans échanger de nouvelles avec les Gahalowood.

Puis survint ce soir de mai au cours duquel la mort les frappa.

Trois jours après le meurtre

Mardi 6 avril 1999

Les statistiques ont établi que les meurtres commis par un proche sont résolus dans les soixante-douze heures. Celui d'Alaska Sanders n'allait pas échapper à la règle.

Ce matin-là, à Mount Pleasant, Gahalowood, Vance et Kazinsky découvraient qu'il ne restait pas grand-chose du bâtiment qui abritait *Carrey Chasse & Pêche*. L'étage avait en grande partie brûlé. Le magasin, au rez-de-chaussée, avait été épargné par les flammes, mais la fumée et l'eau utilisée pour l'extinction avaient causé des dégâts considérables. Le chef Mitchell fit un point de situation aux trois policiers :

— C'est une patrouille qui a découvert l'incendie à 4 heures du matin. Les pompiers ont été immédiatement alertés. Aucune victime à déplorer, Walter Carrey n'était visiblement pas chez lui.

— Quelle est l'origine du feu ? demanda Vance.

— On l'ignore encore, mais un inspecteur des pompiers est à l'intérieur en ce moment. Qui vous a prévenus ?

— Personne, répondit Gahalowood. On est venus pour interpeller Walter Carrey. Son ADN a été retrouvé sur le pull couvert du sang d'Alaska.

— Merde, pesta le chef Mitchell, je peux pas le croire ! C'est pas un mauvais gars, Walter. Qu'est-ce qui lui est passé par la tête ?

— On voudrait bien le savoir. Il faut le retrouver rapidement.

— Il faut aller interroger ses parents, dit le chef Mitchell.

Sally et George Carrey se tenaient sur le trottoir, contemplant, médusés, ce qui restait de leur commerce. Gahalowood se rendit auprès d'eux.

— Je suis vraiment désolé de ce qui vous arrive, leur dit-il.

Sally paraissait hébétée. George, plus pragmatique, se posait des questions d'assurances.

— Nous recherchons votre fils, indiqua alors Gahalowood.

— Je ne sais pas où il est, répondit Sally. Grâce au Seigneur, il n'était pas chez lui quand le feu a pris.

— Il était 4 heures du matin, où pouvait-il être ?

— Je n'en sais rien. J'ai essayé de l'appeler, son portable est coupé.

— Quand l'avez-vous vu pour la dernière fois ?

— Hier soir. Il est venu dîner à la maison.

— Et après le dîner ? Qu'a-t-il fait ?

— Je l'ignore, sergent. Pardonnez-moi, mais je suis complètement perdue.

À quelques mètres de là, devant le magasin familial, Eric Donovan observait le ballet des pompiers. Gahalowood alla le trouver. Eric n'avait pas non plus de nouvelles de Walter. Il l'avait brièvement croisé pendant la journée de la veille.

— Comment était-il ? demanda Gahalowood.

— Pas dans son assiette, comme on peut l'imaginer. À cause d'Alaska.

À cet instant, Vance interpella Gahalowood :

— Perry, il faut que tu viennes voir ça.

Les deux policiers rejoignirent le bâtiment sinistré. L'escalier avait tenu bon. Ils grimpèrent à l'étage, où se trouvait déjà Kazinsky. Les murs du couloir étaient couverts d'immenses inscriptions tracées à la peinture :

PUTE INFIDÈLE

Les enquêteurs pénétrèrent dans l'appartement. Le salon, calciné, était dévasté. Tout un pan de la façade en bois avait intégralement brûlé. Ils trouvèrent sur le sol des photos d'Alaska tordues par les flammes. L'accès à la chambre à coucher était barré par du ruban plastique : le plancher était trop endommagé pour s'y risquer. De ce qu'on pouvait en voir, la pièce avait été plus particulièrement touchée. Il ne restait quasiment rien du lit.

Un inspecteur des pompiers leur fit part de ses premières constatations :

— L'incendie est volontaire, ce qui n'est pas une surprise quand on voit à quel point l'appartement a rapidement flambé. À l'évidence on a utilisé un produit accélérant, probablement de l'essence.

— La porte d'entrée semble intacte, fit remarquer Gahalowood. Comment les pompiers ont-ils accédé à l'intérieur ?

— J'allais vous le dire, confirma l'inspecteur, elle était ouverte à l'arrivée des pompiers et visiblement la serrure n'a pas été forcée.

— Pas d'effraction, donc l'incendiaire avait la clé.

— Walter ? suggéra Kazinsky.

— Peut-être, acquiesça Vance. Mais pourquoi ?

— Il y a un élément qui m'intrigue, dit alors l'inspecteur des pompiers. Le pyromane a mis le feu au lit.

— Le feu au lit ?

— Oui, je n'avais encore jamais vu ça. En général, les incendiaires mettent le feu aux rideaux, puis l'incendie se propage. Mais regardez, il ne reste rien du lit. C'est un geste symbolique, il voulait le détruire, il n'y a pas de doute, surtout quand on voit ce qu'il a écrit sur le mur.

La paroi de la chambre était souillée d'une inscription similaire aux autres :

PUTE INFIDÈLE

— Alaska le trompait et Walter Carrey le savait, dit Vance.

— Mais pourquoi écrire ça alors qu'elle est déjà morte ? interrogea Kazinsky.

— Walter l'a tuée sous le coup de la colère et il est en train de décompenser.

— Il faut lancer une alerte générale pour le retrouver, décréta alors Gahalowood. Il n'y a pas une seconde à perdre.

Une opération d'envergure fut déclenchée. Toutes les polices du New Hampshire et des États voisins furent mobilisées. Sally Carrey dut donner une photo récente de son fils, qui fut diffusée avec son signalement. Moins d'une heure plus tard, les chaînes de télévision locale du New Hampshire interrompaient leurs programmes pour un flash d'information : Walter Carrey, dont la photographie s'affichait en plein écran, était activement recherché pour le meurtre d'Alaska Sanders.

Mount Pleasant entrait en ébullition.

Les enquêteurs quittaient l'appartement de Walter Carrey lorsque Gahalowood reçut un appel de Keith Benton, de la police scientifique :

— Votre intuition était juste. Les débris de phare retrouvés dans la forêt proviennent d'une Ford Taurus, série fabriquée entre 1995 et maintenant. Quant à la trace de peinture, elle a été passée au spectre colorimétrique, c'est bien du noir. C'est donc une Ford Taurus noire qui a percuté l'arbre.

Gahalowood raccrocha et partagea aussitôt cette information avec ses coéquipiers.

— Ce serait finalement la voiture de Walter Carrey qui était dans la forêt ? questionna Vance.

— Mais sa voiture ne portait aucune trace d'impacts, fit remarquer Kazinsky. Pare-chocs impeccables et phares arrière entiers.

Gahalowood dit alors :

— Je mettrais ma main à couper qu'il l'a fait réparer en catimini. Il faut contacter tous les garages de la région. Ça s'est passé pendant le week-end, ce doit être quelqu'un de proche qui lui a rendu service au pied levé. Il faut commencer par les garages de Mount Pleasant, on sera vite fixés.

Les policiers ne perdirent pas de temps. Le chef Mitchell les emmena faire le tour des quelques ateliers de réparation que comptait la ville.

Les deux premières visites ne donnèrent rien. Le troisième garage était une concession Ford. Le chef Mitchell s'annonça au patron et demanda à pouvoir interroger les mécaniciens. Passant en revue les employés, il s'avança vers l'un d'eux, Dave Burke, une grande tige qui flottait dans son bleu de travail. Il avait l'âge de Walter.

— Dave, lança le chef Mitchell au jeune homme qui semblait particulièrement mal à l'aise, je te vois souvent traîner avec Walter Carrey, non ?

— Peut-être bien.

Le chef Mitchell brusqua le mécano :

— *Peut-être bien* ? Ça veut dire oui ou non ?

— Oui, répondit Dave Burke, la tête basse.

— Walter ne t'aurait pas demandé un petit coup de main ce week-end?

— J'en sais rien...

— Écoute-moi bien, Dave, s'agaça le chef Mitchell. Tu es sûrement au courant que Walter est recherché pour meurtre. Alors, si tu veux pas avoir d'emmerdes, c'est le moment de parler.

Le mécanicien, après une hésitation, confessa aux policiers:

— Walter est venu me voir ici samedi.

*

Trois jours plus tôt.
Samedi 3 avril.

C'était le milieu de l'après-midi. Dave Burke fumait une cigarette devant l'atelier lorsqu'il entendit qu'on l'appelait discrètement. « Dave! Psst, Dave! » Il se tourna dans toutes les directions, jusqu'à apercevoir Walter Carrey, de l'autre côté de la rue, en partie caché par des voitures garées le long du trottoir. Walter lui fit signe d'approcher.

— Qu'est-ce que tu fais là, Walter? demanda Dave.

— J'ai besoin de ton aide.

— Je t'écoute.

— J'ai planté ma bagnole ce matin, devant le magasin. J'avais du matériel à décharger, j'ai voulu reculer jusqu'à l'entrée et je me suis pris un pilier de l'avant-toit.

— Merde. Gros dégâts?

— Un phare cassé et le pare-chocs enfoncé. Mes parents rentrent de vacances demain, je voudrais éviter qu'ils fassent le lien entre ma voiture et les dégâts. Ma mère va en profiter pour repeindre toute la façade du magasin et le déduire de mon salaire.

Dave éclata de rire.

— Je comprends, vieux. Pourquoi t'amènes pas ta caisse au garage, je vais regarder ce qu'on peut faire. C'est assez calme aujourd'hui.

— Je ne peux pas l'amener ici, mes parents seront immédiatement mis au parfum. Mon père joue au poker avec ton patron, je te rappelle.

— Qu'est-ce que tu suggères?

— Est-ce que tu as les pièces en stock?

— Pour une Ford Taurus, c'est pas les pièces détachées qui manquent.

— Génial! Prends ce qu'il te faut et viens chez mes parents ce soir. J'ai mis ma voiture dans leur garage. Tu pourras faire la réparation en toute discrétion.

*

— Et donc vous y êtes allé? demanda Gahalowood au mécanicien.

— Oui, ça a été l'affaire d'une demi-heure. J'ai changé le phare, remis le pare-chocs en place, et fait une retouche de peinture et de vernis. Il n'y avait vraiment pas grand-chose. La voiture était comme neuve.

— Ça ne vous a pas paru suspect?

— *Suspect*, quoi?

— Sa petite copine avait été retrouvée morte le matin même.

— Je ne vois pas le lien entre sa voiture et le meurtre, se défendit le mécanicien. J'ai rendu service à un pote, c'est tout. Par contre, ce qui m'a surpris, c'est qu'il n'ait même pas parlé d'Alaska. Sa copine était morte, il ne semblait pas particulièrement effondré.

En quittant le garage, Vance ne décolérait pas:

— On s'est fait avoir sur toute la ligne par Walter. On aurait dû l'embarquer tant qu'on l'avait sous la main.

— N'importe quel avocat l'aurait fait sortir au bout d'une heure, fit remarquer Gahalowood. On n'avait encore rien contre lui.

Les enquêteurs n'étaient pas au bout de leurs surprises. En fin de matinée, une équipe de plongeurs de la police d'État débarqua à Grey Beach pour sonder le lac Skotam et ses abords. Gahalowood, Vance et Kazinsky observèrent, depuis la plage, les remous des hommes-grenouilles dans l'eau. Après moins d'une demi-heure de recherches, ceux-ci remontèrent un objet à la surface. Un policier, à bord d'un Zodiac, regagna la berge et apporta aux enquêteurs ce qui venait d'être trouvé: une matraque télescopique.

— Tu avais vu juste, dit Gahalowood à Vance. Le meurtrier

s'est débarrassé de son arme immédiatement après avoir frappé Alaska. Il a été obligé de l'achever en l'étranglant.

*

19 heures. Les recherches pour retrouver Walter Carrey demeuraient infructueuses. Au quartier général de la police d'État, Vance, Gahalowood et Kazinsky tournaient en rond dans leur bureau.

— On ferait mieux de rentrer, suggéra Vance. On va pas passer la nuit ici.

À cet instant, Perry reçut un appel sur son portable. Ses collègues se figèrent et tendirent l'oreille : depuis le début de l'après-midi, lorsqu'un téléphone sonnait, on espérait que c'était pour annoncer l'arrestation de Walter.

— C'est Helen, indiqua Perry à ses deux collègues, désolé pour cette fausse joie.

— Pourquoi une fausse joie ? demanda Helen à l'autre bout du fil.

— On a identifié le meurtrier d'Alaska, mais impossible de mettre la main dessus. Comment tu te sens ?

— Je me sens bien mais je crois que c'est pour bientôt.

Gahalowood hurla à ses coéquipiers : « Helen va accoucher ! » Vance se précipita pour attraper son manteau et ses clés.

— Ce n'est pas imminent, rectifia Helen, mais je sens de légères contractions.

— Tu as perdu les eaux ? demanda Gahalowood.

— Elle a perdu les eaux ! s'écria Vance qui ne tenait plus en place.

— Du calme tout le monde, dit Helen, je n'ai rien perdu. Je vais prendre un bain et me relaxer.

— Je me mets bientôt en route, lui promit Gahalowood, je te vois à la maison.

Il raccrocha.

— Va vite rejoindre Helen, dit Vance. Et tiens-nous au courant, on veut être les premiers à voir le bébé.

Mais Gahalowood allait devoir différer son départ. Car son téléphone sonna à nouveau, immédiatement suivi par celui de Vance et celui de Kazinsky. Walter Carrey venait de se constituer prisonnier au commissariat de police de Wolfeboro.

Une heure plus tard, Walter arrivait sous bonne escorte au quartier général de la police d'État. Il fut aussitôt conduit dans les locaux de la brigade criminelle où Gahalowood et Vance procédèrent à son interrogatoire.

— Vous délirez, protesta Walter. J'aurais jamais pu faire de mal à Alaska !

— On a retrouvé ton ADN sur la scène du crime. Dans ta fuite, tu as embouti l'arrière de ta voiture, que tu as fait réparer en urgence samedi après-midi, on est au courant de tout !

— Je n'étais pas à Grey Beach ! J'ai passé la soirée au *National Anthem*, combien de fois devrai-je vous le répéter ? Pour la voiture, j'ai été idiot. Samedi matin, j'ai remarqué que mon phare arrière était cassé. Je ne sais pas comment c'est arrivé. Quelqu'un m'est rentré dedans, j'imagine. Je ne passe pas mon temps à reluquer l'arrière de ma bagnole ! Et voilà que samedi après-midi, en parlant avec un copain flic, j'apprends que vous avez retrouvé à Grey Beach des morceaux de phare, et des traces de peinture noire. J'ai commencé à paniquer, à me dire que ça allait me retomber dessus. Alors j'ai demandé à mon pote Dave de me filer un coup de main.

— Pourquoi faire une chose pareille si vous n'avez rien à vous reprocher ? interrogea Gahalowood.

— Je ne sais pas ! Vous m'avez foutu les jetons ! À la façon dont vous m'avez interrogé j'ai senti que vous alliez me piéger.

— Vous piéger ?

— On a tous entendu ces histoires de flics qui cachent de la drogue dans la voiture d'un mec innocent pour le faire tomber.

— Arrêtez de délirer, Walter ! tonna Vance. Vous allez nous accuser d'avoir mis le feu chez vous aussi ?

Walter Carrey sembla déstabilisé.

— Non, dit-il, le feu c'était moi.

— Pourquoi avoir fait ça ?

— Je voulais cramer cet endroit pourri... Cramer ce lit où elle s'est fait baiser, cette salope...

— Qui ça ? Alaska ? Elle avait un amant, c'est ça ? Elle avait un amant, vous ne l'avez pas supporté et vous l'avez tuée ? C'est ça qui s'est passé ?

— Je ne l'ai pas tuée !

— Alors pourquoi avoir fui ?

— J'ai passé la nuit à boire et, au petit matin, j'ai eu cette pulsion. Une envie de tout détruire. J'ai tagué les murs, puis j'ai mis le feu au lit. Je pensais pas que tout allait cramer aussi vite. Quand j'ai compris que la situation m'échappait, je me suis enfui. J'ai trouvé un motel sur la route 28. J'ai pris une chambre, je me suis effondré sur le lit. Quand je me suis réveillé, il était midi passé. J'ai allumé la télé, j'ai vu ma tête partout. J'ai paniqué, je suis resté caché. Qu'est-ce que j'étais censé faire ? Finalement, comme je n'ai rien à me reprocher, j'ai décidé de me rendre. Si j'étais coupable, pourquoi est-ce que je me serais rendu ?

— Parce que vous êtes acculé et que vous pensez que jouer les idiots va vous sauver.

— Vous m'avez dit que j'avais droit à un avocat, j'en veux un, exigea Walter Carrey.

Walter n'ayant pas d'avocat attitré, il en réclama un commis d'office. Gahalowood et Vance quittèrent la salle. Ils furent rejoints dans le couloir par Kazinsky qui avait suivi l'échange depuis une pièce adjacente derrière une vitre sans tain.

— J'imagine qu'il veut gagner du temps, considéra Vance. Autant que j'appelle tout de suite la permanence des avocats, histoire qu'il y en ait un qui se mette en route illico.

Vance disparut le temps du coup de fil.

— J'ai eu la permanence, dit-il en retrouvant ses deux coéquipiers dans le couloir. Ils envoient quelqu'un « aussi vite que possible ». Dieu sait ce que ça veut dire ! On en a au mieux pour deux heures.

— Est-ce qu'on en profiterait pour se commander à manger ? demanda Kazinsky.

Vance avait bien autre chose en tête.

— Et si on appelait le bureau du procureur ? suggéra-t-il. On pourrait ficher la frousse à Carrey en lui disant que sa seule chance d'échapper à la peine de mort est de tout avouer immédiatement.

— Pas sans un avocat à ses côtés, objecta Perry, sinon on va se retrouver avec un vice de procédure sur le dos.

Gahalowood consulta sa montre : Helen avait ressenti ses premières contractions depuis un bon moment déjà. Il ne voulait pas attendre davantage.

— File, lui dit Vance, comme s'il avait lu dans ses pensées. Ne rate pas la naissance de ta fille pour un meurtrier. Et puis, inutile d'être trois à poireauter ici.

— T'es sûr ?

— Sûr et certain ! insista Vance. Kazinsky et moi, on tient la boutique.

— D'accord, dit Perry. Tenez-moi au courant.

— Non, lui sourit Vance. *Tu nous* tiens au courant !

Gahalowood quitta les locaux de la brigade criminelle et dévala l'escalier pour rejoindre le parking et sa voiture. Sans imaginer le drame qui allait se produire au premier étage du quartier général de la police d'État.

L'enterrement d'Helen Gahalowood eut lieu le jeudi 27 mai 2010. C'était une après-midi magnifique. Le soleil resplendissait. Dans les arbres du cimetière, les oiseaux chantaient à tue-tête. La nature nous infligeait l'insolente promesse des beaux jours.

Chapitre 6
Chagrins

Concord, New Hampshire.
Mai 2010.

Face au cercueil, gardé par des bouquets de roses blanches, la famille et les amis des Gahalowood, assis sur des rangées de chaises pliables, écoutaient l'oraison du pasteur. Perry, au premier rang, entourait ses filles de ses bras puissants. À sa demande, j'avais pris place derrière lui : je ne pouvais pas voir ses larmes mais je les devinais aux mouvements de son corps. Je gardais ma main sur son épaule, comme si je pouvais, par ce geste dérisoire, alléger sa douleur.

Ce qui me marqua le plus pendant ces funérailles, ce fut le chagrin bruyant de l'assemblée. C'était le plus vibrant des éloges. Le plus éloquent des hommages. Il révélait tout l'amour qui avait inspiré la défunte : non pas tant ce qu'elle avait été que ce que l'on ne sera plus sans elle.

Puis, les filles de Perry et Helen, Malia et Lisa, entonnèrent avec des accents déchirants *Amazing Grace*. Il était ensuite prévu que Perry prenne la parole. Mais au lieu de se lever pour rejoindre la petite estrade, il se tourna vers moi et me tendit une feuille froissée. C'était son discours. Il était incapable d'articuler le moindre mot. C'est donc moi qui me postai devant le cercueil d'Helen, face à l'assemblée. En embrassant du regard ce cimetière fleuri, je songeai que ce moment était à l'image d'Helen, d'une perfection désarmante, quelque chose de sublime et de désarçonnant. Puis je fixai le texte, perlé de traces de larmes qui avaient fait couler l'encre.

En prononçant les mots de Perry, je dus me cramponner au pupitre en bois pour tenir bon. L'évocation du drame d'Helen qui venait de survenir me renvoyait brutalement à un chapitre très difficile de ma propre vie : la mort, quelques années plus tôt, et dans des circonstances tragiques, de ma tante Anita.

Après les obsèques, une réception était offerte au domicile des Gahalowood. La maison débordait de monde. Le service-traiteur étant un peu dépassé, je leur prêtai main forte. Un plateau de hors-d'œuvre dans une main, et une bouteille de vin dans l'autre, je déambulais à travers les pièces du rez-de-chaussée où les invités s'étaient répartis par petites grappes.

Je fis la rencontre de la famille d'Helen et de ses collègues de travail. Je fus ému de découvrir qu'ils me connaissaient tous, non pas comme Goldman, l'écrivain, mais comme Marcus, l'ami des Gahalowood. Je ne m'étais pas senti autant moi-même depuis longtemps, débarrassé pour quelques heures de mon costume de Goldman.

Peu à peu, les conversations dispersées n'eurent plus qu'un sujet : Helen. Chacun l'évoqua d'un souvenir marquant. Lorsque vint mon tour, on me demanda de dire dans quelles conditions je l'avais rencontrée. Pour surmonter mon désarroi, je m'efforçai à l'humour :

— Helen était une femme extraordinaire. Pour avoir le privilège de la connaître, j'ai d'abord dû me farcir Perry. (Un rire parcourut l'assemblée.) La première fois que j'ai vu Perry, c'était il y a deux ans et demi, au début de l'enquête sur l'affaire Harry Quebert. Je me souviens encore de la date : le 18 juin 2008. Difficile d'oublier ce jour : Perry m'avait surpris en train de saloper une scène de crime et avait braqué son arme sur moi. Tout simplement. Après quoi, il s'était plaint que mon livre était épouvantablement mauvais et avait exigé que je lui rembourse les quinze dollars qu'il lui avait coûté.

— C'est vrai ! confirma Perry, provoquant un éclat de rire général.

— Je lui ai donné cinquante dollars, il n'avait pas la monnaie.

— J'avais la monnaie, mais vous m'énerviez, l'écrivain !

L'assemblée était hilare.

— Peu après cet épisode, repris-je, Perry, qui s'était finalement rendu compte que j'étais un type merveilleux, m'avait invité à dîner chez lui.

— C'était uniquement par pitié! Vous étiez victime de menaces.

— Je me souviens de ce soir d'été, ici même, dans cette maison, le soir où Helen entra dans ma vie. Elle m'a ouvert son cœur, comme peu de gens l'ont fait. Elle était douceur et tendresse. Elle était la générosité même. Elle rendait le monde meilleur. Aujourd'hui, mes amis, en évoquant Helen devant vous, je suis à la fois désespéré de l'avoir perdue, et reconnaissant de l'avoir côtoyée. Nous n'apprivoisons pas assez la mort. N'oublions pas qu'elle est inhérente à la vie. Il faut parler des disparus pour qu'ils restent vivants. Si, par pudeur, on évite d'évoquer leur mémoire, alors on les enterre pour de bon. Il y a quelques semaines, j'ai eu le bonheur de retrouver les Gahalowood en Floride. Nous avons dîné chez mon oncle Saul, qui est un homme cher à mon cœur. J'ai été très heureux que mon oncle rencontre Helen. Et, si vous me le permettez, je voudrais le citer ici, et reprendre les mots qu'il a prononcés à l'enterrement de ma tante Anita: « La grande faiblesse de la mort, c'est qu'elle ne peut venir à bout que de la matière. Elle ne peut rien contre les souvenirs et les sentiments. Au contraire, elle les ravive et les ancre en nous pour toujours, comme pour se faire pardonner en nous disant: *C'est vrai, je vous enlève beaucoup, mais regardez tout ce que je vous laisse.* »

Ce qui m'intrigua ce jour-là, chez les Gahalowood, c'est que je ne rencontrai aucun collègue de Perry. Le seul représentant des forces de l'ordre était le chef Lansdane, de la police d'État du New Hampshire, dont j'avais fait la connaissance pendant l'affaire Harry Quebert. Je m'étais attendu à voir des policiers par dizaines, solidaires de l'endeuillé, tous en uniforme d'apparat. J'en fus déconcerté au point de m'en ouvrir au chef Lansdane.

Je tentai une approche subtile en lui proposant un plateau de canapés au saumon dont il s'était déjà servi deux fois.

— À part vous, je ne vois aucun policier, lui fis-je remarquer alors qu'il mâchait son toast.

Il prit le temps de déglutir avant de me répondre:

— Ça vous surprend, Marcus?

— Oui, j'avoue… Où sont les collègues de Perry?

Le chef Lansdane posa sur moi un regard circonspect.

— Pendant l'affaire Harry Quebert, ça ne vous a jamais étonné que Perry enquête seul? me demanda-t-il.

— Je vous avoue que ça ne m'a pas frappé sur le moment, mais maintenant que vous le dites…

— En général, les policiers travaillent en binôme. Jamais en solo. À part Perry Gahalowood.

— Pourquoi? interrogeai-je.

— Il ne vous a jamais raconté ce qui s'est passé il y a onze ans?

— Non.

— Peu importe, décréta Lansdane. Tout ça pour dire que Perry n'était déjà pas très proche des autres membres de sa brigade et que l'affaire Harry Quebert n'a pas arrangé les choses.

— Quel est le lien avec l'affaire Harry Quebert?

— Laissez tomber, Marcus. Ce n'est ni le lieu, ni le moment.

— Vous en avez trop dit ou pas assez.

Lansdane regarda autour de lui: nous étions loin de toute oreille indiscrète. Il finit par lâcher sur le ton de la confidence:

— Perry s'est battu pour décrocher le dossier Nola Kellergan qui avait d'abord été attribué à deux autres policiers. C'était une affaire délicate, Harry Quebert était une personnalité de premier plan. Perry m'a convaincu de lui confier l'affaire. Perry et moi nous connaissons bien. À l'époque, j'étais son responsable au sein de la brigade criminelle avant de devenir chef de la police d'État. Bref, j'ai fait en sorte qu'il reprenne ce dossier et ses collègues ne le lui ont jamais pardonné.

— Mais pourquoi tenait-il tant à mener l'enquête sur le meurtre de Nola Kellergan?

— Je pense qu'il y voyait l'occasion de se racheter. Au fond, vous savez, c'est pour ça que je vous aime bien, Marcus. Avec cette affaire Harry Quebert, vous avez foutu un sacré bordel, mais vous avez aidé Perry à réparer quelque chose en lui.

— Réparer quoi?

— Je ne peux rien vous dire de plus. Si Perry n'a jamais fait mention de tout ceci, c'est sans doute pour une bonne raison. À lui de vous en parler.

Sur ces mots, Lansdane tourna les talons et me planta là.

*

Lorsque les derniers invités et le service-traiteur furent partis, je restai pour remettre la maison en ordre. J'étais seul au rez-de-chaussée. Les filles étaient allées se coucher, je pensais que Perry en avait fait autant. Je m'affairai à ranger pour qu'au matin il trouve place nette : je vidai le lave-vaisselle, nettoyai un cendrier oublié, rangeai les plats de service qu'on avait laissés à sécher. J'éteignis les dernières lumières, et je m'apprêtais à m'éclipser. J'avais prévu de passer la nuit dans un hôtel voisin, pour être à la disposition de Perry le lendemain, s'il avait besoin de moi, mais sans l'encombrer par ma présence à demeure.

Au moment où je m'en allais, Perry surgit dans la cuisine. Comme s'il remontait des Enfers. Livide, défait. Ses yeux trahissaient l'état de son cœur. Nous nous dévisageâmes. Je sus à cet instant que j'allais m'installer quelque temps chez eux. Perry murmura simplement : « Vous savez où se trouvent les draps du canapé-lit. »

Puis il tira une chaise et s'assit. Cela voulait dire, dans son langage, qu'il avait besoin de parler. Je nous servis deux grands verres de scotch. D'une voix caverneuse, il me raconta la mort d'Helen. Il m'avait déjà rapporté une partie des faits. Il avait d'ailleurs probablement répété cette histoire des dizaines de fois, et il continuerait encore. Pendant longtemps, à chacune de ses conversations, même les plus insignifiantes, chez le coiffeur, au supermarché, avec une vieille connaissance croisée au hasard d'une rue, on lui infligerait de revenir sur cette tragédie : « Helen est morte ? Mais que s'est-il passé ? » Il s'était passé qu'un soir, en rentrant tard du travail, Helen s'était arrêtée sur le parking d'une enseigne de restauration rapide, vraisemblablement pour dîner. Elle avait garé son véhicule, mais n'en était jamais sortie. Deux heures plus tard, un passant avait remarqué le corps d'Helen dans la voiture, étrangement penché contre le volant, et avait prévenu les secours. Mais leur intervention fut vaine. Il était trop tard.

Helen avait succombé à une crise cardiaque. Son infarctus avait en réalité débuté des heures plus tôt : elle s'était plainte à des collègues d'avoir des maux de dos et de se sentir nauséeuse. L'une d'elles avait même plaisanté qu'elle n'avait plus l'âge d'être enceinte et Helen avait ri de bon cœur. Elle avait cru à un état de fatigue passager, sans doute un peu de surmenage.

— Ça faisait un moment qu'elle n'était pas en forme, m'expliqua Perry. Le séjour en Floride était censé lui permettre de recharger un peu les batteries. On a été obligés de faire une autopsie, c'est la loi. Le médecin m'a appris qu'une femme sur deux victimes d'un infarctus passe complètement à côté des symptômes.

J'eus l'impression que Perry se sentait coupable de quelque chose. Je lui dis alors :

— Vous n'y êtes pour rien, sergent. Vous n'auriez probablement rien pu faire.

Il grimaça :

— Ce n'est pas aussi simple que ça, Marcus. (Je ne l'avais jamais entendu m'appeler par mon prénom.) Le soir de sa mort, Helen a désespérément essayé de me joindre.

— Je suis au courant, le rassurai-je, les filles m'en ont parlé. Vous étiez assoupi et vous n'avez pas entendu votre téléphone. Ça aurait pu arriver à n'importe qui.

— Je ne dormais pas, Marcus ! J'ai menti à tout le monde ! Ce soir-là, j'étais ici même, dans cette cuisine, et j'ai regardé mon téléphone vibrer sur la table. J'ai volontairement ignoré ses appels.

Je restai interloqué. Gahalowood poursuivit :

— Comme je ne répondais pas, elle a fini par me laisser un message vocal.

Il manipula son téléphone portable. Une annonce électronique précisa d'abord que le message avait été reçu le 20 mai à 21 heures 05, puis soudain la voix d'Helen résonna :

> *Perry, où es-tu ? Rappelle-moi. Rappelle-moi, s'il te plaît. C'est urgent.*

— Je ne me le pardonnerai jamais, sanglota Gahalowood. Si j'avais répondu à Helen, si j'avais écouté son putain de message…

— Sergent, que se passait-il entre Helen et vous ?

— Elle me trompait.

— Quoi ? Vous en êtes sûr ?

— Presque certain.

— Je n'imagine pas du tout Helen avoir une aventure, sergent.

— C'est parce que vous êtes trop fleur bleue.

Perry avait remarqué que sa femme se comportait de façon inhabituelle depuis quelques semaines.

— Elle était souvent absente, m'expliqua-t-il. Elle rentrait tard au bureau, ce qui ne lui était jamais arrivé auparavant. Quand je m'en suis étonné, elle m'a expliqué que son nouveau patron était beaucoup plus exigeant que le précédent. Je sentais bien qu'Helen ne me disait pas la vérité. Qu'elle me fuyait. Ça a été le début de tensions entre nous.

— Quand est-ce que cela a commencé? demandai-je.

— En avril, peu après votre venue pour l'anniversaire de Lisa.

— Donc en Floride, quand je vous ai vus, vous étiez en pleine crise?

— En pleine crise.

— Mais vous aviez l'air pourtant si bien tous les deux.

— Les apparences, l'écrivain. Les apparences sont le ciment de nos vies sociales. Mais dans l'intimité de nos maisons, tout s'effondre. C'est d'ailleurs juste avant de partir pour la Floride que j'ai découvert le pot aux roses. Vous vous souvenez de ce fameux soir où nous nous sommes téléphoné? Vous étiez sur votre île paradisiaque, à traîner votre spleen…

— Et vous me sembliez tout aussi mal en point, sergent, fis-je remarquer.

— Ce jour-là, Helen m'avait annoncé qu'elle devait rester tard au bureau pour terminer une présentation. J'ai eu un doute et je me suis pointé à son bureau. Il devait être 21 heures. En arrivant à l'étage, tout était éteint, il n'y avait que les femmes de ménage qui s'apprêtaient à partir.

— Cela ne prouve rien, objectai-je.

— J'ai appelé Helen mais pas de réponse, poursuivit Perry. Alors je suis allé faire un tour dans le quartier, il ne m'a pas fallu marcher longtemps pour la trouver attablée dans un restaurant, en tête à tête avec son patron.

Je restai déconcerté.

— Qu'avez-vous fait? demandai-je.

— Rien. Ça m'a scié les jambes. Je ne voulais pas y croire. Je suis retourné à la maison. Helen n'est rentrée que tard dans la nuit. Le lendemain matin, lorsque je lui demandai comment s'était passée sa soirée, elle me répondit avec aplomb qu'elle l'avait passée derrière son écran d'ordinateur.

— Et ensuite ?

— Nous devions partir le surlendemain pour la Floride, j'ai décidé de ne rien dire. Peut-être par lâcheté, ou parce que j'espérais que notre séjour nous permettrait de recoller les morceaux.

— Mais enfin, sergent, pourquoi ne m'avoir rien raconté quand nous nous sommes vus, quelques jours plus tard, à Miami ?

— Trop difficile. Je n'aurais même pas su par où commencer. Vous savez, on se jure souvent que si notre partenaire nous trompait, on le quitterait sur-le-champ. Mais en réalité, ce n'est pas si facile. On est seul, avec sa boule dans le ventre, à espérer que tout ceci puisse être occulté. Et puis, il y a les enfants... Bref, au retour de Floride, Helen et moi étions plus distants que jamais. D'autant que j'avais la preuve qu'elle me mentait.

— C'est-à-dire ?

— Elle roulait beaucoup. Je suis flic, je me suis donc mis à surveiller le kilométrage de sa voiture pour essayer de comprendre ce qu'elle fabriquait. Si elle passait vraiment ses soirées au bureau comme elle le prétendait, elle ne devait pas rouler beaucoup plus que la distance aller-retour qui sépare la maison du centre-ville de Concord.

— Mais j'imagine que ce n'était pas le cas...

— Vous imaginez bien, l'écrivain.

— Et donc, que s'est-il passé le soir de sa mort ?

— Elle était soi-disant au bureau. Elle m'a prévenu à la dernière minute. J'ai dîné seul avec les filles, et je suis resté ensuite dans la cuisine, à poireauter. À attendre qu'elle rentre. Je me suis même promis de l'affronter cette fois, d'en terminer avec ce mensonge. C'est la raison pour laquelle je ne lui ai pas répondu lorsqu'elle m'a téléphoné. Je ne voulais pas qu'elle me débite encore des salades. Je ne voulais pas qu'elle justifie un retour encore plus tardif, qu'elle me dise qu'elle devait terminer un dossier et que j'aille me coucher sans l'attendre. Je ne voulais pas qu'elle ait l'opportunité de se défiler. Alors je n'ai pas répondu. J'ai regardé le téléphone vibrer. Je n'ai même pas écouté son message. Plus tard, le chef Lansdane est venu sonner à ma porte. Ce n'est pas un passant qui a découvert Helen, comme je l'ai raconté à tout le monde. Elle avait appelé Lansdane, j'ignore pourquoi, lui. Probablement en désespoir de cause, mais il était arrivé trop tard. Voilà la vérité, Marcus : j'ai regardé ce putain de téléphone sonner et j'ai laissé crever Helen !

— Ne pensez pas à ça, sergent !

— Mais à quoi vous voulez que je pense, nom de Dieu ?

Dans un geste de colère, il lança son verre contre un mur de la cuisine puis s'effondra sur sa table, son visage entre ses mains. Je lui dis doucement :

— Allez vous coucher, sergent. Vous avez besoin de dormir. Je vais tout ramasser.

Il obéit. Sans prononcer un mot, il remonta dans sa chambre comme une ombre. Cette nuit-là, je ne trouvai pas le sommeil. Je repensais au message laissé par Helen. Elle disait à Perry *c'est urgent*. Pour moi, ça ne laissait pas entendre une urgence médicale, mais plutôt un besoin de partager une information. Que s'était-il passé ce soir-là dans la vie d'Helen Gahalowood ? Et qu'avait-elle découvert ?

Le lendemain matin, tandis que j'essayais de me remettre de ma nuit quasiment blanche en buvant une tasse de café sous le porche de la maison, une employée du service postal déposa le courrier dans la boîte aux lettres. Elle m'adressa un signe amical. Je m'approchai.

— Vous êtes de la famille d'Helen Gahalowood ? me demanda-t-elle.

— En quelque sorte.

— C'est affreux, cette histoire. Une femme si jeune, si sympathique. Elle était la seule dans le quartier à me saluer systématiquement et à penser aux étrennes en fin d'année. Vous transmettrez mes sincères condoléances à son mari et ses filles, s'il vous plaît. Je m'appelle Edna…

— Je n'y manquerai pas, Edna.

Après une hésitation, elle s'enquit :

— Est-ce qu'Helen vous a parlé de l'enveloppe ?

— Quelle enveloppe ?

*

Quelques semaines plus tôt

Ce matin-là, alors qu'Edna effectuait sa tournée quotidienne, elle trouva Helen Gahalowood plantée à côté de sa boîte aux lettres, qui guettait son passage. Helen semblait agitée et l'employée du service postal remarqua qu'elle tenait une enveloppe bleue.

— Edna, demanda Helen, est-ce que c'est vous qui avez déposé ceci dans ma boîte aux lettres, hier ?

Son ton laissait transparaître une certaine contrariété.

— Je distribue des centaines de lettres par jour, expliqua Edna, un peu décontenancée, je ne peux pas me rappeler chacune des enveloppes qui me passent entre les mains. Laissez-moi jeter un œil quand même.

Edna, manipulant l'enveloppe, remarqua qu'elle était vierge de toute inscription et n'était pas affranchie.

— Ça ne peut pas avoir été distribué par nos services, Helen, dit-elle alors. Il n'y a d'ailleurs ni nom, ni adresse. Comment aurions-nous pu savoir que vous étiez la destinataire ? On n'est pas des devins.

— Donc, si ce n'est pas vous qui l'avez déposée dans ma boîte aux lettres, qui est-ce ?

— Quelqu'un qui vous connaît et qui est venu directement la glisser ici à votre intention. Un voisin peut-être ? Ou un admirateur secret ? plaisanta Edna.

*

— Ça ne l'a pas fait rire, précisa Edna. Elle semblait vraiment très irritée.

— Et que contenait cette enveloppe ? demandai-je.

— Helen ne me l'a jamais dit. C'est la dernière fois que je l'ai vue.

— Et quand était-ce ?

— Je ne m'en souviens pas exactement, le temps passe si vite. Ça doit bien remonter à deux mois.

— Vous arriveriez à être plus précise ? Un détail qui vous reviendrait à propos de cette journée…

Elle fit un effort de réflexion puis me dit, soudain illuminée :

— Le même jour que l'alerte à la bombe au Capitole du New Hampshire ! Quel bazar, ce matin-là ! Toute la ville bloquée. J'étais en retard pour ma tournée. Oui, j'en suis certaine à présent. C'était le même jour.

Une rapide recherche sur Internet me permit de retrouver facilement la date de cette alerte : c'était le 7 avril. Helen s'était plainte le 7 avril d'un courrier reçu la veille : soit le 6. Soit le jour de ma venue chez les Gahalowood et surtout celui de l'anniversaire de Lisa. Était-ce une coïncidence ? Et que contenait cette enveloppe ? Est-ce que l'appel d'Helen à Perry, le soir de sa mort, était lié à la lettre ?

Ma première hypothèse fut d'associer les soupçons d'adultère à cette lettre. Quelqu'un la faisait-il chanter ? Il fallait que je tire tout cela au clair, et la première personne que je devais interroger était le patron d'Helen.

Je me rendis donc sur son lieu de travail, au centre-ville de Concord, sans en dire un mot à Gahalowood. Le patron d'Helen était un certain Mads Bergsen, un Danois sympathique dont j'avais fait la connaissance à l'enterrement. Il me reçut dans son bureau.

— Marcus, qu'est-ce qui vous amène ? me demanda-t-il aimablement en m'installant dans un fauteuil en cuir.

— Je voulais vous parler d'Helen.

— Je vous écoute.

Je n'avais pas envie de poser frontalement la question d'une éventuelle liaison entre eux et je préférais tourner un peu autour du pot.

— Son mari la trouvait distante dernièrement, expliquai-je. Elle avait un comportement étrange, elle passait apparemment ses soirées au bureau. Elle devait terminer un projet important, c'est ça ?

Mads Bergsen eut une espèce de soupir embarrassé :

— Comme vous le savez, Marcus, je suis danois. Et au Danemark, on n'est pas adepte de ce genre de stupidité.

Il m'avait pris à mon propre jeu : il faisait une allusion que je ne comprenais pas. Je fus obligé de demander :

— De quelle stupidité parlez-vous ?

— La stupidité de rester au bureau jusqu'à pas d'heure. Ce sont les Américains qui ont inventé ça. Prouver sa valeur au travail en restant au bureau plus tard que les autres, en envoyant des e-mails en pleine nuit et pendant le week-end. Ça n'a aucun sens. En réalité, si vous devez faire des heures supplémentaires, c'est parce que vous n'avez pas réussi à accomplir le travail demandé pendant le temps imparti et qu'il faut donc vous virer. C'est ce que j'ai toujours inculqué à mes équipes et à Helen aussi. Je pars systématiquement le dernier de ce bureau, vers 19 heures. Personne ne finit tard ici. Ce n'est pas ma mentalité.

— Vous insinuez qu'Helen n'était donc pas au bureau le soir et qu'elle mentait à son mari ?

Il acquiesça d'un mouvement de tête.

— Et que faisait-elle alors ? l'interrogeai-je.

— Je l'ignore.

J'avais l'impression que Mads Bergsen ne me disait pas toute la vérité et je me décidai à sortir mon atout.

— Vous le savez en tout cas pour un soir, dis-je d'un ton sec, puisque vous avez emmené Helen dîner en tête à tête. Son mari vous a vus tous les deux. Vous faites ça avec toutes vos salariées ? C'est peut-être la mode au Danemark...

Pour toute réponse, Mads se leva pour attraper un cadre sur son bureau, qu'il me tendit. C'était une photo de lui, en costume de marié, embrassant un autre homme à pleine bouche.

— Benjamin et moi nous nous sommes unis il y a deux mois. Nous étions parmi les premiers couples d'hommes à convoler depuis que le mariage gay est légal dans le New Hampshire.

— Je ne suis qu'un idiot, soupirai-je.

— Non, Marcus, vous êtes un ami qui se préoccupe des gens qu'il aime. Vous savez, Helen m'a souvent parlé de vous.

— Que vous a-t-elle dit ?

— Que vous étiez un type bien. Et je le vois. Elle était heureuse que vous soyez entré dans la vie de son mari. Helen avait des problèmes, Marcus. Je l'ai effectivement invitée à dîner parce que je me faisais du souci pour elle.

*

19 avril 2010

Il était 19 heures lorsque Mads Bergsen ferma la porte de son bureau. Comme tous les soirs, avant de s'en aller, il fit un rapide tour des locaux. Il salua les femmes de ménage qui commençaient leur service puis se dirigea vers les ascenseurs. C'est à ce moment-là que, longeant le bureau d'Helen, il l'aperçut à travers la paroi vitrée. Elle était à son poste de travail, en train de pleurer. Il passa la tête par l'entrebâillement de la porte :

— Helen, que t'arrive-t-il ?

Elle essuya ses larmes.

— Rien, Mads. Pardon, tout va bien.

— Tu n'as pas à t'excuser, je vois bien que tu n'es pas dans ton assiette.

— Je ne savais pas que tu étais encore là.

— Tant mieux, dit Mads, comme ça tu peux me raconter ce qui te tracasse.

Elle se leva et attrapa son manteau.

— Ne t'inquiète pas. Il faut que je file.

— Où ça ?

Elle s'arrêta face à Mads et éclata soudain en sanglots.

— Je suis à bout de nerfs, Mads, murmura-t-elle en laissant tomber sa tête contre son épaule.

Il l'enlaça d'un geste réconfortant :

— Je ne te laisse pas partir dans un état pareil. Viens, je t'emmène dîner.

Ils mangèrent dans un restaurant italien à quelques pas du bureau. Helen avait visiblement le besoin de se confier, mais elle n'était pas encore prête. Mads crut d'abord qu'elle avait des difficultés au travail. Il aborda la question, mais Helen lui assura que tout allait bien de ce côté-là.

— Ça concerne Perry, lâcha-t-elle finalement.

— Que lui arrive-t-il ? demanda Mads.

— Il ne le sait pas encore.

*

— *Il ne le sait pas encore* ? répétai-je après que Mads Bergsen m'eut rapporté cette scène.

— Ce sont ses mots exacts, m'assura-t-il. Elle n'a rien voulu me dire de plus. Je n'ai jamais su où elle voulait en venir. Ce soir-là, en revanche, elle m'a demandé de la couvrir si Perry venait au bureau pour m'interroger sur ses horaires. Mais il ne l'a pas fait.

— Perry pensait qu'elle avait un amant. Et que c'était vous.

— Ce n'était en tout cas pas moi, vous l'aurez compris. Mais je doute qu'Helen eût une liaison. Son tracas concernait Perry. Du moins, c'est comme cela que je l'ai ressenti. Après ce dîner, nous n'avons plus jamais abordé le sujet.

— A-t-elle fait mention d'une lettre? demandai-je.

— Une lettre? Non, pourquoi?

— Pour rien. Est-ce que vous m'autoriseriez à jeter un coup d'œil à son bureau?

Le bureau d'Helen était resté tel quel. Mads avait eu l'élégance de ne rien toucher tant que Perry n'était pas venu récupérer les effets personnels de sa femme. J'avais espéré que Mads me laisserait seul un moment, mais il se tint sur le pas de la porte, à me toiser du regard pendant que j'ouvrais les tiroirs et que je fouillais parmi les documents posés sur la table de travail. Il se montrait moins sympathique: il se demandait ce que je fichais là et regrettait de m'avoir donné accès au bureau.

— Enfin, que cherchez-vous ici qui puisse être si important? finit-il par s'agacer.

— Un document personnel qu'Helen aurait laissé ici, répondis-je.

Mais je ne trouvai rien. Je n'avais pas la moindre piste.

*

Après ma visite à Mads Bergsen, je me rendis sur le parking où Helen était décédée. C'était le parking d'une enseigne de restauration rapide, *Fanny's*, à proximité d'une sortie d'autoroute. J'y venais davantage pour un pèlerinage que dans l'espoir d'y découvrir quoi que ce soit et je restai plus d'une heure à observer des rangées de voitures anonymes, en essayant d'imaginer l'endroit exact où Helen s'était retrouvée désespérément seule lorsque son cœur avait lâché. Avant de quitter les lieux, j'entrai au *Fanny's* me commander un café. Au moment de me servir, l'employé me demanda:

— Vous êtes policier?

— Non, pourquoi?

— Comme ça. Je vous ai vu, dehors, en train de tourner autour de l'endroit où cette dame est morte le mois dernier. Je me suis dit que ça avait peut-être un lien.

Sa remarque m'intrigua : pourquoi la police reviendrait-elle, un mois après les faits, sur les lieux d'une simple crise cardiaque ? Je sentis qu'il y avait là une piste à creuser.

— Je suis effectivement un proche de la femme dont vous parlez, expliquai-je. Je voulais voir l'endroit où elle est morte.

— Mes condoléances.

— Merci. Vous étiez de service ce soir-là ?

— Oui, je lui ai même parlé, à cette dame. La pauvre, ça se voyait qu'elle n'allait pas bien.

— Vous voulez dire physiquement ?

— Non, moralement. Je me souviens bien de ce soir-là – comment l'oublier ? Il n'y avait pas grand monde, j'attendais derrière le comptoir. Je l'ai vue entrer et s'asseoir à une table sans commander. Elle avait l'air désespérée. Comme si elle avait appris une terrible nouvelle, ou si elle avait peur. Je suis allé la voir parce que la politique de la maison, c'est « pas de consommation, pas de table ». Mais bon, j'étais un peu embêté. Elle jouait nerveusement avec son téléphone. Elle semblait complètement perdue. Je lui ai expliqué qu'il fallait consommer pour s'asseoir. Elle m'a dit : « Apportez-moi ce que vous voulez. » Je lui ai indiqué qu'il fallait commander au comptoir, que je ne pouvais pas faire du service à la place, parce qu'il y avait des caméras et que si mon manager voyait ça je pouvais perdre mon boulot. Elle a marmonné quelque chose et elle est finalement partie.

— Quelle heure était-il ?

— 22 heures environ.

— Et ensuite ?

— Ensuite il y a ce flic qui a débarqué.

L'employé ne semblait pas faire allusion à la police en général mais à quelqu'un en particulier.

— Quel flic ? demandai-je.

— Un bon moment après le départ de la dame, un type est arrivé dans le restaurant. Il a parcouru les tables du regard, puis il est venu au comptoir et a brandi un badge de policier. Il m'a dit qu'il avait rendez-vous avec une femme et il m'a décrit la fameuse dame. Je lui ai raconté ce que je viens de vous raconter, puis il est allé voir sur le parking et j'imagine qu'il l'a trouvée inanimée dans sa voiture.

— Et vous avez le nom de ce flic par hasard ?

— Oui, il m'a laissé sa carte au cas où… je crois que c'est un grand chef en plus… attendez…

L'employé s'éloigna pour aller consulter le tableau des plannings de service et en décrocha une carte de visite. Je découvris le nom qui y figurait : c'était le chef Lansdane. Je restai stupéfait.

— Cet homme vous a dit qu'il avait rendez-vous ici ? demandai-je.

— Absolument, me confirma l'employé.

Quelque chose clochait. Perry m'avait effectivement raconté qu'Helen avait contacté Lansdane le soir de sa mort. Mais si Lansdane avait débarqué dans ce restaurant, c'est parce qu'elle lui avait donné rendez-vous. Elle ne l'avait donc pas appelé à cause de son malaise. Elle devait lui parler de quelque chose. Mais, avant l'arrivée de Lansdane, Helen avait été éconduite par le serveur et était retournée dans sa voiture où elle avait fait une crise cardiaque. Lansdane savait, à propos d'Helen, quelque chose que Perry et moi ignorions.

J'appelai Lansdane aussitôt. Après quelques mots seulement il m'interrompit : « Je préférerais que l'on discute de tout cela face à face. Vous êtes libre dans une heure ? »

Je retrouvai le chef Lansdane dans un parc public du centre de Concord. C'était une chaude journée, l'été avant l'heure. L'esplanade était baignée de soleil. Il m'attendait sur un banc en pierre face à une grande fontaine.

— Je dois d'abord vous dire, me confia d'emblée Lansdane, que je ne suis pas au courant de grand-chose. J'aime bien Perry, mais je ne peux pas dire que nous soyons particulièrement proches. Cependant, il y a quelques semaines, Helen a demandé à me voir. Nous avons pris un café. Je lui ai trouvé très mauvaise mine. Pour être honnête, son discours n'était pas très cohérent. Elle m'a dit qu'elle traversait une période difficile, qu'elle avait des soucis qu'elle ne pouvait pas partager avec Perry.

— Pourquoi ne pouvait-elle rien lui dire ? demandai-je.

— Je lui ai posé la même question, m'indiqua Lansdane. Et vous savez quelle a été sa réponse ? « Pour le protéger. »

— Mais le protéger de quoi ? De cette lettre qu'elle a reçue ?

Lansdane posa sur moi des yeux stupéfaits :

— Vous êtes au courant de la lettre ?

— J'ai appris, en parlant à l'employée des postes, qu'Helen avait reçu une lettre qui l'avait mise dans tous ses états. Mais visiblement, vous le savez…

— Je ne l'ai découvert que le soir de sa mort. Après notre entrevue, je n'ai plus eu de nouvelles d'Helen. Jusqu'à ce soir tragique. Elle m'a téléphoné, il était tard. Je lui avais laissé mon numéro de portable en cas de nécessité. Et c'était visiblement le cas : elle était bouleversée. Elle m'a dit qu'elle n'arrivait pas à joindre Perry et qu'elle avait besoin d'aide. Qu'elle avait reçu une lettre anonyme dont elle avait identifié l'expéditeur. Elle m'a donné rendez-vous au *Fanny's* à la sortie de l'autoroute. Quand je suis arrivé, pas de trace d'Helen à l'intérieur du restaurant. Je l'ai finalement trouvée dans sa voiture. Elle était morte.

— Et cette fameuse lettre ? demandai-je. Avez-vous pu mettre la main dessus ?

— Non. J'ai fouillé la voiture, le vide-poche, la boîte à gants. Rien.

— Savez-vous à quoi cette lettre faisait allusion ?

— Tout ce qu'Helen m'a dit, c'est que cela concernait l'affaire Alaska Sanders.

— L'affaire Alaska Sanders ?

— Il y a onze ans, au printemps 1999, une jeune femme a été retrouvée assassinée dans une forêt du New Hampshire. C'est Perry qui était chargé de l'enquête, avec un de ses collègues et ami, le sergent Vance. Ils ont rapidement arrêté un suspect, le petit ami de la fille. Mais un drame est survenu.

Ce que me raconta le chef Lansdane me laissa sans voix.

Trois jours après le meurtre
Mardi 6 avril 1999

22 heures 45. Perry Gahalowood était père pour la deuxième fois depuis une heure. Dans un couloir désert du service de maternité de l'hôpital de Concord, il téléphona à ses beaux-parents pour leur annoncer la naissance de Lisa. Helen allait très bien, elle se reposait. Et la petite Lisa était venue au monde en pleine forme.

Un distributeur lui servit un café dans un gobelet en plastique et une barre de chocolat qui firent office de dîner. Puis il voulut appeler Vance pour lui faire part de la bonne nouvelle, et aussi pour savoir ce qu'avait donné l'interrogatoire de Walter Carrey. Mais avant qu'il puisse le faire, son portable sonna : c'était Lansdane. Gahalowood, certain que ce dernier voulait le féliciter, répondit, d'un ton enjoué :

— Elle s'appelle Lisa !

Au bout du fil, Lansdane eut un long silence. Puis il dit d'une voix caverneuse :

— Perry, il faut que tu viennes immédiatement au quartier général. Il s'est produit quelque chose de très grave.

Lorsqu'il arriva devant le bâtiment de la police d'État, Perry y découvrit une cohorte de véhicules d'urgence qui illuminaient la nuit de leurs gyrophares bleus et rouges. Fourgons du groupe tactique d'intervention, ambulances et camionnettes de la police scientifique.

Gahalowood franchit un premier cordon de police qui contrôlait l'accès au bâtiment. À la question « que s'est-il passé ? », tout le monde lui répondait « dans les locaux de la brigade criminelle ». Il gravit les escaliers quatre à quatre jusqu'au premier étage, et se précipita à travers les couloirs, se laissant guider par l'agitation. Il rejoignit Lansdane qui bloquait l'accès à la salle d'interrogatoire. « Que se passe-t-il ? » demanda Gahalowood. Lansdane resta muet et Gahalowood, le cœur battant, passa la tête par la porte ouverte. Il fut horrifié de ce qu'il y découvrit : au milieu de la pièce, le cadavre de Vance gisait dans une mare de sang, la tête explosée par un impact de balle. À côté de lui, le corps de Walter Carrey, dans le même état.

Gahalowood se sentit défaillir. Lansdane, anticipant sa réaction, l'entraîna à l'écart et le fit asseoir. Il fallut un long moment pour que Gahalowood, en état de choc, parvienne à reprendre ses esprits.

Plus tard dans la nuit, Kazinsky raconta le déroulement de cette terrible soirée. Tout avait commencé lorsque Vance et lui attendaient l'avocat de Walter Carrey pour poursuivre l'interrogatoire. C'était la loi.

« Walter Carrey était menotté dans la salle d'interrogatoire, seul, expliqua Kazinsky. Vance et moi, nous l'observions depuis la pièce à côté, derrière la vitre sans tain. L'avocat tardait à arriver, et Vance et moi en avons profité pour mettre au point notre stratégie. Avec un avocat en face, il fallait jouer au plus fin. Je devais endosser le rôle du méchant flic. Vance, lui, serait l'allié de Walter Carrey. Lorsque Carrey a réclamé de l'eau, c'est donc Vance qui lui en a apporté, l'occasion de nouer un lien avec lui. Vance est entré dans la salle avec un gobelet d'eau, puis il a défait les menottes de Carrey. C'est à ce moment-là que j'ai remarqué, sous la veste de Vance, la crosse de son arme de service. Il avait oublié de se désarmer avant d'entrer. Mais bon, pour être honnête, c'est pas une règle qu'on applique systématiquement, vous le savez tous comme moi. À ce même moment Carrey s'est mis à parler. Il a dit : "Je l'ai crevée, cette salope." Vance a réagi de façon très calme : c'était le moment d'obtenir des aveux volontaires. En fin connaisseur de la procédure, Vance a alors dit : "Ton avocat est en route, est-ce que tu renonces à sa présence ?" Carrey était méconnaissable, comme possédé. Il a ricané : "Je l'ai butée, cette salope, cette pute infidèle qui me trompait dans mon propre lit. Qu'est-ce que tu veux qu'un avocat fasse pour moi ? Je ne vais pas échapper à la peine de mort." À ces mots Carrey s'est mis à pleurer. On aurait soudain dit un enfant. Il a mentionné ses parents qui allaient assister à son exécution. Vance a alors assuré à Carrey qu'il pouvait lui éviter tout ça, il lui a même donné une tape amicale pour l'encourager à poursuivre sa confession. Il lui a demandé s'il pouvait enregistrer leur conversation et Carrey a accepté. Vance a allumé la caméra posée sur le trépied, face à la table. "Est-ce que tu peux répéter ce que tu viens de me dire, Walter?" Carrey a éclaté en sanglots: "Je l'ai tuée. J'ai tué Alaska." Il a marqué une pause puis il a ajouté: "*On* a tué Alaska. J'étais pas seul. Eric Donovan était avec moi." Vance et moi, on est restés stupéfaits. "Eric Donovan a participé au meurtre?" a répété Vance. "Oui, je ne tomberai pas tout seul. C'est Eric et moi qui l'avons tuée. Le pull que vous avez retrouvé... c'est le sien. Les initiales *M U*, c'est pour Monarch University, l'université où il a suivi ses études. Vérifiez, vous verrez que je dis vrai..." Vance a éteint la caméra, il s'est tourné vers la glace sans tain pour me jeter un regard. Et soudain, Carrey s'est jeté sur Vance et lui a pris son flingue. Tout s'est passé très vite, je n'ai même pas eu le temps d'intervenir. Vance s'accrochait à son flingue et un premier coup est parti. La vitre sans tain a explosé. Je me suis mis à couvert, le temps de dégainer mon arme. En me relevant, j'ai vu Walter qui avait pris le dessus et, avant que je ne puisse réagir, il a tiré une balle dans la tête de Vance. J'ai hurlé, j'ai mis Walter en joue pour l'abattre, mais il s'est aussitôt appuyé le flingue de Vance contre la tempe et il a pressé la détente. Il y a eu ce silence de mort. J'ai pressé le bouton d'urgence et je me suis précipité vers le corps de Vance. J'ai essayé de lui prodiguer les premiers secours, alors que je voyais bien qu'il était mort. Et j'ai hurlé, hurlé encore pour qu'on vienne m'aider. Où étiez-vous tous, nom de Dieu? »

Il était déjà tard lorsque le drame était survenu. Le bâtiment était quasi désert. Kazinsky avait attendu un moment la venue de renforts.

En se remémorant ce qu'il venait de vivre, Kazinsky toucha machinalement son costume couvert de sang. Il regarda ses doigts maculés et fut pris de vomissements.

Gahalowood était atterré. Épouvanté. Il songea d'abord que cela aurait pu être lui, ce soir-là, étendu sur le sol de la salle d'interrogatoire, la cervelle dégoulinante. Avant qu'un sentiment de culpabilité ne l'envahisse : s'il avait été là, il aurait peut-être pu éviter ce drame. Il avait lâché son coéquipier. Il ne se le pardonnerait jamais.

*

Le lendemain matin, à l'aube, une colonne de véhicules de police traversa Mount Pleasant et encercla la maison de Janet et Mark Donovan. Les membres du groupe d'intervention firent sauter la porte d'un coup de bélier et la maison fut aussitôt envahie par les policiers. Eric Donovan fut arrêté dans son lit.

Les habitants du quartier furent réveillés par l'agitation. Tous se souviendront longtemps d'Eric, l'air hagard, traîné dans la rue, menottes aux poignets, exhibé à la vue de tous, avant d'être poussé sans ménagement dans un véhicule de police. Janet Donovan, difficilement maintenue par des agents costauds, s'époumonait pour qu'on libère son fils.

Eric Donovan quittait la maison familiale pour ne plus jamais y revenir : il ne reverrait plus cette rue, il ne prendrait plus son café sous le porche fleuri. Il ne retrouverait plus ses voisins, tous si charmants, et tous stupéfaits ce matin-là de découvrir que le si sympathique Eric était un assassin. Eric, toujours affable, toujours élégant, et cette fois hirsute, ahuri, paniqué comme une bête traquée, vêtu d'un jogging enfilé à la hâte qu'il ne quitterait plus que pour être affublé d'une combinaison orange de détenu.

Il était épris de liberté, il aimait la forêt, la pêche à la mouche et les grands espaces : il allait passer de la voiture de police à une salle d'interrogatoire, puis à une cellule de détention, puis à un fourgon pénitentiaire qui le conduirait dans le cloaque d'une prison où il serait condamné à passer le reste de sa vie pour le meurtre d'Alaska Sanders.

*

Eric Donovan nia d'abord son implication dans la mort d'Alaska Sanders. Pour lui rafraîchir la mémoire, Gahalowood diffusa l'enregistrement vidéo des aveux de Walter Carrey. Eric tomba des nues en voyant à l'écran le visage de son ami, en plan serré, qui confessait le meurtre et l'y mêlait directement.

— Qu'est-ce que c'est que cette histoire? protesta Eric. Je n'ai pas tué Alaska!

— Est-ce que ce n'est pas votre pull? demanda Gahalowood en brandissant le vêtement dans un sac plastique transparent.

— J'ignore si c'est mon pull, mais oui, j'en ai un similaire, comme des milliers d'étudiants de l'université de Monarch.

— Walter affirme que c'est votre pull.

— S'il l'affirme, c'est qu'il s'agit du pull que je lui ai prêté.

— Quand ça?

— Il y a quinze jours. C'était le samedi 20 mars, je m'en souviens parce que c'est le jour où Walter et moi avons été verbalisés par les gardes forestiers. Ce jour-là on est allés pêcher ensemble dans cette rivière qui débouche près de Grey Beach. Vous savez, ce coin dont je vous ai parlé lundi. Bref, on pêchait et on a été surpris par le mauvais temps. On pensait à une averse de courte durée, on s'est abrités momentanément sous un arbre. Walter avait tardé à se mettre à couvert, il s'était fait rincer et se les gelait. Il grelottait comme un pauvre diable. Moi je n'avais pas spécialement froid, et de toute façon je suis moins frileux que lui. Du coup, je lui ai passé le pull que je portais. C'était ce pull-là! La pluie n'a pas cessé et on a remballé notre matériel. On est retournés dare-dare à nos voitures. Je revois encore Walter, à bord de sa bagnole, qui retire mon pull désormais trempé de pluie, le jette sur sa banquette arrière et me dit: « Je le lave et je te le rends propre. » J'ai dit que c'était pas la peine, il a insisté.

— Et donc il vous l'a rendu?

— Non.

— Très jolie, votre histoire, dit Gahalowood. Mais je ne suis pas convaincu.

— Putain, sergent, c'est la vérité! J'ai même cherché à récupérer ce pull quelques jours plus tard. J'en ai parlé à Alaska, elle s'en est d'ailleurs agacée. Je pense que c'est la soi-disant dispute dont Sally Carrey vous a parlé…

— Ah, donc vous vous étiez bien disputés tous les deux! Pourquoi nous avoir menti?

— Je ne vous ai pas menti, sergent. Ce n'était même pas une dispute! Je voulais récupérer mon pull. Walter était absent de Mount Pleasant pour quelques jours, j'ai insisté auprès d'Alaska pour qu'elle me le rende et elle s'est agacée de mon insistance, c'est tout. Elle m'a dit que je n'avais qu'à appeler Walter, ce que j'ai fait. Il m'a dit qu'il avait mis le pull dans le coffre de sa voiture avant de partir, et comme sa voiture était restée à Mount Pleasant j'ai demandé à Alaska de pouvoir jeter un œil dans le coffre. Mais le pull n'y était pas.

— Désolé, Eric, mais je ne crois pas un mot de cette histoire de pull qui disparaît mystérieusement. Pourquoi vous ne nous en avez pas parlé l'autre jour ?

— Comment est-ce que j'étais censé savoir que ce pull pouvait avoir un lien avec ce crime ?

Comme Gahalowood ne semblait pas convaincu, Eric ajouta :

— Je vous dis la vérité, sergent ! Je vous le jure ! Demandez à Walter, il sera obligé de vous confirmer tout ce que je viens de vous dire.

— Walter est mort, annonça abruptement Gahalowood.

— Comment ça, *Walter est mort* ?

Les interrogatoires se prolongèrent. Eric persistait : il n'avait pas tué Alaska Sanders et n'avait aucun lien avec ce meurtre. Il invoqua son droit à un avocat, et contacta Patricia Widsmith, une jeune pénaliste de Boston, pour l'assister. Mais les preuves contre lui s'accumulaient : d'abord, son ADN correspondait au deuxième ADN trouvé sur le pull-over. « Puisqu'il s'agit du pull d'Eric, plaida l'avocate Widsmith, c'est parfaitement logique qu'il y ait son ADN dessus. Mon client vous a dit qu'il le portait avant de le prêter à Walter. »

Ensuite, Eric n'avait pas d'alibi pour le soir du meurtre. Il était rentré chez ses parents, avec sa sœur, vers 23 heures 30. Il était soi-disant allé se coucher, mais il aurait parfaitement pu repartir ensuite, quand toute sa famille dormait, sans que personne ne remarque son absence.

Le clou fut enfoncé par la découverte, dans la chambre d'Eric, d'un message tapé à l'ordinateur :

JE SAIS CE QUE TU AS FAIT

Ce message était en tout point identique à ceux reçus par Alaska. L'imprimante d'Eric, après analyse, présentait un défaut très particulier : la tête d'impression était abîmée et laissait une empreinte similaire à celle relevée sur les messages adressés à Alaska.

— N'importe qui a pu s'introduire chez mes parents et utiliser mon imprimante, plaida Eric. On ferme même pas les portes à clé la journée ! C'est comme ça à Mount Pleasant, on a confiance ! C'est une ville tranquille.

Mais ses arguments ne faisaient pas le poids face aux preuves et son avocate peinait à le disculper. Accablé, Eric se mura dans le silence. C'est finalement peu avant son procès qu'il plaida coupable du meurtre d'Alaska Sanders. Il fut condamné à la prison à perpétuité, sans remise en liberté possible.

Le jour de la condamnation de Donovan, Gahalowood alla trouver Lansdane dans son bureau. Il lui tendit une lettre.

— Qu'est-ce que c'est ? demanda Lansdane.

— Ma démission.

Lansdane adressa à son enquêteur un regard stupéfait.

— Elle est refusée, finit-il par dire. Vous êtes sans doute le meilleur flic que j'aie rencontré dans ma carrière.

— Je reste à une seule condition…

— Vous savez, Perry, je n'adore guère le chantage.

— Ce n'est pas un chantage : c'est une condition préalable à mon maintien au sein de la brigade.

— Allez-y toujours…

— Je ne veux plus de coéquipier, annonça Gahalowood.

— Enfin, Perry, vous ne pouvez pas enquêter seul !

— Seul, c'est mieux. On ne risque pas de tuer son coéquipier.

— Perry, vous n'y êtes pour rien…

— Je veux enquêter seul, insista Gahalowood. Le règlement m'y autorise.

Lansdane accepta de mauvaise grâce, considérant qu'il ne s'agissait certainement que d'une lubie passagère.

Alors que Gahalowood allait franchir la porte du bureau, Lansdane le retint :

— Au fait, Perry, félicitations quand même : l'affaire Alaska Sanders est officiellement bouclée.

— Une affaire n'est jamais vraiment bouclée, répondit Gahalowood.

— Qu'insinuez-vous ?

— Ils me poursuivront pour toujours. Les morts comme les vivants.

Je fus abasourdi par le récit du chef Lansdane sur les évènements du 6 avril 1999. Après notre entrevue, je n'avais qu'une idée en tête : retrouver cette fameuse lettre qu'Helen avait reçue.

CHAPITRE 7
Lettre anonyme

Samedi 29 mai 2010

Ce matin-là, je profitai de l'absence de Perry, parti avec ses filles se recueillir au cimetière, pour fouiller la maison. Où Helen avait-elle pu cacher cette lettre ? Ce n'était sûrement pas dans une pièce commune mais dans un endroit plus intime. J'allai donc fouiner dans les armoires d'Helen, ses effets personnels, sa trousse de maquillage. Je répugnais à procéder ainsi, mais je n'avais guère le choix. Mes recherches furent vaines et cela ne m'étonna qu'à moitié : si Helen avait voulu cacher cette lettre à Perry, son flic de mari, elle ne l'aurait pas laissée à sa portée. Comme je n'avais rien retrouvé sur son lieu de travail, ma dernière hypothèse restait sa voiture. Lansdane avait eu l'opportunité d'inspecter l'habitacle le soir de la mort d'Helen, mais avait-il pu le faire correctement dans l'agitation qui devait régner ? Il fallait que je vérifie à nouveau.

Je me rendis dans le garage où se trouvaient des vélos, un appareil de musculation et la Toyota Camry grise d'Helen. J'observai un instant le véhicule : j'imaginais Helen inanimée sur le siège conducteur. Puis, me résignant à ouvrir la portière, je m'installai à bord. Où pouvait être cette lettre ? Je commençai par la boîte à gants, puis le vide-poche central. Rien. Je contrôlai les pare-soleil, les interstices entre les sièges, toujours rien. Dans un geste de la dernière chance, je soulevai les tapis de sol. J'ignore pourquoi je n'y avais pas pensé plus tôt. Sous l'un d'eux, je trouvai l'enveloppe bleue dont m'avait parlé l'employée de la poste. À l'intérieur, il y avait une feuille pliée en deux sur laquelle apparaissait un message fait de lettres collées, découpées dans des journaux :

CARREY ET DONOVAN SONT INNOCENTS

*

Lorsque je montrai la lettre au chef Lansdane, il resta pantois. Il l'examina avec attention, sans que je parvienne à déceler si son visage exprimait l'étonnement ou la circonspection.

— Vous en avez parlé à Perry ? demanda-t-il.

— Pas encore.

— *Carrey et Donovan sont innocents,* lut-il à haute voix comme pour en saisir le sens.

— Innocents du meurtre d'Alaska ? suggérai-je. Il semblerait que cette lettre soit arrivée chez les Gahalowood le 6 avril dernier, soit onze ans jour pour jour après la mort de Walter Carrey.

— Pour être honnête, je suis aussi perplexe que vous, m'avoua Lansdane. Je m'attendais à tout, sauf à ça.

— Ça pourrait être l'œuvre d'un plaisantin, fis-je remarquer.

— J'en doute, rétorqua Lansdane.

— Qu'est-ce qui vous rend si sûr de vous ?

— Le fait que cette lettre ait été envoyée à Perry. C'est Helen qui l'a trouvée la première, mais de toute évidence ce message s'adressait à lui. Et ce n'est pas anodin. D'une part parce que Perry est lié à l'affaire Alaska Sanders, et d'autre part parce que c'est un flic redoutable. Celui qui a envoyé ce message voulait que Perry rouvre l'enquête. Ça n'a rien d'une plaisanterie.

— Mais pourquoi faire resurgir maintenant cette affaire vieille de onze ans ? interrogeai-je.

Lansdane eut un sourire presque amusé :

— Vous êtes très intelligent, Marcus, mais quand même un peu naïf. Vous semblez oublier que depuis la parution de votre bouquin, *La Vérité sur l'Affaire Harry Quebert*, tout le pays a découvert l'existence d'un flic un peu bourru mais fin limier. À cause de vous, ou grâce à vous, des millions de lecteurs connaissent désormais le sergent Perry Gahalowood. Je pense que quelqu'un s'est réveillé, Marcus. Et vous en êtes peut-être indirectement responsable.

La remarque de Lansdane trouva écho en moi. Je m'étais demandé jusque-là pourquoi Helen n'avait pas sollicité mon aide. La réponse était simple : elle souhaitait probablement éviter que je m'en mêle aussi. Je dis à Lansdane :

— Helen savait que si Perry prenait connaissance de cette lettre, il allait rouvrir l'enquête. Elle ne voulait pas qu'il se replonge dans cette affaire qui l'avait déjà passablement ébranlé. Mais Helen, avec son tempérament, ne pouvait ignorer ce message. Elle a probablement cherché à en savoir davantage, afin de décider s'il fallait en parler à son mari malgré tout. À force d'investigations, elle a fini par déterrer un indice suffisamment probant pour vouloir avertir Perry. Mais elle est morte avant de pouvoir le faire. Le soir de sa mort, Helen avait découvert quelque chose, j'en suis certain. Mais quoi ? La réponse se trouve dans cette lettre.

Lansdane acquiesça d'un signe de tête, puis me demanda :

— Par où commence-t-on ?

— C'est vous le flic, lui fis-je remarquer. Vous pourriez faire analyser cette lettre…

— Inutile d'essayer d'y trouver des empreintes. Entre nous, l'employée de la poste, Helen, et je-ne-sais-pas-qui, la moitié de la ville a mis ses doigts dessus. Et puis, je pense qu'on devrait avancer de notre côté avant d'en parler à d'autres flics si vous ne voulez pas que ça remonte aux oreilles de Perry. D'ailleurs, êtes-vous bien certain de vouloir continuer à le tenir à l'écart de tout cela ?

— Certain.

Ce n'était vraiment pas le moment d'ajouter des tracas à Perry. Il s'était mis en congé pour « quelques semaines au moins » selon ses dires, et passait ses journées à errer dans la maison. Il avait besoin de se concentrer sur lui-même, sur sa famille. Il devait avant tout se reconstruire, et non pas affronter les fantômes d'une vieille affaire. Aussi, durant les trois jours qui suivirent, je mis à profit les absences de Perry et ses filles pour enquêter dans la plus grande discrétion. J'étudiai le GPS de la voiture d'Helen pour y vérifier les dernières destinations, malheureusement rien n'avait été enregistré. Je fouillai dans la boîte mail de l'ordinateur familial, mais sans succès. Je retraçai ses journées en épluchant son agenda retrouvé dans son sac à main, mais ce fut sans intérêt.

Je fis également mes propres recherches sur l'affaire Alaska Sanders, cependant les informations que je trouvais sur Internet étaient relativement limitées. Je découvris néanmoins l'existence d'une association appelant à la libération d'Eric Donovan. Dans un cybercafé de Concord (je ne voulais pas me risquer à le faire chez les Gahalowood), j'imprimai quelques articles, ainsi qu'une photo d'Alaska Sanders, que je cachai dans ma chambre, dans l'interstice du canapé-lit. J'ignore pourquoi j'éprouvais le besoin de conserver une photo d'Alaska. Peut-être pour me rappeler que le véritable enjeu de cette enquête était cette jolie jeune femme de vingt-deux ans, sauvagement assassinée. Peut-être aussi parce que je faisais inconsciemment le lien avec Nola Kellergan, la jeune fille au cœur de l'affaire Harry Quebert. Le chef Lansdane m'avait confié que cette dernière enquête avait été une forme de rédemption pour Gahalowood. Celui qui avait envoyé cette lettre anonyme le savait.

Quand je n'étais pas occupé à ruminer l'affaire Alaska Sanders, je m'occupais de ce qui restait de la famille Gahalowood. Perry était l'ombre de lui-même : déjà d'ordinaire taiseux, il s'était muré dans un mutisme total. Les filles, elles, s'efforçaient de faire bonne figure. Je m'employais à les entourer, je parlais pour deux, je veillais sur elles. J'essayais d'égayer cette maison, jadis si joyeuse, et devenue lugubre. Je me lançais dans ce que je ne savais pas faire : la cuisine. Il y eut d'abord beaucoup de gâteaux à la banane de Tante Anita. Mais il me fallut passer à la vitesse supérieure et m'atteler à la préparation de repas complets. Seul, dans la cuisine des Gahalowood, j'invoquais Tante Anita. Elle m'inspirait dans mes travaux culinaires. Bientôt un nouveau fantôme fut à mes côtés : celui d'Helen Gahalowood. Je ne sais plus si je m'adressais à elle à voix haute ou intérieurement, mais je lui répétais cette phrase déconcertante de naïveté : *Helen, je voudrais que tu ne sois pas morte*. Et d'un souvenir à l'autre, je vécus le jour où je l'avais rencontrée.

*

12 ans plus tôt.
2 juillet 2008.

C'était en pleine affaire Harry Quebert. L'enquête prenait une mauvaise tournure. Gahalowood et moi étions allés interroger le père de Nola Kellergan et l'entretien avait quelque peu dégénéré, essentiellement par ma faute. Devant la maison du révérend Kellergan, Perry et moi eûmes un vif échange, au terme duquel il m'invita à dîner chez lui. En arrivant devant sa maison, je dis :

— J'espère que ça n'embête pas votre femme que je vienne à l'improviste.

— Ne vous inquiétez pas, l'écrivain, elle a un sens de la pitié très développé.

— Merci, sergent, vous savez me remonter le moral.

Helen Gahalowood venait de rentrer du supermarché et déballait de grands sacs de courses dont elle essayait de caser le contenu dans son frigidaire.

Perry annonça mon arrivée avec sa délicatesse habituelle :

— Chérie, pardonne-moi de t'imposer un couvert supplémentaire, mais j'ai ramassé ce pauvre type dans la rue. Je trouve qu'il ressemble à s'y méprendre au laideron sur la couverture du livre qui traîne sur ta table de nuit, non ?

Elle eut un sourire extraordinaire qui disait tout de sa douceur. Elle me tendit la main.

— Quel plaisir de vous rencontrer enfin, Marcus ! J'ai tellement aimé votre livre ! me dit-elle. Vous êtes donc vraiment en train d'enquêter avec Perry ?

— Il ne fait pas équipe avec moi, s'agaça Perry. C'est juste un amateur venu me pourrir l'existence.

— Votre mari a exigé que je lui rembourse son exemplaire de mon livre, confiai-je à Helen.

— Ne prêtez pas attention à lui, me répondit Helen. Il est gentil, au fond.

Je proposai de l'aider et sortis des légumes d'un sac. Perry me regarda faire d'un œil goguenard :

— Tu vois, dit-il à sa femme, on croit qu'il aide mais en réalité il fout le bordel. Si tu savais quel foutoir il a mis dans mon enquête.

Helen se tourna vers moi :
— Ça veut dire que vous êtes doué.
— Vous voyez, l'écrivain, c'est encore la pitié qui parle.
— Perry n'a pas de coéquipier, poursuivit Helen. Il ne supporte personne. Combien de collègues a-t-il ramenés à la maison ces dernières années ? Aucun.
— C'est parce que je suis très heureux en famille, se justifia Perry en attrapant deux bières dans le frigo et en m'en tendant une.
Helen me décocha un clin d'œil entendu :
— Vous voyez, Marcus, il vous aime bien.
— Je ne vous aime pas, l'écrivain !
— Appelez-moi Marcus, sergent, nous sommes presque amis.
— Nous ne sommes pas amis. Vous m'appelez *sergent*, je vous appelle *l'écrivain*, c'est une relation purement professionnelle.
Helen leva les yeux au ciel :
— Bienvenue dans la famille Gahalowood, Marcus !
Ce soir-là, après le dîner, me retrouvant seul avec Perry sur sa terrasse, je lui dis :
— Sergent, votre femme est merveilleuse. Son seul défaut est de s'être mariée avec vous.
Gahalowood éclata de rire.

*

Malia et Lisa, à qui je venais de raconter ma rencontre avec leur mère, éclatèrent de rire. Nous terminions de dîner. Mon *osso bucco* était tellement raté que nous avions commandé des pizzas. Nous étions juste les trois, Perry n'était pas descendu. Lorsqu'il nous rejoignit finalement, il m'apparut plus sombre que jamais. Les filles devaient retourner en cours le lendemain. En voyant le visage de leur père, je songeai que ce serait mieux pour elles.

Perry se servit d'une tranche de pizza qu'il avala en silence. Puis les filles montèrent dans leur chambre et nous nous retrouvâmes, lui et moi, seuls dans la cuisine. Nous n'avions guère eu l'occasion d'être seuls. J'avais le sentiment qu'il m'évitait. Je rangeai les assiettes dans le lave-vaisselle tandis qu'il s'efforçait de caser les cartons à pizza dans la poubelle.

— Ça va au recyclage, lui fis-je remarquer.
— Je n'ai jamais recyclé.
— Il y a un début à tout, sergent.
Il posa les cartons sur le comptoir et disparut en maugréant. La cuisine rangée, je descendis dans ma chambre. Je m'allongeai sur le lit, regardai la photo d'Alaska Sanders, puis je pris en main la lettre anonyme. Elle avait mené Helen à une découverte. Laquelle ?
Je continuai à fixer la feuille, comme si un indice allait brusquement en surgir. Soudain, m'apparut une évidence qui m'avait échappé jusque-là : la typographie du message était harmonieuse. Il s'agissait pourtant d'un collage des lettres nécessaires à cette courte phrase (*CARREY ET DONOVAN SONT INNOCENTS*), mais l'œil n'était pas incommodé par cet assemblage. Je me rendis compte alors que le montage avait été fait avec des lettres découpées dans un même journal. C'était un détail curieux : pourquoi ne pas brouiller les pistes en utilisant différents supports ?
Comme j'étais couché et que je tenais le message les bras tendus vers le plafond, je finis par le placer involontairement face au plafonnier. Une inscription se révéla alors en transparence de l'une des lettres. En la décollant, j'y découvris au verso cette suite de chiffres et de lettres qui m'apparurent d'abord énigmatiques :

10 Nor…

Cette inscription était imprimée de façon perpendiculaire. À quoi cela pouvait-il correspondre ? La réponse s'imposa rapidement : il s'agissait d'un fragment d'adresse. L'adresse d'un abonné à ce journal dont un morceau avait été découpé pour écrire le message à Gahalowood.
Je tenais enfin ma piste.

*

Le lendemain, je retrouvai Lansdane dans un café du centre-ville de Concord pour lui faire part de ma découverte.
— On trouve l'abonné, on trouve l'auteur de ce message, lui dis-je.

Il freina mes ardeurs :

— Ne nous excitons pas trop vite, Marcus. Vous ne soupçonnez par le nombre de cafés, restaurants, cabinets médicaux et que-sais-je-encore qui prennent des abonnements à des journaux pour leurs clients. La personne qui a fabriqué cette lettre a pu ramasser un journal n'importe où, y compris dans la rue ou même dans une poubelle. Vous imaginez le type qui envoie une lettre anonyme avec son adresse ?

— C'est à peine visible, fis-je remarquer. Une négligence n'est pas à exclure.

— Enfin, Marcus, qui utiliserait un journal auquel il est abonné pour constituer un message anonyme ? Ça n'a pas de sens.

— J'y ai pensé, figurez-vous. Ça pourrait être quelqu'un qui n'aurait pas accès à d'autres journaux. Quelqu'un qui serait enfermé, par exemple.

— *Enfermé* ?

— Quelqu'un qui est en prison, suggérai-je. Son voisin de cellule, arrêté pour tout autre chose, lui confesse le meurtre d'Alaska Sanders. Notre homme écrit un message anonyme à Gahalowood.

— Les prisonniers ne reçoivent pas le journal, me fit remarquer Lansdane.

Je persistai :

— Il a reçu un colis emballé dans du papier journal et l'a utilisé pour composer son message.

— Le courrier que les prisonniers envoient est contrôlé. La lettre aurait été interceptée.

— Pas s'il l'a transmise par le biais de son avocat, fis-je remarquer.

— Et l'avocat accepte de jouer les facteurs et dépose cette lettre chez les Gahalowood ? Je n'y crois pas, Marcus. Je salue néanmoins votre imagination fertile.

— Je suis pourtant convaincu que cette adresse a mené Helen Gahalowood quelque part.

— C'est possible, concéda Lansdane. C'est pour cela qu'il faut essayer de retrouver cette adresse avant de vous perdre en conjectures.

Lansdane était très ambivalent sur son implication : à l'évidence, une partie de lui n'avait aucune envie de se mouiller.

Mais il ne pouvait pas non plus ignorer ce qui était en train de se passer. Aussi, lorsqu'il se leva en me disant « bonne chance dans vos recherches, tenez-moi au courant », j'eus un mouvement d'humeur :

— *Bonne chance* ? Comment ça *bonne chance* ? Vous allez me planter là et me laisser me démerder ?

— Marcus, vous me mettez dans une position impossible : je suis le chef de la police d'État, je ne peux pas être impliqué dans une enquête civile parallèle.

— Alors pourquoi vous ne transmettez pas le dossier à l'un de vos services ?

— Parce que vous tenez mordicus à ce que Perry ne soit au courant de rien, se justifia Lansdane. Et puis, vous seriez complètement écarté des investigations. Or, je vois bien que toute cette histoire vous travaille.

— Chef Lansdane, je vous connais suffisamment pour savoir que vous ne vous encombrez pas de ce genre de considérations. Il y a une raison pour laquelle vous ne traitez pas cette affaire en interne. Laquelle ? Dites-le-moi, sinon je fais tout sortir dans la presse.

Lansdane se rassit et soupira :

— Vous savez comment Perry vous a toujours décrit, Marcus ? Comme un emmerdeur très sympathique. Je dois lui donner raison. Je ne veux pas ébruiter cette affaire de lettre anonyme, Marcus, parce que je veux éviter, à ce stade, des remous et des rumeurs inutiles. S'il y a un doute sur la culpabilité de Walter Carrey, cela signifie qu'il faut rouvrir toute l'enquête sur le meurtre d'Alaska Sanders. Avant d'en arriver là, j'ai besoin d'identifier l'auteur de cette lettre anonyme en toute discrétion. Et je sais que vous en êtes capable.

— Vous n'allez pas me laisser seul au milieu de ce merdier, chef Lansdane ?

Il essaya encore de se défiler :

— Je suis chef de la police, j'ai des tonnes d'obligations.

— Justement, vous êtes le chef, vous n'avez de comptes à rendre à personne. Allez, au boulot !

Pour retrouver l'adresse, Lansdane et moi n'avions guère d'autre option que de trouver toutes celles qui commençaient par « *10 Nor…* ». La beauté de la technologie moderne est que quelques recherches sur Internet nous permirent d'établir facilement cette liste. Mais celle-ci se révéla interminable. La quantité innombrable de rues, chemins, avenues, boulevards qui commençaient par « *Nor…* » à travers le pays nous occuperait pendant des mois.

Il nous fallait commencer par délimiter le périmètre de nos recherches et Lansdane suggéra une méthode qui porta ses fruits. Nous savions qu'Helen s'était trouvée vers 22 heures au *Fanny's* de la sortie ouest de l'autoroute 1. Si nous pouvions déterminer à quelle heure elle avait quitté son bureau, le laps de temps écoulé entre les deux nous permettrait de circonscrire notre zone de recherche.

Seul Mads Bergsen, le patron d'Helen, pouvait demander au responsable de la sécurité de ses bureaux de nous fournir le relevé des arrivées et départs d'Helen. Comme c'était souvent le cas dans les immeubles de bureaux, les employés avaient chacun un badge qui leur permettait de passer le portique de sécurité donnant l'accès aux ascenseurs. Les allées et venues étaient donc facilement traçables.

Je dus cependant insister lourdement auprès de Mads.

— Pourquoi avoir besoin de ce genre d'informations? me demanda-t-il d'un air circonspect.

— Tout ce que je peux vous dire, c'est que c'est important.

— Je n'apprécie pas ce que vous êtes en train de faire. Et dans le dos du mari d'Helen en plus. Je croyais que vous étiez amis.

— C'est justement parce que nous sommes amis que j'essaie de l'épargner un peu. S'il vous plaît, Mads, je promets de disparaître de votre vie ensuite.

L'argument fit mouche. Il me laissa seul un moment et revint avec un relevé des entrées et sorties d'Helen au cours des dernières semaines.

Le jour de sa mort, elle avait quitté le bureau à 18 heures.

C'est dans le salon de Lansdane que nous reconstituâmes la dernière soirée d'Helen. Il avait étalé une carte du New Hampshire sur sa table basse. J'énumérai ce que nous savions:

— À 18 heures Helen quitte son bureau, à 21 heures 05 elle téléphone à Perry, à 22 heures elle débarque dans ce *Fanny's* à la sortie ouest de l'autoroute 1.

— C'est l'embranchement le plus logique pour rentrer chez elle, fit remarquer Lansdane.

— Donc, elle est sur le chemin du retour. Mais elle est bouleversée. Elle a visiblement fait une découverte très troublante. Perry ne répond pas au téléphone. Elle ressent les signes avant-coureurs de sa crise cardiaque. Elle avise le *Fanny's* et décide de s'y arrêter pour reprendre ses esprits. Elle ne sait que faire de l'information qu'elle détient et vous appelle.

— Si elle a fait une découverte importante ce soir-là, reprit Lansdane, elle a très probablement voulu prévenir Perry sur le moment.

— Elle l'a appelé à 21 heures 05, dis-je. Cela signifierait qu'elle se trouvait à environ une heure de route du *Fanny's*?

— Exact, acquiesça Lansdane. Ce qui colle parfaitement avec son départ du bureau à 18 heures. Si l'on compte le temps de récupérer sa voiture au parking, ainsi que le trafic à l'heure de pointe, elle aura mis environ une heure et demie pour atteindre sa destination, soit vers 19 heures 30. À ce moment-là, elle tâtonne toujours: elle étudie sans doute des listes d'adresses, comme nous nous apprêtons à le faire. Elle passe donc encore une heure et demie à arpenter les différentes rues qui pourraient correspondre. Jusqu'à sa découverte.

Fort de cette hypothèse, Lansdane traça un cercle sur la carte routière qui délimitait un rayon d'une heure de route. C'est dans cette zone que notre travail de fourmi allait pouvoir commencer.

*

Pendant les dix jours qui suivirent, tous les jours ou presque, après avoir déposé Lisa à l'école, j'arpentais le New Hampshire, seul, à bord de ma voiture. Ville après ville, village après village, j'écumai les 10 North Street, 10 Norton Street, 10 Nordham Boulevard, 10 Norfolk Avenue, etc.

Il me fallait prendre le temps d'un arrêt devant chacune des adresses, y planquer un moment dans l'espoir d'y apercevoir un occupant ou d'y déceler quelque chose, mais sans savoir exactement quoi. Mes journées d'enquête se terminaient à l'heure où Malia et Lisa rentraient à la maison. Je reprenais alors mon existence de père de substitution. Perry commença rapidement à s'interroger sur mes absences. J'avais évidemment quelques alibis : une course lointaine, une journée de marche dans la campagne, une virée au centre commercial – je ramenai même pour preuve un meuble à chaussures totalement inutile acheté en catastrophe. Mais Perry n'était pas dupe : il se doutait que j'étais occupé à autre chose. Lorsqu'il posait des questions, je m'efforçais de rester évasif, ce qui n'est jamais une bonne stratégie face à un flic tenace.

Après dix jours de recherches infructueuses, il y eut ce jeudi matin où je me rendis à Barrington, une petite bourgade tranquille, à cinquante minutes de Concord. La ville comptait une Norris Street.

Comme je l'avais fait pour toutes les précédentes adresses, je me garai à proximité du numéro 10. C'était un joli pavillon en briques rouges, semblable à ceux de la rue, séparés les uns des autres par des bandes de gazon bien entretenues. Je m'étais muni d'une paire de jumelles et, les yeux collés aux binoculaires, j'observai l'intérieur du salon. Ce que j'y vis me stupéfia. Je voulus appeler Lansdane mais, au même instant, un coup retentit contre ma vitre : c'était un policier. Il me fit signe de baisser ma vitre.

— Je peux vous aider, monsieur ? me demanda-t-il.

L'agent venait de garer sa voiture derrière la mienne, gyrophares allumés. Accaparé par ce que je venais de découvrir, je n'avais pas vu le véhicule de patrouille arriver.

Je ne pouvais expliquer les véritables raisons de ma présence sur Norris Street et le policier considéra, à mon récit confus, que j'étais peut-être un cambrioleur en repérage. Je fus conduit au poste de Barrington pour un contrôle approfondi.

L'affaire fut traitée par le chef de la police, le capitaine Martin Grove, un bonhomme ventru et dont le mouvement des lèvres faisait danser une petite moustache.

— Je prends le relais parce que vous êtes une célébrité, m'annonça le capitaine Grove. On a regardé, vous êtes un écrivain connu et tout ça. Qu'est-ce qui vous amène à Barrington ? On n'aime pas trop les problèmes par ici.

— Moi non plus, capitaine, le rassurai-je. Je ne suis pas venu dans votre ville pour en causer.

— On me dit que vous faisiez des repérages. Vous êtes

comme ces cinglés de Hollywood qui commettent des vols parce que ça les excite.

— Je suis ici pour une enquête confidentielle.

Il pouffa :

— Je crois que vous racontez des farces.

— Si par « farces » vous voulez dire *mensonges*, je vous suggère d'appeler immédiatement le chef Lansdane de la police d'État du New Hampshire.

— On va commencer par vous faire une prise de sang pour voir si vous avez pas pris de la drogue et tout ça.

— Capitaine Grove, je vous déconseille fortement de me mettre une aiguille dans le bras. Prenez votre téléphone et appelez le chef Lansdane.

Il fallut que Lansdane vienne en personne à Barrington pour me sortir de ce mauvais pas. Après qu'il m'eut récupéré, il me conduisit sur Norris Street. Il se gara derrière ma voiture et je lui dis :

— Regardez par la fenêtre du salon. Vous vous souvenez, je vous avais parlé de quelqu'un qui aurait été enfermé quelque part ?

Il observa un instant puis murmura :

— Je vous dois des excuses, Marcus.

Il y avait, dans le salon, un homme en chaise roulante qui lisait le journal. Il se tenait de dos, si bien que Lansdane ne put voir son visage. Un homme qui ne pouvait pas sortir de chez lui, ou alors avec beaucoup de difficultés à en juger par les marches d'escalier qui menaient de la porte de la maison au trottoir.

À nouveau, on toqua contre la fenêtre. C'était une vieille dame cette fois. Je baissai ma vitre.

— Foutez le camp, nous dit-elle, ou j'appelle les flics.

— Nous sommes la police, lui répondit aimablement Lansdane qui était en uniforme.

Elle sembla horrifiée de sa méprise.

— Navrée, dit-elle, désolée, j'avais pas vu. Vous êtes là à cause de ce qui s'est passé l'autre jour ?

— Que s'est-il passé l'autre jour ? l'interrogeai-je.

— Une femme noire s'est pointée chez les voisins, c'était un peu avant 21 heures. Je l'avais repérée dans sa voiture, une Toyota Camry couleur grise, qui scrutait la maison. J'ai rien contre les Noirs, mais j'ai trouvé ça bizarre. Alors j'ai bien observé. Et la Noire, elle est finalement allée toquer à la porte. Et il y a eu un scandale. Elle criait. La voisine criait aussi. Je m'apprêtais à appeler la police, mais elle est partie.

— Et c'était quand ça ?

— Il y a environ un mois.

Je toisai la vieille avec mépris :

— Vous ne seriez pas un peu raciste ?

— Non, j'ouvre l'œil, c'est tout. Je veux que mon quartier reste bien tranquille. Il y a tellement de cambriolages ces temps-ci. Pis vous êtes blanc, vous, et j'ai appelé la police quand même. J'ai rien cont' les Noirs, mais je veux pas de grabuge, c'est tout.

L'affreuse voisine parlait encore mais je remontai ma vitre pour ne plus l'entendre. Tandis qu'elle poursuivait son soliloque, je me tournai vers Lansdane :

— C'était Helen. Elle conduisait une Toyota Camry grise. Helen était ici le soir de sa mort.

Une fois la voisine rentrée chez elle, Lansdane sortit de voiture et se rapprocha de la maison en question. Il regarda le nom sur la boîte aux lettres et revint aussitôt. Il s'assit sur le siège passager, blême.

— Allons, chef Lansdane, que se passe-t-il ? le pressai-je.

— Le nom sur la boîte aux lettres… c'est Kazinsky.

— Kazinsky? répétai-je sans comprendre où il voulait en venir.

— Kazinsky est la seule personne encore en vie qui était présente en salle d'interrogatoire le soir de la mort de Vance et Walter Carrey.

Après avoir découvert que Nicholas Kazinsky était probablement l'auteur de la lettre anonyme, je rentrai aussitôt de Barrington à Concord pour tout raconter à Perry. Mais au moment où j'arrivais chez les Gahalowood, il venait de recevoir un appel de Mads Bergsen.

CHAPITRE 8
Disputes

Concord, New Hampshire.
Lundi 14 juin 2010.

Lorsque je passai la porte de la maison, Gahalowood se tenait debout dans le couloir, comme s'il m'attendait, l'air sinistre. L'inscription *JOIE DE VIVRE* que je venais de passer ne m'avait jamais paru aussi mal à propos.

— Sergent, tout va bien ? demandai-je, mal à l'aise.

— Alors comme ça, vous fouillez dans la vie d'Helen ? C'est à ça que vous passez vos journées ?

Je regrettais amèrement mes secrets. Je sentais à présent la fureur de Gahalowood et je m'efforçai de l'apaiser.

— Sergent, c'est plus compliqué que ce que vous pouvez imaginer.

Il me jeta un paquet de feuilles aux visages : mes articles sur l'affaire Alaska Sanders et la photo de la jeune femme. Il les avait trouvés.

— Nom de Dieu, Marcus, dites-moi que vous avez une bonne raison…

Que Gahalowood m'appelle par mon prénom n'était pas bon signe.

— Helen ne vous trompait pas, sergent. Si elle a eu un comportement inhabituel ces dernières semaines, c'était pour vous protéger. Elle a trouvé une lettre anonyme qui vous était destinée et elle ne voulait pas vous en parler avant d'en savoir plus. Le soir de sa mort, le soir où elle a essayé de vous joindre, elle avait fait une découverte. Et je sais ce qu'elle avait découvert.

Je sortis de la poche arrière de mon pantalon l'enveloppe et la tendis à Gahalowood. Au moment où il prit connaissance du message anonyme, je pus lire la stupéfaction sur son visage.

— C'est Nicholas Kazinsky qui vous a envoyé ce message, le flic qui…

— Je sais très bien qui est Kazinsky, me coupa Gahalowood.

— Et j'imagine qu'Helen le savait aussi. C'est lui qui a écrit cette lettre, j'en suis quasiment certain.

— Quasiment ?

— Il y a un faisceau d'indices concordants, sergent. Notamment son adresse sur un morceau du journal utilisé pour composer ce message. Ça ne peut pas être un hasard ! Il ne reste plus qu'à aller l'interroger. Je venais justement pour vous raconter tout cela. Il faut aller voir Kazinsky et l'interroger.

Gahalowood resta coi. Il me dévisageait avec mépris. Je me sentis obligé de meubler le silence :

— Sergent, si je ne vous en ai pas parlé plus tôt, c'est pour vous épargner. Je n'allais pas en rajouter, avec tout ce que vous traversez…

Après un nouveau silence très désagréable, Gahalowood me lança d'une voix sourde :

— Barrez-vous, Marcus. Barrez-vous d'ici avant que les filles ne reviennent de l'école.

Il n'y avait pas à tergiverser. Je regagnai la chambre d'amis et y ramassai mes quelques affaires que je fourrai pêle-mêle dans ma petite valise. Cinq minutes plus tard, je montais à bord de ma voiture. Gahalowood me regardait depuis son porche, comme s'il voulait s'assurer que je fiche bien le camp. Avant de fermer ma portière, je lui hurlai :

— Enquêtez ! Enquêtez, sergent ! Vous devez découvrir pourquoi Kazinsky vous a envoyé ce message.

— Qui vous dit que Kazinsky en est l'auteur ? N'importe qui aurait pu récupérer un journal lui appartenant pour composer cette lettre ridicule. Et vous, vous tombez dans le panneau, comme un débutant. C'est votre livre qui vous est monté à la tête ? Vous vous prenez pour un grand détective désormais ? Vous n'êtes qu'un pantin, Marcus !

Je lui tins tête :

— Pourquoi faire croire que Kazinsky est l'auteur de cette lettre anonyme ? Votre théorie n'a pas de sens, sergent.

— Ça en aurait encore moins de penser qu'il considère soudain que Walter Carrey était innocent. Carrey a avoué, il y a un enregistrement vidéo de sa confession. Pourquoi Kazinsky reviendrait-il sur tout cela onze ans plus tard ?

— Parce que ça fait onze ans que ça le hante, qu'il est en fauteuil roulant, sans doute en train de crever, et qu'il veut soulager sa conscience.

— Je ne sais pas ce que vous sous-entendez, Marcus, mais il est temps pour vous de partir.

Il me tourna le dos pour rentrer chez lui. C'est alors que je m'écriai :

— Helen ne serait pas fière de vous !

Gahalowood se retourna, furibard. Dans sa colère, il arracha du mur le panneau *JOIE DE VIVRE* et le lança de toutes ses forces dans ma direction. Il tomba sur le capot de ma Range Rover et l'enfonça.

Avant de quitter Concord, je passai saluer Lansdane.

— Ne partez pas sur un coup de tête, Marcus ! m'enjoignit-il après que je lui eus raconté ce qui venait de se dérouler.

— C'est une affaire qui me dépasse, dis-je. Et puis, Perry a raison : de quel droit me suis-je mêlé de tout ça ?

— Vous devez aller au bout !

— Allez-y vous-même, vous êtes flic après tout !

— Je ne peux pas.

— Comment ça, *vous ne pouvez pas* ?

— Je ne peux pas ouvrir une enquête comme ça. Vous imaginez le bordel au sein de la police ? Je ne peux rien faire sans preuves concrètes.

J'étais abasourdi par cette dernière phrase.

— Alors, c'est pour ça que vous m'avez poussé à enquêter ? Pour que je fasse le sale boulot en sous-marin ? Pour que vous ne vous salissiez pas les mains ? Ah, bravo ! Prix Nobel de la lâcheté !

— Vous l'avez fait très spontanément, Marcus !

Comme je tournais les talons, Lansdane me lança :

— Vous savez ce qu'aurait dit Helen ?

— Ne mêlez pas Helen à tout ça...

— Elle aurait dit que le Marcus Goldman de *La Vérité sur l'Affaire Harry Quebert* ne laisserait jamais tomber.

— Les romanciers enjolivent toujours la réalité. Je suis bien placé pour le savoir.

Cinq heures de route plus tard, j'arrivai à Manhattan, dans les embouteillages, les lumières et le vacarme du début de soirée. Je retrouvai mon appartement trois semaines après l'avoir quitté. Je pris une douche, je me commandai à manger, puis je me postai à la fenêtre, contemplant l'effervescence de New York dans la nuit d'été. Je pensais à Perry. Je fixai mon téléphone, espérant un appel de sa part, en vain. Je me demandais si nous pourrions recoller les morceaux ou si j'avais définitivement perdu mon dernier ami.

*

Plusieurs jours s'écoulèrent. Je n'eus aucune nouvelle de Gahalowood. J'essayai de l'appeler à plusieurs reprises, sans succès. Ce froid entre nous m'était insupportable : je finis par prendre ma voiture, dans l'idée de retourner à Concord et de nous expliquer. Mais je me dégonflai pendant la traversée du Massachusetts. Et sans vraiment savoir comment ni pourquoi, j'échouai à l'université de Burrows, où j'avais fait mes études et rencontré Harry Quebert.

Je retrouvai les lieux avec une pointe de nostalgie. Je fis un pèlerinage à travers la salle de boxe, le grand auditorium où je m'étais illustré face à Harry un jour de 1998 et ces couloirs tant de fois empruntés avec mon camarade de chambre Jared. Je me demandai ce que Jared était devenu d'ailleurs.

Le semestre était terminé et les lieux étaient déserts. Je me rendis au département de littérature et fis un arrêt devant le bureau de Harry. La plaque portant son nom avait été retirée. Je ne pus m'empêcher d'ouvrir la porte : la pièce semblait inoccupée. Elle sentait le renfermé. Il n'y avait que les meubles réglementaires – des étagères et un bureau en contreplaqué. Personne n'avait donc remplacé Harry depuis qu'il avait été licencié, en juin 2008. J'ouvris les tiroirs du bureau. Les deux premiers étaient vides. Dans le troisième, je trouvai un vieil exemplaire d'un journal sur lequel était posée une statuette de mouette. Je tressaillis : que faisait cet objet ici ? Alors que j'allais m'en emparer, une voix me fit sursauter :

— Ça pourrait être votre bureau, Marcus.

C'était Dustin Pergal, le doyen de la faculté de lettres.

— Je… je suis venu en visite, bredouillai-je.

Pergal sourit.

— Je vois ça.

— Comment allez-vous, monsieur le doyen ?

— Je ne suis plus doyen. Je suis désormais recteur de cette université. Vous voyez, j'ai pris du galon, mais pas autant que vous. Dire que j'ai failli vous mettre à la porte en 1998, et que vous êtes désormais l'étoile des lettres américaines et la fierté de cette université.

Pergal m'invita à dîner chez lui. J'acceptai et me retrouvai dans sa coquette résidence du campus. J'y fis la connaissance de sa charmante épouse et je dois avouer ici que je passai une très agréable soirée.

— Grâce à votre *Maison pour les écrivains*, l'université de Burrows a acquis un certain prestige, me confia Pergal pendant le repas. Beaucoup d'étudiants rejoignent la faculté de lettres dans l'espoir de bénéficier d'un séjour à Aurora.

— Vous m'en voyez ravi.

— Et cet Ernie Pinkas qui fait le lien avec l'université est formidable.

— En effet.

— C'est lui que vous êtes venu voir à l'université ?

— Non.

— Vous ne m'avez pas dit ce qui vous amenait ici. Vous cherchiez quelqu'un en particulier ?

— Oui, moi.

Pergal ne put retenir un sourire.

— Vous savez, Marcus, ma proposition de tout à l'heure était tout à fait sérieuse : le bureau de Harry pourrait être le vôtre. Pourquoi ne viendriez-vous pas donner un cours d'écriture ? J'ai une place pour le semestre d'automne.

— Il faut que j'y réfléchisse.

— On pourrait faire un essai de six mois. Pour voir si l'enseignement vous plaît. Évidemment, ce n'est pas Columbia, mais nous avons notre charme. Enfin, vous le savez.

Je relevai le défi au vol :

— Ça marche, comptez sur moi ! m'engageai-je.

Pergal poussa un étonnant petit cri de joie et nous scellâmes notre accord par une poignée de main.

Au moment de repartir, il me raccompagna jusqu'à ma voiture. J'osai enfin lui poser la question qui me brûlait les lèvres depuis tout à l'heure :

— Avez-vous eu des nouvelles de Harry Quebert ?

— Harry Quebert ? Non. Pourquoi en aurais-je ?

— Je ne sais pas. Je demandais à tout hasard.

— Je vous enverrai une proposition de contrat par courrier. En attendant, puis-je annoncer la bonne nouvelle à l'interne du département de lettres ?

— Bien entendu.

Il était déjà tard, je n'avais pas le courage de rentrer à New York. Plutôt que de m'arrêter dans un motel glauque du bord de l'autoroute, je roulai jusqu'à Boston. Je pris une chambre au *Boston Plaza* où, pensant me faire plaisir, on me surclassa dans une suite immense où je me sentis perdu. Je restai un long moment dans l'obscurité, à contempler la Charles River et la ville de Cambridge qui se profilait à l'horizon.

Boston me fit évidemment penser à Emma Matthews. Je conservais dans cette ville les souvenirs de notre liaison qui, malgré la passion, n'avait duré que quelques mois. Comme aurait dit ma mère, Emma aurait pu être « la bonne ». Je l'avais rencontrée un peu plus d'un an avant le séisme de mon succès, tandis que j'écrivais le livre dont j'espérais qu'il me rendrait célèbre.

*

Mars 2005.
Université de Burrows, Massachusetts.

— Comment avance votre livre ? me demanda Harry en me servant une tasse de café dans son bureau.

— Je n'ai jamais autant écrit de ma vie.

— Vous avez déjà un titre ?

J'acquiesçai :

— *G comme Goldstein.*

— Ça sonne bien. Je suis curieux de vous lire.

— Bientôt, promis-je.

Ce jour-là, Harry me proposa de l'accompagner à une représentation théâtrale donnée dans l'auditorium : une adaptation moderne de *La Cerisaie* de Tchekhov. Je me retrouvai ainsi au premier rang d'un spectacle exécrable. Les acteurs étaient minables, la mise en scène catastrophique. L'entracte fut mon moment de répit. Je pris un verre au bar avec Harry, mais quand il fut temps de regagner la salle, je le laissai y retourner seul. Tous les spectateurs rejoignirent leur place et il ne resta bientôt dans le foyer que deux personnes : moi et cette fille aux yeux verts qui me regardait.

L'attraction fut irrésistible.

— C'est une très mauvaise pièce, me dit-elle.

— Tchekhov assassiné ! m'offusquai-je.

Elle éclata de rire et me tendit la main.

— Je m'appelle Emma.

— Marcus. Marcus Goldman.

Elle eut l'air surprise :

— C'est toi Marcus Goldman ?

— Est-ce qu'on se connaît ? demandai-je.

— Non. Mais le professeur Quebert nous a parlé de toi pendant son séminaire.

— Ah bon ?

Je crus un instant que Harry avait vanté mes mérites. Mais Emma de m'annoncer :

— Tu es monsieur Pipe.

J'étais mortifié. Sept ans plus tôt, alors étudiant en première année, je m'étais fait remarquer pendant le cours de Harry Quebert en me déclarant fervent partisan de la fellation. C'était en pleine affaire Lewinsky, le fameux scandale de la pipe au président Clinton. Mon coup d'éclat avait failli me coûter ma place à Burrows et me collait à la peau depuis. Emma, remarquant mon air dépité, se pencha alors à mon oreille et y murmura :

— Je n'ai pas dit que je n'aimais pas les pipes.

L'instant d'après, je lui offrais un verre. Emma était étudiante en dernière année de littérature. C'est à peu près tout ce que je retins de notre discussion, trop occupé que j'étais à admirer son visage, à regarder ses lèvres, à les imaginer contre les miennes. Elle interrompit ma rêverie en me demandant :

— Et toi, qu'en penses-tu?

Comme je ne voyais pas du tout à quoi elle faisait allusion, j'y allai au culot:

— Je suis de ton avis, répondis-je d'un air très sûr de moi.

— Enfin quelqu'un qui est d'accord avec moi! Le professeur Baxter donne un aperçu biaisé de la chronologie. Il faut tenir compte du contexte! C'est pourtant tellement évident, non?

— Tellement évident. La chronologie, c'est élémentaire!

— C'est comme le séminaire du professeur Quebert. Il est certes très intéressant. La semaine dernière, nous avons visité la maison d'Edith Wharton à Lennox. Grande romancière, je ne dis pas. Quelle œuvre magistrale! Mais une fois encore, on ne lit que des auteurs morts. Je regrette que le professeur Quebert ne fasse pas intervenir des écrivains, je veux dire en dehors de lui-même. Avoir l'occasion de leur parler, de les comprendre. J'aimerais tellement rencontrer un écrivain...

Je répondis du tac au tac:

— Ça tombe bien: je suis écrivain.

Emma écarquilla les yeux. Elle sourit. Et ce sourire la rendit encore plus belle.

— Tu es écrivain?

— Oui, je travaille à mon premier roman. Mon agent le trouve très prometteur.

Ce n'était qu'un demi-mensonge: j'avais envoyé les premiers chapitres de *G comme Goldstein* à un agent new-yorkais, Douglas Claren. Mais j'attendais encore son retour de lecture.

La mention de mon soi-disant agent fit son effet. Emma me regardait à présent avec une intensité qui n'avait rien de déplaisant.

— Je pourrai le lire? demanda-t-elle.

— Non.

— S'il te plaît...

— Je ne préfère pas...

— J'aimerais tellement, supplia-t-elle encore.

— On verra...

Elle sourit, triomphante.

— C'est fou, tu es le premier écrivain que je rencontre! Je trouve ça passionnant.

Elle se mit à me bombarder de questions: comment est-ce que j'écrivais? Comment me venaient les idées? Est-ce que je m'inspirais de ma propre vie ? Combien de temps fallait-il pour rédiger un feuillet et combien de feuillets par jour ? Les matins étaient-ils plus propices à la création que les soirs ?

À ce moment-là une amie d'Emma apparut de la salle.

— Emma, tu es là ? Qu'est-ce que tu fabriques ? Le spectacle a repris.

Emma soupira et se leva. Comme je restais assis au bar, elle me dit :

— Tu ne vas pas me laisser endurer seule cette horrible pièce de théâtre !

Je la suivis docilement. Il restait une place libre sur leur rangée. Nous nous assîmes côte à côte. Elle posa sa main sur la mienne. Au contact de sa peau, je tressaillis. La deuxième partie du spectacle était encore plus atroce que la première. Mais j'en tirai une contrepartie de taille : Emma finit par s'endormir et posa sa tête contre mon épaule.

*

En cette soirée de juin 2010, alors que je contemplais Boston, j'eus envie de retrouver Emma. Prendre de ses nouvelles. Savoir ce qu'elle était devenue. Internet m'aida à la localiser : elle tenait un magasin de décoration à Cambridge. Je m'y rendis le lendemain matin. Lorsqu'elle me vit passer la porte de sa boutique, elle resta interloquée :

— Marcus... ?

— Emma ! Je passais par là et je t'ai vue par la vitrine. C'est dingue, ça !

Elle me demanda ce que je faisais à Boston. Je répondis que j'étais venu rendre visite à des amis. Comme elle me proposa de boire un café, je simulai un emploi de temps chargé en consultant ma montre : « Oui avec plaisir, répondis-je finalement, j'ai un peu de temps. » Elle confia le magasin à son employée et nous nous installâmes dans un bistro voisin.

La dernière fois que j'avais vu Emma remontait au 30 août 2005, jour de notre séparation. Elle était désormais mariée et mère d'une petite fille.

— Tout ça en cinq ans ? dis-je.

— Toi, en cinq ans, tu es devenu une vedette.

— Je ne sais pas trop ce que je suis devenu.

Elle éclata de rire.

— Et ta boutique? demandai-je. À l'époque, tu venais de terminer tes études de littérature.

— J'ai été à l'université pour faire plaisir à mes parents. Comme tu le sais, j'ai toujours adoré la mode. Avoir ma propre boutique, c'était mon rêve.

— Tu ne m'en as jamais parlé.

— Je m'en suis rendu compte après qu'on s'est... bref, tu m'as inspirée.

— Moi?

— Oui, toi et ta manie de façonner ta vie en fonction de tes aspirations, de ne pas rentrer dans le rang. D'avoir envie de vivre plus vite et plus fort que les autres.

En regardant Emma, je repensais aux quelques mois qu'avait duré notre relation. Des mois heureux, passés pour l'essentiel à Boston.

*

Boston, Massachusetts.
Juin 2005.

Chaque fois que je retrouvais Emma, nous avions pour rituel d'aller nous prélasser au soleil sur les pelouses du Boston Common, le parc emblématique du centre-ville. Étendu à plat ventre, j'écrivais, utilisant un livre comme support. Elle lisait, la tête posée sur mon dos. Elle finissait immanquablement par rouler sur moi jusqu'à me faire lâcher prise et nous nous enlacions dans l'herbe moelleuse, nous embrassant, jeunes amoureux insouciants. Cela faisait trois mois que nous étions en couple.

Le soir de notre rencontre, après la pièce de théâtre, Emma m'avait proposé de boire un verre à Boston, où elle habitait, et qui n'était qu'à trente minutes de route de Burrows. J'avais évidemment accepté, et après avoir fait la tournée des bars, elle m'avait invité chez elle. Emma venait d'une famille très fortunée: elle résidait dans un appartement de Beacon Hill. Nous avions parlé, nous avions ri, nous avions bu de la tequila, nous avions terminé la nuit dans son lit sans dormir beaucoup.

Ma vie avait alors pris la forme d'un ballet à trois temps.

1. J'écrivais mon livre *G comme Goldstein* à Montclair, chez mes parents, dans ce qui était la chambre d'amis et qui avait été transformée par eux en bureau. 2. À chaque avancée significative, ou sinon tous les dix jours, j'envoyais mon texte par e-mail à Harry ainsi qu'à celui qui était désormais mon agent : Douglas Claren. 3. Mes pages envoyées, je sautais dans ma vieille Ford et je prenais la route en direction d'Aurora, pour aller discuter de mon travail avec Harry. Je m'arrêtais à Boston à l'aller et au retour pour retrouver Emma.

Ce jour de juin 2005, Emma et moi étions allongés dans l'herbe du parc. Soudain, reculant légèrement la tête, elle planta ses yeux dans les miens et passa ses doigts dans mes cheveux avec tendresse :

— Qu'est-ce qui te tracasse ? me demanda-t-elle.

— Rien...

— Je sens quand quelque chose te perturbe...

Elle me connaissait déjà bien.

— Roy Barnaski m'a téléphoné, dis-je.

Elle ouvrit grand les yeux :

— Roy Barnaski ? Le patron de Schmid & Hanson ?

— En personne.

— Et... ? Raconte ! Raconte !

— Il a lu les premiers chapitres de *G comme Goldstein*, envoyés par mon agent. Il a adoré. J'ai rendez-vous avec lui mardi prochain. À New York.

— Oh Marcus, c'est génial !

Elle se blottit contre moi avant de relever la tête, affichant un air circonspect :

— Quand lui as-tu parlé ?

— Avant-hier.

— Avant-hier ? Mais pourquoi ne m'as-tu rien dit ?

— Je ne sais pas... Sans doute par superstition. Il aura lu d'autres chapitres d'ici là, peut-être va-t-il changer d'avis et trouver mon livre nul.

— Tu as peur d'échouer ou de réussir, Marcus ?

— C'est une bonne question.

Elle prit mon visage entre ses mains.

— Tout va bien se passer, mon ange. Garde confiance.

Ce soir-là, comme tous les dimanches, Emma dînait chez ses parents. Et depuis peu, je l'accompagnais.

Michael et Linda Matthews, les parents d'Emma, habitaient Chelsea, la banlieue chic de Boston, dans une grande propriété au parc soigné, avec piscine, tennis, buissons sculptés, allées en gravier et petit chien qui pue. Le dimanche, ils organisaient des dîners de famille avec leurs trois filles, Emma, Donna et Anna, et leurs moitiés respectives. Donna, vingt-huit ans, devait se marier en septembre avec un informaticien d'un ennui mortel, qui s'appelait Theodor mais qui insistait pour que je l'appelle Teddy. Anna, qui avait trente et un ans, avait épousé un avocat du nom de Chad, talentueux et prometteur selon ses propres dires. Teddy et Chad, en bonnes pièces rapportées, bataillaient de briller devant leurs beaux-parents. Ils profitaient de ces repas pour s'affronter poliment en étalant leur réussite. Ma venue dans la famille constituait une aubaine: un soi-disant écrivain sans le sou, on n'aurait pu rêver meilleur faire-valoir.

Le duel des beaux-frères commençait dès l'arrivée chez les Matthews: chacun garait sa voiture devant la maison, Chad son cabriolet sport, Theodor son tout-terrain de luxe. Les carrosseries étaient étincelantes, les jantes lustrées. Puis Emma et moi débarquions à bord de ma vieille Ford un peu cabossée, poussiéreuse des kilomètres avalés sur l'autoroute. Teddy et Chad se donnaient alors des petits coups de coude complices, contents d'eux, s'agitant dans leurs chemises de premier de classe.

Je me souviens que ce dimanche soir de juin, Chad et Teddy avaient du mal à s'illustrer. Chad se vantait d'une nouvelle affaire qu'il venait de décrocher et qui *allait lui rapporter bonbon*, tandis que Teddy se félicitait d'*ouvertures incroyables dans un marché émergent et très juteux*. Et alors qu'ils surenchérissaient pour épater la galerie, papa Matthews, qui avait jusque-là hoché la tête d'un air convenu, se tourna vers moi:

— Et vous, Marcus, quoi de neuf?

— J'avance dans mon livre, répondis-je laconiquement.

J'omis volontairement de mentionner le rendez-vous avec Roy Barnaski. Emma, toujours prompte à me défendre, voulut en parler mais je lui pressai discrètement la main pour l'en dissuader.

— Est-ce que vous pensez à une option B? m'interrogea papa Matthews.

— *Une option B*? Que voulez-vous dire? demandai-je tout en sachant pertinemment où il voulait en venir.

— La plupart des écrivains ne vivent pas de leur plume. Ils sont enseignants, ou quelque chose du genre. Vous pourriez être prof au lycée, voire viser un peu plus haut, faire une thèse et devenir professeur à l'université. Un peu d'ambition, quoi.

Un silence gêné plana. Emma finit par voler à mon secours:

— Marcus est trop modeste pour vous le dire, mais il a rendez-vous avec Roy Barnaski mardi prochain.

Comme ce nom ne semblait rien évoquer à l'assemblée, elle précisa:

— Barnaski est l'un des éditeurs les plus puissants du pays. Il adore le livre de Marcus. S'il demande à le rencontrer, c'est pour lui faire une offre.

Papa Matthews prit alors un air condescendant:

— Sans vouloir vous vexer, Marcus, combien ça va vous rapporter? Des cacahuètes. C'est tout à votre honneur d'aspirer à être artiste, mais un livre ça prend un temps fou à écrire et ça ne rapporte rien! Vous êtes un jeune homme ambitieux. Je peux vous trouver un emploi dans l'administration d'un de mes groupes, avec un salaire honnête et des horaires convenables. Vous offrir la sécurité, quoi. Il faut penser au futur un peu. À la stabilité. Construire quelque chose, pour Emma et vous. Vous n'allez pas vous contenter d'être un scribouillard toute votre vie.

Emma se décomposa. Par égard pour elle, j'encaissai le coup sans broncher. Mais pour amuser la galerie, Chad jugea bon de surenchérir:

— C'est vrai, Marcus: tu ne vas quand même pas rouler dans ta vieille Ford toute ta vie?

*

Dans ce café de Boston, cinq ans après notre séparation, je me demandais quelle aurait été ma vie si Emma et moi étions restés ensemble. Serais-je venu m'installer à Boston? Serais-je aujourd'hui un jeune père de famille vivant le rêve américain dans un joli pavillon de banlieue? Tout cela me renvoyait à l'éternelle interrogation: aurais-je été apaisé aujourd'hui?

Emma m'arracha à mes pensées en me posant enfin la question qui devait la tarauder depuis que j'avais passé la porte de sa boutique :

— Qu'est-ce qui se passe, Marcus ? Qu'est-ce que tu fais ici ? Je me doute que ta venue n'est pas un hasard.

— Je me demandais ce qui n'a pas marché entre nous.

Elle manqua de s'étouffer.

— T'es sérieux, Marcus ? répondit-elle, amusée. C'est le genre de question que tu te poses encore aujourd'hui ?

— J'aimerais juste comprendre ce que j'ai fait de ma vie.

Elle me dit alors d'un ton à la fois triste et grave :

— Tu as eu du succès, Marcus. C'est le succès qui nous a séparés.

En quittant le café, nous fîmes quelques pas ensemble dans la rue. Nous arrivâmes à ma voiture, elle fit la moue devant ma Range Rover.

— J'aimais le Marcus en Ford, me dit-elle. Tu sais pourquoi ? Parce que ta vieille bagnole était le signe que malgré ton talent et tout le succès que je te pressentais, tu étais un être à part. Je t'ai quitté parce que ce livre prenait déjà trop de place. Tu allais devenir célèbre, je le savais. Tu avais tout pour réussir. Je t'ai quitté parce que je savais que tu allais m'échapper.

Je ne répondis rien. Elle remarqua la carrosserie enfoncée par l'applique en fer forgé de Gahalowood.

— Faut réparer ça, m'ordonna-t-elle d'un ton moqueur, ça fait mauvais genre.

— Ça ne partira pas. C'est une cicatrice.

J'ouvris la portière. Elle me demanda :

— Tu as un morceau de papier et de quoi écrire ?

Je lui donnai un bloc-notes et un stylo d'hôtel qui traînaient dans ma boîte à gants. Elle y griffonna quelques lignes.

— Voici mon adresse. La prochaine fois que tu auras envie de me voir, pas la peine d'inventer une histoire pour débarquer au magasin. Viens directement à la maison.

En quittant Cambridge, je me vis un instant dans la peau du Marcus en Ford, celui qu'elle avait aimé. Je serais devenu prof dans un lycée de Boston, selon le destin que me prêtait son père. Emma, heureuse dans sa boutique. Une vie de famille rangée. Une vie sans succès d'écrivain mais, justement, peut-être plus sereine.

Je pris la direction de New York City. Avant de décider de poursuivre sur l'autoroute 95 vers le sud et la Floride. La route jusqu'à Miami étant trop longue pour être parcourue d'une traite, je fis un arrêt pour la nuit à Richmond, en Virginie. J'arrivai le lendemain en fin d'après-midi chez mon oncle Saul. Il fut heureux de me voir débarquer à l'improviste.

Je profitai de mon séjour pour noter quelques souvenirs des Goldman-de-Baltimore. Oncle Saul était curieux de savoir ce sur quoi je travaillais. Je ne m'en ouvris pas, mais il dut comprendre que c'était en lien avec sa famille. Quelques jours plus tard, il m'apporta une photo qu'il venait de retrouver en mettant de l'ordre dans ses affaires. C'était un cliché qui datait de 1995. On m'y voyait, enfant, à Baltimore, entouré de mes cousins Woody et Hillel, ainsi que d'Alexandra, une femme qui avait beaucoup compté pour moi et dont j'avais pensé un temps qu'elle serait l'amour de ma vie, mais que j'avais perdue en même temps que mes cousins.

Après avoir contemplé la photo, je voulus la rendre à Oncle Saul. Mais il m'invita à la garder. Il ne sut jamais l'incidence que cette photo allait avoir par la suite dans ma vie.

Ce même jour, un appel que je n'attendais plus allait bousculer mon été. C'était Gahalowood. Il m'annonça d'une voix pleine d'un tonus retrouvé :

— Je ne suis qu'un pauvre type qui vous doit des excuses. Vous aviez raison, l'écrivain : depuis onze ans, un assassin est en liberté.

DEUXIÈME PARTIE

Des conséquences d'un meurtre

Je parcourus en voiture toute la côte Est en deux jours et demi pour remonter de la Floride jusque dans le New Hampshire. Soit 2400 kilomètres, vingt-six heures au volant, 12 États traversés, 7 pleins d'essence, 3 litres de café, 16 beignets, 4 paquets de M&Ms et 3 de chips au fromage.

CHAPITRE 9
Réconciliation

Concord, New Hampshire.
30 juin 2010.

Il était 17 heures lorsque j'arrivai chez les Gahalowood. Le sergent m'attendait sous son porche. C'était comme s'il n'avait pas bougé depuis notre dispute. Au moment où je descendis de voiture, les filles Gahalowood sortirent de la maison et se jetèrent dans mes bras. « Oncle Marcus, s'exclamèrent-elles en chœur, tu es revenu ! » Puis Lisa me demanda :

— Alors, ce problème sur ton film ? Tu as pu le régler ?

Je compris que leur père avait inventé un bobard pour justifier mon départ précipité.

— Tout est réglé, dis-je simplement.

Les filles retournèrent à l'intérieur. Gahalowood et moi nous nous assîmes sur les marches du porche. Il prit deux bières dans une glacière qui n'attendait que moi et les décapsula.

— L'écrivain… commença-t-il d'un ton embarrassé en me tendant une bouteille.

— Les explications ne sont pas nécessaires, sergent.

Il pointa du menton ma Range Rover.

— Désolé pour votre carrosserie.

— Ne vous excusez pas : je crois que je hais cette bagnole.

— Ah bon ?

— Longue histoire.

Après une gorgée de bière, Gahalowood me dit :

— Il y a environ onze ans, par un soir d'avril, j'étais assis sur ces mêmes marches avec mon coéquipier Vance. Je venais d'emménager ici, Lisa était sur le point de naître. C'était le jour de la mort d'Alaska Sanders. Vance m'a annoncé que ce serait sa dernière enquête. Il voulait raccrocher. Trois jours plus tard, je le retrouvais mort dans une salle d'interrogatoire. Que s'est-il vraiment passé ?

La question du sergent n'appelait pas de réponse. Du moins pas encore. Mais c'était sa façon de me signifier qu'il était prêt à ouvrir la porte du passé.

— Qu'est-ce qui vous a finalement persuadé que les évènements du 6 avril 1999 ne se sont peut-être pas déroulés comme vous l'avez cru durant toutes ces années ? demandai-je.

— C'est vous qui m'avez convaincu, l'écrivain. Vous et votre foutue abnégation. Votre insupportable sens de la justice. Votre spectaculaire obstination de casse-pieds. J'ai fini par reprendre le dossier.

— Et... ?

— J'ai relevé quelque chose que personne n'avait vu à l'époque. Venez.

Il m'entraîna à l'intérieur et m'installa dans la cuisine. Il étala sur la table des photocopies du dossier de police.

— C'est légal de copier un dossier d'enquête ? l'interrogeai-je.

— Non, bougonna Gahalowood. Vous allez me dénoncer à l'inspection générale des services ?

— Je voulais juste évaluer votre état d'esprit, sergent, répondis-je avec un sourire amusé.

— Déterminé, m'assura Gahalowood.

— Bon sang, là je vous retrouve enfin, sergent ! *L'Affaire Alaska Sanders*, la nouvelle enquête de Perry Gahalowood et Marcus Goldman !

— Vous n'allez pas en faire un livre, l'écrivain ?

— Je ne fais plus de promesse, sergent.

Gahalowood passa d'abord en revue les éléments de l'enquête : les conclusions des experts confirmaient en tout point le récit de Kazinsky. Le nombre de balles dans le chargeur de l'arme de Matt Vance, les trois douilles retrouvées dans la pièce, le tir dans la glace sans tain, les traces de poudre sur la main de Walter Carrey. Des particules de poudre avaient également été retrouvées sur les mains de Matt Vance, mais elles étaient corroborées par l'empoignade survenue entre les deux hommes et qui avait conduit à un premier tir.

— Donc rien d'anormal? demandai-je à Gahalowood, le coupant dans ses explications.

— Ne m'interrompez pas, l'écrivain. C'est là que ça devient intéressant.

Il me résuma la déclaration dans laquelle Kazinsky expliquait que Vance, en apportant de l'eau à Walter Carrey, avait oublié de se désarmer.

— Regardez, l'écrivain, me dit Gahalowood en me collant sous les yeux des photos prises ce soir funeste. Vous voyez ce que je vois? Ou plutôt ce que je ne vois pas...

Je regardai attentivement les différents clichés. On y voyait, sous différents angles, la même scène. Étendus sur le sol, dans une mare de sang, les deux cadavres, chacun la tête explosée. Même sans les visages, il était facile d'identifier qui était qui: Vance portait à la ceinture un badge de policier et un holster vide. Walter Carrey, lui, tenait dans la main l'arme de Vance. Je ne décelai rien qui m'alertât particulièrement et je finis par donner ma langue au chat. Gahalowood esquissa alors un sourire de contentement et me dit:

— Il n'y a pas d'eau, l'écrivain. Pas de bouteille, ni de gobelet. Rien. Or, c'est une scène de crime: personne n'a encore touché à quoi que ce soit lorsque la police scientifique prend ces photos. Il devrait forcément y avoir, quelque part dans la salle, le gobelet ou la bouteille que Vance a apporté à Walter Carrey.

— Ce qui signifie...

— Que Kazinsky a probablement menti.

Je n'étais pas complètement convaincu par le bien-fondé de cette observation.

— C'est un peu léger comme élément de preuve, non?

— Vous avez raison, l'écrivain, c'est un peu léger. Mais c'est ce qui m'a mis la puce à l'oreille. Maintenant, regardez encore ces photos.

Je me replongeai dans les clichés.

— Regardez bien les deux cadavres, me donna pour consigne Gahalowood. Qu'est-ce que cela vous évoque?

— Du dégoût.

— Regardez mieux !

— Ça suffit, les devinettes ! m'agaçai-je. Dites-moi ce que je dois voir.

— Walter Carrey s'est tiré une balle dans la tempe gauche.

— Oui, et il tient son arme dans la main gauche. C'est parfaitement logique, fis-je remarquer.

— Sauf que Walter Carrey était droitier, me dit Gahalowood. J'ai vérifié. Il était droitier et ce détail nous a complètement échappé. Pour le reste, comme le témoignage de Kazinsky était corroboré par tous les relevés de la police scientifique, il n'y avait aucune raison de mettre en doute le déroulé des évènements. Je me suis alors souvenu d'une confidence que Vance m'avait faite, le soir où on a retrouvé le corps d'Alaska. Il voulait clore sa carrière en résolvant cette enquête. Il avait fait un parallèle avec un crime non élucidé qui l'avait marqué lorsqu'il était détective au sein de la police de Bangor, dans le Maine : le meurtre d'une fille de dix-sept ans nommée Gaby Robinson. Figurez-vous que je suis allé à Bangor, j'ai retrouvé l'un de ses anciens collègues. Il m'a raconté que le meurtre non résolu de Gaby Robinson avait marqué Vance à jamais. L'enquête avait été arrêtée faute d'éléments, mais Vance avait continué en sous-marin. Il avait fini par arrêter un type à qui il avait introduit son flingue dans la bouche pour le faire avouer. Il lui avait dit : « Je vais enfin pouvoir regarder les parents de Gaby dans les yeux et leur dire que justice a été rendue. » Le type en question n'y était pour rien. Les supérieurs de Vance avaient eu vent de cet incident et s'étaient débarrassés de lui discrètement. On n'aime pas trop faire du bruit dans la police. C'est comme ça que Vance s'était retrouvé dans le New Hampshire.

J'étais sidéré :

— Mais alors, dis-je, si Walter Carrey ne s'est pas tiré une balle dans la tête, cela veut dire…

— Qu'il a été exécuté.

Une seule personne pouvait éclairer notre lanterne : Nicholas Kazinsky. Il avait forcément menti. Perry et moi allâmes le trouver le lendemain dans sa maison du 10 Norris Street à Barrington. Lorsqu'il ouvrit la porte, assis sur son fauteuil roulant, et qu'il vit Perry devant lui, il admit simplement :

— Ça fait longtemps que je t'attendais.

*

Kazinsky insista pour nous faire du thé. Ce fut un cérémonial étrange. Sans échanger un mot, tous les trois dans la cuisine, nous regardions la bouilloire qui chauffait. Son sifflement fut une délivrance. Il nous installa ensuite dans le salon et nous servit dans des tasses en porcelaine. Puis il nous dit d'un ton horrifié : « J'ai oublié les biscuits ! Ma femme fait de délicieux biscuits. » Il roula jusqu'à la cuisine et revint avec une boîte en fer. Puis il lâcha à Perry de but en blanc :

— Tu as donc reçu ma lettre…

— Qu'est-ce que c'est que ce bordel, Nicholas ?

— Je n'en peux plus, Perry. Regarde-moi, je suis un putain de handicapé. Je passe mes journées dans cette baraque, coincé comme un rat. Je ne me supporte plus. Ça fait des années que j'y pense.

— Que tu penses à quoi ?

— À me flinguer.

Nicholas nous raconta que début 2000, moins d'une année après le drame dans la salle d'interrogatoire, il avait quitté la police pour rejoindre l'entreprise de sécurité de son beau-frère.

— C'était le prétexte que j'attendais pour quitter la police. Tu te doutes bien que vendre des systèmes d'alarme n'était pas ma vocation. Mais mon beau-frère prétendait qu'y avait pas mieux qu'un flic pour fourguer une alarme à des gens. C'est vrai. Je leur disais : « Avec un truc pareil, vous pouvez dormir sur vos deux oreilles. » On en a refourgué une tonne et on s'est fait pas mal d'argent. Ça a duré deux ans, jusqu'à mon accident.

— Que s'est-il passé ? demanda Gahalowood pour encourager Kazinsky à poursuivre car il était évident que cette digression sur sa propre vie n'était qu'un tour de chauffe avant de se confier.

— Le 30 janvier 2002, vers 6 heures du matin, je suis parti courir. Il faisait encore nuit noire, il pleuvait des cordes. Un temps pourri. L'ironie dans tout ça, c'est que j'ai toujours détesté la course à pied. Mais mon imbécile de beau-frère nous avait inscrits à un semi-marathon. Je n'avais aucune envie d'y participer mais je me sentais obligé. Et puis j'avais surtout ma femme sur le dos qui me disait qu'un peu d'exercice ne me ferait pas de mal. Donc je m'entraînais pour cette course de merde, raison pour laquelle ce matin-là, comme tous les matins depuis quelques semaines, je suis allé faire le tour du quartier.

C'était le jour des poubelles, et pour éviter les containers que tous ces connards de voisins avaient fourrés sur les trottoirs pour le ramassage, je courais sur la chaussée. Comme je vous l'ai dit, il faisait encore nuit : une voiture ne m'a pas vu et m'a percuté de plein fouet. Après ça, c'est le trou noir. Je me suis réveillé dans une ambulance, je ne sentais plus mes jambes. Je ne les ai plus jamais senties. Plus jamais bandé, ni pu me retenir de pisser. Comme un foutu cul-de-jatte. Vous savez, je ne crois pas en Dieu, mais je me demande quand même si ce n'est pas lui qui m'a puni.

Il se tut. Gahalowood demanda :

— Puni de quoi ?

Kazinsky haussa les épaules.

— De ce que j'ai fait... Ça m'a travaillé pendant toutes ces années, Perry. Si j'avais eu un peu de courage, je t'aurais contacté plus tôt.

— Qu'est-ce qui t'a finalement poussé à le faire ?

Kazinsky m'adressa un regard qui me fit tressaillir :

— Votre livre, *La Vérité sur l'Affaire Harry Quebert*. C'est ma femme qui l'a acheté. Elle était plongée dedans, ça m'a donné envie de le lire. Et aussi parce que je savais que t'étais dedans, Perry. Tu sais, en lisant ce bouquin, j'ai eu l'impression de te retrouver. Comme si tu étais de nouveau avec moi. J'ai trouvé beau cette détermination que tu as mise pour découvrir qui avait tué la petite Nola Kellergan. Je n'ai évidemment pas pu m'empêcher de penser à Alaska Sanders. Après la mort de Vance, tu n'as plus été le même, Perry. Tu t'es muré dans la solitude. Tu as exigé de ne plus avoir de coéquipier. Je te voyais partir seul après le briefing du matin, mener tes enquêtes tout seul, rouler tout seul dans ta bagnole, déjeuner tout seul. J'ai retrouvé toute ta solitude dans ce bouquin, *Harry Quebert*. Et ça m'a troué le cœur. Tu t'es renfermé sur toi-même parce que, depuis toutes ces années, tu te sens coupable d'un truc dont tu n'as jamais été responsable. (Il se tourna vers moi.) Vous savez ce que j'ai aimé dans *Harry Quebert* ? L'idée que la rédemption n'arrive jamais trop tard. J'ai eu envie de te libérer de ce poids, Perry. Alors je t'ai écrit. D'abord, c'était un courrier où je te racontais tout. Mais j'ai fini par le brûler. Pas les couilles, quoi ! Alors j'ai composé ce message, avec des lettres découpées dans le journal. Je voulais que tu puisses dénouer tout ça sans que j'y sois mêlé. Une vie de lâcheté, ça fait du bien de l'avouer. Pour ce message, je m'y suis pris à plusieurs fois, il fallait que ce soit court et clair, je n'allais pas faire une tartine. Quand ce fut fait, j'ai donné cent dollars à la femme de ménage pour qu'elle dépose l'enveloppe chez toi. Mais voilà qu'Helen a débarqué un soir. Je sais pas comment elle est remontée jusqu'à moi. Je me demande si la femme de ménage n'a pas cafté. Ou alors elle est tellement conne qu'elle a sonné à votre porte, ta femme a ouvert, et elle lui a dit : « Voilà une lettre de Nicholas Kazinsky. »

— Un bout de ton adresse figurait au dos d'un des morceaux du journal que tu as utilisé, lui indiqua Gahalowood.

Kazinsky se frappa le front :

— Qu'est-ce que j'suis con, quand même ! C'est donc comme ça que ta femme m'a retrouvé… Elle a débarqué ici, furax. C'est ma femme qui lui a ouvert. Moi, j'étais dans le salon. J'ai entendu Helen qui gueulait : « Est-ce que Nicholas est là ? Je suis la femme de Perry Gahalowood, votre mari lui a envoyé une lettre anonyme. » Ma femme l'a prise pour une folle, moi je me suis bien gardé de me montrer. Elles ont eu une altercation sur le pas de la porte et finalement Helen est partie. Après ça, moi j'ai fait l'idiot avec ma femme, évidemment. J'ai dit que je comprenais rien à cette histoire. Bref, Perry, tu m'excuseras auprès d'Helen, s'il te plaît.

— Helen est morte, dit Gahalowood.

— Quoi ? Quand ça ?

— Le soir de sa venue ici. Elle a fait une crise cardiaque sur le chemin du retour.

Kazinsky eut l'air très affecté par cette nouvelle :

— Merde, vieux, je suis vraiment désolé.

Gahalowood s'empressa de changer de sujet :

— Nicholas, que s'est-il passé le 6 avril 1999 ?

— Je ne témoignerai pas officiellement, prévint d'emblée Kazinsky. Pas d'enregistrement, rien.

— Marché conclu. Parle, maintenant. Je sais que Walter Carrey n'a pas pu se tirer une balle dans la tête. Alors, nom de Dieu, que s'est-il passé ce soir-là ?

Kazinsky prit son temps. Il but une gorgée de thé et croqua délicatement dans un biscuit. Puis il fit rouler son fauteuil jusqu'à la fenêtre. Il fixa la rue, probablement pour ne pas affronter nos regards. Et il se mit à parler.

*

6 avril 1999

Il était 20 heures 40.

Kazinsky et Vance étaient seuls dans les locaux de la brigade criminelle. Gahalowood venait de quitter le quartier général pour rejoindre Helen qui était sur le point d'accoucher. Les deux policiers se trouvaient dans la pièce d'observation et fixaient, par la vitre sans tain, Walter Carrey qui patientait dans la salle d'interrogatoire.

— J'espère que cet avocat ne va pas mettre des plombes à arriver, rouspéta Kazinsky.

— Ne t'inquiète pas, il n'y a pas d'avocat, lui annonça alors Vance.

— Quoi ? Comment ça, *pas d'avocat* ? Tu nous as dit qu'il était en route…

— Je n'ai pas contacté la permanence. Pas besoin d'avoir un cul-terreux dans les pattes pendant mon interrogatoire. Il est temps que cette merde de Carrey se mette à table.

— Qu'est-ce que tu comptes faire ?

— Je vais profiter de ce qu'on soit seuls ici pour faire parler notre petit copain. L'étage est désert, il n'y aura personne pour l'entendre crier. Tu sais, j'aime beaucoup Perry, mais il est trop procédurier à mon goût. Il faut parfois savoir employer les grands moyens.

— Quels grands moyens ? demanda Kazinsky, blême.

Pour toute réponse, Vance tapota sur la crosse du revolver qu'il portait à la ceinture. Kazinsky, paniqué, balbutia :

— Attends, tu vas faire quoi ? Tu vas quand même pas le menacer avec une arme ?

— Quoi ? T'as les chocottes ? Tu vas me balancer ?

Kazinsky, qui était lâche, ne voulait pas avoir de problème avec personne.

— Je ne suis pas contre, mais j'veux pas d'emmerdes.

— T'en fais pas, tu seras pas impliqué. Et t'auras droit aux lauriers avec Perry. Reste tranquillement ici à admirer le spectacle. Et tant que tu y es, garde-moi ça, s'il te plaît.

Vance s'empara de son revolver semi-automatique et en retira le chargeur qu'il confia à Kazinsky. Il rengaina ensuite son arme et, voyant le regard effrayé de son collègue, il lui dit :

— T'inquiète pas, je vais juste lui foutre la trouille de sa vie.

— Et s'il t'accuse de l'avoir fait avouer sous la menace ?

— Tu diras que c'est faux. C'est tout ce que tu auras à faire.

— Je n'aime pas ça, Vance.

— Si t'aimes pas ça, faut pas être à la crim', mon grand. Observe et apprends.

Vance quitta la pièce. Par la vitre sans tain, Kazinsky le vit entrer dans la salle d'interrogatoire.

— Vous pourriez m'enlever mes menottes ? demanda Walter Carrey. J'ai mal aux poignets.

— Non.

Walter fut surpris de la dureté de ton du policier.

— Avez-vous prévenu un avocat ?

— Non, répondit Vance en fixant le jeune homme d'un air mauvais.

— Comment ça, *non* ? s'indigna Walter. J'ai droit à un avocat ! Vous êtes dans l'illégalité !

Vance resta calme et silencieux. Il fixait toujours Walter, qui commençait à avoir peur. Vance approcha alors lentement jusqu'à lui puis, d'un geste vif, l'empoigna et le plaqua contre le mur. Tout en maintenant sa prise, il dégaina son arme et l'enfonça contre ses parties génitales. Vance se mit à crier :

— Voilà ce à quoi tu as droit : mon flingue !

— Arrêtez ! hurla Walter. Vous êtes complètement cinglé !

— Avoue ! Avoue et ce sera terminé !

— Mais avouer quoi ? implora Walter, terrifié.

— Avoue que tu as tué Alaska Sanders, pauvre merde !

— Mais je n'ai tué personne, putain ! Combien de fois faudra-t-il que je vous le dise ? J'étais au *National Anthem* jusqu'à la fermeture...

— Ne te fous pas de ma gueule ! Personne ne peut le confirmer ! Je sais que t'étais dans la forêt ! On a les preuves : ta bagnole, ton ADN... t'es foutu, Walter, tu ferais bien de te mettre à table !

Walter, désespéré, se mit à pleurer. Ne sachant plus comment s'en sortir, il s'essaya à la menace :

— Je dirai tout à mon avocat, vous serez viré ! Vous n'avez pas le droit de me traiter ainsi !

— Ah bon? Pas le droit? Parce que tu avais le droit de buter Alaska, toi? Crois-moi, mon gars, si tu me dénonces, tu vas t'en mordre les doigts. Avec ou sans aveux, tu seras condamné et tu vas avoir besoin d'un ami comme moi en prison : je m'arrangerai pour que tu croupisses à l'isolement plutôt que de te retrouver dans une cellule à six à te faire défoncer le cul à longueur de journée. Tu seras sous ma protection.

À ces mots Vance appuya l'arme contre la tempe de Walter. Ce dernier eut un cri d'épouvante et éclata en sanglots. Vance sentit qu'il allait y arriver.

— Avoue! Avoue maintenant! Bientôt, je ne pourrai plus rien pour toi.

— Je… je…

— Avoue le meurtre! répéta Vance comme possédé. Avoue et tout s'arrête!

Kazinsky assistait à la scène, pétrifié. Depuis la salle d'observation, il voyait Walter qui pleurait comme un môme.

— Je veux mes parents, supplia-t-il.

— Personne ne pourra te sauver, répondit Vance en maintenant le canon de l'arme contre la tête de Walter. Pas après ce que tu as fait. Il faut que tout s'arrête.

— Oui, il faut que ça s'arrête! implora Walter en larmes.

— Alors dis-moi que tu l'as tuée. Et tout s'arrête.

Walter semblait hésitant. Vance lui ouvrit la bouche et lui enfonça le canon dedans. Walter, tétanisé, poussa un cri étouffé.

— Tu essaies de me dire quelque chose? fit Vance d'un ton cynique.

Il retira le canon et Walter s'écria :

— Oui, d'accord. D'accord! Je l'ai tuée! Voilà, vous êtes content?

Kazinsky vit un sourire victorieux se dessiner sur le visage de Vance. Ce dernier se tourna vers la glace sans tain pour s'adresser à son collègue :

— Kazinsky, viens! Viens et enregistre!

Kazinsky, derrière la vitre, resta figé : Vance lui avait dit qu'il ne serait pas mêlé à tout ça. Pourquoi le faisait-il entrer en scène? Et pourquoi donner son nom? Ne voyant pas son collègue arriver, Vance s'impatienta. Il ne voulait pas relâcher son étreinte et il avait besoin d'enclencher la caméra fixée sur un trépied à côté de la table. La voix de Kazinsky résonna alors dans la salle d'interrogatoire :

— Tu vas trop loin, Vance, dit-il dans l'interphone.

— Ta gueule, Kazinsky ! Ramène-toi immédiatement ici et enclenche la putain de caméra !

— Non, Vance, ça va trop loin !

Vance lâcha un juron. Du canon de son arme, il garda Walter Carrey en respect, recula jusqu'à la caméra et l'enclencha, prenant soin de rester hors du cadre. Il dit d'une voix parfaitement calme et posée :

— Walter, je précise avant tout que tu as accepté que cette conversation soit enregistrée. Est-ce que tu peux me répéter ce que tu viens de me dire ?

Walter Carrey éclata en sanglots :

— Je l'ai tuée. J'ai tué Alaska. (Pause.) *On* a tué Alaska. J'étais pas seul. Eric Donovan était avec moi.

Vance resta stupéfait de cette révélation. Il répéta, comme pour être sûr d'avoir bien entendu :

— Eric Donovan a participé au meurtre ?

— Oui, je ne tomberai pas tout seul. C'est Eric et moi qui l'avons tuée. Le pull que vous avez retrouvé… c'est le sien. Les initiales *M U*, c'est pour Monarch University, l'université où il a suivi ses études. Vérifiez, vous verrez que je dis vrai…

Après avoir prononcé ces mots, Walter fondit en larmes.

— Tu vois, ça fait du bien de se libérer, le consola Vance avant d'éteindre la caméra.

Walter resta debout contre le mur, terrorisé. Vance s'approcha et lui dit d'un air satisfait :

— Tu fais moins le malin quand t'as un flingue sur la tempe, hein ? T'as cru que t'allais crever, hein ? Maintenant tu sais ce qu'Alaska a ressenti cette nuit-là, quand tu l'as étranglée… Enfin, non, tu ne sais pas complètement…

Vance attrapa à nouveau le jeune homme et lui plaça le canon contre la tempe.

— Arrêtez, putain ! hurla Walter, terrorisé. J'ai fait tout ce que vous vouliez !

— C'était du bluff, lui murmura Vance, triomphant. J'ai même pas de chargeur dans mon flingue, pauvre con ! Si t'avais regardé attentivement au lieu de fermer les yeux comme une lavette, tu aurais vu. Tu bosses dans un magasin de chasse, tu devrais t'y connaître en armes…

Pour effrayer une dernière fois sa victime, Vance, considérant son arme inoffensive, appuya sur la gâchette. Mais au lieu du clic métallique auquel il s'attendait, une détonation lui explosa aux oreilles.

Il s'écoula quelques instants d'hébétude. Kazinsky se précipita dans la salle d'interrogatoire et découvrit Vance sidéré, maculé de sang et de cervelle. Walter Carrey gisait par terre, la tête explosée.

— Putain, Vance, qu'est-ce que tu as fait? se mit à crier Kazinsky, hystérique.

— Y avait pas de chargeur, nom de Dieu! murmura Vance, incrédule et sous le choc. Y avait pas de chargeur, tu le sais bien puisque je te l'ai donné.

— Il restait une balle dans le canon! Pourquoi t'as pas fait un déchargement complet de ton putain de flingue?

— Mais j'en sais rien! hurla soudain Vance, comme s'il reprenait ses esprits. Pourquoi tu m'as pas dit de le faire?

— Parce que tu crois que j'imaginais que t'allais faire un simulacre d'exécution pour obtenir des aveux?

Les deux policiers se dévisagèrent, épouvantés, contemplant le cadavre de Walter.

— Nom de Dieu! Nom de Dieu! vociféra Vance. On a tué ce mec!

— *Tu* as tué ce mec, précisa Kazinsky qui comptait bien laisser son collègue assumer seul son coup de folie.

— Si je coule, tu coules, lui dit Vance. C'est pas le moment de pleurnicher, il faut agir.

— Agir? Mais qu'est-ce que tu veux faire? Comment veux-tu te débarrasser discrètement d'un cadavre ici?

— On ne va pas s'en débarrasser: on va dire que Walter a pris mon flingue et qu'il s'est suicidé.

— On est en tort quand même! gémit Kazinsky. Le règlement impose de ne pas porter d'arme en salle d'interrogatoire.

— Crois-moi, un blâme de la hiérarchie vaut mieux qu'un procès pour meurtre! On racontera que Carrey a simulé un malaise, on s'est précipités pour l'aider, et il a pris mon flingue.

— Personne ne va nous croire!

Soudain, Vance songea aux aveux qu'il venait d'obtenir.

— Les aveux vont nous sauver! s'écria-t-il. Carrey est coupable, on peut le prouver avec l'enregistrement! Un meurtrier, sur l'échelle de la vie, ça vaut pas grand-chose. Maintenant, il faut agir vite : quelqu'un a peut-être entendu le coup de feu et va rappliquer dare-dare. Rends-moi mon chargeur et enlève-lui les menottes.

Kazinsky rendit à Vance le magasin de son revolver. Puis se pencha avec dégoût sur le cadavre. Il lui défit les menottes et lui libéra les mains.

— Qu'est-ce que j'en fais ? demanda-t-il, comme un enfant perdu, en agitant les menottes tachées de sang.

— Cache-moi ça, bordel ! ordonna Vance qui s'était complètement ressaisi. Fous-les dans ta poche pour le moment, t'iras les nettoyer aux chiottes après. Faut d'abord réparer cette connerie.

— *Ta* connerie, Vance, merde ! C'est toi qui as eu cette idée !

Vance rechargea son arme et la déposa dans la main gauche de Walter, en cohérence avec l'explosion béante sur sa tempe gauche. Il replia ensuite les doigts du mort sur la crosse, en prenant soin d'enfiler l'index dans la gâchette. Sa mise en scène terminée, Vance lâcha un juron :

— Merde !

— Quoi maintenant ? gémit Kazinsky.

— Si on raconte que Carrey s'est flingué, la police scientifique va forcément s'en mêler. Le légiste va pratiquer une autopsie sur le cadavre et faire ses analyses habituelles. Et comme c'est un fouille-merde, il va remarquer que le soi-disant suicidé n'a pas de trace de poudre sur les doigts. Et conclure qu'il n'avait pas l'arme en main au moment du tir. Putain, on est foutus !

Vance, ce policier d'action et batailleur, d'ordinaire si solide, était en train de craquer. Kazinsky comprit à ce moment-là que Vance ne les sortirait pas de ce pétrin. Il devrait se débrouiller seul. Le désespoir l'envahit : il avait toujours compté sur les autres pour ne pas devoir prendre de décision. L'autre soir encore, il avait bouffé avec sa femme dans ce restaurant indien de Lincoln Boulevard et c'était sa femme qui avait choisi à sa place. « Vas-y, ma biche, commandes-y toi pour nous deux. » Oh sa petite femme, sa biche comme il l'appelait, il pensait à elle maintenant. Il voulait la retrouver. Se blottir contre elle. En fait, il ne voulait plus être policier. Voilà, c'était décidé : s'il se sortait de ce merdier, il quitterait la police. Trop de stress. Et puis il n'aimait pas les responsabilités inhérentes au métier.

Il n'aimait pas assumer les rapports, ni diriger des interrogatoires. Il aimait faire équipe avec Johnson, un gros trouillard comme lui. Ils faisaient des longues pauses déjeuner et ils appelaient systématiquement des renforts si ça chauffait un peu. Pourquoi est-ce qu'il avait accepté la proposition de ce connard de Lansdane de rejoindre Gahalowood et Vance pour enquêter sur ce meurtre ? Pourquoi n'était-il pas resté avec Johnson, à rien ficher de la journée, à regarder ses chaussures lorsqu'il y avait un appel aux volontaires ? La police, c'était terminé ! Son beau-frère lui cassait les pieds pour le rejoindre dans son entreprise de matériel de sécurité, ainsi soit-il ! Vendre des alarmes à des pétochards, c'était un boulot pour lui. Oui, une petite vie bien pépère, avec sa femme qui lui choisirait ses vêtements le matin et qui déciderait pour lui ce qu'il mangerait au restaurant le soir.

— Kazinsky, putain, tu roupilles ?

La voix de Vance ramena Kazinsky à la réalité. Il rassembla ses esprits. C'était le moment pour lui de prendre son destin en main et de trouver une idée pour se sortir de là.

— Je sais ! hurla soudain Kazinsky frappé d'une illumination. On va le faire tirer ! On va le faire tirer avec ton flingue et il aura de la poudre sur ses mains.

— Il faudra expliquer l'impact de balle, rétorqua Vance. Pourquoi est-ce qu'il aurait tiré ?

— On change le scénario, suggéra Kazinsky. Voilà la nouvelle version : Walter avoue son crime, tu éteins la caméra, et il feint un malaise. Tu t'approches de lui, et là il se saisit de ton flingue. Toi, tu lui attrapes les mains, vous vous battez et un coup de feu part, sans conséquence. Puis Walter te repousse et se suicide.

— Pourquoi il se suicide ? demanda Vance.

— À cause des remords. Classique.

Vance se décomposa :

— Personne n'y croira ! Et quand il fait son malaise, pourquoi tu viendrais pas toi aussi dans la salle d'interrogatoire ? C'est bizarre que je sois seul, non ?

— Je peux y être aussi, mais l'histoire a plus de sens si tu es seul dans la salle, pour la bagarre, quoi. Si on est deux, on doit pouvoir le neutraliser sans trop de difficulté. Allez, il faut qu'on se magne là, c'est un miracle que personne n'ait encore rappliqué.

Kazinsky prit la main armée de Walter. Il visa le plafond et appuya le doigt de Walter sur la gâchette. Un coup de feu retentit. Le geste avait été maladroit et la balle vint se loger dans la glace sans tain qui se brisa dans un fracas épouvantable.

— Oh merde ! lâcha Kazinsky.

— Putain ! hurla Vance. Là on est vraiment dans la merde !

— T'inquiète pas, ça change rien, dit Kazinsky qui n'en revenait pas de devoir rassurer Vance. Au contraire, ça donnera encore plus de crédit à notre histoire. Allez, maintenant va appeler des renforts.

Kazinsky se pencha sur le cadavre pour le remettre dans une position plausible. Il sentit soudain une main se glisser sous sa veste. Il n'eut pas le temps de réagir : Vance venait de lui prendre son arme et la tenait à présent contre sa propre tempe, prêt à se suicider.

— Arrête, Vance ! hurla Kazinsky, épouvanté. Qu'est-ce que tu fous ?

— On est foutus, Kazinsky ! Ouvre les yeux, bordel !

— Pose ce flingue ! On va s'en tirer, je te dis.

— On est foutus ! Ton histoire ne colle pas ! Pourquoi est-ce que je serais couvert de sang et de cervelle ? Quand le mec me tire dessus, je devrais me mettre à couvert ! Si j'étais assez loin de lui pour éviter son tir, comment ai-je pu me ramasser toute sa cervelle dans la tronche ?

— On dira que tu as voulu lui porter secours. Rends-moi mon flingue, s'il te plaît !

— Non, non, personne ne va croire à ça !

— Pose ce flingue ! Je te dis qu'on va s'en sortir !

— Et moi, je te dis qu'on est foutus ! hurla Vance en appuyant davantage le canon contre sa tempe. On va finir en taule pour le reste de nos jours ! Tu sais ce qu'ils font aux flics en taule ?

À ces mots Vance ferma les yeux et appuya sur la détente.

Une détonation retentit.

*

— Je suis resté ahuri, à fixer sa tête explosée, nous raconta Kazinsky, à la fenêtre de son salon, onze ans après les faits. Soudain, il m'a semblé qu'il bougeait encore. Je sais pas si j'ai halluciné ou si c'était un mouvement réflexe, mais je me suis jeté sur lui, comme si je pouvais encore faire quelque chose. J'avais mon visage à quelques centimètres du sien – enfin ce qu'il en restait – et j'ai fini par gerber. Je suis resté totalement anesthésié quelques instants, et puis j'ai été pris d'une espèce d'instinct de survie : maintenant crevé, Vance était à l'abri des emmerdes. J'allais pas plonger pour ce connard. J'ai arraché mon flingue de sa main, j'ai essuyé la cervelle qui le souillait, puis je l'ai remis à ma ceinture. J'ai gardé les menottes dans ma poche et je suis allé appeler des secours. À ce moment, nouvelle attaque de panique : le nombre de balles restant dans le magasin de l'arme de Vance ne correspondait pas aux coups tirés. Il fallait retirer une balle. Je me suis précipité dans la salle d'interrogatoire. J'ai retiré le chargeur de l'arme que tenait Walter Carrey. J'ai enlevé une balle, puis j'ai remis le chargeur dans la crosse. Juste à temps, avant que les collègues arrivent. J'ai ensuite inventé une histoire pour expliquer ce merdier. Et tout le monde y a cru. On ne doute jamais de la parole d'un flic. Si on m'avait fouillé ce soir-là, on aurait découvert dans ma poche les menottes et la balle que j'avais retirée du chargeur.

— Pourquoi n'avoir pas dit la vérité ? demandai-je.

Kazinsky, qui était resté collé à sa fenêtre pendant tout son récit, finit par daigner tourner son fauteuil et soutint mon regard :

— J'aurais morflé de toute façon ! On m'aurait reproché d'avoir laissé faire Vance, de ne pas être intervenu, de ne pas avoir immédiatement appelé des renforts pour faire cesser son coup de folie.

— T'as préféré mentir, lui asséna Gahalowood.

— Eh oui, je ne suis qu'un lâche, Perry. Tout le monde ne peut pas être comme toi. Chacun survit comme il peut dans ce monde de merde.

Il y eut un long silence. Puis Kazinsky murmura :

— Laissez-moi, s'il vous plaît. Partez avant que ma femme ne rentre, je ne veux pas qu'elle te trouve ici, Perry.

Gahalowood se leva, sans un mot. Je l'imitai. En quittant le 10 Norris Street, je lui demandai :

— Ça va, sergent ?

— Je n'en sais rien.

Le lendemain matin de notre visite à Kazinsky, nous allâmes trouver le chef Lansdane. Gahalowood avait préféré ne pas lui préciser le motif de ce rendez-vous urgent, pour garder l'effet de surprise. Malheureusement la surprise fut pour nous.

CHAPITRE 10
Début d'enquête

Concord, New Hampshire.
Vendredi 2 juillet 2010.

— Vous êtes là vous aussi ? s'étonna Lansdane en me voyant apparaître à la suite de Gahalowood.

— Ne jouez pas les vierges effarouchées, lui répondis-je. C'est vous qui m'avez aiguillé sur cette enquête.

— L'enquête ? De quoi me parlez-vous ? Je pensais que Perry venait me demander de reprendre son service, répondit Lansdane.

— C'est le cas, confirma Gahalowood, et je veux être en charge de l'affaire Alaska Sanders.

— L'affaire Alaska Sanders ? Il est hors de question de rouvrir officiellement une enquête. Je l'ai déjà expliqué à Marcus.

— Sauf que la situation a évolué, lui annonçai-je. Nous disposons d'un nouveau fait majeur : les aveux de Walter étaient bidon ! Kazinsky nous a avoué hier que Walter Carrey a été menacé et tué par Matt Vance pendant son interrogatoire. Et Vance s'est flingué juste après.

— Il faut absolument que vous rouvriez le dossier, chef, insista Gahalowood. Il nous faut également obtenir du bureau du procureur un mandat d'écoute sur Kazinsky. Il ne voudra pas témoigner officiellement, mais rien ne nous empêche de retourner le voir et d'enregistrer ses aveux sans qu'il le sache. Il faut agir vite. Hier, il était d'humeur loquace, mais j'ai peur que ça ne dure pas longtemps.

Lansdane nous dévisagea :

— Alors vous n'êtes pas au courant ?

— Au courant de quoi ? demandai-je.

— Kazinsky est mort. Il s'est suicidé hier soir, chez lui, d'une balle dans la tête. J'imagine peu après avoir soulagé sa conscience.

Gahalowood tapa d'un poing rageur sur la table :

— Ce type est mort tel qu'il a vécu ! comme un lâche.

— Qu'il soit mort ou pas, le sergent et moi pouvons témoigner sous serment de ce que nous avons entendu.

— J'ai mieux que ça, dit Gahalowood en sortant son téléphone de sa poche.

Il avait tout enregistré sur le dictaphone intégré à l'appareil. Il le mit en marche : le son était étouffé mais on percevait parfaitement les voix.

> SERGENT GAHALOWOOD : *Nicholas, que s'est-il passé le 6 avril 1999 ?*

> NICHOLAS KAZINSKY : *Je ne témoignerai pas officiellement. Pas d'enregistrement, rien.*

> SERGENT GAHALOWOOD : *Marché conclu. Parle, maintenant. Je sais que Walter Carrey n'a pas pu se tirer une balle dans la tête. Alors, nom de Dieu, que s'est-il passé ce soir-là ?*

Lansdane écouta, effaré, la confession de Kazinsky.

— Je savais que Vance était une tête brûlée, nous confia-t-il. Avant de venir dans le New Hampshire, il appartenait à la police de Bangor, dans le Maine, où il avait gravement dérapé. Mais c'était un bon flic et son duo avec Perry l'incitait à se contrôler. C'est justement pour ça que j'avais détaché Kazinsky sur cette enquête. La surcharge de travail était un prétexte : je savais qu'Helen allait accoucher et je ne voulais pas que cet excité de Vance se retrouve à enquêter seul. La présence d'un trouillard comme Kazinsky devait assurer un bon équilibre.

— Qu'est-ce qu'on fait de cet enregistrement ? demanda Gahalowood.

— Rien, dit Lansdane.

— *Rien*? m'étranglai-je.

— Vous savez tous les deux que ce témoignage n'est pas recevable. Il a été enregistré illégalement.

— Je ne suis pas venu le voir dans mes fonctions de policier, précisa Gahalowood. C'est un acte citoyen.

— Vous étiez forcément identifié comme flic par Kazinsky, que vous le vouliez ou non.

— On dira que c'est l'écrivain qui a enregistré, suggéra Gahalowood.

— L'écrivain ou pas l'écrivain, vous êtes policier, Perry! Vous ne pouvez pas procéder à un enregistrement sans accord préalable ou, alors, sans mandat d'un juge.

Je m'agaçai:

— C'est facile d'agiter le drapeau de la procédure quand ça vous arrange.

— Enfin, Marcus, ça ne sert à rien d'insister, le bureau du procureur vous crachera votre enregistrement au visage! Et puis, les circonstances troublantes des aveux de Walter Carrey ne prouvent pas son innocence.

— *Les circonstances troublantes*? Vous n'êtes pas sérieux, chef Lansdane: Vance lui a enfoncé son arme dans la bouche. Ces aveux ont clairement été extorqués.

— Mais même sans aveux il finissait sur la chaise électrique! Vous connaissez le dossier: tous les éléments mènent à lui. Sa bagnole! Son ADN! Il a un mobile et pas d'alibi! Pareil pour Eric Donovan, qui a plaidé coupable de surcroît! Qu'est-ce qu'il vous faut de plus?

— Il y a un doute raisonnable sur leur culpabilité, chef, insista Gahalowood.

Lansdane était catégorique:

— On ne peut pas rouvrir l'enquête sans divulguer ce que Vance et Kazinsky ont fait à ce garçon. Vous imaginez le tollé? La presse va se régaler!

— Au contraire, c'est tout à l'honneur de la police de réparer cette tragédie.

Je sentais bien que quelque chose retenait Lansdane, ce qu'il finit par admettre:

— Écoutez, messieurs, je ne vous cache pas que le gouverneur et moi avons des rapports difficiles en ce moment…

— Quel est le lien avec notre affaire?

— La rumeur dit que le gouverneur chercherait à évincer son chef de la police. Il ne peut pas me virer sans motif valable car je suis populaire au sein du service. Mais il fera feu de tout bois pour se débarrasser de moi. Et ce scandale qui me touche directement – puisque, je vous le rappelle, j'étais le chef de la brigade criminelle à l'époque – sera l'occasion dont il rêve pour me faire sauter.

— Alors c'est ça? déplorai-je. Tout ce micmac, c'est pour sauver votre carrière?

— C'est la réalité de la politique, Marcus. Et puis, Walter Carrey est mort.

— Mais Eric Donovan croupit dans une prison d'État depuis onze ans! protestai-je. Il s'agit de libérer un innocent et de laver l'honneur de deux hommes!

— Et s'ils sont vraiment coupables? fit remarquer Lansdane.

— Ce n'est pas en jouant au golf avec le gouverneur pour rester dans ses petits papiers que vous allez le découvrir!

— Parce que vous croyez que ça ne me tracasse pas? se défendit Lansdane. À votre avis, pourquoi est-ce que je vous ai demandé d'enquêter sur cette lettre anonyme?

— Parce que vous n'êtes pas très courageux. Vous aviez besoin d'en savoir davantage mais surtout sans passer par la voie officielle pour éviter de faire des vagues. Vous m'avez complètement manipulé. Vous m'avez parlé de Perry et d'Helen, mais vous ne faisiez que servir vos propres intérêts. Vous êtes sympathique, chef Lansdane, mais pas téméraire.

— Et vous, Marcus, vous êtes sympathique, mais un fieffé emmerdeur. Il me semble vous l'avoir déjà dit d'ailleurs. Voilà ce que je vous propose: si vous me trouvez une preuve irréfutable – irréfutable, m'entendez-vous? – de l'innocence de Walter Carrey et d'Eric Donovan, alors je rouvre l'enquête officiellement. Et j'affronte le déluge qui s'ensuivra.

— Si vous rouvrez l'enquête, vous me la confiez ainsi qu'à l'écrivain, exigea Gahalowood.

— Je ne peux pas autoriser un civil à enquêter…

— Ça ne vous a pas empêché de m'utiliser pour remonter la piste de la lettre anonyme! m'offusquai-je.

— Alors finissez le boulot, Marcus. Montrez-moi que vous méritez votre place sur le terrain. Montrez-moi que vous méritez que je me mouille pour vous quand les syndicats me demanderont pourquoi j'ai autorisé la starlette de la littérature à se mêler d'une enquête criminelle. Rapportez-moi cette preuve, Marcus. Je ne veux pas que ce soit vous, Perry : je ne veux pas que vous alliez brandir votre badge à travers Mount Pleasant pour poser des questions et que tout le monde jase. Les gens ne sont pas idiots. Si la moindre rumeur me revient à ce sujet, si la police de Mount Pleasant m'appelle pour se plaindre qu'un de mes hommes mène des recherches, je clos ce dossier à jamais !

— Et sous quel motif est-ce que je débarque à Mount Pleasant ? demandai-je. Le hasard de la route ?

Lansdane prit un instant de réflexion avant de répondre :

— Il y a sans doute une très bonne librairie à Mount Pleasant. Organisez-y une séance de dédicaces. Et qui sait, vous aurez peut-être envie de passer un jour ou deux dans cette charmante bourgade.

— Et… ? lui demandai-je sans voir où il voulait en venir.

— Si ça se trouve, me dit-il, quelqu'un vous parlera d'une sordide affaire qui y a eu lieu en 1999. Et vous aurez soudainement trouvé le début de votre prochain bouquin. Personne ne se doutera de rien.

Une semaine plus tard, suivant le conseil de Lansdane, je débarquai à Mount Pleasant pour une séance de dédicaces à la librairie locale. Je m'apprêtais à passer quelques jours dans cette petite ville.

Chapitre 11
Dédicaces

Mount Pleasant, New Hampshire.
Jeudi 8 juillet 2010.

Gahalowood m'avait préparé à ce séjour comme à une opération commando. Il m'avait parlé en détail de l'enquête de l'époque. Selon lui, mon passage à la librairie de Cinzia Lockart me permettrait facilement d'entrer en contact avec les locaux.

— Tout ce que vous avez à faire, l'écrivain, c'est de vous arranger pour qu'on vous parle d'Alaska Sanders. Vous jouez les surpris, et vous vous mettez à creuser.

— Et comment je m'y prends ? avais-je demandé d'un ton sarcastique. J'interroge le libraire sur l'existence d'un bon crime sordide pour que j'en fasse un roman ?

— Faites ami-ami avec les gens du coin. Vous dites que Mount Pleasant vous rappelle Aurora, vous parlez de Nola Kellergan, et le sujet d'Alaska s'imposera très certainement. Vous pourrez ensuite commencer à creuser plus ouvertement au motif qu'on vous en a parlé.

— Des noms à me suggérer ?

— Essayez la station-service où Alaska travaillait. Le propriétaire l'évoquera sûrement.

— Je fais quoi ? Je débarque et je lui dis « bonjour je voudrais le plein, un café et quelques infos sur Alaska Sanders » ?

— Soyez inventif, Goldman. C'est votre métier, non ?

C'était facile à dire.

Sur la route qui me menait à Mount Pleasant je me demandais comment j'allais me débrouiller pour trouver une preuve irréfutable innocentant Walter Carrey et Eric Donovan. J'étais presque arrivé à destination lorsque je reçus un appel de mon éditeur Roy Barnaski :

— Allô, Roy ?

— Goldman, j'apprends par la bande que vous serez en séance de dédicaces demain dans une librairie du New Hampshire ?

— C'est exact.

— Quelle mouche vous pique d'aller signer vos bouquins, en plein été, dans un patelin de campagne ? Si vous voulez une tournée, on vous organise un truc mammouth à l'échelle nationale ! Pas le tour des trous-à-rats d'Amérique !

Je devais jouer finement avec Roy : s'il se doutait de quoi que ce soit, il se répandrait dans la presse pour se faire de la publicité à bon compte.

— La librairie est charmante, dis-je.

— Il y a des milliers de librairies charmantes, Goldman !

— C'est vrai, mais celle-là est en difficulté.

— Goldman, une librairie est par essence en difficulté ! Je sens qu'il y a une entourloupe… Qu'est-ce que vous me cachez ?

— Rien, je vous le promets.

À cet instant, une sirène retentit derrière moi. Dans mon rétroviseur, un véhicule de police, gyrophares enclenchés, m'avait pris en chasse.

— Je dois vous laisser, Roy.

— Que se passe-t-il ?

— La police.

— Vous êtes une calamité, Goldman.

Si vous vous rendez un jour à Mount Pleasant, vous constaterez que la dernière portion de la route 21, à l'orée de la ville, est une ligne droite qui invite à l'excès de vitesse. Obéissant aux injonctions de la patrouille, je me rangeai sur le bord de la route. La voiture de police s'immobilisa derrière moi, et une jeune femme en sortit. Je la regardai s'approcher dans le rétroviseur : elle était très belle, cintrée dans son uniforme noir, lunettes de soleil sur les yeux. Elle devait avoir à peu près mon âge.

— Permis de conduire et papiers du véhicule, s'il vous plaît.

Je m'exécutai. Elle était à la fois charmante et autoritaire.

— Marcus Goldman, lut-elle sur mon permis de conduire.
— C'est moi, répondis-je en souriant.
— Vous arrivez de New York ?
— Oui, après un détour par Concord.
— Qu'est-ce que vous faites à New York ?
— J'y vis.
— Ça, je m'en doute. Je vous demande ce que vous faites comme métier.
— Comme métier ? répétai-je.
— Oui, votre travail. Votre profession. Votre gagne-pain.
— Je suis écrivain.
Elle ne cilla pas.
— Écrivain de quoi ?
— Je suis romancier.
Elle haussa les épaules :
— Vous ne devez pas être très connu…
— Un peu.
— En tout cas, je n'ai jamais entendu parler de vous. Ce sont vos bouquins qui paient une voiture pareille ?
Je souris :
— Non, ça c'est le trafic de drogue.
Je sentis qu'elle se détendait. Elle sortit un carnet et y inscrivit quelque chose.
— Qu'est-ce qui vous amène à Mount Pleasant, monsieur Goldman l'écrivain ?
— Je dédicace mes livres à la librairie Lockart demain. Vous devriez venir.
— Qui sait ? me répondit-elle en me tendant une fiche.
— C'est votre numéro de téléphone ? demandai-je.
— C'est une amende de cent cinquante dollars pour excès de vitesse. Roulez prudemment !
Elle remonta en voiture et s'en alla. Notre rencontre, en dépit des cent cinquante dollars qu'elle m'avait coûté, me procura un sentiment plaisant. Je lus rapidement son nom, au bas de l'amende, à côté de son matricule : *Officier L. Donovan.*
Sur le moment, sans doute trop occupé à mon marivaudage, je ne fis pas le rapprochement. J'allais le faire une heure plus tard, dans ma chambre d'hôtel.
À Mount Pleasant, j'avais pris mes quartiers dans un hôtel charmant qui donnait sur un square fleuri. La chambre, confor-

table et spacieuse, était dotée d'un bureau qui faisait face à la fenêtre. Je m'y installai pour étudier le dossier de l'affaire Alaska Sanders que m'avait transmis Gahalowood. C'est en le parcourant que le nom de la policière me revint en mémoire : *L. Donovan.* Avait-elle un lien avec Eric Donovan ?

Je voulus le vérifier immédiatement. J'allumai mon ordinateur et me connectai à Internet. Je retrouvai le site de l'association *Liberté pour Eric Donovan* sur lequel j'étais tombé quelques semaines plus tôt, lors de mes premières recherches sur l'affaire Alaska Sanders. Je pris cette fois le temps de le consulter. La page d'accueil faisait défiler différentes photos. Sur l'une d'elles je reconnus l'officier de police de tout à l'heure : Lauren Donovan. C'était la sœur d'Eric. La photo était récente, prise lors d'une manifestation de soutien à Eric devant la prison pour hommes du New Hampshire. C'était un endroit que je connaissais malheureusement bien : Harry Quebert y avait été incarcéré pendant l'été 2008.

L'association *Liberté pour Eric Donovan* militait pour la révision de son procès, considérant qu'il était victime d'une erreur judiciaire. Elle avait été fondée en 2000 (peu après la condamnation d'Eric à la prison à perpétuité) par Lauren Donovan et Patricia Widsmith, une avocate pénaliste militante. Une fois par mois, l'association organisait un rassemblement devant la prison. Lauren, de son côté, multipliait les interventions pour défendre la cause de son frère. J'en visionnai plusieurs : elle s'exprimait avec brio et avait de la repartie. Je nourrissais clairement un petit faible pour elle et je me mis à scruter les photos qui illustraient le site, sans savoir si je le faisais pour les besoins de mon enquête ou mû par l'envie de la regarder encore.

Une section du site, intitulée « la vie d'avant », regorgeait de photos d'Eric prises pendant des parties de pêche, dans le magasin familial, s'entraînant avec Lauren pour le marathon de Boston, ou encore avec ses parents, célébrant son vingt-neuvième anniversaire, qui avait eu lieu quelques mois avant son arrestation.

À l'heure du déjeuner, je me rendis sur la rue principale. Mount Pleasant avait quelque chose de pittoresque. Les devantures des boutiques étaient soignées et les lampadaires encore parés des rubans et des bannières installés à l'occasion de la fête nationale. Je me restaurai dans un petit café dont le hasard voulut qu'il se trouve côte à côte avec la rédaction du *Mount Pleasant Star*, le journal local. On pouvait difficilement imaginer meilleure source pour revivre les évènements de 1999. Je m'y rendis après mon repas. Derrière le comptoir d'accueil, un jeune homme m'adressa un regard appuyé et me dit :

— C'est vous Goldman ?

— Oui, répondis-je, flatté d'être reconnu aux quatre coins de l'Amérique.

— Vous portez la même chemise que sur la photo. Faites gaffe, on va croire que vous ne vous changez jamais.

Il désigna du regard une affiche sur la porte d'entrée annonçant ma venue à la librairie locale.

— Ma mère travaille à la librairie, précisa-t-il. Elle vous adore. Moi, je vous connais pas.

— Il n'est jamais trop tard pour découvrir un bon bouquin, lui fis-je remarquer.

— Ma mère m'a dit que c'était un peu genre polar. Moi, je lis pas trop ces conneries.

— Merci, c'est toujours agréable de recevoir des compliments.

— Faites gaffe à la chemise quand même. Je veux dire, changez-vous d'ici demain.

J'acquiesçai d'un signe de la tête pour mettre un terme à cette conversation absurde. Le jeune homme me demanda comment il pouvait m'aider.

— Je voudrais accéder aux archives du journal, lui dis-je.

— Z'êtes abonné ?

— Non.

— Faut être abonné.

— Alors je voudrais m'abonner, s'il vous plaît.

— C'est quatre cents dollars pour l'année.

Je sortis ma carte de crédit et je payai la somme demandée.

— Voilà, dis-je. Puis-je accéder aux archives ?

— Il me faut votre carte d'abonné qui vous sera adressée d'ici deux jours.

— Mais je viens de contracter mon abonnement.

— Sans votre carte d'abonné, je ne peux rien faire. Sauf, bien entendu, si vous me cédez la propriété du billet de cent dollars que j'ai vu dans votre portefeuille.

Je tentai d'argumenter avant de me résigner. Je lui donnai son argent et, quelques minutes plus tard, j'étais installé dans la salle des archives. Comme tout avait été numérisé, je pus facilement, grâce au logiciel de recherche, retrouver les articles dans lesquels étaient mentionnés Alaska Sanders, Walter Carrey ou Eric Donovan. Je les imprimai et les emportai pour les lire à l'hôtel.

En repartant, j'omis un détail qui allait me causer un certain tort : je n'avais pas effacé l'historique de mes recherches. C'est ainsi qu'après mon départ, le jeune homme de la réception – sans que je puisse être certain que ce fût lui – passa derrière moi et n'eut aucune difficulté à découvrir ce que j'étais venu chercher. La raison de ma présence à Mount Pleasant n'allait pas tarder à être éventée.

Ce même jour, suivant les recommandations de Gahalowood, je me rendis, au prétexte d'y faire le plein, à la station-service de la route 21. Dans le magasin attenant, je fus accueilli par un homme d'une soixantaine d'années, dont je compris rapidement qu'il s'agissait de Lewis Jacob, le propriétaire.

— Bonjour, monsieur, me salua-t-il d'un ton avenant.

— La pompe numéro 2, s'il vous plaît, lui indiquai-je.

Débarquer dans une station-service pour parler d'une jeune femme morte onze ans plus tôt tenait du numéro d'équilibriste.

— Autre chose ? me demanda-t-il.

J'avais envie de lui répondre « tout ce que vous savez sur Alaska Sanders », mais au lieu de cela j'attrapai une poignée de barres chocolatées disposées devant le comptoir. Lewis Jacob les fourra dans un sac plastique et me dit :

— 85 dollars et 20 cents.

Je lui tendis ma carte de crédit. Son visage s'illumina en lisant mon nom :

— Vous êtes Goldman l'écrivain ! Il me semblait vous reconnaître. Je comptais venir à la librairie demain pour que vous me dédicaciez vos livres.

C'était l'opportunité que j'attendais :

— Si vous les avez ici, je peux même le faire maintenant.

— Ça ne vous embête pas ? Ils sont dans l'arrière-boutique.

Il m'entraîna dans les coulisses du magasin, jusqu'à un espace étroit qui lui servait de bureau.

— Vous voyez, ils sont là, me dit-il en désignant mes livres posés sur une table. Je voulais être certain de ne pas les oublier.

J'inscrivis, dans chacun des ouvrages, un mot amical puis, embrassant la pièce du regard, je remarquai une photo qui représentait Lewis Jacob, plus jeune, en compagnie d'une jeune femme blonde : Alaska Sanders. Bingo !

— C'est votre fille ? demandai-je innocemment en désignant le cliché.

— Non, je n'ai pas d'enfant. C'était une employée du magasin. Une fille formidable.

— *C'était* ?

— Elle est morte il y a des années.

— Quelle tristesse ! Je suis désolé. Accident de voiture ?

— Assassinée. Assassinée par deux pauvres types de la région. L'un est mort, l'autre est en taule pour le reste de sa vie. Je devrais pas dire ça, mais s'il devait sortir un jour, j'en ferais mon affaire. Alaska – c'était le nom de cette jeune femme – était un être merveilleux. D'une gentillesse sans pareille. Regardez cette beauté ! Ils l'ont étranglée au bord d'un lac, en pleine nuit. Quand une promeneuse a retrouvé son corps, un ours était en train de dépecer le cadavre. Enfin bref, je ne vais pas vous embêter avec mes vieilles histoires sordides. Vous avez sûrement mieux à faire.

— J'ai tout mon temps. Mon prochain rendez-vous est à la librairie demain à 16 heures.

— Un café ?

— Avec plaisir.

*

9 octobre 1998

La première fois qu'il la vit, c'était un jour de pluie torrentielle. Ce n'était que le début de la matinée, mais un écran de nuages lourds avait plongé la région de Mount Pleasant dans la pénombre.

Elle poussa la porte du magasin sans oser y pénétrer vraiment.

— Bonjour, mademoiselle, la salua Lewis Jacob, pensant qu'il s'agissait d'une cliente.

— Je viens pour le poste… Eric Donovan est un ami, il m'a dit que vous cherchiez quelqu'un. Me voilà !

Elle termina sa phrase par un sourire déconcertant.

— Je m'appelle Lewis Jacob, je suis le propriétaire.

— Alaska Sanders, votre future employée ?

Lewis Jacob tomba aussitôt sous le charme de cette ravissante jeune femme. L'entretien d'embauche prit la forme d'une rapide causerie : elle était originaire de Salem, Massachusetts, et venait de s'installer avec son copain à Mount Pleasant.

— Qui est votre copain ? demanda Lewis. Je le connais sûrement, c'est une petite ville.

— Il s'appelle Walter Carrey, il tient le magasin de chasse et pêche avec ses parents.

— Les Carrey, bien entendu. Vous avez déjà travaillé dans une station-service ?

— Je dois d'abord vous dire que je suis très motivée, monsieur Jacob. Et très volontaire.

— Vous n'avez aucune expérience, n'est-ce pas ?

Elle eut une moue suppliante :

— J'ai travaillé dans un magasin de glaces l'été de mes seize ans.

Lewis Jacob décida de lui donner sa chance. Il avait vraiment besoin d'aide ici et les rares candidates qui s'étaient présentées ne l'avaient pas convaincu. Il sentait qu'Alaska s'occuperait bien des clients. Effectivement, la jeune femme, devint rapidement la coqueluche des lieux. Pour les habitués, le passage à la caisse était un moment d'échanges pendant lequel Alaska prenait des nouvelles de leur famille, des enfants dont elle avait retenu les prénoms, et « avez-vous pu venir à bout de ce problème de plomberie qui vous empêchait de dormir ? ». Elle était toujours de bonne humeur. Et ce sourire… Lewis Jacob y pensait souvent. Le soir dans son lit, à côté de sa femme qui dormait déjà, il restait longuement à fixer le plafond. Dans l'obscurité se détachait ce visage souriant qui lui plaisait tant.

Mais Lewis Jacob allait bientôt découvrir que ce sourire lumineux était un rideau derrière lequel se cachait une profonde détresse.

*

— Elle avait une faille, me confia Lewis Jacob en terminant sa tasse de café.

— Une faille ?

— Un secret, quelque chose qui lui pesait. Elle ne m'a jamais confié ce dont il s'agissait mais un soir, alors que je lui faisais remarquer qu'elle avait un air triste, elle me dit simplement : « C'est à cause de ce qui s'est passé à Salem. » Je n'ai jamais su de quoi elle parlait. Mais vous savez, il y aurait de quoi écrire un livre sur elle.

Une sonnerie nous interrompit. Un client venait de passer la porte. Lewis Jacob se leva de sa chaise.

— Je suis seul en ce moment au magasin, me dit-il en quittant le petit bureau pour rejoindre le comptoir. Je ne prends d'aide que le samedi. Les temps sont durs.

Notre échange s'arrêta là. Je m'en allai et, alors que je m'apprêtais à monter dans ma voiture, Lewis Jacob me rattrapa.

— Monsieur Goldman !

Je crus d'abord qu'un détail concernant Alaska lui était revenu. Mais il agitait un sac en plastique.

— Vous oubliez vos barres chocolatées, me dit-il.

*

Le vendredi 9 juillet, ma séance de dédicaces eut lieu à la librairie de Mount Pleasant. Les lecteurs étaient venus en nombre, et pendant les trois heures que durèrent mes signatures, une longue file d'attente encombra le trottoir de la rue principale. Il était 19 heures lorsque je terminai. Je ressortis du magasin un peu étourdi. L'air était doux, c'était un soir d'été agréable. Je m'apprêtais à marcher en direction de l'hôtel lorsqu'une voix féminine m'interpella :

— Vous accepteriez une dernière dédicace ?

Je me retournai : c'était Lauren Donovan. Elle tenait à la main un exemplaire de *G comme Goldstein* et un autre de *La Vérité sur l'Affaire Harry Quebert.*

— Je n'ai pas pu arriver plus tôt, me dit-elle, je viens de terminer mon service.

— Je croyais que vous ne me connaissiez pas.

— Je les ai achetés hier, après vous avoir vu. J'ai commencé le premier, c'est pas mal.

— Seulement pas mal ?
— C'est déjà pas mal d'être pas mal.
— Vous êtes pas mal.
Elle éclata de rire :
— Vous êtes décidément un pauvre type, Marcus. Mais je vous aime bien.
Je m'assis sur un banc à proximité et sortis un stylo de ma poche :
— Quel est votre prénom ? demandai-je pour ne pas révéler que je m'étais renseigné sur elle.
— Lauren.
Je mis un mot dans chacun de ses livres. Lorsque je les lui rendis, elle jeta un œil amusé à la page de garde sur laquelle j'avais écrit :

Pour Lauren,
De la part d'un pauvre type.
M. G.

Elle me décocha un sourire dont je sentis qu'elle le réprimait en partie. Ses yeux brillaient d'un éclat vif.
— Vous avez un restaurant à me conseiller ? lui demandai-je. Je meurs de faim.
— *Luini,* répondit-elle sans hésiter. Un italien exceptionnel. Mon préféré.
— Merci, Lauren. À bientôt.
Je tournai les talons, comme pour me rendre dans ce restaurant alors que je n'avais aucune idée de l'endroit où il se trouvait.
— C'est dans l'autre direction, me dit-elle, hilare.
Je fis volte-face. Elle ajouta :
— Ils sont complets de toute façon, vous n'obtiendrez jamais une table. Alors que moi, si.
— L'avantage d'être flic ?
— Non, j'ai une réservation.
Je suggérai :
— Je peux partager votre table, si vous êtes d'accord. Je promets que vous n'aurez pas à me faire la conversation.
Elle eut un air mutin :
— Ça me semble une proposition honnête.

Au fil de mes voyages et de mes tournées, j'ai eu l'occasion et le bonheur d'écumer un certain nombre de restaurants italiens. *Luini*, à Mount Pleasant, reste à mes yeux parmi les meilleurs, avec *Il Salumaio Di Montenapoleone*, à Milan. L'endroit vaut à lui seul un détour par le New Hampshire. Situé dans une rue calme, il occupe le rez-de-chaussée d'un bâtiment industriel, qui avait dû abriter jadis une imprimerie. Il dispose d'une extraordinaire cour intérieure, ornée d'hortensias et d'un large tilleul dont les fleurs embaument. Une fontaine complète le décor. Des bougies ajoutent une touche romantique à l'ensemble.

— Avec qui aviez-vous prévu de dîner ici ? demandai-je à Lauren alors qu'une hôtesse nous installait à une table bordant le bassin.

— Pas avec vous. Enfin, avec toi. On peut se tutoyer si tu n'y vois pas d'inconvénient. À une époque, je venais souvent ici avec mon frère.

— Il n'est pas disponible ce soir ? demandai-je d'un ton faussement naïf.

— Mon frère est… c'est compliqué avec mon frère. Enfin bref, moi, tous les vendredis soir, si je ne suis pas de service, je dîne ici.

— Seule ?

— Je dirais : avec moi-même. Ce n'est pas la même chose.

J'hésitai à embrayer sur son frère et à la faire parler, mais elle ne semblait pas prête à se confier et je ne voulais pas la brusquer. Nous commandâmes du vin et nous passâmes rapidement à des sujets plus futiles. Nos goûts de lecture, de films, de séries télé. Ce fut une soirée agréable, un peu badine. Nous flirtions à mots couverts.

Le dîner terminé, nous prolongeâmes longuement la soirée. La nuit était chaude. Quelques verres supplémentaires incitèrent la confidence.

— Qu'est-ce qui t'a poussé à devenir écrivain ? me demanda Lauren.

— Mes cousins.

— Pourquoi ?

— À cause de ce qui leur est arrivé, répondis-je laconiquement. Toi, qu'est-ce qui t'as poussée à devenir flic ?

— Mon frère.

— Que s'est-il passé ?

— Longue histoire.

Elle but une gorgée de vin et je remarquai soudain la montre qu'elle portait au poignet : une montre de luxe, une marque suisse, avec un boîtier en or et un bracelet en alligator de couleur verte.

— Jolie montre, dis-je.

— C'était à mon frère. Enfin, elle l'est toujours.

— Ton frère est mort ?

— En prison, finit-elle par confier. Depuis onze ans. Je n'ai pas très envie d'en parler. Tu veux manger une glace ?

Elle esquivait ostensiblement. Il fallait que je gagne sa confiance. Elle me plaisait beaucoup, j'éprouvais du respect pour elle : ça me chagrinait de ne pas être totalement franc. Mais comment lui expliquer ? Comment lui raconter ces invraisemblables coïncidences : Helen Gahalowood, la lettre anonyme, Nicholas Kazinsky, l'enquête officieuse que j'avais entreprise, les preuves dont j'avais besoin pour que Lansdane relance l'enquête sur le meurtre d'Alaska Sanders. Et, peut-être, parvenir à innocenter son frère.

Je pris le parti de ne rien dire. Nous allâmes acheter une glace sur la rue principale, au *Deer Cup Ice Cream*. Nous nous quittâmes à 1 heure du matin, après avoir échangé nos numéros de téléphone et une étreinte plus qu'amicale.

Je regagnai mon hôtel qui n'était qu'à quelques pas. En poussant la porte de ma chambre, je vis, posée sur ma table, une petite boîte. Mon nom était inscrit dessus. En voyant l'écriture, mon cœur se mit à battre. C'était impossible.

J'ouvris le paquet et je trouvai à l'intérieur une petite sculpture de mouette, semblable à celle que j'avais vue dans un tiroir de l'ancien bureau de Harry Quebert, à l'université de Burrows. Elle était accompagnée d'un mot :

N'allez surtout pas enseigner à Burrows.

J'étais abasourdi : Harry était venu ici. Comment pouvait-il savoir ? Je m'approchai de la fenêtre. Il me sembla apercevoir une silhouette dans la rue.

Je me précipitai hors de la chambre et descendis les escaliers quatre à quatre pour essayer de le rattraper.

Au cours de l'hiver 2008, quelques mois avant l'affaire Harry Quebert et environ deux ans avant les évènements qui font l'objet de ce livre, je traversai une terrifiante panne d'écriture. Dans l'espoir de retrouver l'inspiration, je passai quelques semaines chez Harry Quebert.

CHAPITRE 12
Avec Harry Quebert

Aurora, New Hampshire.
29 février 2008.

Il y avait dix-neuf jours que je m'étais installé chez Harry, dans son imposante maison du bord de l'océan. Dix-neuf jours que je m'efforçais en vain d'échafauder la trame de mon prochain roman, mais impossible d'écrire la première ligne. J'étais contractuellement tenu de rendre mon manuscrit à la fin juin, mon éditeur, Roy Barnaski, me menaçant d'un procès si je ne m'exécutais pas.

Je passais l'essentiel de mon temps dans le bureau de Harry, au rez-de-chaussée de la maison. Ce matin-là, je fixai désespérément les pages vierges étalées devant moi. L'atmosphère ne pouvait pourtant pas être plus propice à l'écriture : la Callas interprétait *Casta Diva* en arrière-fond, tandis que par la fenêtre une neige apaisante tombait doucement.

Prenant soin de rester parfaitement silencieux, Harry entra sur la pointe des pieds et déposa devant moi une tasse de café fumant et une pâtisserie.

— Ne vous gênez pas, dis-je d'un air abattu, je ne fais strictement rien.

Il s'écria d'une voix gaillarde :

— Alors goûtez-moi ces muffins ! Ils sortent du four. C'est à tomber par terre.

— Je suis déjà à terre, fis-je remarquer.

— Oh Marcus, pour l'amour de Dieu, ne dramatisez pas autant ! Aujourd'hui est un jour d'espoir.

— Ah bon?

— Nous sommes le 29 février. C'est un jour tellement rare qu'on ne sait même plus vraiment quand il figure à l'agenda. Au fond c'est un jour qui n'existe pas. Profitez-en pour vous changer les idées! Si nous allions faire un peu de ski de fond? Ça vous ferait du bien.

— Non, merci.

— Et si on regardait quelques classiques du cinéma? Bon pour l'inspiration, ça. On fait un feu, et on se descend quelques tasses de café agrémenté de whisky.

— Et après, quoi...? On s'embrasse?

Il éclata de rire:

— Marcus, vous êtes décidément d'une humeur de chien. Allez, venez au moins faire quelques pas sur la plage, ça vous aérera la tête.

Emmitouflés dans nos manteaux, nous partîmes marcher sur le rivage. L'air était glacial, mais ce n'était pas désagréable. Une neige épaisse tombait à présent. La marée était basse et partout où l'océan s'était retiré, des nuées de mouettes criardes avaient colonisé les lieux. Harry avait emporté sa boîte en fer estampillée *Souvenir de Rockland, Maine*, dans laquelle il conservait du pain sec destiné aux oiseaux, qu'il distribuait à mesure que nous avancions sur le sable humide.

— Pourquoi est-ce que vous vous obstinez à nourrir les mouettes? lui demandai-je.

— C'est une promesse que j'ai faite un jour. Il faut tenir ses promesses. Au fond, je n'aime pas vraiment les mouettes. Ce sont des oiseaux bruyants et paresseux. Elles font les poubelles, maraudent les décharges ou suivent les bateaux de pêche pour voler du poisson. La mouette est un oiseau qui refuse d'affronter la difficulté. Ça me rappelle quelqu'un.

— C'est à moi que vous faites allusion? demandai-je, un peu vexé.

— Non, à moi. Mais vous ne pouvez pas comprendre. Pas encore.

Sur le moment, je ne saisis évidemment pas le sens de sa phrase. Et j'étais loin d'imaginer ce que je découvrirais quelques mois plus tard.

Nous marchâmes un moment en silence. Puis soudain, Harry me demanda:

— Vous savez, Marcus, je suis très content de vous avoir à la maison quelque temps. Mais pourquoi être venu à Aurora ?

— Dans l'espoir de trouver l'inspiration, répondis-je comme si c'était une évidence.

— Vous imaginiez qu'il y a, quelque part chez moi, une boîte à miracle ?

— Je pensais que j'arriverais à écrire. Que le changement de décor me ferait du bien.

— Mais vous n'avez jamais vraiment écrit à Aurora… Pourquoi ne pas être retourné là où vous avez écrit *G comme Goldstein* ?

— Chez mes parents ? J'ai essayé, mais impossible. Ma mère m'a cassé les pieds.

— Je crois, Marcus, que vous êtes venu ici en espérant que quelque chose vous tomberait tout cuit dans le bec. Au fond, vous vous êtes comporté comme une mouette. Alors que vous devriez être un oiseau migrateur !

— C'est-à-dire… ?

— Les oiseaux migrateurs sont des oiseaux qui suivent leur instinct. Ils ne subissent pas, ils anticipent.

— Pardon, Harry, mais je ne suis pas sûr de vous suivre.

— Trouvez votre propre monde, Marcus ! Trouvez-vous un espace d'écriture qui soit vôtre. Ça ne peut plus être chez vos parents, vous êtes un grand garçon. Ça ne peut pas être chez moi, vous êtes désormais un écrivain à part entière. Vous n'êtes plus le jeune Marcus, vous êtes Goldman, un écrivain confirmé. Assumez votre succès en vous assumant vous-même, si vous voulez sortir de cette crise de la page blanche.

Quelques jours après cette conversation, Harry déposa sur mon bureau un petit paquet cadeau.

— Qu'est-ce que c'est ? demandai-je.

— Ouvrez-le. Il y avait quelques stands itinérants sur le parking du supermarché. Je suis tombé sur ça, et j'ai pensé à vous. Pour les jours de doute.

À l'intérieur du paquet, je trouvai une sculpture de mouette.

— Nous avons tous une mouette en nous, cette tentation de fainéantise et de facilité. Souvenez-vous de toujours la combattre, Marcus. La majorité de l'humanité est grégaire, mais vous êtes différent. Parce que vous êtes écrivain. Et les écrivains sont des êtres à part. Ne l'oubliez jamais.

Mon hôtel disposait d'un système de vidéosurveillance obsolète mais dont la caméra installée derrière le comptoir d'accueil me permit d'identifier de façon quasi certaine celui qui était venu déposer un paquet à mon attention : Harry Quebert.

CHAPITRE 13

Premières pistes

Mount Pleasant, New Hampshire.
10 juillet 2010.

Je téléphonai aussitôt à Gahalowood pour l'en informer.

— Harry Quebert ? réagit-il. Impossible !

Je m'étonnai de sa réaction catégorique.

— Pourquoi ? demandai-je.

Il eut une hésitation avant de répondre :

— J'étais certain qu'il s'était suicidé.

— Suicidé ? Jamais de la vie ! C'est mal le connaître.

— Apparemment. Vous êtes sûr que c'est lui ?

Je regardai la capture d'écran que le concierge de l'hôtel venait de m'imprimer. L'image était de mauvaise qualité et il portait une casquette, mais j'aurais pu reconnaître son visage entre mille.

— Certain. Il est venu vers 16 heures 30, j'étais en pleine séance de dédicaces. Ça ne peut pas être un hasard.

— Effectivement. S'il savait que vous étiez à Mount Pleasant, il savait à quel moment vous seriez à la librairie. Que contenait le paquet qu'il vous a laissé ?

— Une petite statue de mouette.

— Encore ces conneries de mouettes ? Qu'est-ce que c'est ? Une espèce de code entre vous deux ?

— Harry me disait de ne pas me comporter comme une mouette. C'est clairement un signal qu'il m'envoie. Comme un avertissement...

— Un avertissement par rapport à quoi ?

Je marquai une hésitation. Je n'avais pas fait part à Gahalowood de ma récente collaboration avec l'université Burrows et je n'avais aucune envie d'aborder le sujet maintenant.

— Je ne saurais le dire, sergent, répondis-je finalement. Vous ne pourriez pas faire une petite recherche sur lui ?

— Vous me l'avez déjà demandé l'année passée, l'écrivain, et vous connaissez le résultat : inconnu au bataillon. Je n'ai trouvé ni adresse, ni carte de crédit, ni numéro de téléphone. Il ne figurait sur aucune liste de passagers d'aucun aéroport du pays. Un vrai fantôme.

Un fantôme. C'était exactement ça. Il y eut un silence. Gahalowood, percevant ma perplexité, ajouta :

— Lundi, au quartier général, je vérifierai encore. Il y a eu peut-être du nouveau depuis.

— Merci, sergent.

— Dites-moi plutôt où vous en êtes, l'écrivain, après quarante-huit heures à Mount Pleasant.

— J'ai interrogé le pompiste, Lewis Jacob : il semblerait qu'il se soit passé quelque chose à Salem, la ville d'origine d'Alaska. J'ignore quoi.

— C'est un début de piste. Il faudra aller à Salem interroger les parents d'Alaska de toute façon. Autre chose ?

— J'ai rencontré Lauren Donovan, la sœur d'Eric Donovan. Elle est flic à Mount Pleasant.

— Elle est devenue flic ? À l'époque, elle étudiait la biologie.

— La condamnation de son frère a fait basculer son destin. Elle a fondé une association réclamant la révision du procès. Le collectif semble assez actif. Je n'en sais pas beaucoup plus, elle est plutôt sauvage.

— Vous devez absolument trouver un moyen de la faire parler : elle a certainement compilé des éléments qui pourraient nous être utiles.

— Et comment je fais ça sans lui dévoiler notre jeu ?

— Vous lui servez votre baratin habituel, me dit Gahalowood.

— *Mon baratin habituel*? m'offusquai-je. Je ne suis pas un bonimenteur, sergent.

— Vous êtes un écrivain, c'est pareil. Vous n'avez qu'à lui dire que vous avez fait des recherches sur Internet à propos de son frère, que vous avez découvert son association, que ça vous intéresse et que vous voulez l'aider.

« J'ai fait des recherches sur Internet à propos de ton frère. » Deux heures après ma conversation avec Gahalowood, je retrouvai Lauren pour déjeuner. Nous nous étions donné rendez-vous au *Season*. À peine étions-nous installés sur la terrasse du café que j'entrai dans le vif du sujet. Elle resta interloquée, me dévisageant par-dessus le menu qu'elle était en train de parcourir.

— Tu as fait quoi ?

— Ne le prends pas mal, mais j'ai été intrigué hier soir, quand tu m'as dit que tu étais devenue flic à cause de ton frère. Je suis tombé sur le site de l'association que tu as fondée. J'ai pas fait des investigations très poussées : il y a ta photo sur la page d'accueil du site.

Elle commença par se rembrunir.

— T'aurais pas dû faire ça…

— Je suis désolé… N'y vois aucune malice. Juste de l'intérêt pour toi.

Elle haussa les épaules :

— De toute façon, c'est public. Et puis tout le monde est au courant ici. Mon frère est accusé d'avoir participé au meurtre d'une jeune femme de vingt-deux ans. Ça s'est passé en 1999. Il est en prison depuis. Je sais qu'il est innocent. Eric ne ferait pas de mal à une mouche. Tous ceux qui le connaissent sont convaincus qu'il s'agit d'une erreur judiciaire.

— Pourquoi a-t-il été arrêté alors ?

— Alaska, la victime, sortait avec un bon copain de mon frère, un type nommé Walter Carrey, qui a avoué le meurtre et a impliqué mon frère. Après quoi, Walter s'est emparé de l'arme d'un policier et s'est suicidé. Mon frère a été arrêté dans la foulée. Il a joué de malchance. Entre autres preuves soi-disant accablantes, la police a retrouvé, sur le lieu du crime, un pull qu'il avait prêté à Walter, taché du sang de la victime.

— Mais si ton frère est innocent, pourquoi a-t-il plaidé coupable ?

Le regard de Lauren se fit inquisiteur :

— Comment le sais-tu ? Ce n'est pas mentionné sur notre site.

— Je l'ai lu sur Internet, mentis-je avec un aplomb qui balaya aussitôt ses doutes.

— Il y a été forcé, me répondit Lauren. Pardonne-moi si je te parais un peu raide, mais c'est un sujet pénible.

La gaffe avait été rattrapée de justesse, je savais que je finirais par mettre les pieds dans le plat. C'était une situation intenable.

— On n'est pas obligés d'en parler, dis-je.

— Non, ça va. En fait, ça me fait du bien d'aborder le sujet.

Je la relançai malgré moi :

— Pourquoi dis-tu que ton frère a été forcé de plaider coupable ?

*

Concord, New Hampshire.
Janvier 2002.

La silhouette sinistre de la prison pour hommes de l'État du New Hampshire était battue par une pluie glaciale. C'était une après-midi lugubre. Tout semblait éteint à jamais.

Dans une salle de visite mal chauffée et humide, Lauren Donovan assistait à une conversation tendue entre son frère, Eric, et son avocate, Patricia Widsmith, une pénaliste, jeune mais déterminée. Elle avait une trentaine d'années seulement, mais Lauren sentait qu'elle se battrait jusqu'au bout pour Eric. C'était une femme de convictions, qui ne prenait d'ailleurs que des honoraires symboliques, consciente que la famille Donovan ne roulait pas sur l'or.

Le procès d'Eric allait débuter dans quarante-huit heures et l'avocate était visiblement inquiète. Jusque-là, elle avait soutenu Eric dans sa décision de plaider non-coupable du meurtre d'Alaska Sanders, mais elle semblait sur le point de changer d'avis. L'enjeu était de taille : en plaidant non-coupable, Eric s'exposait à un procès dont il ne connaissait pas l'issue et qui pouvait se solder par la peine de mort. En plaidant coupable, en revanche, il y échappait grâce à un accord passé avec le bureau du procureur.

— Qu'est-ce que tu entends par *si on va jusqu'au procès* ? demanda Eric, d'une voix étranglée. Tu voudrais soudain que je plaide coupable ? Qu'est-ce qui te prend ?

— Je ne veux rien, répondit Patricia d'une voix douce. Nous sommes à quarante-huit heures du procès et je voudrais être certaine que tu mesures ce qui t'attend. C'est pour ça que j'ai demandé à Lauren d'être là aussi. Nous avons encore le temps de réfléchir. Quand le procès aura débuté, il sera trop tard pour faire machine arrière. Comme tu sais, ils ont chargé le juge Mike Peters de l'affaire. Je me suis renseignée, c'est un juge favorable à la peine capitale. Si le jury te considère coupable, il te condamnera à mort sans aucun doute.

— Mais je suis innocent, bon sang ! s'écria Eric, exaspéré. Est-ce que même toi tu me soupçonnes à présent ?

— Pas une seconde, Eric. Mais quelle avocate serais-je si je ne partageais pas mes doutes avec toi. C'est ta vie dont il est question ! Dans quarante-huit heures, je vais affronter un jury à qui le procureur va expliquer que ton ADN a été trouvé sur un pull taché du sang de la victime, qu'un message la menaçant a été fabriqué sur ton imprimante et que tu n'as pas d'alibi pour la nuit du meurtre. Je vais tout faire pour te défendre, Eric. Mais ça fait trois ans que je me démène pour disqualifier ces preuves, et à quarante-huit heures du procès, je n'ai rien de suffisamment solide pour te dire, les yeux dans les yeux, que je te ferai acquitter. Si tu n'es pas acquitté, cela signifie que tu seras reconnu coupable du meurtre d'Alaska Sanders. Tu n'échapperas pas à la peine de mort.

— Nous ferons appel ! protesta Eric.

— Bien sûr que nous ferons appel, lui répondit Patricia. Mais la loi de l'État du New Hampshire est claire : l'exécution doit avoir lieu dans l'année qui suit la condamnation. Nous n'aurons donc pas de marge de manœuvre pour te sortir de là. Surtout, je dois t'informer ici d'un élément important : la loi exige que les condamnés à mort soient exécutés par injection létale, sauf si cela est impossible. Or, le New Hampshire ne possède ni salle d'injection, ni même les produits nécessaires.

— Alors ce sera la chaise électrique ? s'étrangla Lauren, épouvantée.

Patricia Widsmith mit quelques instants à répondre :

— Le New Hampshire ne possède pas de chaise électrique. Ce sera la pendaison. Eric sera pendu dans cette prison.

— Quoi ? hurla Lauren. Mais c'est impossible ! On ne pend plus les gens !

— On fait bien pire, murmura Patricia.

Eric resta impassible. Lauren éclata en sanglots.

Il y eut un long silence. On entendait en arrière-fond les

bruits inquiétants de la prison. Eric finit par demander d'une voix sombre :

— Et si on accepte la proposition du procureur ?

— La loi du New Hampshire exige que, lors d'un crime capital, si la peine de mort n'est pas prononcée, son auteur soit condamné à la prison à vie sans possibilité de libération. C'est donc ce que le bureau du procureur exigera dans ton cas.

— Tu en penses quoi ? demanda encore Eric à Patricia.

— Eric, intervint Lauren, tu ne vas pas plaider coupable ! Tu es innocent, tu ne peux pas te compromettre !

— Lauren, est-ce que tu seras présente le jour de ma pendaison ? s'emporta Eric. Est-ce que tu auras le courage de venir me regarder agoniser au bout d'une corde ?

Eric semblait froid et dur. Lauren pleurait.

— Eric, reprit Patricia, quoi que tu décides, je serai à tes côtés. Je te défendrai corps et âme. Je sais que tu es innocent, j'en suis intimement convaincue. Je ne serais pas ici, à tes côtés, si je n'en étais pas persuadée. Mais une partie de moi considère qu'en plaidant coupable, tu nous donnes le temps de trouver les preuves qui t'innocenteront. J'ai bon espoir d'y arriver. Mais à quoi bon prouver ton innocence si tu as été exécuté ! Tu ne seras qu'un nom de plus pour alimenter le débat sur la peine de mort. Moi, je te veux libre. Pour ça, j'ai juste besoin d'un peu de temps. Et ce temps, il n'y a que toi qui peux me l'accorder.

*

— Voilà pourquoi Eric a plaidé coupable, m'expliqua Lauren. C'était sa seule chance d'échapper à la mort et pouvoir ensuite être innocenté. Il a donc accepté l'offre du procureur, il n'y a pas eu de procès. Mais il a écopé de la perpétuité sans possibilité de remise de peine. Depuis, Patricia et moi nous nous démenons pour le sortir de là. On a monté cette association, *Liberté pour Eric Donovan*, pour sensibiliser l'opinion publique. Et surtout, on mène notre propre enquête.

— Et vous en êtes où ? demandai-je.

— On a des éléments. Des pistes. Mais après onze ans de recherches, rien de suffisamment concret pour rouvrir un procès. C'est tellement enrageant. Il y a des jours où je désespère.

— Donc c'est suite à la condamnation de ton frère que tu es devenue flic ?

— Oui, pour tenter de réformer le système de l'intérieur. Pour servir une vraie justice et pas une parodie qui jette les innocents en prison. Mais surtout je me suis dit : qui mieux qu'un flic, dans la ville où le meurtre a été perpétré, pour comprendre ce qui s'est passé ce soir d'avril 1999.

Un rayon de soleil se réverbéra sur le cadran de sa montre et un éclat de lumière en jaillit. Comme si l'objet manifestait soudain sa présence. Elle y jeta un regard nostalgique.

— Après la condamnation d'Eric, je me suis juré de ne jamais me résigner. De ne jamais le laisser tomber. Un jour, lors d'une visite à Eric en prison, il m'a fait part de ses inquiétudes pour nos parents. Il savait que toute cette affaire avait fait du tort au magasin, que les clients hésitaient désormais à venir. Je le rassurais : « Ça passera, Eric, ne t'en fais pas. » Mais il s'en faisait : « Et les honoraires de Patricia ? Comment font-ils ? » « Elle travaille gratuitement, c'est une pratique de son cabinet d'avocats. Tout va bien, vraiment, je t'assure. » Il a fini par me parler de cette montre, qu'il conservait sous une latte mal fixée du parquet de sa chambre à coucher. C'était une montre de très grande valeur, qu'il cachait justement pour éviter un vol. Il l'avait acquise trois mois avant son arrestation, pour un prix imbattable, dans l'optique de la revendre et de faire une belle plus-value. Ce jour-là, Eric m'a dit de récupérer cette montre dont il n'aurait plus jamais l'utilité et de la vendre, pour pouvoir aider mes parents. Il l'ignore, mais je ne l'ai pas fait. Ç'aurait été accepter qu'il ne sortirait jamais de prison. Au lieu de ça, je me suis mise à porter cette montre. Je porte cette montre en attendant de la lui rendre le jour de sa sortie. Elle me rappelle mon combat.

— Elle est un peu comme une chaîne à ton poignet, fis-je remarquer.

Lauren s'agaça de ma remarque : sans doute parce que j'avais raison.

— Pourquoi tu t'intéresses à tout ça, Marcus ?

— Il y a deux ans, j'ai mené une enquête. Un de mes amis très proches a été arrêté pour meurtre. Tout l'accusait. Je suis parvenu à l'innocenter et à le sortir de prison.

— Je l'ignorais

— C'est le sujet de mon livre *La Vérité sur l'Affaire Harry Quebert*.

— Il faut que je lise ce roman.

Elle ne put s'empêcher de jeter immédiatement un œil, grâce à son téléphone, à ce qu'Internet disait à propos de l'affaire dont je venais de lui parler. Elle fut visiblement impressionnée par ce qu'elle découvrit.

— C'est fou, me dit-elle. J'ai évidemment suivi l'arrestation de Harry Quebert à l'époque, comme tout le monde. Je le connaissais de nom, je n'avais jamais lu son fameux bouquin. Mais je ne savais pas que tu étais derrière toute l'enquête. Donc, du jour au lendemain, tu es parti dans le New Hampshire pour essayer de prouver son innocence ?

— C'est exactement ce qui s'est passé : un matin de juin, en apprenant la nouvelle, j'ai quitté New York en voiture, envers et contre tout. Mon éditeur, mon agent, ma famille, tout le monde a essayé de me dissuader…

— Mais tu n'as pas renoncé…

— Je savais que Harry était innocent. J'en avais la conviction absolue. Il n'avait pas pu tuer cette fille. Quand on sait, on sait. Tu vois ce que je veux dire.

— Je vois exactement, ça fait onze ans que je vis ça avec mon frère.

J'imagine que la digression sur l'affaire Harry Quebert acheva de convaincre Lauren que je pouvais l'aider dans sa quête. Aussi, après le déjeuner, elle me proposa de venir chez elle pour prendre un café et surtout partager les éléments dont elle disposait pour disculper son frère.

*

Lauren habitait une charmante maison en briques rouges. C'était une architecture classique, avec une galerie ouverte qui offrait un espace propice pour passer les soirées d'été dans des fauteuils d'extérieur, un œil sur la rue tranquille. La bâtisse était entourée d'un jardin petit mais remarquablement entretenu.

Nous nous installâmes dans la cuisine. Elle fit couler deux expressos d'une machine italienne chromée puis s'assit derrière le comptoir en marbre, face à moi. D'un tiroir, elle sortit un porte-documents cartonné : le dossier concernant l'affaire

Alaska Sanders. Je l'imaginais, matin et soir, passant des heures à en relire inlassablement les pages. Et justement elle m'avoua :

— Pas un jour ne passe sans que je me plonge dans ces documents. En vain. Avec le temps, je ne sais même plus ce que je cherche. Je commence à désespérer.

— Est-ce que je peux y jeter un coup d'œil ? demandai-je.

— Évidemment.

J'étalai les pages devant moi. Je commençai par la question du pull-over.

— Ce pull appartenait bien à mon frère, m'expliqua Lauren. Mais, comme je te le disais, il l'avait prêté à Walter Carrey après une partie de pêche à la mouche.

— Ils étaient très amis, c'est ça ?

— Des amis d'enfance.

Elle passa aux documents suivants et je vis une photo d'une imprimante.

— Et ça ? fis-je. C'est l'imprimante dont tu m'as parlé avant ?

— Oui. Figure-toi qu'Alaska Sanders avait reçu des messages de menaces, dont l'un a été retrouvé sur son cadavre. Les messages présentaient un défaut d'impression, ce qui a permis aux experts de la police d'identifier formellement l'imprimante de mon frère comme étant celle utilisée pour fabriquer les messages de menaces.

— Comment ton frère s'est-il défendu ?

— Mon frère habitait chez mes parents. Il venait de se réinstaller à Mount Pleasant après plusieurs années à Salem. Quiconque avait accès à la maison de mes parents avait accès à la chambre de mon frère et à son imprimante. Mais surtout, quelque temps avant le meurtre d'Alaska, Walter était venu utiliser l'imprimante d'Eric parce que la sienne était en panne.

— Walter aurait tué Alaska et voulu piéger ton frère ?

Lauren eut une moue :

— C'est la théorie que soutient l'avocate d'Eric…

— Tu n'as pas l'air d'y croire ?

Pour toute réponse, Lauren sortit une photo du dossier. On y voyait un groupe de jeunes femmes, dans un bar, qui semblaient faire la fête. Dans le champ de la photo apparaissait un homme. Je le reconnus immédiatement pour l'avoir vu dans le dossier de police : il s'agissait de Walter Carrey.

— Qui est-ce ? demandai-je car je devais jouer les ingénus.

— C'est Walter Carrey, me dit Lauren. Cette photo a été prise le soir du meurtre d'Alaska Sanders, dans un bar de la ville, le *National Anthem*.

— Et… ? demandai-je.

— Cette photo innocente Walter Carrey.

— Comment ça ?

— Le soir du meurtre, Eric, Walter et moi étions ensemble dans ce bar. Eric et moi sommes partis à 23 heures. Walter, lui, est resté. Alaska a été tuée entre 1 et 2 heures du matin cette nuit-là. Walter a toujours affirmé qu'il était dans le bar à l'heure du meurtre, ce que personne n'a pu confirmer avec certitude. Cette photo est son alibi. Regarde bien l'écran derrière le bar…

Elle attrapa une loupe dans son tiroir et me la tendit. Au premier plan de la photo, le groupe de filles adossées au comptoir. En arrière-plan, au-dessus d'une rangée de bouteilles d'alcool, un écran géant. On devinait à l'image qu'il diffusait une chaîne d'information en continu. Le passage de la loupe me permit même de constater qu'il s'agissait des prévisions météo du week-end. En bas de l'image, comme c'est l'usage sur ce genre de chaîne, un bandeau défilait avec des brèves. Et à l'extrémité du bandeau : l'heure de diffusion. Il était inscrit *22:43 PT*.

— La photo a été prise à 22 heures 43, fis-je remarquer, soit bien avant le meurtre.

— 22 heures 43 PT, précisa Lauren, c'est-à-dire Pacific Time, l'heure sur la côte Ouest. Ici il était trois heures de plus…

— 1 heure 43 du matin ! m'écriai-je.

— C'est exact, acquiesça Lauren. Au moment où Alaska était tuée, Walter Carrey était encore dans ce bar.

Je restai sidéré.

— Comment as-tu trouvé cette photo ?

— Je l'ai récupérée peu après l'arrestation de mon frère, alors que j'essayais d'aider son avocate à réunir des preuves pour l'innocenter. Le propriétaire du *National Anthem* avait l'habitude de prendre des photos pour les diffuser sur son site Internet et vanter l'ambiance de son établissement. Et cette soirée s'y prêtait bien. Je voulais remonter le fil de la soirée et j'ai demandé au patron du bar d'avoir accès à toutes les photos qu'il avait prises ce soir-là. Il y en avait un paquet, en vrac. J'ai passé en revue chacune d'elles, jusqu'à trouver celle-ci.

Je dus faire un effort pour contenir mon agitation : c'était la preuve dont Gahalowood et moi avions besoin pour que l'enquête soit officiellement rouverte.

— As-tu parlé de cette photo à quelqu'un ? demandai-je.

— À part Patricia Widsmith, non.

— Pourquoi n'avoir rien dit ? Cela aurait permis de laver l'honneur de Walter Carrey.

— Parce que ça enfonce davantage mon frère.

J'étais dubitatif. Lauren le remarqua aussitôt et me demanda :

— Tu en penses quoi, Marcus ?

— Que tu fais fausse route.

— Comment ça ?

— Tu essaies à tout prix de prouver l'innocence de ton frère et, visiblement, tu tournes en rond. C'est l'affaire en entier qu'il faut résoudre si tu veux disculper Eric. Il faut découvrir qui a vraiment tué Alaska Sanders. Et il semble que ce ne soit ni ton frère, ni Walter Carrey. Alors qui ?

Lauren me dévisagea longuement, ses yeux plantés dans les miens.

— Marcus, je ne te connais pas, mais pour une raison qui m'échappe je te fais confiance. Pour la première fois depuis onze ans, je me sens soudain moins seule. Est-ce que tu crois que tu peux m'aider ?

Le dimanche, en fin de matinée, Gahalowood vint me rejoindre à l'hôtel. Pour être à l'abri des oreilles indiscrètes, nous restâmes dans ma chambre. Il semblait soucieux. Je lui demandai si c'était lié à l'enquête, il me répondit que c'était surtout lié à la vie. Comme toujours, il éludait.

CHAPITRE 14
Lauren

Mount Pleasant, New Hampshire.
Dimanche 11 juillet 2010.

Gahalowood se servit de café et s'assit sur un fauteuil. Je l'imitai et m'installai sur le rebord du lit.

— Vous savez, l'écrivain, dans mon bureau du quartier général de la police, il y a une armoire que je n'ouvre presque jamais. C'était surtout Vance qui l'utilisait. Il y rangeait tout son bordel. Et Dieu sait s'il en accumulait, du bordel. Vous me connaissez, je suis plutôt maniaque. Lui, c'était le contraire. Il accumulait toutes sortes de vieilleries. Des trucs absolument inutiles dont il répugnait à se débarrasser. « On ne sait jamais », disait-il. Et moi de répliquer : « Tant que je ne le vois pas, ça ne me dérange pas. » Cette armoire, ça fait pour ainsi dire onze ans que je ne l'ai pas ouverte.

*

16 avril 1999

Gahalowood, dans son bureau, regardait dans le vague. Face à lui, la table de Vance, encombrée de son désordre habituel : des documents, des notes, des stylos dont la plupart ne fonctionnaient plus. Son coéquipier lui manquait cruellement. Dix jours qu'il était mort. Chaque matin, au réveil, c'était comme un nouveau deuil : Gahalowood n'arrivait pas à se faire une raison. Il passait ses journées à fixer le bureau de Vance. Il l'y voyait, s'emparant d'un stylo, puis constatant qu'il n'avait plus d'encre, le reposant pour en essayer un autre. Et encore un autre. Gahalowood appelait ça « le cimetière des stylos ». Il savait qu'il devait ranger, vider les affaires de Vance. Lansdane le lui avait demandé. Mais il n'en avait pas le courage.

Des coups contre la porte interrompirent sa rêverie. Kazinsky entra dans la pièce, une épaisse enveloppe à la main.

— On a reçu ça pour Vance, dit-il.

Gahalowood ouvrit l'enveloppe : c'était le rapport de l'inspecteur des pompiers concernant l'incendie dans l'appartement de Walter Carrey. Il rendait les conclusions de son enquête : incendie volontaire, avec trois départs de feu différents. Utilisation d'un accélérant, sans doute de l'essence. Des photos accompagnaient l'envoi : on y voyait les pièces ravagées par les flammes, et notamment la chambre à coucher, sur les murs de laquelle avait été peint, en lettres capitales : *PUTE INFIDÈLE.*

— Ce type était vraiment un cinglé, s'indigna Kazinsky. Tu veux que j'ajoute ça au dossier Alaska Sanders ?

— Inutile, répondit Gahalowood, le dossier est clos.

— Alors, est-ce que je le transmets à la police de Mount Pleasant qui a géré l'incendie ? Si tu me fais un petit mot d'accompagnement, je l'envoie.

Gahalowood, qui n'avait aucune envie de réfléchir ni de faire de la paperasse, demanda alors à son collègue :

— Tu sais quoi, Kazinsky, rends-moi service. Vide tout le bureau de Vance. Mets tout dans un carton : cette enveloppe et tout ce merdier, et fourre le carton dans son armoire. Je ne veux plus avoir ça sous les yeux.

*

— Vance n'avait pas de famille directe, m'expliqua Gahalowood, mais j'imaginais que quelqu'un viendrait récupérer ses affaires. Un frère, un cousin, un neveu. Personne n'est jamais venu et l'armoire est restée telle quelle. De rares fois je me suis mis en tête de la vider. Avant de renoncer aussitôt, par crainte de retrouver des souvenirs. Je n'aime pas les souvenirs, l'écrivain. Car ils inspirent la nostalgie. Et vous savez le peu de considération que j'ai pour la nostalgie. Vous n'êtes pas le seul à avoir un problème de fantômes.

— Pourquoi me racontez-vous tout cela, sergent?

— Parce que notre conversation d'hier m'a turlupiné. J'ai passé la journée à me demander ce qui avait pu se passer à Salem. Et plus j'y pensais, plus je me rendais compte que Vance et moi avions concentré notre enquête autour de Mount Pleasant et négligé Salem. Ça m'a tellement tracassé que je suis passé au quartier général et j'ai ouvert l'armoire de Vance. J'ai rapidement mis la main sur le carton dans lequel Kazinsky avait entassé ses affaires. J'ai retrouvé ses stylos, une facture de restaurant, un ticket de pressing, le rapport de l'inspecteur des pompiers, mais, surtout, ça.

Il sortit de sa poche deux feuilles. Des photocopies, l'une d'une note manuscrite de Vance, l'autre d'un article.

Sur la note, au milieu d'observations diverses, Vance avait écrit en lettres capitales :

POURQUOI ALASKA EST-ELLE
VENUE À MOUNT PLEASANT?

L'article, lui, datait de septembre 1998. Il était paru dans le *Salem News*, le journal emblématique de la région de Salem. Le titre était éloquent: *Alaska Sanders, élue Miss Nouvelle-Angleterre.*

Je demandai à Gahalowood :

— Vous saviez qu'Alaska avait participé à des concours de beauté?

— Bien sûr que nous le savions. C'est d'ailleurs Donna Sanders, la mère d'Alaska, qui nous a remis cet article. Mais regardez la date: septembre 1998. Alaska remporte un important concours de beauté et juste après elle se tire à Mount Pleasant. C'est étrange, non? Je me rends compte qu'à l'époque nous nous sommes posé la question à l'envers. Il ne s'agissait pas de savoir pourquoi Alaska était venue à Mount Pleasant, mais pourquoi elle avait quitté Salem.

C'était une très bonne question.

— Il faut aller à Salem, dis-je.

— C'est mon intention, assura Gahalowood. De votre côté ? Du nouveau avec la sœur Donovan ?

— Oui, je crois que nous tenons l'élément concret qui va forcer Lansdane à rouvrir l'enquête : Lauren Donovan possède une photo qui disculpe Walter Carrey.

Le visage de Gahalowood s'illumina :

— C'est seulement maintenant que vous m'en parlez ? Dites-moi que vous en avez une copie, l'écrivain.

Je brandis mon téléphone portable :

— J'ai profité qu'elle tourne le dos pour prendre une photo. La qualité n'est pas merveilleuse.

Je montrai mon écran à Gahalowood. Il reconnut aussitôt Walter Carrey en limite du cadre.

— Ce cliché a été pris au *National Anthem* au moment où Alaska était assassinée, expliquai-je. On voit l'heure sur la télévision, en arrière-plan : 1 heure 43, heure de la côte Est.

— Nom d'un chien ! s'exclama Perry. On la tient, notre preuve. Envoyez-la moi, je vais la montrer à Lansdane demain à la première heure. Vous savez que ça m'écorche les lèvres de vous faire des compliments, mais vous êtes bigrement bon !

— Promettez-moi de manœuvrer avec finesse, sergent. Je veux préserver ma relation avec Lauren. Elle ne doit pas savoir comment ni pourquoi l'enquête a été rouverte. Elle perdrait toute confiance en moi.

— Vous l'aimez vraiment bien ?

— Peut-être.

Au même instant, on frappa à la porte. Les coups furent suivis d'une voix féminine : « Marcus, c'est Lauren. »

Je me figeai, le sergent aussi.

— Qu'est-ce qu'elle fiche là ? chuchota Gahalowood.

— J'en sais rien, murmurai-je.

— Je ne suis pas certain qu'elle serait ravie de me voir ici, elle ne doit pas garder un bon souvenir de notre rencontre il y a onze ans.

— Alors, allez vous cacher ! lui ordonnai-je.

Il se précipita vers la salle de bains.

— Pas dans la salle de bains, lui intimai-je à voix basse.

— Pourquoi pas ?

— Et si elle a un besoin pressent ?

Il eut un air stupéfait.

— Vous êtes complètement cinglé, l'écrivain ! Cette fille en pince pour vous, elle vous livre ses petits secrets. Croyez-moi, elle ne vient pas dans votre chambre d'hôtel pour vos toilettes.

Des coups encore. Et la voix de Lauren à travers la porte :

— Marcus ? Tu es là ?

— J'arrive !

Lorsque j'ouvris, je trouvai Lauren qui tenait en main son exemplaire de *La Vérité sur l'Affaire Harry Quebert*. Elle passa outre les salutations :

— Tu connais Perry Gahalowood ? me demanda-t-elle.

Je pressentis à son ton que *oui* n'était pas une bonne réponse. Je privilégiai donc la seconde option :

— Non.

— Comment ça, *non* ? Tu as passé un été entier à enquêter avec lui. J'ai lu ton bouquin. Je l'ai commencé hier quand tu es parti et je l'ai terminé cette nuit.

Je tentai une plaisanterie :

— Tu n'as pas aimé et tu veux que je te rembourse, c'est ça ?

— Je suis sérieuse, Marcus : quelles sont tes relations avec Gahalowood ?

— Très mauvaises. Je l'ai brièvement rencontré dans le cadre de l'enquête, mais ce n'est pas comme si j'étais allé dîner chez lui avec sa femme et ses enfants.

— Ce n'est pas ce que tu racontes dans ton livre !

— Ce n'est qu'un roman, Lauren. Et c'est le travail d'un écrivain d'enjoliver la réalité pour le plaisir des lecteurs.

— Tant mieux ... Dis-moi, tu ne fais pas un livre à propos de mon frère, hein ?

— Non, bien sûr que non. Quelle idée ! J'ignorais tout de cette affaire jusqu'à ce week-end !

Elle parut soulagée :

— Qu'est-ce que tu fais maintenant ?

— Rien... rien de spécial, répondis-je.

— Tu veux faire un tour avec moi ? J'ai envie de voir l'océan.

— Avec plaisir.

J'abandonnai Perry dans la salle de bains, et m'en allai avec Lauren. Nous embarquâmes à bord de ma voiture et prîmes la direction de la côte Atlantique. Nous traversâmes la frontière avec le Maine et nous arrivâmes, une heure et demie plus tard, à Kennebunkport. Nous nous promenâmes dans le centre historique, avant d'y déjeuner. Puis Lauren me conduisit sur une plage qu'elle affectionnait. La marée était basse et nous vagabondâmes, pieds nus, au milieu des rochers et des flaques dans lesquelles grouillaient des crabes, de grosses crevettes et des étoiles de mer. À chaque découverte, Lauren s'émerveillait. Je crus d'abord que c'était la biologiste en elle qui refaisait surface, c'était en réalité une partie de son enfance qui resurgissait.

— Tu viens souvent ici? lui demandai-je tandis qu'elle brandissait fièrement un énorme tourteau.

Elle le reposa dans l'eau avant de répondre:

— Je venais ici avec mes parents et mon frère. Presque tous les week-ends. C'est ici que j'ai attrapé le virus de la biologie. Qui aurait imaginé que je finirais flic...

Il y eut un silence. Elle regarda à l'horizon puis elle me reprit:

— Marcus, si tu veux bien, j'ai envie de laisser de côté cette affaire pour aujourd'hui. Je voudrais profiter d'un moment seule avec toi. Sans fantômes.

— Ça me va bien.

C'était la fin de l'après-midi lorsque nous repartîmes de Kennebunkport pour rentrer à Mount Pleasant. Le soleil de juillet brillait de mille feux, irradiant les paysages sublimes de la campagne du New Hampshire. Alors que nous atteignions la petite ville, Lauren me proposa simplement: « Allons dire bonjour à mes parents. » J'acquiesçai comme si c'était une évidence.

Janet et Mark Donovan, les parents de Lauren, habitaient une coquette maison à leur image: simple, modeste, solide. Lorsque nous arrivâmes, Mark bricolait dans son garage et Janet était occupée au jardin. En levant le nez de sa plate-bande, elle posa sur moi un regard d'abord circonspect. Puis, me reconnaissant, elle me sourit: « Vous êtes plus beau en vrai qu'à la télévision, monsieur Goldman. »

Les Donovan étaient des gens charmants. Nous prîmes le thé sur leur terrasse, ce fut un moment délicieux. Puis, comme Lauren et son père s'absentèrent un instant – Mark voulait interroger sa fille sur des documents administratifs qui le dépassaient –, Janet se laissa aller à quelques confidences.

— Merci d'être venu, monsieur Goldman. Lauren ne nous ramène pas souvent du monde.

— Appelez-moi Marcus, je vous en prie, madame Donovan.
— Appelez-moi Janet.
J'esquissai un sourire. Elle reprit :
— Lauren et vous êtes ensemble ?
— Non, mais j'aime beaucoup votre fille. Elle est fantastique. Et quel caractère !
— Elle est effectivement fantastique. Mais je voudrais qu'elle pense plus à elle et moins à son frère. Parfois, c'est comme si elle se sentait coupable de quelque chose. Elle vous a parlé d'Eric, j'imagine.
— Oui.
— Lauren est sa petite sœur, mais elle a toujours éprouvé le besoin de le protéger. C'est vrai que lui était bonne pâte, se laissait plutôt faire, alors qu'elle est tout le contraire. Un jour, au lycée, Eric a été pris à partie par un groupe de costauds. Lauren s'en est mêlée et a cassé le nez de l'un d'eux. Elle s'est retrouvée exclue de l'établissement pour deux semaines. Je peux être franche avec vous, Marcus ? Je pense qu'Eric ne sortira jamais de prison. Lauren devrait vivre sa vie. Je voudrais pour son bien qu'elle s'établisse loin du New Hampshire. Qu'elle puisse reprendre sa vie là où elle l'a laissée il y a onze ans.
Je me sentis suffisamment à l'aise pour lui demander :
— Est-ce que vous pensez qu'Eric est coupable ?
— Avez-vous des enfants, Marcus ?
— Non.
— Pour un parent, un enfant reste un enfant. On ne se pose jamais ce genre de question. Notre cerveau n'est pas capable de l'envisager. On appelle ça l'amour indéfectible : c'est un amour que seule la filiation peut engendrer et qui surpasse tout.

Après notre visite, je raccompagnai Lauren chez elle. Elle me proposa de rester dîner, ce que j'acceptai volontiers.

Nous cuisinâmes ensemble, en sirotant un cabernet californien. Nous parlions de tout et de rien. La conversation était légère. Lauren avait tombé le masque. Elle affichait un sourire lumineux, son rire était irrésistible.

À la deuxième bouteille de vin, la soirée devint plus romantique. Nous mangeâmes du bout des lèvres, trop occupés à nous effleurer les mains. Finalement, c'est elle qui fit le premier pas. Elle se leva, soi-disant pour ramasser les assiettes, mais elle ne toucha pas aux plats. Elle colla ses lèvres contre les miennes, et je lui rendis son baiser.

Elle murmura alors :

— Tu peux dormir ici, si tu veux.

— C'est gentil de ne pas me mettre dehors maintenant.

Elle rit :

— Je prends mon service tôt demain matin. J'aurais préféré un réveil plus romantique… Mais je suis contente si tu restes.

— Alors je reste. Et de toute façon, je ne raterais pas une occasion de te voir en uniforme.

Elle sourit.

*

Le lendemain matin, lundi, Lauren se réveilla à l'aube. Je l'entendis prendre sa douche et me levai à mon tour. Lorsque je la rejoignis à la cuisine, elle était dans son uniforme, en train de boire un café. Elle m'en servit une tasse et m'embrassa. « Je vais récupérer le journal dehors », me dit-elle avant de quitter brièvement la pièce. J'avalai une gorgée de café. Je me sentais bien.

Lauren réapparut dans l'encadrement de la porte. En posant les yeux sur elle, je la découvris livide. Ses yeux me fusillèrent.

— Pauvre type ! hurla-t-elle. Dégage de chez moi !

J'étais complètement décontenancé :

— Lauren, enfin, qu'est-ce qui t'arrive ?

— Dégage, Marcus ! Je ne veux plus jamais te revoir !

D'un geste déterminé, elle m'entraîna vers la porte de la cuisine, l'ouvrit et m'expulsa en me lançant au visage le journal qu'elle venait de ramasser. Comprenant que l'explication était là, je dépliai l'exemplaire du *Mount Pleasant Star* pour en découvrir, stupéfait, la une :

MARCUS GOLDMAN ROUVRE
L'ENQUÊTE SUR ALASKA SANDERS

Le célèbre écrivain, connu pour avoir innocenté Harry Quebert, serait à Mount Pleasant pour enquêter sur le meurtre d'Alaska Sanders. C'est du moins ce qui ressort d'une récente visite dans les archives du Mount Pleasant Star. *[…]*

Gahalowood fut la première personne que je prévins de la fuite dans le journal. Il s'agaça : « L'écrivain, vous n'êtes pourtant pas un débutant. Comment avez-vous pu commettre une erreur pareille ? » Il était tôt, l'information n'avait pas encore eu le temps de circuler : il fallait avertir Lansdane de toute urgence.

CHAPITRE 15

Étourderie coupable

Mount Pleasant, New Hampshire.
Lundi 12 juillet 2010.

La véritable raison de ma présence dans le New Hampshire avait été éventée par l'historique de mes recherches que j'avais omis d'effacer lors de mon passage aux archives du *Mount Pleasant Star*. Le réceptionniste était allé fouiner derrière moi, avait découvert le pot-aux-roses et s'était empressé de prévenir la rédaction. Comment avais-je pu être aussi négligent ? J'étais catastrophé. Sur le conseil de Gahalowood, je rappliquai à Concord. Je n'aspirais qu'à fuir Mount Pleasant, de toute façon. Je pensais à Lauren, à ses parents. Surtout à sa mère, qui m'avait accordé sa confiance.

Le soleil se levait doucement sur l'horizon, tandis que je filais en direction de la capitale du New Hampshire. Je roulais vite, il n'y avait pas de circulation, j'arrivai plus rapidement que prévu à Concord. Par hasard, en sortant de l'autoroute, je me retrouvai à longer le parking du *Fanny's* où Helen était décédée deux mois auparavant. Je m'y arrêtai, sans savoir si je faisais un pèlerinage ou si j'avais besoin d'un café. J'étais un peu perdu.

À mesure que l'Amérique se réveillait, la nouvelle faisait le tour des médias, en quête d'un peu de sensationnel en cette période creuse de l'année. Elle fut bientôt reprise par l'ensemble des flashs d'informations du matin.

Mon éditeur, Roy Barnaski, me téléphona, extatique :

— Sacré Goldman ! exulta-t-il au téléphone. Déjà un nouveau livre en préparation ! Et une affaire criminelle, en plus ! C'est génial, c'est ce que tout le monde réclamait ! Et puis le titre est tout trouvé : *L'Affaire Alaska Sanders* ! Quand est-ce qu'on prévoit la parution ?

— Je vous le répète, il n'y a pas de livre, Roy…

— Taratata, petit cachottier ! C'était donc ça que vous maniganciez au prétexte d'une séance de dédicaces.

— Roy, je me suis juste fait piéger par un petit con qui travaille pour le journal local.

— Vous vous êtes laissé piéger, nuança Roy. Pour qu'on parle de vous. Parce que vous aimez ça, créature narcissique ! Et c'est tant mieux ! Je vais réunir l'équipe marketing et on se fait une conférence téléphonique, d'accord ? C'est formidable !

Je lui raccrochai au nez.

Le chef Lansdane était nettement moins enthousiaste que Barnaski. Ce matin-là, à peine Gahalowood et moi avions-nous pénétré dans son bureau qu'il explosa :

— Marcus, vous êtes soit inconscient, soit complètement idiot !

— Peut-être un peu des deux ? suggéra Gahalowood.

— Je ne suis pas d'humeur à plaisanter, Perry ! J'ai déjà eu le gouverneur au téléphone et il va falloir que je m'explique devant la presse tout à l'heure !

— J'ai été négligent, concédai-je, n'y voyez aucune malice de ma part.

— Oh, ne vous inquiétez pas, Marcus, je n'y vois aucune malice, uniquement de la bêtise !

— La bonne nouvelle, intervint Gahalowood, c'est qu'on a la preuve que Walter Carrey est innocent.

Il montra à Lansdane la photo prise au *National Anthem* à l'heure du crime.

— Vous appelez ça une bonne nouvelle, maugréa Lansdane, j'appelle ça de sérieuses emmerdes en perspective !

J'entamai une passe d'armes avec Lansdane :

— C'est la preuve que vous réclamiez pour rouvrir le dossier, non ?

— C'est à moi d'en décider ! vociféra-t-il.

— Mais depuis le début de cette affaire, vous êtes dans la contradiction ! m'emportai-je. Vous vouliez que j'enquête sous le prétexte d'écrire un livre : vous êtes servi !

— Du calme, intervint Gahalowood. Ça ne sert à rien de s'exciter, il faut agir. Chef, j'ai le sentiment que cette situation, malgré les apparences, vous est favorable : on ne divulgue aucune information à ce stade, vous utilisez l'écrivain comme fusible. Vous dites que, suite aux annonces parues dans les médias, vous devez, par diligence, détacher un policier pour des contrôles de rigueur.

— Ce policier, c'est vous, j'imagine.

— Oui. Marcus et moi continuons notre enquête, en toute discrétion. Pas de vagues, c'est promis. Il ne sera question que du livre de Marcus, les langues vont facilement se délier. Les révélations viendront lorsque nous aurons toutes les réponses à nos questions. Ce sera alors beaucoup plus facile à gérer pour vous.

Lansdane nous dévisagea. On le devinait très agacé, mais il n'avait pas le choix.

— Le gouverneur menace de me faire sauter s'il n'y a pas de résultat avant la fin du mois.

— On fera de notre mieux, assura Gahalowood.

— Vous sautez aussi, Perry ! Si je saute, tout le monde saute !

Gahalowood envoya Lansdane dans les cordes en répondant d'un ton neutre :

— Vous savez, chef, j'ai perdu ma femme. Alors perdre mon boulot…

En quittant le siège de la police d'État, j'étais d'humeur morose. Gahalowood le remarqua immédiatement. Alors que nous avions pris place dans l'habitacle de ma voiture, je restai les mains sur le volant, un peu hébété, sans démarrer.

— On en a vu d'autres, l'écrivain, me réconforta Gahalowood.

— Je sais bien, sergent.

— C'est surtout la situation avec Lauren qui vous embête, hein ?

— Touché.

— Je suis désolé, l'écrivain. Mais bon, voyez les choses du bon côté : vous êtes la clé pour cette enquête qu'elle mène depuis onze ans. Elle sera obligée de vous recontacter.

— On verra bien, sergent.

— Allez, en route, on va pas passer la journée sur un parking.

— Où allons-nous ?

— C'est le premier jour de notre deuxième enquête ensemble, l'écrivain. Ça se fête. On va aller acheter des beignets et du café.

Je souris :

— Je n'imaginais pas que vous diriez ça un jour, sergent.

— Quoi donc ?

— Que vous vous réjouiriez d'une nouvelle enquête en ma compagnie. Quand on sait comment ça a débuté entre nous, au moment de l'affaire Harry Quebert…

— Ne vous accordez pas trop de mérite, l'écrivain. Depuis que je suis veuf, je n'aime plus la solitude. Personne n'aime la solitude quand on vous l'impose.

— Oh, j'ai presque cru que vous me faisiez une déclaration d'amitié.

— Dans vos rêves. Allez, roulez.

— Et à part se gaver de beignets, vous avez un plan d'attaque, sergent ?

— Évidemment. Vous vous souvenez de ce que je vous avais dit à l'époque, au tout début de l'enquête sur Nola Kellergan ?

Je me souvenais précisément du conseil de Gahalowood.

— Il faut se concentrer sur la victime, pas sur le meurtrier, dis-je.

— Exactement. On va à la rédaction du *Salem News*, l'écrivain. Il est temps de creuser dans le passé d'Alaska. Et de découvrir ce qui s'est passé à Salem.

*

Contrairement à ce que son nom laisse supposer, la rédaction du *Salem News* ne se trouve pas à Salem mais à Beverly, une ville limitrophe. Le journal avait fusionné, quinze ans plus tôt, avec le *Beverly Times* dont il partageait depuis les locaux, situés au 32 Dunham Road, dans la zone industrielle.

Une réceptionniste alanguie nous accueillit avec flegme. Lorsqu'il fut question de retrouver des archives de la fin des années 1990, elle prit une mine épouvantée :

— Impossible de remonter au-delà de 2000, nous assura-t-elle. Il y avait bien un projet de numérisation des archives mais *ils* ne sont jamais allés au bout.

Gahalowood lui montra la copie de l'article retrouvé dans les dossiers de Vance.

— Nous cherchons des informations sur Alaska Sanders.

La réceptionniste plissa des yeux en regardant la page :

— Ça ne me dit rien, mais je peux appeler Goldie, si vous voulez. Elle est là.

— Goldie ?

— Goldie Hawk, je vois que c'est elle qui a signé cet article. Elle travaille toujours pour le journal.

Peu après, une femme élégante d'une cinquantaine d'années se présenta à nous. Elle me reconnut aussitôt :

— Marcus Goldman ?

J'acquiesçai :

— Enchanté, madame, et voici le sergent Perry Gahalowood.

— Comme dans le livre ?

— Comme dans le livre, soupira Gahalowood.

Alaska avait eu les honneurs du journal à plusieurs reprises. Goldie Hawk put nous donner accès à l'ensemble des articles qui lui avaient été consacrés : elle les avait écrits. Elle nous installa autour de son bureau désordonné et sortit un épais classeur dans lequel se trouvaient tous les articles qu'elle avait rédigés depuis son arrivée au journal.

— C'est ma mère qui a tout conservé religieusement. Pour mes cinquante ans, elle m'a offert cette compilation. Au moins ça aura servi à quelque chose. Les articles sont classés chronologiquement. Ceux concernant Alaska sont vers le début.

Les premiers articles couvraient des concours de mini-miss, ces concours de beauté pour enfants et adolescents.

— Dans ces années-là, nous expliqua Goldie Hawk, j'étais toute jeune. C'était mon premier poste. Le rédacteur en chef était un type un peu vieux jeu, qui considérait que le *Salem News* était avant tout un journal local. Il ne se prenait pas pour le *New York Times*, il voulait du contenu régional : les kermesses, les évènements sportifs ou encore les concours de petites miss, qui avaient un écho important. Évidemment, tous les autres journalistes de la rédaction se pinçaient le nez, moi je m'y suis collée. Résultat, vingt-cinq ans plus tard, je suis toujours là. Mais allez savoir si c'est un mal ou un bien. (Elle sourit à sa propre réflexion.) Bref, la couverture de ces concours constituait également un enjeu économique parce que plusieurs familles dont les filles concouraient étaient des annonceurs du journal.

Nous tombâmes finalement sur les articles consacrés à Alaska, dès l'année 1993. À partir de l'âge de seize ans, elle avait remporté de nombreuses compétitions de beauté. Je regardai les photos, prises au fil des ans. Elle y apparaissait radieuse.

— Et donc Alaska ? demandai-je.

— Alaska est arrivée sur le tard. Un peu par hasard. Comme ça marchait bien, elle a poursuivi l'aventure. Alaska était différente des autres filles...

— Comment cela ?

— Elle leur était supérieure en tous points : plus intelligente, plus mûre, plus belle. Et puis, elle ne cherchait pas la gloire. Elle n'avait pas vraiment d'ego, elle s'en fichait à vrai dire. Elle participait à ces compétitions dans deux buts : percer dans le cinéma et gagner de l'argent. Tous ces prix sont bien dotés, elle se constituait une petite cagnotte. Je me souviens qu'elle m'en avait parlé un jour, j'avais été surprise par sa maturité. Elle m'avait dit : « Je confie l'argent à mes parents qui mettent 10 % des gains sur mon compte personnel, et le reste sur un compte auquel je n'ai pas accès. Ça sera ma bourse pour le jour où je voudrai m'installer à New York ou Los Angeles. » J'avais été impressionnée par cette adolescente déterminée qui avait déjà échafaudé tout un plan de carrière. J'étais certaine que je la verrais un jour à l'affiche. Je n'aurais jamais imaginé qu'elle finirait assassinée dans un bled du New Hampshire. Qu'est-ce qu'elle fabriquait là-bas ?

— C'est une bonne question, dis-je.

— Vous remarquerez que je n'ai rien écrit à propos de sa mort. J'ai laissé un collègue s'en charger. J'aurais eu l'impression de la salir en évoquant ce sordide fait divers.

Le dernier article que Goldie Hawk avait consacré à Alaska était celui retrouvé dans le dossier de Vance : il s'agissait d'un portrait de la famille Sanders, publié dans l'édition du lundi 21 septembre 1998. Le samedi précédent, Alaska venait de remporter le grand concours de Miss Nouvelle-Angleterre.

— C'était une étape importante pour sa carrière : il s'agissait de son premier concours d'adulte. Tout le monde était très excité pour elle. J'ai eu envie de lui consacrer un article à part entière, au-delà du cadre du concours. Interroger ses parents et raconter le quotidien de cette famille centré autour de la carrière de la jeune femme dont on espérait qu'elle deviendrait la prochaine grande actrice américaine. Pour la photo, on les a fait poser tous les trois.

Je me penchai sur le cliché : on y voyait Alaska, en robe de mousseline blanche, entourée de ses parents, dans le salon de leur maison du quartier de Mack Park.

Douze ans plus tard, le salon de Robbie et Donna Sanders n'avait pas changé. C'est ce que Gahalowood et moi constatâmes en leur rendant visite au sortir de la rédaction du *Salem News*. Même canapé en skaï, même moquette épaisse, mêmes bibelots sur les étagères. Selon Gahalowood, les parents Sanders eux-mêmes n'avaient pas changé.

En nous ouvrant la porte, Donna Sanders murmura simplement :

— Alors c'est vrai ? Vous rouvrez l'enquête ?

Avant de parler d'Alaska, il y eut un cérémonial. Nous nous installâmes dans le salon, Donna nous apporta du café et insista pour que nous goûtions ses muffins faits maison. Puis elle passa en revue le contenu d'une boîte en carton renfermant des souvenirs de sa fille. Il y avait pêle-mêle des photos, une brosse à cheveux, des billets de concert, un bracelet en plastique, plusieurs diadèmes en toc, vestiges des concours de beauté.

Donna était penchée sur la table basse, à manipuler ses trésors, tandis que Robbie, les bras croisés, était assis au fond du canapé.

— Rien de tout ça ne la fera revenir, dit-il, agacé par l'étalage des reliques. Et rouvrir ce dossier encore moins. Pourquoi vous ne nous laissez pas tranquilles ?

— Enfin, Robbie, tu ne veux pas savoir ? protesta Donna. Le sergent Gahalowood dit que l'assassin serait en liberté.

— Ce n'est qu'une supposition, insista Gahalowood. Je regrette de vous faire revivre cette épreuve, mais s'il y a un doute, il faut le lever.

— Qu'est-ce que ça changera pour nous ? ironisa amèrement Robbie Sanders.

— Rien. Cela n'apaisera malheureusement en rien votre peine. Mais j'ai la conviction qu'il est important de découvrir ce qui s'est réellement passé. Et puis surtout, un innocent est peut-être emprisonné depuis onze ans.

— Un « innocent » accablé par des preuves irréfutables et qui a plaidé coupable ! s'emporta Robbie. Qu'est-ce que vous voulez, sergent ? Vous venez quérir notre bénédiction pour ouvrir à nouveau nos plaies ?

— Je viens chercher des réponses à des questions, monsieur Sanders. Des questions que j'aurais peut-être dû vous poser à l'époque.

— Par exemple ?

— Qui était vraiment Alaska ?

— Comment ça ?

— Quels étaient ses rêves, ses aspirations, ses regrets, ses doutes. Je me demande si je ne suis pas passé à côté de quelque chose en 1999. Je viens de découvrir qu'Alaska, à l'époque, s'était confiée à son employeur à Mount Pleasant. Elle aurait évoqué « quelque chose qui s'est passé à Salem ». Alors, je vous le demande, madame et monsieur Sanders : que s'est-il passé à Salem qui a visiblement marqué votre fille ?

Donna et Robbie Sanders se dévisagèrent, interloqués.

— Rien dont nous soyons au courant, finit par répondre Donna. Alaska était une fille rayonnante. La vie lui souriait. Il lui arrivait d'être soucieuse, comme tout le monde, mais je n'ai pas en tête un évènement particulier. Se serait-il passé quelque chose au lycée ? Il faudrait interroger ses amis d'alors, je peux vous donner les noms si vous le voulez. Vous savez, elle était assez secrète.

Donna Sanders nous fit ensuite le portrait d'une jeune femme qui suscitait l'admiration autour d'elle. Alaska, leur fille unique, leur lumière. Joviale, intelligente, drôle et douce. Alaska, à l'éternelle bonne humeur, louée par des professeurs, aimée de ses amis. Parfaite et perfectionniste.

Petite, Alaska aimait faire rire. Elle amusait la galerie avec des pitreries qui devinrent bientôt des imitations irrésistibles. Des réunions de famille aux spectacles de fin d'année, elle remportait un succès sans cesse grandissant.

« C'était une actrice née, nous raconta Donna Sanders. Elle avait un talent fou. Pour ses douze ans, nous sommes allés passer un week-end à New York City. Elle rêvait d'aller voir une pièce à Broadway : nous l'avons emmenée voir *Le Marchand de Venise*. Je pensais qu'elle s'ennuierait prodigieusement, elle a tellement aimé ça qu'elle a décidé de faire du théâtre. Elle a rejoint une troupe locale qu'elle a fréquentée jusqu'à la fin du lycée. Elle avait trouvé sa vocation : devenir actrice. Alaska était également très coquette, elle aimait bien faire les magasins. Pour compléter son argent de poche, elle s'est mise à faire du baby-sitting. Les enfants l'adoraient, les parents aussi. Elle s'est constitué tout un réseau. Mais vers l'âge de quinze-seize ans, elle a changé, je veux dire physiquement. En quelques mois, elle s'est métamorphosée. L'enfant au physique ingrat a laissé place à une adolescente qui paraissait femme et embellissait un peu plus chaque jour. »

*

Salem.
Juin 1993.

— Je comprends, madame Myers, aucun problème. À bientôt.

Alaska raccrocha le téléphone mural de la cuisine. Elle s'assit en tailleur sur la banquette et posa la tête sur ses mains, en signe de dépit. C'était un vendredi, en fin d'après-midi.

Donna Sanders entra dans la cuisine et s'inquiéta de trouver sa fille prostrée.

— Que se passe-t-il, ma chérie ?

— Madame Myers vient d'appeler. Elle a annulé mon baby-sitting de ce soir. Son mari n'est pas bien et ils restent à la maison.

— Ça peut arriver. Qu'est-ce qui te tracasse ?

— Madame Myers avait l'air bizarre au téléphone. Et c'est la troisième annulation en quinze jours. Il faut que je gagne ma vie, moi !

Donna éclata de rire.

— Tu sais quoi, ma chérie, si on sortait toutes les deux ce soir? On va au centre commercial, on se fait un peu de shopping, on dîne et on va au cinéma.

— Papa sera d'accord? demanda Alaska. Je l'ai entendu se fâcher l'autre jour à cause de la carte de crédit.

— Ton père n'est pas là ce soir. Ce sera une sortie entre filles. Et personne ne sera au courant de quoi que ce soit, sourit Donna Sanders en attrapant un pot en terre cuite sur l'étagère, dont elle sortit une poignée de billets. J'ai ma petite réserve secrète. Tu sais ce qu'on dit: ce qui n'apparaît pas sur le relevé de la carte de crédit n'a jamais existé.

Le visage d'Alaska s'illumina: l'idée d'une sortie avec sa mère l'enchantait. Une demi-heure plus tard, les deux femmes se rendaient dans un grand centre commercial avoisinant. Elles suivirent le programme proposé par Donna: flâneries, achats, puis elles mangèrent une pizza chez *New York Pizza* avant de se rendre au cinéma. Elles voulaient voir *Jurassic Park*, dont tout le monde parlait. Tandis qu'elles faisaient la queue pour acheter les billets, elles tombèrent nez à nez avec les Myers.

— Madame Myers? s'étonna Alaska. Vous êtes finalement sortis?

La madame Myers en question était visiblement gênée, son mari n'avait pas l'air de savoir de quoi il retournait.

— Pourquoi ne serait-on pas sortis? demanda-t-il.

— Votre femme m'a dit que vous étiez souffrant, expliqua Alaska qui n'était pas dupe. Vous m'avez l'air d'aller beaucoup mieux, je suis contente de ce rétablissement éclair.

Madame Myers était cramoisie. Le guichet des billets se libéra et Donna Sanders saisit l'occasion pour mettre un terme à cette situation embarrassante:

— C'est à nous, Alaska. Bonne soirée!

Elle entraîna sa fille par le bras.

— Maman, elle m'a menti! s'offusqua Alaska.

— Je sais, ma chérie.

— Mais pourquoi elle a fait ça? Je m'occupe très bien de ses enfants.

— J'en suis absolument certaine, ma chérie.

Donna Sanders savait parfaitement pourquoi madame Myers ne voulait plus avoir recours aux services de sa fille. Elle-même se rendait bien compte qu'Alaska attirait tous les regards. Partout où elle allait, sa fille faisait tourner les têtes. Alaska était probablement la seule à ne pas mesurer l'effet qu'elle produisait sur les gens, et sur les hommes en particulier, malgré ses seize ans. Et ni madame Myers, ni aucune mère de famille, n'allaient vouloir de cette jeune femme pulpeuse à proximité de leur mari.

*

— Pauvre Alaska, ça lui a flanqué un coup. Madame Myers lui a fait perdre toute sa clientèle. C'est une petite communauté, les gens parlent entre eux. Madame Myers a expliqué à ses amies que son mari l'ayant déjà trompée une fois, elle n'allait certainement pas lui mettre Alaska dans les pattes. Et voilà que toutes ces idiotes ont considéré leurs époux comme des prédateurs incontrôlables, bonjour l'ambiance. *Attention à Alaska*, voilà le message qu'elles envoyaient, comme si ma fille était une diablesse. J'étais dégoûtée pour elle. Mais Alaska n'était pas du genre à se laisser abattre : cet été-là, pour remplacer ses baby-sittings, elle a trouvé un petit boulot chez un marchand de glaces. De nouveau : affluence et gros pourboires. Un jour, l'un des clients lui a proposé de participer à un concours local de mini-miss qu'il organisait. Il lui a dit qu'elle avait toutes ses chances. Qu'elle pourrait même devenir mannequin. Elle a décidé de se lancer, et figurez-vous qu'elle a gagné le concours. Avec mille dollars à la clé. Pour Alaska, ça a été un déclic. Elle a pris conscience de son physique. Elle s'est mise à enchaîner les concours, toujours avec succès. Puis elle a rapidement été démarchée pour apparaître dans des publicités. Ça restait à l'échelle régionale : une concession automobile, un restaurant, un magasin de bricolage. Mais on l'a bientôt vue un peu partout à Salem. Elle était une célébrité locale. Les gens lui disaient : « Hé, mais vous êtes pas la fille de la pub pour la pizzeria ? » Après le lycée, elle n'a pas voulu aller à l'université. Elle voulait se donner une chance de percer comme actrice. Elle gagnait sa vie avec ses concours ou ses pubs, et à côté elle enchaînait les castings. Elle avait même une agente à New York. C'était sérieux. Elle postulait pour des rôles en se filmant dans la cuisine, avec le caméscope de mon mari. Elle avait tout pour aller au bout de ses rêves…

Donna se tut soudain. Comme si elle n'avait plus de mots. Elle se leva et s'empara d'un épais livre relié, posé sur la cheminée.

— C'est pas la peine, lui dit Robbie, masquant difficilement son agacement.

— Comme ça *ils* verront, lui répondit sa femme. *Ils* verront comme elle était belle.

Elle posa le livre sur la table devant nous et l'ouvrit : c'était un album fabriqué par ses soins consacré à sa fille. Tout y était : photos de famille, publicités pour un magasin de meubles extérieurs, une pizzeria ou un déstockage de pneus. Nous y vîmes Alaska, vivante et belle.

Au milieu des collages et des pages volantes sur papier glacé, il y avait un *book* photo professionnel, réalisé, selon l'en-tête, pour l'agence DM, à New York.

— Elle en était si fière, nous raconta Donna Sanders. Regardez quelle allure elle a…

— Qu'est-ce que l'agence DM ? demanda Gahalowood.

— Agence Dolores Marcado, c'est elle qui s'occupait d'Alaska. Elle disait qu'elle était très prometteuse. Elle croyait énormément en elle. Dolores nous avait dit : vous verrez, votre fille va devenir une vedette. Alaska a participé à pas mal de castings pour des premiers rôles. Elle s'enfermait dans sa chambre avec le caméscope. Regardez…

— Pas les vidéos ! objecta Robbie Sanders. Ces messieurs ne sont pas venus pour ça !

Donna fit semblant de ne pas entendre les récriminations de son mari et manipula un vieux magnétoscope dont on se demandait comment il fonctionnait encore. Sur la vieille télévision à tube, probablement conservée pour l'occasion, une image de mauvaise qualité apparut. Et bientôt le visage d'Alaska, au tout premier plan, qui venait d'allumer la caméra. Elle eut un sourire éclatant, arrangea ses cheveux et recula de quelques pas jusqu'à apparaître de plain-pied. Et soudain, sa voix : « Bonjour, je m'appelle Alaska Sanders, de Salem, Massachusetts. J'ai vingt et un ans et je postule pour le rôle d'Anna. »

Nous la regardâmes, subjugués, réciter son texte. Difficile d'échapper à son magnétisme. La cassette terminée, l'écran se brouilla d'une neige de pixels blancs. Donna éteignit la télévision. Robbie Sanders essuya ses larmes. L'espace d'un instant, c'était comme si Alaska Sanders avait à nouveau existé.

— Onze ans qu'elle est partie, nous dit alors Donna Sanders. Onze ans et je n'arrive toujours pas à accepter sa mort. Je n'ai jamais pu me faire à l'idée qu'elle n'était plus là. Mais comment pourrais-je me résigner à ce qu'une sale nuit d'avril 1999 quelqu'un ait pris la vie de ma fille ? Sa chambre est toujours là, je n'y ai pas touché. Elle l'attend.

— Pas la chambre ! supplia Robbie Sanders.

Mais Donna était déjà en train de se diriger vers l'escalier, nous exhortant à la suivre. Gahalowood et moi lui emboîtâmes le pas, mal à l'aise. Elle nous fit visiter son musée du Fantôme, une chambre d'adolescente en tous points similaire à ce que nous avions vu quelques instants plus tôt sur les images de l'audition enregistrée par Alaska. Au centre de la pièce, un lit rond couvert de coussins roses. Face à la fenêtre une coiffeuse en bois laqué. Sa penderie était encore pleine de vêtements. Les murs étaient restés tapissés de posters des groupes de l'époque – Goo Goo Dolls, Smashing Pupkins, Blink-182 –, dont les couleurs avaient été délavées par le temps et le soleil. Chez les Sanders, on avait l'impression que tout était resté figé en 1999.

Je finis par poser à Donna Sanders la question qui me brûlait les lèvres :

— Que s'est-il passé pour qu'Alaska se retrouve à Mount Pleasant ? Pardonnez-moi si je suis un peu abrupt, mais à vous entendre, la prochaine étape de sa vie aurait plutôt dû être New York City ou Los Angeles…

— Mais vous avez parfaitement raison, monsieur Goldman, me répondit Donna en esquissant un sourire triste.

— Que s'est-il passé ?

— Elle a rencontré Walter Carrey. Cette espèce de raté à la petite semaine. Il lui a tourné la tête. C'était un bel homme, brut de décoffrage, assez séduisant. Il avait un côté sauvage. C'était un type costaud et rugueux, avec un côté ténébreux. Bref, tout ce qui peut plaire à cet âge.

— Quand Alaska l'a-t-elle rencontré ?

— À l'été 1998. Dans un bar à la mode, à Salem. Depuis qu'elle avait fêté ses vingt et un ans, elle sortait régulièrement.

— Pourriez-vous nous préciser quand, durant cet été 1998, Walter et Alaska se sont rencontrés ? demanda Gahalowood.

Donna Sanders fit un effort de concentration.

— Je n'en sais plus rien. Peut-être juin ou juillet… C'était en tout cas avant le grand concours de Miss Nouvelle-Angleterre. Le concours était fin septembre.

— En quoi consistait ce concours ?

— C'était une des compétitions les plus en vue dans la région, réunissant des concurrentes du Massachusetts, du Vermont, du New Hampshire et du Maine. Un concours professionnel, doté d'un premier prix de 15 000 dollars.

— Concours qu'Alaska a remporté, non ? dis-je en me souvenant de l'article du *Salem News* consacré à la famille Sanders.

— Exactement. Sa victoire avait fait grand bruit, tout le monde en parlait. Son agente disait même qu'un réalisateur de Hollywood avait eu un coup de cœur pour Alaska.

— Que s'est-il passé alors ? demandai-je.

— Environ une semaine après le concours, Alaska a eu une dispute terrible, nous révéla Donna.

— Une dispute avec qui ?

— Son père.

— Pourquoi ?

Une voix nous répondit depuis le palier de la chambre : c'était Robbie Sanders qui nous avait rejoints sans bruit.

— J'ai trouvé de la marijuana dans son sac.

*

Salem.
Vendredi 2 octobre 1998.

Donna Sanders n'oublierait jamais ce jour où elle rentra chez elle. Elle revenait d'un voyage de deux jours à Providence, dont sa famille était originaire, où elle avait dû régler avec ses sœurs les modalités de la vente de la maison de sa mère, décédée quelques mois plus tôt. C'était la fin de l'après-midi lorsqu'elle s'engagea dans l'allée de la maison. Une Ford Taurus noire était garée à cheval sur le trottoir : à son bord, Walter Carrey. Il la salua d'un geste amical.

— Bonjour, m'dame Sanders, lui dit-il par la fenêtre ouverte de sa voiture.

— Bonjour, Walter. Tu ne veux pas rentrer ?

— Non merci. Je vais y aller… Ça barde entre votre mari et Alaska.

— Que se passe-t-il ?

— J'en sais rien, répondit-il en enclenchant la marche arrière. J'étais censé venir chercher Alaska, on a prévu un week-end en amoureux… Quand je me suis pointé, Alaska était en train de se disputer avec votre mari, elle m'a dit de partir et qu'elle me rejoindrait à Mount Pleasant avec sa voiture.

Donna se précipita vers la maison. À l'intérieur, elle entendit des cris résonner à l'étage. Elle gravit les escaliers. Dans la chambre d'Alaska, sa fille et Robbie s'invectivaient. Alaska jetait à la hâte des vêtements dans un sac de voyage.

— Que se passe-t-il ? s'écria Donna.

Son intervention imposa un silence immédiat. Alaska avait le visage défait. Donna n'avait jamais vu sa fille dans cet état.

— Tu veux vraiment savoir ? demanda Alaska, en larmes, avec une pointe de défi dans la voix.

— Évidemment que je veux savoir.

Robbie Sanders annonça alors :

— J'ai trouvé de la marijuana dans les affaires d'Alaska !

— Papa ! hurla Alaska.

— Alaska, se désola sa mère, non, pas toi !

— Et si ! éructa Robbie. La confiance est trahie ! Je ne peux pas y croire !

— Alaska, tu m'avais promis que tu n'y toucherais jamais ! Tu te rends compte des conséquences ? Si ça se sait tu peux perdre ton titre de Miss Nouvelle-Angleterre ! Et tu peux dire adieu à tes rêves de cinéma.

Alaska fusilla son père du regard, attrapa son sac et s'enfuit, les yeux pleins de larmes. Elle dévala les escaliers, récupéra ses clés de voiture et claqua la porte. Elle se précipita dans sa décapotable bleue et démarra.

Donna Sanders déboula de la maison, suppliant Alaska de ne pas s'en aller

— Attends, ma chérie, attends !

Elle courut derrière la voiture de sa fille sur une centaine de mètres, avant de se résigner à la voir disparaître.

*

— On aurait pu tout arranger! nous assura Donna Sanders. Évidemment, sur le moment, nous avons un peu surréagi. Alaska avait signé une charte éthique pour le concours de Miss Nouvelle-Angleterre: elle s'engageait à ne pas boire, ne pas fumer, ne pas consommer de drogue, ne pas poser nue. Des tas de mères de famille jalouses auraient été ravies de la traîner dans la boue si elles l'avaient vue fumer un joint.

— Ce n'était qu'un peu d'herbe, objectai-je.

— Ça peut vous paraître idiot aujourd'hui, monsieur Goldman, mais mon mari et moi avons reçu une éducation très stricte. Pour nous, fumer de la marijuana restait associée à de la consommation de drogue, sans distinction. D'ailleurs, aux yeux de la loi, c'était une substance de même catégorie que l'héroïne! Et n'oubliez pas que c'était l'époque de la politique « fume un joint, tu perds ton permis »: si on vous attrapait, assis sur un banc, en train de fumer un joint, la sanction pénale était automatiquement assortie de six mois de suspension du permis de conduire!

— Et donc les choses ne sont pas se arrangées avec Alaska…

— Non, elle nous en voulait trop. Comme si cet événement avait fait resurgir une rage qu'elle gardait à l'intérieur. Je pense que cet idiot de Walter Carrey lui a monté la tête. Je ne sais pas ce qu'il lui a raconté, ni ce qu'il lui a fait miroiter, mais elle est partie s'installer chez lui à Mount Pleasant. Elle s'est accrochée à ce pauvre type qui habitait au-dessus du magasin de ses parents. Elle était complètement sous son charme, voilà la vérité. Elle était majeure, qu'est-ce que je pouvais faire? La ramener de force à Salem? Tout ça pour aller bosser dans une station-service et se faire tuer.

— Vous n'avez pas essayé de recoller les morceaux? demandai-je.

— J'ai tout tenté. En vain. Je me suis dit que le temps aiderait. Mais le temps ne répare rien, il amplifie les non-dits et les ressentiments. Je suis allée quelques fois à Mount Pleasant, pour déjeuner ou boire un café avec Alaska. Mais quelque chose s'était brisé. Elle n'a pas même pas daigné revenir pour Thanksgiving ou pour Noël. J'ai passé la journée de Noël à pleurer.

Après la visite aux Sanders, il nous restait un grand bout de journée devant nous. Puisque nous étions dans le Massachusetts, nous nous rendîmes à Boston – à une demi-heure de route –, pour rendre visite à Patricia Widsmith, l'avocate d'Eric Donovan.

CHAPITRE 16
Le Marcus en Ford

Boston, Massachusetts.
Lundi 12 juillet 2010.

Le cabinet d'avocats *Cooper&Associés* occupait un hôtel particulier en briques rouges, juste derrière le Capitole du Massachusetts. Nous étions en plein quartier de Beacon Hill où habitait Emma Matthews à l'époque de notre relation.

Cooper&Associés était un bureau d'avocats pénalistes, connu pour plaider des dossiers épineux impliquant des personnalités, mais aussi pour défendre gracieusement des causes justes. Ils avaient récemment obtenu la libération d'un homme, innocenté après trente-deux années de prison.

Gahalowood et moi patientâmes dans une salle d'attente tapissée d'articles de journaux vantant les nombreuses victoires remportées par le cabinet au fil des années. Une réceptionniste finit par venir nous chercher :

— Maître Widsmith va vous recevoir.

On nous conduisit dans un bureau meublé avec élégance où nous attendait une femme d'une quarantaine d'années : Patricia Widsmith. Gahalowood et elle n'avaient plus eu de contacts depuis la conclusion de l'affaire.

— Enfin, lui dit-elle, il était temps que vous rouvriez l'enquête. Ça fait onze ans que j'attends ce moment.

Nous prîmes place autour d'une table en verre où l'on nous

servit du café italien dans des tasses en porcelaine. Patricia Widsmith était habillée de façon simple, mais on devinait que son t-shirt était d'un créateur et que ses baskets valaient 400 dollars la paire. Ses bijoux laissaient également entrevoir qu'elle gagnait très bien sa vie. Je ne pus m'empêcher de lui dire :

— Je ne vous imaginais pas vraiment dans un cadre comme celui-ci.

Elle sourit :

— Parce que je défends gratuitement Eric Donovan ? Vous imaginiez un bureau en sous-sol ?

Je bredouillai, gêné :

— En tout cas, pas ce genre de standing.

— Ça a toujours été la philosophie de Sean Cooper, le fondateur de notre cabinet : les convictions coûtent cher, il faut pouvoir les assumer. C'est justement parce que nous sommes un cabinet prestigieux, dont une partie de la clientèle a de très gros moyens, que nous pouvons défendre les plus démunis.

— Qu'est-ce qui vous a poussée à défendre Eric Donovan ? demandai-je. Son dossier est plutôt accablant. Difficile de prime abord d'y percevoir une erreur judiciaire.

— Ça, c'est votre avis. Je connaissais personnellement Eric. Quand on le connaît, on sait qu'il n'a pas pu tuer cette jeune femme.

— Comment l'avez-vous rencontré ?

— À Salem. À l'époque, nous fréquentions les mêmes endroits et nous avons sympathisé. C'était un garçon adorable, toujours de bonne humeur. Quand mon couple s'est mis à battre de l'aile et que j'avais besoin me changer les idées, je faisais le tour des bars avec lui. Puis il est retourné vivre à Mount Pleasant. Lorsqu'il a été arrêté, il a fait appel à moi. J'ai aussitôt eu l'intime conviction qu'il était innocent.

— Comment expliquez-vous ce faisceau de preuves qui convergent toutes vers lui ?

— Il a été piégé, affirma Patricia Widsmith.

— Piégé par qui ?

— C'est ce que je n'ai jamais réussi à découvrir. Je n'en ai pas la preuve – et je ne l'aurai malheureusement jamais – mais je pense que Walter Carrey l'a piégé.

— Pourquoi ?

— Parce que Walter a toujours été jaloux d'Eric. Il pensait

qu'Eric avait une liaison avec Alaska. Il a planifié le meurtre d'Alaska de façon à faire porter le chapeau à Eric. Ça aurait probablement fonctionné s'il n'avait pas planté sa voiture dans la forêt, permettant à la police de remonter rapidement sa trace.

— Navré de vous contredire, intervint Gahalowood, mais deux arguments s'opposent à votre théorie. Tout d'abord, Alaska a quitté Walter Carrey quelques heures avant d'être assassinée, ce qui ne lui laissait guère le temps d'orchestrer un tel piège. Ensuite, nous savons, et j'imagine que vous aussi, que Walter a un solide alibi pour le moment du meurtre.

— Vous faites référence à la photo retrouvée par Lauren qui le situe au *National Anthem* à 1 heure 43 du matin la nuit du meurtre ?

— Oui.

— Cet alibi ne tiendra pas cinq minutes devant un juge. Comme vous le savez, la mort d'Alaska Sanders a été estimée entre 1 heure et 2 heures du matin. Walter Carrey aurait parfaitement pu l'assassiner autour de 1 heure du matin et être photographié ensuite à 1 heure 43 au *National Anthem*.

Je n'avais pas pensé à cette éventualité. Je lançai un regard à Gahalowood qui ne cilla pas.

— Ça ne change rien au fait qu'Alaska venait d'annoncer à Walter qu'elle le quittait, objecta Gahalowood. Il avait besoin d'un minimum de temps pour piéger Eric Donovan.

— Je sais que Walter Carrey soupçonnait Eric et Alaska d'avoir une liaison avant qu'Alaska ne le quitte.

— Si vous parlez des soupçons que nourrissait Sally Carrey, elle ne s'en est ouverte à son fils que lorsqu'il lui a annoncé qu'Alaska l'avait quitté. Votre raisonnement ne tient donc pas.

— Walter était au courant bien avant cela.

— Qu'est-ce qui vous permet de l'affirmer ?

Patricia Widsmith sortit d'une armoire un épais dossier : sa propre enquête sur la mort d'Alaska Sanders. Elle nous expliqua :

— Ne le prenez pas mal, sergent, mais à l'époque j'ai vite compris que l'enquête n'irait pas très loin : vous aviez vos coupables, l'affaire était close. Alors j'ai dû me débrouiller, j'ai fait du porte-à-porte avec Lauren. C'est comme ça que nous nous sommes liées toutes les deux et qu'au fil du temps l'idée de monter une association a germé dans nos esprits. J'ai interrogé la moitié de la ville. Parmi les témoignages importants, j'ai recueilli celui de Regina Speck, la patronne du *Season*, ce café charmant sur la rue principale, vous connaissez ?

— Oui, acquiesçai-je.

Patricia Widsmith feuilleta son dossier jusqu'à trouver ce qu'elle cherchait :

— Sally Carrey, la mère de Walter, s'était épanchée auprès de cette Regina Speck. Voilà, regardez, c'est ici.

> *Elle [Sally Carrey] vient tous les jours au café. Environ une semaine avant la mort d'Alaska, elle m'a confié qu'Alaska et Eric entretenaient une liaison. Elle les avait surpris à traîner ensemble en l'absence de son fils. Elle disait que son fils était trop naïf : qu'il s'en doutait sûrement mais qu'il préférait être trompé que de se retrouver tout seul.*

Patricia Widsmith nous dit alors :

— Si la mère de Walter Carrey se répandait publiquement au sujet d'une liaison entre Alaska et Eric, elle avait forcément partagé ses soupçons avec son fils avant qu'Alaska ne le quitte.

— Est-ce que je pourrais vous emprunter ce dossier pour y jeter un œil ? demanda Gahalowood.

— Je vais demander qu'on vous en fasse une copie, lui répondit Patricia Widsmith. Vous pouvez tout vérifier, c'est très facile.

— Si vous aviez des doutes sur le travail de la police à l'époque, pourquoi ne pas nous avoir alertés sur ces nouveaux témoignages ?

Patricia Widsmith hésita un instant avant de répondre :

— Les soupçons d'une liaison entre Eric et Alaska n'allaient pas vraiment dans le sens de mon client.

— Et donc votre théorie serait que Walter Carrey a agi par jalousie : il a tué Alaska et s'est arrangé pour piéger Eric ?

— Absolument.

— Je suis curieux de connaître vos arguments.

L'avocate étala devant nous différentes pages de son enquête. Il s'agissait là essentiellement des éléments à charge du dossier de police. Elle nous dit :

— Walter pense qu'Alaska et Eric ont une liaison. Il souhaite se venger des deux : la tuer, elle, et le faire souffrir, lui. Il profite donc d'une partie de pêche pour récupérer un pull-over appartenant à Eric. Il tient une première preuve contre lui. Puis il adresse des messages anonymes à Eric et Alaska : *JE SAIS CE QUE TU AS FAIT*, sans doute pour les effrayer. Il jubile à l'idée qu'ils flippent. Il pousse le vice jusqu'à imprimer ses messages chez Eric, ce qui est très facile puisqu'il est sans cesse fourré chez lui. Il sait qu'ainsi, Alaska morte, la police remonterait jusqu'à Eric. Je m'étonne que la police n'ait jamais considéré cette piste. Il y a là le mobile et l'opportunité, les deux éléments clés que les enquêteurs recherchent dans le cadre d'un meurtre.

Gahalowood ne réagit pas, mais il affichait ce regard que je lui connaissais : il était désarçonné. Patricia Widsmith avait marqué un point. Celle-ci reprit :

— Walter Carrey étant mort, ma théorie est malheureusement impossible à vérifier. Mais il a quand même avoué le crime, on peut donc légitimement considérer qu'il a voulu entraîner Eric avec lui. Pas seulement à cause d'Alaska : Walter a été jaloux d'Eric toute sa vie.

— Eric et Walter étaient pourtant amis, non ?

— Sergent, n'avez-vous jamais été jaloux d'un de vos amis ? Eric et Walter étaient des copains d'enfance : ils avaient grandi ensemble à Mount Pleasant. Pendant un temps, ils avaient été inséparables. Et puis l'âge adulte venant, les premières rancœurs arrivent. Eric va dans une bonne université tandis que Walter végète. Eric vit à Salem, a un bon poste, tandis que Walter vit au-dessus du magasin de ses parents et travaille avec eux. Il se fait houspiller toute la journée par sa mère. Demandez à Mount Pleasant ce qu'il en était à l'époque, vous verrez. Et je sais de quoi je parle car je les ai vus moi-même ensemble.

— Eric et Walter ?

— Oui, une fois, à Salem. Dans un bar. Walter était venu rendre visite à Eric. À ce moment-là déjà, leurs rapports commençaient à se distendre. Mais Eric ne refusait jamais à Walter de passer le week-end sur son canapé, au nom de leur amitié d'enfance. Je le dis sans méchanceté, mais Walter était un peu lourdaud. Il se cherchait désespérément une copine, c'est comme ça qu'il a rencontré Alaska d'ailleurs.

— Vous-même, connaissiez-vous Alaska à Salem ?

— Non, elle était sensiblement plus jeune que moi. À cet âge ça fait une grande différence. Est-ce que vous avez parlé avec Eric Donovan ?

— Pas encore, répondit Gahalowood.

— On peut aller le voir ensemble si vous voulez, suggéra Patricia.

— Volontiers.

— Allons-y demain matin si ça vous va, je me rends à la prison de toute façon car il y a la manifestation.

— La *manifestation* ? demanda Gahalowood. Quelle manifestation ?

— Tous les deuxièmes mardis du mois, notre association *Liberté pour Eric Donovan* se réunit devant la prison d'État où Eric est détenu. C'est une suggestion que j'ai faite à Lauren il y a deux ans et ça fonctionne plutôt bien. Nous avons besoin de mobiliser l'opinion publique pour mettre en lumière le cas d'Eric et contribuer au réexamen de son dossier. C'est malheureusement un classique des erreurs judiciaires : sans pressions, les autorités ne font rien. Celui qui fera le plus de bruit aura une chance de sortir, les autres crèveront en silence. Venez, ce sera l'occasion de vous rallier à la cause.

— Nous agissons dans le cadre d'une enquête de police officielle, rappela Gahalowood, nous ne prenons pas parti.

— Voulez-vous savoir combien d'innocents croupissent en cellule aux États-Unis, sergent ?

— Vous ne pouvez pas vous abriter derrière quelques erreurs dramatiques pour discréditer tout le système judiciaire.

— *Quelques erreurs dramatiques* ? s'offusqua Patricia. Que diriez-vous si l'un de vos enfants était derrière les barreaux pour un crime qu'il n'a pas commis ? C'est à se demander de quel côté vous êtes, sergent ?

— Du côté de la justice.

— Faites comme vous voulez. Je serai à la prison demain à 10 heures. Venez si vous désirez que je vous fasse rencontrer Eric.

En quittant le cabinet de Patricia Widsmith, je m'efforçai de convaincre Gahalowood de la rejoindre à la prison le lendemain matin. Il me répondit par un sarcasme :

— Parce que votre copine Lauren y sera ?

— Parce qu'on doit parler à Eric Donovan, sergent !

— Je suis policier, me fit-il remarquer, on peut le voir quand on veut, on n'a besoin de personne.

— Oui, mais si on est introduits par son avocate et sa sœur, il sera en confiance. Le but n'est pas tant de le voir que de le faire parler !

— Vous n'avez pas tort, l'écrivain.

— Sergent, pourquoi n'avoir pas dit à Patricia Widsmith que les aveux de Walter Carrey avaient été extorqués ?

— Parce que j'ai d'abord besoin de savoir si elle prête à envisager, au terme de notre enquête, la culpabilité de son client. Peut-on lui faire confiance ? Ou va-t-elle sauter sur mes confidences pour faire valoir un vice de procédure et nous faire comparaître devant un juge en qualité de témoins ?

Nous marchâmes jusqu'à ma Range Rover. En arrivant devant, je demandai à Gahalowood :

— Sergent, ça vous embête de prendre ma voiture et de rentrer à Concord sans moi ? Je vous y rejoindrai plus tard.

Il me dévisagea d'un air suspicieux :

— Qu'est-ce qui vous arrive, l'écrivain ?

— Rien, sergent. Juste une course à faire.

— On peut la faire ensemble, si vous voulez. Ou alors je vous attends. Comment allez-vous rentrer jusqu'à Concord ensuite ?

— Je me débrouille. Ne vous inquiétez pas. À tout à l'heure.

Je lui laissai les clés. Il n'insista pas. Je partis de mon côté et marchai jusqu'à une agence de location de voitures que j'avais repérée. En me présentant devant le comptoir d'accueil, je dis à l'employé :

— Il me faudrait une Ford, vous avez ça ? Votre plus ancien modèle.

Le seul modèle de Ford disponible à l'agence était du bas de gamme, ce qui correspondait exactement à ce que je cherchais. Une fois au volant, je sortis de ma poche le papier sur lequel Emma Matthews m'avait noté son adresse lors de mon précédent passage à Boston, quinze jours plus tôt.

Suivant les indications du GPS, je me rendis à Cambridge. De part et d'autre de la rue d'Emma, de jolies maisons, parfaitement alignées et séparées par des jardins sans haie ni barrière. Je me garai discrètement à proximité du numéro 24 : j'étais posté de façon à voir sans être vu. Au bout de quelques instants, je vis Emma apparaître, accompagnée d'une petite fille qui s'ébrouait sur le gazon. Elles jouèrent dehors un moment. Puis, une voiture se gara dans leur allée : un homme en sortit en complet cravate. L'enfant se précipita vers lui en criant « papa ». Le papa embrassa la fille, puis il embrassa Emma. J'observai la petite tribu, me nourrissant de ce tableau heureux. Je me demandais si je pourrais moi aussi être un jour un père de famille accompli.

Soudain, la portière côté passager s'ouvrit. Je sursautai. C'était Gahalowood.

— Sergent, qu'est-ce que vous faites là ? Vous m'avez fichu une de ces trouilles…

— Permettez-moi de vous retourner la question, l'écrivain, me dit-il en s'installant sur le siège passager. J'imagine qu'il y a une bonne raison pour que vous soyez dans cette bagnole de location à espionner cette famille.

J'esquissai un sourire triste :

— J'essaie de me rappeler le Marcus en Ford. Un jeune écrivain sans succès, mais plein de rêves et d'aspirations.

*

New York.
Début août 2005
(trois semaines avant la rupture avec Emma).

Dans son bureau au dernier étage de la tour qui abritait le siège de Schmid & Hanson, sur Lexington Avenue, Roy Barnaski m'avait sorti le grand jeu : champagne, petits fours et des compliments à profusion. Mon agent, Douglas Claren, et moi étions assis face à lui, autour d'une grande table en ébène. Devant moi, le contrat et un stylo. Il ne me restait plus qu'à signer. Mon tout premier contrat d'auteur. Barnaski avait adoré les premiers chapitres de mon livre et m'avait offert de me publier.

— Vous savez ce que signifie ce contrat, Marcus ? me lança Barnaski. De l'argent à ne plus savoir qu'en faire ! Parce que vous avez un don exceptionnel. Votre bouquin est merveilleux, et j'ai le sentiment que les suivants seront encore meilleurs !

— J'aime votre enthousiasme, dis-je.

— Ce n'est pas mon enthousiasme qui compte, mais la production de votre poignet. Ce n'est que le début d'une longue aventure, Marcus, il va falloir travailler dur.

— C'est mon souhait le plus cher, assurai-je.

Barnaski désigna le contrat et en récapitula les termes :

— Une avance d'un million de dollars pour votre premier livre, qui vous sera versée à la remise du manuscrit, en septembre. Vous vous engagez également pour deux autres livres. Le suivant devra être terminé et livré avant le mois de juin 2008.

— Je ne vous décevrai pas, déclarai-je.

Sur ces mots, je signai le contrat d'un geste allègre. Barnaski eut un sourire triomphal. Il se saisit de la bouteille de champagne, fit sauter le bouchon et remplit trois coupes, avant de déclarer :

— À Marcus Goldman, la prochaine étoile de la littérature américaine !

Trois semaines plus tard, le 29 août 2005, j'achevai ma dernière relecture du manuscrit de *G comme Goldstein*. J'avais terminé tard dans la nuit : après quelques heures de sommeil, je sautai dans ma Ford et roulai d'une traite jusqu'à Aurora pour apporter mon texte à Harry.

— C'est un grand jour, me dit ce dernier en contemplant le manuscrit posé sur la table de sa terrasse.

Nous étions dehors, profitant de cette matinée d'été. L'océan était d'un calme souverain. Sur la plage, en contrebas, des mouettes allaient et venaient.

— Tout ça, c'est grâce à vous, Harry.

Harry balaya aussitôt mes remerciements d'un geste de la main.

— Marcus, il n'y a qu'une seule personne à qui vous devez d'être un écrivain : vous-même.

Il se leva, se saisit de sa boîte en fer *SOUVENIR DE ROCKLAND, MAINE* et en sortit quelques morceaux de pain qu'il jeta aux mouettes.

Cet après-midi-là, je devais rejoindre Emma à Boston et célébrer en sa compagnie l'achèvement de mon travail. Au moment de quitter Harry, alors qu'il me raccompagnait sur le pas de sa porte, je vis ma Ford minable garée à côté de sa Corvette rouge.

— Harry, lui demandai-je, est-ce que vous me prêteriez votre voiture quelques jours ?

— Bien sûr, me répondit-il sans hésiter une seconde.

Je lui laissai ma Ford et repartis au volant de son bolide. Sur l'autoroute qui descendait vers le Massachusetts, j'éprouvai une sensation de légèreté. C'était comme si je laissais l'ancien Marcus derrière moi.

Emma, en revanche, fut beaucoup moins emballée lorsqu'elle découvrit la Corvette.

— Qu'est-ce que c'est que cette bagnole? me demanda-t-elle, épouvantée.

— C'est pour aller dîner chez tes parents, répondis-je.

Je ne plaisantais qu'à moitié.

— Arrête, Marcus, s'agaça Emma, ça ne me fait pas rire. Qu'est-il arrivé à ta voiture?

— Ma Ford, c'est l'ancien Marcus.

— *L'ancien Marcus*? Qu'est-ce que c'est que ces conneries? Maintenant que tu as écrit un livre tu as l'intention de changer?

— Ce n'est pas moi qui vais changer, c'est le regard des autres.

J'ignorais à quel point ma prophétie se révélerait exacte.

— Promets-moi que tu vas la rendre, exigea Emma.

— C'est promis. Je dois retourner voir Harry dans quelques jours, quand il aura lu mon manuscrit.

— J'aime le Marcus qui roule en Ford, insista-t-elle.

— Je sais.

Harry avait promis de me donner des nouvelles de mon livre rapidement. Je ne me doutais pas qu'il allait m'appeler vingt-quatre heures plus tard, et à une heure indue de surcroît. C'était le soir du 30 août 2005. Il était aux alentours de 22 heures 30, j'étais étendu contre Emma, à la caresser, dans l'obscurité de sa chambre. Pour seul éclairage, les lumières de Boston qui filtraient par la fenêtre. Nous étions allongés mais encore habillés, elle portait une jupe courte que je faisais glisser lentement sur ses cuisses. Soudain, mon téléphone, oublié dans la poche de mon pantalon, se mit à sonner. Je m'en saisis pour l'éteindre, mais je vis sur l'écran que c'était Harry qui appelait.

— Qui est-ce? demanda Emma en voyant mon air circonspect.

— Harry.

— Tu le rappelleras demain.

— Pour qu'il essaie de me joindre à une heure pareille, ça doit être important.

Le téléphone continuait de sonner. Je décrochai. Emma soupira et remonta sa jupe.

— Allô, Harry?

— Marcus...

Il avait une voix d'outre-tombe.

— Harry, est-ce que tout va bien?

— C'est à propos de votre livre, Marcus. La situation est grave. J'ai découvert quelque chose qui me préoccupe. Je dois vous parler. Il faut que vous veniez à Aurora.

— Maintenant?

— Oui, maintenant.

Il ne semblait pas dans son état normal et je lui promis de me mettre en route aussitôt:

— J'arrive, je serai là dans quarante-cinq minutes.

Je raccrochai. Emma me dévisagea avec inquiétude:

— Que se passe-t-il, Marcus?

— Harry doit me parler de mon livre.

— Quoi, *maintenant*? Tu vas aller dans le New Hampshire en pleine nuit pour parler de ton bouquin?

— Il a dit que c'était « grave ».

— *Grave*? s'emporta-t-elle. Ce qui est grave, c'est de te tirer comme un voleur! Ton livre peut attendre demain matin! N'y va pas.

— Désolé, Emma. Harry est un ami, il avait l'air d'avoir besoin de moi.

— Tu n'y vas pas pour Harry, tu y vas pour ton foutu livre!

J'enfilai mon t-shirt et remis mes chaussures.

— Si tu passes cette porte... me menaça Emma, hors d'elle.

— Quoi, *si je passe cette porte*?

— Si tu passes cette porte, cela veut dire que tu n'es plus le Marcus que j'ai connu.

— Tu me connais depuis cinq mois à peine.

— Si tu pars, Marcus, c'est fini.

— Pour quelle raison? Parce que je pars aider un ami?

— Ce n'est pas à l'appel de Harry que tu réponds. Mais à celui de ton ambition. Ton ambition sera ton pire démon. Elle va te consumer. Si tu ne peux pas la refréner, je ne resterai pas avec toi.

Je m'en allai.

Je n'allais revoir Emma que cinq ans plus tard, devant sa boutique de Cambridge, fin juin 2010.

Ce soir du 30 août 2005, il était presque minuit lorsque j'arrivai à Aurora. Je suivis Ocean Road plongée dans l'obscurité la plus totale, puis j'arrivai à Goose Cove. La maison de Harry semblait éteinte, ma Ford était cependant garée devant. Il était forcément là. Je frappai à la porte, mais n'obtins aucune réponse. Je me décidai à entrer. J'étais inquiet. Personne dans le salon. J'appelai. Aucun signe de vie. Je sortis sur la terrasse et c'est alors que je vis une silhouette sur la plage qui contemplait un feu de bois. C'était lui.

Je descendis le rejoindre.

— Harry ?

Il me dévisagea avec un drôle d'air.

— Oh Marcus, vous êtes venu !

Je compris à sa façon d'articuler qu'il était complètement ivre. Une bouteille de whisky traînait à même le sable. Il la ramassa et me la tendit. J'en bus une gorgée, pour ne pas l'offenser. Je sentais mon cœur battre fort dans ma poitrine. Je ne l'avais jamais vu dans un tel état.

— Que se passe-t-il, Harry ?

Il me toisa de son regard vitreux, puis il me lança :

— Vous êtes plus qu'un simple écrivain, Marcus : vous savez aimer. Je le sais, je l'ai lu dans votre bouquin. C'est une qualité rare.

Je répétai encore ma question :

— Que se passe-t-il, Harry ?

— Nous sommes le soir du 30 août 2005, Marcus. Cela fait exactement trente ans.

— Trente ans que quoi ?

— Trente ans que je l'attends.

— Qui attendez-vous ?

Il éluda ma question :

— Vous ne pouvez pas imaginer ce que cela fait lorsque quelqu'un disparaît soudain de votre vie et que vous ignorez ce qu'il est advenu de cette personne. Est-elle morte ? Ou en vie quelque part ? Pense-t-elle à vous comme vous pensez à elle ?

— Je ne suis pas certain de comprendre, Harry.

— C'est normal. Savez-vous garder un secret, Marcus ? La difficulté avec un secret, ce n'est pas tant de le taire, que de vivre avec.

— Quel est ce secret ?

— Je ne peux pas vous le dire, Marcus. Vous seriez épouvanté.
— Vous ne pouvez pas présumer de ma réaction.
— J'ai trouvé le livre, Marcus.
— Quel livre, bon sang ?
— Celui qui se trouvait dans la boîte à gants de votre voiture.

Il sortit de la poche arrière de son pantalon un exemplaire des *Origines du mal*, son roman phare publié en 1976. Je ne pus m'empêcher de me demander si l'année 1975, celle qui revenait à la mémoire de Harry, avait un lien avec tout cela. Je reconnus immédiatement l'exemplaire qu'il tenait en main : c'était celui que j'emportais partout, depuis des années, et que j'avais abondamment annoté. Il traînait sur le siège passager de ma Ford lors de ma venue à Aurora et je l'avais machinalement rangé dans la boîte à gants au moment d'échanger nos voitures. Je ne comprenais plus rien. Et encore moins lorsque Harry jeta son propre livre dans les flammes.

— Que faites-vous ? protestai-je.

Je voulus récupérer mon exemplaire, mais c'était impossible. Les flammes me brûlèrent les mains. Je ne pus que regarder le livre se consumer, impuissant. Le visage de Harry, en quatrième de couverture, se tordit lentement avant de noircir et de disparaître. Relevant la tête, je vis le vrai Harry contempler son image brûler. Il me dit alors :

— Ce que je fais ? Je fais ce que j'aurais dû faire il y a trente ans avec le manuscrit de ce foutu livre. Je voudrais que ce livre n'ait jamais existé. Vous allez avoir un immense succès, Marcus. Vous allez devenir l'écrivain que je n'ai jamais été.

Quelques mois après cette étrange soirée, j'utilisai une partie de l'avance versée par Barnaski pour me débarrasser de ma Ford et acheter une Range Rover noire. Harry était la première personne à qui je voulais montrer ma nouvelle acquisition. Mon premier trajet fut donc pour aller le rejoindre à Goose Cove. Il inspecta pendant un long moment la voiture flambant neuve que je venais de garer devant chez lui. Mais au lieu de me féliciter il me dit :

— Tout ça pour ça, Marcus. Ces heures, ces années à écrire, cette rage de vivre couchée sur le papier, tout ça pour troquer votre Ford qui roulait très bien (je le sais puisque je l'ai conduite à quelques reprises) contre une bagnole de luxe. Je ne vous blâme pas, Marcus, vous n'y êtes pour rien, c'est notre société qui fonctionne ainsi : il n'y a plus que l'argent qui impressionne vraiment. Et puis vous savez, c'est le problème de tous les artistes : on les admire tant qu'ils sont méconnus, et quand ils réussissent, on les dédaigne car on découvre qu'ils sont comme tout le monde. Lorsque les traders, qui font de l'argent avec l'argent, dépensent de l'argent, personne n'est choqué. Bien que nous les méprisions pour leur cupidité. Alors on attend des artistes qu'ils remontent un peu le niveau, qu'ils soient au-dessus de tout ça. Mais au fond, qu'un artiste qui gagne du pognon ait envie de le dépenser, c'est bien normal. Vous allez découvrir, Marcus, que le succès est une forme de maladie. Il altère le comportement. Le succès public, la célébrité, c'est-à-dire le regard que les gens portent sur vous, affectent votre conduite. Ils vous interdisent de vivre normalement. Mais soyez sans crainte : puisque le succès est une maladie comme les autres, il génère ses propres anticorps. Il se combat lui-même, en son sein. Le succès est donc un échec programmé.

*

Mon récit terminé, Gahalowood me dévisagea avec curiosité :

— Donc le Marcus en Ford, c'est ce que vous seriez devenu sans le succès, c'est ça ?

— Exact, répondis-je.

— Et vous seriez plus heureux ?

— J'en sais rien.

— Mais vous aimez encore cette fille ? me demanda-t-il en désignant Emma au loin.

— Non, j'aime l'image idéale qu'elle incarne. Comme a pu l'être ma tante Anita, ou même Helen.

— Arrêtez d'idéaliser, l'écrivain, et passez à la pratique. Un couple ne coule des jours heureux que l'espace de quelques mois. Ensuite, c'est du travail, des compromis, de la frustration, des larmes. Mais ça en vaut la peine, parce que le résultat est une unité qui n'est pas due à de la chimie ou de la magie, cette unité, vous l'avez construite. L'amour n'existe pas par lui-même, il se bâtit.

J'acquiesçai. Gahalowood me tapa sur l'épaule d'un geste fraternel.

— Allons rendre cette bagnole, me dit-il, et rentrons à la maison.

— Je dois d'abord vous dire pourquoi je suis ici.

— Pourquoi vous êtes ici en train d'épier ces gens? Vous venez de me l'expliquer.

— Non, sergent. Je dois vous avouer pourquoi s lancé dans cette enquête. Il faut que je sois honnête avec vous, sergent: je ne sais plus si je mène cette enquête en mémoire d'Helen, ou pour libérer votre conscience ou simplement, et très égoïstement, pour moi-même. Parce que tant que je suis investi dans cette affaire, je n'ai pas besoin de penser à ma propre vie.

Il y eut un long silence, au terme duquel Gahalowood se livra en retour:

— Vous savez pourquoi je suis venu à votre hôtel hier matin?

— Pour évoquer l'avancement de l'enquête, j'imagine.

— Un dimanche matin, l'écrivain? Vous pensez que je n'ai pas mieux à faire, un dimanche matin, que de me pointer à Mount Pleasant pour papoter sur une enquête en cours?

— Si, répondis-je sans comprendre où il voulait en venir, vous avez probablement mieux à faire.

— Eh bien non, l'écrivain. La voilà, ma réalité. Je n'ai plus grand-chose dans la vie. À part cette enquête, à part vous.

— Vous avez les filles.

— Elles sont parties samedi matin pour trois semaines de camp dans le Maine. Malia est monitrice, Lisa est participante. C'était prévu depuis quasiment une année, elles tenaient à y aller. Et puis je pense que ça leur fera du bien de se changer les idées après tout ce qui s'est passé. Alors, à mon tour d'être franc avec vous, l'écrivain: sans cette affaire, je serais seul à me morfondre chez moi, à crever de solitude. Laissez-moi donc vous dire une bonne chose, que je ne répéterai sans doute pas: merci.

Je souris. Il me sourit en retour. Puis il me dit encore:

— Allez rendre cette voiture, et rentrons dans le New Hampshire. Sur la route, vous m'en raconterez davantage sur ce fameux Marcus en Ford.

— Il n'a rien de fameux, sergent.

Gahalowood éclata de rire et leva les yeux au ciel.

— Si vous n'existiez pas l'écrivain, il faudrait vous inventer.

Je connaissais la prison pour hommes de l'État du New Hampshire pour y avoir rendu visite à Harry, à plusieurs reprises, pendant son incarcération, durant l'été 2008. Aussi, ce matin-là, en arrivant sur le parking visiteurs, je fus traversé par un désagréable sentiment de déjà-vu.

CHAPITRE 17
Le Paradis des truites

Mount Pleasant, New Hampshire.
Mardi 13 juillet 2010.

La manifestation se déroulait devant l'entrée de la prison, sans en gêner l'accès. Une dizaine de protestataires se tenaient sagement sur une large portion de trottoir, cantonnés derrière deux barrières. Ils agitaient des pancartes appelant à la libération d'Eric Donovan, sous la surveillance placide de deux policiers, visiblement blasés, qui buvaient un café dans leur voiture.

Au fil des mois et des saisons, les inlassables soutiens qui venaient tous les deuxièmes mardis du mois et restaient là pendant une heure, sous la pluie, le froid, la neige, le vent ou par grande chaleur, étaient toujours les mêmes : Lauren Donovan, ses parents Janet et Mark, l'avocate Patricia Widsmith, et quelques amis de la famille, essentiellement des retraités. À la différence des précédentes manifestations, des journalistes étaient présents cette fois. Lorsque ces derniers nous virent arriver, Gahalowood et moi, ils tendirent précipitamment vers nous leur forêt de micros et de caméras.

— Êtes-vous venus pour manifester en faveur d'Eric Donovan ? nous demanda-t-on.

— Nous sommes ici uniquement pour voir Eric Donovan, annonça Gahalowood. Notre présence n'est pas liée à la tenue d'un événement en particulier.

— Comment avance l'enquête? interrogea une journaliste.

— Il s'agit d'une enquête de police officielle, rappela Gahalowood. Comme vous pouvez l'imaginer, je suis tenu au secret de l'instruction.

Gahalowood avait déterminé par avance la marche à suivre pour ne pas être en porte à faux avec Patricia Widsmith et les Donovan, ni se mettre dans l'embarras vis-à-vis de sa hiérarchie et de son devoir de réserve. Il passa immédiatement la porte d'accès des visiteurs et disparut dans le bâtiment en briques, tandis que, de mon côté, je rejoignais Patricia Widsmith. Elle portait un t-shirt au slogan *Liberté pour Eric*.

— Vous nous avez amené les médias, me dit-elle. On n'en avait jamais vu autant et ce n'est pas faute d'avoir envoyé un communiqué la veille de chaque manifestation. Grâce à vous, l'intérêt général autour d'Eric renaît. Merci.

— Je ne suis là que pour essayer de découvrir la vérité, lui répondis-je.

Lauren, qui se tenait jusque-là aux côtés de Patricia, s'éloigna aussitôt.

— Ça va lui passer, me dit Patricia. Au fond, elle vous aime bien.

— Je n'en suis pas certain.

— Faites-moi confiance, Marcus. Je la connais bien.

Mon regard croisa celui de Janet et Mark Donovan. Je m'approchai d'eux.

— Je suis désolé, dis-je.

— Désolé de quoi? me demanda Janet d'une voix douce. De défendre mon fils? Onze ans qu'on se désespère et vous arrivez enfin.

Elle me serra la main. Mark Donovan, lui, me gratifia d'une solide tape amicale sur l'épaule et me souffla pudiquement: « Merci, fiston. »

Janet Donovan me dit alors:

— Passez nous voir, Marcus. À la maison ou au magasin. Quand vous voulez. Nous serons heureux de pouvoir parler de *tout ça* avec vous.

J'acquiesçai. Puis je demandai:

— Est-ce que vous pensez qu'Eric va accepter de s'ouvrir un peu?

— L'entrée en matière risque d'être difficile, me prévint

Janet. Les onze années passées en prison, enfermé dans un quartier de haute sécurité avec des meurtriers et des violeurs, l'ont rendu un peu rugueux.

« Pourquoi me confierais-je ? C'est à cause de vous que je pourris ici. »

Ce furent les premiers mots d'Eric Donovan lorsqu'il vit Gahalowood au parloir de la prison. Il allait sur ses quarante ans, mais on lui donnait nettement plus. Il affichait un physique solide mais il avait les traits tirés et le visage marqué d'avoir été enfermé ici trop longtemps. Il fit mine de vouloir aller à la porte pour que le gardien le ramène en cellule, mais Patricia Widsmith le recadra aussitôt :

— Assieds-toi, Eric, et ne fais pas l'idiot. Le sergent Gahalowood et Marcus Goldman sont ta chance de pouvoir enfin sortir d'ici. C'est moi qui leur ai suggéré de venir te parler.

— Parler de quoi ? demanda Eric d'un ton où perçait le sarcasme. Quand je vous ai parlé, il y a onze ans, vous n'aviez pas l'air disposé à m'écouter.

Gahalowood répondit simplement :

— Je veux savoir pourquoi Walter Carrey t'a fait plonger pour le meurtre d'Alaska.

La phrase fit mouche. Eric chercha le regard de Lauren. Celle-ci se tenait dans un coin de la pièce. Elle ne pipait mot mais sa présence parlait pour elle : si elle ne nous avait pas fait un minimum confiance, elle ne nous aurait jamais laissés parler à son frère. Gahalowood poursuivit :

— Je suis convaincu que Walter Carrey n'a pas tué Alaska Sanders. Notamment parce que je sais aujourd'hui que ses aveux n'ont plus aucune valeur. Walter a menti. À propos de lui, et donc à propos de vous. Je sais pourquoi Walter s'est incriminé. Ce que j'ignore, c'est pourquoi il vous a impliqué, vous. Quelle bonne raison avait-il de vouloir vous détruire ?

— Il pensait peut-être que j'avais une liaison avec Alaska, répondit Eric. Vous m'en aviez d'ailleurs parlé à l'époque.

— C'était ce que pensait Sally Carrey, précisa Gahalowood.

— Elle lui aura monté le bourrichon… suggéra Eric.

— Quelque chose ne colle pas, objecta Gahalowood. Je me souviens parfaitement que le lendemain du meurtre d'Alaska, j'ai interrogé Walter en présence de ses parents. Sa mère avait effectivement évoqué une liaison entre Alaska et vous, mais Walter avait vigoureusement réfuté cette possibilité.

— Justement, intervint Patricia Widsmith. C'était le lendemain du meurtre, Walter Carrey, pour écarter tout soupçon, avait intérêt à ne pas laisser transparaître sa rancœur au sujet de cette tromperie.

Gahalowood hocha la tête, peu convaincu :

— Je vois ce que vous voulez dire, mais encore une fois quelque chose cloche. Ça me travaille depuis hier, raison pour laquelle j'ai traîné Marcus au quartier général où nous avons passé la soirée. Vous savez ce que nous y avons fait ? Nous avons ressorti des dossiers concernant des crimes passionnels. Parce que Walter qui tue Alaska parce qu'elle le trompe, ça relève du crime passionnel. C'est-à-dire ce moment où la colère nous pousse à commettre l'irréparable. Dans tous les dossiers que nous avons étudiés, le passage à l'acte est quasiment immédiat. Il est de l'ordre de la pulsion. Un mari surprend sa femme en pleine coucherie, ou alors découvre des lettres compromettantes, et il agit sous le coup d'une émotion incontrôlable. Or, ce n'est pas le cas de Walter.

— Justement si, objecta Patricia. Vous semblez oublier que Walter Carrey a tué Alaska quelques heures après qu'elle l'a quitté.

— Walter n'a pas tué Alaska, répéta Gahalowood. Vous savez comme moi qu'une photo prouve qu'il était au *National Anthem* au moment du meurtre.

— Et vous savez comme moi que cette photo ne tiendra pas devant un jury, dit Patricia. Walter a pu tuer Alaska et être à temps au bar pour ce cliché. Je vais être honnête avec vous, sergent : j'ai de la peine à vous suivre. Il y a onze ans, vous boucliez votre enquête en trois jours. Vous obteniez des aveux filmés du meurtrier. Et voilà que vous débarquez hier dans mon bureau en étant soudain persuadé que Walter Carrey est en fait innocent. Vous avez plus que cette photo, c'est ça ? Vous avez découvert quelque chose qui remet ses aveux en question. Et je voudrais bien savoir quoi.

— Je ne peux malheureusement pas vous en dire davantage à ce stade, je suis tenu au secret de l'enquête.

— C'est facile de vous abriter derrière votre fonction.

Gahalowood eut un mouvement de lèvres que je lui connaissais bien : il faisait son numéro de flic dans toute sa splendeur. Il emmenait son interlocuteur là où il le voulait, pour mieux le coincer.

— Très bien, concéda-t-il. Reprenons votre théorie. Selon vous, Walter Carrey aurait minutieusement piégé Eric pour que des preuves accablantes mènent à lui. Soit. Donc ce vendredi 2 avril 1999, lorsque Alaska quitte Walter, celui-ci n'agit pas sous l'emprise de la colère : il actionne un plan minutieusement préparé. Ce n'est pas une pulsion, c'est un assassinat planifié de longue date dans ses moindres détails.

— C'est exactement ce que je pense, admit Patricia. Walter avait prévu d'assassiner Alaska et de faire porter le chapeau à Eric. Il avait tout pour réussir son traquenard : le pull-over qu'Eric lui avait prêté, et ces messages qu'il avait imprimés chez lui. Et puis, sergent, vous semblez oublier qu'on a retrouvé des débris de sa voiture à proximité du lieu du crime, voiture qu'il s'est empressé de faire réparer le jour même du meurtre. Si ce n'est pas un aveu de culpabilité, ça ! Le crime aurait été parfait si Walter n'avait pas été trahi par sa voiture.

— Un crime parfait ? répéta Gahalowood.

— Un crime parfait n'est pas le meurtre commis sans laisser de traces. C'est celui qui, justement, donne un os à ronger aux enquêteurs et les conduit à suspecter la mauvaise personne.

Gahalowood déposa sur la table, devant Eric, les photos retrouvées avec le rapport des pompiers.

— Qu'est-ce que c'est ? demanda Eric.

— Dans la nuit du lundi 5 au mardi 6 avril 1999, Walter Carrey a mis le feu chez lui après avoir peint ces messages sur les murs. Notamment celui-ci : *Pute Infidèle*, au-dessus du lit.

— Je savais évidemment qu'il y avait eu un incendie chez Walter, indiqua Eric. Les flics ont dit que c'était lui qui avait tout fait cramer. Mais je n'étais pas au courant de ces inscriptions.

— Moi non plus, s'étonna Patricia. Pourquoi ces photos ne figuraient-elles pas dans le dossier ?

— Parce qu'à l'époque, nous les avions reçues après le bouclage de l'enquête. Et puis, pour être franc, sur le moment, ça m'était apparu comme un détail. Mais quel détail, en réalité : Walter Carrey a pété les plombs. Ce lundi soir, il a disjoncté : il a maculé les murs de son appartement puis il a foutu le feu. Il a totalement perdu pied. Il venait certainement d'apprendre une nouvelle qui lui a fait perdre tout contrôle.

— L'infidélité d'Alaska ? suggéra Patricia Widsmith.

— C'est possible, acquiesça Gahalowood. Mais cela prouve donc que jusqu'à ce lundi soir, soit après le meurtre, il ne soupçonnait pas le moins du monde que sa copine ait pu le tromper. Il n'avait donc aucune raison de la tuer deux jours plus tôt et de tout manigancer pour qu'Eric porte le chapeau, afin de punir les deux amants comme vous semblez le penser. Et vous pourrez bien entendu me trouver des experts psychiatres pour nous sortir des salades du genre « il était dans le déni quand il l'a tuée et il n'a pris conscience de la situation qu'après coup », vous admettrez que quelque chose cloche dans toute cette histoire. Et c'est ce que je m'évertue à vous dire depuis tout à l'heure.

— Je n'ai pas eu de liaison avec Alaska ! s'écria alors Eric. Je vous le jure, et si Walter avait eu un soupçon, croyez-moi, je l'aurais su. Il était impulsif, Walter. Pas le genre à cacher son jeu et monter des plans machiavéliques. S'il avait pensé que j'avais une liaison avec Alaska, il m'aurait aussitôt collé son poing dans la gueule. Il aurait eu des regrets ensuite, mais il était comme ça.

— Vous voulez dire qu'il ne serait pas tranquillement allé manger des hamburgers avec vous au *National Anthem* le vendredi soir, pour aller ensuite massacrer sa petite copine et vous faire accuser.

— Jamais de la vie ! assura Eric.

— Je vous crois volontiers, lui dit Gahalowood. Donc, vous-même, réfutez la ligne de défense de votre avocate. J'en reviens à mon point de départ : Walter n'a pas piégé Eric. Walter n'a rien manigancé. Walter n'a tué personne. Walter va se retrouver non seulement à avouer un meurtre qu'il n'a pas commis, mais, par-dessus le marché, il va entraîner avec lui son ami d'enfance. J'appelle ça une vengeance. D'où ma question initiale, Eric : que s'est-il passé entre vous pour que Walter vous en veuille à ce point ?

Lauren et Patricia restèrent muettes, médusées, comme moi, par le talent de Gahalowood. Eric lui adressa un regard de brebis perdue à la recherche de son berger. Il articula d'une voix blanche :

— Walter et moi on se connaissait depuis qu'on était gamins. On était ensemble à l'école jusqu'à la fin du lycée. Nos parents avaient leurs magasins quasiment côte à côte, on a grandi l'un chez l'autre. On a passé toute une partie de notre vie ensemble. Je ne suis pas sûr de voir le lien avec la mort d'Alaska.

— C'est mon métier de faire les liens, Eric. Mais pour ça j'ai besoin que vous me racontiez tout.

Le récit qu'entreprit Eric Donovan fut celui d'une enfance heureuse à Mount Pleasant. Une vie agréable dans une petite ville à l'abri de l'agitation du monde. C'est dans le courant des années 1980, alors qu'il avait dix ans, qu'il se lia avec un garçon de sa classe: Walter Carrey.

*

Mount Pleasant.
Été 1980.

Pendant ses quatre premières années à l'école primaire de Mount Pleasant, Eric Donovan avait passé l'essentiel de son temps avec trois autres garçons de sa classe. Les jours de congé ils arpentaient Mount Pleasant montés sur leurs vélos, ce qui valut à cet équipage le surnom de *La Bande des Vélos*.

Lors de la quatrième année, alors que les classes venaient de se terminer, *La Bande des Vélos*, en mal d'émotions fortes, se donna pour mission de commettre quelques bêtises sans grande conséquence, telles que passer des appels anonymes depuis la cabine téléphonique de la rue principale, ou marquer de leurs initiales les bancs publics. Mais voilà qu'une après-midi, alors qu'Eric était sans nouvelles du reste du groupe, il sillonna Mount Pleasant jusqu'à les retrouver. Ses trois copains étaient au square, occupés à des cachotteries. Eric, intrigué, les rejoignit: ils étaient en train de ricaner et de se partager un butin de bonbons.

— Qu'est-ce que vous faites? Pourquoi vous ne m'avez pas dit que vous étiez ensemble? J'attendais chez moi comme un con.

— T'aurais mieux fait de rester chez toi, lui répondit sèchement l'un de ses copains.

— Vous avez trouvé où tous ces bonbons?

— T'inquiète, on s'est servi, lui dit l'un des deux autres.

— Je peux en avoir? demanda Eric.

— Tu vas pas aimer leur goût, ricana le troisième.

Eric comprit aussitôt :

— Vous avez volé ça où ? Au magasin de mes parents ?

— Qu'est-ce que ça peut te foutre ? Tu vas nous dénoncer ? Pis ils en ont une tonne tes vieux, ils verront pas la différence.

Eric vit rouge : il se jeta sur ses camarades. À un contre trois, il n'avait pas beaucoup de chances. Il se fit rosser. Les trois garçons le laissèrent par terre, le nez en sang, en le menaçant :

— Si t'en parles, t'es mort ! Oublie-nous, tête de lard !

Eric s'était nettoyé le visage dans la fontaine. Puis il était passé au magasin de ses parents. Il avait justifié le sang sur son t-shirt par une chute à vélo.

— Tu cherches tes copains ? lui demanda sa mère. Ils étaient là tout à l'heure.

— Je sais, maugréa Eric.

— Ça ne va pas, mon chéri ?

— Bof, j'en ai marre de ces crétins. J'aimerais trouver des nouveaux amis. J'aimerais avoir un vrai ami.

— Pourquoi tu n'irais pas jouer avec Walter ? J'ai vu sa mère tout à l'heure : elle est désespérée, il passe ses journées à traîner dans leur magasin, elle ne sait pas comment s'en débarrasser. Elle dit qu'il n'a pas d'amis.

Eric, faute de mieux, rejoignit le magasin de chasse et de pêche à quelques mètres de là. Il y fut accueilli par la mère de Walter, Sally Carrey.

— Tu cherches Walter ? se réjouit-elle. Il est dans l'arrière-boutique, il sera tout content de te voir.

Eric s'aventura par une petite porte et arriva dans une pièce mal éclairée, encombrée de stocks. Dans un coin, un établi derrière lequel Walter était installé, occupé autour d'une étrange machine en métal.

— Salut, Walter, lui dit Eric.

— Salut, répondit Walter sans quitter son ouvrage des yeux.

Il manipulait une petite pince avec laquelle il faisait tourner sur lui-même un fil de couleur.

— Tu fais quoi ? demanda Eric.

— Des mouches. Pour la pêche.

— Des mouches avec du fil ? interrogea Eric, intrigué.

— Pour la pêche à la mouche.

— Je peux t'aider?

— Tu peux regarder si tu veux.

Eric observa, fasciné, Walter qui enrobait de fil un hameçon jusqu'à donner l'illusion d'une mouche. À peine eut-il terminé qu'il se lança dans la confection d'une autre. Eric découvrit ainsi son impressionnante collection d'insectes. Après quelques jours à le regarder faire, Eric s'y mit aussi, sous le contrôle de son nouvel ami. Et lorsque, finalement, Eric parvint à monter seul sa première mouche, Walter décréta:

— Il faut l'essayer!

— On va pêcher?

— Oui.

— J'ai jamais pêché à la mouche.

— Je vais t'apprendre.

Les deux garçons s'équipèrent au magasin du matériel nécessaire, puis enfourchèrent leurs vélos et prirent la direction du lac Skotam. Dans leur sac à dos, les cannes à pêche repliées et des cuissardes qui leur permettraient de marcher dans l'eau jusqu'à la taille. Walter ouvrait la route: il connaissait les coins à poissons comme personne. Ils roulèrent jusqu'au parking de Grey Beach où ils laissèrent leurs bicyclettes. Eric pensa d'abord qu'ils iraient pêcher depuis la plage, mais Walter lui expliqua qu'ils allaient au bord d'une rivière. Ils s'enfoncèrent dans la forêt. Walter marchait d'un pas déterminé, il savait exactement où il se dirigeait. Après un quart d'heure, ils arrivèrent à l'embouchure d'une rivière. Ils en remontèrent le cours, s'enfonçant dans des fougères luxuriantes, jusqu'à une petite cascade.

— Bienvenue au Paradis des truites! s'exclama Walter.

Les deux garçons préparèrent leurs cannes et se plongèrent jusqu'à la taille dans la rivière. Walter enseigna le fouetté à Eric. Ses débuts furent maladroits: d'un coup de poignet expert, il fallait imiter le vol d'un insecte qui se pose à la surface de l'eau. Il faudrait plusieurs jours à Eric pour réussir enfin ses premières touches, car les truites se rendaient compte de la supercherie avant de gober la mouche. Walter, lui, avait une dextérité extraordinaire. Il enchaînait les prises, sortant de l'eau des truites mouchetées qu'il relâchait aussitôt.

Walter et Eric passèrent l'été ensemble au Paradis des truites. Là-bas ils allaient sceller une amitié qui durerait vingt ans. Jusqu'à ce que la mort et la prison les séparent.

*

Au parloir de la prison d'État pour hommes, Eric Donovan nous racontait avec émotion ses souvenirs d'enfance. Ce fut comme si la description de cette rivière et des poissons qui la peuplaient l'arrachait, l'espace d'un instant, à l'enfermement.

— Nous ne nous sommes plus quittés jusqu'à la fin du lycée. On faisait tout ensemble, jusqu'à nous retrouver dans l'équipe de course à pied du lycée de Mount Pleasant, et remporter conjointement le championnat régional de relais. Cette victoire a été miraculeuse. Personne n'aurait misé deux cents sur nous, et on a décroché le titre.

— Et après ça ?

— Après le lycée, nos chemins se sont radicalement séparés. Je suis parti étudier dans le Massachusetts. Walter, lui, a rejoint l'armée. Puis est arrivée l'année 1990 : pendant que je flânais sur le campus, lui était envoyé en Arabie saoudite avec son unité pour participer à la guerre du Golfe. Et quand j'obtenais mon diplôme, lui combattait en Somalie. Vous voyez un peu le grand écart. Mais, pendant toutes ces années, en dépit de tout ce qu'on a pu traverser – surtout lui –, la pêche à la mouche est restée notre lien. À chacune de ses permissions, nous nous retrouvions à Mount Pleasant et nous retournions au Paradis des truites. Tout avait changé autour de nous, sauf ce petit coin qui était resté intact. De notre pêche, nous conservions deux poissons et nous allions faire un feu de camp sur Grey Beach, où nous passions une partie de la nuit, à manger, boire, et surtout refaire le monde. Ces soirs-là, nous avions le sentiment qu'il ne pourrait jamais rien nous arriver.

— Walter est resté longtemps dans l'armée ? demanda Gahalowood.

— Quelques années. Je me souviens que son retour à la vie civile a coïncidé avec la coupe du monde de football qui se déroulait aux États-Unis cette année-là… C'était 1994. Cet été-là, on a assisté à un match ensemble à Foxborough. J'avais obtenu des billets, je ne sais plus comment.

Il y eut un silence. Gahalowood reprit son interrogatoire :

— Que s'est-il passé entre le retour de Walter à la vie civile et l'année 1998 ?

— Après l'armée, Walter est retourné vivre à Mount Pleasant.

Au début, il disait que c'était provisoire. Il s'est installé dans l'appartement au-dessus de la boutique, que ses parents mettaient en location jusque-là. Il s'y est trouvé bien. Le magasin c'était son truc. Il aimait la chasse et la pêche. Il était dans son élément. Le magasin n'a jamais aussi bien marché que lorsque Walter l'a repris en main. Les gens venaient de toute la région pour ses conseils, c'était LE spécialiste. Et puis, quand vous aimez le plein air, il n'y a pas mieux que Mount Pleasant. Je dirais que Walter était heureux.

— Et vous ?

— Après l'université, j'ai décroché un bon boulot à Salem. Je travaillais pour une chaîne de supermarchés. J'étais content. Je voulais créer une enseigne régionale dans le New Hampshire sur le modèle du magasin de mes parents. Il y avait quelque chose à entreprendre, surtout dans le nord-est de l'État.

— Et Walter venait vous rendre visite à Salem, c'est ça ?

— Oui, il venait régulièrement.

— Donc c'est par vous que Walter a rencontré Alaska ?

— Oui. Je m'étais fait pas mal d'amis à Salem, je sortais beaucoup. Walter comptait sur ses séjours là-bas pour draguer un peu. Il avait eu quelques soucis à Mount Pleasant avec son ancienne petite copine, Deborah Miles. J'imagine que vous en avez entendu parler…

— En effet.

— Bref, Walter était un peu grillé à Mount Pleasant, et Salem était son exutoire. À partir du printemps 1998, j'ai commencé à croiser régulièrement ce groupe de filles dont Alaska faisait partie. Elles venaient juste d'être majeures, elles voulaient en profiter pour sortir et faire la fête. Quand Walter les a rencontrées pour la première fois, il a immédiatement flashé sur Alaska. Il faut dire qu'Alaska, c'était quelque chose. Il l'a baratinée genre ancien soldat, amateur de grand air et photographe à ses heures. Photographe, mon œil, il se promenait avec mon appareil pour se donner un genre. Il me le piquait, le mettait en bandoulière comme s'il était un artiste alors qu'il n'y avait souvent même pas de pellicule à l'intérieur.

À cette évocation, Eric Donovan eut un rire. Comme si, l'espace d'un instant, il était dans ce bar bruyant de Salem, à boire et fumer, tandis que Walter, à ses côtés, brandissait son appareil photo pour emballer des filles. Il reprit :

— Alaska et Walter sont finalement sortis ensemble. Il a dû pas mal insister. Mais je crois que son côté baroudeur lui plaisait bien. Il a fait des allers-retours pendant quelque temps, et finalement elle est venue s'installer chez lui à Mount Pleasant. Sur le moment, ça m'a semblé bizarre.

— Pourquoi *bizarre*? demanda Gahalowood.

Eric sourit:

— Sergent, si vous aviez connu Alaska, vous auriez compris. Elle avait la classe d'une princesse. Elle était époustouflante. Pas seulement à cause de son physique. Elle rayonnait. Je me souviens encore du jour où elle a débarqué à Mount Pleasant. À cette époque, je venais de quitter Salem et de me réinstaller chez mes parents.

— Pourquoi avoir quitté Salem?

— J'avais été licencié, à cause de dissensions avec mon patron. On avait des visions divergentes sur la stratégie. Je me suis dit que travailler au magasin de mes parents serait une opportunité de tester les concepts que je voulais mettre en place plus tard. Et puis mes parents n'étaient pas au mieux, je voulais les soulager un peu. Mon père souffrait d'un cancer, rien de trop grave heureusement, il s'en est d'ailleurs remis, mais il était fatigué. J'étais content d'être auprès d'eux. Donc voilà, j'étais revenu à Mount Pleasant depuis quelques semaines, lorsqu'un beau jour Alaska a débarqué.

*

2 octobre 1998

L'après-midi touchait à sa fin. Eric Donovan était en train d'aider une cliente à charger ses sacs de commissions dans son coffre, lorsqu'il remarqua une décapotable bleue qui se garait devant le magasin de chasse et pêche des Carrey. La portière du conducteur s'ouvrit et, à sa grande surprise, il vit Alaska apparaître. C'était la première fois qu'elle venait à Mount Pleasant: elle parcourut du regard la rue principale. C'était un jour d'automne maussade: des nuages noirs annonçaient une pluie imminente. Des premières gouttes tombèrent. Alaska passa la main dans ses cheveux ondulés qui tombaient sur son blouson en cuir et fit quelques pas.

— Alaska ?

Elle se retourna et vit Eric Donovan, vêtu d'un tablier brodé à l'enseigne *Donovan Alimentation*. Elle eut un sourire radieux.

— Salut, Eric.

— Qu'est-ce qui t'amène à Mount Pleasant ? demanda Eric.

— Voir Mount Pleasant et mourir, lui répondit Alaska dans un éclat de rire.

— T'es venue pour le week-end ?

— Quelques jours en tout cas. Peut-être un peu plus. Je crois que j'ai besoin de me changer les idées, et l'air de la campagne me fera du bien.

Une semaine plus tard, le matin du vendredi 9 octobre, Eric tomba sur Alaska au *Season*. Elle buvait un café.

— Tu t'installes ? demanda-t-il sur le ton de la plaisanterie.

Elle eut un sourire triste :

— Effectivement, ça va me changer de New York.

— Comment ça ?

— J'ai décidé de m'installer ici, au moins quelque temps. J'emménage avec Walter.

— Quoi, tu emménages à Mount Pleasant ? Mais qu'est-ce que tu vas faire ici ?

— J'en sais rien. J'ai eu des problèmes avec mes parents, il fallait que je me tire.

— Oh, désolé. Si je peux être utile…

— Tu peux. J'ai besoin de travailler, j'ai pas un rond. Est-ce que tes parents m'embaucheraient ?

— Malheureusement, c'est pas une bonne période pour nous. Et puis, je viens d'arriver en renfort, on n'a pas besoin d'aide supplémentaire pour le moment.

Elle eut l'air déçue.

— Walter a demandé à ses parents, ils veulent bien que je donne un coup de main mais sans me payer. Bonjour les radins. Si t'entends parler de quelque chose, dis-moi.

Elle déposa de la monnaie sur le comptoir et s'en alla. Eric la rattrapa sur le trottoir.

— Attends : je sais qu'à la station-service, le vieux Jacob cherche une employée. Il y a une annonce sur la porte depuis des mois. C'est la station-service sur la route 21, juste avant Grey Beach. Tu ne peux pas la rater.

— Je vais aller voir tout à l'heure. Merci.

Une pluie drue se mit à tomber. Alaska s'éloigna rapidement.

— Tu vas pas travailler dans une station-service quand même ? lui cria alors Eric.

Elle se retourna pour lui répondre. Elle avait un air fataliste.

— Quand t'es dans la merde, tu peux pas faire la fine bouche, lui dit-elle avant de s'enfuir pour se mettre à l'abri.

*

— *Quand t'es dans la merde, tu peux pas faire la fine bouche*, nous répéta Eric. Ce furent ses mots exacts. Je me suis longtemps demandé ce qui s'était passé à Salem.

— La mère d'Alaska nous a parlé d'une dispute, indiqua Gahalowood. Apparemment, son mari et elle auraient découvert qu'Alaska fumait de la marijuana.

Eric s'amusa de cette remarque :

— Alaska fumait des joints comme n'importe qui de son âge. De là à quitter Salem et à aller s'enterrer à Mount Pleasant... Non, à mon avis, il y avait forcément une raison plus grave que ça.

— Walter ne vous a jamais rien dit à ce sujet ?

— Non, ce n'est pas faute de lui avoir posé la question. Mais il éludait. Il prétendait qu'entre eux deux c'était le grand amour et j'ai fini par me dire qu'Alaska se sentait bien à Mount Pleasant. C'est une ville où il fait bon vivre. Rien à voir avec l'effervescence de New York, ni la gloire de Los Angeles, mais il y règne une forme de douceur et de simplicité qui vaut tout l'or du monde. Vous voyez, sergent, ça fait un petit moment que je vous raconte ma vie et mes souvenirs en compagnie de Walter, il n'y a que des bons moments qui me viennent à l'esprit. Je ne vois pas où vous voulez en venir avec votre histoire de vengeance. Je pense souvent à Walter. C'est comme ça que je m'évade d'ici. Dans cette prison sinistre, je m'allonge sur mon lit, je ferme les yeux et je fais abstraction de tout ce qui m'entoure : les bruits, l'odeur, les cris. Je suis alors capable d'entendre des rires d'enfants. Je nous vois, Walter et moi, tous les deux, en train de courir sur la rue principale. On se retrouve devant les magasins de nos parents et on se lance un défi : atteindre la librairie de Cinzia Lockart avant le passage de la prochaine voiture. Et nous voilà partis comme deux fusées. On se lançait souvent ce genre de défis. C'est ainsi qu'on a attrapé le virus de la course à pied. Quand on s'est retrouvés au lycée, on était des flèches. C'est comme ça qu'on y a intégré l'équipe de course à pied qui allait me permettre d'obtenir une bourse universitaire. Voilà comment ici, tous les jours, je m'arrache à ma cellule et je retrouve Mount Pleasant aux côtés de Walter. Alors, quand je pense à lui, sergent, je ne pense pas à une vengeance, je pense à nos parties de pêche, aux truites cuites au feu de bois sur Grey Beach, aux nuits à discuter sur la plage… Et quand je repense à tout ça, je me dis que ça avait l'air si facile…

— Qu'est-ce qui avait l'air facile ?

— La liberté, sergent.

*

En quittant la prison, Patricia Widsmith demanda à Gahalowood :

— Qu'est-ce que vous en pensez, sergent ?

— Je ne vous cache pas que je suis un peu perdu. À en croire Eric, Walter n'avait aucune raison de vouloir lui nuire. Et pourtant il l'a fait. Walter a délibérément accusé Eric à tort. Pourquoi ?

Patricia Widsmith dévisagea Gahalowood :

— Est-ce que ça veut dire que vous considérez qu'Eric est innocent ?

— Il faut bien partir d'un postulat pour avancer.

Lauren et moi marchions à côté d'eux en silence. En entendant Gahalowood, elle esquissa un sourire plein d'espoir. J'avais envie de lui prendre la main. Je me retins. Je me contentai de lui murmurer :

— Je suis désolé…

Elle me répondit.

— Pas autant que moi.

Nous nous séparâmes tous les quatre sur le parking de la prison. Une fois seul dans la voiture avec Gahalowood, je lui demandai :

— Êtes-vous réellement convaincu qu'Eric Donovan est innocent ?

— Non, j'ai dit à l'avocate ce qu'elle voulait entendre. Je suis convaincu qu'Eric ne nous dit pas toute la vérité. Je voudrais beaucoup savoir de quoi Walter Carrey s'est vengé en accusant Eric du meurtre d'Alaska. Il s'est forcément passé quelque chose entre eux. J'ai entendu la version d'Eric, je voudrais maintenant celle de Walter Carrey.

— Sergent, je vous rappelle que Walter Carrey est mort.

— Je sais, l'écrivain, merci pour vos lumières. On va aller parler avec ses parents.

Après l'incendie d'avril 1999, Sally et George Carrey avaient fait reconstruire le bâtiment à l'identique : le magasin de chasse et pêche des Carrey occupait le rez-de-chaussée, et l'appartement de l'étage était aujourd'hui loué à un employé municipal.

CHAPITRE 18
Sally et George Carrey

Mount Pleasant, New Hampshire.
Mardi 13 juillet 2010.

Lorsque Gahalowood et moi passâmes la porte du magasin, une sonnerie électronique alerta une femme qui apparut de l'arrière-boutique. En voyant Perry, son visage se figea :

— Alors, c'est donc vrai, sergent, vous avez rouvert l'enquête ?

— Nous disposons de faits nouveaux, madame Carrey.

Elle me dévisagea :

— Vous êtes cet écrivain, n'est-ce pas ?

— Oui, madame. Je m'appelle Marcus Goldman.

Elle passa la tête par la porte de l'arrière-boutique pour interpeller son mari : « George, viens, c'est à propos de Walty ! »

Sally et George Carrey insistèrent pour que nous allions discuter au *Season*, qui se trouvait de l'autre côté de la rue. Gahalowood avait suggéré de rester au magasin, par égard pour eux, mais Sally Carrey lui avait répondu : « Je veux que tout le monde nous voie en train de parler aux flics. Ça fait onze ans qu'on se cache, onze ans qu'on nous regarde de travers, il est temps de réhabiliter notre fils. » La terrasse étant bondée, nous nous installâmes à l'intérieur. À peine assise, Sally Carrey nous dit :

— Walter ne s'est pas suicidé, c'est ça ? Il n'a pas tué ce policier non plus…

Gahalowood resta impassible.

— Qu'est-ce qui vous fait croire cela ?

— Une mère connaît son fils. Walty était un militaire, un type qui avait le sens de l'honneur. Ce n'était pas un meurtrier. Ni un lâche. Si vous êtes là, c'est que vous le savez.

— Nous sommes là parce que nous devons vérifier certains éléments de l'enquête.

— Qu'est-ce que vous nous voulez concrètement ? demanda alors George Carrey, qui semblait moins enclin que sa femme à rouvrir les blessures du passé.

— Que vous nous parliez de votre fils. Nous aimerions le connaître un peu mieux à travers vous.

— Onze ans plus tard, vous vous réveillez enfin ? déplora George Carrey.

— Je comprends que cela puisse être difficile, reconnut Gahalowood.

— Difficile ? Insupportable, vous voulez dire !

— George, l'admonesta sa femme, du calme.

Il se tut, le visage fermé. Sally Carrey nous décrivit alors, d'une voix apaisée, leur fils Walter, un garçon plutôt introverti, amateur de plein air.

— C'était un solitaire, nous expliqua-t-elle. Enfant, il se suffisait à lui-même. Il fabriquait ses propres mouches et il passait ses journées à pêcher. À dix ans, il connaissait déjà tous les bons coins. Au magasin, il conseillait les clients, dont certains, pourtant des pêcheurs émérites, faisaient appel à lui. « Est-ce que le petit est là ? » qu'ils demandaient. « Ah non, répondais-je, il est à l'école. Faut venir samedi. Mais le matin. L'après-midi il pêche. » S'il n'était ni à l'école, ni à la pêche, Walty était au magasin. Je trouvais que c'était presque trop : j'avais envie qu'il ait des copains, qu'il s'amuse un peu. Je m'en étais même ouverte à Janet Donovan. Eric avait une bande d'amis et j'aurais souhaité que mon fils puisse en faire partie. Un beau jour Eric a débarqué au magasin : j'imagine que sa mère lui avait demandé de faire un effort et d'être sympa avec Walty. Ils se sont rapidement liés jusqu'à ne plus se quitter. Ils étaient toujours fourrés ensemble. Si Walty n'était pas chez nous, c'est qu'il était chez les Donovan, et inversement. Je me souviens que, pour se déplacer d'une maison à l'autre, ils couraient. Comme des flèches. Comme si la vie était trop courte pour marcher. Toujours à galoper comme deux diables. Alors qu'ils devaient avoir quinze ans, l'entraîneur de l'équipe de course du lycée de Mount Pleasant, qui était un client, est venu un jour au magasin et m'a dit : « — C'est votre fils que je viens de voir passer comme une fusée ? — Oui. — Il est au lycée de Mount Pleasant, non ? — C'est exact. — Pourquoi ne fait-il pas partie de l'équipe de course à pied ? » C'est comme ça que Walty a rejoint l'équipe. Et Eric aussi.

— Eric était un bon athlète, intervint George. Mais il n'aurait pas eu l'idée de rejoindre l'équipe si Walter ne l'avait pas intégrée. C'est d'ailleurs Walter qui a dit au coach qu'il ne viendrait pas sans Eric.

— À vous entendre, dit Gahalowood, cela semble avoir été une belle amitié.

— Ça l'était jusqu'à la fin de l'adolescence, répondit George Carrey.

— Est-ce que vous faites allusion à un épisode particulier ? demanda Gahalowood.

— Oui, répondit George Carrey. Lorsque Eric Donovan a piégé Walter pendant la compétition de course à pied.

*

Février 1988

Walter et Eric étaient en dernière année de lycée. Il était temps de songer à l'avenir. Ils voulaient tous les deux aller à l'université pour suivre des études de commerce et passaient des heures à étudier les brochures de différents établissements. Ils éliminèrent les universités trop lointaines : ils voulaient pouvoir revenir facilement à Mount Pleasant. Puis ils écartèrent les universités trop coûteuses. Leur choix se porta finalement sur l'université de Monarch, dans le Massachusetts, qui proposait un solide cursus en études commerciales. Leurs parents n'avaient pas les moyens d'assumer les frais de scolarité et les deux garçons avaient d'abord songé à faire un emprunt, comme beaucoup de jeunes Américains dans leur situation. Mais tant Mark Donovan que George Carrey les en dissuadèrent : « Un emprunt universitaire, c'est un boulet avant même d'entrer dans la vie active. Mieux vaudrait obtenir une bourse. » Si leurs résultats scolaires étaient tout à fait honorables, ils n'étaient pas suffisants pour prétendre à une bourse d'excellence. Leur seule chance était d'obtenir une bourse sportive. Ils devaient miser sur leurs qualités d'athlètes. Deux mois plus tôt, ils avaient créé la surprise en remportant leur relais aux championnats régionaux. Ils pouvaient prétendre attirer l'attention de recruteurs universitaires.

Mark Donovan et George Carrey sollicitèrent alors le coach de l'équipe de course du lycée pour qu'il soutienne leurs fils. « Je ne vous cache pas que Mount Pleasant n'attire pas les recruteurs, les prévint le coach. De toute ma carrière, je n'ai jamais pu obtenir une bourse pour un de mes gamins. Mais il est vrai qu'Eric et Walter ont détrôné plusieurs favoris lors des championnats. On devrait pouvoir faire quelque chose. Je pense à la prochaine compétition interlycées, début mars. Ça reste très local, mais je vais m'efforcer de convaincre certains recruteurs d'y assister. »

Le coach tint parole. Il se démena auprès de son réseau. Mais ses interlocuteurs ne s'avérèrent pas convaincus. « Si vos poulains étaient si épatants, on en aurait entendu parler », lui opposèrent-ils. En désespoir de cause, il se déplaça personnellement dans le Massachusetts pour rencontrer l'entraîneur de l'université de Monarch. « Ces deux gars sont d'excellents athlètes, plaida le coach. Ils rêvent de venir étudier à Monarch, ils se défonceront. » Il restait encore une place au sein de l'équipe et l'entraîneur cherchait la perle rare. Il ne pouvait pas non plus faire la fine bouche : plusieurs des coureurs qu'il avait voulu recruter avaient répondu aux sirènes d'universités plus prestigieuses. « J'assisterai à la compétition interlycées, annonça l'entraîneur. Mais je n'en retiendrai qu'un seul. À lui de m'impressionner sur la piste. »

— Il n'y aura qu'une place, expliqua le coach à George Carrey, quelques jours avant la compétition. J'ai informé les garçons qu'un recruteur de Monarch serait présent, mais je n'ai pas mentionné qu'un seul serait sélectionné, je ne veux pas les stresser inutilement. J'ai dit à l'entraîneur de Monarch que Walter était le meilleur. C'est un bolide, votre garçon. Je pense qu'il sera choisi. Je tenais à vous le dire.

— Merci, coach, merci pour tout. Qu'est-ce que je dis à Walter ?

— Rien. Surtout ne lui dites rien. Veillez simplement à ce qu'il se repose bien et qu'il soit en forme le jour de la compétition.

Le jour dit, les familles Donovan et Carrey se rendirent ensemble au stade municipal pour soutenir leurs champions. L'ambiance était bon enfant. Eric et Walter concouraient d'abord pour un sprint de 100 mètres, un peu plus tard sur une course de fond de 4 kilomètres.

Les participants prirent place sur la ligne de départ pour la première épreuve. Eric semblait très concentré. Walter paraissait mal à l'aise, peinant à s'installer dans ses marques. Alors que le commissaire s'apprêtait à donner le départ, Walter quitta la piste et s'enfuit en direction des vestiaires.

*

— Walter a été pris d'une diarrhée épouvantable, nous expliqua George Carrey. Il n'a pas pu concourir. Le coach a estimé que c'était le trac. Moi je pense qu'il a été empoisonné. On a mis un laxatif dans son eau, quelque chose du genre.

— Qui aurait fait une chose pareille ? demanda Gahalowood.

— À votre avis ? répondit George Carrey. Eric Donovan. Walter hors-jeu, c'est lui qui a bénéficié de la bourse pour l'université de Monarch. Eric a dû apprendre qu'il n'y aurait qu'une seule place dans l'équipe. Il savait bien que Walter partait favori. Il s'est débarrassé de lui. Eric a toujours été jaloux de Walter. Ça a continué avec Alaska, il ne pouvait pas supporter que mon fils soit en couple avec une jeune femme pareille. Alors il l'a tuée et il s'est arrangé pour que Walter porte le chapeau. Il l'a piégé comme il l'avait déjà piégé avec cette course à pied.

— Vous avez des preuves de ce que vous avancez ? demanda Gahalowood.

— Pour la compétition de course à pied, non. Pour Alaska, Eric lui tournait autour. Ma femme l'avait remarqué. Mais ça, vous le savez puisqu'elle vous l'avait dit à l'époque.

— C'est vrai, concéda Gahalowood. Mais je me souviens également que Walter avait réfuté en bloc une éventuelle liaison entre Eric et Alaska. Vous avait-il fait part de doutes concernant l'intégrité d'Eric ?

— Non, mais vous savez que l'amitié rend parfois aveugle.

— Comment Walter avait-il réagi après l'épisode de la compétition ?

— Avec philosophie, comme il le faisait toujours. Il a répété ce que le coach lui avait mis dans la tête : « C'est le trac. »

— Donc Eric est allé à l'université, et Walter… ?

— Il tenait à aller à l'université malgré tout, raconta George Carrey, mais comme je l'avais convaincu de ne pas s'endetter avec un prêt étudiant, il n'a rien trouvé de mieux que de s'engager dans l'armée pour financer ses études. Trois ans au service de l'oncle Sam. En contrepartie, sa formation universitaire serait payée par le gouvernement. Son expérience sous les drapeaux lui a plu. Les deux premières années se sont passées sans nuages. Il était basé en Virginie, avait des permissions régulières. Tout allait bien. Et puis à l'été 1990, les États-Unis sont entrés en guerre.

Le 2 août 1990, l'annexion du Koweït par l'Irak marqua le début de la guerre du Golfe. Quelques jours plus tard, les États-Unis déclenchaient l'opération Bouclier du Désert en déployant leurs troupes dans le désert saoudien. Walter passa plusieurs mois à protéger les puits de pétrole du royaume wahhabite. Plusieurs mois à attendre un ennemi qui ne se montra jamais. Les journées étaient remplies par des exercices, des tours de garde et, surtout, beaucoup de camaraderie. À son retour du Golfe, Walter n'avait pas tiré un coup de feu. Il n'avait rencontré que ses frères d'armes et n'avait pour ainsi dire pas quitté sa base au milieu des dunes. Il avait aimé cette expérience au cours de laquelle il avait été gonflé à bloc de convictions patriotiques. Il décida donc de rempiler pour trois années et fut bientôt envoyé en Somalie. La Somalie, c'était une vraie guerre, sale, violente. Une autre paire de manches que le cantonnement en Arabie saoudite. Les parties de flipper et de fléchettes qui avaient rythmé son quotidien pendant Bouclier du Désert furent remplacées par des patrouilles périlleuses dans les rues de Mogadiscio, où des snipers les canardaient depuis les toits.

— La Somalie c'était l'enfer, nous dit George Carrey. Lors de nos rares coups de fil avec Walter, il nous confiait sa peur. Il a fini par vivre une nuit d'horreur, lors d'une mission de soutien aux Delta Rangers chargés de capturer un chef rebelle. Leur unité a été prise en embuscade. Il a vu mourir plusieurs de ses camarades. Je crois que, cette nuit-là, tout a basculé. À partir de là, il lui arrivait parfois de perdre ses nerfs.

Peu après le retour de Walter aux États-Unis, au début de l'année 1994, sa carrière militaire prit fin prématurément, après un incident dans sa base de Pendleton, en Virginie.

— Quel genre d'incident ? demanda Gahalowood.

— On ne va pas vous raconter de salades, sergent. Vous pourrez de toute façon vérifier. Walter a eu un violent accrochage avec un supérieur hiérarchique. Ils en sont venus aux mains.

— Que s'est-il passé ?

— Le lieutenant de première classe en charge de leur unité était un type assez cruel. Il a voulu organiser une expédition punitive contre l'un de ses soldats qu'il jugeait indiscipliné, et a ordonné à Walter et à une petite équipe d'aller lui flanquer une raclée. Walter a refusé. Le ton est monté entre les deux et ça a dégénéré. L'affaire a été réglée en interne : l'armée a préféré étouffer les agissements du gradé en ne sanctionnant pas Walter. Il a été libéré de ses obligations militaires. De toute façon, il en avait sa claque, je crois.

Walter retournait à la vie civile fatigué et usé par ce qu'il avait vécu en Somalie. Il n'avait qu'un souhait : mener une vie tranquille à Mount Pleasant. Reprendre le magasin familial, passer ses week-ends à pêcher. Rester à l'abri du monde.

— Il a renoncé à ses études, nous raconta George Carrey. Ça ne l'intéressait plus du tout. Il disait : « Je ne veux pas courir après la vie, je veux la vivre, tout simplement. » L'appartement au-dessus du magasin était vacant, il s'y est installé. Il nous a rejoints au magasin, il s'y consacrait corps et âme. Avec ma femme, on songeait à la retraite mais les repreneurs éventuels ne nous offraient pas un bon prix pour la boutique. L'idée de pouvoir la céder à notre fils nous plaisait.

Le retour de Walter à Mount Pleasant marqua quelques belles années pour la famille Carrey. Jusqu'à l'automne 1998.

— Que s'est-il passé à ce moment-là ? interrogea Gahalowood.

— Un beau jour, Eric Donovan a débarqué, répondit George Carrey. Voilà qu'il se réinstallait à Mount Pleasant à son tour. Dès lors, tout a changé. Surtout lorsque Alaska est arrivée ici. Comme je vous le disais, je pense qu'Eric avait des vues sur elle. Il n'a pas supporté qu'elle soit en couple avec Walter et pas avec lui. Alors il l'a tuée.

— C'est votre conviction ?

— Absolument. Il l'a tuée et il s'est arrangé pour que tout

accuse Walter. On était en vacances dans le Maine quand on a appris la mort d'Alaska. On est revenus illico. Je me souviens qu'en arrivant, Eric rôdait devant chez nous. Il était nerveux. Je l'ai immédiatement suspecté.

— Et Walter? interrogea Gahalowood. Comment était-il après le meurtre?

— Abattu, troublé, répondit Sally Carrey. Vous l'avez bien vu.

— Il me semble que sous le coup de grandes contrariétés Walter pouvait perdre les pédales, fit remarquer Gahalowood. Comme avec son supérieur à l'armée. Ou comme avec sa petite copine de l'époque, Deborah Miles. Ou comme cette nuit du lundi 5 avril lorsqu'il a mis le feu à son appartement. Pourquoi Walter a-t-il soudainement disjoncté ce soir-là?

— Je n'en sais rien, répondit Sally Carrey.

— Il a tapissé les murs de mots orduriers: *PUTE INFIDÈLE*... A-t-il eu ce soir-là confirmation qu'Alaska avait une liaison?

— Je l'ignore, répéta Sally.

— Mais vous-même, dit Gahalowood, vous aviez un soupçon quant à une liaison entre Eric et Alaska depuis quelque temps, non?

— Oui, depuis environ deux semaines avant le meurtre d'Alaska.

— Et à quel moment l'avez-vous dit à Walter?

— Quand il m'a téléphoné pour m'annoncer qu'Alaska l'avait quitté. C'était le vendredi après-midi, la veille du meurtre.

*

Vendredi 2 avril 1999

— Maman? Elle me quitte!

— Quoi? Qui?

— Alaska. Je suis remonté à l'appartement, j'avais froid, je voulais mettre un pull. Et là je la trouve dans le salon, habillée comme pour un rancard, genre bottines à talons. Elle a l'air mal à l'aise de me voir, elle se change rapidement et m'annonce qu'elle est venue récupérer des affaires et qu'elle me quitte.

— Oh mon Dieu, Walty! Mais pourquoi?

— J'en sais rien, Ma' ! J'en sais rien du tout.

— Tu veux qu'on rentre, Walty ? On se met en route demain matin tôt et on sera là avant midi.

— Non, pas la peine. Qu'est-ce que ça changera de toute façon ? Profitez de vos vacances. Je ne sais pas trop ce que je dois faire.

— Va lui parler, suggéra Sally Carrey. Va la voir à la station-service, demande-lui des explications.

— La connaissant, ça lui donnera encore plus envie de fuir. Elle m'a dit qu'elle allait chez ses parents, peut-être qu'il faut que je lui laisse un peu d'air.

— En tout cas, ne reste pas tout seul à la maison, ce soir. Sors, va te changer les idées.

— T'inquiète, Ma'. Eric m'a proposé d'aller voir le match de hockey au *National Anthem*.

Il y eut un bref silence.

— Walty, finit par dire sa mère, il faut que je t'avoue quelque chose. La semaine dernière, quand tu étais à cette convention de pêche au Québec, j'ai vu Eric et Alaska. Ils sortaient de ta voiture.

— La voiture d'Alaska avait une fuite d'huile, je lui ai proposé d'utiliser la mienne en mon absence. Elle aura sûrement ramassé Eric au passage et l'aura déposé chez lui.

— Non, Walty, j'aimerais croire que c'était cela, mais c'était une scène très ambiguë.

Walter en eut presque un rire.

— Eric avec Alaska ? Non, jamais de la vie !

— J'ai horreur de devoir te faire de la peine, Walty, mais si elle part, c'est probablement parce qu'elle a quelqu'un.

— Ça, ça fait un moment que je m'en doute, répondit Walter d'une voix triste. Je remarque bien qu'elle est différente. Et qu'elle reçoit des cadeaux. L'autre jour, elle avait une nouvelle paire d'escarpins. Elle m'a dit qu'elle les avait achetés dans un magasin de Wolfeboro. Mais j'ai vérifié : cette marque n'est vendue que dans une boutique de Salem. Alaska n'est pas en couple avec Eric, maman, mais probablement avec quelqu'un qui vit à Salem. D'ailleurs je me demande si elle va vraiment chez ses parents car elle ne s'entend pas très bien avec eux. Si elle va à Salem, c'est sans doute pour retrouver cette personne.

*

Onze ans après cette scène, Gahalowood dit à Sally Carrey :

— Quelque chose m'échappe. Selon vous, Walter se doute depuis quelque temps qu'Alaska le trompe. Vous reconnaissez également que c'est un homme impulsif, qui, sous le coup de l'émotion, peut agir de façon disproportionnée. À l'instar de son coup de sang du lundi soir au cours duquel il finit par mettre le feu à l'appartement. J'en reviens à ma question. Pourquoi Walter pète-t-il les plombs ce soir-là ? Il n'est pas une bombe à retardement, c'est un impulsif, il réagit à chaud. Donc, qu'est-ce qui le met dans cet état ? Est-ce que vous l'avez vu ce soir-là ?

— Il est venu dîner à la maison, indiqua George Carrey. Moi j'étais absent, j'étais à mon club de cartes. Mais j'étais là quand il est arrivé chez nous, il avait l'air parfaitement normal.

— Et ensuite ? demanda Gahalowood en s'adressant à Sally Carrey.

— Nous avons dîné tous les deux. Je me souviens bien de cette soirée… comment l'oublier ? C'est la dernière fois que j'ai vu mon fils en vie.

*

Lundi 5 avril 1999.
20 heures.

— Comment ça va, Walty ? demanda Sally Carrey à son fils.

— Aussi bien que possible, lui répondit-il en haussant les épaules. J'arrive pas à croire qu'Alaska est morte.

— Je sais, mon chéri. C'est épouvantable.

Sally avait préparé un sauté de veau, le plat préféré de Walter. Il toucha à peine à son assiette.

— Il faut que tu manges, mon chéri, lui dit-elle.

— Pas faim. Pas envie de manger. Désolé.

— J'ai du gâteau à la carotte pour le dessert.

— Maman, il faut que je te parle de quelque chose.

— Je t'écoute, tu peux tout me dire.

— J'ai fait une connerie, Ma'.

— *Une connerie* ? s'inquiéta Sally Carrey. Comment ça, *une connerie* ? Est-ce que c'est en lien avec Alaska ?

— Oui et non. Samedi après-midi, en ville, tout le monde parlait de ce qui s'était passé à Grey Beach. J'ai croisé Tim Jenkins, tu sais, le gars qui était au lycée avec moi et qui est flic à Mount Pleasant.

— Oui, je vois très bien.

— Tim m'a raconté ce qui s'était passé à Grey Beach. Il m'a dit qu'ils avaient trouvé des éclats de phare et une trace de peinture noire contre un tronc d'arbre.

— Et alors ? demanda Sally Carrey, le cœur battant.

— Samedi, j'ai retrouvé le phare arrière de ma voiture cassé. Le pare-chocs était endommagé aussi. J'ai pas eu d'accrochage, je l'aurais remarqué. Je pense que quelqu'un a volontairement commis ces dégâts.

— Quelqu'un aurait pris ta voiture la nuit du meurtre ? Qui y avait accès ?

— Personne, Ma'. Personne n'avait accès à ma voiture.

— Tu laisses toujours ta voiture ouverte, et ton appartement aussi, c'est tellement imprudent ! Mon chéri, tout ceci est vraiment très étrange, il faut prévenir la police. On peut aller au poste maintenant. Ou alors je peux appeler le chef Mitchell si tu préfères. Il pourra nous mettre en contact avec les inspecteurs de la police d'État qui sont venus chez toi.

— Surtout pas la police, Ma' ! C'est là que j'ai fait une connerie. Quand Tim m'a parlé de ces débris de phare, j'ai fait le lien avec ma voiture. J'ai paniqué, j'ai pensé que les flics allaient remonter jusqu'à moi. Ils allaient entendre parler de mon accrochage à l'armée, de l'incident avec Deborah. Ils allaient m'accuser d'avoir pété les plombs suite à la rupture avec Alaska. Alors j'ai contacté mon copain Dave Burke, qui travaille à la concession Ford. Il est venu le soir chez vous. J'avais discrètement mis ma voiture dans votre garage pour qu'on puisse bosser dessus sans être vus.

Sally était horrifiée :

— Mon chéri, qu'est-ce que tu as fait? Tu vas passer pour coupable. Ton copain Dave va inévitablement être interrogé par les flics, il va tout leur raconter.

— Ne t'inquiète pas, maman. Ça va aller. Les flics n'ont aucune raison de remonter à Dave. Il ne dira rien, de toute façon. C'est un ami.

— Méfie-toi de tes amis, Walt'.

— Comment ça? demanda Walter qui comprit que sa mère faisait une allusion.

— Méfie-toi d'Eric, mon chéri. Je me demande si ce n'est pas lui qui a tué Alaska.

*

— J'ignorais que tu avais mis Walter en garde contre Eric, dit George Carrey à sa femme.

— J'étais obligée, je sentais bien que toute cette histoire était en train de lui échapper.

Gahalowood intervint:

— Cela prouve encore que Walter, lorsqu'il perd ses moyens, agit de façon impulsive et prend de mauvaises décisions. Il panique en découvrant le phare cassé de sa voiture et réagit en allant aussitôt la faire réparer. Et lorsque vous le mettez en garde contre Eric, il s'énerve?

— Non, pas du tout. Il est resté très calme. Il m'a répété qu'il avait confiance en son ami. Après ça, il est parti. Il était fatigué, il a dit qu'il avait besoin de se reposer.

— Donc il part tranquillement de chez vous?

— Oui.

— Quelle heure était-il?

— Vers 21 heures.

— Mais alors pourquoi, quelques heures plus tard, met-il le feu à son appartement?

— Je l'ignore, avoua Sally Carrey. Peut-être qu'il a décompensé en rentrant chez lui.

— Non, affirma Gahalowood, je pense qu'il a découvert quelque chose. Je voudrais bien savoir quoi. Madame Carrey, une question me tracasse: pourquoi ne m'avoir jamais parlé de cette conversation? Pourquoi avoir attendu aujourd'hui pour évoquer cette histoire de phare cassé qu'il a fait réparer?

À cette question, Sally explosa soudain:

— Parce que le lendemain il était mort, sergent! Il est parti de chez moi et c'est la dernière fois que j'ai vu mon fils vivant. Alors, qu'est-ce que ça aurait changé que je vous raconte tout ceci? Est-ce que ça lui aurait rendu son beau visage atrocement déformé par l'impact de balle? Avez-vous déjà vu quelqu'un qui a reçu une balle à bout portant, sergent? Parce que moi oui, et c'était mon fils. Alors expliquez-moi: qu'est-ce que ça aurait changé au cours de ma vie désormais brisée de vous parler de tout ceci ? Tout ce que je savais, c'est que Walter n'aurait jamais tué ce policier, il n'aurait jamais attenté à sa propre vie. Il est une victime, victime d'Eric Donovan, victime de la police ! Quand allez-vous réhabiliter mon garçon, sergent Gahalowood ?

La voix de Sally Carrey avait résonné dans le café, attirant le regard d'une serveuse. Sally se leva, imitée par son mari, et ils s'en allèrent.

Gahalowood et moi restâmes à la table. Hormis le personnel, l'établissement était désert. Je demandai à Gahalowood :

— Pourquoi est-ce qu'Eric ne nous a pas parlé de cette histoire de compétition ?

— Peut-être parce que, comme le pensent les parents Carrey, Eric s'est arrangé pour écarter Walter.

— En l'empoisonnant ?

— C'est une possibilité. Cependant, ce n'est pas parce que vous trichez pendant une course au lycée que vous assassinez quelqu'un onze ans plus tard. Je vous avoue que je ne sais plus trop quoi penser. Ma seule certitude : le lundi 5 avril 1999 au soir, si Walter Carrey met le feu à l'appartement, c'est parce qu'il a fait une découverte. Laquelle ?

À quelques mètres de nous, derrière le comptoir, une femme consultait sans conviction la caisse enregistreuse. Elle semblait nous observer.

— Est-ce que vous êtes Regina Speck ? lui demanda alors Gahalowood.

Elle le regarda avec étonnement.

— Oui, comment le savez-vous ?

— Patricia Widsmith, l'avocate d'Eric Donovan, nous a parlé de vous.

Elle s'approcha de la table :

— Et vous êtes ce flic et l'écrivain dont tout le monde parle ici.

— Oui, pouvons-nous vous poser quelques questions ?

— Bien sûr.

Gahalowood l'invita à s'asseoir. Elle prit place face à nous. Elle devait avoir une quarantaine d'années. Elle était nettement plus jeune que ce que j'avais imaginé lorsque Patricia avait parlé d'elle. Gahalowood dut partager le même sentiment car il lui demanda :

— Madame Speck, quel âge aviez-vous en 1999 ?

— J'avais trente-quatre ans.

— Et vous étiez déjà la patronne de ce café ?

— Oui. Pour être précise, mon père en était formellement le propriétaire, mais il ne tenait plus debout à partir de 10 heures du matin.

— Pourquoi ?

— Il buvait. Il en est décédé il y a quelques années.

— J'en suis désolé.

— Vous n'y pouvez rien. En 1999, c'est moi qui gérais le *Season*. Mes parents étaient divorcés. Ma mère avait mis les voiles quand j'avais sept ans pour refaire sa vie. Elle ne voulait pas s'encombrer d'une môme. J'ai grandi derrière ce comptoir. J'ai fini par faire de bonnes études. J'avais de très bonnes notes à l'école, j'ai décroché une bourse pour Princeton, où j'ai étudié l'économie. Après mon diplôme, j'ai travaillé pendant cinq ans pour une grosse boîte d'audit new-yorkaise. Quel ennui ! J'ai fini par revenir à Mount Pleasant. Ça a été soudain une évidence pour moi : pourquoi aller vivre ailleurs quand on peut si bien vivre ici ? C'était le début des années 1990. Le problème de bouteille de mon père s'était aggravé. Et puis ce café menaçait de péricliter. Me réinstaller ici a été la meilleure décision de ma vie. J'ai repris la gestion des lieux, j'y ai mis toutes mes économies et je l'ai rénové en m'inspirant des adresses branchées de Manhattan. Intérieur douillet, produits de qualité, toute la gamme du café italien : *ristretto*, *espresso*, *machiatto*, *cappuccino*, etc. Je ne vous cache pas que ça leur a d'abord fait un petit choc aux habitants d'ici. Avec mon père, ils étaient plutôt habitués aux frites cuites dans l'huile de la veille. Mais ça a vite fonctionné, et le succès n'a pas faibli depuis.

— Parlez-nous de cette année 1999, si vous voulez bien.

— Pas grand-chose à en dire. Le café fonctionnait déjà très fort. Que voulez-vous savoir ?

— Est-ce que vous aviez Eric Donovan et Walter Carrey comme clients ?

— Oui, ils étaient là régulièrement. Surtout Walter, qui habitait en face et qui venait prendre son petit-déjeuner avant de commencer au magasin.

— Et la mère de Walter, c'est une cliente aussi ?

— Depuis que j'ai repris le *Season*, Sally Carrey traverse la rue presque tous les jours pour boire un espresso italien. Elle dit que ça la change des jus de chaussette qu'on sert ailleurs et surtout que ça lui rappelle un voyage à Rimini d'avant son mariage. La mère Carrey, elle est allée une fois en Italie, il y a probablement cinquante ans, et tous les jours elle prend un espresso bien serré en souvenir de ce voyage.

— Donc vous la connaissez bien...

— Ça fait vingt ans que je la vois quotidiennement. Ça crée des liens.

— Est-il vrai qu'elle vous a parlé d'une prétendue infidélité d'Alaska envers Walter Carrey ?

— Oui. Peu avant la mort d'Alaska d'ailleurs. Si je m'en souviens, c'est parce que j'en ai parlé à l'avocate d'Eric Donovan.

— Est-ce que vous vous souvenez de ce que vous a dit Sally Carrey ?

— C'était bref, comme tous nos échanges. Elle s'assied au comptoir, je lui sers son espresso sans qu'elle le réclame, on papote quelques minutes. Ce jour-là, elle semblait tracassée. Je lui ai demandé ce qui n'allait pas, elle m'a répondu qu'elle avait vu, la veille, Alaska et Eric devant son magasin. Ils se comportaient, à ses yeux, comme un couple. Je lui ai demandé : « Qu'est-ce qui vous fait dire ça, Sally ? » Elle m'a répondu : « Ils se disputaient et il y avait quelque chose de passionnel dans leur échange. » J'étais dubitative : « S'ils étaient en couple, ils ne viendraient pas roucouler sous vos fenêtres. »

— Pourquoi n'avoir rien signalé à l'époque ? demanda Gahalowood. Nous avions diffusé un appel à témoins...

— Quel motif j'aurais eu de prévenir les flics ? C'était une simple discussion de café, pas de quoi fouetter un chat. Et puis deux ou trois jours après la mort d'Alaska, vous avez arrêté Walter puis Eric, qu'y avait-il à ajouter ? J'en ai finalement parlé à cette avocate parce qu'elle posait des questions.

— Je comprends. Et Eric Donovan ? Est-ce qu'il venait ici ?

— De temps à autre. Mais plutôt en fin de journée, pour se détendre et prendre un verre. En vérité, il essayait surtout de me draguer un peu, mais je n'étais pas intéressée.

— Si j'ose demander, qu'est-ce qui ne vous plaisait pas chez lui ? Il était bel homme, plutôt sympathique ?

— Il n'avait pas trente ans, j'en avais presque trente-cinq. Je pensais à faire des enfants, lui venait de réemménager chez ses parents. Pas exactement le profil que je cherchais. Et puis les pleurnicheurs, c'est vraiment pas mon truc.

— *Pleurnicheur* ? Pourquoi *pleurnicheur* ?

— Eric était mal dans sa peau. Il n'était pas heureux.

— Qu'est-ce qui vous fait dire ça ?

— Il s'en est ouvert à moi. Un soir, on était seuls dans le bar. C'était l'automne 1998, je m'en souviens car c'était juste avant que je rencontre mon mari. Eric et moi avions bu et on était passablement éméchés. À un moment, il m'a attirée contre lui pour m'embrasser, je l'ai repoussé. Il s'est excusé, puis il a joué les victimes. Il a dit quelque chose du genre : « De toute façon, elles me repoussent toutes. » On a parlé un peu et il a fait référence à sa petite copine de Salem qui l'avait plaqué du jour au lendemain. Elle avait un autre homme dans sa vie. Il s'était senti tellement meurtri qu'il avait décidé de tirer un trait sur Salem. Il a démissionné de son boulot et il est rentré à Mount Pleasant.

— Il avait été viré, non ? interrogea Gahalowood. J'avais entendu parler de la rupture avec la petite copine, mais il ne me semble pas qu'il ait démissionné. Il a été viré suite à des dissensions avec son responsable.

Regina Speck sourit :

— Ça, c'était la version officielle. Pour ses parents. En vérité, il s'était barré. Il avait démissionné. En tout cas, c'est ce qu'il m'avait dit. Vous pourrez certainement vérifier auprès de son employeur de l'époque.

Nous venions de quitter le *Season* et nous descendions la rue principale lorsque nous fûmes pris en chasse par une voiture de police. Un policier à l'allure athlétique, dans son uniforme cintré, sortit de son véhicule et s'approcha.

— Le minimum de la courtoisie aurait été de nous faire une petite visite au commissariat, nous dit-il.

Je ne connaissais pas encore cet homme avec lequel Gahalowood avait collaboré onze ans plus tôt : c'était le chef Mitchell.

— Chef Mitchell, le salua Gahalowood, c'est un plaisir de vous retrouver.

— Sergent Gahalowood, je ne sais pas si je dois me réjouir de vous revoir ou m'inquiéter des raisons de votre présence ici.

D'après Perry – ce que je pus confirmer en retrouvant des

photos d'époque dans différents journaux –, le chef Terry Mitchell n'avait guère changé depuis 1999. Il avait légèrement minci et un peu blanchi, mais il avait conservé sa coupe au carré, sa carrure sportive et son air volontaire. Même ses lunettes de soleil, de larges lunettes de pilote aux verres fumés, semblaient avoir traversé le temps avec lui.

— Est-ce qu'il y a vraiment matière à rouvrir l'enquête sur la mort d'Alaska Sanders ? demanda-t-il.

— Nous ne serions pas là si ce n'était pas le cas, répondit Gahalowood.

— Qu'est-ce que vous avez ?

— Des éléments concrets… et sensibles. Je promets de vous faire un point aussi tôt que possible.

— Pourquoi ne pas le faire tout de suite ? suggéra Mitchell.

Le chef de la police de Mount Pleasant était venu à la pêche aux informations. Gahalowood ne voulait ni lui donner satisfaction, ni le vexer.

— Il se peut que des preuves aient été mal interprétées, expliqua simplement Gahalowood.

— Vous parlez des preuves contre Eric Donovan ?

— Entre autres.

— Entre autres ? Walter Carrey a pourtant avoué son crime, non ?

Gahalowood éluda :

— Il a effectivement avoué, mais quand vous rouvrez une enquête vous devez être prêt à tout remettre en question. Je ne vous apprends rien.

— Écoutez, sergent, je vous apprécie. À l'époque, vous avez été correct et tout. Mais c'est une ville tranquille ici, moins il y a de bordel et mieux on se portera tous. Les habitants ont mis du temps à se remettre de ce meurtre. C'était le premier crime depuis plus de trente ans, et il n'y en a heureusement plus eu depuis. C'est un coin paisible, faut pas venir remuer de la merde, comme ça.

— Je comprends vos inquiétudes, chef Mitchell. Nous serons discrets, ne vous en faites pas.

— Je ne vais pas vous mentir : je m'en fais un peu. Si vous n'y voyez pas d'inconvénients, je voudrais que vous soyez accompagné d'un de mes agents tant que vous êtes sur la juridiction de la police de Mount Pleasant. Par égard pour la population.

Gahalowood eut un sourire ironique :

— L'éternelle méfiance envers la police d'État.

— C'est un service que je vous rends, sergent. Mount Pleasant est une petite communauté. Avec ses propres codes. Vous aurez plus de crédit en embarquant quelqu'un du coin avec vous. Vous êtes ici dans le cadre d'une enquête de la police d'État, je me dois de vous faire bon accueil. Mais vous êtes en quelque sorte « chez moi ». Vous devez respecter le patron.

— Vous avez parfaitement raison, assura Gahalowood. Pourquoi ne pas nous retrouver demain au poste pour définir notre stratégie ?

— Ça me paraît une bonne idée, dit le chef Mitchell. Je vous attends au commissariat dans la matinée.

Il s'en alla en roulant des mécaniques, visiblement satisfait de son petit numéro d'intimidation.

— Pourquoi le chef Mitchell se comporte-t-il de cette façon ? demandai-je.

— Il défend son territoire. Surtout, il est à quelques mois de la retraite. Je le sais, car je me suis renseigné. Ça fait quinze ans qu'il dirige la police de cette ville, il n'a aucune envie de finir sa carrière sur une mauvaise note. Et il a raison de s'inquiéter : si Eric Donovan est innocent et qu'un assassin est en liberté, ça va être un scandale sans précédent. En route, allons à votre hôtel, il faut que je prenne une chambre.

— Vous vous installez ici ? Je comprends mieux pourquoi vous avez emporté une petite valise ce matin.

— Je ne vais quand même pas vous laisser tout seul, l'écrivain.

— Vous vous inquiétez pour moi ?

— Si un assassin est en liberté, vous êtes le prochain sur sa liste.

— Vous ne croyez pas que vous en faites un peu trop, sergent ?

— S'il y en a un qui en fait trop ici, c'est vous.

Je souris.

— Vous verrez, sergent, l'hôtel est agréable.

— Je ne m'installe pas pour me détendre, mais pour boucler une enquête.

— Je le sais bien, sergent. D'ailleurs, je me demandais : que feriez-vous différemment si vous pouviez retourner en 1999 ?

— Qu'est-ce que vous insinuez ?

— Onze années se sont écoulées, riches en enseignements à n'en pas douter.

— À l'époque, me répondit Gahalowood, je n'ai pas posé assez de questions en ville. C'est un truc que je tiens de vous et de la façon dont vous avez procédé pendant l'affaire Harry Quebert.

— Sergent, est-ce que vous êtes en train de confesser que je vous ai appris à faire votre métier ?

— Ce n'est absolument pas ce que j'ai dit !

— Je suis très touché, sergent. Je vous paie à dîner.

— Je ne veux pas de votre dîner.

— Allons, ne faites pas le mauvais bison. Prenez vos quartiers à l'hôtel et ensuite je vous emmène dans un italien.

Ce soir-là, Gahalowood et moi dînâmes chez *Luini*. Sur le chemin du retour, alors que nous arrivions devant l'hôtel, je remarquai, posée sur un banc, une petite statue de mouette, identique à celle que j'avais trouvée dans ma chambre.

Je m'en approchai. Elle retenait de son poids un dossier d'information de l'université de Burrows, sur la couverture duquel on avait écrit au feutre rouge :

Marcus,
Mon seul véritable conseil : n'allez pas à Burrows.

— Qu'est-ce que ça veut dire ? me demanda Gahalowood en lisant par-dessus mon épaule.

— C'est un message de Harry Quebert. Je pense qu'il fait référence aux conseils d'écriture qu'il m'avait prodigués à l'époque.

— Pourquoi vous parle-t-il de Burrows ?

— J'ai accepté d'y donner un cours d'écriture à partir de l'automne prochain.

— C'est maintenant que vous m'en parlez ? Bravo, l'écrivain ! Prof d'université, c'est une jolie promotion.

— Harry n'a pas l'air d'être de votre avis. Il veut m'en dissuader, mais j'ignore encore pourquoi.

À la table du petit-déjeuner de l'hôtel, je lisais *Les Mouettes d'Aurora*. J'étais allé l'acheter à la librairie de Cinzia Lockart et je m'étais aussitôt plongé dedans. Je connaissais déjà bien ce texte, j'étais pourtant avide d'y trouver un indice concernant Harry et la suite qu'il avait donnée à sa vie.

CHAPITRE 19
Les Mouettes

Mount Pleasant, New Hampshire.
Mercredi 14 juillet 2010.

Gahalowood me rejoignit. Je rangeai rapidement mon livre, mais il avait eu le temps de l'apercevoir. J'oubliais que rien ne lui échappait.

— Encore et toujours ce Harry Quebert, me dit-il.

— Ça me tracasse, je n'y peux rien. Je voudrais savoir ce qu'il est devenu.

Un serveur vint remplir nos tasses de café.

— J'ai passé quelques coups de fil à propos de Quebert, me confia Gahalowood. Je vous avais promis que je le ferais. Mais je n'ai rien trouvé. Il n'y a aucune trace de lui nulle part : pas d'adresse, pas de carte de crédit, pas de contravention, pas de numéro de téléphone. Il n'y a rien. Il a complètement disparu des radars. On pourrait même croire qu'il est mort s'il n'entretenait pas cet énigmatique jeu de piste.

— S'il sait que je suis ici, pourquoi ne vient-il pas me voir directement ? me demandai-je.

— S'il voulait vous voir, il serait venu à New York. Moi, je pense qu'il vous fuit.

— Pourquoi me fuirait-il ? Je me suis battu pour le faire innocenter.

— Vous l'avez disculpé d'un meurtre, mais vous avez découvert une vérité troublante à son sujet. Je pense qu'il n'assume pas.

Gahalowood avala une gorgée de café et consulta sa montre :

— En route, me dit-il, les Donovan nous attendent.

Nous étions convenus avec Janet et Mark Donovan de les retrouver chez eux.

Ils nous reçurent sur leur terrasse, là même où le dimanche précédent j'avais pris le thé avec Lauren.

— Eric était un bon garçon, travailleur, ambitieux, nous expliqua Mark Donovan. Il était apprécié de ses professeurs au lycée. On était drôlement fiers qu'il décroche cette bourse universitaire. Il a étudié dur à Monarch, il en est sorti avec de bons résultats et il a rapidement décroché un poste de responsabilité au sein d'une chaîne de supermarchés de Salem. Il y était heureux.

— Sally et George Carrey nous ont dit qu'Eric avait obtenu cette bourse à Monarch suite à la défection de Walter à la compétition interlycées.

Janet Donovan haussa les épaules :

— Ils ressassent le passé. Il m'est récemment revenu aux oreilles que George Carrey accusait Eric d'avoir empoisonné Walter pour l'empêcher de concourir. Ce sont de sérieuses accusations : s'ils avaient un doute à l'époque, pourquoi n'ont-ils jamais rien dit ? C'est facile de réécrire l'histoire vingt ans après.

— Vous avouerez que c'est tout de même une coïncidence troublante, insista Gahalowood.

Janet Donovan lui adressa un regard sombre, qui n'était pas sans rappeler celui de sa fille :

— Est-ce que vous enquêtez sur un meurtre ou sur une compétition interlycées qui remonte à 1988 ?

Gahalowood, conciliant, reprit le fil de la conversation :

— Vous nous disiez qu'Eric était épanoui à Salem.

— Très, répondit Janet Donovan.

Mark Donovan tenait entre ses mains un album de photographies. Il l'ouvrit et passa en revue, clichés à l'appui, les années heureuses de la famille Donovan.

— Eric était un très gentil garçon, insista Mark Donovan. Le genre qui ne vous donne jamais de souci, toujours serviable. Le cœur sur la main. Et puis doué. Regardez ces photos par exemple, il en a pris la plupart. Je me souviens qu'à l'occasion de ses dix-sept ans, nous lui avions offert un appareil photo. Il en rêvait depuis longtemps. Il passait son temps à nous immortaliser sous toutes les coutures. Eric, quand il entreprenait quelque chose, il s'y mettait à fond. Il y avait, à l'époque, un photographe professionnel sur la rue principale. Ses affaires étaient florissantes. C'était une autre époque. Il vendait du matériel et il développait les photos. Toute la ville fréquentait sa boutique. Il aimait bien Eric : il l'avait pris sous son aile et il l'avait initié au développement de ses clichés en chambre noire.

— Comment s'appelle ce photographe ? demanda Gahalowood.

— Jo Morgan. Mais vous auriez de la peine à le trouver : il est mort il y a des années.

— Et donc, après l'université, Eric s'est installé à Salem et il s'y plaisait beaucoup. Alors, pourquoi est-il revenu à Mount Pleasant ?

— Parce que j'ai eu un cancer, répondit Mark Donovan. Ça l'a passablement secoué. Il s'est installé chez nous, c'était censé n'être que provisoire, mais il est resté. Il voulait s'assurer que je me repose suffisamment et que je suive mon traitement. Un bon gars, je vous dis.

— Pensez-vous que son retour à Mount Pleasant puisse aussi être lié à son licenciement ? s'enquit Gahalowood.

— C'est possible, répondit Janet Donovan. C'était peut-être le prétexte dont il avait besoin pour revenir auprès de nous. Pas évident de quitter son emploi quand on s'y sent bien.

— Donc il a bien été licencié… il n'a pas démissionné…

— Oui, Eric nous a toujours assuré qu'il avait été licencié. Pourquoi posez-vous la question ?

— Simple vérification, éluda Gahalowood, conscient que tout ce qu'il confiait aux parents pourrait remonter à Eric ensuite. Sauriez-vous dater avec exactitude son retour à Mount Pleasant ?

— Oui, aisément. C'était la veille de Labor Day, donc le premier week-end de septembre 1998. Je m'en souviens parce que ce week-end coïncida avec cette terrible tempête qui avait dévasté une partie de la côte Est. Quand j'ai vu Eric arriver ici, j'ai pensé à une visite surprise pendant son congé. Mais il m'a regardée et il m'a dit : « Non, Ma', je suis de retour pour de bon. »

En quittant la maison des Donovan, Gahalowood était tracassé.

— Il faut vérifier si Eric a été licencié ou s'il a démissionné. S'il a démissionné, cela signifie qu'il nous a menti. Pourquoi mentir ? Il n'y a pas de mal à quitter son emploi. Surtout s'il voulait prendre soin de son père. En prétendant avoir été licencié, c'est comme si Eric voulait que son retour passe pour un hasard. Ce qui me ferait penser à une fuite discrète de Salem.

Je compris aussitôt où Gahalowood voulait en venir :

— Ce qui nous ramène à la question : que s'est-il passé à Salem à l'automne 1998 ?

— Absolument, l'écrivain. Nous tenons sans doute notre lien entre Eric et Alaska. À l'automne 1998, à quelques semaines d'intervalle, tous les deux quittent Salem. Pourquoi ? Que s'est-il passé dans le Massachusetts ? Une partie des réponses à nos questions se trouve là-bas.

Tout en parlant, nous avions marché jusqu'à ma voiture. C'est alors qu'une femme d'un certain âge nous arrêta. Elle tenait en laisse un chien à poils longs qui suffoquait de chaleur.

— Vous êtes l'écrivain qui mène les enquêtes, c'est ça ? me demanda-t-elle.

— Oui, madame.

— Je vous reconnais, je vous ai déjà vu à la télé. C'est mon mari qui m'a dit que vous étiez chez les Donovan, il vous a vu arriver. C'était bien ?

Je fus quelque peu déstabilisé par la question.

— Je ne sais pas si *c'était bien*, mais c'était intéressant.

— Intéressant pour l'enquête ?

— Oui. Je ne peux pas vous en dire plus, c'est une enquête de police, vous comprenez.

Elle me regarda avec intensité.

— Je ne promène pas vraiment mon chien, je voulais vous parler.

— C'est très aimable à vous. Eh bien, voilà, nous nous sommes parlé.

Elle précisa alors :

— Vous m'avez mal comprise. Je voulais vous parler de ce qui s'est passé chez les Carrey en 1999.

Elle constata que j'étais intrigué et fut satisfaite de son effet. Elle nous désigna une maison de la rue et nous dit :

— Vous voyez la bicoque avec des volets verts ? C'est chez moi. Les Carrey sont nos voisins. Il s'est passé quelque chose chez eux, le lundi soir, juste avant l'incendie au-dessus de leur magasin. Je n'oublierai pas ces jours dramatiques. La petite Alaska assassinée, le feu dans l'appartement de Walter, puis son arrestation et sa mort. Quel enchaînement tragique !

— Que s'est-il passé ce fameux lundi soir chez les Carrey ? demanda Gahalowood.

— Grosse dispute. Je me souviens que ce soir-là, mon mari est rentré à la maison vers 21 heures. Il m'a confié qu'il avait surpris une altercation chez les voisins. Moi, j'étais curieuse de savoir ce qui se passait. Alors je me suis installée sous mon porche, soi-disant pour fumer une cigarette, mais c'était surtout pour laisser traîner une oreille. Et j'ai entendu un homme qui hurlait. Je ne pouvais pas discerner ce qu'il disait, mais ça semblait grave. Je pensais que c'était George Carrey qui criait sur sa femme. Ça m'étonnait, car il n'est pas du genre à s'emporter. Et puis soudain leur porte d'entrée s'est ouverte. Je me suis ratatinée sur mon banc pour ne pas être vue. C'était Walter Carrey qui s'en allait d'un pas furieux. Sa mère trottait sur ses talons, le suppliant de rester. Il est parti en faisant rugir son moteur. Après ça, le silence et le calme sont revenus.

— Pourquoi ne pas en avoir parlé à la police ? interrogea Gahalowood. Surtout que cette nuit-là l'appartement de Walter brûlait.

— Je l'ai fait, assura la voisine. J'en ai parlé au chef Mitchell le lendemain.

*

La police de Mount Pleasant était installée dans un édifice en briques sur deux étages. À en juger par leur bâtiment et leur parc automobile, les forces de l'ordre locales disposaient de moyens financiers conséquents. Le chef Mitchell nous reçut dans un bureau spacieux, décoré avec goût, probablement aux frais du contribuable.

— C'est dommage que je doive vous courir après, sergent, reprocha Mitchell à Gahalowood. J'aurais aimé que vous preniez les devants.

— Vous ne nous en avez pas vraiment laissé le temps, fit remarquer Gahalowood.

— Vous avez eu le temps de rendre visite à Sally et George Carrey…

— Et si nous allions droit au but, chef Mitchell : qu'attendez-vous de nous ?

— Comme je vous le disais hier, je voudrais que la police de Mount Pleasant soit partie prenante à l'enquête.

— Cela relève de la compétence de la police d'État.

— Ce qui se passe à Mount Pleasant concerne directement la police de Mount Pleasant, répliqua le chef Mitchell. Au vu des enjeux, je souhaiterais détacher à vos côtés mon chef-adjoint.

— Je pensais plutôt à Lauren Donovan, dit alors Gahalowood.

Le chef Mitchell parut étonné :

— Pourquoi Lauren ?

— Elle est directement concernée par cette histoire. Personne d'autre qu'elle ne peut avoir plus de crédibilité.

— C'est justement le problème : elle a ses convictions, je lui ai toujours dit qu'elles ne devaient pas interférer avec son boulot de flic.

— Ses convictions lui donnent un coup d'avance. J'imagine que ça fait des années qu'elle ressasse cette enquête. Elle sera forcément un atout. Plus vite nous finissons, plus vite vous êtes débarrassé de nous, considéra Gahalowood.

— Je préférerais que ce soit mon chef-adjoint, insista Mitchell.

— Chef, dit alors Gahalowood d'une voix à la fois ferme et conciliante, je comprends vos inquiétudes. Vous ne voulez pas de bordel, et il n'y en aura pas. Rien ne m'oblige à me coltiner qui que ce soit. Vous semblez oublier que la police d'État n'a pas d'ordres à recevoir d'une police locale. Travaillons en bonne intelligence. Vous voulez un flic de chez vous sur l'enquête ? C'est d'accord. Ce sera Lauren Donovan. Un point c'est tout.

Le chef Mitchell eut une moue crispée.

— Marché conclu, dit-il, mais elle vous accompagne partout, même hors de la juridiction de la police de Mount Pleasant.

— Très bien, approuva Gahalowood.

Mitchell se saisit alors de son téléphone et fit appeler Lauren. Quelques instants plus tard, elle poussait la porte du bureau, pleine d'entrain, avant de s'arrêter net en nous voyant, Perry et moi.

— Vous m'avez demandée, chef?

— Lauren, dit-il, j'imagine que tu te rappelles le sergent Perry Gahalowood. Et voici Marcus Goldman.

— Je connais aussi, répondit-elle d'une voix morne.

— Lauren, expliqua le chef Mitchell, comme tu le sais, la police d'État a rouvert l'enquête sur le meurtre d'Alaska Sanders. Ce travail se fera avec la police de Mount Pleasant. Je te détache sur l'enquête.

Lauren en fut évidemment très surprise, mais elle dissimula parfaitement son étonnement.

— À vos ordres, chef. Mais, si j'ose demander: pourquoi moi?

— C'est une demande expresse de ces messieurs.

— Nous pensons que vous êtes bien placée pour nous aider, expliqua Gahalowood.

Du peu que je connaissais Lauren, je savais qu'elle aurait préféré refuser, par fierté. Mais c'était l'occasion qu'elle attendait depuis onze ans de parvenir à faire la lumière sur cette affaire. Elle se contenta d'acquiescer d'un bref « À vos ordres, chef ».

— Lauren, ajouta Mitchell, je souhaite un rapport circonstancié quotidien.

— Vous l'aurez.

Gahalowood dit alors, en affichant un sourire forcé:

— Bon, puisque l'enquête a officiellement démarré, permettez-moi une question, chef Mitchell.

— Je vous écoute, sergent.

— Une voisine des Carrey aurait témoigné d'une violente dispute entre Walter et sa mère le lundi soir 5 avril, soit quelques heures avant que Walter mette le feu à son appartement. Cette voisine affirme vous en avoir parlé. Ma question: pourquoi cette information n'est-elle jamais remontée jusqu'à nous?

— Effectivement, j'en ai un vague souvenir. N'oubliez pas que tout est allé très vite. Walter se rend après quelques heures de cavale, puis il y a ce drame dans les locaux de la police d'État. Une fois qu'il était mort, après avoir avoué de surcroît, j'ai jugé qu'il n'y avait pas d'utilité à vous parasiter avec des témoignages mineurs.

Notre entrevue avec le chef Mitchell terminée, Lauren nous conduisit, Gahalowood et moi, dans la salle de repos du commissariat. Il n'y avait personne d'autre dans la pièce, nous pûmes parler librement.

— Mitchell est un abruti qui se barre à la fin de l'année, nous expliqua Lauren en glissant des pièces de 25 cents dans le distributeur de boissons. Vivement qu'il dégage, tout le monde sera soulagé.

— C'est visiblement pas le grand amour, constata Gahalowood.

— Il n'est pas foncièrement méchant mais il est arriéré. Il a des vieilles méthodes et la mentalité qui va avec.

Lauren me tendit l'un des cafés que la machine venait de faire couler. Je l'interprétai comme un signe de paix :

— Encore désolé, Lauren, lui dis-je.

— C'est pas parce qu'on va travailler ensemble que je te pardonne, Marcus.

— Il n'avait pas le choix, me défendit Gahalowood. Il avait interdiction formelle de révéler quoi que ce soit, sur ordre exprès du chef de la police d'État.

Elle contre-attaqua aussitôt :

— Quelqu'un vous a sonné, sergent ?

Il s'en amusa :

— Ah ben, elle a du caractère votre copine !

— Je ne suis pas sa copine !

— Je me réjouis d'enquêter avec vous, Lauren, ça va être formidable.

*

Cet après-midi-là, à l'invitation de Lauren, nous prîmes nos quartiers chez elle pour faire le point. Elle nous installa dans son salon et nous proposa toutes sortes de boissons et de pâtisseries. Elle était à la fois sauvage et accueillante. Cette femme était un paradoxe vivant. Gahalowood avait apporté tout le dossier qu'il avait compilé depuis 1999. Comme il voulait commencer par nous en faire un résumé, il se mit à en disposer les éléments sur le tapis. Lauren l'interrompit alors, lui apporta un rouleau de papier adhésif et des punaises et l'invita à afficher sur son mur tout ce qui lui semblait pertinent. Elle lui tendit également des feutres. « Notez tout ce que vous voulez. On repeindra le mur quand on aura terminé. Je ne reçois jamais personne de toute façon. »

Gahalowood eut d'abord une hésitation, gêné de transformer le mur du salon en tableau d'enquête, mais Lauren insista et il se mit finalement au travail.

En voyant Gahalowood coller méticuleusement des morceaux de papier sur le mur avant d'y gribouiller des annotations, j'eus l'impression de lire en lui. Dès qu'il placardait une page, il ajoutait, au feutre rouge, des annotations diverses, puis il nous en donnait l'explication. Son cheminement prenait forme sous nos yeux.

— Qu'est-ce que vous avez comme éléments nouveaux? demanda Lauren.

— Ceci, dit Gahalowood en placardant l'article du *Salem News* retrouvé dans les affaires de Vance.

ALASKA SANDERS
ÉLUE MISS NOUVELLE-ANGLETERRE

Je pris la parole :

— Peu avant de venir s'établir à Mount Pleasant, Alaska avait remporté un important concours de beauté. Et sa carrière d'actrice se dessinait. Elle avait même une agente à New York. Logiquement, l'étape suivante aurait été d'aller justement vivre là-bas. Mais elle s'installe soudain à Mount Pleasant. Pourquoi ?

— Cette décision ne s'explique pas, ajouta Gahalowood, même si on tient compte de sa relation avec Walter. Et dans une enquête, ce qui ne s'explique pas est suspect. Nous nous sommes longuement entretenus avec les parents d'Alaska et voici la chronologie : le 19 septembre 1998, Alaska est élue Miss Nouvelle-Angleterre. Dix jours après, le 2 octobre 1998, elle quitte le domicile familial suite à une dispute. Elle part avec son petit copain Walter Carrey et va s'établir chez lui.

— Alaska est encore une toute jeune femme, releva Lauren. Elle se fâche avec ses parents et se tire chez son copain dans un élan de rébellion. Rien de très anormal à cet âge.

— Si elle avait mis les voiles pour un week-end, ça tiendrait la route, admit Gahalowood. Mais dans le cas présent elle s'installe durablement à Mount Pleasant. Pourquoi tout plaquer du jour au lendemain ?

— Attendez, sergent, dis-je en reprenant mes notes. Hier, Eric nous a raconté qu'Alaska lui a confié, à son arrivée à Mount Pleasant, qu'elle cherchait un emploi à tout prix. Elle aurait tenu les propos suivants : « Quand t'es dans la merde, tu peux pas faire la fine bouche. » Elle semble acculée.

— Elle vient de claquer la porte de chez ses parents, fit remarquer Lauren, elle est forcément un peu bouleversée. Elle considère qu'elle doit s'assumer et qu'elle a donc besoin d'argent.

— Sauf qu'elle a de l'argent ! s'écria Gahalowood. Elle vient de gagner 15 000 dollars en remportant le concours de Miss Nouvelle-Angleterre. Elle a participé à d'autres compétitions avant cela, toutes bien dotées. Et la journaliste du *Salem News* nous a confié qu'Alaska était parcimonieuse et mettait son argent de côté pour financer son installation à New York. Pourquoi cette urgence à travailler à la station-service alors qu'elle a des économies ?

— Elle ne veut pas taper dans ses réserves ? suggéra Lauren.

— Il y a autre chose, j'en suis certain, lâcha Gahalowood. Pourquoi dire à Eric qu'elle est « dans la merde » ?

— Vous avez raison, sergent, lui dis-je alors.

— Merci, l'écrivain.

Lauren nous dévisagea avec agacement :

— Pardon tous les deux, mais vous ne pouvez pas vous appeler par vos prénoms ?

Gahalowood sourit :

— Ma femme, Helen, nous a souvent fait cette remarque.

— Votre femme a raison. Vous lui direz que je la soutiens.

— Elle est décédée il y a quelques mois.

— Désolée.

— Vous ne pouviez pas le deviner.

Après un bref silence, Gahalowood reprit :

— Parallèlement aux motivations d'Alaska, une autre installation m'intrigue : celle d'Eric Donovan. (Gahalowood avait pris soin de dire « Eric Donovan » pour que Lauren puisse prendre la distance nécessaire.) Le vendredi 4 septembre 1998, Eric quitte

Salem pour retourner à Mount Pleasant. Est-ce qu'il a été viré? Est-ce qu'il a démissionné? Je voudrais retrouver son employeur de l'époque et lui poser la question, ça peut avoir de l'importance.

— Je vais vous trouver ça, dit Lauren qui s'efforçait d'agir avec détachement.

— Merci. Eric, qui connaît Alaska de Salem, quitte la ville et revient à Mount Pleasant. Je ne sais pas si on peut considérer qu'il s'agit d'un départ précipité, mais ce déménagement était pour le moins inattendu puisque ses propres parents, le voyant arriver, pensent qu'il vient simplement leur rendre visite.

— J'avoue que moi aussi j'ai été surprise, nous confia Lauren.

— Alors, que s'est-il passé pour qu'entre le 4 septembre et le 2 octobre 1998, Eric Donovan puis Alaska Sanders quittent Salem pour Mount Pleasant? Ces départs sont-ils liés? Cachent-ils un lien entre Alaska et Eric? Avaient-ils une liaison? Je sais que, peu avant son départ, Eric avait vécu une rupture brutale avec sa petite copine. Qui était cette petite amie? Alaska? Elle serait venue à Mount Pleasant pour retrouver Eric, regrettant de l'avoir plaqué?

— Non, dit Lauren, pour avoir vu parfois Alaska et Eric ensemble, je doute qu'il y ait eu quelque chose entre eux.

— Qui était la petite copine d'Eric à Salem alors?

— Je l'ignore. Il ne m'en a jamais parlé.

Gahalowood revint ensuite sur les menaces reçues par Alaska.

JE SAIS CE QUE TU AS FAIT.

Il s'interrogea à haute voix:

— Est-ce qu'Alaska est venue se cacher à Mount Pleasant? A-t-elle reçu des intimidations similaires à Salem? Ou cela a-t-il commencé à Mount Pleasant? Eric, Alaska, les lettres, tout ça a forcément un lien. Mais lequel? Qu'est-ce qui nous échappe?

Tout en parlant, Gahalowood avait affiché un document dont l'en-tête indiquait: *Agence DM*.

— Qu'est-ce que l'agence DM? demanda Lauren.

— Agence Dolores Marcado. C'était l'agence d'Alaska. J'ai vérifié: elle existe toujours, j'ai même un numéro de téléphone. J'ai essayé d'appeler deux fois, mais pas de réponse.

— Réessayez, suggérai-je.

Gahalowood s'exécuta et, cette fois, Dolores Marcado répondit.

— Ça m'a secouée quand j'ai entendu aux infos que l'enquête sur le meurtre d'Alaska était rouverte. Quel gâchis, cette fille avait un talent fou !

— D'après ses parents, dit Gahalowood, Alaska est partie dans le New Hampshire alors que sa carrière commençait à décoller.

— C'est vrai. Son titre de Miss Nouvelle-Angleterre lui avait ouvert des portes. Le jour même, je recevais un appel d'un réalisateur qui voulait faire un essai avec elle.

— Et Alaska était enthousiaste ?

— Très ! Elle se voyait déjà à New York, elle s'imaginait sur les tapis rouges. Le réalisateur lui a donné une scène à jouer. Elle s'est filmée en train de donner la réplique, et moi j'ai fait suivre la vidéo au réalisateur.

— Donc vous confirmez que tout cela s'est passé après son élection ?

— Absolument. Le réalisateur était enthousiaste. Il voulait qu'Alaska filme un deuxième essai, plus long, mais quand je l'ai appelée, elle a refusé.

— Pour quel motif?

— Qu'elle venait de s'installer dans le New Hampshire et qu'elle renonçait à sa carrière, au moins quelque temps.

— Cela vous a surpris ?

— Évidemment ! Trois semaines plus tôt, elle se voyait à Hollywood.

— Madame Marcado, est-ce que je pourrais avoir une copie de la vidéo de la dernière audition d'Alaska, si vous l'avez toujours ?

— Si je la retrouve, je vous l'envoie. On a tout archivé en digital, dans l'éventualité où nos clients deviendraient célèbres. Ça fait des superproduits de promotion. Les premiers castings, les premiers pas... ça a une valeur. Enfin, tout ça pour dire que j'espère pouvoir mettre la main sur les vidéos d'Alaska.

Après avoir raccroché, Gahalowood nous dit :

— Entre le 19 septembre 1998, date de la victoire d'Alaska au concours de Miss Nouvelle-Angleterre, et le 2 octobre 1998, lorsqu'elle quitte Salem, il s'est produit un évènement suffisamment grave pour la pousser à s'enfuir et à abandonner sa carrière d'actrice. Suffisamment grave pour qu'elle aille s'enterrer à Mount Pleasant et travailler à la caisse d'une station-service. Suffisamment grave pour motiver ces lettres de menaces. Suffisamment grave pour qu'elle soit assassinée.

— Et Walter Carrey, dans tout ça ? demandai-je alors. On a parlé d'Eric, d'Alaska, de Salem. Mais pas de lui. Comme s'il était étranger au dossier.

— Il a pourtant sa part de mystère, considéra Gahalowood en affichant les photos de l'incendie de l'appartement de Walter. Walter Carrey est impulsif, il perd facilement son sang-froid. Aurait-il tué Alaska sous le coup de l'émotion ? Le meurtre est trop machiavélique, trop organisé pour cela. Et puis, cette question : pourquoi mettre le feu à son appartement deux jours après la mort d'Alaska ? Il n'y a rien d'impulsif là-dedans.

Je risquai une contre-hypothèse :

— Il veut brouiller les pistes, suggérai-je. Il veut faire croire que les bruits sur l'infidélité d'Alaska l'ont fait disjoncter.

— Mais alors, pourquoi s'enfuir ? objecta Gahalowood. Si c'est une mise en scène, il attend les secours, il joue les amoureux éplorés, il raconte qu'il voulait crever dans les flammes car il ne peut pas vivre sans Alaska. Mais là, il disparaît. Rien de mieux pour paraître suspect.

Je remarquai que Lauren avait l'air très troublée. Gahalowood poursuivit :

— Et puis il y a cette étrangeté : Sally Carrey qui nous affirme que, quelques heures avant l'incendie, elle a dîné tranquillement avec son fils, alors que la voisine certifie avoir assisté à une altercation entre eux. J'ai envie de croire la voisine car on sait désormais que Walter est impulsif. Et ce soir-là, après un accrochage violent avec sa mère, il met le feu à son appartement après avoir inscrit sur les murs *Pute Infidèle*. On sait que sa mère lui bourrait le crâne à propos d'une liaison entre Eric et Alaska. Que lui a-t-elle raconté ce soir-là pour le mettre dans un état pareil ? Je pense que ce qu'il découvre va le pousser ensuite à faire accuser Eric du meurtre d'Alaska. C'était une vengeance. De quoi Walter voulait-il se venger vis-à-vis Eric ?

À présent, Lauren était blême. Elle lâcha alors, d'une voix à peine audible :

— Je dois vous montrer quelque chose… Même Patricia n'est pas au courant.

Elle s'absenta un instant et revint avec une enveloppe.

— Je n'en ai jamais parlé parce que je ne voyais pas le lien avec l'affaire. Et puis, quand j'ai découvert ce que je m'apprête à vous révéler, j'avais déjà des doutes sur la culpabilité de Walter Carrey. J'avais retrouvé cette photo qui le montre au *National Anthem* à l'heure du crime… Je ne voulais pas ajouter de souffrance aux parents Carrey, pas après ce qu'ils avaient enduré. Je ne voyais pas l'utilité de les détruire.

— De quoi parlez-vous, Lauren ? demanda Gahalowood.

— Quand Eric a été condamné, un photographe est venu me voir. Il avait un magasin en ville, on le connaissait bien.

— Jo Morgan, dit Gahalowood en relisant ses notes.

— Comment le savez-vous ?

— Son nom a été évoqué par votre mère. Elle disait qu'Eric venait développer ses photos dans sa chambre noire.

— C'est justement ce dont il est question. Après la condamnation d'Eric, Jo est venu m'apporter du matériel qu'Eric avait laissé dans son atelier : un objectif, un trépied, un flash, ce genre de choses. Puis il m'a tendu une enveloppe. Il m'a dit qu'il n'avait jamais eu l'intention de fouiller dans les affaires d'Eric, mais qu'il avait trouvé ces négatifs. Il avait d'abord cru à des photos de famille et les avait développées pour nous les offrir. Il m'a dit : « Il n'y avait pas que des photos de famille, Lauren. Je suis désolé, je ne pouvais pas ne pas t'en parler. Je te laisse les tirages avec les négatifs. Tu en feras ce que tu veux. Je n'en parlerai jamais. J'ai déjà tout oublié. »

Lauren sortit une photo de l'enveloppe. Gahalowood et moi restâmes interdits en la découvrant.

On y voyait Sally Carrey, nue, qui embrassait à pleine bouche un jeune Eric Donovan.

Il y a sur la route 21, à la sortie de Mount Pleasant, quelques kilomètres après la station-service, une petite aire de repos toujours déserte. L'endroit consiste en un parking et une bande de gazon sur laquelle ont été disposées des tables de pique-nique. C'est là que nous fixâmes rendez-vous à Sally Carrey.

CHAPITRE 20
Infidèle

Mount Pleasant, New Hampshire.
Jeudi 15 juillet 2010.

Gahalowood et moi étions en avance. Je faisais les cent pas sur le bitume, tandis que lui attendait, assis sur le siège passager, la portière ouverte. Il fixait la photo d'Eric embrassant Sally. Lauren, lorsqu'elle avait découvert ce cliché, s'en était ouverte à son frère. Il avait invoqué une passion éphémère avec la mère de Walter et lui avait demandé de garder le secret pour ne pas créer de souffrances inutiles. Lauren avait obéi, ne pressentant pas, à l'époque, l'importance que cette photo pourrait avoir pour l'enquête.

Une voiture arriva : c'était elle. Elle se gara à quelques mètres de nous. Il lui fallut quelques instants pour sortir de l'habitacle. Elle s'avança vers nous d'une démarche hésitante qui trahissait son malaise. J'ignore si Sally Carrey savait déjà que nous avions percé son secret, mais elle se doutait, pour que nous la convoquions ici, qu'il s'agissait d'un sujet délicat. Elle paraissait angoissée et Gahalowood ne prolongea pas son tourment. Il la prévint :

— Nous savons pour vous et Eric Donovan.

Sally nous dévisagea avec inquiétude. Elle se demandait peut-être si cela valait encore la peine de nier. Mais Gahalowood lui présenta la photo d'elle et Eric, nus, en train de s'embrasser. Des larmes de panique lui montèrent aux yeux :

— Qui vous a donné ça ? demanda-t-elle.

— Personne n'est au courant, la rassura Gahalowood. Et je compte bien que cela reste ainsi. La photo a été retrouvée par Jo Morgan, le photographe, qui l'a transmise à Lauren Donovan. Mais comme il est mort et que Lauren a gardé le secret pendant plus de dix ans, vous pouvez être tranquille. Nous ne sommes pas là pour vous détruire.

— Vous l'avez déjà fait en prenant mon fils, sergent.

Gahalowood désigna une table de pique-nique et proposa que nous nous y installions pour discuter tranquillement. Une fois assise face à nous, Sally demanda :

— Pourquoi Lauren n'a-t-elle jamais rien dit si elle est au courant depuis tout ce temps ?

— Après l'arrestation de son frère, elle a découvert une preuve qui innocente Walter. Elle ne l'a jamais évoquée, parce que disculper Walter faisait converger l'enquête vers Eric. Donc, lorsqu'elle a récupéré cette photo, elle a voulu vous épargner des souffrances supplémentaires.

— Lauren est une gentille fille, murmura Sally.

— Elle l'est, acquiesça Gahalowood. Madame Carrey, je suis maintenant obligé de vous demander de m'en dire plus sur cette liaison entre Eric et vous. Il se peut que cela ait un lien direct avec notre enquête. Je vous promets une entière confidentialité.

Sally éclata en sanglots.

— C'est un cauchemar, dit-elle.

— De quand date cette photo ? demanda Gahalowood d'une voix douce.

— 1987. Les garçons avaient dix-sept ans. J'en avais quarante-trois. Ma vie était sereine. Le magasin florissant, j'étais heureuse avec mon mari et nous formions, avec Walter, une jolie famille. J'ignore ce qui s'est produit cette année-là, ni comment cela est survenu, mais c'est arrivé. Je connaissais Eric depuis toujours, et depuis l'âge de dix ans, Walter et lui ne se quittaient plus. Il était tout le temps à la maison. Et puis un jour d'été, ils se sont mis à repeindre la barrière en bois dans le jardin. Il faisait une chaleur intenable. Je suis allée leur apporter à boire. Eric s'était mis torse nu. Il était beau comme un dieu. Je lui ai tendu un verre de citronnade, nos peaux se sont effleurées. J'en ai été électrisée. J'ai pris conscience que j'avais envie de ce corps musclé, de cette peau bronzée. Ça m'a tellement déstabilisée que j'ai dû aller prendre une douche glacée pour faire tomber l'excitation. Pendant une semaine, ils ont repeint cette foutue barrière. Pendant une semaine j'ai regardé Eric depuis la maison. Et quand mes fantasmes prenaient le dessus, je finissais sous la douche. J'avais honte de mes pulsions. Je n'envisageais pas à ce moment-là de passer à l'acte.

Elle s'interrompit. Gahalowood l'encouragea à poursuivre :

— Mais c'est arrivé, dit-il.

— Oui, quand je ne m'y attendais pas. C'était un samedi de la fin août 1987.

*

Samedi 29 août 1987

Ce jour-là, Sally Carrey était seule à la maison. Son mari était au magasin et Walter absent pour la journée. Elle voulut confectionner un gâteau, mais elle constata qu'elle n'avait plus assez d'œufs. Elle aurait pu en demander à ses voisins, ou faire un saut à l'épicerie des Donovan, mais elle eut la flemme. Pour une fois qu'elle avait la maison pour elle, elle était bien décidée à en profiter. Aussi se contenta-t-elle de téléphoner chez *Donovan Alimentation.* À Janet Donovan, qui lui répondit, elle passa une commande à déposer au magasin pour que George les rapporte avec lui.

Mais voilà que, dix minutes plus tard, on sonna à la porte. C'était Eric. Il se chargeait de faire les livraisons pour le magasin de ses parents.

— Vos commissions, dit-il à Sally.

— Merci, Eric, c'est très gentil. Tu aurais pu les laisser à George et t'éviter un trajet.

— Je sais, mais j'étais content de passer.

— Walter n'est pas là.

— Je sais.

Il lui adressa un regard appuyé. Elle lui proposa d'entrer un instant.

— Je t'offre quelque chose à boire, Eric ?

— Volontiers, merci.

Ils se rendirent à la cuisine. Elle ouvrit le frigo, nerveuse et excitée à la fois. Elle ne savait plus ce qu'elle devait faire. Mais elle savait ce qu'elle voulait.

— Tu veux une bière ? proposa-t-elle.

— Avec plaisir.

Le pacte était scellé. En proposant de l'alcool à un jeune mineur, Sally lui montrait qu'elle était prête à la transgression.

Elle décapsula une bière qu'elle lui tendit. Il en but une gorgée, en silence. Il était nerveux lui aussi. Puis elle eut ce geste : elle lui prit la bouteille des mains et la porta à ses lèvres. Puis, n'y tenant plus, elle se pencha et colla sa bouche contre la sienne. Il l'attrapa et lui rendit son baiser. La bouteille tomba par terre et se brisa, ils n'y prêtèrent même pas attention, trop obnubilés par leur étreinte.

*

— Ce fut le début d'une passion brûlante, nous raconta Sally. Quand nous avons repris nos esprits, nus dans mon salon, nous étions bien. Je ne me sentais ni coupable, ni mal à l'aise. Je me sentais sereine. Quand Eric a dû repartir faire ses livraisons, je lui ai dit : « Je veux te revoir. » Il m'a dit : « Moi aussi. » Après ça, je ne pensais plus qu'à le retrouver. Mais où ? Je ne pouvais prendre aucun risque. Il y avait bien un motel sur la route de Conway, mais j'avais le sentiment qu'un endroit isolé attirerait d'autant plus l'attention. Quelqu'un finirait forcément par s'interroger sur la présence de ce garçon qui débarquait à vélo. J'ai alors eu une idée complètement folle. À cette époque, mon mari et moi étions en train de retaper nous-même l'appartement au-dessus du magasin pour le mettre en location. J'étais la seule à y monter en semaine. George, lui, n'y allait que les dimanches pour avancer les travaux. L'accès par les escaliers à l'arrière du bâtiment était très discret. C'est donc là que j'ai commencé à fixer rendez-vous à Eric. Après l'école, il passait toujours par le magasin de ses parents. Puis, il disparaissait, se glissait jusqu'à l'appartement où je l'attendais. Une fois les deux à l'intérieur, j'encombrais l'entrée de sacs, d'outils et de planches, pour signaler l'arrivée éventuelle d'un intrus. Mais je savais que personne ne viendrait ici. Au milieu de tous, nous étions à l'abri. Et sur une couverture, à même le sol, je me donnais à lui. Il y avait quelque chose de tellement fort entre nous. Il me faisait me sentir femme comme personne auparavant. Ni mon mari, ni personne ne m'a fait ressentir ce que j'ai ressenti avec lui. Ce garçon de dix-sept ans était en train de faire mon éducation sexuelle. J'étais folle amoureuse, qu'est-ce que vous voulez que je vous dise. Je me rends bien compte, en vous racontant cette histoire, que ça peut paraître un peu ridicule, ou insensé. Mais ça a été ma réalité pendant plusieurs mois, plusieurs mois où je me suis sentie plus vivante, plus heureuse. Plus libre. Quand est arrivée la période de Noël, Eric a même passé une nuit chez moi. Je commençais à prendre de sérieux risques avec lui.

*

Samedi 12 décembre 1987

Le père de George Carrey, qui résidait dans une maison de retraite de Minneapolis, venait de faire une mauvaise chute. Aussi George et Walter s'étaient-ils rendus à son chevet pour le week-end.

Dès que son mari lui avait annoncé la nouvelle, Sally s'était imaginée chez elle en compagnie d'Eric. Elle en avait assez de se cacher dans l'appartement en travaux au-dessus du magasin. Elle avait dû manœuvrer finement. D'abord suggérer que toute la famille aille à Minneapolis. Puis, au moment d'appeler la compagnie aérienne pour réserver les billets, dire qu'elle regrettait de devoir fermer le magasin et de rater les ventes durant l'un des derniers week-ends avant Noël. Puis suggérer qu'elle se sacrifie et reste à Mount Pleasant. Et son mari de lui répondre : « Ça ne t'embêterait pas ? »

Ce samedi matin, George et Walter étaient donc partis de bonne heure pour Minneapolis. Elle avait ouvert seule le magasin. La journée lui avait paru interminable. Eric était passé à la boutique, soi-disant pour prendre des nouvelles de Walter.

— Ça marche pour ce soir ? lui avait-elle demandé.

— J'ai dit que je dormais chez un copain. Mes parents ne vérifieront jamais.

— J'ai laissé la porte arrière ouverte. Viens quand tu veux et fais comme chez toi.

À 19 heures 30, après avoir fermé le magasin, elle se précipita chez elle. Elle retrouva Eric qui lisait des bandes dessinées dans la chambre de Walter. Elle fut d'abord décontenancée. Elle eut envie de tout arrêter. De lui dire de rentrer chez lui. Elle s'était sentie idiote avec ses nouveaux sous-vêtements : elle voulait vite remettre ses culottes de mère de famille et enfiler son confortable pantalon de jogging. Mais Eric l'embrassa et la passion reprit le dessus. Momentanément. Le lendemain matin, en le retrouvant à ses côtés dans le lit conjugal, elle se sentit mal. Soudain, elle regretta tout. Pour la première fois, elle éprouva de la culpabilité. Comme si un sort lui avait été jeté et, soudain, ne faisait plus effet. Pour le petit-déjeuner, il dévora les céréales au chocolat de Walter. Il s'en servit deux fois, puis but bruyamment le lait à même le bol. Elle le considérait avec lucidité à présent. Elle s'en voulait. Elle avait couché avec un enfant. Il fallait rompre.

— Eric, on ne peut plus continuer, toi et moi. Ça va finir par se découvrir et ça fera trop de mal à tout le monde.

— OK, dit simplement Eric. Je comprends.

*

— Notre histoire s'est terminée comme elle avait commencé : dans ma cuisine. Il a disparu de ma vie comme il y était arrivé. Après ça, il a continué à venir à la maison avec Walter, et tout a repris comme avant. Comme s'il ne s'était rien passé. Mais les grandes passions ne s'achèvent pas sans douleur. Et ça a été le cas pour nous. Environ deux mois après notre séparation, Eric est venu au magasin. Je m'y trouvais seule. C'était un jour de février. À cette époque-là, Walter et Eric désespéraient d'obtenir une bourse universitaire. C'était juste avant cette fameuse compétition interlycées dont nous vous avons parlé l'autre jour, lorsqu'un recruteur de l'université Monarch est venu voir les garçons courir et que Walter a été subitement malade.

*

Février 1988

— Bonjour, Eric, l'accueillit Sally lorsqu'il entra dans le magasin.

Eric ne répondit pas à son salut. Il avait le visage fermé. Sally comprit aussitôt que quelque chose n'allait pas.

— Tu es seule ?

— Oui, pourquoi ?

— C'est à propos de la compétition qui a lieu après-demain. C'est une course très importante, tu sais, il y aura un recruteur de l'université de Monarch.

— Oui, Walter m'a prévenue.

— Je ne veux pas que Walter participe à cette course.

— Mais qu'est-ce que tu racontes ?

— J'ai besoin de cette bourse. C'est moi qui ai choisi le premier l'université Monarch, Walter n'a fait qu'imiter mon choix. Ce serait injuste qu'il obtienne cette bourse à ma place. Mais il l'obtiendra, parce qu'il est meilleur que moi.

Sally avait peur. Elle voyait venir un danger. Eric lui déclara brutalement :

— Je veux que tu empêches Walter de concourir. C'est le seul moyen que je décroche cette bourse.

— Mais enfin, Eric, tu es fou. Qu'est-ce que tu veux que je dise à Walter ?

— Tu n'as rien à lui dire, je veux que tu agisses. Débrouille-toi pour qu'il ne participe pas à la compétition. Sinon, je transmets cette photo à ton mari.

Eric sortit un cliché de son manteau et le tendit à Sally. On les voyait nus tous les deux, dans la chambre du motel, en train de s'embrasser à pleine bouche. Sally tressaillit : elle se souvenait parfaitement de ce moment passionné pendant lequel Eric avait interrompu l'élan de leurs ébats pour s'emparer de l'appareil photo qu'il trimballait partout avec lui. Sur le moment elle avait demandé, mi-inquiète, mi-amusée : « Qu'est-ce que tu fais ? » Il avait répondu : « Je fais comme si nous étions libres. C'est ce que je ferais si nous pouvions nous aimer librement : je te prendrais en photo toute la journée. Ne t'inquiète pas, il n'y a même pas de pellicule. » Il l'avait enlacée et embrassée, tout en pointant à main tendue l'objectif de son appareil dans leur direction.

Sally découvrait à présent qu'Eric lui avait menti. Comment avait-elle pu être aussi stupide ! Elle se détestait. Eric lui dit alors d'une voix mauvaise :

— Qu'on soit bien clairs : si Walter me bat à la course, toute la ville verra cette photo et tout le monde saura que tu n'es qu'une sale pute.

*

— C'est vous qui avez rendu Walter malade le jour de la compétition ? demanda Gahalowood.

— Oui, avoua Sally qui pleurait. Le matin même, j'ai versé du laxatif dans sa gourde et je l'ai incité à boire. « Hydrate-toi bien, mon chéri. C'est le coach qui l'a dit. » Je l'ai vu descendre toute ma gourde en quelques gorgées. J'avais mis une dose de cheval et j'espérais une réaction immédiate, qu'il ne puisse même pas quitter la maison. Mais d'abord il ne se passa rien. On est montés en voiture et on s'est rendus au stade. Pendant tout le trajet j'attendais désespérément qu'il ordonne à son père de s'arrêter sur le bas-côté, mais il se portait comme un charme. Sur la piste, pendant tout l'échauffement, je le voyais gambader comme un cabri. Je ne comprenais pas. Eric me lançait des regards noirs. Je m'efforçais de masquer ma confusion en poussant des cris d'encouragement : je savais qu'Eric était capable de mettre ses menaces à exécution et que tout Mount Pleasant me découvrirait à poil en train de galocher un gamin de dix-sept ans. Quand ils se sont mis en position de départ, j'ai cru défaillir. C'est à ce moment-là que Walter a quitté la ligne en courant, en direction des vestiaires. Je savais qu'il ne reviendrait plus.

— Et après ça ? demandai-je.

— Après ça j'ai évité Eric comme la peste pendant des mois. Jusqu'à son départ pour l'université de Monarch. Quand il a quitté la ville, ça a été une délivrance.

— Et à son retour ?

— Quand il est revenu à l'automne 1998, dix ans s'étaient écoulés. Je m'étais efforcée d'enterrer ces affreux souvenirs dans un coin de ma mémoire, et j'espérais qu'il en avait fait autant. Quand je l'ai vu tourner autour d'Alaska, je me suis aussitôt méfiée. Je savais qu'il pouvait être un type dangereux. Et puis, ce lundi 5 avril 1999, tout a basculé…

— Lorsque Walter est venu dîner chez vous, c'est ça ? Une voisine nous affirme que, ce soir-là, Walter et vous avez eu une terrible dispute. Pourquoi ne pas nous avoir mentionné cet incident avant-hier ?

— Parce que c'est lié à ma liaison avec Eric. Je ne pouvais pas vous en parler sans vous révéler notre liaison. Maintenant que vous savez tout, je n'ai plus rien à cacher. Vous vous souvenez que je vous avais raconté que ce lundi soir 5 avril 1999 Walter est venu à la maison et m'avait confié avoir « fait une connerie ».

— Oui, il s'agissait de la réparation précipitée de sa voiture.

— Exactement. Mais il y avait aussi un autre élément que j'ai volontairement omis de vous mentionner : Walter m'a parlé du pull d'Eric. Son copain policier, qui l'avait informé que des débris de phare avaient été retrouvés à Grey Beach, avait également mentionné la découverte d'un pull gris taché de sang.

*

Lundi 5 avril 1999

Pendant le dîner, Walter, après avoir confié à sa mère qu'il s'était empressé de faire réparer son phare par crainte d'être mêlé au meurtre d'Alaska, ajouta :

— Il y a autre chose, Ma'. Plus grave encore…

— Quoi donc ? s'inquiéta Sally Carrey.

— Les flics ont trouvé un pull gris taché de sang, confia Walter à sa mère. Un pull gris avec la mention *M U*.

— Et alors ? demanda Sally Carrey, le cœur battant.

— *M U*, c'est pour Monarch University. Ce pull appartient à Eric. Il y a quinze jours, on est allés pêcher, on a été surpris par la pluie et il me l'a prêté.

— Ce pull était chez toi ? s'inquiéta Sally.

— Il était sur la banquette arrière de ma voiture. Au moment de partir pour la convention au Québec, j'ai récupéré un dossier dans ma voiture. Ça sentait mauvais dans l'habitacle : c'était ce pull mouillé. Je n'avais pas le temps de le remonter à la maison, alors je l'ai jeté dans le coffre. Le lendemain de mon départ, Eric m'a téléphoné. Il voulait absolument récupérer son pull. Je lui ai dit qu'il était dans le coffre et qu'il le demande à Alaska. Mais à mon retour du Québec, le pull semblait avoir mystérieusement disparu. Eric continuait de me le réclamer, mais maintenant que tu m'as dit que tu as vu Eric sortir de ma voiture pendant que j'étais à la convention, je me demande s'il ne l'avait pas en fait récupéré…

Sally était épouvantée.

— Tu veux dire qu'Eric serait mêlé à ce meurtre ?

— J'en sais rien, Ma'…

*

Sally nous raconta qu'en entendant Walter parler de cette histoire de pull elle avait paniqué.

— Entre ça et la réparation de sa voiture, je craignais que tout désigne Walter. Je me suis même dit qu'il avait peut-être été piégé par Eric. Je savais de quoi Eric était capable ! Alors j'ai imploré Walter de se méfier de lui. Il a été très surpris de ma mise en garde, il a voulu savoir pourquoi je m'en prenais à son ami. Il s'est fâché : « Tu passes ton temps à casser du sucre sur le dos d'Eric, à l'accuser de coucher avec Alaska. Ça suffit, maintenant ! » Moi, tout ce que je voulais, c'était qu'il se tienne à l'écart d'Eric. Mais Walter ne voulait rien entendre. Il me répétait que c'était son ami d'enfance et qu'il avait toute confiance en lui. Alors j'ai décidé de lui raconter ce qui s'était passé entre Eric et moi. Tant pis pour les conséquences. Il fallait que mon fils sache qui était vraiment Eric Donovan. Alors je lui ai tout avoué : la relation adultère dans l'appartement au-dessus du magasin, le chantage, le laxatif. Je n'ai jamais vu Walter dans une colère pareille, j'ai cru qu'il allait tout casser. La suite, vous la connaissez. Il est rentré chez lui. Il a inscrit sur les murs de cet appartement où Eric et moi nous étions aimés un message qui m'était destiné : *Pute Infidèle*. Puis il a mis le feu à cet endroit de malheur et il s'est enfui.

Sally éclata en sanglots. Gahalowood lui dit :

— Donc Eric avait bien prêté son pull à Walter, et vous le saviez…

— Oui.

— Et qu'est-il advenu de ce pull ? Est-ce que vous le savez ? Madame Carrey, il faut tout nous avouer, et maintenant.

Après une hésitation elle nous dit :

— Je ne sais pas si vous vous en souvenez, mais à l'époque je vous ai raconté avoir surpris une dispute entre Alaska et Eric alors que Walter s'était absenté pour une convention au Québec.

— Je m'en souviens, acquiesça Perry.

— Ils se disputaient à propos de ce pull. Je l'ai compris quand Walter m'en a parlé de ce pull le soir du 5 avril. Ce qu'il m'a raconté a éclairé les deux scènes dont j'avais été témoin. Dans la première, Eric disait chercher un pull qu'il avait prêté à Walter. Il se demandait s'il ne se trouvait pas dans leur appartement. Alaska l'a envoyé paître, en lui disant qu'il n'avait qu'à appeler son copain. Eric est revenu à la charge le lendemain de cette première dispute. Il a intercepté Alaska qui sortait de chez elle et il a demandé à regarder dans le coffre de la voiture de Walter. Je les observai discrètement depuis la porte du magasin, me demandant ce qu'ils fabriquaient tous les deux. Comme la veille, Alaska semblait agacée par l'insistance d'Eric. Mais elle a fini par ouvrir le coffre de la Ford de Walter et Eric a constaté que le pull n'y était pas. Eric cherchait ce fameux pull ce jour-là, presque quinze jours avant le meurtre.

— Depuis onze ans, vous auriez pu corroborer la version d'Eric selon laquelle il avait prêté son pull à Walter et ne l'avait jamais récupéré ! Pourquoi n'avez-vous rien dit ? Ça aurait pu changer le cours de l'enquête !

— Je sais ! s'écria Sally en pleurs. J'y pense tous les jours ! Au début je n'ai rien dit parce que j'étais vidée : mon fils venait de mourir. Quand j'ai appris que ce pull incriminait directement Eric, j'ai d'abord voulu contacter la police. Avant de me raviser : Eric était un manipulateur né. J'ai songé qu'il était peut-être vraiment coupable de ce meurtre et je ne voulais pas être celle qui le disculpe. Alors je n'ai rien dit. Le temps a passé, et quand je me suis rendu compte que je détenais une information capitale, il était trop tard : je craignais qu'on m'accuse de rétention d'informations. Alors je me suis murée dans le silence, sans plus jamais pouvoir en sortir. Je m'en veux tellement, sergent, si vous saviez…

Sa confession terminée, Sally Carrey s'effondra.

— Est-ce que je vais avoir des ennuis pour avoir dissimulé la vérité ? demanda-t-elle d'une voix étranglée.

— Non, madame, lui promit Gahalowood. Vous avez déjà eu assez d'ennuis comme ça.

Il se leva et se dirigea vers l'un des foyers à barbecue installés sur le gazon. Il y déposa la photo et le négatif et il y mit le feu.

*

Les aveux de Sally Carrey marquaient un tournant dans l'enquête. S'ils dévoilaient un côté sombre de la personnalité d'Eric, ils prouvaient surtout que les accusations portées par Walter Carrey n'étaient que pure vengeance.

Pour des raisons évidentes, Lauren ne nous avait pas accompagnés au rendez-vous. Nous la retrouvâmes chez elle, où elle nous attendait. À notre récit, elle tomba des nues :

— Eric a fait chanter Sally ?

— C'est comme ça qu'il a pu obtenir sa bourse universitaire, lui expliquai-je.

— Pourquoi Eric ne nous en a-t-il pas parlé avant-hier ? se demanda Lauren, visiblement troublée.

— Peut-être qu'il n'a pas fait le lien entre cet épisode et les accusations de Walter, suggérai-je. Ou alors craignait-il que ça l'enfonce davantage ?

— Lauren, dit Gahalowood, pour être franc avec vous, après la visite à votre frère, je n'avais pas de raison tangible de croire en son innocence. Cela peut sembler paradoxal mais les révélations de Sally Carrey me confortent dans l'idée que ni Walter, ni Eric n'ont tué Alaska. Je pense qu'il y a quelqu'un d'autre derrière tout ça, qui manipule la police depuis le début. L'autre jour, Patricia Widsmith a parlé d'un crime parfait, un crime savamment orchestré pour dérouter la police. Je commence à penser qu'elle a raison. Tout aurait été parfaitement mis au point, y compris les secrets de votre frère. Un coupable idéal a des secrets inavouables qui le piègent davantage. D'où ma question, Lauren : est-ce que quelqu'un d'autre pouvait être au courant de la liaison entre Eric et Sally Carrey ? Ou au courant du chantage opéré par Eric ?

— Je n'en sais rien, sergent, répondit Lauren. Il faudrait poser la question à Eric directement. À propos de Patricia Widsmith, il faut que je la prévienne immédiatement.

Tandis que Lauren passait son coup de fil, Gahalowood se

posta face au mur. Il y ajouta une feuille de papier sur laquelle il inscrivit : *chantage.*

J'observai les images collées au mur. La matraque télescopique retrouvée dans le lac, le pull maculé de sang, les lettres de menaces.

— À quoi pensez-vous, l'écrivain ? me demanda Gahalowood.

— Que tout ceci constitue un étrange puzzle. Et surtout qu'il y a un élément qui lie tout ça. Quelque chose qui crève les yeux et que nous ne voyons pas.

— Comme quoi ? demanda Gahalowood qui prenait mes hypothèses au sérieux.

— Vous venez de poser la bonne question : qui était au courant du chantage d'Eric ? Je mets cette interrogation en lien avec les autres éléments : le pull d'Eric était dans la voiture de Walter, qui aurait pu y avoir accès ? Et qui aurait pu avoir accès à la maison des Donovan et à l'imprimante d'Eric ? À ce stade, je ne vois qu'une seule personne qui coche toutes les cases : Sally Carrey.

— Nom d'un chien, l'écrivain, c'est vrai ! Elle se venge d'Eric. Elle fabrique le coupable de toutes pièces, sans imaginer que tout son plan va exploser au visage de son propre fils. Ça tiendrait la route, mais pourquoi tuer Alaska ?

— Parce qu'elle pense qu'Alaska trompe son fils.

Gahalowood parcourut un instant son bloc-notes et me dit :

— Au moment du meurtre, Sally est à des centaines de kilomètres de là, en vacances dans le Maine avec son mari. Assez solide comme alibi.

— Sergent, ce n'est pas à vous que je vais apprendre qu'un alibi se fabrique.

Gahalowood eut une moue peu convaincue :

— Cela impliquerait que George Carrey soit dans la combine. Les deux parents qui se liguent pour punir Eric et tuer la petite copine infidèle, ça me semble un peu gros.

J'avais pris l'habitude d'enregistrer sur mon téléphone (avec l'accord des intéressés évidemment) mes conversations au sujet de l'enquête. C'était une habitude prise durant l'affaire Harry Quebert. À la demande de Gahalowood, je repassai des extraits de notre échange de l'avant-veille avec Sally et George Carrey. Et notamment ce moment où elle nous racontait l'appel de son fils lui apprenant qu'il venait de se faire quitter par Alaska :

Walter m'a répété qu'il n'y avait strictement rien entre Eric et Alaska. Alors j'ai fini par lui dire que si Alaska était partie c'était probablement parce qu'elle avait quelqu'un. Il m'a répondu qu'il s'en doutait depuis un bon moment. Qu'il la trouvait différente depuis quelque temps. Surtout, qu'elle recevait des cadeaux. Il a mentionné une paire d'escarpins, qui avait fait son apparition quelques jours plus tôt, et dont Alaska avait prétendu les avoir achetés dans un magasin de Wolfeboro. Mais il avait vérifié: cette marque n'était vendue que dans une boutique de Salem. Il m'a assuré alors: « Alaska n'est pas en couple avec Eric, maman, mais probablement avec quelqu'un qui vit à Salem. D'ailleurs je me demande si elle va vraiment chez ses parents, car elle ne s'entend pas très bien avec eux. Si elle va à Salem, c'est sans doute pour retrouver cette personne. »

— Le dîner romantique! s'exclama alors Gahalowood.

— À quoi faites-vous allusion? demandai-je.

— La veille de sa mort, Alaska a raconté à son patron, Lewis Jacob, qu'elle était attendue pour un dîner romantique. À l'époque, nous avions envisagé la piste d'un amant, avant de changer de trajectoire. Alaska avait un amant, et ce n'était vraisemblablement pas Eric puisqu'il était en train de manger des hamburgers avec Walter et sa sœur.

Je profitai de ce que Lauren soit encore occupée au téléphone pour ajouter:

— Ou alors c'est justement Eric. Il donne rendez-vous à Alaska quelque part, le fameux dîner romantique, mais il lui pose un lapin, pour se constituer un alibi. Elle essaie de le joindre toute la soirée, il fait le mort. Jusqu'à ce rendez-vous de minuit.

— Vous me faites tourner en bourrique, l'écrivain! Votre théorie aurait pu tenir la route. À un détail près: ces escarpins qui viennent d'une boutique de Salem…

— Eric a vécu cinq années à Salem, fis-je remarquer. Il connaît certainement cette boutique.

— Sauf que tout porte à croire qu'il a fui Salem. Si c'est le cas, il n'avait aucune raison d'y revenir pour acheter une paire de chaussures à une fille. Au contraire, il se serait tenu à distance de cette ville. Reste à savoir s'il a été licencié ou s'il a démissionné.

— Eric a démissionné, annonça soudain Lauren derrière nous. Vous m'avez demandé de me renseigner auprès de son ancien employeur. Je l'ai fait. J'ai eu son patron de l'époque, un type sympathique à la tête d'un petit empire. Il aimait beaucoup Eric. Il s'en souvient bien, il nourrissait de grandes ambitions pour lui au sein de sa boîte. Il est parti du jour au lendemain, à la surprise générale, alors que tout allait pour le mieux.

— Ce départ cache quelque chose, dit Gahalowood.

— Je suis d'accord avec vous, sergent. Je pense qu'Eric ne nous a raconté qu'une partie de l'histoire.

— Il est temps qu'il nous fasse confiance. Les mensonges ne font que renforcer les soupçons.

— Je le sais, regretta Lauren. Si Patricia l'incite à se confier à vous, il le fera. Il ne jure que par elle. Pourquoi parliez-vous de la démission d'Eric ?

— Sa démission laisse penser à une fuite, expliquai-je à Lauren. Ce serait un élément à décharge. Alaska avait un amant, qui lui aurait offert des cadeaux, dont une paire de chaussures qu'on ne trouve qu'à Salem. Mais si Eric a fui Salem, ce n'est pas pour y retourner acheter des chaussures, il n'est donc pas l'amant.

— Où voulez-vous en venir ? demanda Lauren.

— Je pense que l'amant est le meurtrier, dit Gahalowood. Nous sommes passés à côté de ça à l'époque. Il faut le retrouver. Et rapidement.

— Et on commence par où ? demandai-je. Il s'est évaporé il y a onze ans et on n'a pas la première piste.

— Faux, répondit Gahalowood. On sait qu'il connaissait Eric et Walter puisqu'il les a piégés. Et que Salem lui est familier. C'est un début.

— Puisqu'on parle de Salem, j'ai actualisé les contacts des amis d'Alaska que vous ont transmis ses parents. J'ai pu en retrouver une majorité. Ceux à qui j'ai parlé n'ont pas grand-chose à raconter. Aucun n'a mentionné des menaces à l'encontre d'Alaska.

— Il faut aller les voir, considéra Gahalowood. Quand ils

ont des flics assis dans leur cuisine qui évoquent le passé, croyez-moi, des tas de souvenirs remontent à la surface.

Au même instant, Gahalowood reçut un appel. C'était l'assistante de Dolores Marcado, l'ancienne agente d'Alaska, qui lui demandait une adresse e-mail pour lui envoyer un fichier: la vidéo de l'audition d'Alaska enregistrée juste après son titre de Miss Nouvelle-Angleterre.

Quelques minutes plus tard, nous la regardions sur l'ordinateur de Lauren. On y voyait Alaska déclamer un long monologue. Elle était très convaincante. Nous essayâmes de comprendre où cela avait été filmé. Derrière elle, un grand tableau représentait un coucher de soleil sur l'océan. Cet arrière-fond ne ressemblait pas à la maison des Sanders.

— Tu reconnais? demandai-je à Lauren.

— Non, ça ne me dit rien.

Nous repassâmes les images en boucle. Impossible d'identifier la toile. Aucune signature. Pas de signe distinctif.

— Ça a peut-être été filmé chez une amie, dit Gahalowood. C'est peut-être d'ailleurs un élément anodin.

Mais nous savions tous que rien n'était anodin dans une enquête pareille. Nous passâmes un long moment à cogiter encore, à passer les éléments en revue, à nous arrêter sur les photos et les annotations collées au mur. Finalement, Gahalowood, après avoir bruyamment bâillé, nous annonça:

— La suite demain. Je suis claqué.

Je ramassai mes affaires pour me mettre en route moi aussi. Mais Lauren me proposa:

— Marcus, je me disais qu'on pourrait dîner toi et moi.

Je mourais d'envie d'accepter mais je voulais la faire mariner un peu.

— Malheureusement je ne suis pas libre, répondis-je. Le sergent voulait qu'on regarde quelque chose... à propos du dossier...

— Il est libre comme l'air, annonça Gahalowood. Le sergent veut avoir la paix. Manger un hamburger en lisant mon bouquin, à la terrasse de l'hôtel, sans avoir l'écrivain qui me cause dans le poste.

Lauren m'adressa un sourire timide:

— Apparemment, tu es libre.

Mais nos plans furent contrecarrés. Quelques instants après, la sonnette de la porte d'entrée retentit. C'était Patricia Widsmith qui débarquait de Boston.

— Patricia, s'étonna Lauren, qu'est-ce que tu fais là ?

— Qu'est-ce que je fais là ? Tu m'appelles pour me balancer toutes ces infos et tu crois que je vais rester les bras croisés ? Ça fait onze ans que j'attends que ce dossier bouge, il n'est pas question de perdre une minute. Eric ne peut pas croupir en prison plus longtemps. Je veux déposer une requête de libération demain.

Le visage de Lauren s'illumina :

— On a une chance ?

— Évidemment ! Non seulement Sally Carrey confirme qu'Eric avait bien prêté son pull à Walter, mais, surtout, on sait maintenant que Walter a dénoncé Eric par pure vengeance puisqu'il venait de découvrir que sa mère avait eu une liaison avec lui. Je dois vous rendre hommage, sergent, votre théorie de la rétorsion était la bonne. Walter a tué Alaska, et il a fait plonger Eric.

— Walter n'a pas tué Alaska, dit Gahalowood.

— Mais il a dénoncé mensongèrement Eric, fit remarquer Patricia Widsmith. Je vais apporter la photo de Sally et Eric au juge, et croyez-moi ça va être vite réglé. Lauren, je ne comprends pas que tu ne m'aies pas parlé de cette photo plus tôt.

— Cette photo ne prouve rien, considéra Gahalowood. Au mieux, elle démontre au juge un côté sombre d'Eric, qui a fait chanter une femme et l'a forcée à empoisonner son fils. Et ça, croyez-moi, ça ne plaide pas en sa faveur.

— Laissons le juge en décider. Où est cette photo ?

— Je l'ai brûlée, répondit Gahalowood. Et le négatif avec.

— Vous avez fait quoi ? hurla Patricia.

— J'ai brûlé cette photo. Elle n'aurait, de toute façon, pas fait sortir Eric de prison et elle aurait détruit davantage la vie de Sally Carrey, qui mérite d'être épargnée.

— Vous avez détruit des éléments d'enquête ! Je peux vous faire poursuivre pour cela, sergent.

Il s'ensuivit une interminable querelle entre Gahalowood et Patricia. Pendant qu'ils se disputaient dans le salon, Lauren me conduisit dans la cuisine et ouvrit une bouteille de vin.

— Vous avez bien fait de détruire cette photo, me dit-elle. Inutile de faire du mal à Sally et à mes parents aussi. Je suis d'accord avec Perry, cette seule photo ne sauvera pas Eric. Tu sais, Marcus, pendant onze ans j'ai gardé espoir. Mais depuis que l'enquête est rouverte, je m'interroge de plus en plus sur Eric. Au fond, on ne connaît jamais vraiment les gens qu'on aime.

— On ne se connaît même pas soi-même, fis-je remarquer.

Elle fit tinter son verre contre le mien.

— Santé, cher philosophe.

Je souris. Elle sourit aussi.

— Lauren, je…

Elle me fit taire en posant un doigt sur ma bouche.

— Chut, Marcus. C'est à moi de parler. Merci. Merci d'être là.

Elle retira son doigt et approcha ses lèvres des miennes, puis elle m'embrassa.

Notre baiser fut interrompu par Gahalowood qui se raclait la gorge. Il se tenait sur le pas de la porte, Patricia à côté de lui.

— Le sergent a raison, admit celle-ci. Il m'a parlé de la piste de l'amant d'Alaska et nous risquerions de la compromettre en déposant une requête de libération maintenant, qui nous obligerait à révéler à la justice l'avancée de l'enquête. Si la remise en liberté est refusée, non seulement Eric reste en prison, mais nous risquons d'alerter l'amant qui se croit probablement à l'abri aujourd'hui.

— En contrepartie, ajouta Gahalowood, on va faire un point général avec Patricia, qui n'a pas eu connaissance de tous les éléments de l'enquête.

Avant de reprendre le dossier, nous dînâmes chez Lauren. Ce moment de convivialité nous permit de nous détendre. Je compris que Gahalowood aimait bien Patricia lorsque, après deux verres de vin, il lui demanda :

— Comment est-ce que votre mari vous supporte ?

Elle éclata de rire puis répondit :

— Il ne m'a pas supportée. Ça n'a d'ailleurs pas duré très longtemps. Il faut dire que je me suis mariée à un psy, ce qui n'est jamais simple. Et vous, sergent, comment votre femme vous supporte ?

— Elle ne m'a pas supporté.

— Vous êtes divorcé également ? Vous portez une alliance pourtant.

— Elle est morte. Il y a trois mois.

— Oh mon Dieu, je suis vraiment désolée.

Gahalowood changea de sujet.

En les voyant tous les deux, je songeai qu'ils étaient bien assortis : le sergent irascible et l'avocate tenace. Étincelles garanties. Gahalowood ne pensait certainement pas à se remettre en couple, mais d'ici quelques années ses filles auraient quitté la maison et il se retrouverait seul à ressasser sa vie d'avant. Je n'eus guère le temps d'y réfléchir davantage car ils s'étaient levés pour étudier l'enquête.

Patricia voulait s'assurer de n'avoir rien raté. Elle compara les éléments en sa possession avec ceux qu'elle découvrait au mur.

— Vous m'avez parlé du rapport d'incident qui n'a pas été inclus dans le dossier.

— Oui, ce sont ces photos au mur, pointa Gahalowood. J'ai une copie du rapport de l'inspecteur des pompiers que vous pouvez prendre avec vous si vous le voulez.

Il fouilla dans les papiers épars sur la table basse et tendit quelques feuilles à Patricia. Il reprit :

— Un autre élément qui n'a pas été versé au dossier car peu concluant, mais que j'ai retrouvé dans les notes de mon ancien coéquipier : un témoin assure avoir vu une voiture de couleur bleue aux plaques du Massachusetts traverser la rue principale à 1 heure 40 du matin.

— En quoi cette information est-elle pertinente ?

— Alaska Sanders conduisait un véhicule bleu aux plaques du Massachusetts. Que faisait-elle là ? Avait-elle voulu récupérer des affaires chez Walter ? Ou était-ce en lien avec ce rendez-vous qu'elle avait fixé à Eric ? À l'époque, la présence de cette voiture soulevait de nombreuses questions. Malheureusement, le témoignage était trop approximatif pour être versé au dossier. Le bureau du procureur ne l'aurait pas retenu.

— Mais c'est un témoignage clé pour nous, fit remarquer Patricia. Si Alaska était encore en vie à 1 heure 40 du matin, cela accrédite la thèse que Walter Carrey, bien qu'encore au *National Anthem* à 1 heure 43, puisse être le meurtrier. Est-ce qu'on est certain de l'heure du décès ?

— Il n'y a pas de raison d'en douter, dit Gahalowood. D'ailleurs la voiture est partie en direction de Grey Beach. Dix minutes plus tard elle était au bord du lac. Soit à 1 heure 50. Ça tient la route. Mais ça confirme surtout, selon moi, que le meurtrier devait l'attendre sur place et qu'il l'a tuée à son arrivée. D'abord il porte un coup de matraque violent, puis il l'étrangle. Walter ne serait arrivé qu'après. Vous devez abandonner cette piste, Patricia, vous tournez en rond.

— Difficile d'abandonner une idée qui me hante depuis onze ans. Qu'est-ce que vous avez d'autre de non-officiel ?

— Une violente dispute entre Walter Carrey et Alaska, le 22 mars 1999, devant un supermarché de Conway.

— Qu'appelez-vous une violente dispute ? demanda Patricia.

— Assez violente pour que le gérant du supermarché appelle les flics. Ils ont procédé à un contrôle. C'est consigné sur la main courante : *Couple dans une voiture, aucune trace de violence visible. Aucune intervention nécessaire.*

Lauren jeta un coup d'œil au document que désignait Gahalowood.

— Les noms d'Alaska et de Walter n'y apparaissent pas explicitement, fit-elle remarquer.

— Le rapport est lacunaire, reconnut Gahalowood, raison pour laquelle il n'a pas été versé au dossier non plus. Et puis, ça n'apportait pas grand-chose à l'avancement de l'enquête.

— Mais comment savez-vous que c'était Alaska et Walter ? insista Lauren.

— Le gérant du supermarché a reconnu Alaska après la diffusion de sa photo dans la presse.

— Et Walter ?

— C'était sa voiture, dit Gahalowood.

— Mais a-t-il été identifié ?

Gahalowood ne répondit pas à la question : il était interloqué.

— L'écrivain, me dit-il, cette fameuse dispute entre Eric et Alaska dont Sally Carrey nous a parlé. Elle a dit qu'Eric sortait de la voiture de Walter...

Gahalowood fouilla dans ses notes. Son visage s'éclaira soudain. Il reprit :

— Le jour de cette dispute, Walter était absent de Mount Pleasant ! Il était à cette convention au Québec !

— Oui, et... ? dis-je.

Gahalowood vérifia encore ses notes :

— Sally Carrey nous a dit que cette dispute avait eu lieu la semaine précédant le meurtre. Ce qui signifie que cette convention de pêche a eu lieu la semaine du 22 mars 1999 !

Lauren percuta :

— Le 22 mars est le jour où la police contrôle la voiture de Walter sur le parking du supermarché de Conway ! Or Walter était probablement déjà au Québec ce jour-là !

— Exact ! dit Gahalowood.

— Mais alors, qui était dans la voiture avec Alaska ? demanda Patricia.

Et Gahalowood de conclure :

— Si j'en crois Sally Carrey, c'était Eric. Il me semble qu'une conversation avec lui s'impose.

À la prison d'État, Eric nous avait accueillis chaleureusement. Mais lorsque Gahalowood lui annonça que nous étions au courant du chantage qu'il avait exercé, son sourire s'estompa aussitôt.

Chapitre 21
Peur panique

Concord, New Hampshire.
Vendredi 16 juillet 2010.

— Comment êtes-vous au courant ? balbutia-t-il. C'est forcément Sally qui vous en a parlé...

Nous nous trouvions dans une petite salle réservée aux visites d'avocats. Gahalowood et Patricia étaient assis à une table, face à Eric, tandis que Lauren et moi nous tenions dans un coin, en observateurs.

— J'ai montré la photo à Perry et Marcus, annonça Lauren qui peinait à contenir sa colère. Pourquoi m'as-tu demandé de garder le secret à propos de cette photo, Eric ? Pour qu'on ne découvre pas les saloperies que tu as faites à Sally Carrey ? Tu m'as manipulée, alors que je me bats pour toi depuis onze ans !

— Putain, gémit Eric. Je me dégoûte de ce que j'ai fait. J'étais un pauvre type. J'étais amoureux de Sally, quand elle m'a largué, j'ai eu envie de me venger.

— Quand on vous largue, vous réagissez comme ça ? tonna Gahalowood.

— Bien sûr que non.

— Oh alors, vous avez simplement un tempérament vengeur. Encore mieux ! Vous comprenez, Eric, que ça ne plaide pas en votre faveur !

— Enfin, sergent, c'était il y a plus de vingt ans ! J'étais un gamin ! J'étais un pauvre idiot !

— Quoi d'autre ? demanda Patricia d'un ton sec. Y a-t-il des épisodes de ton existence dont tu as omis de nous parler, et qui pourraient peser dans l'enquête ?

— J'en sais rien, répondit Eric décontenancé, j'imagine que tout peut avoir son importance.

— C'est vrai, intervint Gahalowood. Alors laissez-moi vous rafraîchir la mémoire : est-ce que vous avez été contrôlé par la police, avec Alaska, à bord de la voiture de Walter Carrey, le lundi 22 mars 1999 sur le parking d'un supermarché de Conway.

À nouveau, Eric afficha un air renfrogné. Comme s'il était pris en faute. Il ne put s'empêcher de demander :

— Comment le savez-vous ?

Patricia eut un geste d'agacement. Gahalowood explosa :

— Parce que tout finit par se savoir, Eric ! Ainsi va la vie ! Alors racontez-nous maintenant, et en détail. Et si vous continuez avec vos mensonges ou vos trous de mémoire, je referme ce dossier et je vous laisse pourrir ici !

— Mais qu'est-ce que j'aurais dû faire, sergent, lorsque vous m'avez cuisiné pendant vingt heures de suite, il y a vingt ans ? Sans manger, sans dormir ! À me crier dessus, à m'expliquer que j'étais foutu, que je finirais exécuté, et à agiter sous mes yeux mon pull couvert du sang d'Alaska, ou encore des messages de menaces provenant de mon imprimante ! Vous imaginez ce qui a pu me passer par la tête ? J'avais visiblement été piégé. C'était un cauchemar, tout m'accusait ! Je n'arrivais pas à me défendre. J'avais beau hurler mon innocence, vous ne vouliez pas en entendre parler. Chacune de mes paroles était retournée contre moi. Vous aviez votre coupable tout désigné, sergent, et vous m'avez traîné dans les profondeurs de l'enfer. Alors ne venez pas, aujourd'hui, me faire la morale et m'expliquer ce que j'aurais dû faire ! Ne venez pas me reprocher de ne pas vous avoir relaté un épisode peu glorieux de ma jeunesse, dont je ne voyais pas le lien avec l'affaire si ce n'était de me faire passer pour un cinglé. Ou encore d'avoir oublié de vous raconter que je m'étais fait contrôler par la police lors d'une dispute avec Alaska !

Il y eut un long silence. Eric et Gahalowood se dévisageaient comme deux lions prêts à se sauter à la gorge. Finalement, Patricia demanda d'une voix douce :

— Eric, peux-tu nous parler de cette dispute ? Que s'est-il passé avec Alaska devant ce supermarché ?

— C'était un lundi. Je ne me souviens plus de la date exacte mais si vous dites que c'était le 22 mars, alors c'était ce jour-là. Je me souviens du jour de la semaine car j'avais congé les lundis. Je me suis rendu à Conway, dans ce centre commercial où il y avait notamment un magasin de photo qui vendait du matériel d'occasion à prix bradé. Il y avait de nombreuses enseignes là-bas. Dont ce supermarché.

*

Conway.
Lundi 22 mars 1999.

Eric sortait du magasin de photographie lorsqu'il remarqua la voiture de son copain Walter qui se garait sur le parking du complexe commercial. Le véhicule reculait, Eric ne pouvait pas voir le conducteur, mais il pouvait parfaitement lire la plaque qu'il aurait reconnue entre mille. Il s'amusa de la piètre manœuvre, pour ranger la Ford Taurus entre une camionnette et un monospace. Resté à distance, il s'apprêtait à chambrer Walter pour sa maladresse quand il fut surpris de voir Alaska sortir de l'habitacle. Elle était seule. Pas de Walter. Elle se dirigea vers le supermarché et il l'intercepta devant l'entrée.

— Alaska ?

— Salut, Eric.

— Walter est avec toi ?

— Il est parti hier au Québec pour une convention de pêche.

— Comment s'est-il rendu là-bas puisque sa voiture est ici ?

— Avec le pick-up de son père. Pour ramener du matériel. Ma voiture a une fuite d'huile, du coup j'ai pris la sienne. Tu as d'autres questions ?

Elle semblait sur la défensive.

— Désolé, je ne voulais pas être indiscret. Je te laisse faire tes courses. Bonne journée.

Elle soupira comme si elle était désespérée.

— Pardonne-moi, Eric, je ne suis pas de bonne humeur et je me sens coupable de te croiser devant ce supermarché où je m'apprête à faire mes courses au lieu d'aller dans le magasin de tes parents.

— Tu fais ce que tu veux, la rassura Eric.

— Tu sais ce que je n'aime pas à Mount Pleasant? Cette impression que tout le monde épie tout le monde. Même quand je fais mes courses, j'ai le sentiment qu'on scrute mon caddie et qu'on me juge sur mes achats. J'ai toujours rêvé d'être célèbre, mais si être célèbre signifie vivre comme à Mount Pleasant, franchement, non merci.

Eric éclata de rire:

— Je ne te juge pas, Alaska. Tu peux faire tes courses tranquillement. Bonne journée.

Il tourna les talons, mais elle le retint:

— Je vais quitter Walter.

— Quoi?

— Je vais le quitter. Je veux quitter Mount Pleasant. Garde-le pour toi, s'il te plaît. Je voulais juste le dire à quelqu'un.

Sa confidence faite, Alaska s'engouffra prestement dans le supermarché. Eric s'apprêtait à repartir, mais il renonça. Il voulait en savoir davantage. Il ne pouvait se contenter d'être le confident d'un tel aveu sans intervenir en faveur de son ami. Il devait parler avec Alaska et il décida de l'attendre. Lorsqu'elle réapparut avec ses courses, il lui lança:

— Pourquoi tu le quittes?

— Ce ne sont pas tes affaires, Eric.

— Tu as quelqu'un d'autre?

— Laisse-moi tranquille, s'il te plaît.

— Tu ne peux pas lâcher une bombe pareille et t'attendre à ce que je reste impassible.

— Je regrette de t'en avoir parlé.

— C'est trop tard. Que se passe-t-il avec Walter, Alaska?

L'insistance d'Eric agaça Alaska. Le ton monta, attirant les regards suspicieux des passants. Soudain Alaska éclata en sanglots:

— Laisse-moi, Eric!

— Je sais que Walter va être brisé. Explique-moi au moins pourquoi tu le quittes. Tu ne peux pas me faire une confidence de ce genre et me demander de la garder pour moi. Tu me mets en porte à faux vis-à-vis de Walter!

Un homme intervint à cet instant: c'était le gérant du supermarché.

— Tout va bien, mademoiselle? demanda-t-il à Alaska.

— Oui, tout va bien, le rabroua Eric.
— Ce n'est pas à vous que je parle ! répliqua le gérant.
— C'est une affaire privée ! s'emporta Eric. Mêlez-vous de vos oignons !
— Puisque c'est comme ça, j'appelle les flics !

*

— Le gérant du supermarché est retourné à l'intérieur du magasin, nous raconta Eric. Et soudain, Alaska a disjoncté. Elle s'est mise à paniquer. Elle a dit : « Il va appeler les flics, putain ! Il va appeler les flics ! » Et là, elle s'est enfuie vers sa voiture, abandonnant ses commissions. Je ne comprenais pas ce qui lui prenait. J'ai ramassé ses courses pour les lui apporter. Elle était déjà assise au volant, prête à démarrer. J'ai ouvert son coffre et elle s'est mise à crier : « Qu'est-ce que tu fais, Eric ? Il faut que je m'en aille ! » Elle était complètement paniquée. Comme je restais derrière la voiture, elle a fini par sortir de l'habitacle et m'a hurlé dessus : « Fous le camp, Eric ! »

*

Conway.
Lundi 22 mars 1999.

— Fous le camp, Eric !
— Alaska, qu'est-ce qui te met dans un état pareil ?
Elle voulut le repousser mais il lui attrapa les mains.
— Tu ne comprends pas ! hurla-t-elle en pleurs.
— Qu'est-ce que je ne comprends pas ?
— Laisse-moi partir !
— Je vais te ramener, décréta Eric, tu ne peux pas conduire dans un état pareil. Je reviendrai chercher ma voiture plus tard.
Sans attendre l'aval d'Alaska, Eric s'installa à la place du conducteur. Elle se précipita sur le siège passager. « Démarre ! Démarre ! » ordonna-t-elle. Mais à peine Eric avait-il démarré qu'une patrouille de police, gyrophares enclenchés, leur bloqua la route. Alaska fit un effort pour se donner une contenance. Comme si elle avait quelque chose à se reprocher. Elle s'essuya

les yeux. Un policier s'approcha de leur voiture et passa la tête par la fenêtre qu'Eric avait baissée.

— Qu'est-ce qui se passe ici ? demanda-t-il.

— Rien, assura Alaska.

— Rien ? On a été appelés pour une altercation.

Alaska sourit :

— Vous ne vous engueulez jamais avec votre femme, monsieur l'agent ? Si on ne peut plus se disputer sans que la police débarque...

Le policier contrôla rapidement le permis de conduire d'Eric ainsi que les papiers de la voiture. Comme tout était en règle, il s'en alla. Alaska laissa de nouveau couler ses larmes, mais cette fois de soulagement.

Eric posa une main réconfortante sur son épaule.

— Alaska, qu'est-ce qui te met dans cet état ?

— La police, murmura-t-elle.

*

— C'était comme si Alaska avait une peur panique de la police, nous raconta Eric.

— Elle vous a expliqué pourquoi ? demanda Gahalowood.

— Non. Je l'ai ramenée à Mount Pleasant. Nous sommes restés silencieux pendant tout le trajet. C'était perturbant de la voir dans un tel état. J'ai garé la voiture sur la rue principale, au niveau du magasin des Carrey, et j'ai rendu les clés à Alaska.

— Et Sally Carrey vous a vus, indiqua Gahalowood.

— C'est très possible. On était devant son magasin. Je n'avais rien à cacher.

— Sally Carrey évoque une dispute entre vous.

Eric fronça les sourcils, comme s'il faisait un effort de mémoire.

— Oui, dit-il, c'était à cause de mon pull.

— Le pull qu'on a retrouvé ensuite sur le lieu du crime ?

— Ce pull, je l'avais prêté à Walter deux jours plus tôt, le samedi, lorsqu'en pleine partie de pêche nous avions été surpris par la pluie. Je vous ai déjà raconté tout ça l'autre jour. Et je vous l'ai raconté aussi il y a onze ans... Bref, ce lundi-là, en déposant Alaska, je ne vois pas le pull sur la banquette arrière. Je me dis qu'il doit être chez eux. Sur le trottoir, je le réclame à Alaska. « Je ne sais pas de quoi tu parles, Eric. — Un pull gris avec le logo de Monarch University. — Je ne l'ai pas vu et c'est moi qui ai fait les dernières lessives. — Est-ce que je peux monter chez toi pour regarder? Je tiens à ce pull. » Là, Alaska s'est énervée : « C'est tout ce qui te préoccupe après ce qu'on vient de vivre? Tu n'as qu'à demander à Walter. — Oh, tu veux vraiment que j'appelle Walter et que je lui raconte tout ce qui vient de se passer? » Elle est partie, furieuse, et elle est remontée chez elle.

— Et ce pull, alors? demanda Gahalowood.

— Alaska m'a dit d'appeler Walter et je l'ai fait. Il m'a dit qu'il l'avait laissé dans le coffre de sa voiture. Alors le lendemain, en voyant, depuis le magasin de mes parents, Alaska qui se garait sur la rue à bord de la Ford de Walter, je l'ai interceptée et je lui ai demandé d'ouvrir son coffre pour que je puisse récupérer mon pull. Elle m'a dit que je lui courais sur les nerfs avec cette histoire de pull. Elle a ouvert le coffre de mauvaise grâce, le pull n'y était pas. Je n'y comprenais rien. J'en ai parlé à Walter à son retour de Québec. Il m'a dit qu'Alaska l'avait peut-être lavé et rangé dans ses affaires par erreur, qu'il lui demanderait, mais moi j'ai dit à Walter que j'avais justement interrogé Alaska qui n'avait aucune idée d'où était ce fichu pull. Le quiproquo était total. Walter a fini par me dire qu'il allait vérifier chez lui. J'imaginais bien que ce pull allait réapparaître. Mais à la fin de la semaine suivante, Alaska était assassinée. Ensuite, tout s'est passé très vite : trois jours plus tard, je me retrouvais dans une salle d'interrogatoire de la police avec ce pull couvert de sang comme pièce à conviction contre moi. Walter et Alaska, les deux seuls à pouvoir confirmer cette histoire de pull, étaient morts. Chaque fois que je pense à ce pull, je pense à ce moment, sur le parking du supermarché de Conway, lorsque je range les courses d'Alaska dans le coffre. Ce pull s'y trouvait-il? Je n'en sais rien. Et je revis cette scène en boucle, je me revois ouvrir le coffre et je me demande si ce putain de pull est là. Est-ce que Walter m'a menti à propos de ce pull? Ou est-ce qu'il a été volé dans la voiture? Les gens ne sont pas très méfiants à Mount Pleasant, encore moins il y a onze ans. On laissait facilement les voitures ouvertes, on ne fermait les maisons à clé que lors d'absences prolongées.

Les explications d'Eric corroboraient parfaitement la version de Sally Carrey. Gahalowood ne l'évoqua pas à ce stade et poursuivit :

— Une autre question nous tracasse, Eric. Début septembre 1998, vous quittez Salem quasiment du jour au lendemain. À vos proches, vous direz que vous avez été licencié. C'est faux : vous avez démissionné. Vous vous êtes enfui de Salem. Pourquoi ?

— Enfui, c'est un grand mot, sergent. Je ne supportais plus d'être à Salem : ma copine m'avait quitté pour un autre, j'étais désemparé, mon père était malade. J'avais besoin d'un retour aux sources. Ça ne me semble pas extraordinaire. Eh oui, j'ai menti à mes parents en invoquant un licenciement. Mais vous ne connaissez pas mes parents : la scène qu'ils m'auraient faite si je leur avais avoué avoir abandonné un bon boulot très bien payé alors qu'eux ont souvent eu du mal à joindre les deux bouts.

Les explications d'Eric sur son départ de Salem se recoupaient avec le récit de Regina Speck, la patronne du *Season*.

Nous savions désormais qu'Alaska avait une peur panique de la police. Pourquoi ? Nous ne pouvions qu'y voir un lien avec son départ précipité de Salem et ces messages qui disaient *JE SAIS CE QUE TU AS FAIT*. Qu'est-ce qu'Alaska fuyait ?

Au sortir de la prison, nous décidâmes de nous rendre, Lauren, Gahalowood et moi, à Salem. Patricia, elle, devait retourner à Boston.

La matinée touchait à sa fin lorsque nous arrivâmes dans le Massachusetts. Nous commençâmes par aller rendre visite aux anciennes amies d'Alaska que Lauren avait pu localiser. Une grande partie d'entre elles était des copines d'enfance ou du lycée, dont les récits, qui nous firent remonter jusqu'aux dix-huit ans d'Alaska, ne nous furent pas d'une grande aide. En revanche, les amies qu'Alaska s'était faites lors des concours de beauté, soit dans les dernières années de sa vie, apportèrent un éclairage intéressant. Elles s'appelaient Brooke Rizzo, Andrea Brown, Stephanie Lahan et Michelle Spitzer. Nous les rencontrâmes tour à tour. Elles s'accordaient toutes sur un point : Walter Carrey n'était pas le grand amour d'Alaska.

BROOKE RIZZO :

On ne sait pas trop ce qu'elle lui trouvait à ce Walter. Je pensais que c'était une passade. De toute façon, il venait de façon sporadique. Je pensais qu'Alaska papillonnait. Je n'aurais jamais imaginé qu'elle parte vivre avec lui dans le fin fond du New Hampshire.

ANDREA BROWN :

Je crois que ça amusait Alaska de sortir avec un type plus vieux. En même temps, il me semble que c'était sa première relation sérieuse. Enfin, sérieuse, si on peut dire.

STEPHANIE LAHAN :

On n'a pas compris ce qui s'est passé, ni la raison de son départ avec Walter. Elle venait d'être élue Miss Nouvelle-Angleterre, elle avait tout pour faire une carrière dans le cinéma, en tout cas c'était bien parti. Pourquoi tout abandonner ainsi ?

[…]

Des menaces ? Non. Alaska en tout cas ne m'en a jamais parlé.

Ni Brooke, ni Andrea, ni Stephanie ne pouvaient faire un lien entre un évènement particulier et ce départ à Mount Pleasant. C'est la quatrième amie, Michelle Spitzer à qui nous rendîmes visite en dernier, qui évoqua une raison et surtout un nom que nous n'avions pas entendu jusque-là.

MICHELLE SPITZER :

Ce qui a pu se passer à Salem ? J'en sais rien. Elle a sans doute été secouée par le suicide d'Eleanor, comme nous toutes. Vous dites qu'Alaska a reçu des menaces ? De quel genre ?

[…]

Eleanor Lowell, vous n'en avez pas entendu parler ? C'était l'une de nos copines. C'était une jeune femme très belle, mais surtout très troublée. Tout l'inverse d'Alaska.

Eleanor était dans la souffrance, sans cesse aux prises avec des angoisses. Elle était même suivie par un psy.

[…]

Comment Eleanor s'est suicidée ? À la nage. On a retrouvé sa voiture et ses vêtements sur une plage de Marblehead.

L'apparition du fantôme d'Eleanor nous intrigua. Ce même jour, nous nous rendîmes à la rédaction du *Salem News* pour interroger la journaliste Goldie Hawk, qui avait certainement davantage d'informations à nous donner.

— Une triste histoire, déplora Goldie Hawk. J'avais eu l'occasion de croiser Eleanor à quelques reprises. Elle était le stéréotype de la jeune mannequin : une beauté diaphane, au visage d'ange. Elle avait participé à des campagnes pour des marques prestigieuses. Elle était d'un autre calibre.

— Et sa mort ? demanda Gahalowood.

— Sordide. Elle a envoyé un SMS en pleine nuit à ses parents pour leur dire qu'elle ne voulait plus vivre. Ils ont découvert ce message à leur réveil. Le lit d'Eleanor était vide et ils ont aussitôt averti la police. La voiture d'Eleanor a été retrouvée à Marblehead, sur le parking du Chandler Hovey Park. À proximité du grand phare qui marque la pointe de la côte, il y avait, sur les rochers, ses vêtements et ses effets personnels. La police a conclu à un suicide, probablement par noyade.

— *Probablement* ?

— Son corps n'a jamais été retrouvé.

Gahalowood était perplexe. Au sortir de la rédaction du *Salem News*, il nous dit, à Lauren et moi :

— En août 1998, une jeune reine de beauté disparaît à proximité d'une plage. Huit mois plus tard, une de ses amies, également reine de beauté, est assassinée au bord d'un lac. Dans sa poche un message : *JE SAIS CE QUE TU AS FAIT*.

Je demandai à Gahalowood :

— Vous pensez qu'il y a un lien entre ces deux morts, sergent ?

— Ça me semble un peu gros pour être une coïncidence. Surtout qu'Alaska a quitté Salem brutalement peu après. La mort d'Eleanor pourrait bien être la raison de sa fuite.

— Selon vous, Alaska aurait tué Eleanor? interrogea Lauren.

— Je n'en sais rien, admit Gahalowood, qui n'aimait pas les conclusions hâtives. Mais il faut creuser.

Lauren ne put s'empêcher de poser la question qui lui brûlait les lèvres:

— Sergent, comment êtes-vous passés à côté de cette Eleanor Lowell à l'époque?

— On a négligé Salem. On pensait que le meurtre était lié à Mount Pleasant. Et en même temps, à l'époque, rien n'orientait l'enquête vers Salem. Je n'arrête pas de repenser à cette idée de crime parfait. Je crois que nous avons été complètement baladés.

Gahalowood voulait rendre une petite visite à la brigade criminelle de Salem, qui avait certainement été chargée de l'enquête autour de la disparition d'Eleanor Lowell. Nous devions également profiter de notre présence en ville pour interroger les parents d'Alaska au sujet des finances de leur fille. Nous voulions comprendre pourquoi, malgré ses économies, elle avait eu ce besoin de trouver un emploi en arrivant à Mount Pleasant. Pour être efficaces, il fallait nous répartir les tâches. Lauren accompagna Gahalowood au commissariat de Salem, tandis que je pris un taxi pour me rendre chez les Sanders.

Donna Sanders était seule chez elle. « Robbie est parti jouer au golf avec des copains. Il a besoin de se vider la tête ces temps-ci. Faut dire que ça nous remue drôlement tout ce qui se passe. Vous prenez un café, monsieur Goldman? » Nous passâmes un moment dans son salon à discuter. Je crois que Donna Sanders se sentait plus seule que jamais. Elle avait envie de parler de sa fille, et son mari devait éviter le sujet. « Chacun sa façon de gérer le deuil », m'expliqua-t-elle. J'en profitai pour lui montrer la vidéo de l'audition envoyée par l'agente d'Alaska. Nous l'avions également diffusée aux amies d'Alaska – j'avais emporté mon ordinateur portable à cette fin – mais aucune n'avait été capable d'identifier le lieu où Alaska s'était filmée. Il en fut de même pour Donna Sanders.

— Je n'ai jamais vu cet enregistrement, me dit-elle après le visionnage.

— Alaska l'a filmé juste après sa victoire au concours de Miss Nouvelle-Angleterre. Reconnaissez-vous l'arrière-plan?

Je repassai la vidéo, mais Donna était catégorique:

— Non, je n'ai aucune idée de l'endroit où Alaska pouvait se trouver. C'est important?

— Peut-être. Ce tableau ne vous dit rien?

— Absolument rien. Est-ce pour me montrer cela que vous êtes venu jusqu'à Salem, monsieur Goldman?

— Non, lui répondis-je. Je m'intéresse à l'argent que possédait Alaska. Elle avait des économies, non? Ses gains accumulés au fil des concours...

— Oui, elle était très économe. Elle avait un compte à la Bank of New England. C'est tout ce que je sais. Le reste, c'est Robbie qui s'en est chargé. Il faudrait lui demander. Dommage qu'il soit absent. Je vous proposerais bien de l'appeler sur son portable, mais il est d'une humeur de chien quand on le dérange pendant son golf.

— Je comprends, ne vous en faites pas. Auriez-vous d'anciens relevés bancaires d'Alaska?

— S'il y a quelque chose, ce serait dans sa chambre, j'ai gardé tellement de paperasse... Robbie me le reproche encore aujourd'hui. Il dit qu'on devrait vider la chambre. Venez, je vous montre.

Quelques instants plus tard, je me retrouvai assis au petit bureau en contreplaqué qu'Alaska avait utilisé, adolescente, pour faire ses devoirs et entretenir sa correspondance. Donna Sanders exhuma plusieurs classeurs où se trouvaient, pêle-mêle, des souvenirs, des documents plus ou moins officiels et des photos de sa fille. Je les parcourus jusqu'à trouver un vieux relevé de la Bank of New England. Il datait de 1997, ce qui ne m'était pas d'un grand secours, mais il mentionnait l'adresse d'une succursale de Salem et surtout le nom d'un conseiller au sein de celle-ci: Gary Stenson. La banque était encore ouverte, je tentai un coup de fil sans grand espoir de parler à ce Gary tout droit sorti de l'année 1997. Mais voilà que la standardiste me le transféra.

— Allô?

— Monsieur Stenson? C'est Marcus Goldman qui vous appelle. J'enquête sur le meurtre d'Alaska Sanders, qui était cliente chez vous.

J'imagine que ce genre d'entrée en matière fait toujours sensation. Comme j'expliquais à ce monsieur Stenson comment j'avais retrouvé son nom, il me proposa: « Venez à la banque, je vous attends. Dépêchez-vous, nous fermons bientôt. »

Vingt minutes plus tard, je me retrouvais face à Gary Stenson, dans une succursale de la Bank of New England. Stenson était à quelques mois de la retraite, après plus de quarante années passées dans cet établissement. C'était un monsieur aux cheveux d'argent, avec une épaisse moustache qui lui donnait un air de morse très sympathique. Il portait une chemise à manches courtes et une cravate rayée.

— J'ai entendu parler de vous, me dit-il. Vous savez qu'en principe je suis tenu au secret professionnel en ce qui concerne mes clients.

— Je l'imagine bien.

— Mais Alaska n'est plus une cliente, son compte a été fermé suite à son décès. Je n'ai donc pas d'informations précises à vous divulguer, ce qui me met à l'aise pour vous répondre. Que souhaitez-vous savoir ?

— Vous connaissiez personnellement Alaska ?

— Oui, bien sûr. Son père possède un compte aussi dans cette banque. Je le connais depuis toujours. Alaska était une jeune femme merveilleuse. Si vous saviez ce que j'ai pleuré à sa mort. J'étais effondré. Pourtant, je l'avais peu connue, mais il y avait un tel sentiment de gâchis. Pourquoi vous intéressez-vous à son compte en banque ?

— On m'a décrit Alaska comme une jeune femme économe qui avait mis de l'argent de côté pour financer son rêve d'aller vivre à New York. En octobre 1999, environ deux semaines après avoir remporté un prix de 15 000 dollars, elle déménage à Mount Pleasant. Elle prend aussitôt un emploi dans une station-service. Elle ne se laisse guère le temps de la réflexion. Il y a une précipitation dans sa démarche qui me laisse penser qu'elle était financièrement à sec. Pourriez-vous éclairer ma lanterne ?

Le petit homme me dévisagea d'un air déconcerté. Il finit par avoir ces mots, que je n'aurais pas imaginé sortir de sa bouche : « Nom de Dieu… » Je compris qu'il hésitait à parler.

— Monsieur Stenson, l'encourageai-je, vous détenez peut-être des informations cruciales pour l'enquête.

— Le chèque de 15 000 dollars dont vous parlez, Alaska était venue le déposer à la banque avec son père. C'était un compte joint avec une procuration des parents, comme c'est toujours le cas quand on ouvre un compte pour un mineur. Mais ce jour-là j'ai fait remarquer à Alaska : « Tu es majeure depuis quelques mois, tu n'as plus besoin de ton père pour valider tes opérations bancaires. » Elle s'était sentie toute fière. Indépendante. Le lendemain justement, son père, Robbie, est venu me voir pour faire transférer les avoirs de sa fille dans une autre banque. Il y avait 50 000 dollars. Il m'a expliqué qu'il allait virer l'argent sur un compte dont Alaska était seule bénéficiaire. Je n'avais aucune raison de ne pas le croire, mais de surcroît il avait une procuration sur le compte d'Alaska. Il pouvait faire ce qu'il voulait, je n'avais aucune question à poser. Alors je me suis exécuté. Mais voilà qu'environ deux semaines plus tard, je n'ai plus la date en tête, Alaska est venue pour retirer de l'argent. Quand je lui ai dit que les fonds avaient été transférés par son père, elle est devenue livide. J'ai dit qu'il devait s'agir d'un malentendu. Mais elle était sous le choc. Elle est partie furieuse.

— Vous avez eu le fin mot de l'histoire ? demandai-je.

— Oui, j'ai revu son père quelques jours plus tard. Voilà, ça me revient. Robbie Sanders est passé à la banque, inquiet que sa fille ait fait un scandale. Il n'avait pas eu le temps de prévenir Alaska du transfert. Tout était arrangé.

— Et c'était la vérité ?

— Je n'en sais rien. Je n'ai plus jamais revu Alaska. Elle était partie vivre dans le New Hampshire.

Je compris que l'incident que venait d'évoquer Gary Stenson avait eu lieu le 2 octobre 1998. C'était la véritable raison de la dispute entre Alaska et son père qui avait conduit au départ de celle-ci.

Je devais immédiatement parler à Donna Sanders, et surtout à son mari. Alors que je me dirigeais vers leur domicile, Gahalowood me téléphona.

— L'écrivain, où êtes-vous ? J'ai des nouvelles pour vous.

— Moi aussi, sergent. Je vais chez les Sanders. Je viens de découvrir que, le 2 octobre 1998, Alaska et son père se sont disputés car il avait vidé son compte en banque. Robbie Sanders nous a menti : cette histoire de marijuana c'était du pipeau. Robbie avait escroqué sa fille.

— Ça alors ! On se retrouve chez les Sanders.

— De votre côté, sergent, qu'avez-vous déterré chez les flics de Salem ?

— On a récupéré le dossier sur Eleanor Lowell. Il n'y a pas grand-chose, malheureusement. On a parlé à l'enquêteur en charge à l'époque, il ne voit pas vraiment le lien entre la mort d'Eleanor et celle d'Alaska. En revanche, on en a profité pour passer en revue les évènements criminels majeurs survenus à Salem durant l'année 1998. Figurez-vous que l'un d'eux a retenu toute notre attention : le 8 octobre 1998, un cambriolage d'une extrême violence a eu lieu chez les Sanders. Un policier a été percuté par une Ford Taurus noire.

— Une Taurus noire ? m'exclamai-je.

— Je savais que ça vous plairait.

Et nous n'étions pas au bout de nos surprises.

Je retrouvai Gahalowood et Lauren devant la maison des Sanders. Nous nous y présentâmes ensemble. Donna Sanders était d'apparente bonne humeur. « Ah, vous êtes de retour ! me dit-elle. Ça tombe bien, Robbie est rentré de son golf. »

Robbie arriva à la suite de sa femme. Gahalowood leur présenta Lauren en omettant volontairement son nom de famille.

— Lauren est de la police de Mount Pleasant, indiqua-t-il. Elle travaille avec nous sur l'enquête.

Lauren salua les Sanders d'une poignée de main. Elle portait une chemise légère dont elle avait retroussé les manches.

— Monsieur et madame Sanders, dit-elle, nous voudrions vous parler du cambriolage qui a eu lieu chez vous en 1998.

Robbie Sanders lui adressa un drôle de regard, puis il lui répondit :

— Ça tombe bien qu'on parle de ce cambriolage. Pour quelle raison portez-vous ma montre au poignet ?

Le soir du cambriolage

Jeudi 8 octobre 1998

À 21 heures 30, une nuit profonde enveloppait le quartier de Mack Park, à Salem. La rue était déserte. Un vent froid d'automne soufflait.

Personne ne vit la Ford Taurus noire, phares éteints, avancer jusque devant la maison des Sanders et manœuvrer dans l'allée pour se mettre en position de départ. Le véhicule était dépourvu de plaque d'immatriculation. À l'intérieur, deux occupants, cagoulés. Ils sortirent sans bruit et disparurent à l'arrière du jardin des Sanders. De là, cachés par les buissons, on ne les verrait pas. Ils marquèrent un temps d'arrêt pour s'assurer que la maison était vide. Puis ils s'approchèrent de la porte de la cuisine. L'une des silhouettes souleva le paillasson, puis un petit pot de fleurs, comme si elle cherchait une clé qui y serait dissimulée. Mais il n'y avait rien. Son comparse prit la situation en main : de son poing ganté, il brisa l'un des carreaux de la porte vitrée, passa son bras à l'intérieur et déverrouilla la serrure. Ils pénétrèrent dans la maison.

Un bruit de vitre cassée alerta Francisco Rodriguez, un habitant du quartier, qui fumait une cigarette sous son porche. Rodriguez était inspecteur à la police de Salem et ce bruit l'intrigua. Sa cigarette terminée, il fit quelques pas dans la rue, les sens à l'affût : mais tout semblait tranquille.

À l'intérieur de la maison, les deux silhouettes s'étaient dirigées sans hésitation vers le bureau de Robbie Sanders. Elles avaient ouvert le coffre-fort qui s'y trouvait et l'avaient vidé. Il contenait essentiellement des documents, à l'exception d'une montre en or dont le bracelet était en cuir vert. Ils l'emportèrent et s'enfuirent aussitôt. L'opération avait été rondement menée. Ils quittèrent la maison comme ils étaient venus : par la cuisine et le jardin. Ils longèrent un dernier buisson et se précipitèrent vers la voiture. Au même instant, ils remarquèrent l'homme dans la rue, qui approchait de l'allée, intrigué par cette voiture sans plaque : c'était l'inspecteur Rodriguez. Ils restèrent tous les trois figés pendant quelques secondes.

« Monte ! » ordonna l'une des silhouettes à l'autre. Rodriguez s'écria : « Stop ! Police ! » Mais les deux malfaiteurs étaient déjà à bord du véhicule, qui démarra en trombe. Rodriguez se mit en travers de leur route, faisant barrage de son corps pour empêcher la voiture de quitter l'allée. Mais la Ford avait pris trop d'élan. Rodriguez, comprenant alors que le conducteur ne s'arrêterait pas, voulut plonger sur le côté mais il était trop tard. Le capot le percuta et l'envoya rouler au sol.

La voiture disparut dans la nuit.

Le week-end allait s'avérer éprouvant mais riche en rebondissements, grâce aux pistes qui s'entrecroisaient : le 2 octobre 1998, Robbie Sanders volait 50 000 dollars à sa fille. Le 8 octobre 1998, des cambrioleurs parfaitement renseignés lui dérobaient une montre estimée à 30 000 dollars. Ceci ne pouvait pas être une coïncidence.

CHAPITRE 22
Talion

Salem, Massachusetts.
Vendredi 16 juillet 2010.

Tout s'était accéléré la veille, lorsque Robbie Sanders avait reconnu sa montre au poignet de Lauren. Ce n'était pas un modèle unique, mais nous pûmes facilement en vérifier la provenance. Robbie Sanders la tenait de son père, Christian Sanders, et celui-ci l'avait fait graver à ses initiales. Au dos du boîtier, nous découvrîmes effectivement une discrète mention *C.S.* à laquelle Lauren n'avait jamais prêté attention.

— C'est bien ta montre, Rob', murmura Donna Sanders, stupéfaite.

— Où l'avez-vous trouvée ? s'enquit son mari.

— On me l'a donnée, expliqua Lauren. Ça me vient de mon frère.

— Et comment votre frère l'a-t-il récupérée ?

— Je l'ignore.

Lauren ôta immédiatement la montre de son poignet, comme si elle lui brûlait la peau. Robbie Sanders crut qu'il allait pouvoir la récupérer, mais Gahalowood intercepta l'objet.

— Je suis désolé, monsieur Sanders, dit-il, mais cette montre est désormais une pièce à conviction dans le cadre de l'enquête sur le cambriolage survenu chez vous en octobre 1998.

— C'est une affaire vieille de douze ans, fit remarquer Robbie Sanders.

— Elle n'est pas classée pour autant. Je vous rappelle que votre voisin a été gravement blessé en voulant arrêter les malfaiteurs.

Dans le salon des Sanders, nous assemblâmes les pièces du grand puzzle qui s'offrait à nous. Robbie et Donna Sanders nous racontèrent en détail la soirée du cambriolage : c'était leur anniversaire de mariage et, comme tous les ans, ils étaient allés dîner dans un steakhouse du centre-ville. En rentrant chez eux, ils avaient découvert la rue illuminée de gyrophares, et tous les habitants du quartier, attroupés devant leur maison.

— Ce pauvre Francisco Rodriguez, se lamenta Donna Sanders. Il s'en est sorti, mais sa vie a été brisée. Il a subi de multiples opérations à la jambe et il n'a jamais pu remarcher correctement. Il a été muté dans les services administratifs de la police. Il a déménagé depuis, il ne pouvait plus vivre dans sa maison à cause des escaliers.

— Et donc, si j'en crois le rapport, intervint Gahalowood, lors de ce cambriolage le seul objet volé a été cette montre. C'est exact ?

— Oui, répondit Robbie Sanders. Ils sont passés par la porte arrière et sont allés directement dans mon bureau.

— Si j'en crois le rapport, poursuivit Gahalowood, Francisco Rodriguez a été alerté par un bruit de verre qui doit correspondre au bris d'un carreau de la porte. Le temps pour lui de faire quelques pas dans la rue et de repérer cette voiture suspecte devant chez vous, les cambrioleurs étaient déjà dehors. On peut dire qu'ils étaient très bien renseignés.

— Effectivement, acquiesça Robbie Sanders.

— Le coffre-fort n'a pas été forcé. Vous avez déclaré aux policiers que vous aviez peut-être oublié de le fermer dans la précipitation de votre départ au restaurant.

— C'est vrai, on était en retard ce soir-là. Je ne voulais pas perdre notre réservation.

— Tu es toujours en retard, Rob', fit remarquer Donna qui était à mille lieues d'imaginer ce qui allait se passer dans son salon.

— Votre montre était assurée ? demanda alors Gahalowood.

— Oui.

— Et vous n'avez pas eu de difficultés à être remboursé malgré votre étourderie ? Les compagnies d'assurances n'aiment pas tellement les clients qui ne ferment pas leur coffre, en général elles rechignent à payer.

— Oui, c'est vrai, admit Robbie Sanders. J'ai dû envoyer un courrier d'avocat, mais ça s'est réglé. Je ne vois pas où vous voulez en venir, sergent. Pourquoi me parlez-vous de tout cela ?

— Parce que vous voyez, monsieur Sanders, quand je suis sorti de l'académie de police, j'ai été affecté quelque temps à police-secours. C'est le cursus habituel. J'en ai vu pas mal, des cambriolages. Et croyez-moi, presque systématiquement, les victimes ajoutent des objets volés imaginaires à leur déclaration. Surtout, elles se gardent bien de révéler un manquement de leur part qui pourrait leur être reproché : une fenêtre laissée ouverte, une porte restée déverrouillée. Ils veulent être certains que l'assurance ne va pas leur faire de difficultés…

— Sergent, pardonnez-moi, mais je ne vois toujours pas où vous voulez en venir, répéta Robbie Sanders.

Une tension s'installait dans la pièce. J'admirai Gahalowood envoyer son premier missile :

— Eh bien, monsieur Sanders, quand on vient de se faire voler une montre à 30 000 dollars dans son coffre et qu'on pense avoir oublié de le fermer avant de partir, on dit aux policiers : « Je ne comprends pas, il était pourtant verrouillé, je vérifie toujours deux fois avant de m'en aller. » Pourquoi, dans votre cas, confier aux enquêteurs une négligence de votre part ? Vous êtes la victime dans cette affaire, pas le coupable. Non ?

— Évidemment que je suis la victime ! Sur le moment, j'étais ému de ce qui venait de se produire, du voisin renversé, de notre domicile violé. Je n'ai pas eu la présence d'esprit de mentir. Je suis un honnête citoyen, sergent !

Je pris alors le relais :

— Monsieur Sanders, nous nous demandons si ce cambriolage n'est pas en lien avec un autre vol.

— Lequel ?

— Les 50 000 dollars qui appartenaient à votre fille et que vous avez ponctionnés de son compte en banque.

Robbie Sanders se leva brusquement.

— Comment osez-vous ? hurla-t-il.

Sa femme poussa un cri, sans que l'on sache si c'était de la stupeur ou une tentative de calmer son mari. Je crus qu'il allait me flanquer son poing dans le visage. Mais il se mit à pleurer comme un enfant. Donna Sanders était complètement perdue. « Robbie, de quoi parlent-ils ? Robbie, que se passe-t-il, enfin ? » Il s'effondra dans le canapé, sa femme l'enlaça. Il nous parla alors du démon qui le possédait à cette époque-là et dont son épouse ignorait tout.

— Tout s'est passé si rapidement, nous raconta Robbie Sanders. Je n'avais jamais vraiment joué, jusqu'à ce que des clients insistent pour m'emmener au casino. C'était en 1997. Je ne pouvais pas refuser, je ne voulais pas les vexer. Et puis, ça m'amusait aussi de découvrir cet univers. Je me suis installé à une table de blackjack et là, j'ai commencé à gagner, partie après partie. J'amassai près de 10 000 dollars de jetons. J'étais en transe. Plus je misais, plus je gagnais. La sensation grisante du gain était tellement forte ! Et puis la soirée a mal tourné : je me suis mis à perdre, et perdre encore. Et plus je perdais, plus je voulais me refaire. Je me suis arrêté quand je suis revenu à zéro. Cette nuit-là, de retour chez moi, je n'ai pas dormi. J'étais hors de moi. Comment avais-je pu passer à côté de tout cet argent ? Pourquoi ne pas m'être arrêté plus tôt ? Je n'avais qu'une idée en tête : jouer à nouveau. Et cette fois, gagner. Je me suis mis à fréquenter assidûment les casinos, sous couvert de dîners professionnels. J'évitais celui de Salem, pour ne pas être reconnu. Mais ce que je gagnais, je finissais immanquablement par le perdre. Au début, il y avait un certain équilibre. Mais courant 1998, je me suis mis à accumuler les pertes. Je n'arrivais pas à me refaire, mais impossible d'arrêter de jouer. Je croulais sous les dettes, j'avais besoin de liquide. À la fin de l'été 1998, la pression est montée de la part de mes créanciers. L'un d'eux menaçait de tout révéler à ma femme. Pour le calmer, j'ai mis la montre de mon père en gage. Cette montre à laquelle je tenais plus que tout. Environ deux semaines plus tard, lorsque je me suis rendu à la banque avec Alaska pour déposer son chèque de 15 000 dollars, j'ai pris conscience que j'avais librement accès à son argent. En sortant de la banque, je n'avais plus que cela en tête. Il y avait sur le compte de ma fille de quoi récupérer ma montre et payer mes dettes. Tourner cette page sombre de ma vie. Puis rembourser Alaska aussi vite que possible. Je voulais d'ailleurs me faire aider, j'avais trouvé le nom d'un psy spécialiste dans l'addiction au jeu. J'avais juste besoin d'un petit coup de pouce... tout cet argent qui dormait sur le compte d'Alaska... Je suis donc allé à la banque et j'ai vidé son compte. Ce n'était qu'un emprunt, j'avais l'intention de la rembourser !

— Mais Alaska a tout découvert, dis-je.

— Oui. C'était un vendredi. Le vendredi 2 octobre 1998.

*

Salem, Massachusetts.
Vendredi 2 octobre 1998.

C'était la fin de l'après-midi. En entendant la porte d'entrée, Robbie crut d'abord que c'était sa femme qui rentrait de Providence où elle était allée régler des questions de succession avec ses sœurs.

— C'est toi, Donna ? lança Robbie depuis le salon où il lisait le journal.

Aucune réponse. Il vit alors Alaska apparaître.

— Oh, bonjour, ma chérie. Je te croyais déjà partie pour ton week-end avec Walter. Tout va bien ?

Sa fille le dévisageait d'un œil mauvais.

— Alaska ? s'inquiéta Robbie.

— Où est mon argent ? demanda-t-elle.

Robbie blêmit.

— Alaska chérie, laisse-moi t'expliquer...

— Où est mon argent ? hurla-t-elle.

— Écoute, c'est compliqué, je...

— Gary Stenson, à la banque, me dit que tu l'as transféré sur un autre de mes comptes. De quoi parle-t-il ? Je n'ai pas d'autre compte !

Robbie n'eut pas d'autre choix que de tout lui avouer :

— J'ai tout dépensé. J'avais des ennuis...

Alaska était atterrée :

— Mais enfin, tu n'avais aucun droit !

— Je vais tout te rembourser, je te le jure !

Leur dispute fut momentanément interrompue par la voix de Walter. Il venait chercher Alaska comme prévu.

— Pardon, s'annonça-t-il, mais j'ai entendu des cris, alors je me suis permis d'entrer.

— Retourne dans la voiture et attends-moi ! lui intima Alaska.

Walter fila dehors sans demander son reste.

— Alaska, bredouilla Robbie, laisse-moi t'expliquer. J'ai contracté de grosses dettes de jeu, et je me suis retrouvé contraint de mettre la montre de Grand-père en gage. Tu comprends, je devais absolument récupérer cette montre, avant qu'elle ne soit vendue et qu'elle disparaisse. C'est un bijou de famille, elle te reviendra un jour. Elle est unique. Donne-moi une semaine et je t'aurai remboursée.

Alaska n'en croyait pas ses oreilles :

— Tu m'as volée pour récupérer ta stupide montre ! Je te hais ! Je ne veux plus jamais te parler ! Plus jamais te voir !

Elle se précipita à l'étage, décidée à quitter la maison. Son père lui emboîta le pas, s'efforçant de la raisonner. Dans sa chambre, elle attrapa un sac de voyage en cuir et y fourra quelques effets. Son père la supplia :

— Alaska, écoute-moi, je t'en prie. Tout va s'arranger.

— Menteur ! Voleur !

Soudain, au rez-de-chaussée, la porte s'ouvrit. On entendit la voix de Donna Sanders.

— Que se passe-t-il ici ? s'écria-t-elle.

— Par pitié, murmura Robbie à sa fille, ne dis rien à ta mère. Je vais tout te rembourser. Je te le jure. Mais, s'il te plaît, pas un mot !

— Tu n'avais pas le droit de me faire ça ! hurla Alaska.

— Si ta mère apprend ce qui s'est passé, elle va vouloir divorcer. Tu ne veux quand même pas que tes parents divorcent pour cette histoire qui va se régler, je te le promets.

Donna apparut à l'étage.

— Que se passe-t-il ? s'écria-t-elle en arrivant devant la chambre de sa fille.

Il y eut un silence. Alaska avait le visage tordu par la rage et les pleurs. Elle fixa sa mère et lui demanda :

— Tu veux vraiment savoir ?

— Évidemment que je veux savoir !

Robbie intervint :

— J'ai trouvé de la marijuana dans les affaires d'Alaska !

— Papa ! hurla Alaska.

— Alaska, se désola Donna Sanders, non, pas toi !

— Et si ! éructa Robbie. La confiance est trahie ! Je ne peux pas y croire !

— Alaska, tu m'avais promis que tu n'y toucherais jamais ! Tu te rends compte des conséquences ? Si ça se sait, tu peux perdre ton titre de Miss Nouvelle-Angleterre ! Et tu peux dire adieu à tes rêves de cinéma.

Alaska fusilla son père du regard. Elle attrapa son sac et s'enfuit. Elle dévala les escaliers, franchit la porte de la maison et se précipita dans la Ford Taurus noire de Walter.

*

Donna interrompit le récit de son mari. Elle était épouvantée :

— Tu as inventé cette histoire de marijuana ?

— Oui, et Alaska ne m'a pas contredit. Elle est partie pour ne pas avoir à se défendre. Pour me protéger. J'ai indirectement causé la mort de ma fille. Je ne suis pas un meurtrier et, pourtant, je l'ai tuée moi aussi !

Donna Sanders s'effondra en pleurs. Malgré l'état des parents d'Alaska, Gahalowood fut obligé de poursuivre :

— C'est Alaska qui a orchestré ce cambriolage le soir du 8 octobre 1998. Elle était au courant de l'existence de cette montre et connaissait le code du coffre-fort. Elle savait également que vous seriez absents pour fêter votre anniversaire de mariage. Elle a volé votre montre pour se rembourser. Ou se venger. C'était Alaska, et vous l'aviez immédiatement compris, raison pour laquelle, après le cambriolage, vous annoncez d'emblée à la police avoir oublié de fermer le coffre. Vous ne vouliez pas que la police puisse remonter jusqu'à votre fille.

— Oui, avoua Robbie Sanders, j'ai tout de suite su que c'était elle. Non seulement parce qu'elle connaissait le code de mon coffre, mais aussi parce que nous avions laissé, pendant des années, un double de la clé de la porte arrière sous le paillasson, puis sous un pot de fleurs. Je venais de l'enlever car notre voisin Rodriguez, ce policier si sympathique, nous avait mis en garde contre une recrudescence des cambriolages. Et puis, il y avait cette Ford Taurus noire, dont les flics parlaient, et je savais que Walter en conduisait une, ce que je me suis bien gardé de leur dire.

Gahalowood se tourna vers Donna Sanders :

— Et vous, madame Sanders, soupçonniez-vous Alaska?

Elle dévisagea Gahalowood avec un air effaré :

— Parce que vous croyez que j'ai imaginé une seconde que mon mari avait volé ma fille, puis qu'elle allait se venger? Et pensez-vous vraiment que je connaissais le foutu modèle de bagnole du copain d'Alaska? Ou que je me doutais que ma fille, ma charmante fille, avait estropié un flic en lui roulant dessus?

Nous ignorions si c'était Alaska qui était au volant ce soir-là. Mais elle était sans aucun doute dans la voiture puisque Rodriguez avait déclaré avoir vu deux personnes à bord. Qui était la seconde? Walter Carrey? C'était probable. Malheureusement, ni Alaska, ni lui n'étaient plus là pour éclairer notre lanterne. En revanche, nous savions enfin – du moins, c'est ce que nous croyions – ce qui s'était passé à Salem et à quoi les messages reçus par Alaska faisaient référence. Elle avait participé à une tentative de meurtre sur un policier et quelqu'un la menaçait de tout révéler.

On comprenait désormais mieux la peur panique d'Alaska lors du contrôle de police à Conway, a fortiori si elle se trouvait à bord de la voiture utilisée le soir du cambriolage. Pour confirmer cela, il nous restait à élucider une dernière question : la Ford Taurus noire impliquée était-elle bien celle de Walter Carrey? Selon Gahalowood, quelqu'un à Mount Pleasant pouvait répondre à cette question et il voulait l'interroger sur-le-champ.

Juste après la mort d'Alaska, Walter Carrey avait fait réparer sa voiture en catimini par un de ses amis de l'époque, Dave Burke, qui travaillait comme mécanicien à la concession Ford de Mount Pleasant. C'est lui que Gahalowood voulait interroger.

CHAPITRE 23
Petits arrangements

Mount Pleasant.
Vendredi 16 juillet 2010.

Gahalowood considérait que Walter, si c'était lui qui avait renversé le policier devant la maison des Sanders, avait dû faire réparer sa voiture en toute discrétion. « Un choc avec un piéton, nous dit-il, ça laisse des traces sur la carrosserie. J'imagine mal Walter, qui se doute que son véhicule est désormais recherché par la police, prendre simplement rendez-vous dans un garage pour faire réparer les dégâts. Je l'imagine assez contacter son copain mécanicien. »

C'était le début de soirée lorsque nous arrivâmes à Mount Pleasant. Dave Burke était en train de dîner. Le jeune mécanicien de 1999 était devenu le chef d'atelier de la concession Ford. Il nous reçut sous son porche, la bouche encore pleine des pâtes qu'il était en train de manger en famille.

— Désolé, nous dit-il, mais ma femme ne veut pas qu'on parle de cette histoire devant les enfants. Elle dit que ça peut les effrayer.

— On ne va pas vous prendre longtemps, lui assura Gahalowood. On a une seule question à vous poser: est-ce qu'en octobre 1998, Walter Carrey vous a confié sa voiture pour réparer un dégât sur le capot?

— Hum, répondit Dave Burke pour montrer qu'il faisait un effort de concentration. On va pas se mentir: il y a eu une époque où je faisais un tas de petites réparations en douce, payées cash. Je m'arrangeais avec les clients de la concession. C'était uniquement pour des rayures ou de la casse légère. Les gars, ils aimaient que leur bagnole soit impec', et moi, je faisais ça vite et bien. Je venais chez eux avec un peu de matos que j'avais piqué au garage : de la laque, du vernis, quelques outils. Je leur faisais un rafistolage de qualité. Ça leur revenait nettement moins cher qu'à la concession, et surtout je ne venais pas leur inventer tout un tas de suppléments. Walter me contactait régulièrement pour retoucher des petites rayures. Il prenait soin de sa bagnole, il aimait que sa carrosserie soit parfaite.

— Il ne s'agit pas de rayures superficielles, précisa Gahalowood, mais de quelque chose de plus important.

— Comme vous le savez, le jour de la mort d'Alaska, Walter m'a demandé de lui réparer son phare et son pare-chocs. Après ça, j'ai arrêté mes petites affaires.

— L'évènement dont je vous parle a eu lieu avant la mort d'Alaska, justement. En octobre 1998. Est-ce que Walter est venu vous voir après un accident ? Après avoir percuté quelque chose ou quelqu'un ?

— Oui, oui... là que vous m'en parlez... Je ne sais plus quand c'était, mais il a tapé une biche sur la route.

— Une *biche* ?

— En tout cas c'est ce qu'il m'a dit. C'était une réparation plus conséquente que ce que je faisais d'habitude. Je voulais d'ailleurs refuser, mais Walter a insisté. Il ne voulait pas amener la voiture au garage car vous devez obligatoirement déclarer à la police toute collision avec un animal sauvage, et il ne l'avait pas fait. Il était en tort et il ne voulait pas se prendre 200 dollars d'amende. Donc je m'en suis occupé. Ça m'a pris quelques soirs de suite dans le garage de ses parents.

Je lui demandai alors :

— Est-ce que vous vous souvenez de la date de cette réparation ? C'est très important pour nous...

Dave Burke ferma les yeux un instant comme s'il essayait de revivre ce moment. Je tentai de l'aider :

— Vous dites que vous étiez dans le garage des parents de Walter. Est-ce qu'il y a un détail qui vous revient ? Une anecdote, un souvenir qui nous permettrait de situer ce moment dans le temps ?

Après un long moment de réflexion, Dave Burke dit :

— Les journaux… j'avais tapissé le sol de journaux. Et je me souviens qu'au début je passais plus de temps à lire les articles qu'à réparer cette foutue bagnole. Ça énervait Walter, d'ailleurs.

— Qu'y avait-il de si particulièrement passionnant dans les journaux ?

— La procédure de destitution du président Clinton ! s'écria soudain Dave Burke. Voilà, je m'en souviens, c'était en pleine affaire Lewinsky et c'est dans le garage des Carrey que j'ai suivi toute cette histoire. Ça m'avait marqué à l'époque, le président, qui risquait d'être déchu pour une turlute.

— Quand a débuté la procédure de destitution de Clinton ? demanda Lauren.

J'interrogeai Internet au moyen de mon téléphone portable :

— Ça a commencé le 8 octobre 1998, dis-je.

— Bingo ! s'écria Gahalowood. Soit au moment du cambriolage. C'était donc bien Walter Carrey qui était avec Alaska.

*

Ce soir-là, malgré l'heure avancée, Patricia Widsmith, qui ne voulait pas rater les derniers développements de l'enquête, nous retrouva chez Lauren. Elle fut abasourdie par ce que nous lui apprîmes :

— Donc, si je comprends bien, nous dit-elle, le père d'Alaska lui vide son compte et elle se venge en allant, avec Walter, lui piquer sa montre.

— C'est exact, lui répondis-je. Et l'idée d'une expédition punitive colle assez bien avec la personnalité de Walter qui, d'une part, ne supporte pas les injustices mais, surtout, réagit au quart de tour. Alaska lui a probablement parlé de cette montre et il lui aura suggéré d'aller la récupérer.

— Donc ils récupèrent cette montre, et ensuite, que se passe-t-il ? demanda Patricia. Comment se retrouve-t-elle au poignet d'Eric ?

— Il faut aller lui poser la question demain à la première heure, suggéra Lauren.

— Ton frère ne t'a jamais raconté comment il avait obtenu cette montre ? s'étonna Patricia.

— Jamais.

Je dis alors à Lauren :

— Tu m'as raconté qu'Eric t'avait demandé de vendre cette montre après son incarcération. Est-ce que c'était vraiment pour aider tes parents à payer les frais d'avocat ou est-ce qu'il voulait s'en débarrasser car elle le reliait à Alaska et donc au meurtre ?

— Où est-ce que tu veux en venir ? me demanda-t-elle.

Je m'expliquai :

— Eric, peut-être au courant de ce qui s'était passé à Salem, a pu faire chanter Alaska. Il a exigé la montre en échange de son silence…

— Je m'étonne de cette accusation sans fondement, Marcus, s'éleva Patricia.

— Sans fondement ? On sait que par le passé Eric a fait chanter Sally Carrey, fis-je remarquer. Il n'en serait donc pas à son coup d'essai. Je ne remets pas en cause l'innocence d'Eric : il a pu faire chanter Alaska sans l'avoir tuée ensuite.

— Mais n'a-t-on pas établi qu'Alaska avait besoin d'argent ? rappela Patricia. Elle aurait pu vendre sa montre à Eric sans qu'il n'y ait rien de malicieux là-dedans, non ? Qu'en pensez-vous, sergent ?

— J'en pense que je me demande si ces menaces reçues par Alaska seraient forcément liées au cambriolage…

— À quoi d'autre pourraient-elles faire référence ? demanda Patricia Widsmith.

— La disparition d'Eleanor Lowell.

— De qui ? demanda Patricia, intriguée.

— Eleanor Lowell, une jeune mannequin qui connaissait bien Alaska et qui a disparu dans des circonstances troublantes en août 1998.

— Quel est le lien entre les deux affaires ? interrogea Patricia.

— Je n'en sais rien, admit Gahalowood. Aucun, peut-être. Mais j'avoue que je ne peux pas m'empêcher de faire un lien entre ces deux affaires, instinct de flic. Deux jeunes femmes, de la même ville, mortes à sept mois d'intervalle, toutes les deux dans des circonstances troubles…

— Allons, sergent, s'agaça Patricia, ne nous dispersons pas trop ! On y arrivera jamais sinon. On peut aussi se pencher sur l'assassinat du président Kennedy si vous voulez, mais je crains que ça ne nous mène pas très loin. (Elle se leva et ramassa ses affaires.) On se perd en conjectures. Attendons d'entendre Eric. Un peu de repos nous fera du bien à tous. J'ai de la route à faire jusqu'à Boston. On se retrouve demain matin à la prison.

— Ça ne vous embête pas de me déposer à l'hôtel? lui demanda Gahalowood. Je connais Marcus, il va encore traîner et j'ai besoin de dormir.

Je souris à cette remarque. Je ne savais pas si Gahalowood voulait nous offrir, à Lauren et moi, un moment d'intimité, ou s'il guettait un tête-à-tête avec Patricia. Ils partirent et je me retrouvai seul dans le salon de Lauren, sans savoir si je l'importunais ou pas.

Elle disparut un instant à la cuisine et en revint avec une bouteille de vin, deux verres à pied et un tire-bouchon. Elle déboucha son cabernet et m'en servit un verre. Puis elle me dit:

— Parle-moi de toi, Marcus.

— Qu'est-ce que tu veux savoir?

— Quand on a dîné chez *Luini*, le soir de ta dédicace à la librairie, tu m'as demandé pourquoi j'étais devenue flic et je t'ai répondu: « À cause de mon frère. » Puis je t'ai demandé pourquoi tu es devenu écrivain et tu m'as répondu: « À cause de mes cousins. » On a beaucoup parlé de mon frère. Parle-moi de tes cousins.

Cette nuit-là, je lui racontai Hillel et Woody, mes cousins de Baltimore, les héros de mon enfance. J'avais parmi mes affaires la photo retrouvée par Oncle Saul, prise à Baltimore, en 1995. On m'y voyait entouré de mes cousins et d'une jeune femme de notre âge.

— Qui est-elle? demanda Lauren.

— Alexandra, répondis-je, une ancienne amie.

— Une petite amie? me taquina Lauren.

— Ancienne petite amie. Elle a beaucoup compté dans ma vie.

— Que s'est-il passé?

— Un drame. Dont je n'ai pas envie de parler.

Je posai la photo sur un meuble. J'allais d'ailleurs l'oublier là. Lauren me caressa le visage et me dit:

— La vie est une succession de drames. Il ne faut pas se laisser noyer.

Nous nous embrassâmes. Longuement. Mais je décidai de ne pas passer la nuit chez elle. Je ne voulais pas tout précipiter.

Il était très tard lorsque je rentrai à l'hôtel. J'étais un peu sonné par les découvertes de la journée. À mon passage, le veilleur de nuit m'interpella. Il y avait une enveloppe à mon intention. Je l'ouvris et découvris un billet pour le concert d'un orchestre local et d'une chorale de troisième zone qui reprenaient ensemble les plus grands airs de *Madama Butterfly*. Une seule personne pouvait m'avoir envoyé ce billet: Harry Quebert.

Lorsqu'il fut conduit en salle de visite, Eric Donovan fut certainement surpris de nous voir de retour à la prison. Contrairement à la veille, c'était Gahalowood et Lauren qui étaient assis autour de la table, tandis que Patricia et moi nous tenions dans un coin. Eric comprit aussitôt que la posture de retrait de son avocate ne présageait rien de bon pour lui.

CHAPITRE 24

Prêt sur gage

Concord, New Hampshire.
Samedi 17 juillet 2010.

Gahalowood asséna d'emblée :

— Eric, vous vous souvenez de notre discussion d'hier ? Je vous ai dit que, si vous me mentiez encore, je lâchais votre dossier…

Eric eut l'air effrayé :

— Je ne vous ai pas menti, sergent. De quoi parlez-vous ?

Lauren agita sous ses yeux un sac plastique dans lequel se trouvait sa montre, ou plutôt celle de Robbie Sanders. Elle demanda d'un ton sec :

— Tu reconnais cet objet ?

— Oui, c'est ma montre, répondit Eric, déconcerté.

— Non, ce n'est pas ta montre. C'est une montre volée. Tu sais pourquoi elle est dans un sac plastique ? Parce qu'elle est liée à une tentative de meurtre d'un policier de Salem.

— Quoi ? Attendez… je ne vous suis plus du tout maintenant !

— Le 8 octobre 1998, dit Lauren, Alaska et Walter se sont introduits chez les parents d'Alaska, ils ont volé cette montre et, dans leur fuite, ils ont percuté un flic qui voulait les intercepter. Tu veux me faire croire que tu l'ignorais ?

— Évidemment que je l'ignorais !

— Eric, pour une fois dans ta vie, sois honnête : est-ce que tu as fait chanter Alaska ?

— Mais non, enfin, qu'est-ce qui te prend ?

— Lui as-tu envoyé des messages pour obtenir quelque chose d'elle, comme tu l'as fait avec Sally Carrey ?

— Non, je le jure !

— Est-ce que tu as tué Alaska ? Est-ce que c'est toi qui l'as tuée, bon sang !

— Mais non ! Ça fait onze ans que je m'évertue à clamer mon innocence !

— Alors, parle ! Crache le morceau ! Comment as-tu obtenu cette montre ?

— Alaska me l'a vendue. Pour 10 000 dollars. Elle avait désespérément besoin de fric.

*

Mount Pleasant.
Janvier 1999.

Alaska avait donné rendez-vous à Eric au *Season*. Lorsqu'il arriva, elle l'attendait à une table isolée du fond de l'établissement. Elle semblait nerveuse.

— Tu bois quelque chose ? demanda-t-elle.

— J'ai demandé un café à Regina. Qu'y a-t-il de si urgent ?

— J'ai un problème, Eric. J'ai besoin de 10 000 dollars.

— Ça fait une sacrée somme. Pourquoi tu as besoin de cet argent ?

— Je le dois à Lewis Jacob. Enfin, bref, c'est pas tes oignons. Tu peux m'aider ou pas ?

— C'est une grosse somme à avancer. Qu'est-ce qui te fait croire que j'ai les moyens ?

— Tu avais une bonne situation à Salem, tu habites chez tes parents, donc tu n'as pas de frais fixes. Tu as souvent des nouvelles fringues. Et puis, je peux te fournir des garanties.

Eric s'amusa de cette réplique.

— Quel genre de garanties ?

Elle exhiba une montre en or. Eric siffla d'admiration.

— Ben dis donc ! C'est pas n'importe quoi, ça !

— Je sais. Montre en or, bracelet en alligator. Ça vaut bien

30 000 dollars. Je te la laisse en gage. Tu me la rends quand je te rembourse.

— Si tu ne m'as pas remboursé d'ici un an, elle est à moi.

— Marché conclu, dit Alaska. Je ne te demande qu'une chose : ne porte pas cette montre et, surtout, ne parle pas de notre arrangement à Walter. Il ne comprendrait pas. Je peux compter sur toi ? Tout ceci doit rester entre nous.

— Ton secret est bien gardé, assura Eric.

— Quand est-ce que tu peux m'apporter l'argent ? demanda alors Alaska.

— Tout de suite, la banque est en face.

*

— On s'est rendus à la banque, nous expliqua Eric. J'ai fait un retrait et Alaska m'a laissé la montre. Après sa mort, je me suis demandé ce que je devais en faire.

— Pourquoi ne pas en avoir parlé à la police ? demanda Lauren.

— Ç'aurait été une preuve supplémentaire contre moi, fit remarquer Eric. Je sentais bien qu'il y avait quelque chose de pas net autour de cette montre. Surtout qu'Alaska m'avait dit de ne pas en parler à Walter. En parler aux flics, à l'époque, c'était m'enfoncer davantage. Qu'est-ce que c'est que cette histoire de vol ?

— Le père d'Alaska lui avait vidé son compte, expliqua Gahalowood. Elle a voulu se venger, ou tout du moins se dédommager. Donc Alaska vous a expliqué que ces 10 000 dollars étaient destinés à Lewis Jacob ?

— Oui. Je pensais qu'elle avait piqué dans la caisse mais elle ne m'en a pas dit plus. Allez poser la question à Lewis.

— C'est bien ce que nous comptons faire.

Eric Donovan avait été pris dans un engrenage qui l'avait réduit au silence, entravant l'enquête. Tout ce qu'il aurait pu livrer à la police, il y a onze ans, et qui aurait donné un éclairage différent à l'affaire, l'aurait enfoncé davantage. D'une certaine façon, le père d'Alaska s'était piégé lui-même de manière similaire : tous les deux s'étaient tus par peur des conséquences, mais, ce faisant, c'est le meurtrier d'Alaska qu'ils avaient protégé. Ils étaient coupables de leur silence. Et nous nous apprêtions à découvrir que Lewis Jacob aussi.

Ce dernier était chez lui ce jour-là. Nous le trouvâmes assis devant sa maison, dans une de ces chaises Adirondack en bois typique de la Nouvelle-Angleterre. Il nous accueillit de son air avenant.

— Votre enquête avance ? nous demanda-t-il.

— Oui, lui répondit Lauren. Et nous avons une question concernant Alaska à laquelle vous devriez pouvoir répondre.

— Je serais heureux de pouvoir vous aider. Rentrons à l'intérieur, nous y serons mieux. Et vous direz bonjour à ma femme, elle aime bien quand il y a du monde à la maison.

— Lewis, lui précisa Lauren, c'est une conversation privée.

Il s'amusa de cette remarque :

— Cinquante ans de mariage, je n'ai rien à cacher. Phylis me connaît par cœur. Je n'ai pas de secrets pour elle.

Et pourtant il en avait. Le problème avec certains secrets, c'est qu'on en vient à les oublier soi-même. Un beau jour, ils remontent à la surface, comme des égouts qui débordent.

Phylis Jacob était dans sa cuisine.

— Chérie, c'est à propos de l'enquête sur Alaska, annonça son mari.

Son ton joyeux révélait le plaisir d'avoir une visite.

— Vous progressez ? demanda Phylis Jacob.

— Oui, madame, lui répondit Gahalowood. Nous sommes venus demander à votre mari pourquoi il a exigé qu'Alaska lui verse 10 000 dollars au début de l'année 1999.

Phylis Jacob resta stupéfaite. Son mari se décomposa. Il s'assit sur une chaise et prit son visage entre ses mains. Gahalowood répéta sa question :

— En janvier 1999, Alaska a mis en gage une montre de valeur en échange de 10 000 dollars qu'elle vous devait. Que s'est-il passé, monsieur Jacob ?

— Que s'est-il passé, Lewis ? répéta sa femme.

— Il y a eu un incident à la station-service.

*

Dimanche 3 janvier 1999

Il était tôt lorsque Lewis Jacob arriva à la station-service. En général, il était en congé le dimanche. C'était son employée, Samantha Fraser, qui tenait le magasin. Il aimait bien Samantha, une jeune femme, avenante, appréciée des clients. C'était une travailleuse : la semaine elle suivait une formation pour devenir infirmière. Le soir, elle travaillait dans un *McDonald's* et le dimanche, à la station-service. Samantha et Alaska se ressemblaient. Elles avaient tout pour elles. Selon Lewis Jacob, leur seul défaut était leur copain. Il considérait qu'Alaska était tirée vers le bas par Walter, qui ne lui promettait qu'un avenir étriqué à Mount Pleasant. Au moins, Walter était sympathique. Samantha, elle, fréquentait depuis des années Ricky, un ancien taulard qui lui tapait dessus pour un oui ou pour un non.

Ce dimanche-là, Samantha avait téléphoné à Lewis Jacob.

— Faut que vous veniez ici, m'sieur Jacob, lui indiqua Samantha.

— Que se passe-t-il ?

— Un problème.

— Quel genre de problème ?

Il entendit alors une voix railleuse en arrière-fond.

— Faut vous ramener ici, Jacob ! Vous avez un énorme problème.

— Samantha, qu'est-ce qui se passe ? s'inquiéta Lewis, qui crut d'abord qu'elle était victime d'un braquage.

— C'est Ricky, m'sieur Jacob. Faut vraiment qu'on vous cause. Venez ici, sinon Ricky il dit qu'il va venir chez vous.

Lewis Jacob avait donc rappliqué dare-dare. En entrant dans la station-service, il trouva Samantha et Ricky derrière le comptoir.

— Cochon ! s'exclama Ricky d'un ton à la fois rigolard et désobligeant.

Lewis ne comprenait rien à ce qui se passait. Mais son estomac noué ne lui présageait rien de bon.

— Pourquoi vous avez fait ça, m'sieur Lewis ? demanda Samantha. Je pensais que vous étiez respectueux.

— Fait quoi?

Ricky brandit alors un petit caméscope qu'il venait de détruire à coups de pied.

— Qu'est-ce que c'est? demanda Lewis Jacob.

— Ne faites pas l'innocent! intima Ricky dont la voix était à présent agressive. Ce truc était dissimulé dans la pièce qui sert de vestiaire aux filles. Vous filmez vos employées quand elles se changent? Espèce de gros dégueulasse! Ça vous excite? J'aurais bien voulu voir les images mais il n'y a pas de cassette dans la caméra. Où sont les bandes, sale porc?

Lewis était abasourdi:

— Ricky, Samantha, je n'y suis pour rien, assura-t-il. Vous devez me croire. Je ne sais pas d'où sort cette caméra.

— La ferme, pauvre merde! ordonna Ricky. Je veux pas entendre vos explications de pervers. Je veux du fric.

— Oui, m'sieur Jacob, surenchérit poliment Samantha. On voudrait de l'argent.

— Si vous payez, je vous fous la paix. Par contre, si vous ne payez pas, je vous crame votre station-service, je vous crame votre maison, je vous crame tout! C'est pigé? Pis je vous crame les couilles aussi!

Lewis Jacob comprit qu'il n'avait aucune chance de convaincre Ricky qu'il n'avait pas mis de caméra dans le vestiaire. Il n'eut à cet instant qu'une idée en tête: se débarrasser d'eux.

— Combien vous voulez? demanda-t-il.

— 100 dollars! s'exclama Samantha.

— Non, idiote, beaucoup plus! beugla Ricky.

— 500 dollars! annonça alors Samantha.

— Non, vachement plus! hurla Ricky. Je veux 20 000 dollars!

— Je ne les ai pas, dit Lewis. Je n'ai pas cette somme. Je ne pourrai jamais vous payer.

— T'as combien? demanda Ricky qui n'était pas rompu à l'art de la négociation.

— Je dois pouvoir vous donner 10 000 dollars.

— Et pourquoi je devrais te croire? interrogea Ricky. Je suis sûr que t'as beaucoup plus que ça! J'ai vu le coffre-fort dans ton bureau.

— Il est pour ainsi dire vide, se lamenta Lewis. Je peux vous montrer…

Lewis conduisit le couple dans son bureau étroit. Il ouvrit le coffre-fort dans lequel il y avait 300 dollars en liquide. Ricky les empocha aussitôt.

Lewis Jacob gardait ses documents bancaires professionnels et privés dans le coffre. Il put montrer ses derniers relevés à Ricky.

— Tu vois que je ne te mens pas. Il y a de l'argent sur notre compte commun à Phylis et moi : 10 039,40 dollars. C'est de l'argent qu'on a mis de côté en cas de pépin.

— Ça tombe bien, dit Ricky, tu as un gros pépin. Je veux mes 10 000 dollars avant une semaine.

— Tu les auras, promit Lewis.

Ricky tourna les talons d'un air satisfait :

— Allez viens, Sam', dit-il à sa petite copine. On se tire.

Samantha adressa un regard gêné à son patron :

— Vous voulez que je finisse ma journée, m'sieur Jacob ?

— Non, c'est bon.

— Une semaine, papi ! rappela Ricky. Si, dimanche prochain, t'as pas le fric, gare à toi ! Tiens, tu peux garder ta caméra de merde, ou plutôt ce qu'il en reste.

Ils partirent tous les deux, abandonnant Lewis à son désespoir. Il avait de la peine à comprendre ce qui s'était passé. Il téléphona à sa femme pour lui dire que Samantha était malade, qu'il l'avait renvoyée chez elle et qu'il devait rester à la station-service. Puis il se mit à réfléchir : il savait que ce n'était pas lui qui avait placé cette caméra dans le vestiaire. Les deux autres personnes qui disposaient d'une clé étaient Samantha et Alaska. Cette histoire de caméra était donc soit un coup monté par Samantha et Ricky pour lui soutirer de l'argent, soit c'était Alaska. Pourquoi aurait-elle fait une chose pareille ? Pourquoi filmer le vestiaire et a fortiori Samantha puisqu'elle était la seule autre personne à utiliser cette pièce ? Lewis poussa encore sa réflexion : il avait fermé le magasin la veille. Il avait comme toujours jeté un œil dans le vestiaire avant de partir. S'il y avait eu une caméra il l'aurait sans doute remarquée. La pièce était minuscule, difficile d'y dissimuler quoi que ce soit. Donc, si c'était Alaska qui l'avait placée là, elle avait dû venir le matin, avant l'ouverture. Et si elle était venue, elle avait été filmée par les caméras de surveillance.

Lewis contacta aussitôt son neveu qui lui avait installé le système de surveillance et qui était le seul à savoir naviguer dans le disque dur. Mais le neveu en question ne pouvait pas se libérer le jour même et le disque dur s'effaçait automatiquement au bout de vingt-quatre heures. Lewis Jacob n'eut pas d'autre choix que de convoquer Alaska et de lui poser la question.

*

— Donc, c'était bien Alaska qui avait placé cette caméra dans le vestiaire ? demanda Gahalowood.

— Oui, répondit Lewis. Je l'ai confondue ce même jour. Je lui ai demandé de venir à la station-service et je lui ai brandi le caméscope. « C'est à toi, ça ? » lui ai-je demandé. Elle s'est aussitôt décomposée, j'ai compris que ça voulait dire oui. Je lui ai alors raconté ce qui venait de se passer. Elle s'est mise à pleurer, elle m'a demandé pardon.

*

Dimanche 3 janvier 1999

— Pardonnez-moi, monsieur Jacob, sanglota Alaska, j'ai déconné.

— *Déconné* ? Ça, on peut le dire ! Je ne peux pas croire que tu me mettes dans une situation pareille ! Je suis tellement déçu !

— C'était juste pour rigoler avec Samantha, expliqua Alaska. Ce cinglé de Ricky a pété un plomb. Je sais que Samantha a essayé de l'empêcher de vous nuire, mais ce Ricky est incontrôlable.

— Et que suis-je censé faire maintenant ? Payer 10 000 dollars à Ricky ? Il dit qu'il va mettre le feu à la station-service si je ne fais pas, et je sais qu'il en est capable.

— Je vous rembourserai ! promit Alaska. Jusqu'au moindre centime ! Vous pouvez le retenir sur ma paie aussi longtemps que nécessaire ! Oh monsieur Jacob, je regrette tellement de vous avoir mis dans ce pétrin.

— Ricky veut son argent d'ici dimanche ! Je n'ai aucun moyen de le payer si ce n'est de vider notre compte commun à Phylis et moi. Elle le remarquera aussitôt. Il faut que je lui en parle…

— Surtout pas ! supplia Alaska. Elle va en parler, peut-être me dénoncer à la police. Tout se sait si vite dans cette ville. Je vais vous apporter l'argent. Je vais me débrouiller, c'est à cause de moi tout ça.

— Où vas-tu trouver une somme pareille ?

— Ne vous inquiétez pas pour moi, monsieur Jacob. Je vais tout arranger. Je vous dois bien ça, vous êtes si bon avec moi et voilà comment je vous remercie.

*

— Quelques jours plus tard, elle m'apportait l'argent, nous raconta Lewis Jacob. J'ai immédiatement payé Ricky, et c'était la fin de l'histoire. Nous n'en avons plus jamais parlé.

— Donc, vous ignorez pourquoi Alaska avait placé cette caméra dans le vestiaire ? demandai-je.

— Oui.

— Et Samantha ? Qu'est-elle devenue ?

— Elle est venue le dimanche suivant prendre son service comme si de rien n'était. Je lui ai demandé ce qu'elle fabriquait là et elle m'a dévisagé avec son air d'ingénue : « Je suis virée ? » Je lui ai répondu que oui et elle était triste et offusquée. « Je vous aime beaucoup, monsieur Lewis. — Moi aussi je t'apprécie, Samantha, mais tu viens de me racketter quand même. — J'étais coincée, vous avez bien vu que j'ai essayé de jouer les idiotes face à Ricky. — Désolé, Samantha, mais tu ne peux pas rester ici. » Son licenciement a été de courte durée : quelques jours plus tard elle s'est pointée, le visage tuméfié. Elle m'a supplié de la reprendre, en me disant que je payais bien mieux que le *McDonald's*. « Ricky, il dit qu'il nous faut du fric, que je dois travailler. — Est-ce qu'il travaille, lui ? — Non, il n'aime pas trop ça. » Alaska s'en est mêlée : elle m'a reproché de punir Samantha d'une bêtise qu'elle avait elle-même commise. « C'est trop injuste, me dit-elle, si vous virez Samantha, je démissionne ! » Je n'avais aucune envie de perdre Alaska. Alors j'ai repris Samantha. Mais voilà que, quelques semaines plus tard, Samantha a démissionné du jour au lendemain. Elle avait plaqué ses études et partait en road trip avec Ricky. Je n'ai plus jamais eu de nouvelles.

— Lewis, demanda Lauren, pourquoi n'avez-vous pas raconté tout cela à la police au moment de la mort d'Alaska ?

— J'ai hésité à le faire. Mais j'ai d'abord craint qu'on ne pense que j'étais mêlé à sa mort.

— À l'époque, fit remarquer Gahalowood, vous nous parliez d'Alaska tout en superlatifs. Sans même évoquer cette histoire de caméra, à aucun moment donné, vous n'avez laissé entendre un côté plus retors chez Alaska…

— *Retors* ? Elle n'avait rien de retors. Ce n'était qu'une fille de vingt-deux ans qui avait fait une connerie, qu'elle avait assumée d'ailleurs. Et puis, j'avais la trouille quand même. Ricky et Samantha avaient disparu pour le moment, mais je redoutais qu'ils ne resurgissent et m'accusent avec cette histoire de caméscope. C'était ma parole contre la leur. La police m'aurait pris pour un pervers : j'étais la dernière personne à avoir vu Alaska en vie et on l'avait retrouvée morte à un kilomètre de ma station-service. Donc j'ai préféré d'abord ne rien vous dire. Mais j'aurais probablement parlé si Walter n'avait pas été arrêté deux jours plus tard. L'enquête était bouclée, j'ai considéré qu'il valait mieux garder cette histoire pour moi.

— Vous avez eu tort, regretta Gahalowood.

Lewis Jacob, qui ressentit sans doute le besoin de justifier sa bonne foi, nous dit alors :

— J'ai mentionné tout ça dans mon testament. Je ne voulais pas emporter le secret dans ma tombe.

Phylis Jacob, qui avait jusque-là écouté son mari dans un silence sidéré, parla enfin :

— Tu as rédigé un testament ?

— Oui, je l'ai déposé auprès du notaire Brown. Avec la cassette.

— La *cassette* ? répéta Gahalowood. Quelle cassette ?

— Le dimanche 28 février 1999, Samantha est venue me voir chez moi pour m'annoncer sa démission. Il était tard. J'étais très surpris de la voir. Elle m'a dit : « Je vous quitte, m'sieur Jacob. Je suis obligée. J'ai laissé ma clé du magasin à Alaska, elle vous la rendra demain. » Samantha m'a expliqué qu'elle allait prendre le large avec Ricky. Puis elle m'a tendu une petite cassette digitale et elle m'a dit : « Donnez ça à Alaska, s'il vous plaît. C'est à elle. C'est un souvenir. » J'ai pris la cassette, mais je ne l'ai jamais donnée à Alaska. Je voulais d'abord voir ce qu'il y avait dessus, par curiosité. Mais je n'avais pas l'appareil adéquat. Un mois s'est écoulé puis Alaska a été assassinée. Et moi j'avais cette foutue cassette. Je viens de vous le dire, j'avais peur de devenir suspect. Et puis dans les petites villes les réputations se défont très vite. Les gens allaient bouder ma station-service, toutes mes économies étaient là-dedans. J'ai imaginé que la cassette contenait peut-être des images d'Alaska tournées dans le vestiaire de ma station-service. J'allais au-devant de gros problèmes. Je voulais m'en débarrasser au plus vite, mais j'avais quand même mauvaise conscience de le faire. Alors je l'ai mise dans une enveloppe et je l'ai déposée chez le notaire. Avec la consigne de l'ouvrir à ma mort.

*

Eddy Brown était notaire à Mount Pleasant depuis 1955. Il était le plus ancien et le seul homme de loi de la ville. Malgré ses quatre-vingts ans passés il travaillait encore et se rendait tous les jours à son bureau. Ce samedi-là, lorsque nous débarquâmes chez lui, il fallut déployer une opération de charme pour qu'il accepte de quitter son fauteuil, son livre et sa limonade pour nous accompagner à son cabinet. « Ça ne pouvait pas attendre lundi ? » rouspéta-t-il pendant que je l'aidais à monter à bord de ma voiture.

Le notaire Brown était encore en bonne forme. Et je crois que notre irruption dans sa routine du week-end l'amusait. « Pas tous les jours qu'on aide la police sur une enquête criminelle », nous dit-il. Puis, se tournant vers moi : « J'ai lu vos bouquins, jeune homme. Citez-moi dans le prochain, voulez-vous ? Ça me plairait beaucoup. » Dans son cabinet, Eddy Brown disposait d'une armoire forte. « Tous les secrets de cette ville sont ici », se plut-il à nous raconter. Il mit rapidement la main sur l'enveloppe laissée par Lewis Jacob. À l'intérieur, une cassette digitale et une lettre, datée du 11 avril 1999 et signée par Lewis Jacob, dans laquelle il racontait les faits tels qu'il nous les avait livrés une heure auparavant.

— Y a-t-il une chance que cette cassette soit encore exploitable ? demanda Lauren.

— Je l'espère, dit Gahalowood. Je vais aller immédiatement à Concord l'apporter aux équipes techniques. On verra bien.

Cet épisode marquait un nouveau tournant dans l'enquête. Et si les menaces reçues par Alaska ne concernaient pas le cambriolage chez ses parents mais ce caméscope qu'elle avait dissimulé dans le vestiaire de la station-service ?

JE SAIS CE QUE TU AS FAIT.

Ces mots pouvaient-ils être l'œuvre de Ricky ou Samantha ? Avaient-ils découvert que c'était Alaska qui avait installé cette caméra ? Après avoir extorqué Lewis Jacob, avaient-ils voulu faire chanter Alaska ? Il fallait les retrouver mais nos indices étaient minces : si nous avions le nom complet de Samantha, nous ignorions en revanche le patronyme de Ricky.

Après avoir déposé le notaire chez lui, Gahalowood me demanda :

— Vous m'accompagnez à Concord ? Je vais donner la cassette et démarrer mes recherches sur Samantha et Ricky.

— Désolé, sergent. Je dois filer.

— Où allez-vous, l'écrivain ?

— Je dois me rendre à une invitation.

Cet après-midi-là je pris la route, seul, en direction du Maine. Une heure plus tard, j'arrivai dans la charmante bourgade de Bridgton. J'étais en avance. Je déambulai en ville puis, quand ce fut l'heure, je me rendis à l'auditorium du lycée municipal où avait lieu le concert. Les places étaient numérotées. Je m'installai à mon siège. Peu à peu la salle se remplit, sauf le fauteuil à côté de moi. Lorsque les lumières s'éteignirent, il était toujours vide. Le spectacle débuta sur un premier extrait de *Madama Butterfly* : *America for ever*. À cet instant, une silhouette se faufila et vint s'asseoir à côté de moi.

C'était Harry Quebert.

Le spectacle terminé, nous suivîmes, sans échanger un mot, le flot des spectateurs qui sortaient de l'auditorium. Sur le parking du lycée, une roulotte vendait de la nourriture à emporter. Harry l'avisa et me dit : « Je vous paie à dîner. »

CHAPITRE 25
Madama Butterfly

Bridgton, Maine.
Samedi 17 juillet 2010.

Nous mangeâmes des hamburgers et des frites sur un banc, face à la rivière. Le silence trahissait notre gêne mutuelle. Je mangeais alors que je n'avais pas faim. Je ne savais pas quoi lui dire, j'ignorais même par où commencer. Depuis la dernière fois que je l'avais vu, en décembre 2008, j'avais tant espéré le retrouver : je n'avais pas imaginé que cela se passerait ainsi. Finalement, je lui demandai :

— Comment avez-vous su que j'étais à Mount Pleasant ?

— La libraire a annoncé votre séance de dédicaces. Et puis, on ne parle de nouveau que de vous, Marcus. L'affaire Alaska Sanders, la nouvelle enquête qui passionne l'Amérique. Votre prochain livre ?

— Je n'en sais rien. Vous habitez toujours dans le New Hampshire ? Il semble que vous vous soyez évaporé. Je vous ai cherché partout, en vain. Ça fait un an et demi que je me demande ce que vous êtes devenu…

— Un fantôme. C'est ce qui pouvait m'arriver de mieux. Cette gloire dont je ne savais que faire, j'en suis enfin débarrassé. Je suis un homme libre, Marcus.

— C'est pour ça que vous avez disparu ?

— Peu importe la véritable raison. Disons qu'il a fallu que je m'éloigne. C'était mieux pour tout le monde.

— Et alors quoi? Vous avez soudain éprouvé le besoin de réapparaître avec ces statues de mouettes et ces messages sibyllins?

— Mes messages n'avaient rien de sibyllin. Je vous ai écrit de ne surtout pas aller enseigner à Burrows. Ce serait une grave erreur. Vous n'y avez pas votre place.

— Et pourquoi? répliquai-je, piqué au vif. Je ne suis pas assez bien pour enseigner à Burrows?

— Au contraire, vous êtes au-dessus de ça. Comme j'ai eu le sentiment – visiblement à juste titre – que vous n'aviez pas compris ce que j'essayais de vous dire, j'ai voulu vous en parler de vive voix, d'où ce rendez-vous.

— Et qu'est-ce que vous essayez de me dire, Harry?

— Qu'il est temps pour vous d'être pleinement vous-même. Vous êtes Marcus Goldman. Un homme merveilleux, tenace et doué. L'un des plus grands écrivains que notre pays aura connus, vous verrez. Alors, quand j'ai découvert que vous aviez la mauvaise idée d'aller à Burrows...

Je l'interrompis:

— Comment l'avez-vous appris?

Il eut un sourire amusé:

— Figurez-vous que ma boîte e-mail de l'université n'a pas été désactivée après mon licenciement. Je continue à y avoir accès et je reçois, en dehors d'abominables publicités, les notifications adressées à toute la faculté. C'est ainsi que j'ai découvert avec horreur, à la fin juin, un message du Dustin Pergal qui nous disait à peu près ceci: *Je suis heureux de vous annoncer l'arrivée parmi nous de l'écrivain Marcus Goldman en qualité d'enseignant associé. Il y animera un cours sur l'écriture. Marcus Goldman occupera le bureau C-223, je vous remercie de lui réserver un accueil chaleureux.* Le C-223, c'était mon bureau, non?

— Oui.

— C'était bien ce qui m'inquiétait. J'ai l'impression que vous cherchez à revivre le passé à tout prix, Marcus. Avec cette maison d'écrivain à la noix à Aurora, et maintenant en reprenant mon bureau à Burrows. Il est temps d'affirmer votre propre identité d'écrivain. Et surtout d'arrêter de vouloir mettre vos pas dans les miens... N'oubliez pas qui je suis, Marcus. N'oubliez pas ce que j'ai fait.

— Justement, je n'oublie pas ce que vous avez fait pour moi.

— Vous savez de quoi je parle, Marcus.

— Peu importe, vous êtes mon ami malgré tout.

— Ça, je veux bien l'être. Mais nous ne pourrons nous retrouver vraiment que lorsque vous cesserez de m'idéaliser et que vous accepterez que je sois simplement votre ami, et rien de plus. Quand vous renoncerez enfin à cette stupide image de mentor que vous m'avez collée. Un bureau à Burrows ! Pfft ! quelle idée ridicule ! Votre destin est loin de Burrows, à mener vos enquêtes, à faire rêver les foules, à nourrir l'enthousiasme que vous suscitez.

— Je ne sais pas si je veux de cette gloire, Harry. Je crois que j'aspire à une vie normale, une vie plus apaisée.

— C'est impossible, Marcus. C'est plus fort que vous ! Un feu vous habite, et vous n'y pouvez rien !

La nuit était tombée. Le ciel était constellé d'étoiles. Harry leur adressa un regard.

— Je dois y aller, dit-il. J'ai encore pas mal de route à faire.

— Est-ce qu'on va se revoir ? demandai-je.

— Bien sûr, quelle question !

— Je vous rappelle que vous avez laissé passer une année et demie sans donner signe de vie.

— Ce n'est guère plus que le temps qu'a duré votre silence après votre premier succès. Vous vous rappelez cette période ? Quand vous avez eu envie de venir, j'étais là. Ne vous en faites pas, nous nous reverrons quand vous serez prêt, Marcus.

— Je suis prêt, affirmai-je.

— Non, vous ne l'êtes pas. Tant que vous n'accepterez pas ce que vous êtes, vous ne serez pas prêt.

— Et qui suis-je ?

— Un grand auteur.

— Vous aussi…

— Mais nom de Dieu, Marcus ! s'écria Harry. Qu'est-ce qui ne tourne pas rond chez vous ? Vous avez gagné, vous m'avez dépassé ! Votre nom, votre gloire, votre succès ont surpassé tout ce que j'aurais pu faire. Pourquoi vous acharnez-vous à me tresser des couronnes ?

— Ça n'a jamais été une compétition pour moi, Harry !

— Mais pour moi, si ! Depuis le premier jour, je suis entré en compétition contre vous ! Et vous ne l'avez jamais vu !

Je ne savais pas s'il me mettait à l'épreuve ou s'il disait vrai :

— Allez-y, me dit-il, posez-moi la question...

— Laquelle ?

— Pourquoi j'ai disparu. Pourquoi, en ce jour de décembre 2008, quand je suis parti de chez vous, je me suis juré de ne plus jamais vous revoir. Vous voulez savoir pourquoi ? Parce que, durant toute cette année 2008, lorsque vous étiez incapable d'écrire votre nouveau bouquin, une partie de moi se réjouissait de vos malheurs. Dès le moment où vous avez débarqué chez moi, en février 2008, j'ai espéré que vous vous planteriez, Marcus ! Que vous vous écraseriez lamentablement ! Que vous vous brûleriez les ailes ! Et vous savez pourquoi ? Pour vous retrouver ! Votre succès nous avait éloignés. Nous avions été si proches, et puis pouf ! Le succès, et plus de Marcus !

— Je suis désolé, je...

— Mais ce n'est pas de votre faute, bon sang ! Est-ce que vous ne comprenez pas ce que j'essaie de vous dire ? Vous ne pouvez pas vous excuser de votre succès ! Il fait partie de vous ! On ne peut pas reprocher à la chenille de devenir papillon. C'était votre destinée. C'était écrit. Et vous savez quoi : je l'ai toujours su. Rien de tout cela n'était une surprise pour moi. Et puis voilà que, début 2008, je vous retrouve, fébrile, en danger, pétri de doutes. Vous étiez un écrivain tourmenté, incapable d'écrire, et Barnaski vous donnait l'impression d'être un fantoche. Vous avez droit à la vérité : j'ai aimé vous sentir vulnérable, parce que j'étais jaloux de votre succès. JALOUX ! Vous m'entendez ? Je voulais que votre succès s'arrête, qu'il se tarisse. Parce que votre réussite me mettait face à mes propres échecs, face à mes démons. Alors, quand vous êtes venu chez moi pour écrire, chaque fois que je vous demandais si votre livre avançait, je me réjouissais que ce ne soit pas le cas. Et chaque fois que je vous proposais des sorties ou des activités, que je vous emmenais dehors, loin de la maison, loin de votre travail, pour aller courir, marcher sur la plage, faire du ski de fond, ou je ne sais quoi, je m'employais en réalité à vous détourner de votre travail. Je sabotais votre carrière. Je voulais que la gloire vous échappe.

S'ensuivit un long silence au terme duquel Harry ajouta :

— Vous devriez me haïr...

— Comment pourrais-je vous haïr ?

— Parce que les gens qui s'aiment ne se jalousent pas.

— J'aime les jaloux : ils savent pourquoi ils vivent.

Harry soupira :

— Où en est votre vie sentimentale, Marcus ?

Je fus surpris de la question.

— Il y a cette fille que j'aime bien.

— Je ne vous demande pas si vous avez une petite copine mais si vous avez trouvé l'amour.

— Non, vous savez que…

— Je sais, Marcus. Justement. Je sais qu'il y a cette fille que vous avez aimée il y a longtemps et que, au fond de vous, vous aimez toujours. Elle est l'amour de votre vie.

— C'est de l'histoire ancienne.

— La vie est courte, Marcus, surtout à notre échelle. Aucune histoire n'est vraiment ancienne.

— Je l'ai perdue de vue…

— Je me doutais que vous me répondriez ça. Alors je me suis permis de la retrouver pour vous.

Sur ces mots, il me tendit une enveloppe. Je la décachetai et ce que j'y découvris me laissa le cœur battant. Harry poursuivit :

— En repensant à l'année 2008, je me rends compte que je n'ai pas été à la hauteur de votre amitié. Vous voulez que nous soyons amis ? Je me comporte en tant que tel. Je suis l'une des seules personnes à vous connaître suffisamment pour savoir que votre vie est incomplète sans elle. Allez la voir. Je suis certain qu'elle vous attend elle aussi.

Avant de partir, Harry me donna une longue accolade. Puis il disparut dans la nuit. Je me retins de le suivre. Je restai un moment, assis sur le banc. Je laissai mon esprit divaguer, jusqu'à ce qu'un message sur mon téléphone me ramène à la réalité. C'était Lauren. Elle m'envoyait une photo du meuble de son salon, sur lequel trônait le cliché de mes trois cousins Goldman et d'Alexandra que j'avais oublié la veille. En accompagnement de l'image, Lauren m'écrivait :

Tes petits cousins sont là. Il ne manque plus que toi. Tu passes ?

Je repris la route et je m'arrêtai chez elle. Il était tard. La nuit était chaude. Lauren m'attendait sous son porche.

— T’étais où ?
— J’avais rendez-vous avec un vieil ami.
— Oh ! c’était sympa ?
— C’était étrange.

J’étais troublé. Presque mal à l’aise d’être là. Je caressais dans ma poche l’enveloppe que m’avait remise Harry. C’était un billet pour un concert d’Alexandra Neville. Quand je pensais à elle, je replongeais dans mes souvenirs d’enfance. Avec les Goldman-de-Baltimore. Il fallait que je referme ce chapitre de ma vie.

TROISIÈME PARTIE

Des conséquences de la vie

Trois jours s'étaient écoulés depuis la découverte de la cassette vidéo. Son contenu avait pu être extrait par les experts de la police d'État, et ce que nous y avions découvert nous avait poussés à retrouver rapidement Samantha Fraser.

CHAPITRE 26
Samantha

Rochester, New Hampshire.
Mardi 20 juillet 2010.

Ce matin-là nous traversions la ville de Rochester, escortés par une impressionnante colonne de véhicules de police. Gahalowood, Lauren et moi nous trouvions à bord d'un tout-terrain du groupe d'intervention. Un agent était au volant, Gahalowood à la place du passager, et Lauren et moi assis à l'arrière. Elle m'effleurait discrètement la main. Nous avions passé notre dimanche à Kennebunk, sur la plage, laissant de côté, l'espace de quelques heures, notre enquête et nos tracas. Cela m'avait permis de digérer mes retrouvailles avec Harry. J'avais de la peine à ne pas penser à ce billet de concert et à Alexandra Neville, et en pensant à elle, j'avais le sentiment désagréable de trahir Lauren. J'étais partagé sur la conduite à tenir. Je l'aimais beaucoup, mais est-ce que ce serait suffisant?

Le conducteur enclencha la sirène, me rappelant brusquement à la réalité du convoi. Nous avions facilement retrouvé la trace de Samantha Fraser. La mauvaise nouvelle pour elle, c'est qu'elle était passée par la case prison. La bonne nouvelle pour nous, c'est qu'elle était en liberté conditionnelle et qu'elle était assignée à résidence à certaines heures de la journée. Elle habitait une maison en préfabriqué dans un quartier réputé dangereux de Rochester, où nous débarquâmes donc en force.

Les véhicules s'immobilisèrent et les lieux furent sécurisés rapidement. Devant la maison correspondant à l'adresse, une femme, assise sur une chaise en plastique, observait le déploiement des forces de l'ordre. Elle n'était que l'ombre d'elle-même. Ses cheveux, sa peau, son corps étaient gris, son regard perdu et sa bouche sans dents. Elle insultait deux enfants d'une dizaine d'années, qui jouaient au ballon. La femme avait, selon ses papiers, trente-six ans. Elle en paraissait vingt de plus. Dans la voiture, Gahalowood nous présenta une photo.

— Il n'y a plus vraiment de ressemblance, dit-il, mais c'est Samantha Fraser.

— Que lui est-il arrivé ? demanda Lauren.

— Consommation de crack. Allons-y.

Lauren, Gahalowood et moi sortîmes du véhicule, tous trois vêtus de gilets pare-balles et nous approchâmes de la femme.

— Madame Samantha Fraser ? Je suis le sergent Perry Gahalowood de la police d'État du New Hampshire.

— M'suis t'nue à carreaux, chef, indiqua aussitôt Samantha.

— Je n'en doute pas. Nous sommes là pour vous parler d'Alaska Sanders.

— Connais pas. T'te façon, j'ai rien vu, rien entendu.

— Elle travaillait avec vous dans la station-service de Lewis Jacob, à Mount Pleasant.

Samantha grimaça en tous sens comme pour réveiller sa mémoire. Elle dut s'avouer vaincue :

— Non. J'vois pas.

— Elle était votre amante, dit alors Gahalowood.

*

La cassette conservée par Lewis Jacob nous avait révélé tout un pan caché de la vie d'Alaska.

La première séquence datait du 21 septembre 1998. On y voyait Alaska dans le mystérieux décor que personne n'était parvenu à identifier et qui était le même que celui de la dernière audition envoyée à Dolorès Marcado. En arrière-plan, ce même tableau représentant un coucher de soleil sur l'océan. Au fil de la séquence, on comprend qu'Alaska fait un essai. Son visage se rapproche de l'objectif à mesure qu'elle appuie sur différents boutons. L'appareil doit être muni d'un petit écran amovible grâce auquel elle s'assure du rendu final. Soudain, elle lève les yeux sur quelqu'un en face d'elle et lui dit : « Wahou, merci pour cette caméra ! Si avec ça je ne vais pas à Hollywood ! Je t'aime, merci mon amour ! »

La séquence suivante avait été filmée dans la foulée : il s'agissait de l'audition transmise à Dolorès Marcado. Cette caméra était visiblement un cadeau récent. À qui Alaska s'adressait-elle quand elle avait dit : « Merci mon amour » ? À Walter ?

La scène d'après était enregistrée deux mois plus tard, un dimanche de la fin novembre 1998, à la station-service de Lewis Jacob. Alaska filme une jeune femme derrière le comptoir, qui affiche un sourire gêné : Samantha Fraser.

— Pourquoi tu me filmes ? demande Samantha.

— Parce que j'en ai envie, répond Alaska en s'approchant d'elle.

Samantha apparaît en gros plan à présent. Et Alaska commente :

— Mesdames et messieurs, voici Samantha Fraser !

— D'où sort cette caméra ? demande Samantha.

— Un cadeau qui date d'une époque révolue de ma vie. Quand je voulais devenir actrice.

— Tu ferais une actrice géniale !

— C'est foutu.

— Foutu ? Attends, donne-moi ça !

Samantha s'empare de la caméra et c'est Alaska qui apparaît maintenant à l'image. Samantha commente :

— Regardez tous Alaska Sanders, la future star (elle tourne l'objectif vers elle) et voici sa pauvre copine Sam' qui finira dans le caniveau !

Alaska éclate de rire, elle s'approche de la caméra et la tourne de façon que les deux jeunes femmes apparaissent à l'image. Alaska soudain vole un baiser à Samantha.

— T'es folle, pas ici ! s'exclame cette dernière, surprise. Quelqu'un pourrait nous voir !

La séquence suivante se passe le dimanche d'après. La caméra s'allume, Alaska la tient à bout de bras. Les deux femmes sont nues dans le vestiaire de la station-service. Alaska pose la caméra sur une étagère, elle vérifie l'angle de la prise de vues, puis Samantha et elle s'embrassent.

Dimanche après dimanche, on retrouve Alaska et Samantha à la station-service. On alterne des moments complices où elles se filment en train d'imiter Lewis Jacob derrière le comptoir ou reprenant ses tics de langage. Elles rient comme des folles. Elles se moquent affectueusement de lui. « Monsieur Jacob, si vous voyez ça un jour : on vous aime beaucoup ! » lance Alaska à la caméra. « On ne se serait pas rencontrées sans vous ! » intervient Samantha. Puis elles font une razzia de chips et de bonbons qu'elles vont manger dans le secret de l'arrière-boutique. Elles discutent, elles rigolent.

Encore dans le vestiaire de la station-service, Alaska et Samantha qui s'embrassent. Certains de ces moments intimes sont perturbés par un client. On entend une sonnerie électronique et on comprend que quelqu'un entre dans le magasin de la station-service. « Putain ! » murmure Samantha qui délaisse son amante pour se rhabiller en vitesse sous le regard hilare d'Alaska.

Et le dimanche suivant, Samantha, filmée dans le bureau de Lewis Jacob qui lui lit un quiz tiré d'un magazine :

— *Quel animal es-tu* ? Tu es prête ?

— Vas-y.

— *Le matin tu te lèves plutôt : A) toujours avec entrain, B) difficilement, C) tu ne te lèves pas, tu te couches car tu viens de passer la nuit à vaquer à tes occupations.*

Pendant les deux heures que durait la cassette retrouvée dans le caméscope, on découvrait l'histoire de deux jeunes femmes complices.

La dernière séquence datait du 3 janvier. Elles s'embrassaient de nouveau dans le vestiaire, poitrines nues. Soudain une voix retentit : « Samantha ? » Celle-ci panique : « Putain, c'est Ricky, tire-toi par la sortie de secours ! » Alaska disparaît. Samantha éteint précipitamment la caméra.

C'était le jour où Ricky avait découvert la caméra et avait extorqué ensuite 10 000 dollars à Lewis Jacob. Onze ans plus tard, en retrouvant Samantha Fraser, nous allions comprendre ce qui s'était passé ce jour-là. Il ne restait plus rien de la jolie Samantha des images vidéo, de cette jeune femme brune aux dents éclatantes et au corps désirable. La Samantha Fraser de 2010, les cheveux clairsemés, le visage taché, la peau abîmée, le tronc décharné, regarda avec fascination la vidéo que nous lui dévoilâmes dans le capharnaüm qui lui servait de salon. « C'est moi », articula-t-elle en découvrant, à l'écran, la jeune beauté qui riait. Puis en voyant Alaska, elle murmura : « Alaska...

Alaska… c'est toi… » sans que l'on sache si elle la reconnaissait ou si elle répétait ce qu'elle entendait sur l'enregistrement.

— Samantha, l'interrogea Gahalowood, vous ne vous souvenez pas de cette femme ?

Elle dévisagea le sergent avec des yeux vides.

— Le crack m'a volé tous mes souvenirs, gémit-elle.

Elle se leva soudain et traîna difficilement son squelette jusqu'à une table où régnait un désordre innommable. Elle fouilla parmi les objets comme si elle triait les pièces d'un puzzle, puis elle s'empara d'un cahier scolaire. Elle eut un sourire victorieux et s'écria : « Alaska ! Alaska ! » Elle nous l'apporta. Sur le cahier, qu'elle tendit à Gahalowood, était inscrit au feutre noir : *ALASKA*.

Gahalowood l'ouvrit.

— C'est un journal, nous dit-il.

— Je l'ai écrit, expliqua Samantha. Un jour, j'ai compris que mon cerveau disparaissait lentement. Ma mémoire s'effaçait. D'abord, je me suis dit que c'était pas très grave, au contraire : tant mieux si je pouvais oublier ma vie. Mais j'ai pris conscience que j'allais l'oublier elle aussi, et ça je l'voulais pas. Elle est la seule belle chose dans ma vie. Alors j'ai écrit.

Extraits d'ALASKA, par Samantha Fraser

La première fois que j'ai vu Alaska, je me suis moquée de son prénom. Elle m'a dit : « Samantha c'est pas mieux », et on a ri. C'était con mais ça nous a fait marrer. C'était à la station-service. Elle était venue se présenter. Elle disait qu'on était désormais collègues. Moi, je m'en foutais pas mal qu'on soit collègues, mais elle avait l'air sympa. Elle était surtout belle. Je n'avais jamais rencontré une femme aussi belle. Une folie ! Jolie, souriante, bien habillée, intelligente. Comme aurait dit ma grand-mère : « Elle cochait toutes les cases. »

On s'est tout de suite bien entendues. Elle est repassée le dimanche suivant, pour me dire bonjour. Et encore le dimanche d'après. Et puis tous les dimanches. Ça me faisait de la compagnie, le dimanche il n'y avait pas grand monde qui passait par la station-service. Je sais pas pourquoi monsieur Jacob il s'obstinait à rester ouvert. Enfin, j'allais pas me plaindre, j'étais payée deux fois plus qu'au *McDo* pour travailler deux fois moins. Mais je m'emmerdais quand même. Alors j'étais contente qu'Alaska vienne. Et puis, elle était différente. Elle savait tout un tas de trucs. Moi, je galérais avec mes études d'infirmière. Ricky me disait que j'étais bonne à rien. Mais Alaska elle m'a dit illico : « Tu vas y arriver, ma belle, tu es intelligente. »

Je me souviens de cette phrase parce qu'on ne m'avait jamais rien dit de pareil. D'abord que j'allais arriver à quelque chose, ensuite que j'étais belle, pis que j'étais intelligente. Quand elle me l'a dit, j'ai failli pleurer. Je lui ai dit que Ricky disait que j'étais qu'une conne prétentieuse avec mes études. Elle m'a répondu que c'était Ricky le con. Ensuite, j'ai dit à Ricky qu'Alaska avait dit que c'était un con. Je voulais pas des ennuis pour Alaska, c'était plus pour dire à Ricky qu'Alaska aussi le trouvait vache avec moi. C'était une erreur : Ricky a été furieux. Il a dit qu'il allait la corriger, lui apprendre le respect.

Donc Alaska a rencontré Ricky. Il attendait avec moi à la station-service, moi j'étais vachement mal. Je pleurais et tout. Alaska est arrivée et elle a été drôlement surprise évidemment. Heureusement, Ricky il l'a pas tapée, mais il l'a disputée. Il l'a attrapée par la gorge et il lui a dit que la prochaine fois qu'elle l'insultait il la frappait dans le bide avec son poing américain. Après ça, il l'a lâchée et il est parti. Alaska est restée par terre en pleurant. Je comprenais parce que Ricky peut faire drôlement peur et j'en sais quelque chose. Je me suis agenouillée à côté d'elle, et j'ai eu tellement de peine que je me suis mise à pleurer aussi. Je l'ai prise contre moi. Et puis elle m'a embrassée. Je m'y attendais pas du tout, mais j'ai aimé. J'ai aimé quand elle a glissé sa langue dans ma bouche. C'était doux, c'était bon. C'était tendre comme elle dit.

J'aurais jamais pensé à embrasser une femme. Ce jour-là, qui avait super mal commencé, a été un jour que je n'oublierai pas car ensuite on est devenues comme un couple avec Alaska. Elle passait ses dimanches avec moi à la station-service, on traînait, on rigolait, on s'embrassait, on faisait des trucs dans le vestiaire, on lisait des magazines en mangeant des chips. On pouvait faire ce qu'on voulait : il n'y avait presque jamais de clients et monsieur Jacob il savait pas utiliser les caméras. Il disait que y a que son neveu qui savait faire.

À propos de caméra, Alaska elle venait toujours avec sa petite caméra. Elle disait que ça lui faisait des souvenirs. Ça la faisait aussi marrer de nous filmer pendant qu'on s'embrassait. J'étais prête à tout pour elle. Je lui ai même dit un truc que j'ai jamais dit à personne : « Je ferai n'importe quoi pour toi. »

J'ai aussi demandé à Alaska si à cause de ce qu'on faisait j'étais officiellement une lesbienne. Alaska m'a dit qu'on s'en fout, qu'on peut aimer tout le monde. J'étais d'accord avec elle mais je voulais bien savoir quand même. Je lui ai dit que j'aimais bien Ricky, même s'il me tapait. Elle m'a dit : « Pourquoi tu restes avec un mec qui te tape ? » J'ai répondu : « Je sais pas, je suis attachée. Des fois t'es attachée à quelqu'un mais tu sais pas pourquoi. » Elle m'a dit qu'elle comprenait, qu'elle aussi elle était attachée à quelqu'un. Mais qu'elle savait pourquoi : elle était folle amoureuse. Ça m'a fait un pincement quand elle m'a dit ça. Je me suis rendu compte que j'aurais voulu qu'elle soit folle amoureuse de moi. C'est comme ça que j'ai réalisé qu'Alaska était de passage à Mount Pleasant et qu'au fond, moi, je n'étais que sa distraction des dimanches. J'ai compris ça car je lui ai demandé : « Ton amoureux, c'est Walter ? » Elle m'a dit : « Non, Walter, je m'en fous. Je suis coincée ici à cause de quelque chose qu'on a fait tous les deux. » Elle m'a dit qu'elle avait « une autre personne ». Quelqu'un qui la sortirait de « ce trou-à-rats de Mount Pleasant ». J'ai demandé ce que cette personne attendait pour venir la chercher, et Alaska m'a répondu « son divorce ». Dès que les papiers seraient signés, ils devaient partir à New York. Le rêve d'Alaska, c'était de vivre à New York. Elle voulait être actrice. Au début, quand je l'ai rencontrée, elle disait que sa carrière était foutue. « À cause de ce qui s'est passé à Salem », elle disait. Elle a mis du temps à me raconter ce qui s'était passé. Son père, qui doit être une belle ordure, lui avait piqué ses économies. Elle avait voulu lui voler sa montre, comme réparation. Elle est allée avec Walter, ils devaient faire ça vite et bien. Mais ils avaient été repérés et Walter avait foncé sur leur voisin, qui en plus était flic. Je lui ai dit que c'était pas de sa faute à elle si ce con de Walter avait renversé un type. Et le mec il était même pas mort de toute façon. Je savais qu'elle irait vivre son rêve, qu'elle deviendrait une actrice célèbre, ça se lisait sur elle. En attendant, le cinéma, c'était nous qui le faisions avec sa caméra.

Comme toutes les choses qui commencent bien dans ma vie, ça a mal fini. Le dimanche après le Nouvel an, Alaska et moi on était dans le vestiaire à s'embrasser. Caméra en marche et tout ça. J'avais enlevé mon haut et elle s'occupait de mes seins. Et soudain la porte du magasin qui s'ouvre, et la voix de Ricky. J'ai paniqué, j'ai dit à Alaska de se barrer par la sortie de secours. Et moi j'ai vite éteint la caméra. Il n'y avait aucun endroit pour la planquer mais j'ai placé des bouteilles de produit nettoyant devant et j'ai surtout enlevé la cassette et je l'ai mise dans ma poche. Je n'osais même pas imaginer ce que Ricky ferait à Alaska s'il tombait sur les images. La caméra seule, ça prouvait rien.

Ricky a poussé la porte du vestiaire. Il m'a vue à moitié à poil et il a fait une drôle de tête. Il m'a flanqué une gifle en plein visage et il m'a crié dessus : « C'est comme ça que tu sers tes clients, sale pute ? » J'ai gardé mon calme : « Ricky, c'est le vestiaire, je me change. Je me suis mis du café dessus. » Il s'est marré et il a dit : « Taper d'abord, interroger après. » Je lui ai demandé ce qu'il fichait ici et il m'a dit : « Je suis venu vérifier si t'as pas quelqu'un. » « Tu penses que je te trompe ? » « J'en sais rien. T'es différente ces temps. » Là, il m'a attrapée par les seins et il m'a dit « au moins je suis pas venu pour rien ». Il m'a baisée de force. Pis il a levé la tête et il a vu la caméra orientée vers nous. Il s'est mis à pousser des cris. Il a gueulé : « C'est quoi ça ? » Il fallait que je trouve une explication rapido si je voulais éviter qu'il me fasse parler à coups de ceinture, et surtout qu'il en fasse autant à Alaska. Alors j'ai crié : « Oh merde, ce pervers de monsieur Jacob qui nous filme pendant qu'on se change ! » « T'avais pas remarqué cette merde ? » « Ben non, Ricky, je regarde pas le haut des étagères. Je me change vite et je prends mon service. » Il était fou de rage. Il a pris la caméra, il l'a ouverte pour en prendre la cassette mais elle était vide. Il a jeté la caméra par terre et il l'a cassée à coups de pied. Il a hurlé : « Putain de pervers de Lewis Jacob ! Je vais lui régler son compte ! Je vais le buter ! » J'ai eu peur qu'il fasse vraiment du mal à ce pauvre monsieur Jacob, alors j'ai dit : « C'est idiot de le tuer. Autant lui demander de l'argent. » Il a dit que c'était une bonne idée et il m'a demandé de lui téléphoner. Pauvre monsieur Jacob a débarqué illico : il ne comprenait évidemment rien à cette histoire de caméra. Ricky voulait le rançonner. J'ai essayé de limiter la casse, j'ai suggéré 100 ou 200 dollars. Mais Ricky il a exigé 10 000 dollars à monsieur Jacob s'il voulait éviter de graves ennuis. Ça m'a vraiment fait de la peine pour monsieur Jacob.

Après ça, on s'est vues avec Alaska. Elle m'a dit qu'elle allait tout régler, qu'elle allait assumer et donner l'argent à monsieur Jacob. Elle m'a dit de ne pas m'inquiéter. Personne ne m'avait jamais dit ça avant elle. Et puis monsieur Jacob m'a virée. Et quand Ricky m'a foutu une raclée parce que j'avais pas été fichue de garder un boulot qui rapportait bonbon comme il dit, j'ai pleuré comme une môme, pas à cause des coups mais parce qu'en perdant mon travail c'était mes dimanches avec Alaska que je perdais.

Alaska a fait en sorte que monsieur Jacob me reprenne. Je sais pas ce qu'elle lui a dit mais elle a tout réglé. Elle m'a protégée. Elle a été la première et la dernière personne à me protéger. Mais après cet épisode, elle n'est plus revenue le dimanche. Je l'ai attendue désespérément. Je l'ai espérée chaque fois que la porte du magasin s'ouvrait. C'était comme si quelque chose s'était cassé. À cause de Ricky. Ou peut-être à cause de nous. J'ai toujours su qu'Alaska m'avait aimée comme une amie en un peu plus fort. Une amie avec qui on pouvait aller plus loin. Mais en vrai elle était amoureuse de quelqu'un d'autre.

Alaska Sanders a été la plus belle chose qui me soit arrivée. De ma vie, elle est le seul souvenir que je souhaite conserver.

*

Lorsque Gahalowood eut achevé sa lecture du texte à haute voix, Samantha pleurait.

— C'était beau cette histoire, nous dit-elle comme si elle la découvrait. J'avais tout oublié. Est-ce qu'elle va bien ?

— Qui ça ?

— Alaska. C'est à propos d'elle que vous êtes là, non ? J'espère qu'il ne lui a rien arrivé.

Gahalowood resta interdit un instant. Puis il lui répondit :

— Elle va bien. Elle vous salue.

Samantha Fraser nous sourit des dernières dents qui lui restaient :

— Dites-lui que je l'embrasse. Et qu'elle me manque.

Nous prîmes des photos du cahier pour en avoir une copie tout en laissant l'original à Samantha. Puis Gahalowood annonça dans sa radio de police que nous allions repartir. Samantha nous raccompagna dehors, elle en profita pour houspiller les deux garçons qui jouaient à la balle.

Mais, alors que nous nous apprêtions à remonter à bord du véhicule de police, Samantha s'écria : « Imprimante de merde, je vais la ramener chez *Duty's* ! »

Imprimante de merde, je vais la ramener chez Duty's. Ça ne pouvait pas être sans lien avec Alaska. En entendant Samantha prononcer cette phrase, Lauren nous dévisagea : « Est-ce qu'elle vient de dire *Duty's* ? C'était un magasin d'électronique à Mount Pleasant. Il a fait faillite il y a quelques années. »

CHAPITRE 27
Drôles d'impressions

Rochester, New Hampshire.
Mardi 20 juillet 2010.

Gahalowood fit signe à ses collègues de patienter et retourna vers Samantha :

— Qu'est-ce que vous avez dit ? lui demanda-t-il.

— Je ne sais plus, répondit le fantôme.

Les deux enfants s'esclaffèrent.

— Elle dit tout le temps ça, m'sieur l'agent, lui en voulez pas, c'était pas contre vous.

— Qu'est-ce qu'elle dit tout le temps ?

— *Imprimante de merde, je vais la ramener chez Duty's*. Mon père dit que c'est une vieille histoire. Nous ça nous fait marrer.

— Tu es le fils de Samantha ?

— Oui, m'sieur l'agent. Et ça, c'est mon frère. Vous êtes là à cause de mon père ?

— Non, on voulait poser quelques questions à ta mère. Comment s'appelle ton père ?

— Ricky. Ricky Positano.

— Où est-ce qu'on peut le trouver ?

— Ça, j'en sais trop rien.

Nous venions de retrouver la trace de Ricky Positano. Nous étions très curieux de l'interroger et qu'il nous raconte sa version de ce qui s'était passé à la station-service. À présent que nous connaissions son nom de famille, Gahalowood pouvait charger une équipe de le localiser.

En attendant, Gahalowood, Lauren et moi nous nous rendîmes au quartier général de la police d'État pour faire un point de situation avec le chef Lansdane. Le chef Mitchell, qui réclamait des rapports quotidiens à Lauren, fut invité à se joindre à notre réunion, ce qui le fit se sentir très important. Nous pûmes ainsi les informer des dernières avancées de l'enquête.

2 octobre 1998: Alaska découvre que son père lui a volé ses économies. Furieuse, elle part chez son copain Walter, chez qui elle devait de toute façon passer le week-end, et décide d'y rester quelques jours mais probablement sans s'y établir.

8 octobre 1998: Alaska Sanders orchestre un cambriolage chez ses parents. Celui-ci tourne mal. Walter, qui l'accompagne, percute un policier qui tente de les arrêter. Alaska décide de rester quelque temps à Mount Pleasant. Elle ne peut pas vendre la montre de son père car cela risquerait de la compromettre. Elle prend alors un emploi dans une station-service.

Novembre-décembre 1998: elle vit une relation ambiguë avec sa collègue de la station-service, Samantha Fraser. Alaska lui révèle être en couple avec quelqu'un d'autre que Walter. Cette personne doit venir la chercher et l'arracher enfin à Mount Pleasant. Cette personne est probablement domiciliée à Salem (elle lui offre une paire d'escarpins en vente uniquement dans une boutique de cette ville) et elle est en train de divorcer.

—> Alaska avait une relation avec Walter et avec Samantha. Elle est visiblement bisexuelle. Qui est cette troisième personne dont elle se dit très amoureuse? Est-ce un homme ou une femme?

Janvier 1999: Ricky Positano, le copain de Samantha, découvre la caméra dans le vestiaire. Il croit que Lewis Jacob filme ses employées et le fait chanter. Lewis Jacob découvre que la caméra appartient à Alaska.

Février 1999: Samantha démissionne subitement de son travail à la station-service. Pourquoi? S'est-il passé quelque chose?

3 Avril 1999: Alaska est assassinée. Une lettre est retrouvée dans sa poche: *JE SAIS CE QUE TU AS FAIT.*

—> Que lui reproche-t-on? Le cambriolage tragique chez ses parents? Sa relation avec Samantha? Les ennuis causés à Lewis Jacob?

— On n'est pas encore au bout de nos peines, expliqua Gahalowood, mais on commence à y voir de plus en plus clair.

— Sacré boulot, nous félicita Lansdane. Et du côté d'Eric Donovan?

— Eric Donovan avait eu une liaison avec la mère de Walter Carrey et l'avait fait chanter. Ça pourrait constituer un bon motif pour que Walter l'accuse gratuitement. S'agissant de son pull, retrouvé maculé du sang de la victime, Eric a toujours soutenu l'avoir prêté à Walter, ce qui est désormais confirmé par la mère de Walter.

— Est-ce que vous êtes en train de nous dire que les preuves contre Eric Donovan sont toutes en train de tomber? interrogea le chef Mitchell.

— Il reste la question de son imprimante qui a servi à fabriquer les lettres de menaces, précisai-je.

Lauren ajouta:

— À propos d'imprimante, Samantha Fraser a eu cette phrase énigmatique tout à l'heure: *Imprimante de merde, je vais la ramener chez Duty's.*

— *Duty's*? répéta le chef Mitchell. L'ancien magasin de Mount Pleasant?

— À nous de le découvrir, répondit Lauren.

— Qu'est-ce que *Duty's*? demanda Lansdane.

— *Duty's*, expliqua Lauren, était un magasin d'électronique à Mount Pleasant. Son propriétaire était un type assez particulier, pas méchant mais un peu escroc qui avait fait plusieurs fois faillite. Vous voyez le genre. *Duty's* a fermé il y a quatre ou cinq ans. Depuis, il a ouvert une boutique de produits de seconde main à proximité de Wolfeboro.

— Vous pensez qu'il y a un lien avec l'imprimante d'Eric Donovan ? demanda Lansdane.

— Difficile à affirmer, dis-je, mais en tout cas il faut creuser.

Gahalowood intervint :

— Pourquoi Samantha Fraser était-elle obsédée par cette imprimante ? Elle semble répéter cette phrase comme un mantra. *Imprimante de merde, je vais la ramener chez Duty's...* Qu'est-ce que ça peut bien vouloir dire ?

— Est-ce qu'à l'époque Eric aurait acheté son imprimante là-bas ? demandai-je alors.

— On lui demandera, répondit Lauren, mais j'en suis assez certaine. Tout le monde à Mount Pleasant se fournissait chez *Duty's*. Ses prix étaient imbattables. Mais il y avait toujours un problème avec sa marchandise. Les gens ont vite compris et ils ont arrêté d'y aller. D'où sa faillite.

Ce jour-là, nous fîmes ce que Gahalowood et Kazinsky n'avaient pas fait en 1999 : nous contactâmes la marque de l'imprimante que possédait Eric à l'époque, dont le siège se trouvait à Seattle. Après deux heures en ligne, à passer de service en service, nous eûmes finalement une personne capable de nous renseigner.

— Alors, ce modèle a été mis sur le marché en 1997. Rien de particulier à signaler, à part un lot défectueux, sorti d'usine en avril 1998.

— *Défectueux* ? Comment ça, *défectueux* ? demanda Lauren.

— Je vois juste que c'était un lot distribué dans le New Hampshire. À peine 200 pièces, d'après le rapport du grossiste. Mais ne vous inquiétez pas, la quasi-intégralité nous a été retournée de toute façon.

— Quel genre de défectuosité ?

L'homme dut fouiller dans son rapport pour trouver l'information :

— C'était apparemment un problème avec la tête d'impression qui laissait des petites traces. C'était quasiment invisible à l'œil nu mais on a rappelé les appareils quand même.

Lauren, Gahalowood et moi restâmes stupéfaits.

— Comment est-ce que je n'ai pas imaginé que ça pouvait être un défaut de série? se blâma Gahalowood.

La maison mère à Seattle ne pouvait pas nous aider davantage: c'était le grossiste régional qui s'était occupé du retour du lot. L'agent commercial du grossiste, basé à Manchester, New Hampshire, en poste depuis plus de quinze ans, se souvenait parfaitement de Neil Rogue, le propriétaire de *Duty's*. Au téléphone il nous dit:

— Un gars sympa dans le fond, mais on ne fait plus de commerce avec lui.

— Pourquoi?

— Il n'était pas réglo. À plusieurs reprises, lors de rappels de produits défectueux, il n'informait pas ses clients pour éviter la paperasse. C'est pas correct.

— Qu'est-ce que vous voulez dire exactement? l'interrogea Gahalowood.

— Quand un produit est livré défectueux par l'usine, et croyez-moi, ça arrive, on doit le récupérer et le remplacer. C'est non seulement une question éthique, mais surtout, imaginez que le défaut produise par exemple un court-circuit et mette le feu à votre maison, c'est le fabricant qui sera tenu pour responsable, et là c'est le procès avec dommages-intérêts colossaux. Donc, quand il y a un souci, les fabricants s'en remettent aux grossistes, qui s'en remettent aux vendeurs de détail. Enfin, à l'époque. Aujourd'hui avec Internet, les e-mails et compagnie, on peut remonter directement au client, mais avant c'était le vendeur qui devait retracer ses ventes.

Lauren demanda:

— Et j'imagine que Neil Rogue de *Duty's* ne le faisait pas, c'est ça?

— Il ne le faisait jamais. Il en avait rien à faire. Il disait que « vendu c'est vendu » et il se gardait bien de prévenir ses clients.

— Donc, si je comprends bien, récapitula Gahalowood, *Duty's* a pu vendre plusieurs imprimantes présentant un défaut similaire en 1998.

— Certainement. Il faut le lui demander.

C'est ce que nous fîmes. Nous retrouvâmes Neil Rogue dans

sa boutique de produits de seconde main à l'entrée de Wolfeboro.

— Ils ont bon dos, s'agaça ce dernier au sujet des grossistes. Ils vous envoient des courriers invraisemblables avec des procédures inimaginables. Vous devez remplacer immédiatement les appareils ou alors rembourser le client, puis faut remplir des formulaires, retourner les machines défectueuses à vos frais, et attendre ensuite la validation des hautes autorités qui mettent des plombes pour vous rembourser. Toujours les petits qui trinquent, non mais !

— Donc vous n'avez pas lancé de rappel d'imprimantes auprès de vos clients ? comprit Lauren.

— Ça, c'est sûr que non ! Parce que, quand je reçois l'avis de rappel d'un produit, je fiche le courrier direct à la poubelle ! Et si on m'en parle, je dis que j'ai pas reçu. C'est à l'expéditeur de prouver qu'on a reçu une lettre, non ?

— Pourquoi n'avez-vous pas dit, au moment de l'arrestation d'Eric, que vous lui aviez vendu une imprimante ? demanda Gahalowood.

— Non mais quelle question, enfin ! Qu'est-ce que j'en savais moi qu'il y avait un lien entre une imprimante et une enquête de police ? Je vends de l'électronique, moi. Je ne suis pas Sherlock Holmes !

— À qui avez-vous vendu des imprimantes du même lot que celle d'Eric ?

— Pfft ! pour me rappeler des noms onze ans après, ça va être coton. J'ai déjà de la peine à me souvenir de ce que j'ai mangé à midi.

— Par exemple Lewis Jacob ? suggéra Lauren.

— Ah, alors ça, c'est marrant que vous parliez de lui, parce que justement j'y songeais. S'il y a une personne dont je me souviens, c'est bien lui. Il m'a ramené son imprimante, en disant qu'elle faisait n'importe quoi. Apparemment elle imprimait plusieurs fois les mêmes pages. Je l'ai testée, j'ai rien remarqué. Mais lui, il m'a fait tout un foin. Il voulait faire marcher la garantie, mais moi je pouvais pas puisque j'avais pas fait le rappel des produits. Bref, il a tellement insisté que j'ai dû faire toute cette foutue procédure à la noix de renvoi à l'usine, ça m'a pris un temps fou. On s'est fait la tête à partir de ce jour. Il n'est plus jamais venu dans mon magasin et je n'ai plus acheté la moindre goutte d'essence chez lui.

— Ça s'est passé quand ?

— Ça, j'en sais plus rien. Est-ce que c'était le modèle d'imprimante dont vous parlez ou une autre ? Mystère.

S'il y avait eu un retour à l'usine, on pouvait certainement le retracer. Effectivement, le département juridique du constructeur conservait ses dossiers de remplacement pendant vingt ans, notamment pour pouvoir prouver la rigueur de son suivi en cas de procès.

Nous y passâmes la journée, mais finalement, nous obtînmes deux informations décisives : d'une part, l'imprimante que possédait Eric, dont le numéro de série figure au dossier de police, faisait partie du lot défectueux. Et d'autre part, Lewis Jacob avait bien rendu un modèle issu du même lot. Il avait effectué ce retour le 3 mars 1999. Ceci signifiait que Lewis Jacob aurait pu être l'auteur des lettres anonymes à Alaska, et qu'il s'était ensuite débarrassé de son imprimante. À quoi Samantha Fraser se référait-elle avec son « *Imprimante de merde, je vais la ramener chez Duty's* » ?

La journée touchait à sa fin lorsque nous informâmes le chef Lansdane de ce dernier élément.

— Donc, si je comprends bien, nous dit-il, il y avait plusieurs imprimantes qui présentaient le même défaut ?

— 200 pour l'État du New Hampshire, répondit Gahalowood. Dont au moins deux à Mount Pleasant, mais probablement plus.

— Est-ce que le pompiste devient suspect ?

— Peut-être bien. Cela signifie qu'il pourrait être l'auteur des lettres.

Lansdane resta dubitatif un instant :

— Mais ça n'explique pas pourquoi on a retrouvé une de ces lettres de menaces chez Eric…

— Parce qu'il en aurait reçu une, lui aussi, indiqua alors Lauren. Cela voudrait dire qu'Eric n'en était pas l'auteur, mais le destinataire.

— Donc, selon ton hypothèse, intervins-je, Lewis Jacob aurait envoyé des lettres de menaces similaires à Eric et Alaska. Pourquoi ?

— Parce qu'ils avaient quelque chose à se reprocher ? spécula Gahalowood. Ce qui expliquerait pourquoi Eric ne nous a jamais dit la vérité sur la lettre retrouvée chez lui. Il ne voulait pas s'incriminer davantage.

Nous nous apprêtions à quitter le quartier général, lorsque le groupe d'intervention intercepta Ricky Positano dans un bar de Rochester. Son audition ce soir-là allait engendrer une révélation de taille.

Ricky avait moins mal tourné que Samantha. En le comparant aux photos de police prises lors des différentes arrestations qui avaient jalonné sa vie, on remarquait qu'il avait, certes, vieilli, que son corps s'était amolli, mais ses cheveux étaient toujours aussi noirs et, surtout, il avait toute sa tête.

— Bien évidemment que j'ai toute ma tête, plastronna-t-il. C'est parce que vous avez parlé à Samantha que vous dites ça ? Je l'ai dégagée quand elle a commencé à prendre du crack. Le crack, c'est le diable ! Ça vous siffle la cervelle !

— Vous lui avez quand même fait deux enfants, fit remarquer Lauren.

— C'est pas mes mômes, protesta-t-il. À l'époque, elle couchait pour des doses, maintenant plus personne ne veut d'elle. Elle a mis dans le ciboulot de ces gamins que je suis leur père, vous imaginez ? Je les ai pas reconnus, ni rien, mais je veux bien leur payer un repas de temps en temps. J'ai bon cœur !

— Ah bon ? s'étonna Lauren avec ironie.

Ricky, visiblement rompu aux interrogatoires, contre-attaqua aussitôt :

— Est-ce que c'est un badge de la police de Mount Pleasant que vous avez à la ceinture ? Il me semble que vous êtes un peu loin de votre juridiction, ma p'tite dame. Et puis personne ne m'a lu mes droits.

— Vous n'êtes pas en état d'arrestation, Ricky, lui rappela Gahalowood. On a juste quelques questions à vous poser.

— Je vous écoute. Moi, quand je peux rendre service, ça me fait plaisir.

— Pourquoi Samantha a-t-elle commencé à prendre du crack ? À cause de la mort d'Alaska Sanders ?

— Non, à sa mort heureusement on était déjà partis en Californie. On faisait un road trip le long du Pacifique. Un truc de couple. D'ailleurs, j'ai passé une nuit au trou après une bagarre avec des motards.

— Je le sais, dit Gahalowood, j'ai vérifié. Vous étiez en cellule à Montecito la nuit du meurtre.

— Bah, pour une fois, j'aurai pas fait de la taule pour rien. Sinon j'aurais encore été suspect…

Ricky regretta aussitôt sa phrase : il en avait trop dit ou pas assez.

— Pourquoi auriez-vous été suspecté de la mort d'Alaska ? demandai-je.

— Je disais ça pour rigoler.

— On sait que vous avez extorqué 10 000 dollars à Lewis Jacob, reprit Lauren. Ce serait à ce propos ?

— Écoutez, les pièges des flics, je les connais. Vous faites semblant de savoir pour que je me mette à table. Je veux une garantie écrite : si je vous parle, il faut l'immunité.

Il était trop tard pour solliciter le bureau du procureur et nous ne voulions pas reporter au lendemain les confidences de Ricky. De toute façon, comme il n'était accusé de rien, on pouvait lui signer tous les papiers du monde, ils ne nous engageaient pas. Lansdane rédigea donc en vitesse une lettre officielle qui n'avait aucune valeur juridique mais qui eut le mérite de faire parler Ricky :

— Un dimanche de la fin février, Samantha m'a appelé de la station-service. Elle était sous le choc. Elle m'a dit : « Viens vite, c'est urgent ! Quelqu'un veut nous faire chanter. »

*

Dimanche 28 février 1999

Ricky avait rappliqué à la station-service. Samantha était dans tous ses états. Elle brandit une page dactylographiée sur laquelle il était inscrit : *Je SAIS CE QUE TU AS FAIT.*

— Je l'ai trouvée par terre dans le bureau.

— Merde, pesta Ricky, qui a pu faire ça ? Le vieux Lewis Jacob ?

— Je sais qu'il était absent hier.

— Alors qui est-ce ?

— Alaska, dit Samantha. Cette salope veut me faire chanter.

— Alaska ? Comment serait-elle au courant ? Tu lui as dit quelque chose à propos des 10 000 dollars ?

Samantha ne voulut rien avouer, mais à sa tête, Ricky comprit qu'elle avait certainement vendu la mèche.

— Merde, merde, Samantha ! Comment tu peux être aussi conne ? J'ai une condamnation avec sursis qui me pend au nez. Si je tombe, je vais prendre cinq ans pour cette connerie ! Il faut se tirer d'ici !

— Je n'ai pas envie de partir, gémit Samantha.

Ricky la secoua :

— Alaska en a peut-être déjà parlé à quelqu'un. Si elle ne prévient pas les flics, quelqu'un d'autre le fera. Je ne vais pas te laisser seule ici : tu vas baver et je vais me faire serrer. Ramasse tes affaires et appelle Alaska. Je vais lui expliquer ce qui se passe quand on me cherche.

Samantha se mit à pleurer.

— Chiale pas et appelle-la, bordel !

— Je ne veux pas que tu lui fasses de mal.

— Si elle ne fait pas la conne, ça se passera bien.

En entendant la voix paniquée de Samantha, Alaska se précipita à la station-service. Mais en découvrant Ricky à l'intérieur du magasin, elle comprit que rien de bon ne se profilait. Il lui asséna d'entrée une gifle en plein visage qui l'envoya valser dans un rayonnage de barres chocolatées.

— Salope, tu veux me dénoncer ?

— Qu'est-ce que tu racontes ? balbutia Alaska, sous le choc, en se tenant la joue.

Il brandit le message :

— C'est pas toi qui as écrit cette merde ?

Alaska devint livide :

— Ce n'est pas ce que tu crois ! Je te le jure !

— Je ne crois que ce que je vois. Tu voulais quoi ? De l'argent ?

Alaska, en larmes, tourna un visage suppliant vers son amie :

— Samantha, ce message ne t'était pas destiné. Je te le jure !

Mais celle-ci se contenta de répondre :

— J'ai laissé ma clé sur le bureau de monsieur Jacob. Tu la lui rendras. Tu lui diras que j'ai démissionné.

Ricky et Samantha se dirigèrent vers la porte.

— Samantha, hurla Alaska, laisse-moi t'expliquer !

Ricky pointa un doigt menaçant vers elle :

— Ferme-la ! Ne t'avise plus de nous approcher ou de nous contacter. C'est compris ?

— Ce message ne t'était pas destiné, Samantha ! répéta Alaska, désespérée. Je l'ai imprimé hier, et l'imprimante a dû cracher la feuille deux fois. Elle déconne cette imprimante !

— Ne l'écoute pas ! ordonna Ricky à Samantha. Prends ta voiture, on se retrouve à la maison.

Alaska leur emboîta le pas jusqu'aux pompes à essence, implorant encore son amie :

— Quand on l'éteint, elle imprime parfois un double du dernier tirage ! Tu le sais bien ! On a même dit à monsieur Jacob de la changer. Tu te rappelles, hein ? Samantha ? Sam', Sam', attends !

Lorsque Samantha monta à bord de sa voiture, Alaska s'effondra à genoux sur le bitume et s'écria :

— *Imprimante de merde, j'aurais dû la ramener chez Duty's.*

Ce furent les derniers mots que Samantha entendit de la bouche d'Alaska. Ils la poursuivraient jusqu'à la fin de sa vie.

C'est ainsi que nous découvrîmes qu'Alaska n'était pas menacée. C'était elle qui proférait les menaces.

L'enquête allait connaître un tournant majeur. Nous allions peu à peu recomposer le puzzle dont l'emboîtement évident nous avait échappé jusqu'alors. Gahalowood appelait ça le détonateur : une étincelle qui provoque des réactions en chaîne.

Chapitre 28

Le corbeau

Concord, New Hampshire.
Mercredi 21 juillet 2010.

Tout d'abord, Lewis Jacob nous confirma le récit de Ricky Positano. L'imprimante dont il disposait à la station-service dysfonctionnait et lançait des impressions en double. Cette évocation fit remonter un épisode enfoui dans sa mémoire. Peu après la démission surprise de Samantha, Alaska s'était énervée contre la machine lorsque celle-ci avait craché deux fois la même feuille. Il ne l'avait jamais vue dans une colère pareille, et la colère étant contagieuse il avait rapporté l'imprimante chez *Duty's*. Après d'interminables tergiversations, cet « escroc de Neil Rogue » lui avait finalement avoué qu'elle faisait partie d'un lot défectueux et que l'appareil lui serait remplacé sans frais.

Nous avions désormais la certitude qu'Alaska était le corbeau. Les lettres anonymes retrouvées chez elle avaient été imprimées à l'intention de quelqu'un, et le message resté dans sa poche attendait en réalité un destinataire. Ciblait-elle plusieurs personnes ? Ou une seule ? Était-ce ce qui lui avait coûté la vie ?

Nous savions également qu'Eric Donovan avait reçu l'une de ces lettres. Qu'avait-il à se reprocher pour n'en avoir jamais parlé pendant toutes ces années ?

— Je ne pouvais rien dire, se justifia-t-il lorsque nous lui posâmes la question à la prison d'État. Ça m'incriminait en me donnant un mobile pour le meurtre d'Alaska.

— Combien de lettres Alaska vous a-t-elle adressées ? demandai-je.

— Deux. La première fois, je l'ai retrouvée sur le pare-brise de ma voiture. La deuxième, directement dans la boîte aux lettres chez mes parents.

— Et quand avez-vous découvert qu'Alaska était à l'origine de ces messages ? Avant votre arrestation ou après ?

— Vous voyez, gémit Eric qui n'osait pas répondre, j'ai l'impression que la vérité m'enfonce.

— Assez de mensonges ! intima Patricia Widsmith. Il faut tout nous raconter maintenant !

— Je l'ai découvert avant sa mort.

— Quand ? demanda Gahalowood.

— Une semaine avant.

Patricia se prit le visage entre les mains.

— Vous voyez, s'écria Eric, ça m'enfonce ! Et moi, tout ce que je veux c'est sortir d'ici !

— Alors, dites-nous la vérité, bon sang ! ordonna Gahalowood. Quand exactement avez-vous découvert qu'Alaska était l'expéditrice de ces lettres ? Je veux tout savoir dans les moindres détails !

Eric baissa les yeux et répondit :

— Le jour de cette fameuse dispute sur le parking du supermarché. Ce lundi 22 mars 1999 dont on a parlé l'autre jour. Quand je vous ai raconté ce qui s'était passé ce jour-là, j'ai pas exactement dit la vérité.

— Tu nous as menti ? s'emporta Patricia. Tu as encore menti !

— J'ai pas menti, j'ai juste un peu inventé. Ce jour-là, il n'a jamais été question qu'Alaska quitte Walter. En tout cas Alaska n'a pas abordé le sujet avec moi. J'ai inventé cette histoire sur le moment, pour éviter de vous avouer la véritable raison de notre dispute.

— Alors, mettez-vous à table maintenant ! s'écria Gahalowood. Je suis à deux doigts de vous laisser pourrir ici jusqu'à la fin de vos jours.

*

La vérité sur le 22 mars 1999

C'était le début d'après-midi. Eric profitait de son jour de congé, seul chez ses parents. Depuis le salon, il aperçut une voiture s'arrêter brièvement devant la maison. Il entendit le grincement métallique de la boîte aux lettres qu'on refermait. Intrigué, il s'approcha de la fenêtre juste à temps pour voir la Ford Taurus noire de Walter qui démarrait. Il s'en étonna: Walter n'était-il pas parti la veille, à bord du pick-up de son père, pour une convention au Québec? Eric sortit, ouvrit la boîte aux lettres et trouva cette feuille de papier sur lequel était inscrit:

JE SAIS CE QUE TU AS FAIT.

Son cœur se mit à battre la chamade. Il avait déjà reçu un message similaire une semaine plus tôt, retrouvé sur le pare-brise de sa voiture. Il comprit soudain: c'était Sally Carrey! Elle se vengeait du chantage qu'il lui avait fait subir. Elle avait certainement emprunté la voiture de son fils à des fins de diversion.

Eric se précipita dans la maison pour récupérer ses clés de voiture, puis il se mit en route, bien décidé à rattraper Sally. En se réinstallant à Mount Pleasant à l'automne dernier, il avait craint que sa proximité régulière avec Sally ne pose problème. Il ne s'était pas trompé. Il avait toujours amèrement regretté son comportement de l'époque, mais à présent, davantage encore: il allait devoir trouver un moyen de la neutraliser. Avec ce deuxième message, Sally montait en puissance: le déposer dans la boîte aux lettres familiale, c'était vouloir le salir en public, en poussant ses parents à poser des questions. Il roula comme un fou à travers le quartier résidentiel. Au premier carrefour, pas de Ford en vue, il décida de continuer tout droit. Sa méthode allait s'avérer payante: il vit bientôt la Ford Taurus noire qui prenait la route 21. Il décida de la suivre à distance: au premier arrêt, il l'intercepterait et lui demanderait des comptes. Mais la voiture ne s'arrêta pas: elle passa la station-service, puis l'intersection de Grey Beach, et continua, avant de bifurquer sur la route 28 en direction du nord.

Eric ne la lâcha pas, et c'est ainsi qu'il se retrouva, vingt minutes plus tard, sur le parking du complexe commercial de Conway. Il vit la Ford se garer. Il fit de même et bondit hors de son véhicule pour aller s'expliquer avec la conductrice. À sa grande surprise, ce n'était pas Sally Carrey, mais Alaska.

La stupéfaction lui scia les jambes. Alaska ne l'avait pas vu et se dirigeait vers le supermarché où elle entra. Eric se posta à la sortie pour l'attendre. Lorsqu'elle réapparut, ses courses à la main, il lui lança :

— *Je sais ce que tu as fait* !

Elle tressaillit. En voyant Eric, elle s'efforça de garder une contenance.

— Oh Eric, tu m'as fait peur ! Qu'est-ce qui t'amène ici ?

— *Je sais ce que tu as fait*, répéta-t-il en brandissant le morceau de papier.

Elle évita son regard et voulut poursuivre son chemin. Mais Eric lui bloqua le passage :

— Tu crois que tu vas t'en tirer comme ça ? Il va falloir que tu t'expliques.

— Je ne vois pas de quoi tu parles, Eric.

— Je sais que c'est toi qui as déposé ces lettres anonymes : l'autre jour sur mon pare-brise, aujourd'hui dans la boîte aux lettres de mes parents. Si tu as un problème avec moi, dis-le-moi en face !

*

— Le reste est tel que je vous l'ai raconté, nous expliqua Eric. On s'est disputés à propos de ces messages. Puis le gérant du supermarché s'est pointé et, quand il a dit qu'il allait prévenir la police, Alaska a pété un plomb. Elle s'est mise à crier : « Il va appeler les flics, putain ! Il va appeler les flics », et elle s'est précipitée à sa voiture en abandonnant ses courses. J'ai pas compris ce qui lui arrivait, je pensais qu'elle voulait échapper à la conversation. J'ai saisi ses sacs de commissions et je l'ai rattrapée alors qu'elle était déjà remontée en voiture. J'ai ouvert son coffre pour y déposer ses courses, ce qui était un prétexte pour la bloquer. Elle pleurait et hurlait : « Laisse-moi partir, Eric ! » Elle n'était clairement pas en état de conduire : elle allait avoir un accident et je ne voulais pas ça. J'ai donc pris le volant pour la ramener à Mount Pleasant. La police est arrivée à ce moment-là, on a été brièvement contrôlés, puis je l'ai raccompagnée jusque devant chez elle. Là, comme je vous l'ai dit l'autre jour, je lui ai parlé de ce pull que j'avais prêté à Walter après notre partie de pêche, et là, sans doute le contrecoup des émotions, elle s'est remise à m'invectiver : « C'est tout ce qui te préoccupe après ce qu'on vient de vivre ? Tu n'as qu'à demander à Walter. — Oh, tu veux vraiment que j'appelle Walter et que je lui raconte tout ce qui vient de se passer ? » Voilà, vous savez tout.

— Attendez, intervint Gahalowood. Vous venez d'admettre qu'Alaska vous avait envoyé ces lettres, mais vous ne nous avez pas dit de quoi elle vous accusait ?

— Elle m'accusait d'avoir tué une de ses amies.

Il y eut un silence de stupéfaction.

— Tuer qui ? demandai-je.

— Ma petite copine de l'époque. Vous savez, je vous avais dit que j'avais été plaqué par ma petite copine et que ça m'avait fichu un tel coup que j'avais quitté Salem.

— Oui, acquiesça Gahalowood. Continuez…

— Elle ne m'a pas vraiment quitté… elle s'est suicidée. Elle avait de graves difficultés personnelles. C'était une très belle femme en apparence, mais en réalité profondément torturée. Son suicide a été un choc terrible. Même si ce n'était pas vraiment sérieux entre nous, ça m'a bouleversé. Je n'arrêtais pas de me demander si j'aurais pu l'en empêcher. Je devais quitter Salem à tout prix. Mais où aller ? Alors je suis retourné chez mes parents. Sur le moment, j'avais juste envie de faire le vide. Je n'avais jamais parlé d'elle à personne, sinon à Walter. Pour éviter les questions de mes parents, j'ai prétexté un licenciement. Et quand, après le meurtre d'Alaska, on a commencé à m'interroger sur les raisons de mon retour, j'ai invoqué le cancer de mon père comme justification supplémentaire. Je craignais d'être mêlé à la mort d'Alaska à cause des lettres qu'elle m'avait envoyées. Je me suis donc dit qu'il valait mieux ne pas parler du suicide d'Eleanor.

— Eleanor ? répéta Gahalowood.

— C'était son prénom, indiqua Eric. Eleanor Lowell.

Lauren, Gahalowood et moi échangeâmes des regards stupéfaits.

— Qu'est-ce qui se passe ? nous demanda Patricia qui ne comprenait pas notre réaction. J'ai raté quelque chose ?

— Vous vous souvenez, vendredi soir, chez Lauren, j'ai évoqué cette affaire, lui rappela Gahalowood. Une jeune femme qui a disparu et dont on pense qu'elle s'est volontairement noyée.

— Oui, maintenant que vous l'évoquez, je m'en souviens.

Je demandai à Eric :

— Quand est-ce qu'Alaska a déposé la première lettre anonyme sur votre pare-brise ?

— Quelques semaines avant la seconde. Je dirais tout début mars 1999.

Je me tournai vers Gahalowood :

— Cela correspond à l'épisode à la station-service, lorsque Samantha Fraser a découvert le message imprimé par Alaska.

Lauren interrogea son frère :

— Quand tu dis qu'Alaska t'accusait d'avoir tué Eleanor, elle te soupçonnait de l'avoir assassinée, puis d'avoir fait passer sa mort pour un suicide ?

— Non, elle le reprochait au sens figuré. Eleanor était fragile, Alaska m'accusait de l'avoir psychologiquement maltraitée. C'était évidemment faux.

— Un détail m'échappe, intervins-je. Si Eleanor se suicide à la fin août 1998 et qu'Alaska vous soupçonne, pourquoi ne vous adresse-t-elle ces messages qu'en mars de l'année suivante ?

— Alaska savait qu'Eleanor et moi avions été ensemble car Eleanor le lui avait confié à l'époque. Je l'avais découvert autour de Noël 1998, un soir où nous étions sortis boire des bières au *National Anthem* avec Walter et Alaska. Je me souviens que c'était pendant les fêtes parce qu'on portait ces stupides chapeaux rouges de père Noël. Alaska voulait absolument me trouver une copine, elle me montrait toutes les filles qui passaient et elle me disait : « Celle-là est pas mal, non ? » J'ai répondu que j'avais pas la tête à ça. Elle m'a rétorqué que tout le monde avait la tête à un coup d'un soir. Je lui ai alors parlé de ma liaison avec Eleanor et confié combien son suicide m'avait ébranlé. C'est là qu'Alaska m'a dit qu'elle était déjà au courant. J'étais surpris qu'Eleanor lui en ait parlé. Environ deux mois après cet épisode, la mère d'Eleanor a contacté Alaska. Elle avait fait une découverte et elle voulait lui en parler.

*

22 mars 1999

Après la dispute au supermarché, Alaska retrouva son calme durant le trajet vers Mount Pleasant. Ils roulaient en silence depuis un petit moment lorsque Eric demanda :

— Ça va mieux ?

— Ça va.

— Pourquoi t'es devenue hystérique quand le gérant a dit qu'il allait appeler les flics ?

Alaska hésita avant de répondre :

— J'en sais rien… j'ai paniqué… j'ai eu peur que tu leur parles de mes lettres anonymes…

*

J'interrompis Eric :

— On sait à présent qu'Alaska redoutait en réalité d'être confondue pour le cambriolage chez ses parents à la suite duquel un flic avait été gravement blessé.

— Oui, merci l'écrivain ! s'agaça Gahalowood. Poursuivez, Eric, s'il vous plaît.

Eric reprit son récit où il l'avait laissé :

— Donc je lui ai demandé pourquoi elle avait paniqué en voyant la police…

*

22 mars 1999

Alaska hésita avant de répondre :

— J'en sais rien… j'ai paniqué… J'ai eu peur que tu leur parles de mes lettres anonymes.

— Maintenant que tu es calmée, tu peux m'expliquer pourquoi tu penses que j'ai poussé Eleanor au suicide ?

— Il y a un mois, sa mère m'a contactée. Elle voulait me parler. Elle est venue me trouver à Mount Pleasant.

22 février 1999

Alaska avait donné rendez-vous à Maria Lowell, la mère d'Eleanor, au *Season*.

— Ça me fait plaisir de te revoir, Alaska.

— Moi aussi, madame Lowell. Je pense souvent à vous, et à Eleanor.

Maria Lowell eut un sourire triste.

— La vie passe vite, tu sais. On croit qu'on peut rattraper le temps mais c'est le temps qui nous rattrape. J'ai parlé à ta mère… elle dit que vous êtes un peu brouillées…

— C'est compliqué.

— C'est parfois moins compliqué qu'on le pense. C'est ce que j'essayais de faire comprendre à Eleanor… Mais rien ne semblait pouvoir dissiper ce mal de vivre qui la tenaillait…

— Je sais.

— Elle avait toute la vie devant elle. On le lui rappelait souvent avec son père. Mais on était tellement impuissants… Alaska, souviens-toi que tu n'es pas seule. Même si tu te sens seule. Demande de l'aide, promets-moi que, si un jour tu as des idées noires, tu en parleras à quelqu'un. Parler n'est pas un aveu de faiblesse, au contraire. Il faut du courage pour s'en sortir.

Maria Lowell semblait très émue. Alaska, qui ne comprenait pas très bien la raison de ce rendez-vous, finit par lui dire :

— Ça me fait plaisir de vous voir, madame Lowell, mais vous êtes venue jusqu'ici pour me raconter ça ?

— Non, ma chérie, lui répondit Maria Lowell dans un sourire triste. Je suis venue parce que je viens de découvrir qu'Eleanor avait des soucis et qu'elle ne s'en est pas ouverte à moi. Elle a tout gardé pour elle et je pense que c'est ce qui l'a poussée à se suicider. Et maintenant je voudrais réparer ça. Parce qu'il n'est jamais trop tard.

Sur ces mots, elle sortit un carnet de notes.

— Qu'est-ce que c'est ? demanda Alaska.

— Je me suis finalement décidée à mettre de l'ordre dans la chambre d'Eleanor. J'ai retrouvé son journal intime. Certains passages sont très sombres, d'autres très beaux. Il m'a fallu du temps pour parcourir l'ensemble. J'ai trouvé ce passage, que je voudrais te montrer.

Alaska lut le texte :

Je croyais qu'il m'aimait, mais il aime surtout me faire souffrir. Le 4 juillet, il m'avait promis qu'on irait dîner au restaurant pour la fête nationale. Alors que je suis en train de me faire belle, il me dit : « Ne m'en veux pas, Eleanor, mais c'est mieux de renoncer. Tu comprends, c'est quand même risqué d'être vus en public… La différence d'âge et tout ça… Ça va faire jaser… » On est restés chez lui. Il a commandé des homards. J'ai à peine mangé. Je voulais lui montrer que j'étais triste. Il a regardé mon assiette pleine et il m'a dit : « Pourquoi tu fais des caprices ? Tu sais parfaitement pourquoi j'ai dû renoncer à notre tête-à-tête au restaurant. Et crois-moi, je suis le premier déçu ! C'est pénible, tu sais, de te voir bouder à la moindre contrariété alors que je m'efforce de satisfaire tes moindres envies. » Il croit que je fais la tête. Il ne voit pas combien je suis affectée. Que j'ai terriblement besoin de lui. Que lui seul a le pouvoir de me rendre heureuse. Parfois, j'ai l'impression qu'il aime jouer avec mes sentiments et me mettre plus bas que terre. Ça lui donne l'impression de me contrôler.

— J'aimerais retrouver cet homme, Alaska, dit Maria Lowell. Je crois que c'est à cause de lui qu'Eleanor s'est suicidée. Est-ce que tu sais de qui il s'agit ? J'ai interrogé toutes les autres amies d'Eleanor, mais elles n'ont pas pu me répondre. Eleanor leur avait dit être en couple avec quelqu'un de plus âgé, mais sans jamais prononcer son nom. Est-ce que tu es au courant de quelque chose ? Tu es mon dernier espoir.

— Ça ne me dit rien, répondit d'abord Alaska.

— Tu es certaine ? insista la mère d'Eleanor. Il aurait une voiture bleue, ça te parle une voiture bleue ? Regarde, elle l'a écrit ici, à la fin de ce poème, je suis certaine qu'elle parle de cet homme.

Maria Lowell lui montra alors un texte qui se terminait ainsi :

Quand je monte dans sa voiture bleue, je me demande où va mon cœur.
Quand je vois sa voiture bleue, je me demande si ce sera un jour heureux ou de malheur.

Après une longue hésitation, Alaska hocha la tête :

— Je n'en ai aucune idée.

Maria Lowell eut un air désespéré.

— Est-ce qu'une maison grise te dit quelque chose ? Dans un autre texte, elle évoque une maison grise et des érables rouges…

Mais Alaska n'écoutait plus. Elle semblait ailleurs. Elle continuait de hocher la tête

— Ça ne me dit rien, je suis désolée… Je n'ai vraiment aucune idée de qui ça peut être…

Un mois après ce rendez-vous avec Maria Lowell, dans la Ford Taurus noire qui roulait vers Mount Pleasant, Alaska dit à Eric :

— J'ai affirmé à madame Lowell que je n'en avais aucune idée. Je t'ai couvert spontanément, je ne sais même pas pourquoi. Après coup, ça m'a travaillée. Si tu avais poussé Eleanor au suicide, il fallait que tu paies. C'est comme ça que j'ai eu l'idée des messages anonymes.

— Mais je n'ai pas poussé Eleanor au suicide ! protesta Eric. Tu m'imagines faire une chose pareille !

— Arrête, Eric. La voiture bleue, c'est forcément toi. Je me souviens très bien de ta Mustang bleue quand tu étais à Salem. Comme c'est étrange que tu t'en sois débarrassé…

— Je l'ai vendue quand j'ai déménagé à Mount Pleasant. Mon voisin me tannait depuis longtemps pour que je la lui vende, il m'en offrait un super prix. C'était une opportunité : je venais de quitter mon boulot, j'allais pas cracher sur de l'argent. J'ai acheté ensuite ma Pontiac d'occasion pour la moitié de la somme, et le reste je l'ai mis à la banque. C'est comme ça que j'ai pu te prêter ces 10 000 dollars. Ils ne sont pas tombés du ciel !

Alaska était troublée par ces réponses.

— Je ne sais pas si je dois te croire, dit-elle.

— Attends, reprit alors Eric. Eleanor mentionne le 4 juillet, c'est ça ? Le seul 4 juillet qu'on aurait pu passer ensemble était le 4 juillet dernier et je n'étais pas là. J'étais avec Walter. J'ai profité des congés pour aller faire du camping et pêcher. D'ailleurs, Eleanor m'avait prévenu qu'elle devait sortir avec ses copines. Je le sais parce que, initialement, je lui avais proposé de venir faire du camping avec moi. Je trouvais ça chouette. Mais elle a rejeté mon invitation avec dédain. Tu sais, Alaska, s'il y en a un qui souffrait dans ce couple, c'était moi. C'est moi qu'elle maltraitait. J'étais attaché à elle, mais elle n'en avait rien à faire. Je n'étais qu'un coup occasionnel, elle me sifflait quand ça lui chantait. Tu te trompes en imaginant que j'aie pu la pousser à bout. Et de toute façon, comme je viens de te le dire, ce n'est pas moi qui étais avec elle le 4 juillet.

Alaska, comprenant qu'elle avait fait fausse route, murmura alors :

— Ça signifie qu'elle avait quelqu'un d'autre dans sa vie.

*

— Il y avait donc un autre homme dans la vie d'Eleanor, nous raconta Eric. Je n'ai jamais su de qui il s'agissait. Après ça, tout s'est enchaîné : deux semaines plus tard, Alaska était assassinée. J'étais arrêté et rapidement broyé par ce tourbillon cauchemardesque de preuves accablantes contre moi. Mon pull, l'imprimante, le message... On me mettait déjà le meurtre d'Alaska sur le dos, je voulais éviter qu'on m'accuse encore d'avoir poussé Eleanor au suicide. D'autant plus que mon seul alibi pour le 4 juillet, c'était Walter, qui était mort. J'avais le sentiment que tout ce que je pouvais dire m'enfonçait davantage. Je me suis enfermé dans le silence au point de ne plus pouvoir en sortir.

Patricia était au bord des larmes :

— Si tu me l'avais dit à moi, j'aurais pu t'aider ! J'aurais pu te sortir de là !

— Personne ne pouvait rien pour moi ! déplora Eric. Les choses n'ont pu bouger que grâce aux récents témoignages de Lewis Jacob ou de Samantha Fraser. Mais ces gens-là, ils existaient déjà à l'époque ! Comment avez-vous pu bâcler pareillement votre enquête, sergent ?

Un silence pesant envahit la pièce. Gahalowood finit par lâcher :

— Patricia, vous devez déposer une demande de libération auprès du juge. Je vais contacter le bureau du procureur et leur communiquer les éléments nouveaux. D'ici quarante-huit heures, Eric devrait être libre.

En l'espace de quelques jours, tout le dossier d'accusation s'était effondré : Sally Carrey avait confirmé qu'Eric avait bien prêté son pull à Walter, l'imprimante utilisée pour les lettres de menaces était en réalité celle de Lewis Jacob, et les lettres de menaces en question n'avaient pas été adressées à Alaska mais envoyées par elle.

Au sortir de la prison, Lauren avait envie de célébrer l'issue heureuse qui s'annonçait pour son frère. « Je vous invite tous à déjeuner », nous dit-elle. Mais Gahalowood déclina. Il avait le moral dans les chaussettes. Il s'en voulait terriblement de sa piètre gestion de l'enquête en 1999. Pour le réconforter, je lui proposai un tête-à-tête dans un endroit qu'il affectionnait particulièrement : une baraque au bord de la route, qui faisait des hamburgers à tomber par terre, que l'on mangeait en plein air, assis sur des tables de pique-nique en bois. Il refusa également. « Merci, l'écrivain, mais j'ai besoin de voir Helen », me dit-il. Je l'accompagnai au cimetière. Il s'accroupit face à la pierre tombale et posa une main dessus. Après un moment de recueillement, il annonça :

— Je crois que je vais démissionner.

— Lansdane refusera votre démission, répondis-je. Et puis, vous ne pouvez pas faire ça. Vous êtes un flic épatant !

— C'est pas à vous que je cause, l'écrivain. C'est à Helen ! Par ma faute un type a été enfermé pendant onze ans.

— Grâce à vous, une erreur judiciaire va être réparée, lui fis-je remarquer. Sans vous, Eric Donovan finirait ses jours en prison.

— Pourquoi vous me collez, l'écrivain ? Vous voulez pas aller voir là-bas si j'y suis ?

Je ne me démontai pas :

— Vous n'y êtes pour rien, sergent. Si Eric Donovan s'est retrouvé en prison, c'est à cause de Vance, qui a extorqué des aveux à Walter Carrey. C'est à cause de Kazinsky, coupable de s'être tu et d'avoir laissé faire. Ces deux lâches qui ont préféré s'ôter la vie plutôt qu'assumer leurs responsabilités !

Gahalowood me dévisagea soudain avec un drôle d'air :

— Nom d'un chien, l'écrivain…

— Que vous arrive-t-il ?

— Mais enfin, c'est évident !

Je compris qu'il venait d'être frappé par une illumination.

— Bon sang, qu'y a-t-il, sergent ?

— En 1999, alors que l'enquête était bouclée, Kazinsky a été renversé par cette voiture qui l'a laissé paralysé. À ce moment-là, Kazinsky était la seule personne en vie à savoir que les aveux de Walter avaient été extorqués. Exact ?

— Exact, répondis-je.

— Faux ! me corrigea Gahalowood. Quelqu'un d'autre savait que Walter n'avait pas tué Alaska. Le meurtrier justement ! Le meurtrier a commis un crime parfait : la police croit tenir le coupable. Walter Carrey est mort. Vance aussi. Eric Donovan, écrasé par le système, a été contraint de plaider coupable pour éviter la peine de mort. Mais il reste encore une personne qui sait que Walter est un coupable fabriqué : Kazinsky. Il est le grain de sable qui pourrait bien gripper les rouages d'un crime parfait. Il faut donc l'éliminer. Le meurtrier d'Alaska a tenté de tuer Kazinsky en l'écrasant ! Ce n'était pas un accident ! Comment n'y avons-nous pas pensé plus tôt ?

Une foule de journalistes était massée devant l'entrée de la prison d'État. La porte s'ouvrit et Patricia Widsmith apparut, le visage radieux. Elle se retourna et s'adressa à quelqu'un derrière elle. On avait l'impression qu'elle encourageait un enfant timide. C'est alors qu'Eric Donovan apparut et fit ses premiers pas vers la liberté.

CHAPITRE 29
Libération

Concord, New Hampshire.
Vendredi 23 juillet 2010.

Les caméras et les micros se braquèrent aussitôt sur lui dans un brouhaha de questions lancées à la cantonade. Eric, d'abord effrayé par ce comité d'accueil, eut un mouvement de recul, puis il vit Lauren et ses parents et il se jeta dans leurs bras. Après avoir offert aux médias les images de ces retrouvailles qui bouleverseraient certainement l'opinion publique, Patricia Widsmith prit la parole, entourée par Eric et la famille Donovan :

« Aujourd'hui, une famille est enfin réunie. Après onze années de lutte, de déchirements, de souffrances, Eric Donovan est libre et peut rejoindre les siens. Mais s'il est désormais un homme libre, Eric laisse, emmurées à jamais dans cette sordide prison, onze années de sa vie. Onze années volées à un homme pourtant innocent. Onze années de cauchemar, de brimades, de violences quotidiennes. Onze années d'enfer. Eric Donovan avait vingt-neuf ans et la vie devant lui lorsqu'il a été broyé par notre système judiciaire malade qui condamne à tout-va au terme d'enquêtes bâclées et de procès expéditifs. Dès son arrestation, Eric a subi des pressions intolérables : de la part de la police et de la part du bureau du procureur qui l'a contraint à plaider coupable en lui promettant la mort s'il avait l'audace de continuer à clamer son innocence. Mourir ou vivre enfermé à jamais, tel est le dilemme auquel Eric a été confronté. Et voilà que les prétendues preuves accablantes se sont effondrées les unes après les autres. Notamment ce pull, qui appartenait à Eric et qui avait été retrouvé maculé du sang de la victime, à proximité du lieu du crime, et dont un témoignage tardif confirme enfin qu'Eric l'avait prêté – comme il l'affirmait depuis toujours – à un ami. Ou encore son imprimante, dont les enquêteurs ont certifié qu'elle avait servi à préparer des lettres de menaces, car un défaut d'impression la rendait soi-disant unique, avant de se rendre compte, il y a quelques jours, qu'elle appartenait à un lot de 200 appareils présentant la même malfaçon. En 1999, la police a interprété les preuves en toute partialité : il lui fallait un coupable, elle l'a fabriqué. Si vous êtes choqués par mon récit, sachez que le cas d'Eric Donovan n'a, malheureusement, rien d'exceptionnel : à travers tout le pays, des détenus innocents attendent leur exécution dans les couloirs de la mort. Combien de nouvelles affaires Eric Donovan faudra-t-il encore pour que les autorités ouvrent enfin les yeux ? Et alors que depuis des décennies un vaste mouvement dans le monde a fait aboutir dans de nombreux pays l'abolition de la peine capitale, l'État du New Hampshire l'a réintroduit il y a vingt ans. On peut se demander si ce rétablissement s'est inscrit dans une logique politicienne lorsque l'on sait que, dans cet État, près de 60 % des habitants jugent la peine de mort acceptable. Nos dirigeants cautionnent-ils l'exécution d'innocents à des fins électorales ? »

En s'adressant ainsi aux médias, Patricia était dans son rôle d'avocate. Mais Eric Donovan n'était pas encore officiellement innocenté. Le bureau du procureur avait considéré que des éléments probants permettaient sa libération, sans pour autant se prononcer encore sur la nécessité d'un nouveau procès. Ceci dépendrait des résultats définitifs de l'enquête de police.

Au même instant, à quelques kilomètres seulement de la prison, une autre conférence de presse se tenait au quartier général de la police d'État. Sur l'estrade, face à un parterre de journalistes, le chef Lansdane annonçait les derniers développements concernant l'affaire Alaska Sanders. Il évoqua notamment le témoignage de Walter Carrey obtenu sous la contrainte par un policier qui s'était suicidé ensuite. Lansdane assura que toute la lumière serait faite sur ce dossier, et que le policier incriminé, si les faits étaient dûment avérés, n'échapperait pas à une dégradation à titre posthume et au retrait de ses décorations. Lansdane était dans son rôle également : il défendait l'idée d'une police impartiale, au-dessus de tout soupçon, qui n'hésitait pas à faire le ménage dans ses rangs. Lansdane conclut en saluant la bonne coopération avec la police de Mount Pleasant et invita le chef Mitchell, présent pour l'occasion, à le rejoindre sur la scène pour une séquence parfaitement orchestrée d'autocongratulation. Gahalowood et moi assistions à tout cela depuis le fond de la salle. Nous écoutions Lansdane d'une oreille, dans l'autre nous avions chacun l'un des écouteurs de mon téléphone portable sur lequel nous suivions la conférence de presse de Patricia Widsmith retransmise par une chaîne d'information locale.

Patricia Widsmith racontait les manquements de la justice, Lansdane, lui, célébrait la coopération des polices du pays pour le triomphe du Bien. La vérité devait se trouver à mi-chemin entre les deux. La veille, nous étions allés, Gahalowood et moi, trouver Sally et George Carrey, puis Robbie et Donna Sanders pour les informer de la situation et leur annoncer de vive voix ce qui allait être révélé officiellement le lendemain. Robbie Sanders nous avait dit : « Je ne sais pas si le plus dur dans tout ça, c'est de nous replonger dans la mort de notre fille ou d'avoir l'impression que nous ne saurons jamais ce qui s'est passé. » George Carrey, pour sa part, avait lâché : « Alors, notre fils a été forcé à avouer un crime qu'il n'a pas commis avant d'être assassiné par la police... » Ils exigeaient des réponses. Nous leur promîmes qu'ils en auraient. Gahalowood prononça à leur attention cette phrase énigmatique que je ne compris pas sur le moment : « Justice sera rendue. » Et repartant de chez les Sanders et de chez les Carrey, je m'étais demandé comment on surmonte de telles épreuves. Comment réparait-on la vie ? J'avais beaucoup repensé à mes cousins, Woody et Hillel, et à ce qui leur était arrivé et j'avais alors songé qu'on ne pouvait pas vraiment réparer la vie, qu'on ne pouvait que la reconstruire en lui donnant un sens.

Au terme de la conférence de presse, nous croisâmes le chef Mitchell à sa descente de l'estrade.

— Merci, nous dit-il.

— Merci pourquoi ? demanda Gahalowood. De vous faire passer à la télévision ?

Le chef Mitchell préféra changer de sujet :

— Lauren n'est pas avec vous ?

— Non, elle est avec son frère. C'est une policière redoutable, vous savez.

— Je le sais, c'est moi qui l'ai recrutée. Je ne sais pas si vous êtes au courant, sergent, mais je pars à la retraite dans quelques mois. Je vais suggérer Lauren pour me remplacer.

— Votre chef-adjoint risque de ne pas être très content, fit remarquer Gahalowood.

— J'en suis conscient, c'est pour cela que je vous en parle. Si vous et le chef Lansdane pouviez m'adresser un courrier de félicitations au sujet de Lauren, je pourrais l'ajouter au dossier. Elle n'est encore au courant de rien.

Gahalowood acquiesça et nous nous éloignâmes.

— Le chef Mitchell n'est pas aussi con qu'il en a l'air, dis-je.

Gahalowood ne réagit pas à ma remarque et je compris qu'il avait la tête ailleurs.

— Que se passe-t-il, sergent ?

— C'est à propos d'Eric. C'est moi qui l'ai interrogé après son arrestation. Je veux bien croire que ce fut un moment traumatisant pour lui, auquel s'est ajoutée l'angoisse de la prison qui peut pousser quelqu'un à avouer n'importe quoi pour s'attirer la clémence et la sympathie des enquêteurs. Ça s'est déjà vu. Sauf qu'Eric n'a rien avoué, il s'est simplement muré dans le silence. Il a d'abord clamé son innocence, et plus les preuves semblaient s'accumuler contre lui, plus il se refermait.

— Vous n'avez rien à vous reprocher, sergent.

— Je ne me reproche rien, au contraire. Ce que je veux dire, c'est que je n'aurais pas dû interroger Eric. J'étais épuisé. Assailli par toutes sortes d'émotions. J'étais père pour la deuxième fois, mon coéquipier avait été assassiné – du moins, c'est ce que je croyais. Lansdane voulait d'ailleurs me renvoyer chez moi, mais j'ai refusé. Or j'aurais dû passer la main. Je n'étais pas en état d'interroger Eric. Je l'ai fait avec la rage du désespoir, mais je ne lui ai pas mis une pression très forte, loin de là. Alors pourquoi s'est-il tu ? Il y a quelque chose qui cloche. Quand le bureau du procureur a décidé de l'incarcérer, je me souviens d'avoir longtemps redouté de devoir témoigner à s. Sa défense n'aurait eu aucune peine à me tailler en pièces en invoquant que je n'aurais jamais dû me trouver en salle d'interrogatoire après tout ce que je venais de traverser. Ce moment n'a finalement jamais eu lieu car Eric a plaidé coupable. Pourquoi a-t-il finalement plaidé coupable?

— Lauren nous l'a dit: il craignait d'être condamné à la peine de mort.

Gahalowood ne semblait pas convaincu:

— Je me demande si, à l'époque, il n'avait pas eu peur de ce que nous aurions pu trouver d'autre contre lui.

— Comme quoi? demandai-je.

— Une affaire dans l'affaire, dit Gahalowood. Je pense à cette voiture bleue qu'aurait évoquée Alaska. Cette voiture bleue qui relierait Eric à Eleanor Lowell. En renversant les preuves qui accusaient Eric à l'époque, on a découvert un autre mobile: Eric pousse sa petite copine Eleanor au suicide, ce qu'Alaska découvre lors de la visite de la mère d'Eleanor. Elle envoie des lettres anonymes à Eric, il la démasque et l'affronte. Puis il essaie de la convaincre qu'il n'y est pour rien, mais il craint malgré tout qu'elle ne prévienne la mère d'Eleanor. Alors il tue Alaska pour préserver son secret.

— Vous oubliez la lettre retrouvée dans la poche d'Alaska. Elle n'était pas destinée à Eric puisqu'il savait qu'elle était le corbeau.

— Eric nous a raconté en avoir reçu deux, non? On en a retrouvé une chez lui, à l'époque. Un oubli de sa part, selon lui. Il pensait s'en être débarrassé, il l'avait gardée au fond d'un tiroir. Mais où est passée l'autre? Il a pu la mettre dans la poche d'Alaska après l'avoir tuée pour brouiller les pistes et faire croire ainsi à la police qu'Alaska était victime d'un maître chanteur. Quant à son fameux pull, le 22 mars 1999, au supermarché de Conway, lorsqu'il met les courses d'Alaska dans le coffre de la voiture, il le voit. Il fait ensuite exprès d'en parler à Alaska sur le trottoir pour que des témoins l'entendent: où est ce pull qu'il a prêté à Walter? Comme il s'y attendait, Alaska l'envoie balader et il revient, sans doute pendant la nuit, profitant de ce que personne ne ferme sa voiture à clé à Mount Pleasant, pour récupérer son pull dans le coffre de la Ford. Le crime aurait été parfait. Mais Eric ne pensait pas que son chantage contre Sally

Carrey allait se retourner contre lui et que Walter l'accuserait du meurtre par vengeance, braquant sur lui l'attention des policiers.

— Sergent, vous pensez qu'on a fait libérer un coupable ?

— J'en sais rien, l'écrivain, mais ça me tracasse. Il reste un mystère encore non résolu : ces débris de phare d'une Ford Taurus noire retrouvés dans la forêt. Était-ce la voiture de Walter Carrey ? Ça ne peut pas être une coïncidence que son phare arrière ait été brisé le soir du meurtre ?

Je suggérai alors :

— Si, au moment du meurtre, Walter Carrey se trouve au *National Anthem* comme le prouve la photo retrouvée par Lauren, quelqu'un aurait pu récupérer ses clés de voiture chez lui et se rendre à Grey Beach à bord de la Ford Taurus noire. Le crime accompli, le meurtrier casse un phare dans son départ précipité. Lorsqu'il revient à Mount Pleasant, il gare la voiture où il l'a trouvée et remet les clés en place. À ce moment-là, Walter est toujours dans le bar. Et qui peut savoir que Walter est au *National Anthem* ? Celui qui y était avec lui un peu plus tôt...

— Eric Donovan, dit Gahalowood.

— Exact, sergent.

— Nom d'un chien, l'écrivain, cette hypothèse se tient parfaitement !

Un phénomène très étrange se produisait : plus nous avancions dans l'enquête, plus nous étions troublés par Eric Donovan. Comme disait Gahalowood, il était ce « coupable qui revenait sans cesse ». À mesure que les preuves qui l'avaient accablé étaient réfutées, de nouveaux éléments déconcertants faisaient surface. Comme si tout convergeait vers lui. Étions-nous partis trop vite du postulat qu'Eric était innocent ? Avions-nous biaisé notre enquête en considérant que les aveux de Walter Carrey, parce qu'ils avaient été extorqués, invalidaient forcément la culpabilité d'Eric ?

Soit Eric était en réalité le meurtrier d'Alaska, soit il était un coupable merveilleusement fabriqué. Gahalowood me dit alors : « Tant qu'on aura le moindre doute sur Eric, on continuera à être hypnotisés par lui et on ne pourra pas voir ce qui nous échappe. » Or, nous avions désormais un moyen de le disculper totalement : vérifier si l'accident dont avait été victime Kazinsky était vraiment un accident. Si nous pouvions établir que Kazinsky avait volontairement été percuté et que nous parvenions à établir un lien entre cet évènement et l'affaire Alaska Sanders, nous aurions alors la véritable preuve de l'innocence d'Eric puisqu'il était en prison au moment des faits.

C'est ainsi que, ce même jour, nous nous rendîmes à Barrington, New Hampshire, pour interroger la veuve de Nicholas Kazinsky. C'était étrange de revenir dans cette maison. Gahalowood n'avait rencontré qu'une seule fois Sienna Kazinsky auparavant : à l'enterrement de Vance. Lorsque celle-ci nous découvrit sur le pas de sa porte, elle eut un sourire :

— Perry, qu'est-ce qui t'amène ?

— Bonjour, Sienna, j'avais besoin de te parler.

Elle me dévisagea, me reconnut et comprit aussitôt le motif de notre visite :

— Vous êtes là pour l'affaire Alaska Sanders, c'est ça ?

Nous nous installâmes dans ce même salon où son mari nous avait avoué tout ce qui s'était passé dans la salle d'interrogatoire lors de cette terrifiante soirée du 6 avril 1999.

— Nicholas parlait souvent de toi à l'époque où il était flic, confia Sienna Kazinsky à Gahalowood. Il t'appréciait beaucoup. Quand il s'est retrouvé en fauteuil roulant, il s'est senti très seul. Je suis certaine qu'une visite de ta part lui aurait fait plaisir. Dommage que tu ne viennes qu'à présent qu'il est mort.

À ces mots, nous comprîmes que Sienna Kazinsky ignorait tout de notre visite dans les heures qui avaient précédé le suicide de son mari. C'était sans doute mieux ainsi. Elle ajouta :

— Pourquoi n'es-tu pas venu à son enterrement ?

Gahalowood haussa les épaules :

— J'aurais dû.

Après un silence Sienna Kazinsky nous confia spontanément :

— Quand je suis rentrée à la maison ce jour-là, il n'était ni dans le salon, ni dans la cuisine. Je l'ai appelé, il n'a pas répondu. Je l'ai retrouvé dans son bureau, il y avait du sang partout. Il s'était collé une balle avec son revolver. Je détestais ce flingue. Il disait que c'était pour notre sécurité. Il disait : « Les alarmes c'est bien, les pistolets c'est mieux. » Sur son pupitre, j'ai trouvé une note :

Ma Sienna,

Tout est enfin fini.

Je t'aime et je t'attends tranquillement au paradis.

Nicholas

Sienna se leva et, nous tournant le dos, se plaça devant la fenêtre. Exactement comme l'avait fait son mari. Elle nous dit :

— Nicholas aimait se poster là, dans son fauteuil, à observer la rue. Il pouvait y passer des heures. Dans les semaines qui ont suivi son accident, j'ai cru que je ne supporterais pas d'avoir un mari invalide. Maintenant qu'il n'est plus là, je me rends compte que c'est la vie sans lui que je ne supporte pas.

— Sienna, demanda Gahalowood, pourquoi est-ce que Nicholas s'est suicidé ?

— J'imagine qu'il n'en pouvait plus de la vie en fauteuil roulant. Je dis « j'imagine » car je sais qu'après des moments éprouvants, nous nous étions accoutumés à cette vie, lui et moi. Lorsque nous sortions, il arrivait que les gens le considèrent avec pitié. Je sais ce qu'ils se disaient en nous voyant entrer dans un restaurant, naviguant entre les tables. Mais moi j'étais fière. Fière que nous ayons été capables de poursuivre notre vie de couple malgré son handicap. Certains couples marchent sur leurs quatre jambes et pourtant n'avancent pas. Nous, nous avancions, à notre rythme. Pourquoi Nicholas a-t-il soudain renoncé ? Je me demande s'il n'y a pas autre chose… Le jour de sa mort, il avait reçu de la visite. Je le sais car j'ai retrouvé dans le salon trois tasses et une assiette avec mes biscuits qu'il ne manquait pas d'offrir aux invités. J'ignore qui est venu ce jour-là, peut-être d'anciens collègues. Trop de souvenirs, un moment de désespoir ? Je ne saurai jamais. Mais dis-moi plutôt ce qui t'amène ici, puisque ce n'est pas une visite de courtoisie. Tu m'as dit que c'était à propos de l'affaire Alaska Sanders ?

— Je ne vais pas tourner autour du pot, Sienna : je m'interroge sur l'accident dont Nicholas a été victime. Je me demande s'il s'agit vraiment d'un accident ou s'il n'a pas été victime d'une tentative de meurtre…

— Une tentative de meurtre ? Mais qui aurait voulu tuer Nicholas ?

— C'est précisément ce que nous voudrions savoir. Il se peut que Nicholas ait détenu des informations sensibles concernant l'affaire Alaska Sanders. Tu sais peut-être qu'Eric Donovan, l'homme qui était en prison depuis onze ans pour le meurtre de cette jeune femme, a été libéré ce matin.

— Oui, répondit Sienna, j'ai vu ça aux infos. Quel est le lien avec Nicholas ?

— Nicholas m'a dit que son accident avait eu lieu le 30 janvier 2002…

— Oui, c'est exact.

— Soit quelques jours après la condamnation d'Eric Donovan à la prison à vie pour le meurtre d'Alaska.

— C'est un peu léger comme lien, considéra Sienna. Et puis, si quelqu'un avait vraiment voulu tuer Nicholas, pourquoi n'avoir pas fini le travail après l'accident ?

— Trop risqué, dis-je. Ça aurait éveillé les soupçons. La police aurait aussitôt compris qu'il s'agissait d'un homicide. Elle aurait commencé à remonter la piste, peut-être jusqu'à l'affaire Alaska Sanders. Le meurtrier devait rester discret.

— Toi aussi, Perry, tu enquêtais sur cette affaire, fit remarquer Sienna. Pourquoi est-ce que personne n'a essayé de te tuer ?

— Parce que, contrairement à moi, Nicholas avait assisté aux prétendus aveux du suspect que nous avions arrêté. Mais le véritable meurtrier d'Alaska savait que ces aveux avaient été extorqués. En éliminant Nicholas, il se débarrassait de la dernière personne qui aurait pu révéler la vérité.

— Ils ont parlé de ça à la télé tout à l'heure : ils ont dit qu'à l'époque un policier avait obtenu des aveux par la contrainte…

— Ce policier c'était Vance, révéla Gahalowood. Vance a forcé un suspect à confesser un crime qu'il n'avait pas commis.

Sienna Kazinsky était effarée :

— Est-ce que Nicholas est mêlé à tout ça ? Est-ce la raison de son suicide ?

— Une enquête est ouverte, Sienna. Mais j'ignore ce qui va se passer.

— Il faut lui ficher la paix, il est mort ! Fais quelque chose, Perry !

— Je suis désolé, Sienna.

Celle-ci nous fixa soudain avec circonspection. Puis elle s'écria :

— C'était vous ! Les tasses que j'ai retrouvées le jour de sa mort, c'était vous qui étiez venus lui bourrer le crâne avec toutes ces conneries ! J'ai pas percuté sur le moment mais tu m'as confié, il y a un instant, que tu tenais de Nicholas que son accident avait eu lieu le 30 janvier 2002. Si tu lui avais parlé récemment, Nicholas me l'aurait dit... Ce qui signifie que vous étiez ses derniers visiteurs.

— Sienna... implora Gahalowood.

Elle tremblait de rage :

— Sortez, tous les deux ! Foutez le camp de chez moi ! Vous avez un mort sur la conscience !

Gahalowood voulut s'expliquer mais Sienna Kazinsky était beaucoup trop en colère pour entendre raison. J'emmenai le sergent avec moi et nous sortîmes sous les insultes et les récriminations de Sienna qui alertèrent les passants et les voisins. Le temps de monter en voiture, la voisine raciste d'en face avait appelé les flics qui déboulèrent. Je tombai sur le même policier qui m'avait arrêté au mois de juin, alors que j'observais la maison des Kazinsky.

— Encore vous ? me dit-il.

— Vous tombez à pic, lui répondis-je, on doit passer au commissariat. Prévenez votre chef qu'on arrive.

C'est ainsi que Gahalowood et moi retrouvâmes le capitaine Martin Grove, qui dirigeait la police de Barrington.

— Qu'est-ce qui vous amène cette fois, monsieur Goldman ?

— Des questions sur Nicholas Kazinsky, lui répondis-je.

— À propos de son suicide ?

— À propos de son accident. Nous avons besoin de savoir qui a enquêté ?

Depuis que le chef Lansdane était personnellement venu me chercher dans ce commissariat en juin dernier, le capitaine Grove m'accordait un certain crédit. Il n'avait aucune envie d'affronter des complications à quelques heures de son week-end.

— C'est vendredi quand même, gémit-il. Vous pourriez revenir lundi ?

— Nous ne bougerons pas de votre bureau tant que nous n'avons pas les informations dont nous avons besoin.

L'accident avait été traité au niveau de la police locale par le détective Paul Ricco, qui était en congé ce jour-là, mais qui fut sommé par son capitaine de rappliquer dare-dare. Une demi-heure plus tard, Ricco débarqua en short et en sandales.

« Dans mon souvenir, il n'y avait pas grand-chose au dossier », nous expliqua-t-il en nous conduisant, Gahalowood et moi, au sous-sol du bâtiment où se trouvaient les archives. Il y récupéra un maigre dossier suspendu qu'il nous tendit. Gahalowood avisa une petite table dans un coin de la pièce et y étala les quelques documents.

Le rapport relatait en grande partie ce que nous savions déjà : un matin d'hiver à l'aube, Kazinsky fait son tour habituel du quartier dans l'obscurité et sous la pluie. Il est gêné par les poubelles alignées sur le trottoir et décide de courir sur la route. Peu avant le carrefour avec Campbell Street, il est percuté par une voiture qui descendait Norris Street.

— Voyez comme le dossier est mince, expliqua le détective Paul Ricco, on n'avait vraiment aucun élément. Le seul témoin est le conducteur d'un bus scolaire qui venait d'aller chercher son véhicule au dépôt.

D'après le compte rendu d'audition, le chauffeur de bus avait vu un bolide lui brûler la priorité.

> *Il était 6 heures 14, je roulais sur Campbell Street. J'étais déjà engagé sur le carrefour lorsqu'une voiture déboule de Norris Street à toute vitesse. Sans phares ! Elle n'a pas freiné au stop et a passé le carrefour tout droit. Heureusement que je roule prudemment, surtout avec le verglas. J'ai pu planter les freins, c'était moins une. Par chance je n'avais pas de gamins à l'arrière. J'étais vraiment sous le choc mais j'ai eu le réflexe de jeter un œil à la plaque. On n'y voyait pas grand-chose, surtout quand tout va si vite : vous essayez de tout regarder, pour tout vous rappeler et au final vous voyez rien. Ça arrive souvent aux témoins, ça ? Tout ce que je me rappelle avoir vu malgré l'obscurité, c'est une plaque du Massachusetts. La plaque était blanche et même avec le peu de lumière qu'elle reflétait j'ai*

vu clairement la mention Massachusetts *sur le haut. Ça m'a frappé, je sais pas pourquoi, j'imagine que je m'attendais à voir une plaque du New Hampshire. J'ai pas eu le temps de lire les chiffres, la voiture était déjà loin. Et on y voyait vraiment que dalle.*

— Une plaque du Massachusetts, dis-je en levant les yeux de la feuille.

— C'est tout ce que vous avez? demanda Gahalowood.

— Tout est là, confirma Ricco. On a rapidement classé le dossier, faute d'éléments. On a voulu saisir la police d'État mais ils nous ont ri au nez. Cette année-là, aux États-Unis il y a eu plus de 700 000 délits de fuite, au cours desquels 170 000 personnes ont été blessées et 1 800 sont mortes.

— Il n'y a rien qui vous revienne à l'esprit que vous n'auriez pas consigné dans le dossier? insista Gahalowood. Même un détail? Cela peut être important.

— Il y a bien eu ces appels de la *Folle*, se souvint le détective Ricco.

— La *Folle*?

— C'est le surnom qu'on a donné à une voisine des Kazinsky. Elle habite en face de chez eux. Elle passe son temps à la fenêtre et elle appelle les flics pour un oui ou pour un non. Elle m'avait passablement cassé les pieds à l'époque.

— Qu'est-ce qu'elle voulait?

— Elle affirmait avoir vu, le jour de l'accident, une voiture bleue stationner longuement devant chez les Kazinsky avant 6 heures du matin. La voiture était finalement partie et la voisine avait renoncé à prévenir la police. Vous voyez le genre de témoignage inutile…

— Une voiture bleue? répéta Gahalowood. Vous êtes certain?

— C'est ce qu'elle m'avait dit. Allez lui demander, elle sera toute contente de vous parler.

Le capitaine Grove et le détective Ricco furent enchantés de nous voir débarrasser le plancher et la voisine des Kazinsky fut, elle, extatique de recevoir notre visite. Elle commença par admirer longuement le badge de policier que Gahalowood lui présenta.

— Il s'en passe du bordel chez les Kazinsky, observa-t-elle en nous faisant entrer chez elle.

— Justement, dit Gahalowood, nous enquêtons sur l'accident dont a été victime Nicholas Kazinsky et qui l'a laissé paralysé. Le détective Ricco nous dit que vous aviez vu quelque chose de suspect ce jour-là.

— Ah, enfin quelqu'un qui me croit ! Ces gros mollassons de la police disent que je dérange à appeler tout le temps, mais ils sont là pour ça, non ?

— Absolument, dit Gahalowood pour lui faire plaisir. Qu'avez-vous vu ce jour-là ?

— Vers 6 heures ce matin-là, une voiture bleue était garée de mon côté du trottoir. Elle attendait là depuis au moins vingt minutes. Je le sais car je suis debout tôt et j'aime bien voir ce qui se passe dehors. Il y avait quelqu'un dans la voiture, c'était certain. Mais l'obscurité m'empêchait de voir clairement cette personne. Je n'apercevais qu'une silhouette accrochée au volant. Je serais bien sortie voir de plus près, mais il tombait une pluie torrentielle. Je suis finalement allée me faire un thé, et je me suis dit que, si en revenant à la fenêtre, la voiture était encore là, j'appelais les flics.

— Et vous les avez appelés ? demandai-je.

— Non, parce qu'à mon retour, la voiture n'était plus là.

Gahalowood fit remarquer :

— Vous dites que ce matin-là on ne voyait rien dehors, mais vous affirmez que la voiture était bleue…

— Parce qu'elle était en partie éclairée par le lampadaire. C'est d'ailleurs comme ça que j'ai distingué la silhouette dans l'habitacle. C'était une voiture bleue, j'en mets ma main à couper.

Selon la voisine, la mystérieuse voiture était repartie vers 6 heures du matin. Soit à l'heure où Kazinsky était sorti de chez lui pour faire son jogging. Elle l'avait suivi à distance, attendant le moment propice. Lorsque Kazinsky avait finalement quitté le trottoir à cause des poubelles, la voiture lui avait foncé dessus avant de disparaître, prenant tous les risques. Une voiture bleue, avec une plaque du Massachusetts.

— Une voiture bleue, comme celle dont avait parlé la mère d'Eleanor Lowell, dis-je à Gahalowood.

Il acquiesça et poursuivit :

— La nuit du meurtre d'Alaska, une témoin a vu une voiture bleue immatriculée dans le Massachusetts, qui remontait précipitamment la rue principale de Mount Pleasant. La voiture pouvant correspondre à celle d'Alaska, on a toujours considéré que c'était elle qui passait par là juste avant d'aller trouver la mort à Grey Beach… Mais en réalité elle était déjà morte. C'était la voiture du meurtrier qui revenait de la plage !

Ce même meurtrier qui avait ensuite voulu se débarrasser de Nicholas Kazinsky, car il était le grain de sable dans le meurtre parfait d'Alaska Sanders, puisqu'il aurait pu faire innocenter Walter Carrey et a fortiori Eric Donovan.

L'assassin d'Alaska avait donc voulu tuer Kazinsky, et cette découverte disculpait définitivement Eric Donovan, puisqu'il était en prison au moment de l'accident.

Qui était cette ombre insaisissable qui semait la mort à bord d'une voiture bleue ?

Y avait-il un lien avec Eleanor Lowell ?

Puisque le dossier du délit de fuite après l'accident de Kazinsky était vide et que les éléments de l'affaire Alaska Sanders nous faisaient tourner en rond, il nous fallait suivre la piste Eleanor Lowell.

Qu'était-il arrivé à cette jeune femme le soir du 30 août 1998 ? Était-ce un suicide ? Ou un meurtre parfaitement orchestré, comme l'avait été le piège tendu Eric Donovan ?

Et si tout était lié ?

Quel était le lien entre Eleanor Lowell et l'affaire Alaska Sanders ? La réponse se trouvait très certainement à Salem, où nous nous rendîmes ce matin-là, Lauren, Gahalowood et moi, pour interroger les parents d'Eleanor.

Chapitre 30
Vie et mort d'Eleanor Lowell

Salem, Massachusetts.
Samedi 24 juillet 2010.

Avant de prendre la route, Gahalowood et moi terminions notre petit-déjeuner sur la terrasse de l'hôtel en attendant Lauren, lorsque Patricia Widsmith débarqua. Elle se posta devant notre table avec un air presque timide que je ne lui connaissais pas, et après nous avoir adressé un sourire, elle nous dit :

— Merci. Merci à tous les deux. Vous avez rendu la liberté à un homme que tout le monde avait abandonné. Hier, pendant la conférence de presse, j'ai été un peu dure. J'aurais dû vous remercier publiquement, je ne l'ai pas fait, et je le regrette.

— Ne vous en faites pas, la rassura Gahalowood. Le sergent Vance aurait dû être écarté de la police depuis un moment. Voilà ce qui se passe quand personne n'assume ses responsabilités.

— Vous avez pris les vôtres, constata Patricia.

— Vous prenez un café ?

— Avec plaisir.

Elle tira une chaise et s'installa avec nous.

— Qu'est-ce qui vous amène à Mount Pleasant de si bon matin ? s'enquit Gahalowood.

— Je viens voir Eric.

— Comment va-t-il ?

— Comme quelqu'un qui vient de passer onze ans derrière les barreaux et qui va devoir réapprendre à vivre. Il n'est plus le même homme, il va falloir qu'il l'accepte, et sa famille aussi. L'épreuve de la réinsertion sera probablement plus difficile encore que celle de l'incarcération. Eric veut reprendre son travail au magasin de ses parents… il sera exposé au regard des clients et je ne sais pas si c'est bien pour lui.

— Que craignez-vous ? demandai-je.

— Les habitants de Mount Pleasant le considéreront coupable tant qu'on n'aura pas retrouvé le meurtrier d'Alaska. C'est un problème récurrent lorsque des condamnés sont innocentés sur la base d'un dossier entaché d'erreurs. Les preuves, une fois démontées, laissent une enquête sans substance : trop de temps s'est écoulé depuis le crime pour que celui-ci soit résolu. Vous imaginez le traumatisme pour les familles des victimes qui se retrouvent sans réponses. Pour la personne innocentée c'est le début d'un nouveau calvaire : elle doit retrouver une place dans la société où tout le monde la considère avec suspicion. Les gens ont majoritairement confiance en leur système judiciaire, surtout ceux qui n'ont jamais eu affaire à lui. Ils ne peuvent s'empêcher de penser que si quelqu'un n'avait vraiment rien à se reprocher, il n'aurait pas passé tout ce temps en prison. C'est ce qui va malheureusement se produire pour Eric tant qu'on n'a pas mis la main sur l'assassin d'Alaska.

— J'ai une bonne nouvelle à ce sujet, annonça alors Gahalowood.

— Une bonne nouvelle ? répéta une voix enjouée derrière nous.

C'était Lauren qui nous rejoignait. Elle avait les cheveux encore humides de sa douche. Elle avait quitté ma chambre d'hôtel une heure auparavant pour retourner se changer chez elle. La veille au soir, après avoir dîné chez ses parents avec son frère, elle était passée devant l'hôtel. Il était presque minuit. Elle avait vu que ma chambre était éclairée et m'avait envoyé un message : *Si tu ne dors pas, regarde par la fenêtre.* Je ne dormais pas, j'étais en train de lire. J'étais allé à la fenêtre et Lauren me sourit. « Je peux monter ? » m'avait-elle demandé. « Évidemment. » Elle m'avait rejoint et nous avions passé la nuit ensemble. À un moment donné, elle m'avait murmuré : « J'ai retrouvé mon frère, grâce à toi. J'ai retrouvé le droit de vivre. Si j'avais su, il y a trois semaines, en t'arrêtant pour excès de vitesse, que tu allais changer le cours de mon existence... »

Comme à chaque fois, ses déclarations me mettaient mal à l'aise. J'aimais beaucoup Lauren, mais je sentais bien l'écart entre nos sentiments réciproques.

À la table du petit-déjeuner, Lauren s'assit entre Patricia et moi. Elle glissa sa main sous la table et prit la mienne et la serra fort.

— C'est quoi cette bonne nouvelle ? demanda-t-elle en saisissant un morceau de pain.

— Nous avons fait une découverte décisive hier, répondit Gahalowood. Je pense qu'il s'agit du tournant de l'enquête. Est-ce que le nom de Nicholas Kazinsky vous dit quelque chose ?

— Est-ce que ce n'est pas l'un des flics qui enquêtaient avec vous à l'époque ? répondit Patricia.

— Exact, confirma Gahalowood. Il est mort le mois dernier. Suicide. Il avait passé les huit dernières années de sa vie en fauteuil roulant après avoir été renversé par une voiture.

— Quel est le rapport avec notre dossier ? interrogea Patricia.

— Nicholas Kazinsky était présent dans la salle d'interrogatoire le soir de la mort de Walter Carrey. Il était le seul à savoir que les aveux de Walter Carrey avaient été extorqués et que sa mort était une bavure. Il savait donc également que si Walter avait avoué un crime qu'il n'avait pas commis, Eric était innocent. Et voilà qu'à la fin du mois de janvier 2002, soit peu après la condamnation d'Eric, Kazinsky se fait percuter par une voiture. Il survit, mais reste handicapé. Tout porte à croire que Nicholas Kazinsky n'a pas été victime d'un accident mais d'une tentative de meurtre.

— Et qui aurait pu vouloir le tuer ? demanda Lauren.

— La seule autre personne à savoir que ni Walter ni Eric n'étaient coupables, répondit Patricia qui venait de comprendre. Le véritable meurtrier d'Alaska Sanders.

— Précisément, acquiesça Gahalowood. En faisant taire Kazinsky, l'assassin s'assurait de ne jamais être démasqué.

— Comment liez-vous l'attaque contre Kazinsky et le meurtre d'Alaska Sanders ? demanda Lauren qui semblait quelque peu dubitative.

— Par une voiture bleue immatriculée dans le Massachusetts, indiqua Gahalowood. Cette voiture bleue qui a essayé de tuer Kazinsky pourrait être celle qui a traversé Mount Pleasant en trombe après l'assassinat d'Alaska. Et cette même voiture bleue ressurgit peut-être dans un poème rédigé par Eleanor Lowell.

— Eleanor Lowell est cette jeune fille qui s'est suicidée, c'est bien ça ? demanda Patricia.

— Absolument.

— Il y a très probablement un rapport entre Alaska et Eleanor Lowell, expliquai-je. Eleanor est le sujet des fameux messages : *Je sais ce que tu as fait*. Si Alaska s'implique au point de rédiger des courriers anonymes, c'est forcément que quelque chose la travaille. Le 22 mars 1999, au cours de la dispute entre Alaska et Eric, celui-ci démontre qu'il n'a pas poussé Eleanor au suicide. Alaska comprend alors qu'Eleanor avait un autre homme dans sa vie. Nous pensons que tout tourne autour de cet amant. Alaska avait aussi un amant, qui habitait Salem à en juger par des cadeaux qu'il lui avait faits. Et si c'était la même personne ? Si Alaska avait découvert que son amant était l'amant d'Eleanor, et si elle avait établi que c'était lui qui l'avait poussée au suicide ? Alaska et Eleanor étaient amies, elles habitaient Salem toutes les deux. Elles auraient parfaitement pu fréquenter le même homme.

— C'est donc pour ça que vous voulez aller à Salem ce matin ? comprit Lauren.

— Oui, répondit Gahalowood en consultant sa montre. D'ailleurs il faut y aller.

— Tenez-moi au courant, dit Patricia. De mon côté, je vais profiter de ma visite à Eric pour lui parler de sa relation avec Eleanor. Il se confiera sans doute plus volontiers à moi.

*

Stephen et Maria Lowell, les parents d'Eleanor, nous attendaient dans leur villa cossue de Salem. Nous les avions prévenus la veille de notre venue. À peine avions-nous pris place dans leur salon, que Maria Lowell nous demanda :

— Que se passe-t-il ?

— Comme je vous l'ai expliqué au téléphone, répondit Gahalowood, nous avons besoin de parler de votre fille.

— Vous m'avez aussi dit que c'était en lien avec la mort d'Alaska Sanders ? Quel est le rapport ?

— Nous n'avons encore aucune certitude, madame Lowell. Que pouvez-vous nous dire de votre fille Eleanor ?

Maria Lowell soupira :

— Je ne sais même pas par où commencer. Je vous ai apporté des photos, et tout ce que j'ai gardé d'elle. Elle écrivait beaucoup. Elle avait un côté artiste.

Elle nous présenta des clichés de sa fille, pris l'été de sa disparition. Eleanor était une jolie blonde au visage émacié avec de longs cheveux raides qui lui tombaient sur les épaules. Une beauté froide.

— Elle était très sensible, nous raconta Stephen Lowell. Depuis toute petite, elle semblait affectée par les drames d'autrui. Elle absorbait les tristesses et les contrariétés des autres et se les appropriait.

— Elle souffrait d'un profond mal de vivre, ajouta Maria Lowell. Nous nous sentions impuissants face à sa détresse. À l'âge de douze ans, elle a fait une première tentative de suicide. Elle a recommencé lorsqu'elle avait seize ans. Les deux fois, elle avait avalé toute une quantité de tranquillisants avant de nous alerter. Les médecins avaient estimé qu'il s'agissait d'appels au secours. Elle avait fait deux séjours dans des *maisons de repos*, comme ils disent. Des cliniques psychiatriques si vous préférez.

— Elle était suivie ?

— Oui, elle avait fait le tour des psys jusqu'à trouver le bon. Le docteur Benjamin Bradburd, un très bon médecin malgré tout.

— Pourquoi *malgré tout* ?

— Parce qu'il n'a pas pu l'empêcher d'en finir. Et en même temps, quand quelqu'un a décidé de mourir… Tenez, je vous ai noté les coordonnées du docteur Bradburd, il attend votre appel. Il devait partir en vacances aujourd'hui, il a reporté à demain pour vous parler. Je vous ai aussi dressé une liste des copines d'Eleanor.

— Je crois savoir, reprit Gahalowood, qu'Eleanor avait entrepris une carrière de mannequin.

— Oui, confirma Maria Lowell, elle avait posé pour des magazines, elle était souvent en vadrouille à New York. Elle avait du succès. Mais je ne suis pas certaine que ce mode de vie lui faisait du bien. Quand elle était à Manhattan, elle passait la nuit dans des soirées soi-disant *selects* mais où il ne se passait rien de très select, si vous voyez ce que je veux dire.

— Drogue ?

— Oui, confia Maria Lowell, je crois qu'Eleanor prenait de la cocaïne. J'ai essayé de la mettre en garde à plusieurs reprises sur son mode de vie, mais elle répondait de façon agressive. Elle disait que sa carrière parlait pour elle et que je ferais mieux de me mêler de mes affaires. Comme elle était majeure, je ne savais pas comment m'interposer.

Je repris le fil de la conversation :

— Pardonnez-moi, monsieur et madame Lowell, mais je suis obligé de revenir sur l'épisode douloureux du 30 août 1998. Comment était Eleanor à cette période ?

— J'aurais dit plutôt bien, répondit Stephen Lowell. Eleanor semblait en bonne forme. Le docteur Bradburd nous a expliqué qu'il est fréquent qu'une personne suicidaire, au moment de passer à l'acte, donne le change. Ses proches pensent que son état s'améliore, alors que c'est la fin qui se profile.

— Tout de même, précisa Maria Lowell, Eleanor était très heureuse d'avoir intégré le jury de Miss Nouvelle-Angleterre.

— Le concours de beauté ? demandai-je.

— Oui, vous connaissez ?

— C'est la compétition remportée par Alaska Sanders en septembre 1998.

— Exactement, confirma Maria Lowell. Eleanor l'avait elle-même remportée deux ans auparavant. Les organisateurs lui avaient proposé de rejoindre le jury, ce qu'elle avait accepté avec beaucoup d'entrain. C'est un prix prestigieux, et puis c'était bon pour son image et sa notoriété.

— Quand lui a-t-on fait cette proposition ? interrogea Gahalowood.

— Au début du mois d'août, si mes souvenirs sont bons. En tout cas, quelques semaines avant ce tragique 30 août 1998. Le soir de sa mort, Eleanor est allée faire du sport au lieu de dîner, comme souvent. Après sa douche, elle m'a annoncé qu'elle sortait. Je lui ai demandé où elle allait, elle a dit qu'elle avait envie de se baigner. Il faisait encore grand jour et très chaud. Je pensais qu'elle allait retrouver des amis à la plage de Devereux, à Marblehead, la ville voisine. Elle allait souvent là-bas. Quand je me suis couchée vers 23 heures, mon mari dormait déjà. Quand je me suis réveillée, vers 6 heures 30, j'ai trouvé un message sur mon téléphone portable. Elle avait écrit : *Je n'ai plus la force de continuer.* J'ai immédiatement prévenu la police et la police a contacté les amies d'Eleanor. Elles ont indiqué avoir passé la soirée avec elle à Chandler Hovey Park. Vers 23 heures 30, elles étaient toutes parties mais Eleanor avait voulu rester encore un peu. La police s'est donc rendue à Chandler Hovey Park et a découvert les affaires d'Eleanor en contrebas du phare. Vêtements, porte-monnaie, téléphone portable : tout était là. Des recherches ont été entreprises dans l'océan pendant plusieurs jours, quand bien même à l'évidence elle était morte. On n'a jamais retrouvé le corps. La police a conclu à un suicide par noyade.

— Et vous, vous en pensez quoi ?

Maria Lowell eut une moue désabusée :

— Depuis sa première tentative, tous les jours, quand je voyais Eleanor vivante devant moi, je songeais qu'il s'agissait d'un miracle. Je pense que ça répond à votre question… Vous ne m'avez toujours pas parlé du lien entre Eleanor et Alaska, à part qu'elles se connaissaient évidemment.

Lauren prit la parole :

— En février 1999, vous êtes allée trouver Alaska à Mount Pleasant. Vous lui avez posé des questions à propos d'une liaison qu'Eleanor aurait entretenue avec un homme plus âgé. Vous soupçonniez cet homme, sur la foi du journal intime de votre fille, d'avoir poussé Eleanor au suicide.

— C'est exact. Comment le savez-vous ?

— Alaska s'en était ouverte à l'un de ses amis, expliqua Lauren. Est-ce que vous avez identifié cette personne finalement ?

— Non, malheureusement pas. Et ce n'est pas faute d'avoir interrogé toutes les amies d'Eleanor. J'en ai parlé à la police aussi, ils avaient l'air de s'en ficher. Ils disaient qu'un témoignage tiré d'un journal intime, ça n'avait pas valeur de preuve.

— Pourrions-nous voir ce journal ? demanda Lauren.

Maria Lowell fouilla dans le carton qui contenait les reliques liées à sa fille. Elle en sortit un carnet et nous donna lecture des extraits qu'elle avait partagés avec Alaska. Elle nous dit ensuite :

— Je savais que c'était un homme mûr, parce que Eleanor s'était confiée à l'une de ses amies. Quelques semaines après ma visite à Alaska, j'ai découvert un autre carnet.

Elle sortit du carton un cahier d'écolier dont elle parcourut les pages jusqu'à trouver le texte qu'elle cherchait.

> *Il me parle de son divorce comme d'une libération. Il me dit : « Quand je serai libre, je serai à toi. Nous pourrons nous montrer en public. » Mais je crois que même divorcé il ne le fera pas. Il a honte. À cause de notre différence d'âge.*

Lauren récapitula :

— Donc Eleanor avait une liaison avec un homme nettement plus âgé qu'elle, sur le point de divorcer et propriétaire d'une voiture bleue.

— Oui, confirma Maria Lowell.

Je repris :

— Nous nous demandons si Alaska n'avait pas une relation avec l'amant d'Eleanor. Ce n'est encore qu'une hypothèse que nous essayons de creuser. Avez-vous un indice concernant l'identité de cet homme ?

— Aucun.

— Y a-t-il autre chose que vous avez découvert au sujet de votre fille et que nous devrions savoir ? demanda Gahalowood. Un détail, même insignifiant, peut avoir son importance.

— Il y a effectivement une chose qui m'a tracassée. Au cours de l'été qui a précédé la mort d'Eleanor, j'ai trouvé dans la poche de son pantalon, en faisant la lessive, un ticket de bus. Elle avait pris un billet le 5 juillet 1998 à Rockland, Maine, pour rentrer à Salem. Je me suis toujours demandé ce qu'elle avait pu aller faire à Rockland.

— Attendez, dit Gahalowood. Le 4 juillet, comme elle le raconte dans son journal intime, Eleanor est malheureuse avec son amant. Et le lendemain elle achète un billet de bus à Rockland pour rentrer à Salem. Son amant habiterait à Rockland ?

— Je me suis posé la même question. J'ai interrogé ses amies, mais de nouveau sans trouver de réponse. Je suis même allée à Rockland, faire le tour des commerces avec une photo de ma fille, mais personne ne l'a reconnue.

— Madame Lowell, demanda Gahalowood en désignant les carnets d'Eleanor, est-ce que nous pouvons les prendre avec nous ? Nous vous les rendrons bien évidemment.

Suivant les recommandations de Maria Lowell, nous contactâmes le docteur Benjamin Bradburd qui nous proposa de passer à son cabinet pour qu'il puisse consulter ses notes sur Eleanor. C'était un médecin réputé, régulièrement consulté par la justice pour ses expertises psychiatriques. Il était élégant, mince et prenait visiblement soin de sa personne. Il approchait la soixantaine.

— Eleanor est une patiente qui m'a marqué. Elle se posait énormément de questions métaphysiques. Elle endossait la douleur des autres. C'était une personnalité complexe, un peu manipulatrice, présentant un léger trouble bipolaire qu'on aurait pu soigner avec un traitement approprié. Mais Eleanor ne respectait pas les dosages et surtout j'ai découvert qu'elle consommait occasionnellement de la cocaïne. J'avais peur de l'effet d'un tel cocktail. Quand j'ai appris sa mort, je me suis dit qu'il aurait mieux valu tenter le coup. J'ai toujours eu des regrets.

— Vous dites *sa mort*, mais on n'a jamais retrouvé son corps, fit remarquer Lauren.

— Je ne fais que répéter les conclusions de la police. Qui me semblent par ailleurs logiques. Je sais bien que le corps n'a pas été retrouvé, ce qui est d'ailleurs toujours épouvantable pour les familles qui sont empêchées de faire leur deuil. Aussi, j'évite l'ambivalence qui pourrait laisser croire qu'elle est encore en vie quelque part.

— Pourrait-il s'agir d'une disparation volontaire ? interrogeai-je.

Le docteur Bradburd s'amusa de cette remarque :

— Eleanor ne voulait pas disparaître. Au contraire, elle rêvait d'être connue !

— Elle faisait pourtant une carrière de mannequin, releva Gahalowood.

— Elle voulait davantage, précisa Bradburd. Elle se voyait vedette hollywoodienne. Il arrivait qu'on la reconnaisse dans la rue et qu'on lui dise « t'es la fille de la pub ? ». Ça la rendait dingue. Elle voulait être plus qu'un visage. Elle voulait être un nom et devenir actrice. Elle avait tenté de participer à des castings de films, mais sans succès.

— Comme Alaska, dis-je.

— Qui ça ? demanda Bradburd.

— Alaska Sanders, précisai-je, la fille au sujet de laquelle nous enquêtons. Elle voulait devenir actrice elle aussi. Il y a beaucoup de similitudes entre Eleanor et Alaska. On se demande même si elles n'ont pas eu le même amant. Eleanor ne vous a jamais parlé d'Alaska ?

— Jamais. En revanche, je sais que Maria Lowell s'est inquiétée d'un homme avec qui Eleanor aurait entretenu une relation. Elle m'a montré ce qu'Eleanor avait écrit à son sujet. Il se serait agi d'un homme plus vieux, apparemment divorcé. Mais Eleanor ne m'en a jamais parlé au cours de nos séances. Je l'aurais noté ou je m'en serais souvenu.

— Il semble que même ses amies n'aient pas été au courant, ajouta Gahalowood. Aurait-elle pu tout inventer ?

— Non, j'en doute, répondit Bradburd. Les affabulations sont destinées à être partagées, pour provoquer une réaction chez autrui. Or, Eleanor a gardé ses écrits secrets. Je pense qu'elle avait honte de cette relation d'emprise. Elle était trop intelligente pour ne pas avoir conscience d'être empêtrée dans une relation toxique.

— Eleanor a-t-elle évoqué la ville de Rockland avec vous ? demanda encore Gahalowood.

— Rockland ? Non. Je n'en ai aucun souvenir non plus. Désolé, j'aurais voulu pouvoir vous aider davantage.

Le cabinet du docteur Bradburd était situé à proximité du quartier où habitaient les parents d'Alaska. Aussi, nous fîmes chez eux un arrêt impromptu après notre visite chez le psychiatre. Robbie et Donna Sanders étaient là tous les deux. Leur accueil fut étonnamment chaleureux.

— Vous tombez bien, nous annonça Robbie. Je m'apprêtais à me rendre à Mount Pleasant.

— Pour quoi faire ? demanda Lauren.

— Pour vous parler, à vous, lui dit-il.

— À moi ?

— Oui. J'ai quelque chose pour vous. Comme je vous dis, je m'apprêtais à me mettre en route. À un quart d'heure près, on se manquait.

Robbie Sanders se saisit d'un écrin volumineux qu'il tendit à Lauren.

— Qu'est-ce que c'est ? demanda-t-elle.

— Ouvrez-le.

Lauren obéit : elle y découvrit la montre en or.

— Je voudrais que vous la rendiez à votre frère, dit Robbie Sanders.

— Mais… balbutia Lauren, stupéfaite, je ne peux pas accepter ! C'est votre montre ! Je ne savais même pas que vous l'aviez récupérée…

— Avant-hier après-midi, le sergent Gahalowood est venu nous informer de la libération de votre frère. Il nous a exposé toute l'enquête. Je ne savais pas qu'Eric était votre frère, je l'ai découvert en vous voyant à la télévision.

— Monsieur Sanders, cette montre vous appartient. Elle vous a été dérobée lors d'un cambriolage…

— La police l'a retrouvée et me l'a rendue. J'en fais ce que je veux. Et je veux la restituer à votre frère parce qu'elle lui appartient. Il l'a achetée de bonne foi à ma fille. Lauren, il y a onze ans, la vie de votre frère s'est suspendue : mais contrairement à celle de ma fille, la sienne peut reprendre. C'est ma façon d'essayer de réparer ce qui s'est passé en partie par ma faute.

Donna Sanders nous demanda :

— Il y a un motif particulier à votre visite ?

— Oui, répondit Gahalowood, nous avons une nouvelle piste dont nous souhaiterions vous parler. Est-ce que vous connaissez une jeune femme du nom d'Eleanor Lowell ?

Donna Sanders redressa la tête et nous adressa un regard circonspect :

— Évidemment que je connais Eleanor Lowell. C'est la malheureuse qui s'est suicidée il y a dix ans. C'était peu avant le concours de Miss Nouvelle-Angleterre si mes souvenirs sont bons.

— Ils le sont. Que pouvez-vous me dire sur elle ?

— Pas grand-chose. Elle faisait du mannequinat, à un tout autre niveau qu'Alaska. La carrière d'Eleanor était déjà lancée. Je me souviens qu'Alaska m'avait montré des photos d'elle dans des magazines alors qu'elle n'avait pas vingt ans. Quel est le rapport avec l'enquête sur la mort de notre fille?

— Il se pourrait qu'il y ait un lien, indiqua Gahalowood. Alaska et Eleanor étaient amies, non?

Donna Sanders pouffa:

— Amies? Vous rigolez. Alaska n'avait rien contre Eleanor, mais Eleanor, elle, la détestait!

— Ah bon? Vous en êtes certaine?

— Certaine! Eleanor crevait de jalousie. Elle voulait percer dans le cinéma mais n'arrivait à rien. Elle voyait bien qu'Alaska avait ce qu'il fallait pour faire la différence. Eleanor savait aussi que le titre de Miss Nouvelle-Angleterre serait un tremplin pour la carrière d'actrice d'Alaska. Ce concours était connu pour cela. Quand on a proposé à Eleanor de rejoindre le jury, Alaska en a été malade. Elle me répétait sans cesse: « Elle va me faire échouer. » Eleanor Lowell était une envieuse. Si vous parlez à ses copines, elles vous le confirmeront.

— Nous avons une liste de personnes à interroger justement, indiqua Gahalowood. Donc Alaska s'inquiétait qu'Eleanor sabote sa participation au concours. Et que s'est-il passé finalement?

— Eleanor s'est suicidée, répondit Donna Sanders du tac au tac avant de se rendre compte de ce qu'elle venait de dire. Eleanor s'est suicidée et Alaska a remporté le concours.

Donna et son mari se dévisagèrent. Ils paraissaient soudain épouvantés. Lauren, Gahalowood et moi échangeâmes un regard appuyé. Puis Gahalowood reprit:

— Au-delà d'une éventuelle rivalité entre Eleanor et Alaska, nous pensons qu'il y a une tierce personne qui les relie. Ce pourrait être un homme, sans doute habitant Salem, d'âge mûr à l'époque, divorcé ou sur le point de divorcer, qui conduisait une voiture bleue immatriculée dans le Massachusetts.

— Ça ne me dit rien, avoua Donna Sanders.

— Moi non plus, concéda son mari. Quelle serait la nature des rapports entre cet homme et Alaska?

— Ils étaient peut-être amants, indiqua Lauren.

— Vous voulez dire qu'elle aurait eu quelqu'un d'autre dans sa vie au moment où elle était avec Walter Carrey? s'étonna Donna Sanders.

— Oui.

— Ça fait beaucoup d'hommes pour Alaska, s'amusa Donna Sanders qui éclata d'un rire franc et inattendu.

— Qu'est-ce qui te prend, Donna? s'insurgea son mari.

— Oh Robbie, ça ne t'a jamais surpris qu'Alaska ne ramène jamais de petits copains à la maison? Elle était belle comme tout, désirable à souhait, et elle restait célibataire....

— Je ne vois pas où tu veux en venir, dit Robbie à sa femme.

— Vous saviez que votre fille aimait les femmes? demanda Lauren.

— Je savais qu'elle était curieuse, sourit Donna. Nous n'en avons jamais parlé, elle et moi. Je sentais que la découverte de ses envies et de ses désirs était encore naissante et je ne voulais pas la brusquer. Je voulais attendre qu'elle soit prête à m'en parler.

— Comment avez-vous découvert son orientation sexuelle? s'enquit Lauren.

— Quand Alaska avait environ vingt ans, une ancienne copine de lycée venait régulièrement à la maison. J'ai oublié le nom de cette fille: gentille, polie, discrète. Pas spécialement jolie. Une après-midi, j'avais fait des muffins, j'ai voulu leur en apporter dans la chambre d'Alaska. J'ai ouvert la porte, elles ne m'ont ni vue, ni entendue. Moi j'ai tout vu par contre: ma fille avait son pantalon et sa culotte baissés, elle se tenait au montant de son lit, et son ancienne copine de lycée avait le visage dans son entrejambe.

— Donna, enfin! s'offusqua son mari.

— Oh mon pauvre Robbie, t'es tellement vieux jeu!

— Et donc Walter...? demandai-je.

— Walter n'était qu'une passade. Peut-être qu'Alaska tâtonnait encore. En tout cas, ça n'était rien de sérieux. S'il n'y avait pas eu cet incident avec son compte en banque qui a conduit ensuite à ce fichu cambriolage, elle ne serait jamais partie vivre avec lui à Mount Pleasant.

*

Ce soir-là, de retour à Mount Pleasant Gahalowood et moi dînâmes au *National Anthem*. Nous y restâmes un bon moment, à boire des bières. Les samedis soir d'été, un groupe de musique s'y produisait, l'ambiance était très sympathique. Plus tard dans la soirée, comme nous y étions encore, Lauren et Patricia, qui avaient dîné chez les Donovan, nous rejoignirent pour boire un verre.

— Vous auriez dû venir chez mes parents, regretta Lauren.

Gahalowood avait, à raison, décliné l'invitation des Donovan.

— L'enquête n'est pas encore bouclée, expliqua-t-il. Je ne voudrais pas qu'une relation trop proche avec Eric décrédibilise le sérieux de notre travail.

— Je comprends, dit Lauren. Mais heureusement que votre coéquipier Marcus n'a pas une liaison amoureuse avec la sœur de l'ancien coupable.

Gahalowood éclata de rire. Il riait rarement. Cela me fit plaisir de le voir se détendre ainsi. Le groupe de musique entonna alors un vieux tube funk et Patricia prit Gahalowood par la main pour l'entraîner sur la piste de danse. Je restai seul avec Lauren qui s'accrocha à mon cou. Elle m'embrassa, puis son visage se fit soudain sérieux.

— Comment tu vas? lui demandai-je.

— Ça va. C'est bizarre de revoir Eric chez mes parents. Et personne ne sait comment se comporter. À commencer par moi. Patricia m'avait pourtant prévenue que ce serait difficile... Je voudrais emmener Eric à la plage de Kennebunk demain. Je crois que ça nous ferait du bien.

— C'est une bonne idée, l'encourageai-je.

Elle planta ses yeux dans les miens:

— Marcus, on va boucler cette enquête et après ça?

— *Après ça*, quoi?

— Après ça, qu'est-ce qu'on devient toi et moi? Je n'ai jamais eu quelqu'un comme toi dans ma vie, Marcus. Je ne sais pas comment je vais te retenir ici et t'empêcher de retourner à New York.

— Qui te dit que je veux retourner à New York?

— Qu'est-ce que tu viendrais faire à Mount Pleasant?

Elle avait raison.

En regardant Lauren, je songeai à Emma, à Helen, à Tante Anita et je me demandais quel était le lien entre ces femmes. Je commençais à me rendre compte qu'elles me permettaient de perpétuer un imaginaire, une quête impossible, celle d'une vie paisible et apaisée. Celle de la vie fantasmée de mon oncle Saul et de sa famille, les Goldman-de-Baltimore, dont j'avais toujours cru qu'ils avaient été épargnés par les tourments et les écueils. Au-delà de cette illusion que je nourrissais, quelqu'un m'attendait. Et ce n'était pas Lauren. Harry me l'avait rappelé l'autre soir, après l'opéra. Il y avait quelqu'un sans qui ma vie était incomplète. Et tandis que Lauren me parlait de l'avenir à deux, je pensais au billet de concert d'Alexandra Neville que Harry m'avait remis et qui avait lieu le lendemain. J'hésitais à m'y rendre. J'étais partagé entre l'envie de réparer le passé et le futur concret que m'offrait Lauren. Avais-je le droit de la faire souffrir ?

Il était 1 heure du matin lorsque Gahalowood et moi quittâmes le *National Anthem* pour rentrer à notre hôtel.

— Dites donc, sergent, lui dis-je en remontant la rue, votre petite danse avec l'avocate…

— Je vous arrête tout de suite, l'écrivain. Ça n'avait rien de sensuel. Elle voulait m'entraîner loin de Lauren.

— Loin de Lauren ? Pourquoi ?

— Patricia s'est entretenue avec Eric au sujet d'Eleanor Lowell. Apparemment, il s'est montré très fuyant, étrange. Comme si quelque chose n'allait pas.

— Comme quoi ? demandai-je.

— Patricia n'a pas réussi à me l'expliquer concrètement. Elle a parlé d'une intuition. Quand elle a commencé à lui poser des questions sur son ancienne voiture, il s'est braqué. Il affirme l'avoir vendue mais qu'il n'a pas de trace de la vente. La transaction s'était faite en liquide.

— Et ça vous inspire quoi, sergent ?

— Des doutes, l'écrivain. De nouveau des doutes.

Gahalowood et moi roulions en direction de Salem où nous nous apprêtions à interroger les amies d'Eleanor Lowell. Dans l'habitacle, nous étions silencieux, pensifs, tracassés par les révélations de Patricia Widsmith. Même elle commençait à mettre en doute l'innocence d'Eric.

CHAPITRE 31
Doutes

Salem, Massachusetts.
Dimanche 25 juillet 2010.

Lauren n'était pas venue avec nous. Elle avait emmené Eric à Kennebunk retrouver la plage de leur enfance. Patricia, elle, avait convenu avec Gahalowood qu'elle profiterait de leur absence pour interroger discrètement Janet et Mark Donovan au sujet de leur fils.

Au moment de franchir la frontière avec le Massachusetts, Gahalowood me demanda :

— À quoi vous pensez, l'écrivain ?

— À Eric Donovan, sergent.

— Hum… moi aussi. Il est le point commun à toute cette histoire. Il semble être mêlé à tout alors que plus rien ne l'accuse…

— Ce qui est certain, c'est qu'il n'a pas tenté de tuer Kazinsky puisqu'il était en prison. Il y avait quelqu'un d'autre au volant de cette voiture bleue. Cette voiture qui relie Alaska, Eleanor et Kazinsky.

Il était évident que l'amant d'Eleanor Lowell, cet *homme d'âge mûr et sur le point de divorcer*, était une pièce clé du puzzle. Nous espérions que les amies d'Eleanor nous apporteraient des indices supplémentaires à son sujet.

— Par qui commence-t-on ? me demanda Gahalowood.

Je me saisis de la liste que nous avait préparée la mère d'Eleanor et que nous n'avions pas encore précisément étudiée.

— On peut suivre l'ordre établi par Maria Lowell, suggérai-je. Il y a d'abord Melissa Williams, une amie d'enfance. Elles ont fait toute leur scolarité ensemble. Ensuite Tiffany Paulson, qui avait fait la connaissance d'Eleanor en clinique psychiatrique lorsqu'elles avaient toutes les deux seize ans. Et après ça, Brooke Rizzo, une amie, également mannequin et…

Gahalowood m'interrompit :

— Ce nom me dit quelque chose. Qui sont les autres ?

Je percutai aussitôt et reconnus les noms des amies d'Alaska qui nous avaient mis sur la piste d'Eleanor Lowell neuf jours plus tôt :

— Il s'agit d'Andrea Brown, Stephanie Lahan et Michelle Spitzer, enchaînai-je. Ce sont les mêmes noms que ceux que nous a donnés Donna Sanders ! Nous avons déjà interrogé ces mêmes femmes, mais à propos d'Alaska.

— La boucle est en train de se boucler, s'exclama Gahalowood. Une même voiture bleue, un même groupe de copines… je commence à me demander si la disparition d'Eleanor n'est pas liée au meurtre d'Alaska.

— Vous voulez dire qu'Eleanor ne se serait pas suicidée ?

— Elles partageaient peut-être le même amant, et si elles partageaient aussi le même tueur ? C'est une piste à envisager sérieusement…

Nous commençâmes nos entrevues avec Michelle Spitzer, qui avait été la première à nous parler d'Eleanor.

MICHELLE SPITZER :

Bien sûr que nous étions toutes copines, je vous l'avais dit d'ailleurs. Nous nous étions rencontrées au fil des différents concours et nous avions constitué une petite bande.

[…]

Si nous étions jalouses ? Non, seules Alaska et Eleanor en avaient fait leur métier. Pour les autres, on avait participé à ces concours quand on était encore adolescentes, pour s'amuser. En 1998, c'était déjà de l'histoire ancienne. On était pour certaines à l'université, ou alors on travaillait déjà.

[…]

Eleanor, elle était cyclothymique. Elle se confiait peu. Il fallait la prendre comme elle était. Je sais qu'elle avait fricoté avec un vieux pendant un bon moment. Elle n'en parlait jamais, elle était très secrète. Elle avait évoqué un type dans la cinquantaine. Il faut demander à Brooke, elle adore ce genre d'histoires. Moi, je m'en fichais pas mal. Je trouvais ça plutôt triste en fait.

BROOKE RIZZO :

Pourquoi je ne vous ai pas parlé d'Eleanor Lowell ? J'en sais rien. Vous ne l'avez pas mentionnée non plus. Vous me parliez d'Alaska, de Walter, de Mount Pleasant, je n'ai pas fait le lien avec Eleanor. En quoi le suicide d'Eleanor concerne l'enquête sur Alaska ?

[…]

Ah oui, avec son vieux ça n'en finissait pas… Je n'ai jamais su qui c'était… La mère d'Eleanor a cherché à le retrouver, mais Eleanor avait parfaitement gardé son secret. J'avais demandé un jour à Eleanor pourquoi elle n'en parlait jamais, elle m'a répondu : « Pour lui éviter des problèmes. »

[…]

Non, le « vieux » n'était pas Eric Donovan. Il n'était pas vieux, Eric. […] Oui, je connaissais Eric. On le croisait souvent quand on sortait dans les bars. Eleanor n'avait dit à personne qu'elle sortait avec lui. Elle me l'avait confié un soir où on était tous ensemble justement. Il y avait aussi Walter qui faisait de l'œil à Alaska. J'ai dit à Eleanor que Walter était beau gosse. Et puis bien foutu. Elle m'a avoué qu'elle préférait Eric et qu'ils couchaient régulièrement ensemble d'ailleurs, mais que cela devait rester un secret pour que « le vieux » ne l'apprenne pas. Comme si elle en avait peur. Je lui ai demandé un jour ce qu'elle lui trouvait à son « vieux ». Elle m'a répondu : je suis amoureuse, c'est comme ça.

ANDREA BROWN :

De la jalousie entre Eleanor et Alaska ? Oui, mais c'est venu tard. Pendant longtemps, il n'y a jamais eu d'histoire. Et puis entre les deux, chacune faisait son petit bout de carrière : Eleanor dans le mannequinat, Alaska voulait devenir actrice. Mais cet été-là, Eleanor s'est aussi mis dans la tête de réussir à Hollywood. Je ne sais pas trop pourquoi. Alaska nous parlait de son agente à New York, qui croyait en elle, et j'imagine que ça a agacé Eleanor. Mais je ne crois pas qu'Eleanor voulait du mal à Alaska. En tout cas, je n'ai jamais vu de tensions en public. Il y a juste eu cette conversation, alors qu'on déjeunait, Eleanor et moi. Elle venait d'être élue au jury de Miss Nouvelle-Angleterre. Je lui ai dit : « Faudra que tu pousses Alaska, ça serait bien pour sa carrière si elle gagne. » Elle m'a fusillée du regard et elle m'a dit : « Ça, jamais ! Je veux pas qu'elle réussisse cette salope ! Elle commence à me faire de l'ombre. » Vous avez posé la question à Stephanie ? Sa mère et la mère d'Alaska étaient très amies.

[...]

Oui, on peut dire qu'Eleanor n'avait pas froid aux yeux. Elle aimait l'été aller se baigner à Chandler Hovey Park. Elle y restait tard, parfois seule. Elle disait qu'elle n'avait pas peur des rôdeurs, elle gardait une matraque télescopique dans son sac, au cas où.

PERRY GAHALOWOOD (très étonné) :
Vous dites qu'Eleanor se promenait avec une matraque télescopique ?

ANDREA BROWN :
Oui. En tout cas le soir, elle l'avait toujours dans son sac à main. Pourquoi ?

PERRY GAHALOWOOD :
Parce qu'Alaska Sanders a été tuée avec une arme similaire.

STEPHANIE LAHAN :

Oui, j'ai eu écho de tensions entre Alaska et Eleanor à cause du concours de Miss Nouvelle-Angleterre. La mère Sanders en avait parlé à la mienne. Dans ce petit milieu, tout le monde jalouse tout le monde.

[…]

Bah oui, ça a bien arrangé les Sanders qu'elle ne soit plus là, Eleanor. Je ne sais pas si Alaska aurait gagné le concours avec elle dans le jury. Apparemment, Eleanor était déterminée à l'écarter.

[…]

Non, j'ai jamais rencontré son mec. Mais on en parlait souvent entre nous. Qui était ce vieux schnock à qui elle vouait un culte ? On n'a jamais rien su à son propos. Moi si, juste une fois, au début août 1998. Je m'en souviens car c'est la dernière fois que j'ai vu Eleanor. On a bu un café ensemble, elle avait un petit sac de voyage. Je lui ai demandé où elle allait, elle n'a pas voulu me répondre. Mais sa voiture était au garage pour une réparation et elle m'a demandé de la déposer à la gare routière. Je l'ai fait, puis je l'ai discrètement suivie. Je pensais qu'elle allait retrouver son mec et je voulais vraiment savoir à quoi il ressemblait. Mais elle est simplement montée dans un bus pour Rockland, Maine. Elle était seule.

Si Eleanor était avec son amant à Rockland, dans le Maine, le 4 juillet, et qu'elle y était retournée au mois d'août, cela signifiait que notre homme habitait là-bas.

En sortant de chez Stephanie Lahan, Gahalowood me dit :

— Une voiture bleue, une plaque du Massachusetts, un homme d'âge mûr divorcé, et Rockland, Maine. Mettez ces pièces ensemble et vous touchez le gros lot !

Nous venions d'embarquer dans ma voiture lorsque Gahalowood reçut un appel sur son téléphone portable. C'était un agent de permanence à l'accueil du quartier général de la police d'État qui le contactait : « Désolé de vous déranger un dimanche, sergent. La mère du sergent Vance est à l'accueil, elle vous réclame. » Nous rejoignîmes aussitôt le New Hampshire. Dans le bureau de Gahalowood, une petite dame frêle nous attendait.

— Madame Vance ?

— Perry !

Elle eut un mouvement spontané et se jeta dans ses bras. Ils ne s'étaient rencontrés qu'à une seule occasion : l'enterrement de Matt Vance.

— Qu'est-ce que vous faites ici ? s'enquit Gahalowood.

— Il fallait que je vous parle. À propos de ce qu'ils ont dit à la télévision… à propos de l'affaire Alaska Sanders. C'était la dernière affaire de Matt, c'est ça ?

— C'est bien ça.

— *Ils* ont dit qu'un policier aurait contraint un suspect aux aveux avant de commettre une bavure… Est-ce qu'il s'agit de Matt ? Si c'est lui, dites-le moi, s'il vous plaît ! J'ai besoin de savoir, j'ai le droit de comprendre ce qui se passe.

— Madame Vance, dit Gahalowood, je suis absolument désolé de ce que je m'apprête à vous apprendre. Mais puisque vous êtes venue jusqu'ici en quête de vérité, je vous la dois.

Gahalowood dévoila à la mère de son ancien coéquipier l'exact déroulé des évènements du mardi 6 avril 1999 qui avaient conduit à la mort de Walter Carrey, puis au suicide de Matt Vance. Au terme du récit, la petite dame resta sidérée. Quand elle fut en état de parler à nouveau, elle dit à Gahalowood :

— Je me souviens d'une des premières affaires de Matt, quand il était à la police de Bangor. Une jeune fille de dix-sept ans avait été tuée en rentrant à pied d'une soirée chez une amie. Gaby qu'elle s'appelait. La malheureuse avait été battue à mort et tellement défigurée que ses propres parents n'avaient pas pu l'identifier. Ils n'ont jamais retrouvé le coupable, et quand son supérieur lui a demandé d'abandonner le dossier, faute d'éléments, Matt en a été malade. Il me disait « C'est pas possible, Ma' ! On ne peut pas s'avouer vaincus ! J'ai promis aux parents de cette gamine qu'on retrouverait celui qui a fait ça ! » Au cours des années, il m'a raconté que tous les matins il pensait à cette gamine. Il revoyait ce visage broyé. « C'était de la purée humaine », qu'il disait. Cette histoire l'a hanté. Par deux fois, croyant tenir un type qui aurait pu être mêlé au meurtre de Gaby, il lui a enfoncé son pistolet dans la bouche pour le faire avouer. Il m'a confié: « Je revoyais le corps de Gaby dans ce fossé et j'imaginais ce gars en train de lui défoncer le visage à coups de poing, j'ai pété un plomb. » Matt a fini par être dénoncé par un collègue et sa hiérarchie l'a prié de trouver un emploi ailleurs, quelque part où le spectre de Gaby le laisserait en paix. Malheureusement, comme on pouvait s'y attendre, Gaby l'a suivi jusque dans le New Hampshire. Matt n'a jamais voulu d'enfant à cause d'elle. Il disait qu'il ne voulait pas vivre un jour ce que les parents de Gaby avaient vécu. Il n'a jamais vraiment eu de relation sérieuse, aussi à cause de ça je crois. Il était trop tourmenté. La dernière fois que j'ai parlé à Matt, c'était le week-end avant sa mort. Il m'a raconté au téléphone qu'il était sur une affaire, une jeune femme retrouvée morte au bord d'un lac. Je n'ai jamais oublié son prénom car il était tellement singulier: Alaska. Il m'a dit: « Ma', je vais raccrocher. Je ne peux plus faire ce métier. Je vais boucler cette affaire et, en bouclant cette affaire, je me pardonnerai de n'avoir jamais pu retrouver le meurtrier de Gaby. » Ce fut notre dernier échange.

Madame Vance s'interrompit. Le silence dans la pièce fut terrible.

— Je suis désolé de tout ce qui s'est passé, murmura finalement Gahalowood.

— Vous n'avez rien à vous reprocher, Perry, vous n'étiez pas là...

— Justement.

Elle dit alors:

— À la télé, ils disent que mon fils va être dégradé à titre posthume. Qu'on le fasse si ça fait plaisir à l'opinion publique. Qu'on détruise sa pierre tombale tant qu'on y est. Mais je ne sais pas si ça va changer grand-chose: ça ne rendra pas la vie à ce pauvre garçon, ni à Alaska. Mais vous, Perry, vous pouvez réparer tout ça en bouclant l'enquête. Je sens l'âme de Matt encore agitée qui tambourine dans son cercueil en quête de rédemption. Offrez-la lui, Perry. Ainsi qu'aux parents de cette petite. Retrouvez le meurtrier. Lors de notre dernier appel, Matt m'a dit: « Tout ce que je veux, Ma', c'est aller voir les parents d'Alaska et leur dire que justice...

— ... a été rendue », l'interrompit Gahalowood en terminant sa phrase.

— Comment le savez-vous ?
— Votre fils me l'avait dit aussi.

Sur la route qui nous ramenait vers Mount Pleasant, Gahalowood me confia :
— Je suis fatigué, l'écrivain. Il est temps de boucler cette affaire. Après ça, je vais raccrocher moi aussi.
— Vous voulez quitter la police, sergent ?
— En tout cas faire une pause. Vous saviez quel était le rêve d'Helen ? Partir en famille sur un voilier, faire le tour du monde. Voilà ce que je voudrais faire quand on aura terminé ici. Partir avec mes filles.
— C'est un beau projet, lui dis-je.
— Il y aura peut-être une place pour vous à bord, l'écrivain.
— Merci, sergent, mais deux trois choses à régler avant de venir pourrir votre croisière.
— Vous ne pourrissez rien, l'écrivain, au contraire.

*

En fin d'après-midi, dans ma chambre d'hôtel à Mount Pleasant, je jouais avec le billet de concert que m'avait remis Harry. Le concert d'Alexandra Neville avait lieu ce soir. C'était bientôt l'heure du fameux rendez-vous. Allais-je m'y rendre ?

Je restai longuement indécis. Je tenais dans une main la photo représentant mes cousins, elle et moi, et dans l'autre, le billet. Je décidai finalement d'y aller. Je partis en catimini, je ne voulais pas donner d'explications à qui que ce soit. Dans la chambre voisine, Gahalowood était plongé dans les documents que nous avait confiés la mère d'Eleanor. Alors que je venais de monter dans ma voiture, je reçus un message de Lauren :

> *Tu viens chez moi ?*

Ma réponse :

> *Non, je vais rester tranquillement à mon hôtel si tu ne m'en veux pas. Je suis crevé.*

Je partis.

Je roulai jusqu'à Boston, au TD Garden, où se jouaient les matchs de basket-ball, de hockey et les grands concerts.

J'ignore à quelle époque vous lirez ce livre, mais si vous suiviez la mode musicale dans les années 2010 vous avez forcément entendu parler d'Alexandra Neville, qui était la chanteuse du moment.

Une fois sur place, je passai le contrôle des billets et consultai mon numéro de siège pour savoir où me diriger.

Je ne l'avais pas vue derrière moi.

Elle m'avait suivi jusqu'où elle avait pu, avant d'être stoppée à l'entrée, faute de billet.

Elle me regarda disparaître, bouleversée par mon mensonge.

C'était Lauren.

Le lendemain du concert, Lauren me donna rendez-vous au *Season*, pour un café. Elle m'attendait à une table, les bras croisés et le regard sombre. Pour toute salutation, elle me gratifia d'un sec « assieds-toi ».

CHAPITRE 32
Vinalhaven

Lundi 26 et mardi 27 juillet 2010

— T'as passé une bonne soirée ? me demanda-t-elle.

— Bof, ça va. Et toi ?

— Ne te fous pas de moi, Marcus ! Avec qui tu étais à ce concert ?

Je n'essayai pas de nier. Je lui demandai simplement comment elle avait su.

— Parce que je t'ai vu sortir de ton hôtel, hier. Je venais de me garer devant. Tu ne m'as pas vue, tu avais l'air pressé, tu es monté dans ta voiture et je t'ai donc écrit : *Tu viens chez moi ?* C'était une question. Mais tu as cru que c'était une invitation et tu m'as dit que tu voulais te reposer dans ta chambre, alors que je te voyais en train de partir ! Espèce de menteur ! Je pensais que t'étais un mec bien, Marcus, un mec différent. Mais tu ne vaux pas mieux que les autres. Alors quoi, tu as une poule à Boston ? Tu l'as emmenée à ce concert ?

— Lauren, tu vas avoir de la peine à me croire, mais je suis allé seul à ce concert.

— Ah, ben voyons !

— Harry Quebert m'a donné ce billet. Je l'ai revu samedi dernier. Il m'a suggéré de me rendre à ce concert.

— Pourquoi ?

— C'est compliqué, mais il voulait me permettre de retrouver quelqu'un. Quelqu'un qui a été important dans ma vie.

— Une ex, quoi.
— Oui.
— Qui est-elle ?
— La fille de la photo.
— Quoi ?
— La fille sur la photo avec mes cousins, Alexandra. C'est elle.
— Et... ?
— Je suis resté à distance, à la regarder. À ne rien oser dire, ni faire.
— Vous ne vous êtes pas parlé ?
— Non.
— Est-ce que tu as des sentiments pour elle ?
Je fis une pause et je la regardai dans les yeux avant d'avouer :
— Je crois.
Elle s'accrocha à sa tasse de café comme si elle voulait me la lancer au visage. À cet instant, mon téléphone sonna : c'était Gahalowood.
— L'écrivain, vous êtes où ?
— Au *Season*, avec Lauren.
— Rejoignez-moi tous les deux à l'hôtel, j'ai trouvé une piste.

*

Gahalowood, trop exalté par sa découverte, ne remarqua pas la tension entre Lauren et moi. À une table du restaurant de l'hôtel, il nous montra l'un des carnets d'Eleanor Lowell.
— Je l'ai lu en entier, nous dit-il, et voilà sur quoi je suis tombé.
Il pointa une page noircie d'une écriture minuscule.

> *Je le rejoins. Il m'a dit qu'il désespérait sans moi. Depuis ce 4 juillet raté, je m'étais promis de ne pas retourner là-bas, mais il a besoin de ma présence et je ne peux pas l'abandonner. Il était même prêt à venir me chercher en voiture, mais je voulais lui épargner le trajet, surtout avec cette parade idiote qui bloque la ville. Je n'ai jamais compris l'attrait pour ces homards géants.*
>
> *Je prends le bus. Aussitôt que je suis à bord, mon corps est impatient. Je n'ai qu'une hâte : le retrouver. Nous enfermer dans notre bulle, dans notre paradis.*

Lorsque sonne la corne de brume, mon cœur s'emballe, je sais qu'il est tout proche. Je le rejoins dans son havre, là où personne ne peut nous retrouver. Là où personne ne peut nous déranger. C'est un endroit à part.

Dans cette maison grise, au milieu des érables rouges, où je me sens femme. Nous pouvons être un couple. Nous sommes à l'abri.

— Dans ce texte, nous expliqua Gahalowood, Eleanor mentionne un trajet en bus consécutif à un 4 juillet désastreux. J'imagine qu'il s'agit de ce voyage en bus pour Rockland dont nous a parlé Stephanie Lahan. Eleanor parle de homards, et les homards c'est le Maine, ce qui nous ramène à Rockland encore…

— Jusque-là, je vous suis, sergent, dit Lauren.

Gahalowood poursuivit:

— Eleanor mentionne également une parade. Je suis donc allé vérifier s'il y avait, en août dans le Maine, une parade dont l'emblème serait le homard. Et je vous le donne en mille: tous les ans depuis 1947, à Rockland, Maine, se déroule le Festival du homard, au cours duquel un cortège de homards géants défile dans le centre-ville.

— Eleanor va rejoindre son amant à Rockland, dans une maison grise entourée d'érables rouges, récapitulai-je. Une corne de brume sonne, il doit probablement y avoir un phare à proximité, ce qui devrait nous permettre de circonscrire nos recherches.

Gahalowood acquiesça en nous dévisageant, Lauren et moi. Puis il nous dit:

— Vous savez ce qu'il nous reste à faire…

— En route pour Rockland! décréta Lauren.

*

Rockland se trouvait à trois heures de route. Nous devrions probablement passer la nuit là-bas, et nous partîmes avec quelques affaires.

L'agglomération de Rockland s'étalait sur quarante kilomètres carrés. Malgré l'indication d'un phare à proximité, y retrouver une maison grise ne serait pas une mince affaire. Pour plus d'efficacité, nous nous y rendîmes à deux voitures : Gahalowood et moi dans l'une, Lauren dans l'autre.

Nous arrivâmes sur place en fin de matinée et nous nous mîmes aussitôt au travail : Lauren se chargerait de quadriller la partie nord de la ville, Gahalowood la partie sud. Moi, je ferais le tour à pied du centre-ville, magasin après magasin, pour présenter une photo d'Eleanor aux commerçants en espérant éveiller un souvenir enfoui.

La journée ne fut qu'une succession de fausses pistes : plusieurs maisons grises furent repérées, certaines entourées d'érables, d'autres pas. Chaque fois, il fallut vérifier dans les moindres détails, et chaque fois nous tombions à côté. Certaines étaient des constructions d'après 1998. D'autres étaient d'une couleur différente douze ans plus tôt et avaient été repeintes depuis. D'autres encore étaient habitées par des hommes, aujourd'hui trop jeunes ou trop vieux pour avoir été l'amant à l'époque. Pour l'appuyer, Gahalowood avait sollicité l'aide de la police de Rockland qui s'était montrée très coopérative. Sans résultat. Quant à mon tour des commerces avec la photo d'Eleanor, il ne fut que peine perdue.

À la fin de l'après-midi, nous n'avions aucune piste. Lauren renonça et décida de rentrer à Mount Pleasant. Gahalowood et moi poursuivîmes jusqu'à la tombée de la nuit. Lorsqu'il fit trop sombre pour voir quoi que ce soit, nous fîmes halte dans un motel. Malgré la fatigue de la journée, nous étions trop agités pour dormir. Nous restâmes dehors, devant nos chambres, assis sur des chaises en plastique, à boire des canettes de bière.

— Tout va bien, l'écrivain ? me demanda Gahalowood. Vous ne sembliez pas dans votre assiette aujourd'hui. Vous n'avez pas pipé mot de la journée, ce qui est inhabituel. Vos insupportables jacasseries m'ont manqué.

— C'est Lauren, sergent.

— Ah, maintenant que vous me le dites, vous n'aviez effectivement pas l'air d'être en odeur de sainteté auprès d'elle.

— Je sais… j'ai fait une connerie.

— Grave ?

— Oui et non. Je lui ai menti, ce qui n'est jamais bien. Je suis attaché à Lauren… Mais je me pose beaucoup de questions…

— À propos de quoi ?

— Une histoire ancienne dont je vous parlerai un jour.

— À votre écoute quand vous serez prêt.

— Sergent, comment vous avez su qu'Helen était la bonne?

Gahalowood haussa les épaules:

— Vous voulez que je vous réponde honnêtement?

— Oui.

— Je le sais depuis qu'elle n'est plus là. Bien sûr, je l'aimais plus que tout. Bien sûr, je l'ai demandée en mariage parce que je me voyais faire ma vie avec elle. Bien sûr, malgré les hauts et les bas, je n'ai jamais douté de mon amour. Mais vous savez ce que cela signifie quand on dit qu'une personne est « la bonne »? Cela signifie que, quand elle meurt, vous vous rendez compte que vous auriez voulu mourir avec elle. Votre monde s'écroule. Vous ne fonctionnez plus sans elle. Je me sens comme une machine cassée, l'écrivain. En perdant Helen, j'ai perdu mon propre mode d'emploi.

— On va vous réparer, sergent.

— Je ne sais pas si ça se répare, l'écrivain. Et vous savez quoi: tant mieux si ça ne se répare pas. Ça signifie qu'on a aimé vraiment. Ça fait très mal, mais ça donne tout son sens à notre courte vie.

*

Le lendemain matin à la première heure, Gahalowood et moi nous remîmes en chasse de la mystérieuse maison grise. Nous longeâmes la côte bien au-delà de Rockland pour inspecter toutes les habitations proches des phares. Toujours en vain.

À la fin de la matinée, après plusieurs heures de recherches infructueuses, nous retournâmes à Rockland complètement dépités. Pas l'ombre d'une piste et l'impression de tourner en rond. Nous bûmes un café sur le port. À côté de nous, un pêcheur débarquait ses casiers à homards. Nous l'observions en silence. Un ferry quitta le port, chargé de plaisanciers. Je les regardai avec envie. J'avais besoin de vacances. Nos cafés terminés, je demandai à Gahalowood:

— Qu'est-ce qu'on fait maintenant, sergent?

Même lui s'avouait vaincu:

— On retourne à Mount Pleasant, l'écrivain.

J'acquiesçai. À cet instant, le ferry actionna sa sirène.

Trois longues sonneries. Trois sonneries de corne de brume. Gahalowood et moi nous regardâmes stupéfaits. Je m'écriai :

— Bon sang, sergent ! Vous avez entendu ça ?

— Pour avoir entendu, j'ai entendu !

Il interpella le pêcheur :

— Monsieur, où va ce ferry ?

— Vinalhaven, répondit le pêcheur.

— Vinalhaven ? répéta Gahalowood.

— L'île de Vinalhaven. C'est à une heure de ferry. Vous ne connaissez pas ?

— Non. Il y a du monde qui vit là-bas ?

— Environ 2 000 personnes. C'est devenu très à la mode. Beaucoup de vacanciers.

Gahalowood sortit de sa poche le carnet d'Eleanor qu'il avait emporté avec lui. Il relut le passage où elle mentionnait un havre, un endroit à part où personne ne pourrait les retrouver.

Une île correspondait parfaitement. Vinalhaven, renseignements pris, était un lieu de villégiature prisé. Un endroit où un homme d'âge mûr, en plein divorce, pouvait trouver un peu de quiétude.

Une demi-heure plus tard, nous mettions la voiture de Gahalowood sur le ferry. Une fois sur l'île, nous nous mîmes de nouveau en chasse d'une maison grise entourée d'érables rouges. Nous passâmes la journée à faire le tour des maisons de Vinalhaven, les unes après les autres. Finalement, nous trouvâmes une petite maison au bord de l'eau qui correspondait exactement à la description : une bâtisse en planches grises, entourée d'immenses érables rouges. Nous laissâmes notre voiture un peu à l'écart, par souci de discrétion, et nous nous approchâmes de la propriété. Les lieux semblaient déserts. Il n'y avait aucun véhicule visible. Pas de nom sur la boîte aux lettres.

Gahalowood sonna à la porte. Aucune réponse. J'entrepris alors de faire le tour de la maison. Par les fenêtres, je vis qu'il n'y avait personne. Alors que je scrutais le salon, je fis une découverte à laquelle je ne m'attendais pas.

— Sergent, venez voir !

Gahalowood accourut.

— Que se passe-t-il ?

— Regardez dans le salon, le mur du fond, derrière le fauteuil…

Gahalowood se colla à la fenêtre.

— Nom d'un chien, l'écrivain…

Au mur était accroché un tableau représentant un coucher de soleil sur l'océan. Le tableau en arrière-plan de la vidéo d'Alaska. C'était ici qu'elle avait enregistré sa dernière audition.

Au même instant, un bruit de moteur. Un véhicule arrivait. Gahalowood eut le réflexe de m'entraîner dans les buissons. C'est alors que nous vîmes apparaître une voiture bleue, un modèle d'au moins dix ans, qui se gara devant la maison. La portière du conducteur s'ouvrit et, en découvrant l'homme qui sortit de l'habitacle, Gahalowood et moi restâmes stupéfaits.

Plusieurs véhicules de la police d'État et du shérif du comté de Knox étaient embarqués sur un bateau plate-forme des garde-côtes qui avançait doucement sur l'océan, escorté d'un vol de mouettes.

Chapitre 33

Une maison grise

Vinalhaven, Maine.
Mercredi 28 juillet 2010.

Sur le pont, Gahalowood et moi observions l'île de Vinalhaven qui se rapprochait. Lauren et le chef Lansdane étaient présents également, ainsi que le chef Mitchell que Gahalowood avait eu l'élégance d'associer à l'opération.

Il était midi. Nous nous apprêtions à arrêter, dans cette maison grise entourée d'érables rouges, le docteur Benjamin Bradburd. C'était lui l'homme d'âge mûr, divorcé, qui conduisait une voiture bleue (une Chrysler Sebring achetée en mars 1998 et qu'il possédait toujours) et qui avait acquis cette résidence secondaire au début des années 1990. Nous avions aussi découvert que sa mère, Rosemary Bradburd, était une ancienne reine de beauté et qu'elle avait fondé jadis le concours Miss Nouvelle-Angleterre, dont il était lui-même membre du comité d'organisation.

*

Depuis la veille, depuis que nous avions compris que Benjamin Bradburd était l'amant d'Eleanor que nous cherchions désespérément, Gahalowood et moi brûlions de l'interroger. Nous aurions souhaité l'arrêter sur le moment, mais la situation était délicate : Gahalowood n'avait légalement pas d'autorité pour agir dans le Maine. Nous nous étions alors discrètement faufilés hors de la propriété et, faute de réseau téléphonique, nous étions rendus à Vinalhaven, la petite ville qui donnait son nom à l'île, d'où le sergent avait appelé Lansdane depuis une cabine. Ce dernier n'avait pas très bien accueilli notre initiative. « Vous êtes sur une île du Maine, hors de votre juridiction, et vous avez pénétré sur une propriété privée sans mandat. Bravo ! Vous savez que vous pourriez planter toute votre enquête pour vice de procédure ! Dépêchez-vous de revenir dans le New Hampshire ! Je vous attends dans mon bureau demain à la première heure : vous me ferez part des soupçons qui pèsent sur ce Benjamin Bradburd. J'alerterai immédiatement les autorités locales et je viendrai personnellement avec vous pour coffrer ce type. » Nous avions obéi. Nous avions quitté l'île par le dernier ferry et nous étions retournés dans le New Hampshire. Perry m'avait proposé de dormir chez lui, à Concord, jugeant que c'était plus simple. J'avais accepté. Je ne savais pas si je voulais retourner à Mount Pleasant. J'avais retrouvé la maison des Gahalowood et la « chambre de Marcus » au sous-sol. J'étais déjà couché lorsque je reçus un appel de Lauren.

— Perry vient de me téléphoner, me dit-elle. Vous avez donc trouvé le meurtrier d'Alaska…

— On le saura demain.

— Perry m'a proposé de vous retrouver au quartier général de la police d'État demain matin. J'espère que ça ne te dérange pas…

— C'est ton enquête autant que la mienne. Pourquoi ta présence me dérangerait ?

— Depuis ce concert où tu es allé soi-disant seul, j'ai l'impression que quelque chose s'est cassé entre nous…

Lauren avait raison, mais je ne sus que répondre. Nous avions finalement raccroché.

*

Douze heures après cette conversation, sur le pont du bateau des garde-côtes, à l'approche de Vinalhaven, je regardais Lauren à côté de moi. Ses cheveux, emportés par le vent, me caressaient le visage.

Nous accostâmes au port de Vinalhaven. Les plaisanciers

observèrent avec curiosité ce débarquement de police qui était probablement du jamais-vu sur cette île. Une fois le convoi à terre, nous nous mîmes en route. Dix minutes plus tard, nous arrivions à la maison de Benjamin Bradburd. Les policiers se déployèrent rapidement pour la cerner, bloquant l'accès aux prés alentour et à l'océan. La voiture bleue était toujours garée là.

Gahalowood, Lansdane, Lauren et moi nous postâmes devant la porte de la maison. Benjamin Bradburd, alerté par le bruit de moteurs, nous ouvrit avant même que nous frappions.

— Qu'est-ce qui se passe ? demanda-t-il, très surpris.

— Benjamin Bradburd, lui annonça Gahalowood, vous êtes en état d'arrestation pour le meurtre d'Alaska Sanders.

*

— Votre histoire est insensée ! s'insurgea Benjamin Bradburd que nous interrogions dans son salon. Pourquoi est-ce que j'aurais tué cette Alaska Sanders ?

— À vous de nous le dire, répliqua Gahalowood.

— Combien de fois faudra-t-il vous répéter que je ne l'ai pas tuée !

Lauren lui présenta une photo d'Alaska.

— Regardez ce visage, vous êtes sûr que ça ne vous dit rien ? Alaska a été élue Miss Nouvelle-Angleterre en 1998, concours fondé par votre mère et dont vous êtes membre du comité d'organisation.

— Oui, oui, maintenant que je vois son visage, je me souviens d'elle.

— Pourtant, lui fit remarquer Lauren, quand nous vous avons parlé d'elle l'autre jour, dans votre cabinet, vous avez fait comme si ce nom ne vous évoquait rien.

Bradburd serra les dents. La contrariété se lisait sur son visage.

— Allez-y ! s'agaça Gahalowood. Crachez le morceau ! Pourquoi avoir menti au sujet d'Alaska ?

— Je n'ai pas menti, sur le moment je n'ai pas percuté. Je n'ai pas en tête tous les noms des lauréates au concours de Miss Nouvelle-Angleterre.

— Vous mentez ! s'écria Gahalowood. Vous mentez, et ça se

voit. Alors je vous répète ma question : pourquoi avoir menti à propos d'Alaska ?

Après une hésitation, Bradburd baissa les yeux et finit par dire :

— À cause d'Eleanor.

— Vous aviez une liaison avec elle... dit Lauren.

— Comment l'avez-vous découvert ? demanda Bradburd.

— Grâce son journal, répondit Gahalowood. Vous confirmez donc avoir été son amant ?

— Oui, bon, admit-il, c'est vrai. Je n'aurais pas dû, j'étais son psy... Mais elle était majeure, je n'ai rien fait d'illégal.

— Elle s'est suicidée à cause de vous ! l'accabla Gahalowood en pointant sur lui un doigt accusateur. Vous l'avez poussée à bout ! Elle a consigné dans son journal la façon dont vous la traitiez. Comment avez-vous pu... vous étiez son médecin, vous deviez la soigner, pas la pousser à se suicider.

— C'est sa pathologie qui l'a poussée au suicide, plaida Bradburd. Elle était fragile !

— Justement, vous saviez qu'elle était fragile, et vous avez passé l'été à la contrarier !

— C'était un été compliqué. Ma vie se désagrégeait. J'étais en train de divorcer, en partie à cause d'Eleanor, car ma femme avait découvert notre liaison. Eleanor était amoureuse de moi et je ne savais pas comment me dépêtrer de cette situation.

— Parce que vous, vous n'étiez pas amoureux d'elle ?

— Non, je ne saurais même pas qualifier ce que nous étions, Eleanor et moi. Elle était ma dernière patiente du mardi. Je terminais la journée avec elle. À cette heure tardive, mon assistante était déjà partie. Un soir du début 1998, j'ai eu un moment de faiblesse. Je sentais depuis un moment que j'attirais Eleanor et elle-même, comme vous le savez, était très séduisante. Je n'aurais pas dû, mais j'ai craqué. Ça s'est passé dans mon cabinet au milieu de la consultation. Je me suis promis de ne pas recommencer. Mais le mardi suivant, je n'ai pas pu résister à ma pulsion. Et de mardi en mardi, nous finissions notre séance de psychothérapie en faisant l'amour sur le canapé de mon cabinet. Ce n'est pas très glorieux. Quand est arrivé l'été, j'ai espéré que mon installation à Vinalhaven me permettrait de mettre un terme à notre relation, mais elle a insisté pour venir ici, à plusieurs reprises. Quand je suggérais de rompre, elle menaçait à demi-mot de me dénoncer à l'Ordre des médecins. Elle tenait ma carrière entre ses mains. Alors j'ai continué à la fréquenter en espérant que mon comportement la découragerait. Non seulement elle ne se décourageait pas, mais il lui en fallait toujours plus. Elle a fini par exiger de rejoindre le jury de Miss Nouvelle-Angleterre. Elle disait que ce serait bien pour sa carrière. J'ai intercédé auprès de ma mère, qui a accepté. Je pensais qu'après ça, Eleanor me ficherait la paix. Mais non, elle insistait pour que nous devenions un vrai couple. Elle voulait que nous nous dévoilions au grand jour. J'essayais de temporiser en invoquant mon divorce en cours, mais j'étais conscient que cette excuse ne tiendrait pas longtemps. Je ne savais pas comment j'allais m'en sortir.

Je demandai à Benjamin Bradburd :

— Qu'avez-vous ressenti quand on vous a annoncé son suicide ?

— Du soulagement. Un immense soulagement. Et beaucoup de culpabilité. Aujourd'hui encore, il ne s'écoule pas un jour sans que j'y pense… Sans que je me demande ce qui se serait passé si je n'avais pas cédé à mes stupides pulsions. Ma vie serait bien différente. Je serais encore marié, j'aurais peut-être eu finalement des enfants.

Il y eut un silence. Puis Gahalowood reprit :

— Alaska Sanders avait découvert votre liaison avec Eleanor. Elle savait que vous l'aviez poussée au suicide. Vous l'avez dit vous-même : ça aurait fait une sacrée tache sur votre carrière. Plus qu'une tache d'ailleurs : c'est la prison qui vous attend désormais, Benjamin. Vous avez profité de votre emprise sur Eleanor pour la séduire et vous en débarrasser ensuite. Alaska avait tout découvert, elle s'en est prise à vous, et vous l'avez tuée pour protéger votre petit secret et votre carrière minable.

— C'est une accusation sans fondement ! s'écria Benjamin Bradburd qui se leva d'un geste si brusque que des policiers se précipitèrent sur lui pour le faire rasseoir.

Gahalowood ne relâcha pas la pression :

— Comment Alaska a-t-elle fait le lien avec vous ? Vous étiez son amant, c'est ça ? C'est vous qu'elle a rejoint le soir du 2 avril 1999 pour un soi-disant dîner romantique au cours duquel vous l'avez tuée !

— Vous affabulez complètement, sergent. Il va sérieusement

falloir songer à consulter ! Vous n'avez pas la moindre preuve de ce que vous racontez ! Votre scénario prêterait même à sourire si tout ceci n'était pas aussi pathétique. La plaisanterie a assez duré. J'exige de pouvoir appeler mon avocat. Je ne parlerai plus sans lui.

— Vous aurez droit à votre avocat dans les locaux de la police d'État du Maine où nous allons vous ramener.

— Vous ne me ramènerez nulle part ! éructa Bradburd. Vous n'avez rien contre moi.

— Vous allez en prison, Benjamin. Vous avez poussé une de vos patientes au suicide. Vous allez en prison de toute façon. Pour le reste, taisez-vous tant que vous voulez. Nous avons un faisceau d'indices concordants contre vous. Vous êtes un homme hautement intelligent, c'est pour cela que nous avons mis onze ans à vous démasquer.

Benjamin Bradburd, sous bonne garde, assista à la fouille de sa maison, depuis un fauteuil du salon. Lorsqu'il vit Gahalowood se saisir du tableau représentant ce coucher de soleil sur l'océan, il s'inquiéta :

— Vous n'allez pas me vider la maison, quand même ?

— Ne vous en faites pas, docteur Bradburd, lui dit Gahalowood. Là où vous allez, vous n'en aurez plus besoin.

Nous ne trouvâmes rien dans la maison.

Pendant que nous étions occupés à l'intérieur, des policiers inspectaient la propriété. Ce sont eux qui découvrirent le puits, en partie recouvert de broussailles et d'herbes hautes. Ils nous prévinrent aussitôt. C'était un vieux puits en pierre, scellé par un lourd panneau de bois, sans doute placé là pour éviter les accidents.

Gahalowood demanda qu'on y fasse venir Bradburd.

— Qu'est-ce que c'est ? lui demanda Gahalowood.

— Vous le voyez bien : un ancien puits. On ne l'a jamais utilisé.

— Vous avez d'autres surprises sur votre propriété ?

— Je ne sais pas pourquoi vous vous acharnez, sergent.

Bradburd avait un petit côté sûr de lui et agaçant.

Le puits nous intriguait. Le panneau en bois fut retiré : la fosse était profonde. Un premier balayage à la lampe torche dévoila quelque chose au fond. Gahalowood considérait qu'il fallait aller inspecter ce qui s'y trouvait. Il demanda que l'on dépêche une équipe de pompiers disposant des équipements adéquats pour descendre.

L'agitation autour du puits accapara l'attention générale. Bradburd, qui n'était pas menotté, profita d'un instant de flottement pour nous fausser compagnie. Il s'enfuit en direction de la forêt. Tous les policiers présents se lancèrent à sa poursuite, mais Bradburd courait étonnamment vite. En quelques enjambées, il passa la lisière de l'épaisse forêt, disparaissant dans un environnement qui lui était familier, alors que les policiers se retrouvaient en terrain inconnu.

*

Deux heures s'étaient écoulées depuis que Bradburd s'était enfui. Malgré les recherches, il restait introuvable. Des équipes de garde-côtes et de la brigade maritime de la police d'État du Maine contrôlaient tous les bateaux qui quittaient Vinalhaven. Bradburd connaissait l'île comme sa poche, mais il ne pourrait pas aller très loin.

Dans ce même laps de temps, les pompiers dépêchés pour explorer le puits étaient arrivés sur place. Un premier homme encordé fut descendu dans la fosse. Rapidement, la radio de ses collègues en surface se mit à crépiter.

— Un corps ! s'écria le pompier depuis le fond du puits. Il y a un corps complètement décomposé !

Le pompier demanda qu'on le remonte. Une fois à l'air libre, il ouvrit le poing pour nous montrer ce qu'il venait de récolter parmi les restes humains. Une chaîne en or, sur laquelle étaient gravées les lettres d'un prénom : *Eleanor*.

Cinq jours après notre découverte à Vinalhaven, Gahalowood, Lauren et moi présentions au chef Lansdane nos conclusions sur l'affaire Alaska Sanders.

Chapitre 34

Le retournement

Concord, New Hampshire.
Lundi 2 août 2010.

Le corps retrouvé dans le puits était bien celui d'Eleanor Lowell. Elle ne s'était pas suicidée comme tout le monde l'avait cru pendant toutes ces années. Elle était morte des suites d'un violent traumatisme crânien provoqué par un objet contondant. Comme Alaska.

Benjamin Bradburd avait, lui, été retrouvé mort dans la remise d'une maison de Vinalhaven. Il s'était suicidé avec ce qu'il avait trouvé sur place : il s'était mis un sac en plastique sur la tête et l'avait attaché au niveau de son cou avec du ruban adhésif. Il était mort asphyxié. Gahalowood m'avait dit que c'était une technique relativement fréquente : « Vous seriez surpris, l'écrivain, mais c'est efficace : une fois que c'est fait, vous ne pouvez plus renoncer. Impossible de défaire le ruban adhésif pour enlever le sac et dans la panique les gens pensent rarement à percer le plastique. »

Dans le bureau de Lansdane, Gahalowood expliqua :

— Eleanor et Alaska ont été tuées par la même arme. Eleanor a reçu un coup au niveau de l'os pariétal dans lequel le médecin légiste a retrouvé un éclat de métal qui provient de la matraque utilisée pour tuer Alaska.

— Par Benjamin Bradburd donc ? dit Lansdane.

— C'est ce que nous pensons, indiqua Gahalowood. Malheureusement, nous n'avons pas de preuves formelles. Mais nous avons le mobile : Alaska pensait que Bradburd avait poussé Eleanor au suicide. Quand elle s'en est ouverte à lui, il a craint qu'on ne découvre le corps d'Eleanor. Il a tué Alaska pour la faire taire.

— Quel était le lien entre Alaska et Bradburd ? demanda Lansdane.

Lauren répondit :

— Ils étaient vraisemblablement amants. Malheureusement, Alaska et Bradburd étant désormais morts, nous n'en aurons jamais la certitude. Mais ceci expliquerait tout.

Gahalowood reprit :

— Nous ne comprenions pas comment tout tournait autour d'Eric Donovan. Tout semblait mener à lui. Le meurtrier avait donc forcément un lien avec lui. C'est en comprenant que Benjamin Bradburd avait une liaison avec Eleanor, qui elle-même avait une liaison avec Eric Donovan, que nous avons commencé à démêler les fils de cette histoire.

Je poursuivis :

— Le soir du 30 août 1998, Eleanor est avec ses copines sur la plage de Chandler Hovey Park. Vers 23 heures 30, elles s'en vont, sauf Eleanor qui veut profiter encore un peu de la soirée. Il est probable que Benjamin Bradburd la rejoigne sur la plage. Leur relation est très tendue. Benjamin souhaite se séparer d'elle, ce qu'elle refuse. Ils se disputent. Ils en viennent aux mains. Eleanor prend peur et se saisit de sa matraque pour se défendre. Benjamin la désarme et retourne l'objet contre elle. Il lui assène un coup mortel. Ce n'était probablement pas prémédité. Depuis le téléphone d'Eleanor, il envoie un message à Maria Lowell pour faire croire à un suicide. Puis il transporte le corps jusqu'à Vinalhaven pour s'en débarrasser dans le puits de sa maison.

— Et ensuite ? interrogea Lansdane.

Gahalowood poursuivit :

— Un mois après la mort d'Eleanor, et c'est ainsi que les deux histoires se connectent, Alaska découvre que son père lui a siphonné son compte en banque. Elle fuit à Mount Pleasant. Ce départ est d'abord provisoire. Après quelques jours là-bas, Alaska, pour se venger de son père, orchestre le vol de sa montre. Mais le plan tourne mal et un policier qui tente d'intervenir est gravement blessé. Craignant les conséquences, elle cherche un refuge à Mount Pleasant. Elle poursuit à distance sa liaison avec un homme de Salem rencontré dans le cadre du concours Miss Nouvelle-Angleterre : Benjamin Bradburd. Ils se voient en cachette, il lui fait des cadeaux. Quelques mois s'écoulent. Suite à une visite de la mère d'Eleanor, Alaska croit découvrir qu'Eric Donovan, dont elle sait qu'il a eu une liaison avec Eleanor, l'a poussée au suicide. Elle s'en ouvre à Benjamin Bradburd. Celui-ci tente peut-être de la dissuader d'entreprendre quoi que ce soit. Mais Alaska est têtue. Elle adresse des lettres anonymes à Eric. Lorsque celui-ci découvre qu'Alaska est le corbeau et lui démontre qu'il n'est pas responsable de la mort d'Eleanor. Alaska comprend alors qu'il y avait non seulement quelqu'un d'autre dans la vie d'Eleanor, mais que cette personne est Benjamin Bradburd.

— Comment ? demanda Lansdane.

— Dans son journal intime, Eleanor parle d'un homme qui conduit une voiture bleue et habite une maison grise entourée d'érables rouges. Alaska connaît bien cette maison, elle y a séjourné au moins une fois, en septembre 1998, et y a enregistré une audition pour un casting. C'est la maison de son amant, Benjamin Bradburd. Elle va payer cette découverte de sa vie. Le soir du 2 avril 1999, Bradburd attire Alaska dans un guet-apens à Grey Beach. Il la tue d'un coup de matraque comme il a tué Eleanor. Bradburd est un homme très intelligent qui a pensé à tout. C'est un expert en manipulation. Pour brouiller les pistes, il fabrique un coupable idéal, dont la police découvrira qu'il a eu une liaison avec Eleanor et qu'Alaska l'a fait chanter : Eric Donovan. Bradburd aiguille les enquêteurs en déposant, à proximité des lieux du crime, un pull appartenant à Eric Donovan qu'il a pris soin de maculer du sang de la victime.

— Comment Bradburd a-t-il mis la main sur ce pull ?

— Une semaine avant le meurtre d'Alaska, indiqua Lauren, alors que Bradburd est certainement en train de fomenter son crime parfait, Walter Carrey part quelques jours à une convention au Québec. C'est à ce moment-là que Bradburd tombe sur le pull d'Eric, peut-être chez Alaska à qui il rend une discrète visite en l'absence de Walter. Rappelez-vous qu'Eric avait prêté son pull à Walter lors d'une partie de pêche quelques jours plus tôt. Walter avait laissé le pull dans le coffre de sa voiture, mais Alaska a pu le remonter à l'appartement, par exemple pour le nettoyer. Peut-être qu'elle se plaint auprès de Bradburd de ce pull que lui avait réclamé Eric. En tous les cas, Bradburd comprend qu'il s'agit du pull d'Eric, et il le vole.

Lansdane interrogea encore :

— Mais pourquoi Alaska serait allée voir Bradburd si elle pense qu'il est responsable de la mort d'Eleanor ?

— Elle joue la comédie. Pour ne pas éveiller les soupçons. Elle est à une semaine de s'enfuir de Mount Pleasant et de laisser toute une partie de sa vie derrière elle. Après le meurtre d'Alaska, lorsque Walter puis Eric sont arrêtés, Bradburd se rend compte que son meurtre parfait a fonctionné. Il reste cependant une personne qui peut tout remettre en cause : Kazinsky, qui a participé à l'interrogatoire de Walter. Bradburd sait que Walter a avoué un crime qu'il n'a pas commis et que Kazinsky a probablement extorqué les aveux. Il faut donc neutraliser Kazinsky.

— Et donc Bradburd essaie de tuer Kazinsky en l'écrasant avec sa voiture, dit Lansdane.

— Exactement, confirma Lauren.

Après cette démonstration, Lansdane tapa des mains bruyamment en signe d'approbation.

— Bravo, nous félicita-t-il, affaire classée cette fois.

Gahalowood lui dit alors :

— Il reste un détail. Ces foutus éclats de phare d'une Ford Taurus noire retrouvés dans la forêt et dont je ne comprends toujours pas ce qu'ils faisaient là-bas.

— Les coïncidences, ça arrive, Perry.

— Je me méfie des coïncidences, chef.

Lansdane voulait classer l'enquête. Surtout pour apaiser le gouverneur dont l'ultimatum arrivait à échéance.

— Il faut savoir lâcher prise, Perry. Cette affaire vous a poursuivi pendant onze ans, c'est l'occasion de tourner la page.

*

Ce jour-là, Gahalowood, Lauren et moi nous rendîmes chez Robbie et Donna Sanders pour les informer que l'enquête sur le meurtre de leur fille était enfin conclue. C'est Gahalowood qui leur fit le récit de tout ce qui venait de se passer. Lorsqu'il eut terminé, il leur dit : « Justice a été rendue. » Derrière les parents, il y avait un portrait d'Alaska. J'eus l'impression qu'elle nous souriait.

Le temps des adieux était arrivé.

Nous retournâmes à Mount Pleasant. C'était la dernière fois que je me rendais là-bas. Je quittais cette ville avec une forme de nostalgie. Malgré tout ce qui s'était passé, je peux dire que je m'y étais plu.

Gahalowood et moi récupérâmes nos affaires à l'hôtel et rendîmes nos chambres. Nous fîmes ensuite un ultime arrêt sur la rue principale. Nous nous arrêtâmes d'abord à la boutique de chasse et pêche des Carrey pour les saluer. Puis nous nous rendîmes au magasin d'alimentation des Donovan où se trouvait Eric. Il adressa une chaleureuse poignée de main à Gahalowood et lui dit :

— Merci, sergent.

Gahalowood acquiesça. Comme il ne sut pas quoi répondre, il murmura simplement :

— Bonne chance, Eric. J'espère que vous pourrez vous reconstruire.

Eric dit alors :

— Lauren m'a confié que vous vous en vouliez, sergent. À cause de ce qui est arrivé il y a onze ans. Je tenais à vous assurer que je ne vous en ai jamais voulu. À Vance oui, à Patricia désormais aussi. Mais vous, vous avez fait votre boulot de flic. La preuve : vous êtes là. Vous êtes un type bien, sergent Perry Gahalowood. Que le Ciel vous garde.

En ressortant du magasin des Donovan, je trouvai Lauren qui m'attendait. Gahalowood s'éloigna pour nous laisser seuls tous les deux.

Je dis à Lauren :

— À propos du concert d'Alexandra Neville…

Elle m'interrompit :

— Tu m'avais pourtant avertie que la fille de la photo s'appelait Alexandra. Mais je n'avais pas compris qu'il s'agissait d'Alexandra Neville. Qui aurait pu imaginer ?

— Comment l'as-tu finalement découvert ?

Elle eut un sourire triste :

— Je suis flic, Marcus, ne l'oublie pas.

Lauren tenait dans la main un magazine sur les vedettes

du moment. Elle l'ouvrit et me montra un article consacré à Alexandra Neville et à sa relation avec un hockeyeur de l'équipe des Panthères de Floride. Puis elle se saisit de son téléphone portable et afficha la photo qu'elle m'avait envoyée deux semaines auparavant. Celle du cliché que j'avais oublié chez elle, sur lequel on voyait mes cousins et cette fille, à Baltimore en 1995.

Lauren reprit :

— C'est en feuilletant cette revue que j'ai compris. La fille de la photo, c'est Alexandra Neville. C'est elle le grand amour de ta jeunesse…

J'acquiesçai.

— Que s'est-il passé entre vous ? me demanda-t-elle.

— Il y a eu un drame chez les Goldman-de-Baltimore. Un drame qui m'a pris mes cousins Woody et Hillel.

— Tu as envie d'en parler ? me proposa-t-elle.

— Je ne crois pas.

Elle me fixa un instant. Ses yeux brillants laissaient transparaître un mélange de regret et d'amertume.

— J'ignore ce qui a pu se passer avec tes cousins et Alexandra, mais visiblement ça te ronge. Ça t'empêche d'aller de l'avant, de rencontrer quelqu'un. Ça t'empêche d'être heureux. Je te souhaite de régler ça un jour, Marcus. T'es vraiment un mec en or, tu mérites de mettre ton passé derrière toi.

Je lui adressai un salut maladroit. J'avais envie de la prendre dans mes bras mais je craignais que ce soit malvenu. Lauren et moi savions tous les deux à cet instant que nous ne nous reverrions plus.

— Tu rentres à New York ? me demanda-t-elle.

— Oui.

— Je voulais te remercier. Pour tout. Et te dire que le chef Mitchell m'a proposé de devenir la prochaine chef de la police de Mount Pleasant.

— Je suis très fier de toi, murmurai-je.

Je vis une larme perler sur sa joue.

Lauren s'en alla et je rejoignis Gahalowood qui m'attendait adossé à une voiture.

— Ça va, l'écrivain ?

— Ça va.

Nous restâmes silencieux un moment. Nous aussi, nous nous

apprêtions à nous quitter pour quelque temps. Je rentrais à New York, et lui à Concord. Gahalowood me dit finalement :

— Alors voilà, l'écrivain, on a bouclé notre enquête et chacun rentre chez soi ?

— Quelque chose me dit qu'on va se revoir bientôt, sergent.

— Vous savez qu'il y a chez moi une chambre pour vous. Venez quand vous voulez.

— Merci, sergent. Quand est-ce que les filles reviennent de camp ?

— Le week-end prochain. Vous, vous avez des projets ?

— Pas vraiment. Je suis censé rejoindre l'université de Burrows à la fin août pour la réunion de préparation de la rentrée ?

— Vous allez vraiment y aller ?

— Je n'en sais rien encore.

Je roulai d'une traite jusqu'à Manhattan. Je retrouvai mon appartement. Je me sentais seul. Je feuilletai mon album de photos, celui que ma mère détestait tant. Je veillai tard, incapable de dormir. Finalement, je m'installai à mon bureau et j'allumai mon ordinateur. J'ouvris le traitement de texte et j'y tapai le titre de mon prochain roman :

L'AFFAIRE ALASKA SANDERS
Par Marcus Goldman

Après trois semaines d'écriture, j'interrompis momentanément mon livre pour me rendre à l'université de Burrows et y prendre mes nouvelles fonctions au sein du département de lettres.

CHAPITRE 35
Ceux qui savent

Burrows, Massachusetts.
Lundi 23 août 2010.

À mon arrivée là-bas, je fus accueilli chaleureusement par le recteur, Dustin Pergal. Il me présenta à mes collègues. Il y eut d'abord une longue réunion de programme, puis nous déjeunâmes tous ensemble. Ce n'est qu'ensuite que Pergal me conduisit à l'ancien bureau de Harry. À côté de la porte, mon nom y était désormais inscrit. Près de douze ans après l'avoir rencontré ici, je marchais dans les traces de Harry Quebert. J'entrai dans la pièce, ému. Rien ne semblait avoir bougé depuis ma dernière visite.

— S'il vous manque quelque chose, n'hésitez pas, me dit Pergal qui m'observait depuis le pas de la porte. Nous avons un petit budget pour des nouveaux meubles si vous le souhaitez.

— Merci, mais c'est parfait. Tout est parfait comme ça.

Je m'assis au bureau et contemplai les lieux. Pergal s'en alla. J'ouvris le tiroir, celui dans lequel j'avais, en juin dernier, découvert cette statue de mouette. Elle était toujours là. Et en dessous, ce vieux journal auquel je n'avais pas prêté attention lors de ma précédente visite. Je m'en saisis : il devait dater d'au moins vingt ans, sinon plus. Je vérifiai la date, et je compris aussitôt.

J'attrapai le journal et quittai précipitamment le bureau. Dans le couloir, je tombai sur Dustin Pergal.

— Tout va bien, Marcus ?

— Tout va bien. Ne vous inquiétez pas, je reviens. Je ne sais pas quand. Mais je reviens…

— Vous vous en allez ?

— J'ai un rendez-vous important.

— Avec qui ?

Je ne répondis pas et le plantai là, sans qu'il comprenne ce qui se passait. Il me cria simplement d'un ton presque amusé : « En tout cas avec vous, Marcus, que vous soyez étudiant ou professeur, on ne s'ennuie jamais. »

Le journal que j'avais retrouvé était la gazette d'une petite ville canadienne nommée Lionsburg, à la frontière avec les États-Unis. Cette édition jaunie datait du 30 août 1975. Un jour capital dans la vie de Harry car il marquait la disparition de Nola Kellergan. Ce journal n'était pas là par hasard : c'était un indice que Harry m'avait laissé depuis des mois pour que je puisse le retrouver. Il s'était probablement installé là-bas.

Après quelques heures de route, j'arrivai dans la petite ville de Lionsburg. Il ne me restait plus qu'à retrouver Harry. Je me rendis devant l'hôtel de ville, considérant que je pourrais facilement interroger des gens du coin. Mais alors que je venais de me garer, je remarquai une librairie dont l'enseigne me laissa bouche bée. La librairie s'appelait *Le Monde de Marcus*.

J'y pénétrai, un peu intimidé. Je fus accueilli par une femme blonde à qui je trouvai un faux air de Nola Kellergan mais version la quarantaine bien sonnée.

— Je peux vous renseigner ? me demanda-t-elle.

— Est-ce que Harry est là ?

La femme se tourna vers l'arrière-boutique :

— Chéri, une visite pour toi.

Harry apparut soudain. Il était rayonnant.

— Marcus, me dit-il, vous m'avez enfin retrouvé.

*

Je passai les jours suivants chez Harry. Ce ne fut pas sans me rappeler mes visites à Aurora, à une exception près : il avait une femme dans sa vie désormais, Nadya, dont je venais de faire la connaissance. Ils habitaient ensemble dans une confortable petite maison du centre de Lionsburg dotée d'une terrasse couverte qui donnait, non pas sur l'océan comme à Goose Cove, mais sur une rue tranquille. Le premier jour, je me réveillai vers 5 heures du matin. Je sortis sur le porche baigné par les lumières de l'aube. Il faisait déjà chaud. Alors que je contemplais le voisinage, j'entendis la voix de Harry derrière moi :

— Je vois que vous continuez à vous lever aux aurores...

Il était assis dans un fauteuil en bois, je ne l'avais pas remarqué. Il tenait une tasse de café dans ses mains, une deuxième, encore fumante, m'attendait sur une table d'appoint. Je pris place à côté de lui.

— Comment me connaissez-vous si bien ? lui demandai-je en avalant une gorgée de café.

— Parce que je suis votre ami, Marcus. Un ami, c'est quelqu'un que l'on connaît bien et que l'on aime quand même.

J'esquissai un sourire. Il poursuivit :

— Si vous êtes arrivé jusqu'ici, c'est que vous avez trouvé le journal dans le tiroir de mon ancien bureau. J'en déduis que vous allez donner votre cours à l'université de Burrows.

— Uniquement pour un semestre, répondis-je. Je m'y suis engagé, je n'allais pas faire faux bond à Dustin Pergal.

— Pergal a voulu vous virer de cette université lorsque vous y étiez étudiant, je vous rappelle.

— Je sais, mais c'est du passé. Il faut savoir le mettre derrière soi.

— C'est vous qui dites ça ? me fit-il remarquer d'un ton amusé. Vous savez, Marcus, si j'ai essayé de vous dissuader d'aller à Burrows, c'était une façon maladroite de ma part de vous inciter à vivre votre vie. De laisser de côté vos loyautés et de faire ce qui est bon pour vous.

— Je crois que je ne sais plus très bien ce qui est bon pour moi.

— J'en ai bien conscience, me dit Harry. Et je suis là pour vous aider.

Durant ces quelques jours avec Harry, je retrouvai le lien profond que j'avais noué avec lui au fil des années. Nous parlâmes sans discontinuer, comme pour rattraper le temps perdu, sur sa terrasse, dans son salon, dans le restaurant proche de sa maison où nous passâmes des heures, comme jadis au *Clark's*. Dans sa librairie également, où, au cours d'une après-midi, il attrapa sur un rayonnage, un exemplaire de *La Vérité sur l'Affaire Harry Quebert*.

— Ce livre, me dit-il, je l'ai lu et relu. Je ne vous ai jamais dit la fierté que j'éprouve à votre sujet, Marcus. Je me rends compte que j'ai été maladroit, en juillet dernier, lorsque je vous ai donné rendez-vous à cette représentation de *Madama Butterfly*. Je ne souhaitais pas faire de mystères inutiles, j'étais nerveux de vous retrouver. J'ignorais comment revenir dans votre vie après en avoir disparu si subitement. À l'époque, j'ai d'abord cru que je vous en voulais d'avoir percé mon secret, avant de me rendre compte que je craignais surtout de vous perdre. Je pensais que vous me détestiez après avoir découvert la vérité sur *Les Origines du mal*.

— Je ne vous en ai jamais voulu, Harry. J'ai essayé désespérément de vous retrouver.

— Je vous admire, Marcus. Et je vous suis à jamais reconnaissant. Grâce à vous, grâce à votre enquête en 2008, j'ai pu enfin tourner la page de Nola. Je n'ai plus besoin de l'attendre, je ne vis plus dans le passé. J'ai pu refaire ma vie. Et grâce à vous, j'ai surtout compris que nos démons ne disparaissent jamais. On s'y accoutume et ils finissent par partager notre quotidien sans plus l'entraver. Vous avez réparé quelque chose en moi, Marcus, et j'ai voulu faire la même chose pour vous. C'est pour ça que je vous ai remis ce billet pour le concert d'Alexandra Neville. Pour produire un déclic, pour que vous alliez la retrouver. Elle est la femme de votre vie, Marcus. Il n'est pas trop tard pour tout réparer avec elle. Malgré ce qui s'est passé dans votre famille de Baltimore. Ce billet de concert, c'était pour vous signifier que la vie continue, qu'il suffit d'une simple étincelle pour la faire redémarrer. Après le concert, vous auriez pu aller dans les coulisses, vous auriez pu faire savoir à Alexandra Neville que vous étiez là. Vous l'auriez retrouvée. Pourquoi ne pas l'avoir fait ?

— Je n'en sais rien, Harry. C'est trop compliqué.

— Il n'y a rien de si compliqué, Marcus. Je repense souvent à vos 31 conseils d'écriture que vous mentionnez dans *La Vérité sur l'Affaire Harry Quebert* et dont vous m'attribuez la paternité. Il n'y en a qu'un seul que j'aurais dû vous donner et qui remplace tous les autres.

— Lequel ?

— Posez-vous la question de pourquoi vous écrivez. Une fois

que vous y aurez répondu, vous saurez ce qui fait de vous un écrivain. Savez-vous pourquoi vous écrivez, Marcus ?

Je restai muet, avant d'admettre finalement :

— Je ne sais pas, Harry, je ne sais plus.

— Je ne peux pas répondre à votre place, Marcus, mais je vais vous dire ce que je pense. Vous écrivez pour la réparation. *La Vérité sur l'Affaire Harry Quebert* a été ma réparation, *L'Affaire Alaska Sanders*, dont vous m'avez dit que vous avez commencé la rédaction, sera certainement la réparation de votre ami Gahalowood. C'est très généreux à vous de vouloir réparer tout le monde, Marcus, mais il serait peut-être temps de penser à vous. Bien entendu, vous pouvez passer votre existence à sillonner l'Amérique, en vagabond magnifique de la littérature, pour y résoudre tous les meurtres sordides qui y ont eu lieu, mais cela ne vous réparera pas, vous. Cela ne réparera pas ce qui est arrivé à votre famille de Baltimore. Cela ne vous ramènera ni Alexandra, ni vos cousins. Il est temps de vous pardonner, Marcus, et seule l'écriture vous permettra d'y parvenir.

C'est ainsi que Harry Quebert, mon ami et mentor retrouvé, allait me pousser à prendre une décision qui allait changer le cours de ma vie : me trouver une maison d'écrivain.

— Votre appartement à New York, c'est très bien, me dit-il. Mais vous avez besoin d'un lieu où vous consacrer à l'écriture. Un lieu qui vous permette de vous recentrer sur vous-même. Votre Goose Cove.

— J'aime bien la Nouvelle-Angleterre, fis-je remarquer.

— Oubliez la Nouvelle-Angleterre, Marcus ! Votre identité est ailleurs. Un lieu qui vous définisse. Fermez les yeux et pensez à une ville.

— Baltimore, répondis-je sans hésiter. Mais je ne crois pas avoir envie d'aller à Baltimore.

— Ce n'est pas forcément Baltimore, mais on progresse. Quand j'entends Baltimore, je pense évidemment à votre famille, à vos cousins. Vous n'avez encore jamais écrit sur les Goldman-de-Baltimore, Marcus… Il y a forcément un endroit où vous avez envie de le faire. C'est dans cet endroit que Goldman pourra réparer Marcus.

Lorsque je quittai finalement Lionsburg, le jeudi 26 août, je me sentais apaisé. Différent. Une page de ma vie était en train de se tourner. Avant de remonter en voiture, je déposai un baiser sur la joue de Nadya et je donnai une longue accolade à Harry.

— À bientôt ! lui dis-je.

— Ne me laissez pas sans nouvelles, Marcus. Et revenez quand vous voulez. Vous êtes chez vous ici.

— Nadya et vous êtes également les bienvenus à New York.

— Pas à New York, me répondit Harry avec un sourire amusé. Je viendrai dans votre maison d'écrivain quand vous l'aurez enfin trouvée.

Je me mis en route. Tout au long du trajet, j'écoutai de grands airs d'opéra. Après avoir passé la frontière entre le Canada et le New Hampshire, je reçus un appel de Gahalowood.

— L'écrivain, me dit-il d'un ton catastrophé, on s'est plantés. Benjamin Bradburd avait un alibi pour le meurtre d'Alaska. Ce n'est pas notre homme. Je ne sais pas comment c'est possible, mais on s'est fait complètement berner.

Dans les jours qui avaient suivi le classement de l'affaire, Gahalowood était resté tracassé par ces débris de phare qu'on avait retrouvés dans la forêt. Il s'était d'abord efforcé de ne pas y penser. Mais cette contrariété revenait dans son esprit sans cesse.

CHAPITRE 36
Méprise

Salem, Massachusetts.
Jeudi 26 août 2010.

Je rejoignis Gahalowood à Salem, devant la maison de Benjamin Bradburd.

— Que se passe-t-il, sergent ?

— L'écrivain, croyez-moi, je ne vous aurais pas dérangé pour rien... Ça faisait un moment que j'avais envie de vous appeler et de vous dire que quelque chose ne collait pas...

— Parlez librement, sergent. Qu'est-ce qui vous turlupine ?

— Tout fonctionnait dans notre théorie : Bradburd qui vole le pull d'Eric Donovan et l'abandonne pour faire croire à une preuve. Pareil pour le message dans la poche d'Alaska qui aurait pu être placé par lui. Mais ces débris de phare alors ? Cela pouvait-il être vraiment une coïncidence, comme l'a dit Lansdane ? Je suis finalement retourné au cabinet de Bradburd. J'ai fouillé toutes ses archives. Il conservait tout un tas de reliques à sa gloire. Je pense qu'il était du genre narcissique. Et regardez ce que j'ai trouvé...

Gahalowood brandit un article tiré du *Canaan Standard*, un journal local du Connecticut, daté du 3 avril 1999 :

SOIRÉE DE L'ASSOCIATION
DES MÉDECINS DE CANAAN :
PSYCHIATRIE PAR LE MENU

En ce vendredi 2 avril 1999, l'Association des médecins de Canaan célébrait son vingtième anniversaire. Ce fut l'occasion d'un dîner de gala à l'Hôtel de Ville. L'invité d'honneur était le docteur Benjamin Bradburd, psychiatre à Salem, Massachusetts, qui a prononcé un discours sur l'importance de la psychothérapie en milieu carcéral [...]

Gahalowood me dit :

— Le soir où Alaska a été tuée, Bradburd donnait un discours à trois heures de route de Mount Pleasant. On s'est trompés, il ne peut pas être le meurtrier.

— Pourquoi s'est-il suicidé alors ?

— Pour éviter la prison pour le meurtre d'Eleanor...

— Mais Alaska et Eleanor ont été tuées avec la même arme... fis-je remarquer. Quel est donc le lien entre les deux meurtres ?

— C'est la question que je me pose, l'écrivain. Je crois que nous ne sommes pas au bout de nos surprises. C'est pour cela que je voulais fouiller à nouveau la maison de Bradburd avec vous. Avons-nous raté quelque chose ?

Nous nous mîmes au travail. En commençant par le bureau de Bradburd.

— Il avait l'air d'être collectionneur de souvenirs inutiles, me dit Gahalowood.

Nous passâmes en revue des dizaines de documents sans intérêt. Bradburd avait effectivement la manie de tout conserver. Nous pûmes retracer une partie de sa vie sur une vingtaine d'années, au gré de factures, de cartes de membre de fitness ou de vidéoclub, de vieilles photos, de billets d'avion. Certains étaient parfois agrémentés de notes. Nous n'y avions pas vraiment prêté attention lors de la perquisition initiale car il ne s'agissait que de vieux souvenirs. C'est alors que je découvris un carton d'invitation à un mariage.

Mariage Steven Hart & Bella Swede
30 août 1999
Hotel Plaza, Boston

— Sergent, regardez la date ! Benjamin Bradburd était invité à un mariage le soir de l'assassinat d'Eleanor Lowell. Y était-il vraiment ?

— On va vite le savoir.

Gahalowood trouva sans problème le contact de Steven Hart. Malgré l'heure tardive, il lui téléphona. Steven Hart nous raconta avoir divorcé de Bella Swede trois ans auparavant, mais confirma que Benjamin Bradburd figurait parmi les convives. « Est-ce qu'il est parti tard ? » demanda Gahalowood. « Dans mon souvenir, il a dormi à l'hôtel. Est-ce en lien avec sa mort ? Quel événement tragique ! Est-ce que l'on en sait plus sur les raisons qui l'ont poussé à l'acte ? »

Gahalowood n'écoutait plus Steven Hart. Il me regardait avec un mélange d'incompréhension et de détermination. Depuis le début de cette enquête, quelqu'un avait réussi à nous balader.

— Considérons que Bradburd a été piégé et qu'Eric Donovan aussi. Le meurtrier est connecté à Benjamin, Eric Donovan, Eleanor et Alaska, dit Gahalowood.

— Et Kazinsky ! ajoutai-je.

Dans le carton de souvenirs, en m'emparant du faire-part de mariage, j'avais attrapé la photo qui se trouvait en dessous. C'est Gahalowood qui la remarqua et qui s'en saisit. C'était une photo d'un mariage : celui de Benjamin Bradburd.

— La mariée ! s'écria Gahalowood. La mariée !

Je regardai le cliché et restai bouche bée.

Dans l'heure qui suivit, Gahalowood et moi débarquions dans le cabinet d'avocats de Patricia Widsmith, accompagnés par une délégation de la police de Boston qui procéda à son arrestation. En nous voyant entrer dans son bureau, elle comprit aussitôt.

Chapitre 37

Fin de partie

Boston, Massachusetts.
Vendredi 27 août 2010.

— Vous savez pourquoi nous sommes là? lui demanda Gahalowood.

Elle eut un sourire triste.

— Depuis cet après-midi de juillet où je vous ai vus débouler tous les deux dans ce bureau, je me suis préparée à affronter mon destin. Depuis onze ans, tout se passait bien. Jusqu'à ce que vous vous en mêliez.

Elle se leva de sa chaise et se posta à la fenêtre. Comme pour profiter une dernière fois des rayons généreux du soleil qui irradiait Boston en cet après-midi d'été. Gahalowood s'empara d'une paire de menottes.

— Ne m'embarquez pas immédiatement, requit Patricia. Je n'ai pas envie de vous raconter tout ça dans une de ces salles d'interrogatoire sinistres que j'ai trop fréquentées.

— Accordé, lui répondit Gahalowood. Je vais vous lire vos droits et enregistrer vos déclarations, qui pourront être retenues contre vous.

— Pas besoin de me lire mes droits, sergent. Je les connais et j'y renonce. Comment avez-vous su?

— Il nous manquait un lien entre les protagonistes de toute cette affaire: Eleanor Lowell, Alaska Sanders, Eric Donovan et Benjamin Bradburd. Quand nous avons découvert que vous étiez l'ex-femme de ce dernier, ça a été une évidence.

— Je savais que ça finirait comme ça.

Gahalowood enclencha le dictaphone sur son téléphone portable.

— Nous vous écoutons, dit-il.

— Je m'appelle Patricia Widsmith. J'ai brièvement porté le nom de Bradburd, pendant mon court mariage. J'ai assassiné Alaska Sanders la nuit du 2 au 3 avril 1999.

Elle se tut. Son visage était figé en une espèce de rictus.

— Patricia, intervint Gahalowood, ça fait longtemps que je fais ce métier. Mais là, je vous avoue que je n'ai pas la moindre idée de ce qui a pu se passer pour que vous en arriviez là…

— Qu'est-ce que vous voulez savoir ?

— Tout.

— Par où je commence ?

— Par le début.

— Alors il faut remonter à janvier 1998. J'étais mariée depuis une année avec Benjamin. C'était un sacré personnage. J'étais très éprise. Benjamin avait quinze ans de plus que moi. J'avais toujours été attirée par les hommes plus mûrs. Il avait un charisme fou, peut-être que cela me sécurisait. On s'est rencontrés lors d'un séminaire sur la peine de mort. Il avait longtemps travaillé dans les prisons et il militait pour une nouvelle approche de l'incarcération. On s'est tout de suite plu. C'était un homme de convictions, j'aimais ça chez lui. Quand on a commencé à sortir ensemble, j'ai eu un peu peur de la réaction de mes proches, à cause de son âge. Avant de me rendre compte qu'il faisait l'unanimité. Tout le monde l'aimait. Mes amies étaient conquises, ma mère l'adorait. Il était intelligent, gentil, sociable, serviable. Une perle. Les choses sont allées assez vite. J'ai emménagé dans sa jolie maison de Salem. Il avait une bonne situation. Moi je travaillais déjà comme avocate à Boston, je commençais ma carrière. Rapidement, il m'a demandée en mariage. J'ai accepté. Sans l'ombre d'un doute.

*

Janvier 1998

Une année de mariage et elle était déjà trompée !

Patricia venait de surprendre son mari avec une autre femme. Elle sortit précipitamment de l'immeuble qui abritait le cabinet et se réfugia dans sa voiture. Sa propre réaction la surprit : pourquoi avait-elle fui au lieu de l'affronter ? Pourquoi n'avait-elle pas fait un scandale ? Les mardis, Benjamin restait toujours tard au cabinet. Il contrôlait la facturation, s'occupait de l'administratif. Aussi, les mardis, elle prolongeait également son travail à Boston. Ils se retrouvaient à la maison. Mais ce soir-là, elle était partie de bonne heure et elle avait voulu lui faire une surprise. Elle s'était arrêtée chez un traiteur chinois qu'ils aimaient, avait pris la moitié de la carte à emporter, et elle s'était pointée au cabinet sans prévenir. En poussant la porte, avant même de s'être s'annoncée, elle avait entendu des gémissements de femme et des grognements sourds. Elle avait longé le couloir à pas feutrés : par la porte entrebâillée du bureau, elle avait vu Benjamin, nu sur le canapé destiné à ses patients, en train de faire l'amour à une femme. Patricia resta d'abord horrifiée, à contempler cette scène qui n'en finissait pas. Puis elle s'en alla, sans bruit, regagna sa voiture et y pleura sans déranger personne. Elle était à la fois incrédule et impuissante. Elle s'était toujours persuadée qu'elle était de ces femmes qui ne toléreraient pas l'adultère, qu'elle quitterait sur-le-champ celui qui lui serait infidèle. Mais à présent qu'elle était trompée, elle était paralysée. Elle rentra simplement se coucher. Elle se jeta dans le lit, redoutant son retour, et lorsqu'il fut là elle prétendit dormir. Il se coucha sans se doucher. Il se glissa près d'elle et la serra contre lui. Elle resta figée, glacée et dégoûtée.

Le lendemain, elle voulut se confier à quelqu'un mais elle y renonça. Elle avait honte. Est-ce que ce n'était pas à Benjamin d'avoir honte ? Il avait l'air de vivre tout cela sereinement. De bonne humeur comme toujours. Il ne remarqua même pas son trouble.

Une semaine s'écoula. Le mardi soir suivant, elle retourna en catimini au cabinet : par la porte entrouverte, elle observa à nouveau la scène d'adultère. Et une fois encore, elle ne fit rien. De nouveau paralysée. Et le mardi soir devint un rendez-vous pour tout le monde : Benjamin avec cette femme, et Patricia avec eux deux. Parfois, elle montait à l'étage et les regardait faire. Parfois, elle restait dans sa voiture, planquée, à manger ces foutus plats chinois qu'elle continuait à aller chercher.

Son couple périclitait peu à peu. En silence. Benjamin semblait ne se rendre compte de rien. Patricia attendait qu'il lui demande ce qui n'allait pas, qu'il lui prête attention, mais il avait déjà l'esprit ailleurs. Avec l'Autre. Patricia ne voulait plus qu'il la touche, et moins il la touchait, plus elle l'imaginait avec l'Autre. Des images obscènes lui passaient en boucle dans la tête. À force d'être là les mardis soir, elle eut l'impression de devenir invisible. On ne la remarquait plus. Même lui ne la voyait pas, au volant de sa voiture, de l'autre côté de la rue. Il sortait de l'immeuble avec l'Autre, ils se souriaient et se saluaient poliment, contents de leur parfaite comédie. C'est comme ça que Patricia put mettre un visage sur cette femme qu'elle voyait toujours de dos. C'était une petite blonde toute jeune, au teint diaphane et aux yeux tristes. Bientôt, elle put mettre un nom sur ce visage : Eleanor, dont elle découvrit qu'elle était une patiente de son mari. La honte qu'éprouvait Patricia ne faisait que s'amplifier : si elle révélait les incartades de son mari, tout le monde saurait qu'il était une espèce de prédateur qui couchait avec une patiente en âge d'être sa fille. Elle n'avait aucune envie de devenir la femme du prédateur, celle qu'on regarderait de travers. Elle n'avait aucune envie de payer pour lui.

À Salem, Patricia s'était liée d'amitié avec un garçon charmant, Eric Donovan. Ils fréquentaient les mêmes lieux et, au fil du temps, ils avaient sympathisé.

Dans ce moment de perdition, Patricia songea à coucher avec Eric, pensant que ça la libérerait. Elle renonça rapidement mais le rejoignit régulièrement au *Lagon Bleu*, un bar à la mode. Eric y venait parfois accompagné d'un copain d'enfance, Walter, un jeune homme sympathique mais un peu rustre qui en faisait toujours trop pour attirer l'attention.

Patricia se rendit au *Lagon Bleu* pour la dernière fois un soir de mars. Elle y croisa un groupe de jeunes filles parmi lesquelles elle reconnut Eleanor. En la voyant, son estomac se noua, elle eut envie de vomir. Et, comble du malaise, Eric lui désigna Eleanor justement et lui glissa : « Elle me plaît vraiment, elle, tu veux pas aller sympathiser avec et, comme ça, tu me la présentes ? » Patricia, dégoûtée, avait pris sa bière sur le comptoir pour aller s'installer plus loin, mais en se tournant elle bouscula une jeune femme. Elles s'excusèrent toutes les deux, et l'histoire aurait pu s'arrêter là si, après avoir quitté le bar au volant de sa voiture, Patricia n'avait pas vu cette même jeune fille qui marchait dans la rue déserte. C'était une très belle jeune femme et elle s'inquiéta de la voir se promener seule à une heure pareille. Elle s'arrêta à sa hauteur et baissa sa vitre :

— Tu es à pied ?

— Oui, j'ai trop bu, je veux pas prendre le volant. Tous les autres sont partis et impossible de trouver un taxi. Je vais marcher un peu, ça ne me fera pas de mal.

— Monte, je te dépose.

La jeune femme monta. Patricia fut aussitôt frappée par sa beauté. Son visage, son sourire, ses yeux, ses cheveux. Et ce corps. Et ce prénom, qu'elle n'oublierait pas : Alaska.

— Tu habites où, Alaska ?

— Dans le quartier de Mack Park.

Tout en conduisant, Patricia ne put s'empêcher de jeter des coups d'œil réguliers à sa passagère. Sa beauté avait quelque chose de magnétique. Elle la trouva sensuelle alors qu'elle n'avait jamais considéré une femme de la sorte. Alaska perçut son regard insistant.

— Qu'est-ce qu'il y a ? demanda-t-elle un peu gênée.

— Rien. Je te regarde. Je te trouve... très belle. Enfin, wow, t'as vraiment un truc, toi !

Alaska éclata d'un rire sonore et chaud :

— Merci. T'es belle aussi.

— Je ne disais pas ça pour que tu me fasses un compliment en retour, s'empressa de préciser Patricia.

— Je sais.

Lorsque Patricia déposa Alaska devant la maison de ses parents, il y eut entre les deux femmes un moment électrique. Patricia eut envie de demander à Alaska son numéro de téléphone, mais elle n'osa pas. Elle était gênée que ce soit une femme, gênée de leurs dix années de différence d'âge, alors que Benjamin couchait avec une patiente de trente ans de moins que lui.

Patricia rentra chez elle. Benjamin dormait déjà. Elle se

doucha, longuement. Elle ressentit une excitation inédite. C'était agréable.

Deux semaines plus tard, un mardi soir, Alaska rentrait à pied chez elle lorsque, remontant l'une des artères principales de Salem, elle remarqua Patricia qui mangeait dans sa voiture. Alaska s'amusa de cette scène et frappa à la fenêtre.

— Qu'est-ce que tu fais là ? lui demanda-t-elle.

— J'attends, répondit Patricia.

— Tu attends qui ?

Pour la première fois, Patricia eut envie de se confier. De raconter ce qu'elle traversait. Elle invita Alaska à monter à bord et lui raconta tout.

— Donc ton mari est dans son bureau, en train de baiser sa maîtresse, et toi tu attends en bas de l'immeuble. Mais tu attends quoi ?

— Qu'il ait fini.

Patricia s'était mise à pleurer. Elle était découragée. Fatiguée de se laisser faire. Alaska lui prit la main et y déposa un long baiser. Patricia sentit de nouveau cette sensation agréable. Alaska lui dit alors :

— Les hommes, c'est de la merde.

Patricia éclata de rire. Alaska approcha son visage du sien et elles s'embrassèrent. Après un baiser langoureux, Patricia demanda :

— Tu fais quoi ces prochains jours ?

— Rien de spécial, pourquoi ?

— On pourrait partir deux jours, juste toi et moi.

— Quoi, là comme ça, maintenant ?

Patricia acquiesça, nerveuse de la réaction d'Alaska. Elle avait envie de vivre cette aventure maintenant. Saisir cet instant. Il se passait quelque chose entre elles, elle voulait aller au bout de cette pulsion. Elle pensait que cela ne durerait probablement pas. Que cette attraction soudaine était une passade. Elle avait passé trente ans sans avoir jamais envisagé d'être avec une femme, pourquoi cela changerait-il soudainement ? Elle désirait cette beauté pure tout simplement.

— D'accord, dit alors Alaska.

— Vraiment ?

— Oui, on n'a qu'une vie, non ? Je vais passer prendre

quelques affaires chez moi et prévenir mes parents que je dors chez une amie ce soir et que je pars demain à New York pour une audition.

La mention de ses parents par Alaska rappela à Patricia son âge. Elle eut soudain un instant d'hésitation. Alaska le remarqua et dit :

— Je vis encore chez mes parents, je ne vais pas les inquiéter inutilement. Et quitte à ne pas les inquiéter, autant ne pas leur dire que je pars deux jours je ne sais où avec une femme que je connais à peine.

Patricia éclata de rire. Elle déposa Alaska chez ses parents, puis elle retourna discrètement chez elle. Elle constata, en voyant que les lumières étaient allumées, que Benjamin était dans la chambre à coucher. Sans doute en train de se doucher. Elle entra discrètement, prit les clés de la maison de Vinalhaven, pendues dans l'entrée, et repartit comme elle était venue. Elle écrirait un message à son mari pour lui dire qu'elle passait la nuit à Boston, invoquant un dossier de dernière minute. Elle dirait au travail qu'elle était malade. Elle récupéra Alaska, qui monta à bord avec un sac de voyage.

— Je t'ai pris des fringues, comme tu m'as demandé, dit Alaska. Elles devraient t'aller.

— Merci.

Elles partirent ce soir-là. Elles roulèrent jusqu'à Rockland, Maine, où elles arrivèrent au milieu de la nuit. Elles prirent une chambre dans un motel et s'écroulèrent l'une contre l'autre, épuisées par la route. Le lendemain matin, elles embarquèrent à bord du ferry pour Vinalhaven. Sur le pont du bateau, Patricia dévorait des yeux Alaska, les cheveux au vent, qui admirait le paysage.

Sur l'île, dans la maison grise entourée d'érables rouges, Patricia passa deux jours bouleversants.

Deux jours pendant lesquels elle apprit à faire l'amour à une femme.

Deux jours d'un bonheur pur et puissant qu'elle n'avait encore jamais connu jusqu'alors.

À Vinalhaven, sa vie venait de basculer.

*

— Je n'oublierai jamais ces deux jours d'avril à Vinalhaven, nous raconta Patricia. Ce fut inouï. Alaska m'a galvanisée, elle m'a insufflé la force dont je manquais pour reprendre ma vie en main. Elle m'a encouragée : « Quitte-le, ce salopard. Il ne te mérite pas ! Tu es mieux sans lui ! » J'étais mieux sans lui grâce à elle. De retour à Salem, j'ai affronté Benjamin. Je lui ai dit : « Je sais tout, sale porc ! Tu couches avec une patiente ! Je connais même son nom. Tu la vois tous les mardis soir, dans ton bureau, pendant que tu fais ta soi-disant comptabilité ! » La réaction de Benjamin me déconcerta complètement : j'aurais voulu qu'il nie, pour que nous puissions avoir une vraie dispute, mais au lieu de ça, il haussa les épaules et me répondit : « Je ne suis ni le premier ni le dernier à avoir une aventure. Ça arrive. » Et il s'est replongé dans son journal.

« En affrontant enfin Benjamin après des mois d'attentisme, je me rendis compte que j'avais simplement laissé pourrir notre mariage. Peut-être qu'en réagissant immédiatement, j'aurais eu envie de sauver notre couple. Mais là, c'était fini. Je regardais cet homme comme un étranger. Je voulais tirer un trait. C'est fou notre capacité à construire des relations, puis à les saccager en un rien de temps. La politique de la terre brûlée. Benjamin et moi, nous nous sommes séparés. J'ai pris un appartement. Comme je n'avais jamais parlé à quiconque – hormis Alaska – des tromperies de Benjamin, je ne m'épanchai pas après notre séparation. Je ne voulais ni drame, ni histoires. Je désirais passer à autre chose. J'ai donc laissé ma mère me faire des tas de reproches, me dire que je me privais d'un homme extraordinaire. Ils ont d'ailleurs continué à se voir régulièrement ensuite.

— Donc vous avez divorcé, dit Gahalowood.

— Pas tout de suite. Benjamin était un homme assez pingre. Nous n'avions pas de contrat de mariage et il avait pas mal d'argent par sa famille. Je m'en fichais de son fric, mais j'avais envie de le tourmenter. Je lui ai donc demandé, comme le droit m'y autorise, la moitié de ses biens. Ça l'a rendu dingue.

*

Avril 1998

— Tu ne vas pas me demander la moitié de ma fortune pour une seule année de mariage ! hurla Benjamin, excédé.

— On s'est mariés pour le meilleur et pour le pire. Chacun a pris à l'autre ce qui comptait le plus pour lui : tu m'as pris mon amour-propre, je te prends ton argent.

— Ton amour-propre… tu exagères !

— J'exagère ? Mais enfin, Benjamin, je t'ai vu en train de baiser cette blondasse !

— Tu es tellement mélodramatique, Patricia ! C'est pour ça que tu es une bonne avocate ! J'espère que tu ne racontes pas n'importe quoi sur mon compte à tes amis !

— Ne t'inquiète pas, ton secret est bien gardé. Et si ta mère me le demande, je dirai que nous ne nous entendons plus.

— Pourquoi ma mère te poserait-elle des questions ?

— Elle doit s'inquiéter pour la réputation familiale, cette espèce de folle avec son concours Miss Nouvelle-Angleterre à la con !

— Ne parle pas ainsi de ma mère qui t'a toujours respectée !

Sa séparation avec Benjamin fut un tournant dans la vie de Patricia. Elle put se consacrer à Alaska. La passion ne s'estompa pas. Au contraire, elle ne fit que s'amplifier. L'appartement dans lequel Patricia emménagea fut le cocon de leur amour secret. Jamais elle n'avait pareillement aimé quelqu'un. Alaska lui offrait un amour inconditionnel.

Les semaines s'écoulèrent. Tous les jours, Patricia se surprenait à aimer Alaska davantage. Elles songeaient au futur. Alaska parlait d'aller vivre à Manhattan. Ou à Los Angeles. Patricia trouvait l'idée séduisante, mais Alaska souhaitait attendre une opportunité pour s'installer là-bas.

— Je n'ai pas envie de végéter comme serveuse en attendant le rôle de ma vie, avait expliqué Alaska.

— Je travaillerai pour nous deux, avait répondu Patricia. Tu pourras te concentrer sur tes auditions.

— Je ne vais pas être l'artiste entretenue par sa copine. J'ai de l'argent de côté d'ailleurs. Mais je ne veux pas y toucher pour l'instant. On est bien à Salem. Et puis je sens que les choses vont se décanter rapidement.

Alaska espérait que cette année marquerait une étape dans sa carrière d'actrice : depuis peu elle avait une agente à New York, grâce à qui elle multipliait les castings. Elle répétait ses textes avec Patricia, puis elle se filmait chez ses parents, dans sa chambre, au moyen du vieux caméscope de son père.

— Tu peux aussi venir te filmer chez moi, si tu veux, lui proposa un jour Patricia.

— Non, ma mère regarde mes vidéos ensuite pour choisir la meilleure séquence et je ne veux pas qu'elle me pose des questions.

— Des questions sur nous ?

— Oui.

Patricia s'était elle aussi interrogée sur leur relation. Elle se sentait désormais prête à l'assumer. Visiblement pas Alaska qui craignait le regard d'autrui.

— Les gens sont des cons, dit finalement Patricia. On se fiche de ce qu'ils pensent.

— Oui, mais c'est comme ça. J'ai envie de réussir ma carrière moi, pas de révolutionner les mentalités. Tu connais beaucoup d'actrices célèbres qui sont officiellement en couple avec des femmes ?

*

Patricia interrompit son récit. Elle n'avait pas bougé de la fenêtre jusque-là. Elle fit quelques pas et ouvrit un tiroir. Gahalowood surveillait ses gestes de près. Elle sortit une photo qu'elle nous tendit. On la voyait, douze ans plus jeune, posant en compagnie d'Alaska à New York. Elle murmura :

— Ma petite chérie, si douce, si belle. Mon ange. Ma beauté. Début juin 1998, elle fêtait ses vingt-deux ans. Je l'ai emmenée passer le week-end à New York. Nous nous sommes imaginé y vivre. J'avais besoin de rêver. Ma procédure de divorce s'enlisait : je disais à Benjamin que j'étais prête à renoncer à la moitié de sa fortune en échange de la maison de Vinalhaven. Je faisais ça d'une part parce que ça le rendait fou : il adorait cette maison. Mais aussi parce que je m'y voyais passer les étés avec Alaska. Ç'aurait pu être notre havre de paix. Benjamin voulait évidemment que je renonce à tout, mais il n'avait aucun moyen de pression. Il avait pris un avocat très réputé et je pense que celui-ci ne lui donnait pas beaucoup d'espoir sur l'issue de notre divorce. Moi, j'étais décidée à tenir bon.

« Au début de cet été-là, la rumeur a commencé à courir, selon laquelle Alaska ne s'intéressait pas aux hommes. On l'avait vue « avec une femme plus âgée ». Alaska venait de s'inscrire au concours Miss Nouvelle-Angleterre sur le conseil de son agente qui considérait que ce serait un accélérateur de carrière. Un matin, Alaska m'a téléphoné au bureau, affolée : « Ils commencent à dire que j'aime les femmes. » J'ai voulu dédramatiser et je lui ai fait remarquer sur un ton amusé que c'était la vérité, mais elle a répliqué : « Je n'ai pas du tout envie de rire ! C'est une catastrophe ! Je les connais au comité de Miss Nouvelle-Angleterre : ils sont vieux jeu. » Le soir même, Alaska sortait au *Lagon Bleu* avec ses copines et croisait Walter Carrey qui lui tournait autour depuis quelque temps. À la fin de la soirée, sur le parking, devant tout le monde, elle l'attrapa soudain par le col et l'embrassa.

Je demandai :

— Donc Alaska est sortie avec Walter Carrey uniquement pour donner le change quant à sa sexualité ?

— Oui, répondit Patricia. Walter ne devait rester dans le décor que jusqu'à la compétition. Il était parfait dans son rôle : crédible parce que bel homme, sportif, bien taillé, et très sympa. Il était facile, sans complications, il ne cassait pas les pieds d'Alaska et surtout il n'habitait pas Salem, donc il n'était là qu'épisodiquement et n'encombrait pas. Alaska me disait qu'ils ne couchaient pas ensemble. Je pense qu'elle me racontait ça pour me faire plaisir, ou me rassurer, mais j'étais consciente qu'elle avait vingt et un ans, ses hormones la titillaient et qu'elle se posait certainement des questions sur sa sexualité. Pour être tout à fait franche, l'existence de Walter ne me posait pas de problème. Je ne me sentais pas menacée. Surtout, paradoxalement, l'arrivée de Walter renforça notre couple : Alaska assumait désormais plus facilement que nous sortions ensemble. Elle se permit des libertés nouvelles, comme me prendre la main discrètement sous la table au restaurant, ou m'enlacer rapidement dans une rue déserte. Tout allait pour le mieux. Mais ça ne durerait pas. Une rivalité couvait : Eleanor Lowell était jalouse d'Alaska.

*

Juin-juillet 1998

Depuis qu'elle sortait officiellement avec Walter, Alaska s'efforçait de parler d'hommes chaque fois qu'elle le pouvait. C'est ainsi que depuis peu, quand elle était au *Lagon bleu* avec ses copines, elle allait de son commentaire à chaque fois qu'un garçon leur passait sous les yeux. Au sein du groupe, Eleanor Lowell nourrissait une jalousie grandissante à l'égard d'Alaska. C'est elle qui avait discrètement lancé les rumeurs d'homosexualité. L'agacement d'Eleanor ne fit qu'aller grandissant lorsque Alaska se mit à faire tout un foin autour d'Eric Donovan, qu'elle trouvait soi-disant très attirant, se demandant même si elle ne s'était pas trompée en choisissant Walter plutôt que son copain Eric. Alaska avait mentionné Eric par hasard. Elle ignorait que, depuis quelque temps, lui et Eleanor couchaient ensemble. Un soir, Eleanor entraîna Alaska à l'écart et, l'attrapant sèchement par son vêtement, lui adressa un sévère avertissement :

— Fais gaffe à toi, si tu veux pas de problème ! N'approche pas d'Eric !

— Eric Donovan ?

— Eric Donovan. Il est à moi !

— Tu sors avec Eric ? C'est lui ton mystérieux mec ?

— Pas touche, compris ? Et surtout pas un mot ! Eric et moi on ne veut pas que ça se sache.

Lorsque Alaska mentionna cet épisode à Patricia, celle-ci ne lui révéla pas – elle ne l'avait pas fait jusque-là et n'en voyait pas l'intérêt – qu'Eleanor était également la maîtresse de Benjamin. Mais elle comprit que cette Eleanor Lowell était une garce dont il faudrait se méfier.

*

Gahalowood et moi écoutions Patricia dans un silence religieux. Elle avait repris sa place devant la fenêtre. Elle poursuivit :

— En découvrant, il y a quelques jours, qu'Eleanor se faisait maltraiter par son amant, et comme je savais moi qu'il s'agissait de Benjamin, j'ai compris qu'il s'était vengé sur elle cet été-là. La situation lui échappait complètement.

Toute la mauvaise humeur qu'engendrait en lui cette procédure de divorce, il la déversait sur Eleanor, la déconsidérant, refusant de s'afficher en public avec, de peur certainement que j'invoque un comportement coupable devant le juge. Puis, finalement, dans le courant du mois de juillet, Alaska fut sélectionnée pour participer à l'élection de Miss Nouvelle-Angleterre. À la fin du mois, elle apprenait qu'Eleanor était, elle, nommée comme membre du jury. Début août, Eleanor donnait rendez-vous à Alaska dans un café pour lui déballer tout un tas de saloperies qu'elle conclut en lui annonçant qu'elle n'obtiendrait pas le titre et qu'elle ferait tout pour lui barrer la route. « On en a marre d'entendre parler de ta carrière d'actrice de merde. Contente-toi de ton rôle d'homo honteuse, tu es parfaite. » Alaska, d'ordinaire si forte, fut dévastée. Elle se mit à broyer du noir. Je lui disais qu'on irait à New York malgré tout, et elle me répétait qu'elle n'irait pas là-bas pour faire le service dans un restaurant. Je voulais lui venir en aide à tout prix. Et il y avait une chose que je pouvais faire.

— Tuer Eleanor Lowell, suggéra Gahalowood.

— Non! protesta Patricia. Bien sûr que non! Cette idée ne m'a jamais traversé l'esprit. Je suis allée voir Benjamin à Vinalhaven. Je lui ai dit que, s'il faisait en sorte qu'Alaska remporte l'élection de Miss Nouvelle-Angleterre, je signais le divorce sans lui demander le moindre dollar.

— Et il a accepté?

— Bien évidemment! Quelle aubaine pour lui! Mais je n'ai rien dit à Alaska. Je voulais que cette victoire soit un triomphe, pas le fruit de l'arrangement minable d'un couple foireux. Et puis, il y a eu ce soir du 30 août 1998. Nous dînions, Alaska et moi, dans un restaurant de fruits de mer, au bord de l'océan. Elle avait l'air désemparée. « Qu'est-ce qui se passe, mon ange? lui demandai-je. C'est cette idiote d'Eleanor qui te tracasse encore? » « Oui, je sens bien qu'elle dit des saloperies sur moi. Elle m'écarte du groupe. Elles sont toutes allées se baigner à Chandler Hovey Park ce soir et personne ne m'a invitée. » Je ne pouvais pas supporter de voir Alaska souffrir ainsi. Elle qui était si douce, si gentille. Elle ne méritait pas ça. Il fallait que j'intervienne. Que je la protège des agissements d'Eleanor. J'étais décidée à agir.

Après notre dîner, je me suis débarrassée d'Alaska, invoquant un rendez-vous matinal à Boston pour qu'elle ne vienne pas dormir chez moi. Elle est partie de son côté et moi je me suis rendue au Chandler Hovey Park. Je me suis garée tout au bout du parking qui était presque désert. Il devait être 22 heures 30. Il n'y avait que trois autres voitures, parquées à l'opposé de la mienne. Cachée dans l'obscurité, je regardais les silhouettes de quatre jeunes femmes, à la lumière des lampadaires, qui allaient et venaient sur la plage. Voici ce qui s'est passé cette nuit-là.

*

30 août 1998.
23 heures 30.

Les éclats de voix avaient cessé depuis quelques minutes. De loin, Patricia distinguait que les filles étaient occupées à rassembler leurs affaires. Voilà une heure qu'elle était là, à les épier. Elle voulait parler avec Eleanor, exiger qu'elle laisse Alaska tranquille, mais elle ne voulait pas le faire devant les autres. Bientôt les silhouettes se dirigèrent vers le parking. Patricia remarqua que l'une des jeunes femmes était restée sur la plage, assise. Elle fumait une cigarette. Les trois autres apparurent à la lumière de l'éclairage du parking: Eleanor n'était pas parmi elles. C'était donc elle qui était restée au bord de l'eau. Les trois jeunes femmes montèrent à bord de deux voitures et s'en allèrent sans remarquer la présence de Patricia.

Lorsqu'elles furent loin, Patricia, le cœur battant, sortit de son véhicule. Elle regarda autour d'elle. Il y avait deux habitations à proximité, mais l'une était entourée d'un mur épais et haut, sans doute pour la protéger des regards indiscrets et des nuisances. L'autre maison était complètement éteinte.

Patricia marcha sans bruit en direction d'Eleanor. Elle la trouva en train de contempler l'océan. Elle était en maillot de bain, assise sur une serviette. Patricia annonça sa présence et Eleanor sursauta.

— Putain, tu m'as fait peur! dit-elle.

Elle reconnut le visage de la femme face à elle et ajouta:

— Mais tu es la femme de Benjamin, non?

— Je suis surprise que tu me connaisses, avoua Patricia.

— J'ai vu des photos de toi. Benjamin dit que t'es une vraie garce.

— Je te retourne le compliment.

— Hé, qu'est-ce qui te prend ? T'as un problème avec moi ? T'es jalouse parce que je saute ton mari ?

— Je te plains surtout. Merci de m'en avoir débarrassée.

— Est-ce que c'est moi qui me fais un film ou ce n'est pas un hasard si tu es ici ? dit Eleanor. T'es venue me chercher des noises ?

— Je ne cherche pas les problèmes, je suis simplement venue te demander de laisser Alaska tranquille. Et de ne pas saboter sa participation au concours de Miss Nouvelle-Angleterre.

— Oh mon Dieu, c'est toi ! s'écria Eleanor dans un sourire mauvais. C'est toi la petite copine d'Alaska ! C'est toi qui as demandé à Benjamin de la faire gagner. Je ne comprenais pas pourquoi depuis deux semaines il me cassait les pieds à propos d'elle en me disant qu'elle est sa candidate préférée, qu'il faudra la soutenir peut-être, ordre de sa mère. Ordre de sa mère, mon œil ! C'est un arrangement avec toi ! Tu lui as promis quoi en retour ? Le divorce ? C'est pour ça qu'il est de soudaine bonne humeur ces temps-ci ? Ah, tu peux te brosser, ma pauvre ! Retourne brouter la chatte d'Alaska et fous-moi la paix !

*

— Le ton est monté, nous raconta Patricia. Eleanor a menacé de révéler notre couple au grand jour, je me suis énervée, et on en est venues aux mains. Au début, c'était une empoignade un peu ridicule. Et puis, Eleanor m'a repoussée violemment. Je suis tombée au sol. Elle s'est précipitée vers ses affaires et elle a brandi une matraque télescopique. Elle a voulu me frapper, mais j'ai esquivé le coup. Je l'ai repoussée à mon tour et nous avons roulé sur les galets. J'ai réussi à lui prendre la matraque des mains et j'ai eu ce geste vif, violent, presque réflexe. Je l'ai frappée en plein visage, elle s'est retrouvée étalée au sol. Inerte. Je l'avais tuée.

« Il s'est ensuivi un long moment de panique. J'ai hésité à appeler la police, j'ai imaginé que la police débarquerait d'elle-même. J'ai pleuré. Mais il ne se passa rien. La nuit était parfaitement calme. J'ai peu à peu rassemblé mes esprits. La marée commençait à remonter. Personne ne m'avait vue, il fallait que je me débarrasse du corps, l'océan reprenait ses droits, effacerait les éventuelles traces de sang. Je me suis précipitée à ma voiture. Je gardais une couverture dans le coffre. J'ai enveloppé le corps d'Eleanor, pour ne pas laisser des traces de sang sur le gazon ou sur le parking, qui alerteraient la police. Je songeais que, sans aucune trace, on penserait à une noyade. J'ai mis Eleanor dans le coffre de la voiture, j'ai pris soin de retourner sur la plage ramasser la matraque et de l'emporter avec moi pour la jeter plus loin. En le faisant, j'ai entendu le portable d'Eleanor sonner. Elle venait de recevoir un message. J'ai vu l'appareil s'illuminer parmi ses affaires. C'est alors que j'ai eu l'idée de maquiller sa mort en suicide. Alaska m'avait dit qu'Eleanor avait fait deux tentatives de suicide par le passé. J'ai pris son téléphone, j'ai remonté son répertoire et au numéro identifié comme *Maman* j'ai envoyé un message: *Je n'ai plus la force de continuer.* J'ai remis le téléphone en place et je suis partie. J'ai pris la route, sans savoir où aller. Je devais me débarrasser du corps. Je voulais rester en mouvement, ne pas m'arrêter, éviter un contrôle de police de routine, c'est toujours comme ça que les gens se font prendre. Et puis j'ai soudain pensé au puits, à la maison de Vinalhaven. Je savais que Benjamin était à un mariage à Boston ce soir-là. Steven et Bella, qui étaient d'abord mes amis mais qui avaient choisi de l'inviter, lui. Tout ça pour dire qu'il n'y avait donc personne à Vinalhaven. J'ai pris la direction de Rockland. J'y arriverais à l'aube, je n'aurais que deux heures à attendre avant de prendre le premier ferry. Cela me semblait faisable. À la hauteur de Portland, je me suis arrêtée à une station-service car j'étais à court d'essence. Je me souviens qu'il faisait une chaleur étouffante. La nuit était tropicale, j'étais en sueur. Alors que je finissais de remplir le réservoir, j'ai entendu soudain du bruit dans mon coffre. Des coups contre la paroi. Puis un gémissement. C'est là que j'ai compris qu'Eleanor n'était pas morte.

Eleanor Lowell n'était pas morte. Le coup l'avait simplement assommée et elle était en train de reprendre ses esprits. Patricia parvint à contenir la panique qui l'envahissait : elle était seule aux pompes. Il n'y avait personne pour entendre quoi que ce soit. Elle se rendit dans le magasin de la station pour payer son plein, s'efforçant de paraître calme et détendue.

CHAPITRE 38
Confessions

Boston, Massachusetts.
Vendredi 27 août 2010.

— Vous auriez pu renoncer à ce moment, fit remarquer Gahalowood à Patricia.

— Et aller en prison pour tentative de meurtre ? J'étais foutue. Si je l'avais abandonnée sur la plage, ça aurait été une chose. Mais je l'avais mise dans le coffre de ma voiture pour m'en débarrasser. Je risquais d'en prendre pour trente ans.

— Alors, qu'avez-vous fait ?

— Je suis repartie. Et j'ai roulé, sans m'arrêter, dans un sens puis dans l'autre pour arriver au port de Rockland à l'heure du départ du ferry. J'espérais que les heures de route auraient eu raison d'elle. Ou au moins qu'elle serait inconsciente de nouveau. À ce stade, on ne pense plus vraiment. On agit. On essaie de sauver sa peau. J'ai embarqué ma voiture sur le bateau à destination de Vinalhaven. La traversée m'a semblé interminable. Eleanor, qui avait dû s'assoupir à un moment donné, s'est soudain remise à cogner. Mais le bruit de la machinerie et de l'océan couvrait ses appels à l'aide. Nous avons finalement débarqué à Vinalhaven. J'ai roulé jusqu'à la maison. Il était 7 heures du matin, je n'ai croisé personne. La maison était déserte comme je m'y attendais. Eleanor ne faisait plus de bruit.

Après de nombreuses hésitations, j'ai ouvert le coffre. Elle avait les yeux mi-clos, je ne savais pas si elle était vivante ou morte. J'ai rassemblé mon courage : un mauvais moment à passer, et ce serait fini pour toujours. Je l'ai attrapée et je l'ai sortie du coffre. À ce moment-là, elle m'a agrippé le bras et a ouvert de grands yeux. J'étais complètement terrifiée. Je l'ai traînée jusqu'au puits dont j'avais retiré au préalable le panneau en bois qui le recouvrait. Je tirais Eleanor comme je pouvais. J'étais parcourue de frissons, j'avais envie de vomir. Je l'ai basculée par-dessus le muret du puits. Elle me fixait toujours. Finalement, j'ai poussé une dernière fois et elle a été entraînée par son propre poids. Elle est tombée au fond du puits dans un bruit sourd. J'imagine qu'elle est morte dans sa chute. Peut-être pas. J'ai refermé le puits, je suis retournée à ma voiture. J'ai vomi plusieurs fois dans l'herbe. Il me restait encore à me débarrasser de la matraque. C'est à ce moment-là que j'ai avisé le petit garage attenant, où Benjamin gardait à l'année sa Chrysler Sebring, pour ne pas transporter de voiture sur le ferry. Selon les périodes de l'année, il faut réserver vingt-quatre ou quarante-huit heures à l'avance, ce qui empêche la spontanéité. Benjamin avait donc acheté une voiture pour l'île, et il laissait en général sa voiture principale au port de Rockland. À son arrivée à Vinalhaven, il croisait toujours un habitant de l'île qui le remontait jusqu'à la maison. Bref, le garage était fermé par un cadenas dont le code n'a jamais changé. J'ai donc ouvert la porte sans difficulté. La voiture, comme toujours, avait les clés sur le contact. J'ai caché la matraque sous un des tapis de sol. Je me suis dit que, si par un hasard malheureux on découvrait le corps d'Eleanor dans le puits et que la police fouillait les lieux, on retrouverait la matraque dans la voiture et tout accuserait Benjamin. Je protégeais mes arrières comme je pouvais. Après ça, exténuée, je me suis allongée dans l'herbe et j'ai dormi quelques heures. Avant d'être réveillée par un appel sur mon portable. Il était presque midi. C'était Alaska qui m'annonçait qu'Eleanor avait disparu, qu'elle avait envoyé à sa mère un message lui annonçant son intention d'en finir, et qu'on avait retrouvé ses affaires au pied du phare de Chandler Hovey Park. La police pensait qu'elle s'était noyée intentionnellement.

*

Septembre 1998

En dépit de l'absence de corps, la police avait rapidement conclu qu'Eleanor s'était suicidée. Patricia, hantée par la nuit du 30 août, s'efforçait de donner le change.

Le samedi 19 septembre, Alaska était élue Miss Nouvelle-Angleterre. Dans la foulée, un réalisateur lui réclama un essai pour un rôle important. Si tout se passait bien, Patricia et elle allaient bientôt pouvoir partir pour New York. Enfin! Patricia trépignait. Elle avait besoin de quitter Salem, d'oublier ce qui s'y était passé. Mais elle voulait éviter une précipitation suspecte.

Le lendemain de l'élection d'Alaska, Patricia tenait parole et s'entendait avec Benjamin pour finaliser un divorce au terme duquel elle ne réclamerait aucune contrepartie financière. Elle demanda simplement à pouvoir passer encore quarante-huit heures à Vinalhaven pour un dernier pèlerinage dans cette maison qu'elle avait tant aimée.

Benjamin accepta et elle repartit de chez lui avec les clés de la propriété. Elle y emmena Alaska pour célébrer son titre de Miss Nouvelle-Angleterre. Mais Patricia voulait surtout s'assurer qu'aucune odeur n'émanait du puits et que son secret resterait scellé à jamais. C'est sur le ferry qu'elle offrit à Alaska le cadeau qu'elle lui avait acheté: une caméra vidéo digitale dernier cri. L'après-midi même, dans le salon de la maison, avec, en arrière-plan, ce tableau représentant un coucher de soleil sur l'océan, Alaska filma son audition. Celle qui devait lui ouvrir les portes de la gloire. Mais cela n'arriva pas. À cause de Walter Carrey.

Le week-end du 25 septembre qui suivit le couronnement d'Alaska, Walter se rendit à Salem. Alaska voulut en profiter pour rompre avec lui. Elle lui donna rendez-vous dans un café où il se présenta avec des fleurs et du chocolat.

— J'ai une surprise, dit-il à Alaska avant qu'elle n'ait le temps d'ouvrir la bouche. Pour te féliciter de ton sacre, je t'emmène le week-end prochain à Mount Pleasant pour te présenter à mes parents et à tout le monde! Je veux qu'ils te rencontrent enfin, depuis le temps que je parle de toi.

— Walter, lui répondit Alaska, très embarrassée par l'annonce qu'elle s'apprêtait à lui faire, je suis tellement désolée de ce que je dois te dire.

— Qu'as-tu à me dire ?

— Je veux te quitter. C'est fini entre nous.

— Quoi ? Mais tu ne peux pas me faire ça !

— Navrée. Vraiment. Tu es un chouette gars, mais ça ne va pas marcher entre nous. Moi, je veux aller vivre à New York, et toi, ta vie est à Mount Pleasant.

Walter se sentit défaillir. Il en pleura presque.

— Alaska, tu ne peux pas me faire un coup pareil... J'ai dit à tout le monde que je sortais avec Miss Nouvelle-Angleterre. Si tu ne viens pas avec moi, personne ne me croira. Je vais passer pour un mythomane.

— Walter, je regrette sincèrement.

— Tu ne comprends pas... il y a quatre ans, j'ai eu un problème avec une ancienne petite amie. J'ai pété un plomb, je suis allé chez elle, elle a eu peur, elle a appelé les flics. Bref, depuis, je suis pestiféré là-bas. Toi, tu es ma rédemption. Si on me voit avec toi, si on me voit avec la merveille Alaska Sanders, Miss Nouvelle-Angleterre, même si tu me quittes après, ma cote aura remonté en flèche. Je ne serai plus un paria. Quitte-moi si tu veux, mais viens avec moi à Mount Pleasant le week-end prochain. Juste deux jours. Après, je te laisse tranquille. Je te le promets.

*

— Alaska a finalement accepté, nous expliqua Patricia. Elle a accepté cette foutue invitation. Moi-même je ne comprenais pas pourquoi elle y allait. C'était Alaska, toujours à penser aux autres. Beaucoup trop gentille. « Il m'a tellement suppliée, je n'ai pas pu refuser, m'expliqua-t-elle. Et puis, je lui dois bien ça après l'avoir utilisé tout l'été. Deux jours, ça ne me tuera pas. Et tant mieux si ça lui permet de se refaire une réputation là-bas, le pauvre. C'est vraiment un bon type. » Elle était censée passer deux jours à Mount Pleasant, mais le vendredi, juste avant son départ, elle a découvert que son père avait vidé son compte en banque pour rembourser ses dettes. Elle a donc décidé de rester à Mount Pleasant pour quelques jours, pour marquer sa mauvaise humeur, prendre de la distance. Mais voilà que cet imbécile de Walter lui a mis en tête de se venger en allant voler la montre de son père. J'imagine que c'est Alaska qui a évoqué cette montre, mais je sais que c'est Walter qui a suggéré le cambriolage. Cette semaine-là marquait justement l'anniversaire de mariage des parents d'Alaska, elle savait qu'ils seraient absents le jeudi soir. Alors ils y sont allés, pensant que ce serait du gâteau. Jusqu'à ce que Walter fonce sur ce flic qui les avait surpris.

*

Octobre 1998

Le lendemain du cambriolage, Walter et Alaska retrouvèrent Patricia sur cette petite aire de repos de la route 21 qui se trouvait après la bifurcation de Grey Beach. Walter avait croisé Patricia au *Lagon Bleu*, à Salem par le passé. Alaska lui avait dit que Patricia était une amie très proche et qu'ils pouvaient avoir une confiance totale en elle.

— Qu'est-ce qu'on a fait, putain ! se lamenta Alaska.

— On va aller en taule ? s'inquiéta Walter.

— Du calme, leur dit Patricia. Tout va bien se passer. Personne ne va aller en prison si vous ne paniquez pas. J'ai parlé à l'un de mes contacts à la police de Salem : ils n'ont aucune piste.

— J'avais pris soin de retirer ma plaque, précisa Walter.

— Bravo, génie ! Le mieux aurait été de t'abstenir. Qu'est-ce qui vous a pris, bon sang ?

Alaska pleurait.

— Pardon, répétait-elle, pardon. Je regrette tellement.

— Ne vous inquiétez pas, personne ne va remonter jusqu'à vous. Walter, est-ce que tu peux faire réparer ta voiture discrètement, c'est-à-dire sans passer par un garage officiel ?

— Oui, j'ai contacté mon copain Dave, il va me faire ça sans problème dans le garage de mes parents. Je lui ai dit que j'avais tapé une biche et que je voulais éviter une amende.

— Et ta voiture, où est-elle en ce moment ?

— Dans le garage de mes parents, à l'abri des regards.

— Parfait. Alaska, tu vas rester à Mount Pleasant quelque temps.

— Quoi ?

— Il faut que cette affaire se tasse. On veut éviter que les flics soupçonnent ta dispute avec tes parents. Reste à l'abri ici, un mois ou deux. Et après ça, retour à la normale.

Ce matin-là, après leur rendez-vous secret avec Patricia, Walter retourna au magasin de ses parents. Alaska l'y accompagna. Elle avait besoin de gagner sa vie désormais. Mais Sally et George Carrey lui indiquèrent qu'ils n'avaient pas de quoi embaucher quelqu'un. Elle était désemparée. Elle alla boire un café au *Season* et y croisa Eric Donovan, revenu vivre à Mount Pleasant depuis la mort d'Eleanor. Elle lui fit part de son besoin de travailler. Eric lui expliqua que ses parents n'embauchaient pas pour le moment mais il lui indiqua que Lewis Jacob, en revanche, cherchait un employé à sa station-service.

Un mois s'écoula.

Patricia venait régulièrement rendre visite à Alaska. Par discrétion, elles évitaient Mount Pleasant et se retrouvaient dans un café ou un motel d'une ville voisine, en général Conway ou Wolfeboro. Les débuts étaient très difficiles pour Alaska. Elle se sentait prisonnière de Mount Pleasant où elle avait l'impression de tourner en rond.

Patricia l'avait d'abord rassurée :

— Ne t'en fais pas. Tu ne vas pas rester ici toute ta vie. Dès que les flics auront classé l'affaire, faute d'éléments, tu pourras revenir à Salem.

— Et Walter ? Comment je peux être sûre qu'il gardera le secret ?

— Pourquoi tu dis ça ? demanda Patricia. Il a plus à perdre que toi, c'est lui qui conduisait cette voiture…

Une larme roula sur la joue d'Alaska. Elle raconta alors à Patricia ce qui s'était passé deux soirs plus tôt :

— Walter a voulu me toucher, mais j'ai refusé. Je ne veux pas de lui, comme je te l'ai dit.

— Tu sais, Alaska, si tu…

— Je n'aime pas ce type ! s'écria Alaska. Je ne veux pas de lui ! Je suis en train de te dire que, l'autre soir, il m'a obligée à coucher avec lui, me menaçant de tout révéler si je ne lui obéissais pas.

— Quoi ? Qu'est-ce que tu racontes ?

— Il m'a dit : « T'es pas venue jusqu'à Mount Pleasant pour que je te regarde dormir. » Il m'a forcée à tous ces trucs dégueulasses, en me disant que si j'étais gentille avec lui, il serait gentil avec moi. Il ne va pas me laisser partir, Patricia, ce mec est une saleté. Il m'a parlé de toi aussi...

— De moi ? s'inquiéta Patricia. Qu'est-ce qu'il a dit ?

— Il m'a demandé pourquoi je t'avais mêlée à tout ça, quel était notre lien. Il m'a dit que, si je ne faisais pas ce qu'il voulait, il me balancerait aux flics pour le cambriolage et qu'il dirait que tu étais au courant et que tu aurais certainement des ennuis aussi. Il m'a dit : « Tu ne veux pas que tout le monde ait des problèmes à cause de toi, Alaska ? »

Patricia ferma les yeux, désemparée. Elle avait redouté que ce moment n'arrive. Si les policiers commençaient à s'intéresser à elle, ils finiraient peut-être par remonter la piste d'Eleanor Lowell, l'amante de son mari, mystérieusement disparue. Patricia ne devait prendre aucun risque. Elle comprit alors qu'il n'allait pas être si facile d'arracher Alaska à Mount Pleasant.

*

Patricia interrompit son récit. Elle nous dévisagea, Gahalowood et moi. Elle réclama de l'eau et je lui tendis une bouteille posée sur un meuble. Elle but une gorgée, puis baissa les yeux.

— Au début de l'année 1999, il y avait trois mois qu'Alaska était à Mount Pleasant. La pression de Walter sur elle se faisait toujours plus grande. Ce type lui faisait vivre un enfer. Non seulement il la forçait à des rapports, mais il la gardait prisonnière, lui rappelant régulièrement qu'il la dénoncerait aux flics si elle le quittait. Qu'est-ce que j'étais censée faire ? Alaska risquait très gros, et moi aussi : je craignais qu'en me mêlant à ce cambriolage Walter n'ouvre la boîte de Pandore et mette les policiers sur la piste d'Eleanor. J'étais la femme du psy d'Eleanor, ils auraient vite fait de faire un lien, de creuser et peut-être de se demander si Eleanor était vraiment morte noyée. Et si les flics commençaient à se poser des questions sur Eleanor, j'étais foutue. Je le savais. Je ne savais donc pas comment aider Alaska, ni nous sortir de l'emprise de Walter Carrey. Et si moi j'étais perturbée, Alaska devait l'être encore plus. Mais je ne pouvais malheureusement pas veiller sur elle comme je l'aurais souhaité. Je vivais, à ce moment-là, des mois intenses sur le plan professionnel. Le cabinet d'avocats pour lequel je travaillais à l'époque était sur une très grosse affaire dont j'étais l'avocate principale : le procès d'un magnat du pétrole qui devait avoir lieu en mars. Les enjeux étaient très importants pour tout le monde. Je passais mes semaines et mes week-ends sur ce dossier. Je me sentais terriblement coupable de ne pas pouvoir accorder de temps à Alaska, de ne pas m'occuper davantage d'elle. Mais que devais-je faire ? Abandonner ma carrière pour végéter à ses côtés à Mount Pleasant ? Pourtant Alaska ne m'en voulait pas. Comme toujours, elle faisait preuve d'une douceur sans pareille. Elle me disait : « Ne t'en fais pas, je comprends, c'est ton boulot, c'est important. Et puis, c'est de ma faute si je suis coincée ici. Tu ne vas pas compromettre ta carrière pour venir perdre ton temps à m'écouter me plaindre. Promets-moi simplement que, quand ton procès sera terminé, tu m'emmèneras loin d'ici. » Je le lui promettais. Le procès se terminait le 1er avril. Je me disais que, d'ici là, j'aurais trouvé un moyen de neutraliser Walter. Mais je voyais bien qu'Alaska dépérissait. Je ne savais pas combien de temps elle tiendrait ainsi. Et voilà que peu après le Nouvel an, Alaska m'annonce qu'elle s'est débarrassée de la montre de son père. Elle me dit qu'elle l'a vendue à Eric Donovan. Je suis devenue hystérique : « Si Eric essaye de la revendre à un bijoutier, tu vas te faire prendre. C'est comme ça que les gens se font coincer. Le bijoutier va immédiatement voir que la montre est volée et prévenir la police. On est foutues. » Elle m'a dit de ne pas m'inquiéter, qu'Eric avait promis de ne pas la vendre pendant au moins un an, que d'ici là elle aurait trouvé un moyen de la récupérer. Eric lui avait également assuré qu'il ne parlerait de la montre ni à Walter, ni à personne. Je n'arrivais pas à comprendre pourquoi elle avait fait une chose pareille et, comme j'insistais pour obtenir des explications, elle a fini par éclater en sanglots et me parler de Samantha. Qu'elle s'était trouvé une petite copine pour se distraire de sa vie misérable. Qu'elle n'avait rien fait de mal. Elle avait juste eu besoin de s'évader un peu, de rire, d'oublier. Qu'elle n'avait jamais pu m'en parler de peur que je ne me sente trahie ou trompée, alors que c'était, comme elle me le répétait, « juste pour s'amuser ». Elle m'a alors tout raconté à propos de Samantha : les dimanches ensemble, les flirts, les jeux avec sa caméra vidéo. Et que tout avait dégénéré lorsque Ricky, le copain de Samantha, avait exigé 10 000 dollars de Lewis Jacob.

Je me rendais compte que la situation allait de mal en pis. J'ai dit à Alaska qu'elle ne pouvait plus rester dans cette ville, que Mount Pleasant la tuerait. Mais c'est Alaska qui me rassurait à présent. Elle me disait que tout irait bien. Que je devais me concentrer sur mon travail et que nous partirions le 2 avril comme prévu. « Et qu'est-ce qu'on fera de Walter ? » m'étais-je inquiétée. Elle me répondit : « Walter n'a pas encore découvert que je me suis débarrassée de la montre. Sans la montre, il ne peut rien contre moi. Je vais m'assurer qu'il est de bonne humeur ces prochains temps et qu'il ne se rende compte de la disparition de la montre qu'une fois que nous nous sommes enfuies. À ce moment-là, il ne pourra plus nous atteindre. »

Patricia s'interrompit. Elle était bouleversée. Après un long silence, Gahalowood l'invita à poursuivre :

— Que s'est-il passé ensuite ? lui demanda-t-il doucement.

— Sur le moment, j'ai proposé à Alaska de rembourser Eric, mais elle a refusé. Elle voulait assumer. Elle était comme ça, Alaska. Un cœur gros comme ça et une vraie tête de mule. J'ai redoublé d'efforts envers elle et je l'ai couverte d'attentions pour compenser mes absences. Je lui offrais toutes sortes de cadeaux, dont ces bottines d'une boutique de Salem que Walter avait remarquées. Il fallait qu'Alaska tienne le coup jusqu'au 2 avril. J'avais prévu que nous partirions pour de longues vacances. Si je gagnais ce procès en mars, ma carrière d'avocate serait lancée. Je voulais prendre quelques mois de vacances avec Alaska, faire un tour en Amérique du Sud, le temps de nous retrouver enfin et surtout de pouvoir, à distance, surveiller le comportement de Walter. Allait-il vraiment prévenir la police ? Si je voyais que des ennuis se profilaient à Salem, rien ne nous obligerait à retourner là-bas et nous nous installerions dans un pays sans accord d'extradition avec les États-Unis. Être avec Alaska, c'était tout ce qui comptait pour moi. Et puis, si Walter avait l'intelligence de la boucler, Alaska et moi rentrerions au pays après l'été, et nous nous installerions à New York. Je passerais le barreau là-bas et je pourrais y pratiquer comme avocate. Elle pourrait enfin vivre son rêve d'actrice. Le 2 avril devait marquer le début de notre nouvelle vie. Mais malheureusement, dix jours avant notre départ, tout a basculé.

Walter était absent de Mount Pleasant pour quelques jours : il s'était rendu au Québec, pour assister à une convention de pêche. Patricia avait mis son travail entre parenthèses pour faire une surprise à Alaska : l'emmener passer une nuit dans un hôtel de luxe de la région.

CHAPITRE 39
La décision

Mount Pleasant, New Hampshire.
Lundi 22 mars 1999.

Patricia n'était encore jamais venue à Mount Pleasant. Elle n'était pas allée plus loin que l'aire de repos sur la route 21 où elle avait retrouvé Alaska et Walter le lendemain du cambriolage, en octobre 1998. Alaska lui avait toujours interdit de venir. « Je pourrais être une amie de passage, on peut boire un café, non ? » lui avait fait remarquer Patricia. « C'est pas le problème, mais Walter va nous voir, et je ne voudrais pas qu'il commence à se poser des questions. Il va me demander si c'est en lien avec le cambriolage, il va paniquer. Ça va tout compliquer. »

Mais ce lundi-là, sachant que Walter était absent, Patricia eut envie d'en profiter pour découvrir enfin les lieux où Alaska avait passé les cinq derniers mois de sa vie.

Elle commença par la station-service de la route 21. Alaska ne s'y trouvait pas. Le pompiste, dont elle comprit qu'il s'agissait de Lewis Jacob, lui indiqua qu'Alaska avait pris congé pour l'après-midi. Patricia savait qu'Alaska et Walter habitaient au-dessus du magasin familial. Elle se rendit sur la rue principale et trouva sans difficulté la boutique de chasse et pêche. Mais, en arrivant devant, Patricia vit Eric et Alaska, sur le trottoir, qui avaient presque l'air de se disputer.

Patricia poursuivit sa route sans s'arrêter, pour ne pas être vue par Eric. Puis elle téléphona à Alaska et lui donna rendez-vous dans un café de Conway. Une demi-heure plus tard, Alaska y arriva, à bord de la Ford Taurus noire de Walter.

— Qu'as-tu fait de ta voiture ? lui demanda Patricia.

— Fuite d'huile, répondit Alaska d'un ton agacé.

— Tout va bien, mon ange ? Tu n'as pas l'air dans ton assiette.

— Non, ça ne va pas.

— Que se passe-t-il ?

— C'est Eric... on s'est disputés...

— À propos de quoi ?

— C'est pas important...

Soudain, Alaska éclata en sanglots.

— Que se passe-t-il ? s'inquiéta Patricia.

Alaska regarda autour d'elle. Il n'y avait personne alentour, elle pouvait parler librement.

— J'ai fait une connerie, Pat'. Je m'en veux terriblement. J'ai peur qu'Eric parle aux flics, qu'il les mette sur ma piste... J'ai peur qu'ils remontent à Walter et moi ensuite.

— Tu as parlé à Eric du cambriolage ?

— Non, dit Alaska, en sortant de son sac à main trois feuilles identiques.

Elles affichaient toutes le même message :

JE SAIS CE QUE TU AS FAIT.

— Qu'est-ce que c'est que ça ? demanda Patricia.

— Des lettres anonymes. À destination d'Eric. Je lui ai déposé la deuxième tout à l'heure et je me suis fait griller. Il sait que j'en suis l'auteur.

— Et qu'a donc fait Eric de si grave pour que tu lui adresses des menaces ?

— Je le soupçonnais d'avoir tué Eleanor Lowell.

À ces mots, Patricia crut défaillir. Elle sentit son pouls s'accélérer, une bouffée de chaleur l'envahit. Elle croyait qu'Eleanor était oubliée. Le dossier était classé. Sept mois s'étaient écoulés depuis cette terrible nuit du 30 août. Pourquoi est-ce qu'Alaska faisait soudain revivre ce fantôme ?

— Comment ça, *tu le soupçonnes d'avoir tué Eleanor* ? bafouilla alors Patricia, qui s'efforçait de faire bonne figure.

— Pas tué au sens littéral, précisa Alaska. Mais de l'avoir poussée à se suicider.

Alaska raconta alors la visite de Maria Lowell quelques semaines auparavant, qui lui avait confié rechercher un homme au volant d'une voiture bleue qui aurait poussé Eleanor à bout. Alaska savait, parce qu'Eleanor le lui avait dit, qu'Eric et elle avaient eu une liaison. Eric, à l'époque, conduisait un cabriolet bleu. Elle en avait déduit qu'il était l'homme que Maria Lowell recherchait. Elle avait donc adressé à Eric ces messages, pour le mettre sous pression, l'effrayer, car elle ignorait comment aborder ce point frontalement avec lui. Mais comme il avait découvert ce jour-là qu'elle était à l'origine de ces messages, elle avait dû tout lui expliquer.

— Et… ? demanda Patricia, inquiète.

— Et j'ai compris que ce n'était pas lui. Eleanor parle d'un 4 juillet avec cet homme et ils n'étaient pas ensemble le soir du 4 juillet. Je l'ai accusé à tort, il était vraiment furieux. Donc j'ai peur qu'il en parle à quelqu'un, qu'il appelle les flics.

— J'en doute, la rassura Patricia. Pourquoi le ferait-il ? En revanche, pourquoi avoir imprimé plusieurs fois le même message ?

Patricia avisa les trois feuilles de papier et Alaska sourit :

— C'est cette imprimante idiote, celle du bureau de monsieur Lewis, elle multiplie les impressions sans aucune raison.

— Donne-moi ça, dit Patricia en s'emparant des feuilles pour les mettre dans son sac. Je vais m'en débarrasser.

Alaska poursuivit sa réflexion :

— Il y avait donc quelqu'un d'autre dans la vie d'Eleanor. Quelqu'un qui l'a poussée au suicide. Il faut retrouver cette personne.

— Ce n'est pas ton problème, fit remarquer Patricia.

— Eleanor était une peste, c'est vrai. Mais elle était trop jeune pour mourir. Je ne peux pas m'en ficher ainsi.

Patricia s'efforça de changer de sujet. Elles quittèrent le café et rejoignirent, chacune à bord de sa voiture, un hôtel charmant du milieu de la campagne où Patricia avait réservé une chambre pour une nuit romantique. Du moins, c'est ce qu'elle croyait.

Cet après-midi-là, Patricia et Alaska profitèrent du confort luxueux de l'hôtel. Elles se firent masser puis se prélassèrent ensemble dans un bain brûlant. Alors qu'Alaska jouait du bout de son pied avec le robinet de la baignoire, elle dit soudain :

— Est-ce que ce n'est pas ton ex-mari qui était le psy d'Eleanor ?

— C'est possible.

— Si, si, ça me revient, c'était le docteur Benjamin Bradburd. C'est ton ex-mari !

Patricia sentit son estomac se nouer.

— Tu en es sûre ? dit-elle d'une voix qui trahissait son malaise.

— Oui, confirma Alaska. Je m'en souviens maintenant. Tu sais, Salem est une petite ville.

À ces mots, Alaska se redressa et sortit de l'eau.

— Tu vas où ? demanda Patricia.

— Il y a un truc qui me revient tout à coup.

— Quoi donc ?

— La mère d'Eleanor m'a lu des extraits du journal de sa fille. Eleanor mentionne une voiture bleue, puis une maison grise entourée d'érables rouges, me semble-t-il. La voiture bleue, j'en suis certaine. D'ailleurs, quand j'ai entendu « voiture bleue », j'étais tellement obnubilée par Eric que je n'ai pas réfléchi plus loin. J'écoutais à peine cette histoire de maison grise qui ne me revient que maintenant. Est-ce que j'ai bien entendu ? Il faut que j'appelle madame Lowell pour vérifier.

— Pour quoi faire ? s'inquiéta Patricia qui était sortie de la baignoire à son tour et qui suivait Alaska à la trace sans se soucier de mettre de l'eau partout.

— Une maison grise entourée d'érables rouges ! Il faut que je vérifie ce détail avec madame Lowell, c'est très important. Où est passé mon téléphone ?

Alaska fouillait dans son sac avec empressement sans prêter attention à Patricia.

— Pourquoi est-ce important ? Peux-tu t'arrêter un instant et m'expliquer ce qui se passe ?

— La maison de ton ex-mari, à Vinalhaven. C'est une maison grise entourée d'érables rouges. Et il y a cette voiture bleue dans le garage. Dans son texte, Eleanor indique qu'il venait la chercher dans sa voiture. C'était sûrement Benjamin Bradburd qui venait la récupérer au port de Vinalhaven lorsqu'elle venait le rejoindre ! C'est lui qui l'a poussée à se suicider ! Il faut…

Alaska s'interrompit sous le choc.

— Quoi ? Que se passe-t-il encore ? balbutia Patricia, terrifiée par ce qui était en train de se passer.

— Tu vas me prendre pour une folle, dit Alaska.

— Non, vas-y, parle !

— Est-ce qu'il l'aurait tuée ? Eleanor était insupportable : il est excédé. Ils sont sur la plage à Chandler Hovey Park. À cette heure-là, il n'y a personne. Aucun témoin. Il la tue dans un mouvement de colère incontrôlé et il se débarrasse du corps sur l'île de Vinalhaven ! Oh mon Dieu, il faut que je parle immédiatement à Maria Lowell ! Ah, voilà ce fichu téléphone !

Alaska s'empara de l'appareil et fit défiler les numéros dans le répertoire pour retrouver celui de la mère d'Eleanor. C'est alors que Patricia lui dit d'une voix grave :

— Pose ce téléphone.

— Attends, je dois juste...

— Pose ce téléphone ! hurla Patricia.

Alaska se figea, interloquée.

— Qu'est-ce qui te prend ? demanda-t-elle.

Patricia éclata en sanglots. Elle était obligée d'avouer toute la vérité à Alaska. Si celle-ci prévenait la mère d'Eleanor de ses soupçons sur Benjamin Bradburd, la police rouvrirait une enquête, fouillerait sans doute la maison de Vinalhaven, retrouvait le corps dans le puits et relèverait sûrement dessus des traces de l'ADN de Patricia.

Patricia était désespérée. Elle se jeta aux pieds d'Alaska :

— Pardonne-moi ! Pardonne-moi ! Je t'en supplie, pardonne-moi !

C'était le jour du départ. Enfin. Aujourd'hui Patricia viendrait chercher Alaska. Elles fuiraient toutes les deux loin de Mount Pleasant, loin de Walter. Elles seraient libres. Enfin.

CHAPITRE 40

La nuit du meurtre

Mount Pleasant, New Hampshire.

2 avril 1999.

À 20 heures, en quittant la station-service, Alaska n'eut pas à aller très loin pour rejoindre son dîner romantique. Elle se rendit à Grey Beach et gara sa décapotable bleue sur le parking de la plage. Constatant qu'il n'y avait pas d'autre véhicule, elle s'inquiéta : où était Patricia ? Elle voulut lui téléphoner mais elle n'avait pas de réseau. Elle finit par descendre de sa voiture et fit quelques pas pour essayer de capter un signal. Sans succès. Elle se demanda si Patricia était déjà sur la plage et cria son nom. Patricia lui répondit, en contrebas. Elle était au bord du lac. Alaska se précipita alors sur le sentier pour la retrouver.

En arrivant sur la grève, Alaska s'arrêta net, émerveillée : Patricia lui avait organisé un pique-nique romantique. Sur une couverture étaient disposés des mets délicats dont Alaska raffolait. Dans un seau, une bouteille de champagne restait au frais. Une dizaine de grosses bougies assuraient l'éclairage.

Alaska se précipita vers Patricia et l'embrassa.

— Je n'ai jamais rien vu d'aussi beau, dit Alaska en admirant le décor. Je t'attendais sur le parking. Où est ta voiture ?

— Sur la piste forestière, plus simple pour décharger tout ça.

— Tu connais tous les secrets de Mount Pleasant, sourit Alaska. J'adore que tu m'emmènes ici ce soir.

— Une page se tourne dans cette ville, dit Patricia.

— Oui.

— Et Walter ? demanda Patricia. Il ne se doute de rien ?

— Il m'a surprise tout à l'heure, confia Alaska. Je suis retournée à l'appartement, vers 17 heures, pour récupérer quelques affaires. Il était seul au magasin, je ne pensais pas me faire prendre. Mais il est arrivé à l'improviste. Je ne me suis pas dégonflée. Je lui ai dit que je le quittais. Il a dit que, si je partais, il me dénoncerait. J'ai répliqué que je ne le craignais plus et que je m'étais débarrassée de la montre. Il est devenu livide. Il est allé vérifier dans la cachette et il est revenu, furieux et s'est écrié : « Où est la montre, salope ? » Je lui ai répondu que ça faisait un bout de temps qu'elle n'était plus là et je suis partie. Il m'a rattrapée sur le pas de la porte et a pointé vers moi un doigt menaçant : « Je te donne quarante-huit heures pour retrouver la raison. Si tu n'es pas de retour dimanche soir, j'appelle les flics ».

— Mais dimanche soir, on sera en sécurité au Costa Rica, sourit Patricia.

Alaska lui sourit en retour. Elles s'embrassèrent.

La soirée fut romantique à souhait. L'air était frais mais les deux femmes se tenaient chaud, enlacées l'une contre l'autre, enveloppées dans une épaisse couverture. Elles étaient bien. Tout en mangeant, elles burent une bouteille de champagne, puis une autre. Elles parlaient du voyage qui les attendait : elles s'envoleraient le lendemain après-midi pour le Costa Rica. Elles dormiraient ce soir dans un hôtel de la région, puis demain elles rejoindraient l'aéroport de Boston pour prendre un avion à destination de San José.

Vers 23 heures 30, Alaska se leva pour faire quelques pas sur la grève et fixa les eaux du lac. « C'est encore plus beau la nuit », dit-elle. Ce furent ses derniers mots. Un coup effroyable s'abattit soudain sur l'arrière de son crâne. Elle s'effondra.

*

— Aussitôt que je lui ai porté le coup, je me suis effondrée à mon tour, nous raconta Patricia. Je me suis mise à sangloter. Je sentais la nausée monter en moi. Je ne réagissais pas du tout comme avec Eleanor. J'étais incapable de réfléchir. Tout ce que je voulais, c'était m'enfuir. Je décidai de laisser le corps là et de partir. Je me suis débarrassée de la matraque qui était couverte de sang. Je l'ai lancée du plus fort que j'ai pu dans le lac.

Patricia se tut soudain. Comme si elle avait tout dit. D'ailleurs elle ajouta :

— Voilà, comment je l'ai tuée. Vous savez tout.

— Attendez, s'étonna Gahalowood, il manque la fin de l'histoire. Qu'en est-il du pull d'Eric Donovan et du message retrouvé dans la poche d'Alaska ?

Patricia eut un sourire triste.

— Je peux vous le raconter, mais cette mise en scène n'était pas mon idée. C'était celle d'Alaska.

— Alaska ?

Patricia acquiesça :

— Vous vous souvenez, je vous ai parlé, il y a quelques instants, de ce 22 mars 1999, le jour où j'ai été obligée d'avouer à Alaska que j'avais tué Eleanor.

— Oui, mais quel lien ?

— Vous allez comprendre…

*

22 mars 1999

Dans la chambre d'hôtel, Patricia venait d'avouer à Alaska qu'elle avait tué Eleanor Lowell. Alaska était sous le choc. Elle était proche de la crise de nerfs. Elle alternait cris, larmes et accès de rage. Elle répétait à Patricia : « Tu te rends compte de ce que tu as fait ? » Et Patricia finit par lui répondre :

— Je l'ai fait pour toi…

— N'essaie pas de me mêler à ça ! hurla Alaska. Je ne t'ai rien demandé. Tu l'as jetée vivante dans ce puits ! Tu es un monstre !

Patricia essayait de prendre Alaska contre elle, pour la calmer, mais Alaska la fuyait. Elle lui disait que ces mains avaient tué. À plusieurs reprises, elle dut aller vomir. Puis, cette phrase en boucle, encore et encore : « C'est pas vrai ! Mais c'est pas vrai ! »

Vers 1 heure du matin, comme Alaska ne se calmait toujours pas, Patricia lui proposa de prendre un somnifère. Elle en avait toujours avec elle depuis la tragédie du 30 août. Elle ne pouvait plus dormir sans. Alaska, après quelques réticences, prit finalement un cachet et s'endormit comme une masse. À ses côtés, dans le lit, Patricia était restée éveillée toute la nuit. Elle était terrifiée.

Le lendemain, lorsque Alaska se réveilla enfin, elle vint se blottir contre Patricia. Alaska lui demanda pardon pour sa réaction de la veille. Elle murmura à Patricia, la couvrant de baisers : « Ne t'inquiète pas, on n'en parlera plus jamais. Tout est oublié. » Elles restèrent longuement au lit. Alaska redoublait de tendresse. Elle répétait à Patricia que tout était oublié. Mais si tout était oublié, pourquoi en parlait-elle sans cesse ? Patricia était dévorée par l'angoisse. Elle regrettait amèrement d'avoir révélé son secret à Alaska, mais comment aurait-elle pu dissuader Alaska de téléphoner à la mère d'Eleanor ?

Puis soudain, Alaska eut cette idée :

— Ma chérie, dit-elle, à Patricia, je sais comment on va te sortir de là. On va organiser un meurtre parfait !

— De quoi parles-tu ? demanda Patricia, mal à l'aise.

— Tu sais combien j'aime les romans policiers. Le dernier que j'ai lu était vraiment pas mal. L'histoire d'un meurtre parfait. Un type qui assassine sa femme et qui oriente les policiers sur une fausse piste menant à un coupable fabriqué de toutes pièces. La fin du roman est assez cruelle d'ailleurs : le mari échappe à la prison et c'est un employé de maison qui est injustement emprisonné. Et le vrai meurtrier d'expliquer au lecteur qu'un meurtre parfait n'est pas un crime dont on ne retrouve jamais le coupable, c'est un crime au cours duquel l'assassin parvient à faire porter le chapeau à un autre.

— Je ne vois pas où tu veux en venir, dit Patricia.

— On s'arrange pour que Walter soit désigné coupable du meurtre d'Eleanor. Je récupère un vêtement à lui et on le jette dans le puits, avec le cadavre. On laisse également à Vinalhaven une trace de son passage, comme un élément qui permettra aux enquêteurs de remonter à sa voiture.

— Comme quoi ? demanda Patricia.

— Un morceau de phare par exemple. On lui casse son phare, maintenant. Sa voiture est dans le parking. On ira déposer des morceaux de phare sur le parking de la maison de Vinalhaven. Moi, je dirai à Walter que j'ai eu un accrochage. Il ne se doutera de rien. Quand on part d'ici le 2 avril, on fait un crochet par Salem. Je vais rendre visite à la mère d'Eleanor, et je lui fais part de mes doutes sur Walter. Walter était présent à Salem, l'été de la mort d'Eleanor. Tout collera. Pendant ma visite chez eux, je prétexte d'aller aux toilettes et je cache dans la chambre d'Eleanor une des lettres *JE SAIS CE QUE TU AS FAIT*. La mère d'Eleanor m'a dit qu'elle était en train de mettre de l'ordre dans la chambre de sa fille, elle va forcément retrouver cette lettre. Ça va l'inquiéter, elle va en parler aux flics et mentionner Walter, dont je lui aurai parlé. Les flics vont remonter à lui. J'aurai pris soin, avant de quitter l'appartement de Walter, d'y cacher les deux autres lettres que j'ai imprimées. Les flics penseront que Walter menaçait Eleanor. Toutes les preuves seront là. Walter ne pourra rien faire. Il sera condamné pour le meurtre d'Eleanor. On sera débarrassées de lui pour de bon et toi tu ne risqueras plus rien.

Patricia eut l'air désemparée.

— Merci, ma chérie. Merci du fond du cœur. Mais il vaut mieux que tu restes à l'écart de tout ça. Et puis, quel est le lien entre Walter et Vinalhaven ? Ça ne fonctionnera pas. Mon ange, je voudrais juste qu'on oublie toute cette histoire, si tu veux bien.

— Bien sûr, on fera tout comme tu veux. On n'en parlera plus jamais. On oubliera tout. Je t'aime, je ferai n'importe quoi pour toi.

À ces mots, Alaska s'éclipsa pour prendre une douche. Aussitôt qu'elle entendit l'eau couler, Patricia se figea. Alaska venait de réveiller des visions de cette nuit du 30 août. Patricia se revoyait traîner le corps d'Eleanor jusque dans la voiture, composer ce message d'adieu et l'envoyer à *Maman Portable*, elle entendait encore ces coups sourds contre la carrosserie à la station-service de Portland. Elle se souvenait du visage ahuri d'Eleanor lorsqu'elle avait ouvert le coffre. Le bruit du corps quand il était tombé dans la fosse du puits. Pendant quelque temps elle avait réussi à oublier tout ça. Elle voulait oublier de nouveau. Mais elle ne pourrait plus oublier. Plus maintenant qu'Alaska était au courant. Patricia était désormais condamnée à une vie d'angoisse : sa liberté dépendrait du silence d'une fille de vingt-deux ans. Comment pouvait-elle être certaine qu'Alaska garderait son secret ? Et que se passerait-il si elles se séparaient un jour ? Si leur amour n'avait été qu'une passade ?

*

Patricia essuya une larme. Elle regarda encore la photo d'Alaska et elle à New York, puis elle reprit :

— Je sais mieux que quiconque ce qui attend un détenu dans une prison. Je mesurais que ma fragile Alaska pouvait me condamner à une vie d'enfermement dans quelques mètres carrés, une vie de maltraitance. Ce 23 mars 1999, je me suis efforcée de faire bonne figure. Nous avons parlé de notre départ pour l'Amérique centrale, nous avons parlé de l'avenir ensemble. Je me suis forcée à lui faire l'amour. Après le déjeuner, Alaska a voulu absolument m'emmener dans un endroit « très spécial », le seul endroit où elle s'était sentie bien à Mount Pleasant. Elle m'a conduit à Grey Beach. C'est comme ça que j'ai découvert cet endroit. On est restées sur la plage un moment. Comme j'avais froid, je suis remontée la première. Sur le parking, en voyant la Ford Taurus noire qu'Alaska conduisait, j'ai su que je n'avais pas d'autre choix que de la tuer. Ma petite Alaska. Si douce. Si parfaite. Mais trop curieuse. J'avais finalement trouvé plus fort que notre amour : ma liberté. J'allais la tuer et appliquer à la lettre les consignes du meurtre parfait qu'elle m'avait dictées quelques heures plus tôt.

« La Ford n'était pas verrouillée. Je profitais qu'Alaska ne soit toujours pas là pour fouiller l'habitacle. Je cherchais un objet que je pourrais laisser à proximité du cadavre pour que les enquêteurs remontent à Walter. C'est en ouvrant le coffre que j'ai trouvé ce dont Alaska m'avait parlé le matin même : un vêtement. Un pull de taille homme appartenant forcément à Walter. Un pull gris portant l'inscription *M U*. J'ai pris le pull et je l'ai caché dans ma voiture. Alaska est apparue sur le parking quelques instants plus tard. Je lui ai alors tendu deux de ses feuilles *JE SAIS CE QUE TU AS FAIT*. « Tiens, lui dis-je, cache-les à l'appartement. Arrange-toi pour que Walter ne les trouve pas, mais que les flics tombent dessus quand ils fouilleront son appartement. » Alaska a eu un sourire éclatant : « Tu vas suivre mon plan ? » « Oui, lui répondis-je. Je garde la troisième feuille avec moi pour que nous l'ayons sous la main lorsque tu iras voir madame Lowell le 2 avril. » Alaska était très fière. Elle m'a embrassée. Elle m'a promis que, grâce à son plan, je serais en sécurité. Après ça, j'ai prétendu devoir retourner à Boston pour qu'elle s'en aille. « Hâte d'être dans dix jours », m'a dit Alaska en partant. Elle a pris la route de Mount Pleasant.

— Et c'est ce même 23 mars, comprit Gahalowood, lorsque Alaska est retournée à Mount Pleasant, qu'Eric l'a vue se garer sur la rue et il est allé lui demander de récupérer son pull dans le coffre de la Ford de Walter. Eric nous a dit qu'après avoir réclamé ce pull à Alaska une première fois le 22 mars, il avait ensuite téléphoné à Walter qui lui avait indiqué que le pull se trouvait dans son coffre. Ce 23 mars, en voyant la Ford Taurus, Eric suit donc les indications de Walter... Sauf qu'à ce moment-là le pull n'y était plus. C'est vous qui l'aviez, Patricia. Vous pensiez qu'il appartenait Walter...

Patricia acquiesça :

— Ça a été ma première erreur... Lorsque Alaska a quitté Grey Beach, je savais que c'était là que je la tuerais dix jours plus tard. Vous savez, j'ai côtoyé beaucoup de criminels dans ma vie : tous s'accordent sur le fait que, lors d'un crime grave, la première fois est difficile mais elle constitue un cap qui, une fois dépassé, se laisse franchir à nouveau aisément. Je ne dis pas que ce fut facile de tuer Alaska, je dis que la décision fut facile à prendre. Ce 23 mars 1999 à Grey Beach, je sus que c'était ici que je tuerais Alaska. Je voulais un endroit beau, je voulais que ça se passe bien. Ne surtout pas répéter l'ignominie d'Eleanor que j'avais dû transporter jusqu'à Vinalhaven. Ce jour-là, j'avais feint de quitter Grey Beach pour y revenir quelques instants plus tard et explorer les lieux. Ce jour-là, suivant les consignes de ma petite Alaska, j'ai mis au point mon meurtre parfait. J'avais découvert la piste forestière qui me ramènerait à la route 21. Ce serait l'endroit parfait pour y laisser les débris du phare de la voiture de Walter. Il y avait également cette caravane abandonnée, dans laquelle je pourrais dissimuler le pull de Walter. Les enquêteurs le retrouveraient sans difficulté sans que cela semble trop flagrant. Et la note d'Alaska, *JE SAIS CE QUE TU AS FAIT*, que je glisserais dans sa poche après l'avoir tuée, conduirait les enquêteurs sur la piste d'une vengeance. Eric parlerait forcément de la montre d'Alaska à la police, et la montre lierait Alaska, puis Walter, au cambriolage. Et comme Alaska avait dit à Eric de ne surtout pas parler de la montre à Walter, la boucle serait bouclée. Walter serait fait comme un rat. Je suis rentrée à Salem, confiante en mon plan. Dans les jours qui ont suivi, je me suis rendu compte que les circonstances m'étaient favorables: Benjamin donnait une conférence le 2 avril au soir à Canaan. Il n'arrêtait pas de s'en vanter. Je savais donc qu'il n'y aurait personne à Vinalhaven ce week-end-là. Ce qui me donna l'idée de récupérer la voiture de Benjamin pour qu'on ne repère pas la mienne à Mount Pleasant. Même en prenant toutes les précautions, on n'était pas à l'abri d'un témoin. C'est ainsi que le jeudi 1er avril 1999, je quittai Salem pour me rendre sur l'île de Vinalhaven. Et sur le ferry qui me ramenait avec la Chrysler bleue sur le continent je sentais la nervosité monter en moi. Dans vingt-quatre heures, j'allais assassiner ma petite Alaska.

Patricia venait d'asséner à Alaska un violent coup de matraque. Le corps de la jeune femme gisait sur la berge, du sang coulait de son crâne. Patricia se sentait défaillir. Mais elle devait tenir bon. Elle devait mettre son plan à exécution. Ne sachant que faire de son arme, elle s'en débarrassa dans le lac. Il serait idiot de la garder sur elle et risquer de se faire prendre en cas d'un banal contrôle routier.

CHAPITRE 41

Meurtre parfait

Mount Pleasant, New Hampshire.
Nuit du 2 au 3 avril 1999.

Patricia devait effacer ses traces. Elle roula la couverture de pique-nique avec tout ce qui était dessus pour l'emporter. Elle ramassa le seau à champagne ainsi que les bougies, puis elle jeta dans l'eau les quelques galets marqués par des coulées de cire. Après avoir vérifié qu'il ne restait aucune trace de son passage, elle s'empressa d'aller récupérer un sac plastique qu'elle avait caché dans un taillis. À l'intérieur, le pull gris et la note *JE SAIS CE QUE TU AS FAIT*. Elle glissa la note dans la poche arrière du pantalon d'Alaska. Elle y trouva alors le téléphone portable de cette dernière. Elle s'en empara aussitôt pour s'en débarrasser plus tard. Elle savait que le téléphone pourrait mener les enquêteurs à elle.

Patricia prit ensuite le pull gris et voulut appliquer dessus du sang d'Alaska. Elle s'approcha de la tête de la jeune femme. Patricia se sentit à nouveau nauséeuse. Elle rassembla son courage. *Allez, Patricia, tamponne le pull sur son visage, après ce sera fini. Après tu seras à l'abri pour toujours.*

Mais alors qu'elle s'approchait du visage d'Alaska, Patricia perçut un râle: Alaska n'était pas morte. Du sang coulait pourtant abondamment de sa boîte crânienne, mais elle était consciente. Ses yeux ouverts regardaient en sa direction. Ils l'imploraient. Patricia se mit à pleurer toutes les larmes de son corps. Elle s'agenouilla auprès d'Alaska et lui caressa les cheveux. Elle lui murmura des mots tendres, elle lui dit qu'elle l'aimait et qu'à présent elle l'aimerait toujours parce que leur amour ne pourrait jamais être gâché. Quelques minutes s'écoulèrent encore. La mort, pourtant si proche, ne venait toujours pas. Alaska continuait de dévisager Patricia, avec un mélange de tristesse et d'amour. Patricia ne savait plus quoi faire. Elle attendit, et attendit encore. Une heure s'écoula. Alaska agonisait toujours. C'était insoutenable. Alors elle prit le pull gris, passa ses mains dedans et serra le cou d'Alaska aussi fort que possible. Et plus Patricia serrait, plus elle pleurait. Ses larmes inondaient son visage. Puis Alaska mourut. Enfin.

Patricia ramassa ses affaires et disparut dans la forêt. Elle se débarrassa du pull gris, qui était à présent couvert du sang d'Alaska, dans la vieille caravane, et elle remonta en voiture. Il lui restait encore une chose à faire pour appliquer à la lettre le plan d'Alaska. Déposer, sur cette piste forestière, une trace du passage de la Ford Taurus noire de Walter.

Il était 1 heure 35 du matin lorsque la Chrysler bleue descendit lentement la rue principale de Mount Pleasant. Patricia roulait au pas. Non seulement pour s'assurer qu'il n'y avait personne – ni passants, ni patrouille de police –, mais également pour essayer de retrouver la Ford Taurus de Walter parmi les véhicules garés le long du trottoir. Elle avisa la voiture en question peu avant le magasin de chasse et pêche. Elle se faufila jusqu'à la Ford Taurus avec, à la main, une lourde masse qu'elle avait emportée avec elle. Elle assena un coup violent sur le pare-chocs arrière, puis un autre sur le phare arrière droit qui vola en éclats. Elle en ramassa les morceaux, puis elle se précipita dans sa Chrysler et disparut dans la nuit. Cependant le bruit du phare que l'on brisait avait attiré l'attention d'une habitante de la rue : la libraire Cinzia Lockart, se postant à la fenêtre de son salon, eut juste le temps d'apercevoir une voiture bleue munie d'une plaque du Massachusetts.

*

Onze ans après ce meurtre, Patricia soulageait sa conscience en achevant sa confession :

— Je me suis rendue sur la piste forestière, nous raconta-t-elle, et j'ai répandu les débris de phare, bien en vue, au pied d'un arbre que j'ai ensuite frappé avec la masse pour le marquer, y déposant les éclats de peinture arrachés à la carrosserie de la Ford.

— Et deux jours plus tard, Walter était arrêté, dit Gahalowood. Car tous les indices menaient à lui... Y compris ce pull, qui ne lui appartenait pas mais qu'Eric lui avait prêté, et sur lequel il y avait donc des traces de l'ADN des deux hommes.

Patricia acquiesça :

— Pour une raison que je ne m'expliquais pas sur le moment, Walter a avoué et accusé Eric Donovan d'être mêlé au meurtre. Ce n'est que par votre enquête que j'ai compris pourquoi : ses aveux avaient été extorqués et, comme il venait de découvrir ce qu'Eric avait forcé Sally à faire, il s'était vengé en le faisant plonger avec lui.

Gahalowood considéra :

— C'est sans doute après avoir vu, en salle d'interrogatoire, ce pull appartenant à Eric et devenu pièce à conviction, que Walter a pensé à faire plonger Eric.

— C'est possible, dit Patricia. Après son arrestation, Eric a demandé à sa famille de me contacter pour l'assister comme avocate. C'est comme ça que j'ai découvert ce qui était en train de se passer. Je me suis rendu compte que mon plan allait, malgré tout, fonctionner. Je me rendis immédiatement auprès d'Eric en tant que son avocate. Ce qui me permettait de suivre l'affaire de l'intérieur et, surtout, de le contrôler. Pendant les interrogatoires, je le manipulais complètement. Il était paniqué et il suivait mes consignes comme si c'était la parole divine : je l'invitais à surtout en dire le moins possible. Je lui faisais croire que ça le servirait lors de son procès, alors que je savais très bien qu'en général ceux qui se taisent sont coupables, et que cela jouerait en sa défaveur. À cela s'est ajoutée cette histoire d'imprimante que je n'avais évidemment pas prévue, et qui tombait à point nommé. Entre les interrogatoires, je mettais une pression folle sur Eric, je le culpabilisais. Je lui faisais perdre ses moyens. Il était cuit, je le savais. Quand Lauren a voulu enquêter de son côté pour prouver l'innocence de son frère, je m'en suis aussitôt mêlée pour garder la main sur d'éventuelles avancées et pouvoir créer de fausses preuves si cela devait s'avérer nécessaire. Tant qu'Eric était en prison, j'étais en sécurité. Puis, mon dernier coup de maître: je l'ai convaincu que ce qui le sauverait était de plaider coupable. Et comme il était prêt à tout pour échapper à la peine de mort, il l'a fait. Là, j'ai su que mon meurtre était parfait. Enfin, presque. Il restait un détail à régler: Kazinsky, le flic qui avait interrogé Walter. Je savais que Walter était innocent. Je me doutais donc que ses aveux avaient été extorqués. Si Kazinsky venait à le révéler un jour, cela pouvait tout compromettre. Il fallait que je me débarrasse de lui aussi, je n'avais pas le choix. Je l'ai donc espionné, j'ai découvert qu'il partait courir tous les matins à l'aube. Un matin de janvier, j'ai profité de ce que Benjamin soit en vacances de ski en Colombie-Britannique pour récupérer la Chrysler bleue à Vinalhaven et renverser Kazinsky avec. J'ai échoué. Kazinsky n'est pas mort malgré la violence de l'impact. Tout le monde a pensé à un accident et je ne pouvais plus rien tenter sans attirer l'attention. J'ai dû me résoudre à le laisser en vie. J'ai eu le temps de faire réparer les dégâts sur la Chrysler et de la remettre dans le garage de Vinalhaven avant le retour de Benjamin. Les années se sont écoulées ensuite, toute cette affaire semblait être enterrée. J'avais commis un crime parfait. Pendant onze ans, mon plan a parfaitement fonctionné. Jusqu'à ce que vous débarquiez tous les deux.

— Et Benjamin Bradburd? demanda Gahalowood.

— Ni Lauren, ni Eric ne connaissaient évidemment Benjamin. Ils savaient que j'avais été mariée, c'est tout. Quand Lauren m'a prévenue que vous aviez remonté toute la piste jusqu'à un certain docteur Benjamin Bradburd, je savais que je risquais d'être rattrapée. Mais je suis restée calme. Ma chance a été qu'il se suicide. Ça a presque marché puisque vous aviez classé l'enquête. Au fond, je n'ai pas été étonnée que Benjamin se donne la mort. Je savais combien sa réputation lui tenait à cœur et le scandale autour d'Eleanor Lowell aurait mis un terme à sa carrière de médecin, ruiné la réputation de sa mère et entaché le concours Miss Nouvelle-Angleterre. Benjamin me l'avait toujours dit: la vie est un jeu de pouvoir. Alaska et moi avions fomenté le crime parfait. Le seul grain de sable dans cet engrenage, ça a été vous deux, Perry et Marcus. Je dois dire que vous formez une sacrée équipe.

*

Ce jour-là, après les confessions de Patricia Widsmith, Gahalowood et moi nous retournâmes à Mount Pleasant. Nous nous arrêtâmes à Grey Beach. Nous descendîmes jusqu'à la plage. Sur le sentier, je ramassai deux fleurs sauvages.

Gahalowood fit quelques pas sur la grève et contempla le lac.

— Il y a un peu plus de onze ans, l'écrivain, je me trouvais ici même, avec mon coéquipier Matt Vance. Il y avait, sur ces galets qui n'ont pas bougé depuis, le corps d'une jeune femme blonde dont nous ignorions tout et un énorme ours noir qui avait été abattu par la police locale. La jeune femme s'appelait Alaska Sanders. J'ignorais encore tout d'elle. Et notamment qu'elle allait bouleverser ma vie.

Je tendis une des fleurs à Gahalowood. Nous les jetâmes à l'eau et nous les regardâmes flotter sur l'onde calme.

— À la mémoire d'Alaska Sanders, dis-je.

Gahalowood acquiesça :

— Je suis content de savoir enfin ce qui lui est arrivé. Je vous le dois, l'écrivain.

Il y eut un silence, puis il ajouta :

— Ça me fait mal de vous l'avouer, mais j'aime passer du temps avec vous.

— Moi aussi, sergent, j'aime passer du temps avec vous.

— Vous pourriez venir quelque temps à la maison, si vous voulez.

— C'est très gentil, sergent. Mais il faut que j'arrête de parasiter la vie des gens et que je commence à vivre la mienne.

— Content de vous l'entendre dire, l'écrivain.

Nous éclatâmes de rire. Et Gahalowood ajouta, cette fois d'un ton très sérieux :

— Merci, l'écrivain.

— Pour quoi ?

— Vous avez réparé ma vie. J'espère un jour pouvoir vous aider à réparer la vôtre.

ÉPILOGUE

Une année après la résolution de l'affaire Alaska Sanders

Mon roman *L'Affaire Alaska Sanders* parut en septembre 2011. Ce livre marquait une étape dans ma vie. Un tournant. Il achevait cette tranche des années 2006 à 2010, années dont je vous disais qu'elles avaient été cruciales et difficiles.

Quelques semaines après la parution, le sergent Gahalowood réalisait le rêve de sa femme : il embarquait avec ses filles sur un voilier baptisé *Helen* pour un tour du monde. Le jour de leur appareillage, je me tenais à leurs côtés, sur un quai à Portsmouth. Le chef Lansdane était là également. Nous les aidions à vaquer aux ultimes préparatifs. Les Gahalowood partaient pour une année. Ils devaient être de retour pour Noël 2012.

— Je vous attends de pied ferme, sergent. Prenez soin de vous et des filles.

— Comptez sur moi, l'écrivain.

Je tendis un sac à Gahalowood :

— Je vous ai apporté des bouquins. De bons polars qui occuperont quelques soirées.

Il m'adressa un sourire amusé.

— Je vous ai amené de la lecture aussi.

Il me tendit une enveloppe. Je voulus la décacheter.

— Non, pas maintenant, me stoppa-t-il. Attendez que je sois parti.

Je lui obéis. Au pied de la lettre. À peine le bateau eut-il quitté le quai que j'ouvris l'enveloppe. À l'intérieur, un dossier relativement fin, frappé du tampon de la police de Bangor dans le Maine, et sur lequel était inscrit au feutre : *Affaire Gaby Robinson.* C'était le meurtre jamais résolu qui avait hanté Vance : au début des années 1990, une jeune fille de dix-sept ans était assassinée en rentrant à pied d'une soirée. Le crime n'avait jamais été résolu.

Gahalowood depuis son bateau s'écria :

— J'emporte un double du dossier avec moi. Rendez-vous dans une année !

Je mis mes mains en porte-voix pour lui répondre :

— Vous êtes complètement cinglé, sergent !

— C'est pour ça que nous sommes amis, l'écrivain.

J'étais loin d'imaginer combien l'année qui allait s'écouler serait remplie pour moi.

Dans les jours qui suivirent le départ de Gahalowood, les droits cinématographiques de *L'Affaire Alaska Sanders* étaient vendus, pour le plus grand plaisir de mon éditeur Roy Barnaski. En signant le contrat, Barnaski me demanda comment je comptais utiliser cet argent. « Je vais m'acheter une maison, lui répondis-je. Une maison d'écrivain. »

C'est ce que je fis.

En novembre 2011, je me portai acquéreur d'une maison à Boca Raton, en Floride, où je m'installai au début de l'année 2012. Je m'y rendis en voiture, quittant New York sous la neige pour me retrouver, le lendemain, dans la chaleur tropicale de la Floride. Sur la route, je composai le numéro d'un ami retrouvé. Je n'étais plus seul désormais.

— Librairie *Le Monde de Marcus*, répondit la voix de Harry Quebert.

— Harry, c'est Marcus.

— Marcus ! Comment allez-vous ?

— Je suis en route pour la Floride.

— Vous vous êtes décidé à acheter cette maison dont vous m'avez parlé ?

— Oui.

— Je suis heureux pour vous. Vous partez enfin sur leurs traces. Vous allez enfin parler d'eux.

Je souris. Je regardai une photo posée sur le tableau de bord :

on y voyait les Goldman-de-Baltimore au complet. J'eus le sentiment qu'ils me contemplaient tous les quatre avec bienveillance.

— Le temps est venu, me dit Harry.

— Le temps de quoi ? lui demandai-je.

— Le temps de la réparation.

TABLE

DEUXIÈME PARTIE

DES CONSÉQUENCES D'UN MEURTRE

TROISIÈME PARTIE
DES CONSÉQUENCES DE LA VIE

Imprimé en France par CPI
en février 2022

MIXTE
Papier issu de
sources responsables
FSC® C003309

L'éditeur de cet ouvrage s'engage dans une démarche
de certification FSC® qui contribue à la préservation
des forêts pour les générations futures.

Pour en savoir plus :
www.editis.com/engagement-rse/

Dépôt légal : mars 2022
N° d'édition : 1
N° d'impression : 3046483